SHENYI HUANGHOU

神医凰后

【上册】

4

苏小暖 著

青岛出版社
QINGDAO PUBLISHING HOUSE

图书在版编目（ＣＩＰ）数据

神医凰后. 4 / 苏小暖著. — 青岛：青岛出版社，
2020.8

ISBN 978-7-5552-9174-9

Ⅰ. ①神… Ⅱ. ①苏… Ⅲ. ①长篇小说－中国－当代
Ⅳ. ①I247.5

中国版本图书馆CIP数据核字（2020）第097095号

书　　名	神医凰后 4	
著　　者	苏小暖	
出版发行	青岛出版社	
社　　址	青岛市海尔路182号（266061）	
本社网址	http://www.qdpub.com	
邮购电话	18613853563　13335059110	
	0532-85814750（传真）　0532-68068026	
责任编辑	李文峰	
特约编辑	孙红彦	
校　　对	耿道川	
装帧设计	80·小贾	
照　　排	梁　霞	
印　　刷	三河市良远印务有限公司	
出版日期	2020年8月第1版　2020年8月第1次印刷	
开　　本	16开（710mm×980mm）	
印　　张	36	
字　　数	417千	
书　　号	ISBN 978-7-5552-9174-9	
定　　价	68.00元（全二册）	

编校印装质量、盗版监督服务电话　4006532017　0532-68068638

建议陈列类别：畅销·古代言情小说

目录【上册】

目 录【下册】

第一章
欢喜冤家

君临渊铁青着脸，手背上青色血管偾张，仿佛随时都会炸裂。见自己已经气得要炸了，凤舞还茫然无知，君临渊怒气值更是飙升。

"凤舞，你是想气死我是不是？！"

"你是真不懂，还是在装无辜？！"

"你到底知不知道我对你……"

话到嘴边，却戛然而止。不能说，不能说，谁先说谁输！这么丢脸的事，他才不干呢！

君临渊一时之间有些失去理智，下手更重了。

"啊，疼……"凤舞感觉自己手上的骨头都要被他捏碎了，疼得眼泪都出来了。

看到凤舞疼得眼泪滚落，君临渊失去的理智这才稍稍回来一点儿。他低头看着凤舞那只手，手腕处有一道明显的瘀青。

君临渊又气又心疼，瞪了凤舞一眼，终于松开她的手。凤舞对君临渊有一种本能的恐惧，下意识地后退了一步。

君临渊眉头紧蹙，心生不悦。她除了逃开就是逃开，难道他就这么恐怖吗？！

君临渊怒吼："你给我站住！"

凤舞一个翻身冲到岸边，飞一般往外冲。

她还想跑？！君临渊怒了，从温泉池里跳出来就要追。

危急关头，凤舞的脑子反而更冷静了。她顺手抱起君临渊褪下的衣裳和替换的衣

裳，飞一般往外冲。君临渊追到门口的时候，发现自己光着上半身……

君殿下气急败坏，冲着凤舞大吼："臭丫头，你给我回来！"

看到君临渊被拦在温泉池殿，凤舞才松了口气。她抱着衣裳，回头冲君临渊做鬼脸："我不！有本事你追出来啊！"

君临渊："凤小舞，你想死吗？！"

凤舞："你来杀我啊，追出来杀啊！"

君临渊："你真当本殿下不敢？！"

凤舞："来啊来啊，谁怕谁啊？！"

君临渊被她气笑了，磨着后槽牙，道："凤小舞！我给你最后一次机会！"

凤舞一边做鬼脸一边道："我偏不，我就不！你能拿我怎么样！"

在两个人对骂的时候，封管家和宫嬷嬷在做什么呢？其实，吵架一开始，他们两位就以最快的速度赶来了，但是刚过转角，这两位就停住了脚步。那一刻，没有任何词汇能形容他们的心情。

一个是天赋卓绝、从废墟中再度崛起的帝都新星，一个是强势霸道、高贵冷艳的太子，这两人在外面，一个比一个爱端着，一个比一个爱面子，结果……他们居然吵得跟小孩子似的！

封管家："喀喀，咱们家殿下，内心还是挺天真的嘛。"

宫嬷嬷扶额："殿下以前不这样。"

封管家摸着下巴，一副从容的样子："还得看对手是谁。"

宫嬷嬷一想，也是，殿下好像只在凤舞姑娘面前露出这惊人的一面。但宫嬷嬷还是有些担心地道："殿下这样真的好吗？"

封管家瞥了宫嬷嬷一眼，道："这有什么不好的？殿下从小就绷着脸，三岁的年纪就老成得像个小老头。他一路走来，被寄予了太多厚望，压力之大旁人难以想象，有个能帮他变成小孩的人，不是挺好的？"

宫嬷嬷还想说话，封管家却说："更何况，修行之道，一张一弛，殿下这些年太紧绷了，最近进益有些慢，所以放松一下，或许会大有好处呢。"

宫嬷嬷顿时被说服了，忙点头道："确实确实，如果是这样，那凤舞姑娘可是大功臣呢！"

封管家和宫嬷嬷站墙角看热闹的时候，百米开外的一处墙角也有一道身影。

碧溪被拦在温泉池之外，只能远远地趴在墙头上看。她看到凤舞和君临渊吵架，凤舞居然能将君殿下招惹成这个样子……她嫉妒地紧握拳头。

以君殿下的脾性，他要是不喜欢一个人，随便挥挥衣袖，那个人就灰飞烟灭了，哪里需要吵架？所以，一个能引出君殿下天真性情的姑娘，在君殿下心里一定是特殊的！这个人，必须让太后知道！想到这里，碧溪悄然退去。

而此刻的凤舞，浑然不知周围发生了什么。

"我不给，我就不给！哼！"凤舞一脸得意。

"还不快滚出来？需要本殿下亲自请你们？！"君临渊冲着墙角怒声咆哮。

凤舞下意识地回头望去，见封管家和宫嬷嬷齐齐走了出来。

凤舞内心："……"以她现在的修为，确实不能发现这两位。

封管家和宫嬷嬷在经过凤舞身边的时候目不斜视，不过，宫嬷嬷还是顺手从凤舞手里将衣裳拿走了。

君临渊用挑衅的目光盯着凤舞，你给我等着！

幼稚！凤舞冲君临渊吐吐舌头，转身跳上墙头，往外冲去。

但是，这里是太子府，如果君殿下同意，凤舞自然可以来去无踪，可如果君临渊不同意——

"哎哟——"

凤舞刚蹿上墙头，就发现一道黑色的阴影朝她迎面袭来，还没等她反应过来，她就从墙头跌落了，砰的一声砸在地上。

穿妥衣裳的君殿下迈着不紧不慢的步子走到凤舞面前。他半蹲下身子，那双深邃的眼眸中闪耀着得意之色。他白皙修长的手微微一动，已捏住凤舞的下颌。

凤舞气得瞪他："君临渊，你请帮手，赢得也不光彩！"

君临渊却冷笑道："是吗？"

凤舞以为出现转机，当即点头道："是的！"

君临渊："那又如何？"

凤舞一脸茫然地道："啥？"

君临渊："这里是太子府，而他们，都是本太子的人。本太子就是请帮手了，如何？"

凤舞："你你你……"

君临渊冷哼一声，站起身来："将她拎去洗干净，脏兮兮的，跟小乞丐似的。"说罢，君临渊转过身，干脆利落，仿佛凤舞是一只被丢弃的布娃娃……

"告诉她，晚膳让她做！"君临渊大声对宫嬷嬷道。显然，他对凤舞之前的表现，还是心中有气。

"殿下您的晚膳，还是——"宫嬷嬷说道。

君临渊斜睨了宫嬷嬷一眼，道："自然是全太子府的晚膳！你们所有人，都不许帮她！"说罢，君临渊头也不回地离开了。

宫嬷嬷眉头紧蹙。全太子府的晚膳……这工程量不是一般的大啊！这件事有点儿严重了。想到这里，宫嬷嬷一脸同情地看着凤舞："舞小姐……"

凤舞却挥挥手，道："宫嬷嬷，太子府一共有多少人？"

宫嬷嬷用无比同情的目光看着凤舞："内院外院加起来一共有三千人。"

凤舞倒抽一口凉气，问道："这么多？"

宫嬷嬷苦笑道："这还是少的，当初更多，殿下嫌人多吵闹，裁减了好些人。"

凤舞扶额，三千人的饭菜啊……

"太子府用膳是有规格的吧？"凤舞问。

宫嬷嬷看着凤舞，道："是呢，殿下的晚膳，三十个菜肴；下面的管事，十个菜色；再往下……"

凤舞无语。不要说管事和奴役了，光是君临渊一个人的晚膳就够她喝一壶了！太可怕了！

凤舞看着宫嬷嬷道："一般晚膳的时间是……"

宫嬷嬷再次用同情的目光看着凤舞："只有一个时辰了。"

闻言，凤舞差点儿晕倒。

宫嬷嬷点头道："是的，一个时辰的时间，舞姑娘您要准备上万个菜肴，您……"想想都知道这是不可能完成的任务啊！太子府的膳房里，大厨和帮厨加起来都有上百人呢！

凤舞哭丧着脸道："君临渊也太强人所难了吧？"

宫嬷嬷和她边上的丫鬟都点点头。这已经不是强人所难了，这叫刻意刁难。

凤舞低垂着脑袋，垂头丧气。宫嬷嬷看着凤舞道："舞小姐，要不去求求殿下吧？殿下一向对你最好了，你求求他肯定就没事了。"

凤舞一脸无语地看着宫嬷嬷，语气夸张地道："他对我最好？宫嬷嬷，你是看错了吧？他对我是最最最不好的！不然也不会处处刁难我，时时激怒我了！"

宫嬷嬷："……"宫嬷嬷有些为难，她总不能告诉舞小姐，自家殿下那独特的属性，是喜欢谁就欺负谁吧？

见宫嬷嬷语塞，凤舞顿时得意地道："是吧？我说得没错吧？君临渊最讨厌的人就是我了！"

宫嬷嬷："……"在一段感情里，一个人傻不要紧，如果两个人都傻，那该怎么办？真是急死她了！

宫嬷嬷无奈地叹了口气，转移话题："那舞小姐现在该怎么办呢？"

大家也都为难地看着凤舞。凤舞摸着下巴，陷入思考中。

太子府里人数众多，又关乎大家的晚饭，再加上上头也没颁发禁言令，所以这个消息很快就传扬出去了，下人们议论纷纷。

"咦，居然让舞小姐亲自下厨给我们准备晚膳？好期待哦。"

"期待什么呀？肯定是完不成的。"

"为什么呀？"

"为什么？！我们的晚膳至少要上万个菜肴，加上太子不允许任何人帮忙，就算她有三头六臂也完不成啊！"

"说得也是，所以……殿下是在惩罚舞小姐吗？"

"殿下是不喜欢舞小姐了吗？"

"舞小姐这是失宠了吗？"

人群中，有一个人默默听着，嘴角微微扬起一抹得逞的弧度。这个人不是别人，正是大丫鬟甄夏。这些日子，甄夏一直都很安静低调。事实上，她是左青鸾的人。太子府的事，她都会一五一十汇报给左青鸾。

凤舞啊凤舞！没想到不过短短数月，你就已经失宠了！枉我之前还那么防着你呢！呵呵。甄夏的嘴角浮现一抹冷笑。随即，她转身离去。

书房内，君临渊坐在窗前的软榻上翻着奏章。封管家回来后默默地站在一旁。

君临渊手里的奏章从始至终都在那一页，没有被翻动过，他一直等着封管家给他讲外面的情况，但是封管家回来之后就站在那里，身不动眼不瞥，一言不发，封管家是猪吗？！

君临渊气得将奏章一丢，站起身来。走了几步后，他到底忍不住了，回身瞪着封管家，装作一副不在意的样子，道："你刚从外面回来？"

封管家："是的，殿下。"

君临渊："那臭丫头如何了？这会儿该把晚膳做出来了吧？"

封管家："……"

想了想，封管家苦笑道："殿下，说起来这件事难度确实很大。咱们府有三千人，至少要做上万份菜肴，而且殿下您的膳食又要格外精致、有灵气，距离晚膳不到一个时辰……这真的是神仙都办不到的事情啊！"

君临渊听了封管家的描述，愣住了。

君临渊摸着棱角分明的下巴："难度这么高吗？"

封管家苦笑道："可不是吗？膳房里上百个厨师忙碌几个时辰的事……您却要舞小姐一个时辰内完成，这这这……殿下，咱们真的有些强人所难吧？"

君殿下有些担心，但面上仍不动声色："她自己做的事，自己心里清楚！这样的惩罚对她而言还是轻的呢，哼！"

封管家苦笑。瞧瞧这语气，还强撑着呢！

封管家状似无意地问："殿下，舞小姐做了什么事，惹您生这么大气啊？"

君临渊一时语塞。难道他要告诉封管家，当他想倾诉的时候凤舞拒绝听吗？这话说出来，还不被封管家笑掉大牙？

君殿下的面色瞬间涨红，他用气急败坏的语气怒斥："你很好奇？"

封管家能不了解自家殿下吗？这绝对是恼羞成怒了！封管家连连摆手，道："不不不，老奴一点儿都不好奇。老奴这就去看看凤舞姑娘做得如何了。"封管家一边后

退，一边用询问的目光看着君临渊。

赶紧去啊！君临渊在心里想。

可是，封管家不走，依然用询问的目光看着君殿下："殿下，可行？"

君临渊恨不得踹他一脚。你想去就赶紧去啊，磨磨蹭蹭干什么？！

"殿下，那老奴去了？"封管家绝对是故意的！

君临渊："你想去就去啊！"

封管家："好像也不是很想去。"

君临渊："滚！"

膳房里，宫嬷嬷一脸同情地看着凤舞，因为这事……真的难办啊！

眼看着时间一分一秒地流逝，凤舞却一点儿都不着急，宫嬷嬷反倒急坏了。

"舞小姐……"宫嬷嬷试图跟凤舞解释这其中的利害关系，"下人们虽然身份卑微，但都各司其职，以后用到他们的机会还多，若是这次……"

宫嬷嬷在一旁喋喋不休，而凤舞则开了脑洞。现在膳房里的厨师都被喊出去了，凤舞一眼望去，这里只剩一个又一个的灶台，还有一口又一口的锅……林林总总有百个之多。

凤舞心想，要是真按照之前的上菜规格，那根本就是不可能完成的任务，所以必须另辟蹊径。凤舞一边走一边东看看西摸摸。忽然，她看到一袋面粉，随即眼睛一亮！

"如果做面条的话……"

宫嬷嬷当即否决："可千万别！殿下不喜面食，一口都不吃的！"

凤舞皱眉道："这么难伺候？"

宫嬷嬷苦笑。

"必须是饭食？"凤舞问。

宫嬷嬷点头道："没有饭食，殿下会不高兴。殿下一旦心情不好，我们下面的人就要遭殃。"

凤舞："必须饭食的话……有了！"

宫嬷嬷不解地看着凤舞："舞小姐想到办法了？"

凤舞得意地点头道："是呢，一点儿问题都没有！我保证将这个任务完成得漂漂亮亮的。"

宫嬷嬷还想再问，凤舞却推着她往外走："你们就等着我的好消息吧！"

凤舞将宫嬷嬷推到厨房门外，砰的一声将门关上了。

宫嬷嬷一脸不解。

这时候，封管家来了。他一看到宫嬷嬷便开始打听消息："舞小姐如何了？"

宫嬷嬷苦着一张脸，道："这个还真不好说。"

封管家："哦？"

封管家是带着任务来的，只能推门而入。他进去的时候，凤舞正在忙碌。凤舞的刀工是真不错。

"舞小姐这是准备做什么？"封管家问。

凤舞看到封管家，直接吩咐道："封管家您来得正好，快快，帮忙将热水烧上。"

封管家一脸茫然。他这个身份，在外头多少人敬着？连左青鸾见了他也是一口一个"您"……结果凤小舞这丫头居然让他去烧火？

凤舞见封管家没动，不由得催促道："封管家，你倒是快点儿啊，我这忙得都腾不开手了呢。"

封管家苦笑。这位舞姑娘还真是……有趣。

封管家从善如流，坐在最大的灶台后，手指微动，一簇火苗便从他的指尖蹿出，引燃了柴火。他一边干活一边跟凤舞闲话家常："听说舞姑娘想出对策了？"

凤舞嗯了一声："其实也不算对策吧？不过确实想出来一道菜了。"

一道菜？封管家被惊了一下："就一道菜啊？"

凤舞理所当然地道："对啊，我要做一道名为盖浇饭的东西，鱼香肉丝盖浇饭，封管家觉得如何？"

封管家并不觉得如何，他还没听懂。

"盖浇饭？"封管家重复了一句。

"嗯嗯。"凤舞一边忙碌着手中的活计，一边跟封管家闲扯，"盖浇饭，顾名思义就是将菜浇在饭上。"

"这能吃？"封管家表示怀疑。

"这怎么就不能吃啦？封管家我跟你说，就这酸酸甜甜又微辣的味道，绝对能炸裂味蕾的！"凤舞很得意。

谁知封管家一听这话，当即否决："不行不行不行，这道菜绝对不行。"

凤舞不解地看着他："为什么不行啊？"

封管家苦笑道："殿下最不喜的便是辣味，但凡辣的东西，殿下都不吃，所以舞姑娘还是换一道菜吧！这道菜是绝对不行的。"

凤舞陷入了沉思。这不对啊……当初在北境城的时候，君临渊确实一开始推辞，可后来……他吃得一点儿都不少啊！

"你们君殿下不喜辣？"凤舞再次问。

封管家很认真地点头道："是的，一点儿辣味都不沾的，所以舞姑娘——"

扑哧！凤舞笑了。

"封管家你别逗我了，上次我做的辣菜，你们家殿下可吃得差点儿舔盘子呢！还吃辣过敏呢，我差点儿就真信你了。"

7

封管家用很怪异的目光看着凤舞："殿下当真吃了？"

凤舞："对啊，你们家殿下不但吃了，而且还吃得不少，最后差点儿将辣汤都喝了呢！"

封管家："什么时候的事？"

凤舞："就北境城那会儿啊！"

封管家扶额："……"难怪那时候他见殿下消瘦了许多。

"那你这道鱼香肉丝，真不是微辣？"封管家见阻止不了凤舞，询问道。

凤舞摆摆手，道："酸酸甜甜是主味啦！封管家您别担心。主要是材料都切好了，不做就太浪费了，否则再换一道菜也不是不可以的。"

"还有最重要的一点……"封管家看着凤舞苦笑一声。

凤舞停下了手中的动作，道："什么？"

封管家说："殿下并不爱吃鱼，应该说，殿下非常讨厌鱼。"

凤舞："啊？"

封管家苦笑道："所以舞小姐，建议您还是换一道菜吧，这道菜真的会激怒殿下的。"

闻言，凤舞却哈哈笑了起来："这您就错了，鱼香肉丝里并没有鱼啊！"

封管家："呃？"

凤舞笑道："这里边可是有一个故事，说来话长，不过现在反正也闲着，就给您讲讲吧。"于是，凤舞便讲了鱼香肉丝这道菜的来历。

相传很久之前，有一户人家，他们家的人很喜欢吃鱼，对调味也很讲究，于是制作了专门的配料烧鱼。有一次女主人将配料做多了，又不想浪费，就把它们放在了别的菜里一起炒，但她对这道菜没有信心，以为不会好吃。这时候她的夫君回来了，她的夫君吃了后，连连赞叹这道菜好吃。于是，这道菜便流传了下来，得名鱼香炒。

"所以，虽然是鱼香肉丝，但是里面并没有鱼。"凤舞笑着看向封管家。

鱼香肉丝的主要配料是瘦猪肉，辅以水发木耳、玉兰片，然后便是油、盐、酱、醋、料酒、葱花、蒜末等等调料。

凤舞毕竟是修炼之人，刀工之好，让人不得不佩服。她将每一块肉都切成六厘米长，用食盐、料酒腌制入味，然后再用水豆粉搅拌均匀。

在给肉条入味的时候，凤舞将木耳和玉兰片切丝，用开水汆一遍。与此同时，凤舞取了一口大锅，往里面放了酱油、白糖等调味料，兑成鱼香汁。

凤舞忙碌间抬头一看，发现不知道什么时候封管家已经离开了。

封管家要回去向君殿下复命。他知道自家殿下的脾气，殿下这会儿肯定内心着急外表冷傲。

果然，当封管家刚踏入书房时，就感觉到一股冰冷的杀气！

"你还知道回来？！"君殿下面色铁青地道。

封管家蒙了。他不就出去了一小会儿工夫吗？

"说啊！"君殿下恨不得踹他一脚。

"喀喀——"封管家掩唇轻咳一声，道，"殿下您想知道什么？"

殿下想知道的当然是凤舞姑娘的消息了！但是君临渊这样爱面子的人，肯定不会承认，只会瞪着他！

"喀喀——"

君临渊的眼神杀气腾腾，太过骇人，封管家也不敢开玩笑了，便轻声慢语道："舞小姐好像遇到了一些困难。"

"什么困难？！"君临渊急声问道。

封管家默默地瞥了君临渊一眼，没好气地说："那么大的工作量，根本是不可能完成的任务嘛！舞小姐都快累倒了。"

君临渊气得鼓着一张脸。封管家偷看了君殿下一眼，又继续嘀咕道："唉，其实晚上这饭菜吧，若是能管饱，便算是成功了吧？"封管家在帮凤舞给君临渊打预防针。

君临渊的眉头深深皱起，现在他也明白这件事有多艰巨了。

君殿下怒道："宫嬷嬷是傻的吗？她就不帮忙了？！"

封管家苦笑道："殿下，这您可就冤枉宫嬷嬷了啊！是殿下您亲口说的，而且还是很大声地说，不许任何人帮忙啊！"

君临渊顿时被噎住。

封管家："要不殿下……您去看看？"

君临渊："……"

封管家："或者您收回刚才那句话？"

君临渊瞪了封管家一眼，表情冷傲地道："本殿下会收回成命？下辈子吧！"

御膳间外站了不少人，大家都在围观，议论纷纷。

膳房内，凤舞正在忙碌，宫嬷嬷推门进去。宫嬷嬷实在担心，不得不亲自进去瞧瞧进度。

她一进来就看到凤舞正忙碌着，顿时道："舞小姐，真不需要帮忙？"

凤舞将锅内的油烧至六分热，一边下肉丝炒散，一边对宫嬷嬷说："君临渊说了，不许帮忙，您要是帮忙，他肯定会生气。"

宫嬷嬷一想，也是！她不由得叹气。

"您就炒一个菜？"宫嬷嬷看着那红红的汤汁，第一反应是皱眉。殿下可不喜欢辣味啊！

凤舞点头道："一个菜，够了。"

这个鱼香肉丝可不是普通的鱼香肉丝，因为凤舞在里面加了灵液精华。灵液精

9

华，那是从方阁老家的阵眼中心炼化出来的。

凤舞在那里设了专门的泉眼，灵阵每天都会产出一滴灵液精华，用于蜕变自身的体质。凤小七和秋叔他们他们为何进步如此神速，自然是和灵液精华有关。

而现在，凤舞在起锅前往鱼香肉丝里加入了一滴灵液精华，这滴灵液精华滴落之后，一开始还没什么，随着时间的推移，香气会越来越浓郁。

"咦，什么味道？"宫嬷嬷闻到香味，顿觉食指大动。

灵液精华这种事凤舞肯定不会拿出来乱说，她淡淡地一笑，道："可能是这道鱼香肉丝太香了吧。"

不是说太子府的膳食需要灵气搭配吗？她虽然只做了一个菜，可灵气一点儿都不少。

凤舞本来厨艺就超一流，再加上灵液精华加持，顿时，浓郁的香味从厨房紧闭的门扉传递出去。

"咦，这是什么味道？"

"好香啊……"

"这味道也太香了吧？我的肚子都咕噜咕噜叫了。"

……

太子府里没人帮凤舞，好在她还有两只小灵宠——彩凤鸟和小虎仔。

凤舞问宫嬷嬷："府里用膳的规矩是各自端回去食用，还是集体食用？"

凤舞注意到，御膳房隔一道门有一处空旷的场地，一排排长桌椅整整齐齐地排列着，看着像是集中用餐的地方。

宫嬷嬷说："因为殿下爱干净，不喜食物气味到处飘散，所以几乎所有下人都会来膳食堂里用膳。"

"那就方便了。"

凤舞吩咐小虎仔和小彩凤去分盘子。这俩小家伙长得小，动作却快。它们手里捧着一摞白白的盘子，在每张桌子上一一摆好。凤舞则跟在它们身后，往盘子里盛饭。

这饭，还不是普通的白米饭。因为凤舞没有时间煮饭，所以她用融合了好几道元素规则的火元素煮好了饭。这还是凤舞第一次尝试用自己的火元素煮饭，等米饭出来之后——

哇！就连凤舞自己都被惊艳了！

"好香啊——"宫嬷嬷用怪异的目光看着凤舞。

以前她不是没试过用火元素煮饭，但谁都知道，用火元素煮出来的饭是瞬间熟，所以香气很难出来。可是现在……太香了啊！

凤舞走了一圈，待所有饭盛好之后，便依顺序往饭上添加鱼香肉丝。米饭颗粒饱满，洁白软糯，本就香气扑鼻，再加上添加了灵液精华的鱼香肉丝浇上去。米饭的香气与鱼香肉丝的香气融合，散发出浓郁的香味。

奇怪的是，随着饭与菜的融合，那道香气越来越淡，越来越淡，最后竟然消失在空气中。

宫嬷嬷只觉得神奇极了，道："舞姑娘，这……这是……"

凤舞摊手道："我也不是很清楚呢。"

此刻，门外聚集了很多人。

因为太子府的习惯，除了君殿下，其余所有人，不论早膳、中膳还是晚膳，都在膳食堂里解决。而现在，已经到了用餐时间，门口渐渐排起了长队。

"听说这次是凤舞姑娘亲自掌勺？"

"是的呢，原本对她并不抱任何期待，可是刚才那味道实在太香了。"

"真是好好奇呢，凤舞姑娘究竟会给我们准备怎样的食物。"

当膳食堂的门打开，众人鱼贯而入。他们都惊呆了！

"这……这是什么？"

"如果没记错的话，这应该是把菜浇到了饭上？"

"就这样？"

"不可能吧？这应该是第一道菜而已啦。"

……

就在大家议论纷纷的时候，凤舞和宫嬷嬷出来了。下人们赶紧站起来。

宫嬷嬷摆摆手，淡淡地道："好了，大家都坐下吧。你们面前的就是今天的晚膳了，大家好好享用。"

"宫嬷嬷，不是吧？我们的晚膳就是这菜浇饭？"不知道谁惊呼了一声。

宫嬷嬷没好气地纠正道："这叫盖浇饭，鱼香肉丝盖浇饭。"

"不是啊！宫嬷嬷，我们级别不一样，饭菜的规格也不一样，可再怎么降级……也不可能就这一口饭一口菜吧？而且连口汤都没有！"

"就是呀，宫嬷嬷，这也欺人太甚了吧？"

"舞小姐，我们晚上还要值夜，吃不饱没力气干活呀！"

跳出来的这几个人，明显是对凤舞有意见。他们的幕后主使是谁，一眼难辨，但他们绝对不是没有目的地瞎嚷嚷。

有了这几个人带头，太子府其他原本心平气和的人，也都变得浮躁起来。

"宫嬷嬷，这、这让我们怎么吃呀？"

"舞小姐，您、您这是打发乞丐吗？"

"如果舞小姐以后当这太子府的家，我们岂不是天天饿肚子？"

因为法不责众，所以心怀不满的他们在底下抱怨着，却不敢站起来说。他们的话全被凤舞听到了。

宫嬷嬷见凤舞皱眉，当即沉下了脸。

就在这时，外面传来了一阵脚步声。脚步声有些特殊，绝不是普通人的。大家下

11

意识地回头望去，原来是君临渊来了！

君临渊走路自带气场。他一来，就如同厚厚的乌云笼罩下来，压得人心头发慌。

一时间，没人敢再说话。他们都眼观鼻，鼻观心，低垂下脑袋，没人敢跟君临渊那环顾四周的犀利目光碰触。

君殿下用冷沉的目光扫视一周，旋即又盯着饭桌。那里，每个人面前都有一个盘子。

君临渊皱眉，然后瞥了宫嬷嬷一眼。宫嬷嬷忙解释道："殿下，时间实在来不及，舞小姐只来得及做一道菜，所以……便做了鱼香肉丝盖浇饭。"

要知道，平日里，殿下的晚膳即便是最普通的，也有三十个菜品，可现在……

只有可怜兮兮的一盘盖浇饭！而且还是殿下所不喜的辣味。宫嬷嬷直觉君临渊会发怒。

其实以为君临渊会大怒的，又何止宫嬷嬷一个人呢？对君殿下来说，这就是挑衅啊！

甄夏的眼中浮现出一抹森冷的寒意。

碧溪嘴角扬起一抹弧度。

大家都在等君临渊发怒。然而，让所有人大吃一惊的是，他们家君殿下一开始确实皱着眉头，像是随时要发火的样子。就在很多人期盼得心跳加速时，君临渊却转过身，死死瞪着在场众人，道："有吃的就不错了，还挑？本殿下都没挑，你们有资格挑？！"

君临渊很生气！他气的是，这些下人凭什么挑三拣四？这可是凤小舞那丫头做的菜！那丫头亲手做的，他们有机会品尝已经非常不错了，还有资格挑？！

"所有人都必须吃掉，一粒米饭都不许剩下！"君殿下那双嗜血的双眸瞪着众人，"不然，就自己去领家法！"

这么严重？！大家对视一眼，都在彼此的眼中看到了难以置信。

生气的君殿下是没有道理可讲的！他往位子上一坐，冲凤舞招招手："来一份啊！"

凤舞："……"这君临渊，搞得好像她是跑堂的店小二。不过看在君临渊帮她的面子上，凤舞也就没有计较。她快速端上一份鱼香肉丝盖浇饭，送到君临渊面前。

君临渊看着这份饭，嘴角挂起一抹嘲讽的弧度："我说凤小舞，你这人还真是会偷懒啊。"

凤舞："我怎么偷懒了？"

君殿下差点儿翻白眼："你自己不会看？"

"盖浇饭，管饱，有毛病吗？"凤舞瞪着君临渊，"你知道这道鱼香肉丝有多难做吗？我因为它，甚至单独做了一个小型聚灵阵法，为的就是使食物的灵气完美地挥发出来。"

君临渊撇嘴道："你就吹吧。"

其他人也都表示不信。因为一道菜而专门做了个阵法出来？更确切地说，做菜还需要用阵法？简直太搞笑了！

凤舞无语地道："你们吃吃看嘛，吃吃看就知道了。"

君临渊不动，其他人更不敢动。

于是，凤舞干脆在君临渊身边坐下，用水汪汪的大眼睛看着君临渊："君殿下，吃嘛吃嘛。"

君临渊差点儿翻白眼。这是一道辣菜！闻着他就知道有辣味！他身边的人都知道，他是一点儿辛辣都不沾的。所以……如果他现在动了筷子，岂不是很没面子？！于是，原本拿起筷子准备开动的君临渊，忽然啪的一下将筷子丢在桌子上。

凤舞瞪大眼睛看着君临渊，怎么又不吃了啊？

"君临渊——"

"这都做的什么东西？是人吃的吗？！"君临渊瞪着凤舞，怒气冲冲。

凤舞："……"她很想生气，但理智告诉她，不能生气，绝对不能跟君临渊生气。他这个人最爱面子，若是当着这么多人的面跟他生气，后果将非常严重。这个人，吃软不吃硬啊！

于是，凤舞拉着君临渊的衣袖，用只有两人能听见的声音道："君临渊，君殿下……你尝尝嘛，人家为了做这道菜，手指头都差点儿切伤了，真的，你尝尝嘛。"凤舞说得特别可怜。

不得不说，凤舞摸准了君临渊的脾气。当她拉着君临渊的衣袖，软语恳求的时候，君殿下内心是非常受用的。

"喀喀——"君临渊抬眸瞪了凤舞一眼，"大庭广众之下，你这样成何体统？"君临渊一边说一边推开凤舞的胳膊。

凤舞："……"这个人当真是……

周围的人都用怪异的目光看着凤舞，特别是甄夏，眼中的冷意越发明显。这个凤舞，赤裸裸地投怀送抱啊，难道都不知道差耻吗？！

显然，除了甄夏之外，还有不少人也是这样想的。但是，他们原本以为，君殿下会继续斥责凤舞，然后起身就走，可万万没想到，君临渊就这样轻描淡写地说了一句，然后他居然坐在位子上，拿起筷子瞪着凤舞："没勺子？"

凤舞如梦初醒。

"有有有，勺子在这里。"凤舞赶紧双手奉上一个白瓷勺。她本来给君临渊另外备了专用餐具，奈何君临渊就坐在膳食堂里，所以那套专用餐具摆不开。

一时间，所有人都用难以置信的目光看着君临渊。天啊，殿下吃了！殿下居然真的吃了！

"不是说殿下不吃辣的吗？"

"不是说殿下一点儿辛辣都闻不得吗？"

"不是说殿下对饮食非常挑剔吗？"

"不是说殿下……"

可是，这么简单的一饭一菜，以君临渊堂堂殿下之尊，怎么吃得下去？

他吃第一口时，那双好看的剑眉紧蹙，似乎下一秒就会发怒。大家凝神屏息，不敢声张，生怕被迁怒。但是大家等来等去，也没等到任何动静。

终于，他们等来的，是君殿下用勺子舀了第二口。

所有人都瞪大眼睛。这不可能吧？！殿下没发脾气已经出乎大家意料了，他居然还吃第二口？殿下这是……多给凤舞面子啊？

大家原本以为，君临渊给凤舞面子，吃两口就会将汤勺丢下，可是第三口、第四口、第五口……殿下居然吃个不停！

因为太过震惊，大家不知道该用什么言语表达。

"看殿下一口一口吃着，好像味道还不错的样子？"

"想什么呢？不过是白米饭，外加一点儿肉菜，还味道不错？这要是味道不错，我把脑袋剁下来给你当凳子坐。"

"说得也是，凤舞姑娘一个人准备三千份饭菜，哪里顾得上味道？能做出来已经很不错了。"

"既然殿下已经吃了，那我们好歹也得给凤舞姑娘一个面子吧？"

大家不得不承认，殿下对凤舞是真好，就凤舞姑娘做的这玩意儿，殿下眉头皱那么紧了，还为她撑面子呢！

甄夏几个人对视一眼，眉头紧蹙。这残羹冷炙，殿下也真吃得下去？当真让人愤怒！

太子府，确实有不少人为之愤愤不平。

常三手下原有三名副手，他离开后，其中一个叫侯四的便被提拔上来了。侯四性子跟风浔有些像，活泼得很，此刻他面前有一盘盖浇饭，他撸起袖子，笑着说："既然殿下已经开动了，那我侯四也就不客气啦，这就来尝尝舞姑娘的手艺。"

在侯四看来，自己肯定要跟殿下统一战线啊！殿下都给凤舞姑娘面子了，他能不给吗？

不管多难吃，也得说好吃不是？于是，侯四用调羹舀了满满一大勺，往口中塞去，同时闭上了眼睛。当饭菜入口，那浓郁的灵气充斥在整个口腔中，味蕾为之炸裂。

天啊！侯四震惊了。怎么会有这么美味的食物？！震惊了三秒钟之后，侯四终于回过神来。他睁开眼睛，用谴责的目光看着君临渊。他们家君殿下太会演了！原本还以为君殿下是因为给凤舞面子，才勉强咽下去几口，但事实证明这饭太好吃了啊！

反应过来的侯四哪里还敢停顿？他拼命往自己嘴里倒饭菜。这不仅仅是美味的问题，侯四有一种非常清晰的感觉，觉得这顿饭对他的修为有着莫大的帮助。

大家见侯四狼吞虎咽地吃着，都在心里感叹，不愧是继常三离开后上位的侯四啊！这演得也太像了吧？

这时候，侯四的两个手下，一个叫洛白，一个叫洛黑，兄弟俩面面相觑。

"队长，您这演得也太过了吧？这东西有那么好吃？"洛白问道。

洛黑也盯着侯四看。

侯四忙摇头道："不好吃呀，一点儿都不好吃，好吗？"

大家眼中浮现一抹了然。果然如此！

侯四瞥了洛白一眼，随后盯着他手里的那盘饭："这东西一点儿都不好吃，你确定不要了吧？"

洛白有点儿没反应过来，茫然地点点头。谁知下一秒，侯四的手就飞快地将整个盘子端过去了。

嗯？在大家还没反应过来的时候，侯四已经将洛白的那份都吃掉了。然后，他一边将手伸向洛黑一边问："你这份也不要了吧？那就不要浪费了……"

洛黑不傻呀！侯四一边说着不好吃一边往嘴里倒，这也太奇怪了吧？于是，洛黑往嘴里送了一勺子。

果然，下一秒——

洛黑的脸，彻底黑了！他没有多余的话，直接端起盘子往自己嘴里倒去。

侯四顿时气坏了，道："你个坏小子，手速什么时候变得这样快了？！"

侯四现在是太子府的护卫队长，洛白和洛黑是他的左膀右臂，他们这边很受大家的关注。

侯四那气急败坏的样子，大家都看在眼里。正因为看在眼里，所以大家面面相觑。然后，侯四、洛黑、洛白都下意识地望向底下的人，这样的目光看得大家毛骨悚然。

就在这时候，嗡！一道天地间的灵气波动，以侯四为中心辐射开来。侯四自己也被惊呆了，震惊当场。晋升了？！

在场所有人都用怪异的目光看着侯四。侯四现在的实力可不弱，像他这种级别，想晋升一级都是非常非常困难的。他已经为这个瓶颈困很久了。

侯四原本以为，想要晋升，至少需要几年时间。他怎么都没想到，这次竟然会晋升！

"我晋升了？"侯四喃喃自语，整个人处于茫然的状态。

"我真的晋升了？

"我怎么就晋升了？

"我我我我……我这不是在做梦吧？"

侯四难以置信，其他人也都难以置信。

"侯四做什么了，突然就晋升了？"

"对啊，我还是第一次见人吃着饭就晋升的呢？"

"侯队长，您怎么就晋升了啊？"洛白目光惊疑不定。

就在这时，洛黑反应过来，转身盯着身后的人，凶巴巴地道："这份饭菜你不要了吧？"

侯四很坏，直接一语道破天机："这份饭菜里蕴含纯粹的天地灵气，对修为乃是大补特补……"

大家还有什么不明白的？侯队长的晋升，肯定就跟这份饭菜有关呀！想到这儿，大家的目光顿时变得火热。下一秒，几乎所有人都将饭菜往嘴里倒。美不美味已经是其次，最重要的就是灵气啊灵气！

当美食入喉的一瞬间，灵气在味蕾间炸裂，那些原本不信的人才终于意识到，侯队长说得一点儿都没错！

嗡——

也不知道是凤舞的灵液精华太过强大，还是大家刚好在瓶颈期，就在这时，嗡嗡嗡，就有五个人晋升。

在场所有人："……"如果只有一个人晋升，那还可以说是巧合，但现在接连不断……至少有五个人晋升，还能用巧合解释吗？

"天——"

"太神奇了——"

"真的是因为这份饭菜吗？"

"这饭菜……这饭菜……这是凤舞姑娘亲手烹饪的饭菜啊……"

一时间，所有人的目光都射向了凤舞。凤舞也愣在原地。她知道自己厨艺好，也知道自己在鱼香肉丝盖浇饭里加了一滴灵液精华，可她没想到效果会这么好。连续有五个人晋升，这事就有点儿可怕了！

"凤舞姑娘！"洛白第一个反应过来，此刻的他悔得肠子都青了！

"凤舞姑娘！请问……还有剩的吗？"洛白苦啊！他那份盖浇饭被他家队长给黑了啊！不然，说不定他也可以度过瓶颈期呢！

凤舞："呃……这个嘛……"

因为对方的目光太过热切，凤舞有些不好意思。她只能苦笑着说："因为是严格按照分量来做的，所以并没有多的，抱歉——"

洛黑冲上去，胳膊肘一撞，将洛白给撞开。他站在凤舞面前，一脸激动地道："凤舞姑娘，凤舞姑娘，那您炒菜的锅呢？"

炒菜的锅？凤舞一脸茫然。难道说，他们要帮她洗锅吗？

凤舞回头指指大灶上那大得过分的铁锅。三千人份的菜，可不是一般的小铁锅能炒出来的。

下一秒，凤舞只觉得眼前黑光闪过，等她反应过来，便看到洛白和洛黑飞一般冲过去了。

"我的锅！"

"不，这是我的锅！"

"洛小黑！你都已经吃了自己那份了，你还跟我抢！"

"洛小白！是你自己傻，被队长骗走了饭菜，又不是我骗了你。"

"我不管，我是哥哥，你必须让着我！"

"我才是弟弟，哥哥不是要让着弟弟吗？"

洛小白和洛小黑本是一对兄弟，从小就被君临渊捡回来养着，他们正值少年，最容易发生争执。

凤舞惊奇地发现，这俩孪生兄弟到最后，竟然将脑袋埋进锅里，一寸一寸地舔着汤汁。

凤舞的表情就跟见鬼了一样。可是太子府的其他人，都用羡慕的目光看着那对兄弟。

就连侯四也跟着动了动，想上前几步，然而最终还是觉得队长的尊严比较重要，这才止步。

没一会儿，那偌大的铁锅就被舔舐得干干净净，跟从水里捞出来的一样，干净得几乎能反光。

凤舞睁大眼睛。这个世界，她快看不明白了。

而这时，甄夏的眉头深深皱起。她压低声音道："就算是灵气充沛，也不该如此丧失尊严吧？洛家兄弟这次做得有些过了。"

她身边的人也都跟着摇头，道："就是，太丢人了！这都未必能晋升呢！"

嗡——

让所有人震惊的是，刚才像小狗一样拼命舔铁锅的洛小白，竟然在下一秒，晋升了！

凤舞："……"

甄夏："……"

其他所有人："……"

洛小白激动得快哭了："我我我……天啊！天啊！天啊！"

他晋升了！他居然晋升了！这一刻，洛小白激动得差点儿哭出声来。

众人的目光从洛小白身上默默移到凤舞身上。便是一开始死活不相信的甄夏，这一刻都不得不承认，凤舞做的饭菜，确实能帮助人晋升。

便是君临渊，此刻看凤舞的目光，都有一种说不出的怪异，既骄傲，又有些无语……

君临渊站起来便走。

17

一时间，四周寂静无声。

君临渊走了两步之后又停下脚步，回头看了凤舞一眼。虽然没说话，但君殿下那犀利的目光足以说明一切。

凤舞能怎么办？她只能屁颠屁颠地跟上。

君临渊径直去了卧房。

这……凤舞站在门口，顿时有些犹豫。君殿下的卧房，她进去的话，有些不合适吧？

就在凤舞犹豫的时候，不远处走来两排少女。她们姿态蹁跹，身姿纤细，手里都端着一个红色托盘，甚至还有一盆盆冒着热气的温水。

凤舞自动退到一旁，让她们过去。少女们见到凤舞，对她展颜一笑。

凤舞摸摸下巴。从小到大，因为她的容貌，对她友好的女孩子一向很少。

凤舞透过敞开的门，看见这些少女放下手里的东西后，便悄然退出。出门的时候，她们看着凤舞，又是微微一笑，那笑容非常甜美。

凤舞却被她们笑得有些毛骨悚然。这是要干什么？

"进来。"里面传来君临渊冷冰冰的声音。

凤舞内心抖了一下，总觉得有什么事情不对劲……但君临渊的威压，让人无法抗拒。

凤舞还在垂死挣扎。

里面传来君临渊的冷噗声："说好做牛做马，当丫头当奴婢，不算数了？"

凤舞："……"她能怎么办？凤舞没办法，只能挪呀挪呀，一步三回头地朝君临渊挪去。

君殿下看着耷拉着小脑袋的丫头。她以为这样挪，该干的活儿就会消失吗？拖下去只会对她不利。

"过来。"君殿下拍拍软榻前的矮凳，示意凤舞过去。

凤舞嘟着小嘴，盯着君临渊。

君殿下不理凤舞，径直躺下，面孔朝天，双手枕在脑后。

凤舞看看地上的一盆盆热水，再看看君殿下那悠然自得的姿态，一时间有些蒙："这是……"

君殿下漫不经心地瞥了凤舞一眼："你说呢？"

凤舞："该不会是让我帮你洗头吧？"

君殿下嗯了一声。

凤舞："君临渊，你才三岁吗？你自己不会洗吗？这都要别人帮你洗？"

君殿下脸色微沉。

凤舞："而且刚才那么多漂亮的小丫鬟，你为什么不使唤她们，就知道使唤我？不行，我不答应！"

君殿下似笑非笑地瞥了凤舞一眼："你这是在反抗吗？"

凤舞："哼，我就是反抗了，怎样？！"

君临渊冷漠地盯着凤舞："你走吧。"

房门外，封管家简直无语了。殿下啊，女孩子都是要哄的，您稍微哄一下会死吗？！这样真的追不到太子妃呀！

凤舞一时之间愣住了。她想过君临渊会发脾气，可她怎么都没想到，君临渊竟然直接让她走！凤舞愣在那里，进退两难。

她不能走啊，因为任务六已经延长到十八天，她现在的任务进度是99.99%……如果她走了，整个任务就失败了！

凤舞咬着牙，懊恼地跺脚。她怎么就这么作呢！现在成功把自己作进去了吧。

凤舞能怎么办？为了星辰碎片，她不能走啊！最后，凤舞只能用手揉揉眉心，一步一回头地往君临渊那边挪去。

她坐在矮凳上，正准备给君临渊解开束发，结果君临渊却忽然坐起身来。凤舞不解地看着他："你干吗？"

君殿下冷傲地瞥了凤舞一眼，漫不经心地道："本太子哪里用得起你，你且去吧！"说着，君临渊指着门外，示意凤舞赶紧滚蛋。

凤舞："……"

"你不是不想伺候本太子吗？走啊！"君殿下冷傲极了。

凤舞："……"她是想走啊，而且恨不得飞奔而去，一去不复还！谁乐意当他的贴身小丫鬟啊？

可是凤舞不能啊！她的身上背负着复活美人师父的重任，那是比她的性命还重要的使命。

凤舞深吸一口气，让心情平复下来。她板着脸，双目瞪着君临渊，双手将他往软榻上摁去："喂喂，你赶紧给我坐下！"

君临渊瞪着凤舞。这丫头哪来的勇气跟他凶？

还没等君临渊反应过来，凤舞已经摁住他的肩头，将他强行摁下。君殿下半推半就地从了。

凤舞梳洗的力度绝对称不上温柔，因为她要速战速决。可是……

"凤小舞，你给我轻点儿！"

"凤小舞，你到底会不会伺候人的？"

"凤小舞，你……"

……

堂堂君临渊，沉默寡言的黑面太子，此刻却像暴跳如雷的小狮子，不断嚷嚷。

门外，封管家和宫嬷嬷对视一眼，彼此苦笑着摇头。舞小姐不愧是舞小姐，他们家殿下只有在她面前，才像个正常的人类少年。

房内，凤舞终于帮君临渊清洗好了墨黑色的头发。

凤舞被君临渊折腾得够呛。在他的要求下，凤舞足足给他过了九遍温水，差点儿就累死了。好在，终于洗完了。凤舞取过边上一块吸水性极好的厚毛巾，将君临渊的黑发包裹起来，这才呼出一口气。伺候君临渊简直太累人了！她宁愿去炼狱里杀九个来回，都不愿意被君临渊折腾。

很快，门被悄然打开。之前离开的丫鬟们再次鱼贯而入，十数个呼吸的瞬间，她们将现场打扫得干干净净。在凤舞还没反应过来的时候，她们便再次鱼贯而出。

凤舞也想跟着出去，身后却传来君临渊的冷哼："你去哪儿？"

凤舞一脸茫然地看着君临渊："不是已经洗完了吗？"

君临渊冷笑道："那你走啊！"

凤舞："……"她就知道事情没那么简单。刚才清洗发丝的时候，君临渊既要干净，又要按摩头部，凤舞被折腾了大半个时辰。

"你又想怎样啊？"凤舞的语气多了几分不耐烦。

君殿下多敏感的人，一听凤舞这语气就知道她不耐烦了。君殿下冷哼一声，冷傲地别过脸。他的意思，不是很明显吗？！

凤舞："……"

"君临渊，你该不会要我给你绞干头发吧？"凤舞没好气地问。

君临渊白了凤舞一眼，眼神似乎在谴责凤舞。

凤舞扶额，是真无语了："我的君殿下！你可是超级强者，而且还是火元素强者，你只要动一下灵气，这头发不就全干了吗？"还需要用毛巾绞干？这简直就是……

君殿下的脸顿时微微一红，他气愤地瞪着凤舞："所以，你是想不干完活就走？"

凤舞是真无奈啊！

"明明是你稍微一动一动手指就能解决的事，为什么非要折腾我呢？我看起来就那么好欺负吗？"

君临渊瞪着凤舞，道："那你走啊！现在就走！"

凤舞："……"

凤舞无奈地想拍自己脑袋一巴掌。刚刚才告诫自己不能跟君临渊发脾气，怎么又忘了？任务六啊任务六！

凤舞深吸一口气，强行压下情绪。她对君临渊举双手做投降状。

"好好好，弄干头发是吧？行行行。"凤舞知道，再吵下去的话，回头还得哄君临渊，何必呢？

君临渊见凤舞连吵架都不愿意，顿时心里又生出一股闷气。可是他知道，凤舞已经被他折腾到爆发边缘了。

凤舞走上去，一把将君临渊头发上那厚重的毛巾扯掉，动作有些简单粗暴。

君临渊下意识地皱眉。

一时间，气氛有些凝重。

随后，凤舞的双手间便浮现出一抹温热之气，接着，热气越来越多。

凤舞准备用火元素快速将君临渊的发丝烘干。如果是这种方式，不出一分钟便能搞定。

就在这时，君临渊冷冰冰的声音响起："你就打算这样应付我？"

凤舞收住手，不解地看着君临渊："这怎么会是应付呢？这是最快的方式啊！"

可是，一旦头发烘干，他还有什么理由将她留在身边……折腾？君殿下瞅了凤舞一眼："会伤发质！"

凤舞一口气提起来，差点儿下不去。会伤发质？！

"你一个大老爷们儿，还会考虑发质问题？喂喂，君临渊，原来你是这样的君临渊啊？"凤舞差点儿笑喷。

君殿下的面色浮现出一抹赧然，他有些恼羞成怒地瞪着凤舞："那你走啊！"

"别别别——"凤舞忙摆手道，"干完活之前，我是绝对不会走的！必须给君殿下您伺候得好好的。"说着，凤舞还真取过一条厚毛巾帮君临渊擦头发。

"不勉强？"君殿下的声音闷闷的。

凤舞："不勉强，当然不勉强，怎么能勉强呢？我乐意干这活儿。"

君殿下："哼哼。"

可是，便是绞干头发，君临渊也有诸多要求，第一遍要用什么毛巾，第二遍要用什么毛巾，第三遍要用……凤舞被支使得团团转。好在，她的忍功已经越来越强了，她在心里默默念诵着《金刚经》，终于忍受下来。

只不过，正因为在心里默默念诵了《金刚经》，凤舞觉得越来越困，越来越困……最后，她眼睛都快睁不开了。

"喂，喂喂——"君临渊以为凤舞在偷懒，伸手戳戳她的小脑袋。

凤舞脑袋一歪，整个人往君临渊身上倒。等君临渊反应过来，耳边已经传来凤舞轻微的呼噜声。

"睡着了？"君殿下一脸惊奇地道。

凤舞今天从早到晚被他折腾了个遍，身心俱疲，困顿是在所难免的。

"说睡就睡，你这丫头还真是心大。"君临渊抬手想戳戳凤舞的脑袋，落下的手，却改成了轻柔的抚摸。

君临渊侧脸的轮廓本就分明，此刻朦胧的月光照进来，打在他的侧脸上，让那张脸越发深邃迷人。

浓眉过似的微微上扬，星辰般的眸熠熠生辉，他一眨不眨地盯着凤舞，专注而认真。平日强势霸道的他，此时却温柔似水，整个人透出清风朗月般的卓然。

凤舞睡着之后并没有意识，而且她睡得很不老实，蚕蛹般往君临渊那边滚去。咕咚一声，凤舞便滚进了君临渊怀里。

君殿下睁大眼睛，四肢僵硬，愣愣地看着滚进自己怀里的凤舞……什么叫自投罗网？眼前当如是啊！哼哼！

君临渊在心里想，你这丫头，口中说着不要，身体却很诚实呢！

温香软玉在手，更何况是自己心爱的姑娘，要他坐怀不乱是不可能的。君殿下看着怀里美到令人窒息的小丫头，抑制不住地俯下身去。

就在君临渊刚刚碰触到凤舞柔软的唇时，就在他春风荡漾时，凤舞那双清澈黝黑的眸子猛地睁开。近在咫尺的距离，唇齿相依的两人，凤舞僵在当场。

偷亲被抓到，君殿下脑子一片空白。下一秒，他下意识地将凤舞往前一推。哐当——可怜的凤小舞，感觉身子三百六十度后空翻。扑通一声，她从床上掉到了地板上。

听到那清脆的撞击声，君殿下尴尬得脸都红了。

凤舞原本睡得迷迷糊糊，这一撞，彻底将她撞醒了。

凤舞是臀部着地的，虽然不可能真伤着，但是真疼啊！眼泪立刻在她眼眶里打转。

凤舞用谴责又茫然的目光瞪着君临渊："你干吗？！"

君殿下："呃……"

君殿下薄薄的双唇抿紧，下颌紧绷，心虚得不敢看凤舞。

凤舞揉着撞疼的臀部，扶着床脚艰难地站起来。她居高临下地瞪着坐在床榻上的君临渊，含泪控诉："君临渊，你偷亲我，你还踹我？！"

后面那个罪名也就罢了，但是前一项指控，冷傲好面子的君殿下能认？如果认了，岂不表示他暗暗爱慕凤舞？绝对不行！君殿下内心的战斗号角吹响。他不紧不慢地瞥了凤舞一眼，双手环臂，说："凤小舞，你还真是恶人先告状啊！你都不知道自己做了什么吗？"

凤舞的脑子里嗡的一声。

"我、我做了什么？！"

君殿下哼哼两声，道："你做了什么，自己不清楚？"

凤舞的脑子有些蒙，她抓抓头发开始回忆。她记得自己被君临渊折腾得够呛，又要给他洗头，又要给他擦干头发，擦着擦着她就困了……后面的事情，她就没有记忆了。

"你快说，我到底做了什么？！"因为没有记忆，所以凤舞心里有点儿虚。

君临渊斜睨了凤舞一眼。

凤舞见君临渊这么理直气壮，顿时心更虚了："你、你快说啊！"

君临渊哼哼两声，道："好你个凤小舞，吃干抹净之后，不认账了是吧？"

凤舞瞪圆了眼睛，道："什么吃干抹净？我怎么就吃干抹净了？"

"呵呵。"君殿下冷笑一声，"让你做个小丫鬟好好干活，你倒好，居然对着本太子流口水！"

什么叫恶人先告状？君殿下为了表示他不喜欢凤舞，也是煞费苦心。

凤舞差点儿被气得头冒青烟，瞪着君临渊道："不可能！我怎么可能对你流口水？！就算要流口水，那也是对着我家——"美人师父啊！

君殿下没有注意到凤舞的潜台词，哼哼两声，道："流口水还是轻的，你后来还趁本太子不备，爬上本太子的床，抱着本太子不放，而且还……还干了什么你自己知道！"

这指控可就太严重了！如果说前一条凤舞还勉强能忍，那么第二条指控就太可怕了！凤舞气得面色涨红，几近语无伦次："我……我……我怎么就爬上你的床了？！我怎么可能？！"

君殿下漫不经心地瞥了凤舞一眼："没爬上来，你会跌下去？"

凤舞："呃……反正我不会主动爬你的床的！"

君殿下："你有。"

凤舞："我没有！"

君殿下："你就是有。"

凤舞："我没有我没有我没有！"

君临渊哼哼两声，漫不经心的目光从凤舞身上一扫而过。他语气揶揄地道："我说凤小舞，白天你看到了什么？晚上居然这么迫不及待？"

凤舞气得握紧拳头，不由得想起白天的事情。因为是琼花节，所以万花琼林里那一幕幕让人浮想联翩。

君临渊瞟了凤舞一眼，双手交负在身后，一本正经地说："凤小舞，你小小年纪，小脑袋里都装的什么？要清心寡欲，你懂不懂？"

什么叫欲加之罪何患无辞？凤舞差点儿被气吐血了！说又说不过，打又打不过，凤舞内心崩溃，全身发抖。

君殿下心里得意得不行。哼哼，白天的时候不是还嘲笑本太子吗？君子报仇，十年不晚，小丫头！

凤舞多聪明多内敛的人啊，也就君临渊能将她气得跳脚。她内心很受伤，握紧拳头往外冲去。

"喂喂，凤小舞，你给我站住！"君殿下也意识到自己玩得有些过了，开口喊她，可是凤舞根本不理他。

砰的一声，门被打开，又被重重关上。追上来的君殿下，鼻子差点儿被门撞到。

"咯咯——"

封管家和宫嬷嬷一直垂手站在门边，里面的事他们听得一清二楚。

　　君殿下看到他俩，有一瞬间的尴尬。但是，君殿下多爱面子的一个人啊，瞪了封管家和宫嬷嬷一眼。宫嬷嬷胆子小，一言不发。

　　"喀喀，殿下啊——"封管家语重心长地劝着，"姑娘家生气的时候，越快哄越容易让她消气，这耽误的时间一长，就很难哄回来了啊……"

　　君临渊原本想追出去，被封管家这么一说，顿时反应过来："追？哄？封管家，你疯了吧？！"君殿下说完，砰的一声将门给关上了。

　　封管家："……"

　　宫嬷嬷长长地叹了一口气："老身去安慰一下舞小姐吧。"自家殿下惹出来的烂摊子，她不得赶紧去收拾。

　　封管家无奈地点点头。

　　凤舞气得往外冲，一口气冲出了太子府，飞奔到凤族去了。

第二章

冬猎风波

星陨院门口，砰的一声，凤舞撞到了一个人。

"你不长眼啊！"对方刚骂出几个字，待看清楚是凤舞，顿时噤声。

这人不是别人，正是凤琉，她身边还跟着独孤孟溪。凤琉的孩子虽然没了，但不知道大夫人和凤琉使了什么手段，独孤孟溪对凤琉越发上心，两家已经在走订婚流程了。

看到凤舞，凤琉顿时气得不行。

独孤孟溪看凤舞也非常不顺眼，不只有以前的原因，还有今日独孤雅莫受辱之事。

凤舞并没有看他们，径直往里走去。

"凤舞，你给我站住！"独孤孟溪可是独孤家最得宠的三少爷，何曾被人这般无视过？

凤舞心情不好的时候，身上会有杀气。她回过身，用那双寒刀般的双眸看向独孤孟溪。

独孤孟溪是个养尊处优的少爷，哪里经得住凤舞这般杀气腾腾的怒视？当即他的内心咯噔一下，只觉得一股寒气从脚底往上蹿。

"凤舞，你好大的胆子！你是要对独孤三少动手吗？！"凤琉和凤舞交手多次，所以凤琉并没有那么怕她。

凤舞冰冷的目光从他们脸上扫过，她推门便欲进去。

这时候，星陨院的门吱呀一声开了，站在门后的是赵嬷嬷。

凤琉看到星陨院的门打开，知道自己的声音很容易就能传进去。于是，她冷笑一声，道："凤舞！你做了这么丢脸的事，还有脸回来？！你知不知道这件事让我们凤族蒙受了多大的耻辱？！"

赵嬷嬷原本想赶凤琉走，闻言眉头紧蹙起来。

秋叔、秋灵、朝歌几个也都在家，凤舞家的美人娘亲也在院子里刺绣，原本星陨院是一派悠闲的模样，可这一切的平静都被凤琉打破了。

凤琉瞪着凤舞，冷笑一声，道："怎么，做了丢脸的事，就打算这么走了？"

星陨院里人不少，此刻大家听到动静纷纷走出来，一个个对凤琉怒目而视。

朝歌更是暴脾气，冲上去一把揪住凤琉的衣领，将她拎起来："你怎么说话的？找打是不是？！"

凤琉冷笑一声，道："我找打？哈哈哈，你们怎么不问问凤舞啊？她做了那么丢脸的事，难道不知道差耻吗？！"

朝歌挥舞着拳头就要砸过去，凤舞却皱眉摇摇头。

"丢脸的事？什么事？"凤舞决定理会凤琉了，她一步步走到凤琉面前，示意朝歌将凤琉放下来。

凤琉恢复自由后依旧对凤舞嘲讽连连："什么丢脸的事？呵！凤舞，现在你这丢脸的事已经全帝都皆知了，还装什么装啊！"

凤舞却面色平静地道："不说，就滚。"

凤琉激动半天，却换来凤舞不冷不热的反应，顿时气得不行。她冷笑一声，道："你还装？你现在不过是个低三下四的小丫头罢了！谁给你的胆子在我面前装！"

低三下四的小丫头？赵嬷嬷几个人一脸惊讶，这是什么意思？！

凤琉嗤笑一声，道："你们别不信！凤舞被君殿下收为贴身小丫鬟了，贴身……呵呵呵……"

朝歌脸色一变，双手紧紧抓着凤舞："小舞，这……这是真的？"

凤舞本来就在君临渊那里受了气，现在被凤琉这么嘲讽，眼中像点燃了两簇火焰般愤怒。她冷冰冰地盯着凤琉，一言不发。

凤琉以为凤舞怕了，心中越发高兴，面色越发嘲讽："怎么不是真的？万花琼林里那么多人亲眼所见呢！君殿下不过随便一说，凤舞就眼巴巴地点头。你们知道外人说得有多难听吗？"

"今天我去独孤家，"凤琉面色难看地道，"独孤家便问起这件事，好好的凤族嫡女不做，非要去做暖床的小丫头。独孤伯母一说这话，你们知道当时我有多窘迫吗？我觉得丢人啊！

"凤舞！以后你做事能不能不要只考虑你自己？！是，你喜欢君殿下，恨不得替他暖床，但是麻烦你下次犯花痴的时候，想想别人好吗？！我是你堂妹，你丢人我也跟着丢人！你名声不好别人以为我也如此！我真是被你害死了！如果独孤家因此取消亲事，都是你的错！"

凤琉对凤舞诸多不满，好不容易有这么个机会，她当然是尽情宣泄了。并且，她抱着故意将事情闹大的心思，不仅没有收敛，还喊得特别大声。

很快，周围聚集的人越来越多。不仅星陨院的人出来了，就连凤琰峰和大夫人也都跟着过来了。

凤琉看到这么多人来，越发得意。她瞪着凤舞，目光极尽嘲讽："凤舞，你真是凤族的耻辱！如果你还有一点点羞耻心，就请主动和凤族脱离关系！"

"怎么回事？"凤琰峰皱眉道。

"父亲！"凤琉看到父亲母亲，立马告状。她将凤舞答应做君临渊贴身小丫鬟的事说了一遍，而且特地强调是暖床小丫鬟。

"暖床小丫鬟？！"大夫人一脸震惊，难以置信地瞪着凤琉，"你这丫头可不能胡编乱造！"

"我没乱说话！当时万花琼林里那么多人都听见了呢，怎么就是我胡编乱造呢？凤舞，你自己说，有没有答应做君殿下的贴身丫鬟？"

一时间，所有的目光都集中到凤舞身上。

大夫人和凤琉母女同心，能不知道凤琉的意思吗？

前段时间，凤琉被凤舞逼得那么惨，现在好不容易扳回一局，大夫人能不支持吗？于是，大夫人假装一脸震惊的样子，抬手拍了凤琉一下："你这孩子怎么说话的？那是你姐姐！"

凤琉冷笑道："她要真觉得自己是我姐姐，就主动离开凤族啊！免得给家族丢脸！"

大夫人咬牙瞪了凤琉一眼："你怎么这么说凤舞？你五姐姐是这样的人吗？！"

大夫人一边说一边笑看着凤舞："小舞啊，你快告诉大伯母，小六的话都是假的对不对？你才不会做出这样有辱门风的事呢，对不对？"

大夫人这话问得当真……看来她对凤舞真的恨极了。

凤舞现在的心情不知道该用什么词来形容。如果不是因为星辰碎片任务，她会当君临渊的小丫头？

凤舞内心崩溃，面上却淡定从容。她漫不经心地看了大夫人一眼，淡淡地说："君临渊的小丫鬟？我还就是呢。"

什么？！大夫人瞪大眼睛，死死地盯着凤舞："你说什么？你还真成他的暖床小丫头了？！"

凤舞冷哼一声，道："大夫人这是什么表情？莫不是你以为，凤琉想当暖床小丫头就能当？"

这话顿时让大夫人倒抽一口凉气。

"你你你……"大夫人怎么都没想到，凤舞居然会说出这么不知羞耻的话。

"难道你不觉得羞耻吗？！"大夫人气得涨红了脸。

凤舞冷笑道："羞耻？别人求也求不来的机会，我不是应该觉得荣幸吗？为何会觉得羞耻？"

"你你你……"大夫人气得指着凤舞，手指乱抖。

凤琉也一脸震惊地看着凤舞。原本她是想拿这个来攻击凤舞，凤舞居然毫不在意，不仅不在意，还不以为耻，反以为荣。凤琉都不知道怎么反驳她了。这就好像积蓄了全身的力量，想一拳头打过去，最后却打在了棉花上。

美人娘亲拉着凤舞的手，那张绝美的容颜既担心又心疼。

"你你你你……简直不知羞耻！"大夫人指着凤舞的鼻子骂。

凤琰峰拍开了她的手，双手交负在身后。他目光冰冷地看着凤舞，突然咳嗽两声，示意凤舞跟他到边上去。

到了边上后，凤琰峰板着脸，瞪着凤舞。

凤舞皱眉道："大伯父没事的话，我就先回去了。"

"站住。"凤琰峰喊住她。

凤舞回头看着他。凤琰峰大概也觉得这个话题由他来问有些尴尬，但利益当先，最终他轻咳一声，道："凤琉说的是真的？"

凤舞不解地看着凤琰峰。凤琰峰越发尴尬，可他还是冷哼一声，道："你和君殿下的事是真的？"

凤舞漫不经心地道："如果大伯父指的是当他贴身小丫鬟这件事的话，那就是真的。"

凤琰峰上上下下打量了凤舞一番，不得不承认，凤舞的容貌确实在凤琉之上，而且是凤琉的很多倍，难怪连君殿下也……

"喀喀……"凤琰峰轻咳两声，"其实，这也不是什么坏事。"

凤舞淡淡地看着他。她想，她已经知道大伯父要说什么了。果然，凤琰峰下一句话就是："既然君殿下现在对你有心，你就应该乘机抓住他的心！"

凤舞抬眸淡淡地看着他。

凤琰峰以为凤舞听进去了，顿时语重心长地对凤舞说："你要知道，君殿下是怎样的身份！他是高高在上的太子殿下啊，他身边围绕着多少姑娘！对，没错，你长得好看，君殿下是喜欢你，可你能保证君殿下喜欢你到什么时候？！"

凤舞闻言，眉头深深地蹙起。

凤琰峰一点儿没有自觉，继续殷切地对凤舞道："小舞啊，你听大伯父一句劝，一定要抓住这个机会，机不可失，失不再来，过了这个村，就没有这个店了，凤舞啊——"

凤舞盯着凤琰峰。

凤琰峰左右看了看，凑近凤舞耳边，压低声音说："小舞啊！趁着这个机会，你一定要……"

凤舞皱眉道："你刚才说什么？"

凤琰峰："你一定要怀上君殿下的孩子！"

凤舞用看白痴一样的目光看着凤琰峰。这个人是跟她有血缘关系的长辈？

凤琰峰却瞪着凤舞，一字一顿道："如果你诞下子嗣，知道会有怎样的结果吗？

"君殿下会宠你上天！皇室会捧你在掌心！我们凤族会因你而一飞冲天啊！

"凤小舞啊！你现在肩负着整个凤族的希望！

"便不是为你自己，为了凤族，你也要跟君殿下生米煮成熟饭，你懂不懂？！"

说到最后，凤琰峰已经激动得晃凤舞的肩膀了。

凤舞用看白痴一样的目光看着凤琰峰。凤琰峰看着冷淡如水的凤舞，心里的激动一寸寸冷下去。

凤舞瞥了凤琰峰一眼，转身离去。

凤琰峰沉着脸，道："凤舞！"

凤舞看都没看他，只丢下两个字："白痴！"

白痴？！凤琰峰整个人都是蒙的。他堂堂吏部尚书，凤族族长，凤舞的大伯父，居然被她骂白痴？！

"喂，你这臭——"

然而凤琰峰的话还没说完，凤舞就回头冷笑着道："大伯父这是怂恿我爬上君临渊的……"

"喀喀——"凤琰峰拼命咳嗽，生怕凤舞将这件事说出去。毕竟，身为伯父的他，如果怂恿自家侄女去爬床，就算那个人是君临渊……也是会被笑死的。

虽然凤舞只说了半句，可她话中的意思大家都懂。

凤琉怕凤舞真将这件事说出去，赶紧帮她父亲转移话题："凤舞！你到底在得意什么？！不过是个连冬猎都没去过的人！"

凤舞用看白痴一样的目光看着凤琉。凤琉冷哼一声，道："你连什么是冬猎都不知道吧？"

凤舞继续用看白痴一样的目光看着她。

凤琉得意扬扬地道："哼哼，你当然不知道了，因为你没资格去，简直可笑死了！"

朝歌气得想打凤琉。

凤舞现在反而淡定了，拉住朝歌，目光淡淡地看着凤琉，继续让她表演。

"说完了没有？"凤舞看着她。

"凤舞，你该不会没话说了吧？哈哈哈——"凤琉得意地哈哈大笑起来。

砰的一声，凤舞关上门，将凤琉一行人都晾在了门外。

"喂，凤舞你给我开门！你凭什么把我关在门外？！"凤琉气得拼命踹门。但是不管她怎么踹，那门都纹丝不动。

突然，四周安静下来。

凤琉回头一看，差点儿被吓死，因为人群后方站着一个老嬷嬷。这位老嬷嬷正以极其阴沉的目光盯着她。

"宫、宫嬷嬷……"凤琉只觉得一股寒意从脚心往上冒。

宫嬷嬷在太子府虽然只是一个管事的老嬷嬷，可当她走出太子府……

大夫人赶紧扯扯凤琉的衣袖，示意她闭嘴。

"呃……"凤琉艰难地咽了咽口水，"宫嬷嬷……"

宫嬷嬷默默地走到她面前，看着凤琉，忽然展颜一笑。

凤琉心中一喜，难道宫嬷嬷对她印象不错，要提拔她吗？天啊，如果能得到宫嬷嬷的喜爱，那以后她岂不是能上天？

就在凤琉激动不已的时候，忽然——

啪的一声，凤琉脸上被甩了一巴掌。

"宫嬷嬷，您……"凤琉又痛又错愕，顿觉委屈极了。

宫嬷嬷脸上哪里还有笑容？她的脸冷得跟冰块似的，眼眸宛若利剑，死死地盯着凤琉。

"你很想去冬猎？"

凤琉："宫嬷嬷，其实……"

"现在你可以不需要准备任何东西了！"宫嬷嬷厉声丢下这句话。

凤琉错愕地看着宫嬷嬷。

大夫人也终于反应过来，急急地冲上去，试图跟宫嬷嬷解释："宫嬷嬷，琉儿不是这个意思，其实……"

"整个凤族，除凤舞外，任何人不许参加这次狩猎！"丢下这句话，宫嬷嬷傲慢地扫视他们一眼，"现在你们可以滚了。"

凤琉还想解释，大夫人却用力拽了她一下，示意她不要说了。

大夫人带着凤琉，恭恭敬敬地给宫嬷嬷行礼，这才带着凤琉快步离去。

凤琉却很不甘心："母亲您在担心什么？她不过就是个嬷嬷，充其量是太子府的管事，凭什么能越权管到我们凤族来……"

啪！凤琉话还没说完，就被大夫人狠狠抽了一巴掌。

"如果不想我们整个凤族被你连累，就赶紧闭嘴！"大夫人从来没这样凶过。

凤琰峰早已看到了宫嬷嬷，却自恃身份，不好意思向宫嬷嬷低头。他只是点点头，便打算转身离去。

宫嬷嬷却语气冰冷地喊住他："凤大人——"

按照常理来说，宫嬷嬷不过是太子府的老嬷嬷，身份可比吏部尚书的凤琰峰低多了。可不知道为什么，凤琰峰在她面前，竟有些畏首畏尾。

宫嬷嬷盯着凤琰峰，道："凤大人的目光格局，未免也太小了！"

凤琰峰一头雾水，疑惑地看着宫嬷嬷。

宫嬷嬷冷哼一声。在她眼里，凤琰峰就是个傻子。但凡凤琰峰对凤舞自信一些，看出君殿下对凤小舞的小心思，就不会认为凤小舞只是个小小的暖床丫头。

凤琰峰正想问清楚一些，宫嬷嬷却淡淡地说："凤大人还是好好想清楚吧，这个大造化能不能抓住，就看凤大人您的悟性了。"宫嬷嬷点到为止。

"大造化？"凤琰峰一脸茫然。

"对，一个能让凤族一飞冲天的机会。"宫嬷嬷盯着星陨院的院门。

"能让凤族一飞冲天？！"凤琰峰心中一喜，"那能让凤族重新冲进九大世家行列吗？"

宫嬷嬷淡淡地看了凤琰峰一眼："九大世家行列？何止。"

凤琰峰心中大喜。待他再想问，宫嬷嬷却不愿意提点了，只道："凤大人自己好好想想吧！"说完，宫嬷嬷越过凤琰峰，径直推门进入了星陨院。

这么明显的暗示，凤琰峰该懂了吧？可是，看到宫嬷嬷推门进入后，凤琰峰依旧一头雾水。一个能让凤族一飞冲天的大造化？那是什么？难道是凤舞？可是，便是凤舞真的爬上君临渊的床，并且诞下子嗣，也不可能让凤族一飞冲天啊！难道是……凤琰峰顿时眼前一亮，难道说，凤舞诞下子嗣后，那个孩子拥有君临渊那绝世天才的基因，以后凤族便能凭借那个孩子一飞冲天？！对对对——凤琰峰把自己说服了，心中火热得不行，恨不得凤舞赶紧怀孕生子。

"父亲，您也看到了，凤舞欺负我！"凤琉拉着凤琰峰告状。

凤琰峰现在已经完全意识到凤舞的重要性，怎能允许凤琉伤害凤舞？

"以后你给我记住了！不许跟凤舞有任何冲突！"凤琰峰恶狠狠地瞪着凤琉，"以后若是有任何冲突，都视为你的过错！"

"父亲——"凤琉一脸不解。父亲的态度怎么突然间变化这么大？到底发生了什么？凤琉想不清楚，凤琰峰也不会告诉她。

宫嬷嬷进了星陨院，很明确地问凤舞："凤六小姐，可需要老奴帮舞小姐处理掉？"

处理掉？怎么处理？凤舞惊奇地看着宫嬷嬷。

宫嬷嬷笑看着凤舞，理所当然地说："如果舞小姐愿意的话，让她消失，也不是不可能的。"

凤舞摆摆手道："没这么严重。"

宫嬷嬷道："那便让她参加不了冬猎。不给她些教训，若是被殿下知道，老奴会被殿下责罚的。"

提到君临渊，凤舞的眉头便深深地皱起。她直接打断宫嬷嬷："您不要再提这个人了！"

无论凤琉如何羞辱她，凤琰峰如何气她，凤舞都没有真正放在心上，但宫嬷嬷一提君临渊，她几乎就要炸毛了。

宫嬷嬷欲言又止。她家可怜的殿下只是不会表达而已……

"舞小姐，其实殿下只是还不太懂事，事实上他……对你很好的。"

很好？凤舞简直要气笑了！要是君临渊对自己好的话，那天底下就没有对她不好的人了！

宫嬷嬷见凤舞没有说话，也猜到她在想什么。于是，她轻咳一声，道："喀喀，其实殿下对您……还是蛮特殊的……"

凤舞无语地瞥了宫嬷嬷一眼，道："是啊，确实挺特殊的，但我宁愿不要这份特殊。"

宫嬷嬷："舞小姐，其实……"她家殿下真的很喜欢凤舞的，只不过因为爱面子，所以总是表现出欺负人的样子。

于是，宫嬷嬷将这番话说给凤舞听。凤舞朝天翻了个白眼："宫嬷嬷，这话你自己信吗？"

宫嬷嬷："……"她知道，误会已深，再如何解释都没用，这烂摊子还是交给她家殿下自己收拾吧！

宫嬷嬷长长地叹了口气，道："舞小姐，您还是跟家里告个别吧。"

凤舞用犀利如冰刀的目光盯着宫嬷嬷，一言不发。

宫嬷嬷内心不忍，最终认真严肃地看着凤舞，道："舞小姐，跟家里告别一下吧。"

宫嬷嬷的意思已经很清楚，凤舞今晚必须回去。

凤舞一言不发。朝歌更是冲上来，挡在凤舞面前，同时对宫嬷嬷怒目而视："你这个坏老太婆！休想带走我家小舞！除非你从我的尸体上踏过去！"

除了朝歌，其他人也冲上来。秋灵用哀求的目光看着宫嬷嬷。美人娘亲更是眼泪汪汪，泫然欲泣。

宫嬷嬷："……"不过是让凤舞去太子府，怎么大家的反应都像自己要将她拉去砍脑袋似的？

宫嬷嬷无视所有人，盯着凤舞，只说了三个字："凤小七。"

凤舞的眉头深深地皱起："宫嬷嬷，你这是在威胁我？"

宫嬷嬷眉宇微动，开口道："舞小姐知道，能威胁到您的，就只有殿下。"

君临渊啊……凤舞不得不承认，君临渊确实有威胁她的能力。

"小七呢？"凤舞回头问朝歌。

朝歌正想跟凤舞说这件事，于是赶紧说："小七被人请走了，据说是什么少羽卫的人。小舞，咱们赶紧去少羽卫找小七吧！"

果然是少羽卫的人！凤舞紧紧盯着宫嬷嬷。

宫嬷嬷神色冷静，用只有凤舞听得到的声音说了一句话。

凤舞一听此话，神色不由得一变。她盯着宫嬷嬷，道："你这是在威胁我？"

宫嬷嬷淡淡地道："奴婢不敢。"

凤舞轻哼一声，转身就出了房门，径直往隔壁的方宅而去。

方老爷子实力不弱，更是小七的授业恩师，他会任由少羽卫的人带走小七吗？

可当凤舞过去的时候，方老管家告诉凤舞，方老爷子出门会友了。

"出门会友？这么巧？"凤舞眉头深蹙。

方老管家躬身道："是的，老爷子接到曾老的请帖，便即刻启程了。"

"他老人家有说什么时候回来吗？"凤舞的眼睛半眯起来。

方老管家苦笑着摇头。

凤舞回到星陨院，目光淡淡地看着宫嬷嬷，只问了一句："君临渊可认识曾老？"

宫嬷嬷神色不变，不卑不亢地开口道："曾老曾经教过殿下一年的经学，殿下全学会后，曾老便告老还乡了。"

所以，让曾老请走方阁老，不过是君临渊使的调虎离山之计吧？！这个君临渊！为了逼她在他身边当乖巧的小丫鬟，他到底都做了什么！凤舞无语。

宫嬷嬷看着凤舞："舞小姐，拖延下去，对小七来说，未必是好事。"

凤舞何尝不知道？但那种被人威胁的憋屈，却在她心头挥之不去。

"小舞，你真的被君殿下打了吗？"美人娘亲带着哭腔的声音从边上传来。

凤舞睁大眼睛道："被君临渊打了？！"怎么会有这种传言？

美人娘亲用那双白皙细嫩的柔荑颤抖地摸着凤舞的脸。她紧张兮兮地说："还好，还好，没有留下伤疤……"

凤舞反手抓住美人娘亲的手，眉头紧蹙道："美人娘亲，哪里听来的传言？"

按理说，美人娘亲一直待在星陨院足不出户，外面便是有消息也飞不进来，更何况这根本就是无中生有的事。

秋灵赶紧告状："都是六小姐，之前小七少被请走的时候，她跑来咱们星陨院胡乱说了一通，人虽然被咱们赶走了，可夫人明显把她的话听进去了。"

"对了，小七被带走了！小舞啊，你弟弟被带走了。"美人娘亲泫然欲泣，"你弟弟去哪里了啊？"

凤舞心头一阵酸涩，充满怜惜地看着美人娘亲。当年，美人娘亲也不知道经历了什么，脑子一直糊涂，在她的世界里，除了自己就是小七，现在小七不见了，她肯定着急。

"娘亲放心吧，我一定会将小七带回来。"凤舞在心里默默叹了一口气。

宫嬷嬷说得没错，现在她跟君临渊较劲，实在是最不明智的选择。既然不能较劲……那就只能改变策略，虽然很不甘心，但谁让她技不如人呢？

"回去吧。"凤舞瞥了宫嬷嬷一眼，转身出去了。

宫嬷嬷缓缓地松了一口气。她是真担心这对小年轻闹得不可开交，要知道，太后那边已经通过碧溪再次注意到凤舞了。想到太后，宫嬷嬷就头疼。

凤舞和宫嬷嬷离开凤族，回了太子府。

很快就有消息从凤族传出——

凤舞被君临渊打了，气不过跑回家了，结果宫嬷嬷追出来，再度将凤舞拎了回去。

凤舞又成了风口浪尖上的人物。关于他们的事，人人好奇，所以不到一个时辰，这消息便已传遍帝都的各个角落，就连太后那边都得到消息了。

"什么？凤舞被君君打了？"

太后原本对凤舞的印象就十分不好，再加上从碧溪那儿得到的消息，对凤舞更是不喜。所以，当她老人家听到这个消息时，内心还是暗爽的。

"既然这样的话，就让她在太子府邸好好养伤，这次冬猎将她的名额除掉！"太后不想见凤舞。

风北王妃正要说话，太后却直直地瞪了她一眼："你闭嘴！以后不要再在哀家面前提她，否则哀家连你也不喜欢了！"

顿时，风北王妃一口气堵在胸口。面对这么任性的老太太，她能怎么办？

世上没有不透风的墙，更何况还是太后亲口下的懿旨。所以，凤舞和宫嬷嬷还没回到太子府，凤舞被太后斥责、被从冬猎名单上除名的事，便传得沸沸扬扬。

消息传播得如此之快，如果不是有心人推波助澜，怎么可能？

第二日一早，凤舞正睡得迷迷糊糊的，就感觉鼻子一凉。她睁开眼睛，便看到那位强势霸道的君殿下此刻正坐在她的床头。

凤舞随手一挥，便将他的手拍开。她瞪着他道："君临渊，你干什么呢？！"

冷傲如君殿下，被凤舞一巴掌拍开，顿觉没面子。原本昨晚他被封管家念叨着，也意识到自己似乎对凤舞做了不好的事情，这会儿他正准备跟凤舞说几句话，表示和好。可凤舞拒人于千里之外的态度，顿时惹得君殿下不悦。

凤舞还不知道自己惹毛了君临渊，还冲他瞪眼："就算你是君太子，也不能随随便便进女孩子的房间吧？我也是有尊严的！"

君临渊冷笑，说话不经大脑："呵呵，身为本殿下的暖床小丫头，你以为你还有什么尊严？"

此话一出，凤舞差点儿就被气炸了。她眼中布满血丝，猩红一片："君临渊！你说什么？！"

门外的封管家，分分钟想拍死自家殿下。他真的很无奈啊！论智商，他家殿下可以说碾压一群人，论情商，大家都对他俯首称臣，但面对凤舞，他家殿下就完全不开窍，这到底是为什么呢？

眼看着这对小年轻又要吵起来，封管家赶紧出声制止："殿下，这里还有不少奏章需要您批阅。"

有了这个台阶，君临渊回头气呼呼地瞪了凤舞一眼："你这臭丫头，给我好好反省！"说罢，君临渊扬长而去。

看到君临渊离开，凤舞真是一肚子气无处发泄。她发现，在君临渊面前，她活脱脱就是一个受气包。

封管家看着凤舞，试图跟她解释："其实殿下刚才过来是……"

"是为了气死我吧？！"凤舞瞪着封管家。

封管家："……"

"还不快滚出来？！"君殿下在门外大吼。

封管家："……"

所以说，依这两个人的性子，他们到底要什么时候才能走到一起……封管家也是无奈。

没办法，他只能丢给凤舞一记深深的眼神："凤姑娘快起吧，再过半个时辰，就要开拔去冬猎了。"

封管家离开后，凤舞越想越觉得不爽。冬猎？谁想去啊！可想到小七还在君临渊手里，而且她答应做君临渊十八天的小丫头，不去又不行，于是凤舞只能忍着气，挣扎着从床上爬起来。

凤舞天生丽质，也不需要怎么收拾，简单穿戴梳洗过后，她推开门走了出去。

"咦，凤姑娘醒了？"凤舞刚推开门，就看到一道清丽的身影靠在墙头，正用胜利者的目光看着她。

凤舞眉头微蹙。这个人不是别人，正是之前跟她有过冲突的碧溪。凤舞没有跟她交谈的心思，对她点点头，准备越过去。

"凤丫头，你这是准备去哪儿啊？"碧溪笑眯眯地喊住凤舞。

这声音，听着有些挑衅。凤丫头？她真以为自己是个丫头？凤舞本来一大早就有起床气，再加上从君临渊那里受了气，这会儿正气不顺呢，碧溪这么撞上来，她也不打算客气了。

"去冬猎。"凤舞盯着碧溪道。

"冬猎？哈哈哈，你说你要去冬猎？"碧溪用看神经病的目光看着凤舞。

凤舞没理她，径直走过去了。

"难道你还不知道？"碧溪的声音在凤舞身后响起。

碧溪没有压低声音，此刻已经引起骚动，周围慢慢有人聚集。甄夏带着几个小丫鬟，站在不远处。甄夏原本就是左青鸾的人，对凤舞天然抱有敌意，现在看到凤舞被碧溪找碴儿，她心里自然开心。

碧溪见凤舞要走，嘲讽的声音从凤舞身后传来："难道你不知道，这次冬猎，你是没资格去的吗？"

什么？凤舞眉头微蹙，盯着碧溪。

碧溪却用看白痴一样的目光看着凤舞："你好像很意外的样子？你不知道吗？能去的丫头只有四个，而你只是新来的，凭什么轮得到你？"

碧溪的双手交负在身后，她仰着下巴，得意地道："更何况，太后下了懿旨，你，凤舞，没资格去冬猎！"

她没资格去冬猎？凤舞皱眉道："此话当真？"

碧溪见凤舞眉头紧蹙，以为她内心不悦，顿时乐开了花："太后的懿旨还能有假？凤舞，你该不会以为你怎么都能去吧？现在你的心情如何？是不是很不爽？哈哈哈——"

凤舞："……"她本来就不乐意去冬猎好吗？现在这么好的机会，她恨不得放鞭炮庆祝。

"你确定，我没资格参加冬猎？"凤舞盯着碧溪，目光深深，深不见底。

碧溪嗤笑一声，道："凤舞啊凤舞，你还真是很想参加这次冬猎啊！可惜了，你是真的没有资格呢，哈哈哈——"只要一想到凤舞想去而去不成，碧溪就高兴。

凤舞一听自己没资格去，顿时心花怒放。她没有多余的话，转身往房里走去，速度之快，几乎让人反应不过来。

等碧溪反应过来的时候，凤舞已经走出数百米之远。一时间，碧溪愣在原地。她怔怔地看着凤舞离开的背影，再转头看着甄夏，整个人都是蒙的。

"她、她就这么走了？"碧溪看着甄夏，喃喃道。

甄夏多聪明的人啊，她可不想参与碧溪和凤舞的争斗，于是，她对碧溪盈盈一拜，行了一礼，然后带着身后的小丫鬟，一言不发地离开了。

碧溪："……"

此刻的君殿下已经坐在车里了，不过他全身散发着怒气，一副生人勿近的样子。谁敢招惹他？别说旁人了，就连封管家都没办法跟君临渊正常交流。

"怎么还没启程？"君殿下不耐烦了。

那个臭丫头脾气可真差，一点儿玩笑都开不起，君殿下越想越生气。

"殿下，还有人没到齐，特别是凤……"

然而，封管家的话还没说完，冷傲的君殿下就气呼呼地摆手："没到齐就别去了！"被凤舞气糊涂的君殿下根本没听明白封管家的话。

封管家很无语。他知道自家殿下肯定没听清楚，便提高了声音："殿下，凤舞小姐还没来……"

君临渊的内心动了一下。任何人都不能让他的心触动，皇帝、太后皆不可以，但凤舞……只要这两个字一出现，就代表着特殊含义。只不过，君殿下的面子始终更重要。

"她居然敢不来？好好好，有意思，太有意思了！"君临渊冷笑，"那就让她在太子府待着吧！启程！"说完，君临渊重重一挥手，示意启程。

碧溪是随行丫头之一。本来她没有这个资格，但谁让她是太后的人呢？太后一句话，她就被特许随行了。本来今天她挤对了凤舞，内心还有些惴惴不安，生怕君殿下会找她秋后算账。现在听到君临渊这句话，碧溪顿时心花怒放。凤舞啊凤舞，我还以为你在君殿下心里多多少少会有点儿位子呢，没想到你也不过如此啊！碧溪的心彻底放下了。

每年一次的冬猎，都是去塞纳尔草原。

塞纳尔草原，那是塞纳尔部落所在地，而塞纳尔部落是君武帝国最彪悍的种族，人称"马背上的种族"。

这个种族最大的特点就是人高马大，天生神力，战斗力惊人。所以，便是坐拥天下的君武帝，都得笼络好塞纳尔族。

每年一度的冬猎，便是君武帝和塞纳尔族长友好往来的日子，这中间的暗流涌动，不是一般人能看出来的，也正因如此，君武帝的随行人员不少。

定武门。

文武百官，君武帝一口气带了二十多个，都是亲近他的朝臣。这些朝臣还带着家眷和一马车一马车的箱笼行李，所以定武门前偌大的广场上满是人流。不过，好在这些人都井然有序地等着，场面并不显得杂乱。

君武帝一来，顿时所有人都沸腾起来。

"陛下——"

就在君武帝准备下令启程的时候，他身边的大总管苦笑一声，压低声音道："咱们的太子殿下……还没来呢。"

"什么？！"君武帝的脸色顿时沉了下来。

君武帝这回不仅带了独孤皇后，妃嫔也带了好几位。不过跟君武帝共乘一辆马车的，只有独孤皇后。

听到大总管的话，独孤皇后便觉得抓到机会了，她慢悠悠地说了一句："太子殿下好大的架子呀，还要陛下您等他呢？"

君武帝本就不高兴，被独孤皇后这么一挑唆，他的心情越发不悦，且都摆在了脸上。

大总管苦笑。皇后娘娘啊，私心还是那么重，一心想要废太子，让陛下立她的二皇子为太子，可是——

大总管完全站在君临渊那边，即便君临渊没有主动跟他示好。

"这个君临渊，胆子越来越大了！"君武帝气得一拍桌子。

"陛下，这出发的时辰都是算过的，若是因为太子殿下而耽误了，怕是兆头不大好。这可如何是好呢？"独孤皇后故作担忧。

君武帝冷哼一声，道："既然他不想来，那就别来！大总管，传令下去，即刻启程！"

君武帝身边有两位总管，一位是大内总管赵如海赵总管，彻彻底底的君临渊派；还有一位是白公公，这白公公是君武帝当太子时在他身边伺候的，一路伺候了这么多年，两人间的情分自然也跟别人不同。

何况白公公是独孤皇后派的，对君临渊天然不亲。

大总管和白公公下了御辇，白公公的脸色便有些得意。他瞥了大总管一眼，傲然冷笑道："太子殿下怎么能让陛下等呢？咱们这位太子殿下，未免太过嚣张跋扈了。"

大总管差点儿翻白眼："殿下迟到，自然有迟到的道理。"

白公公："是吗？也不知道什么事能重要到让陛下等他呢。"

这句话虽轻，但确确实实传进了君武帝的耳朵。

岂有此理？！君武帝多好面子的一个人，最经不起挑拨，现在被白公公这么一挑唆，对君临渊的印象直线下跌。

而此刻的君临渊在哪里呢？

车行到一半的时候，君殿下实在忍不住了。马车走了这么一路，他脑海里就想了凤舞一路。想到后面，君临渊只觉脑袋疼。如果凤小舞不去，他去又有什么意义？

蓦然回首，君临渊发现了一个很可怕的事实！原来不知不觉中，凤舞在他心里这么重要了。凤舞不在，原本有意义的事都变得索然无味了？

发现这个惊人的事实后，君殿下愣了很长时间，直到他回过神——

"封管家！"君殿示意马车停下。

呼——封管家在心里默默吐出一口气。他就说嘛，这两人赌气能赌多久？但原本他以为沉不住气的会是凤舞，却不想——

"本太子有样东西落在府邸了，你去取一下。"君临渊吩咐封管家。

封管家轻咳一声。重要的东西落在太子府？哎哟，我的太子殿下呀，您不是有空间储存戒指吗？您不是将重要的文件都放在那里面的吗？现在居然用落东西这么简单粗暴的借口……实在是太弱智了！但是揭人不揭短，封管家脸上挤出最专业最无害的笑容，然后开口道："殿下，您落了什么东西？"

君临渊："你不知道？"

封管家故意装傻道："不知道呀！殿下，您有何吩咐？"

本来君临渊这辆马车就走在被护卫团团保护的地方，最容易引起注意，当君临渊在马车上，封管家在马车外，而君临渊被封管家气到瞪眼的时候，大家都知道，事情有变。

"回程！"君临渊气呼呼地瞪了封管家一眼，直接吩咐回去。

大家一听都蒙了，回程？

听到消息的人面面相觑。到底发生了什么事？

君临渊根本不给任何人提问的机会，只要他沉着生人勿近的脸，就没人敢问了。

"殿下，时辰将至，如果赶回去，怕是陛下那边……"宫嬷嬷试图委婉地提醒君临渊。

如果能听人劝，那就不是君临渊了。他横了宫嬷嬷一眼，眼中明显有抱怨和不悦。

抱怨和不悦？宫嬷嬷也有些蒙了。殿下不悦她能理解，可是这抱怨……到底是哪里不对？

封管家好心地戳戳宫嬷嬷的手臂，无声地提醒她两个字：凤舞。

宫嬷嬷平时是聪明人，但并不表示她时时刻刻都聪明，就像现在，她就不明白关凤舞什么事。

"舞小姐还没来。"

封管家见君临渊的怒气值越来越高，周围的空气都有被凝结的趋势，他赶紧趁君临渊不备，压低声音提醒宫嬷嬷。

宫嬷嬷一听，眼睛立马瞪大："舞小姐没来？她怎么会没来？她就在随行名单上啊！"

封管家没好气地说："凤舞还真不在呢！"

一时间，大家议论纷纷。

"君殿下真的是因为凤舞不在，才想要折返回去吗？"

"其实君殿下对凤舞是真的很在乎很在乎吧？"

"其实咱们君殿下……"

"舞小姐不在队伍里？怎么会呢？舞小姐……明明应该在队伍里啊。"宫嬷嬷到处找，却怎么都没找到凤舞，她顿时有些慌了。

"太后亲口下的懿旨，不允许凤舞出现在冬猎的随行名单里。"不知道谁低声说了一句。

太后懿旨？一时间，所有人都望向碧溪。因为碧溪就是从太后宫里被赐下来的，更何况她昨晚出去过。

"我……"碧溪知道瞒不过，于是便站出来，小声说，"昨天晚上，太后确实召见奴婢了……她老人家确实问起了凤舞……太后对凤舞印象不好，这不关我的事吧？"

宫嬷嬷的脸顿时沉下来。果然是碧溪在捣鬼！

"你是白痴吗？！"宫嬷嬷气坏了，直接一巴掌拍在碧溪的脑门上。

碧溪顿时被打蒙了。别说是她，周围的其他人，也都用难以置信的目光看着宫嬷嬷。

碧溪可是太后赐下来的，太后她老人家明明白白地告诉过所有人，碧溪就是给君殿下做侍妾的。而现在，宫嬷嬷居然敢打她？还当着这么多人的面打她？！

碧溪自己都蒙了，用匪夷所思的目光瞪着宫嬷嬷："你打我？你不过是个管事老嬷嬷，居然敢打我？！"

宫嬷嬷深吸一口气。遇到这么缺心眼的人，她也是心累。

碧溪犹不自知，冲宫嬷嬷大声嚷嚷："你居然因为凤舞打我？！她算什么东西，你居然因为她打我？！"

"没错，凤舞今天早上还想来呢，是我拦住了她，是我嘲笑她没有资格却还想着来！怎么样？你能拿我怎么样？！"碧溪得意地瞪着宫嬷嬷。她可是太后赐给君殿下的，是未来的侧妃娘娘呢！

然而，还没等碧溪得意完，一只强而有力的手，已经钳住她纤细如白瓷的颈项！碧溪只觉得颈项处有窒息的感觉传来。她顿时无法呼吸，整个人都被一股庞大的力量提起来，双脚悬于地面。

"殿下——"封管家看到君临渊拎着碧溪，将她悬空提起。

"殿下不可——"宫嬷嬷也急忙出声。

碧溪身份特殊，不能随便打杀，不然宫嬷嬷也不会忍她至此了。

咔嚓——

一道骨骼碎裂的清脆声，传进众人耳中。

此刻，所有人都震惊地睁大眼睛。他们亲眼看到，就在前一秒，君临渊竟然硬生生扭断了碧溪那纤细如白瓷的颈项。千娇百媚的少女，眨眼间便没了呼吸。

四周死一般寂静。没有人敢喘息，更没有人敢吭声……太可怕了……一股寒意从众人脚底蹿起，升至后脊。大家都觉得浑身发寒。

一直都知道君殿下残酷嗜血，生杀予夺，但最近——

府邸的人已经很久没有看到殿下发脾气了，相反还在他身上看到了一点儿人性化的东西，所以……所以很多人都下意识地以为，殿下变得温和好相处，谁知道，殿下依旧是那个生杀予夺杀人不眨眼的殿下。

"殿下——"

一时间，在场所有人纷纷跪地。他们低垂着脑袋，不敢跟君临渊对视。

君殿下用那双嗜血的眸子环顾四周。目力所及，一片寒冰笼罩。众人瑟瑟发抖，凝神屏息。

"回府！"君临渊冷哼一声，顺便将碧溪随手甩在一旁，然后大步离去。

众人心里一片冰凉……

太子府。

凤舞这个回笼觉睡得是天翻地覆，不知今夕是何夕。

就在她做梦正香的时候，感觉到一道冰冷却炙热的目光盯着她。

凤舞是何等敏感之人？这等毫不掩饰的炙热目光，她怎会忽略？下意识地，凤舞便睁开眼睛。

"君临渊？！"凤舞揉揉惺忪的睡眼，顺便打了个哈欠。

君临渊似笑非笑地盯着她。

双手抱臂的君临渊不紧不慢地走过去，定定地站在凤舞面前。

"醒了？"君殿下用那修长的手指捏捏凤舞略带婴儿肥的小脸。

"唔——"

君临渊手指的温度带着一贯的冰凉，这股明显的凉意将凤舞冻醒。凤舞打了个哆嗦，当即拍开他的手。

"你不是去冬猎了吗？怎么回来了？"凤舞用怪异的目光看着君临渊。

君殿下嗤笑一声，道："找你。"

"找我？"凤舞用右手食指指向自己，"你怕是不知道吧？太后亲口下的懿旨，不让我随行呢。"

君临渊漫不经心地瞥了凤舞一眼："我看你这样子，似乎很高兴？"

凤舞又不是傻子，怎么可能承认？她忙不迭地否认道："哪有？！我居然没有资格去冬猎？好悲伤，好难过，好可怜……"

君临渊用看白痴一样的目光看着凤舞。被君临渊这样看着，凤舞演不下去了，她轻咳两声，为自己找台阶。

"喂喂，君临渊，你也不去冬猎了？"凤舞是真不想去。

这个季节是塞纳尔草原寒风最凛冽的时候，草原上的日子不好过啊！不过正因如此，出来活动的都是凶猛的魔兽，所以才是狩猎的最好季节。

"走吧。"君临渊伸出右手，将凤舞的小手包裹其中，拽着她就往外走。

"喂喂喂，你要带我去哪儿？"凤舞突然有一种很不好的预感。

"冬猎。"君殿下言简意赅。

凤舞："哎哎，我不去，我不要去。"

君殿下哼哼道："刚才是谁说自己弱小无助、悲伤可怜的？"

凤舞捂脸道："可是，我不是没资格去吗？太后可是下了懿旨，把我驱逐出队了呢！"

君殿下用看白痴一样的目光看着凤舞："你是傻子吗？"

凤舞："啊？"

君殿下："那懿旨对我有用？"

凤舞："喀喀，那可是懿旨啊……"

君殿下："那是对别人的懿旨。"对君临渊来说，他从来都是拥有特殊待遇的那个人。

凤舞："……"摊手，她能说什么呢？

太子府的大部分下人，在宫嬷嬷的带领下去往武定门。

当宫嬷嬷到的时候，大部队已经准备出发了。大总管一直派人紧紧盯着周围的动向，看到太子府的人，他悬着的那颗心终于放下。

"君殿下终于来了！"大总管呼出一口气。

白公公的眉头却紧皱起来。他居然赶上了？原本还以为能乘机整一次太子呢！这么好的机会，真是浪费了……白公公的内心是失望的。

"太子殿下还真是掐着点来啊，不愧是太子殿下。"白公公的语气有些阴阳怪气。

大总管慢悠悠地瞥了白公公一眼，道："白公公还是少动些心思比较好，咱们这位太子殿下的位子，可是稳当得很呢！"

白公公冷哼一声，不予置评。从来都是有了后娘就有后爹，现在的陛下宠独孤皇后，自然也宠她生的二皇子，太子这个位子真有那么稳当吗？白公公内心是不信的。

就在大总管准备进去禀告君武帝太子已来的消息时，宫嬷嬷却苦笑着告诉他，太子殿下并不在马车里面。

"什么？！"大总管急坏了。

"殿下怎么会不在马车里呢？！"大总管难以置信地瞪着宫嬷嬷，"宫嬷嬷，这个时候你就不要开玩笑了！"

白公公也用怪异的目光看着宫嬷嬷。

宫嬷嬷内心苦笑。她也知道现在的状况，可殿下肆意任性，她能怎么办？

就在这时，不远处的车辇里传来君武帝的声音："何事喧哗？"

这么好的机会，如果不抓住，那白公公就不是白公公了！只见他上前一步，大声对君武帝说："陛下，太子府的人已到。"

大总管和宫嬷嬷齐齐皱眉，转头瞪着白公公。白公公这话说得可就有意思了，模棱两可，这是故意让陛下以为太子来了。

君武帝正生气，闻言不由得冷笑道："还不快让那逆子滚过来！"

宫嬷嬷知道，再这样下去，必然是不行的！于是，她忙上前一步，站在御辇外，低头躬身道："回陛下的话，殿下……还不曾过来。"

什么？！君武帝刚才被独孤皇后一阵挑唆，已经对君临渊的傲慢态度很不满了，现在听宫嬷嬷如此一说，顿时怒从中来。

啪！君武帝重重一拍扶手，扶手应声而裂。

独孤皇后忙扶着君武帝，温声劝道："陛下息怒，陛下万万息怒，怒极伤身啊！

陛下，您的龙体才是最重要的。"

君武帝抓着独孤皇后的手，一脸沉痛地道："你都知道要朕注意身子，可是那个逆子，他是想气死朕，好继承朕的江山啊！"最后那半句话可就太严重了。

独孤皇后心中暗喜，却表现出惶恐的样子："陛下息怒，太子绝无二心啊！"

独孤皇后越劝，君武帝越怒。

"既然他不想去，那就不用去了！"君武帝气得挥手。

宫嬷嬷眼看情况不对，赶紧跑去请太后。太后已经坐上马车，正懒得动弹，听到这件事，当即惊坐起来。

"太子还没来？"太后的脸色瞬间沉了下来。

这会儿武定门前全是文武百官，陛下斥责太子的事已尽人皆知，这对太子是非常不利的。

宫嬷嬷也顾不得许多，当即点头。

"不应当啊。"太后眉头微皱，喃喃自语，"以君君的性子，他既答应，便一定会来。他不会提前到，也绝不会迟到，此事定有蹊跷。"说罢，太后猛地抬头，瞪着宫嬷嬷，"说！太子府出了何事？！"

宫嬷嬷："呃……"

"你不说是吧？很好！"太后面色不善，双目盯着宫嬷嬷，"传碧溪过来！"

碧溪？宫嬷嬷的脸差点儿黑了。碧溪姑娘是不可能来的，因为她已经被君临渊杀了。

"怎么？"太后见宫嬷嬷久久没动，脸色瞬间变得很难看。

"碧溪姑娘……"宫嬷嬷停顿了几秒，最终还是告诉太后，"碧溪姑娘已经死了。"

什么？！太后万分震惊，难以置信地看着宫嬷嬷："怎么回事？谁杀的？！"

宫嬷嬷依旧保持冷静："是、是太子殿下。"

原本怒气冲冲的太后瞬间安静下来："是君君？"

"回太后，是的。"宫嬷嬷点点头。

太后脸上的怒气消失得干干净净。她没好气地摆摆手，道："既然是君君杀的，自然有杀的道理。算了算了，死了就死了吧，也没什么大不了的。"

宫嬷嬷："……"

好在已经习惯了太后的冷淡，宫嬷嬷并不震惊。太后身边的其他人也都见惯不惊，个个淡定从容。

"对了，你来找哀家，可是太子出事了？"太后看着宫嬷嬷。

宫嬷嬷忙道出真相："殿下迟到了，现在还不曾过来，陛下有些生气……"

"我还道怎么回事，原来是这点儿小事。走，看看去。"

太后在蓝嬷嬷的搀扶下走下步辇，一路往君武帝的步辇而去。

而此刻的君武帝，正因为君临渊的迟到而大发雷霆。

君武帝气得重重拍桌子，同时怒吼一声："那逆子既然不去，就除去他的资格！开拔！即刻启程！"

独孤皇后心中暗喜。看来这次太子是彻底不得陛下喜欢了呢！

面对暴怒的君武帝，文武百官噤若寒蝉，一动不动。

"皇帝！"就在这时，一道冷淡的声音响起。

谁敢这样放肆地闯自己的步辇？君武帝回头一看，发现来的是太后。

"母后，您怎么来了？"君武帝忙上前几步，搀住太后，脸上挤出讨好的笑容。

君武帝是大孝子，对太后从来都是千依百顺。

太后瞪了君武帝一眼，道："听说，你打算把君君逐出队伍？"

君武帝沉默。太后气愤地瞪着他："你还真的打算将君君剔除出冬猎的队伍不成？！"

独孤皇后在一旁插话道："老佛爷，其实是太子殿下他……对陛下实在是……"

"你给我闭嘴！"太后怒气十足，瞪着独孤皇后，"我皇族的事，有你置喙的份？！"

独孤皇后："……"

太后非常凶狠地瞪着独孤皇后："你是恨不得太子不得皇帝喜欢，就可以让你的二皇子上位是吧？哀家告诉你，你想都不要想！"

这样劈头盖脸毫不留情的训斥，独孤皇后面子上肯定下不来，她顿觉委屈，泪眼蒙眬地道："母后，您误会臣妾了，臣妾只是不忍陛下……受委屈啊……"

君武帝紧紧地握住独孤皇后的手，还是他的梓潼心疼他！

太后愤怒地瞪着独孤皇后："你给我闭嘴！"

君武帝："母后……"

太后劈头盖脸地对君武帝一顿训斥："皇帝！你到现在还看不出她的居心吗？哭哭哭，很委屈吗？！我们君君没爹没娘，才应该哭呢！"

君武帝："母后，朕这个父皇还没……"

"有后娘就有后爹！你就是个后爹！"太后气呼呼地瞪着君武帝。

君武帝："……"

"哼！"冷傲如太后，大马金刀地往软垫上一坐。

君武帝："母后……"

太后："谁的话都不管用！哀家就在这里等着了，君君不来，哀家就不走！"

君武帝："……"

独孤皇后："……"

独孤皇后委屈地握住君武帝的手。刚才老佛爷的话句句戳心，实在是太不给她面子了。君武帝只能用力握握独孤皇后的手，却一句安慰的话都说不出来。

周围的文武大臣都默默地低垂着脑袋。大总管和白公公也都沉默沉默再沉默。大家心里其实有数，只要太后在，君临渊这个太子之位就稳稳当当的，不会有任何动摇。

太后这边气势压人，而太子府——

"跟我走。"君临渊拉着凤舞的手。

凤舞却皱眉道："我真的不想去。"

君临渊回头瞥了凤舞一眼，问："你确定？"

凤舞猛点头道："确定确定，我确定。"

君临渊轻哼一声，道："谁给你的权力不走？"

凤舞："啊？"

君殿下哼哼两声，道："本太子走到哪里，你就得跟到哪里，懂？"

凤舞："……"

还没等凤舞反应过来，她就被君临渊拉得一阵趔趄，跌跌撞撞地被拽走了。一路上，凤舞抗拒着，而君殿下始终牵着她的小手，紧紧不放。

从武定门到太子府的这一路上其实有不少人，而他们的任务，就是观察君临渊的动向。

"来了来了，殿下从太子府出来了。"

"殿下已经过了安定大街了！"

"殿下已经走过安和桥了。"

"殿下已经……"

很快，消息传到武定门。

而此刻的武定门前一片安静，没有任何嘈杂之声。

"太子殿下到——"当君临渊终于到来的时候，武定门外响起尖锐的声音。

太后一听君临渊到了，当即站起来。她狠狠地瞪了君武帝一眼："都跟你说了，君君会到的！哀家没说错吧？"说罢，太后快步往外走去。

独孤皇后的脸色非常难看。

"君君啊——"太后看到君临渊，异常高兴，在蓝嬷嬷的搀扶下正要快步而去，但一抬眼就看到被君临渊牵着手的凤舞。刹那间，太后的脸色变得非常难看。

"你们——"太后恶狠狠地瞪着凤舞，目光冰冷，怒气冲冲。

凤舞用力将君临渊的手甩开。

太后的目光并没有变得温和，反而越发凶狠。太后拉着君临渊的手，道："君君啊，你可来了，所有人都在等你呢，你这是被什么事耽误了啊？"

君临渊漫不经心地瞥着凤舞。凤舞气呼呼地瞪着君临渊。别想将锅甩给她，她是不会接的！

君临渊以拳抵住唇角，轻咳一声，不答反问："可以走了？"

"可以可以，来人，快伺候太子上车辇……"

太后照顾太子惯了，也不觉得什么，可在文武百官看来，其中深意就值得研究了。

凤舞正准备拎着裙子上马车，但太后一个眼刀子飞射过去。

凤舞内心："……"

"来哀家的马车！"太后瞪了凤舞一眼，发出号令。

凤舞："……"

宫嬷嬷想跟过去，被太后的目光一瞪，顿时内心一凛。她有些担忧地看着凤舞，再用询问的目光望向君临渊。见君临渊并没有什么反应，宫嬷嬷只能长长地叹息一声，让这些年轻人自己折腾去吧！

车队在耽误了近一个时辰后，终于出发了。

太后马车内。

太后正襟危坐，面容严肃，那双犀利的眸子一眨不眨地盯着凤舞。凤舞低垂着脑袋，默默地站在太后面前，就像受气的小媳妇儿一样。周围的气压低到极致。

如果是别的小姑娘，这时候怕是早就哭了，可是凤舞没有……她内心强大，从容淡定不受影响，但面上不得不表现出慌张的模样。

"你也知道紧张了？"太后见她散发出来的气场终于将凤舞压得几乎垮掉，内心得意了些许。

"太子为何会迟到？"太后瞪着凤舞。

凤舞："……"她哪知道君临渊为何迟到？只不过——

"殿下行事，一向有自己的主张，奴……奴婢什么都不知道。"凤舞对"奴婢"两个字很纠结，但她确实得做君临渊十八天的小丫头，所以硬着头皮说了出来。

太后冷哼一声，道："哀家想也是，就凭你，怎会知道太子的心思！"

凤舞在心里翻了个白眼。既然知道，你还问？

太后的心情好了一些。她不知道想到了什么，目光猛地变得犀利。

"凤舞！"太后恶狠狠地瞪着凤舞，"你好大的胆子！"

太后猛地一拍扶手。若是换了别的姑娘，这会儿肯定被吓哭了，可凤舞内心强大，不是太后能想象的。

"太后，请息怒。"凤舞半跪下来。

"来人，将她的手给洗干净！"太后怒道。

顿时，边上的丫鬟上来，手拿戒尺，神色严肃而凶狠。凤舞脸色微变。太后身边的人，实力不可能弱。其中两个孔武有力的嬷嬷，重重地摁住凤舞，将她的手反剪在身后。

蓝嬷嬷一看，顿觉不好。趁太后不注意，她掀开车帘，给宫嬷嬷一个眼神。宫嬷嬷一直跟在马车外面，一看蓝嬷嬷的眼神便知凤舞这是要吃亏了。这可不得了！

宫嬷嬷知道君临渊对凤舞的情意，如果让他知道凤舞被太后责罚……后果不堪设想！想到这儿，宫嬷嬷立即去报信。

"给哀家重重地洗手！"太后的神色非常难看，语气异常坚决。在她的印象中，就是凤舞这只小狐狸蛊惑了太子，否则她家君君怎会迟到？！

此次塞外之行，君武帝带的随行家族不少，至少凤北王府、左家、凤族、独孤家族、沐王府都在随行之列。皇族里，太后、皇帝、皇后、鹂妃、三公主、五公主、二皇子、三皇子等也在随行之列。方才君临渊牵着凤舞的手来时，那一幕强烈冲击了在场诸人的大脑，所以此刻，这些家眷都在各自的马车里议论纷纷。

凤王妃并不高兴，因为她始终认为，君临渊不是凤舞的良配。

左家，左夫人眼睛都瞪直了，恨不得将凤舞掐死。

独孤家族因为独孤雅莫的关系，独孤夫人对凤舞的恨，与左夫人并没有差别。

沐王府因为沐瑶瑶的关系，沐王妃天然排斥凤舞。

原本凤族被宫嬷嬷逐出了队伍，但不知独孤皇后使了什么手段，竟又将他们加回来了。因此，凤琉和凤桑，以及凤大夫人都在随行之列。

除此之外，还有其他一些家族。

左夫人和独孤夫人此刻正在同一辆马车上。左夫人皱着眉头，对独孤夫人说："方才姐姐可看到了？"

独孤夫人："嗯？"

左夫人："太子殿下和凤家小舞，关系匪浅呢！"

独孤夫人的嘴角勾起一抹微微的弧度："妹妹这是紧张了？可是，青鸾是内定的太子妃，妹妹紧张是正常的。"

左夫人拉着独孤夫人的人，苦笑不已："姐姐又何必说我呢？雅莫对太子难道就没有心思？"

独孤雅莫在琼花节对君临渊表白，反被凤舞抢走君临渊这件事，已经传遍了整个帝都，因此，独孤雅莫沦为了民间笑柄。

此刻，左夫人提起这件事，独孤夫人自然暴怒。

独孤夫人："妹妹这话是什么意思？！"

左夫人忙摆手道："姐姐息怒，姐姐息怒，妹妹没有任何嘲笑的意思，只不过……这个凤舞，当真是人看人厌，恨不得将她掐死，难道姐姐不是这样想的吗？"

独孤夫人冷哼一声。

左夫人递出橄榄枝："姐姐，不如我们合作？"

独孤夫人的眼睛半眯着，盯着左夫人不说话。左夫人笑道："难道姐姐真的不想替雅莫报仇吗？听说雅莫丫头在家里又哭又闹又上吊，委屈得不得了啊！"

独孤夫人向来最疼的就是独孤雅莫，这几日独孤雅莫闹腾起来，整个独孤家族乌烟瘴气人仰马翻，气氛很是压抑躁动。想到这儿，独孤夫人就对凤舞恨得咬牙切齿。

"你有什么主意？"独孤夫人盯着左夫人。

左夫人凑近独孤夫人耳边，对她嘀嘀咕咕了一番。独孤夫人的眉眼渐渐舒展开来，不过她还是略带怀疑地说："此事可行？"

左夫人很是自信地道："可行！有你我出手，如果再不行，咱们求皇后去。"皇后是独孤家的人，和独孤夫人是姑嫂关系，自然会偏帮她们，更何况……

左夫人道："难道姐姐你没注意，太后对凤舞也是不喜吗？"

独孤夫人点头感慨道："这位凤舞姑娘当真是……众矢之的啊！这次冬猎，她的日子将会非常难过。"因为要对凤舞动手的，绝对不仅仅是她们两个。

"谁让她人见人厌呢！"独孤夫人笑道。

第三章
大显身手

宫嬷嬷以最快的速度飞奔去找君临渊。

事实上，自凤舞被太后带走之后，君殿下就一直处于焦躁状态，连日常的打坐他都没办法集中注意力。

"殿下——"马车外的封管家提醒。

君殿下没有回应。封管家顿了顿，又提醒道："老佛爷对舞姑娘印象不佳，此次……舞小姐怕是要吃些苦头了。"

君临渊冷哼一声，道："这丫头顽劣得很，吃些苦头正好长长教训！"

封管家："……"好吧，回头可别后悔啊，我家的冷傲殿下！

此刻，宫嬷嬷匆匆走来。

"殿下，不好了，老佛爷取出一尺红，要杖责舞姑娘呢！"宫嬷嬷急得不行。

一尺红？！一丈红能取人性命，但是一尺红，那是能废人一双手的！原本低着头的君临渊猛地站起来，高大修长的身体几乎要撞破马车。

他二话不说，掀开帘子就往外走。封管家默默地翻了个白眼。冷傲什么呢？口是心非什么呢？最终还不是要过去英雄救美？

君临渊两条大长腿走得飞快，人影交错间，已经来到太后的马车前。

"住手！"君临渊怒斥一声。

君临渊一到，便如泰山压顶，一道庞大的阴影笼罩下来。

因为君临渊这一声大喝，整个前行的队伍为之一震，众人下意识地停住脚步。太

后心脏病都快被吓出来了，她苍白着一张脸，愣愣地看着君临渊。好半天她才反应过来，抚着胸口，长长地呼出一口气："你这孩子，差点儿吓死哀家！"

而君临渊，从一开始就注视着凤舞。此刻的凤舞被摁在地上，目光倔强而愤怒，宛若喷火的小兽。她衣衫不整，发丝凌乱，脸上甚至还有一丝浅浅的指印。

君临渊能想象到，定是有人掌掴她。她虽避开了，却没能完全避开，这才在脸上留下了指印。这丫头……目光倔强得让人心疼。

君临渊没多说，迈着沉稳的步子上去，弯腰朝凤舞伸出手。

君殿下竟然对凤舞伸手？在场所有人都对凤舞羡慕嫉妒恨。然而令众人难以置信的是，凤舞居然一掌拍开了君殿下的手。

啊？这个世界上，居然有人会拍开君殿下的手？！

其他人虽震惊，却无法比太后更震惊。她家宝贝君君，居然被一个小丫头给拍开了？是可忍孰不可忍！

"将这丫头拖出去，斩了！"太后眼中充满愤怒，叫嚷起来。

这一嚷嚷，外面的人可就全听见了。

左夫人和独孤夫人对视一眼，都在彼此眼中看到了幸灾乐祸。真是老天爷也站在她们这边啊！这还没出手呢，凤舞就已经被太后嫌弃成这样！于是，激动的左夫人和独孤夫人当即停下交谈，竖起耳朵。

凤族的凤夫人她们此刻也处于震惊中。凤舞居然得罪了太后？完了完了……凤族肯定会被牵连，这可如何是好？

然而，所有人都没想到，被凤舞拍开手的君临渊并没有生气，相反，他还用无奈的目光看着凤舞。

"你是白痴吗？！"君临渊用修长如玉的手指戳戳凤舞的脑袋，随即一把将她拽起来，夹在腋下就往外走。

凤舞整个人都是蒙的。

"喂喂，君临渊，你放我下来！你快放我下来！"凤舞捶打着君临渊的身体。

君临渊的身体如钢铁般坚硬，凤舞那点儿力气根本撼动不了他分毫。此刻的凤舞又急又气又愤怒，直接掐君临渊的腰。君临渊义无反顾地将她扛着走。

周围有多少人被眼前这一幕给惊呆了？

太后整个人都处于崩溃状态，目光直愣愣的，完全反应不过来。

"老佛爷！老佛爷——"蓝嬷嬷拉住太后，掐她的人中，同时紧张地大喊，"老佛爷，您醒醒啊！"

太后悠悠醒转，目光还处于涣散状态。

"君君他……君君他……"因为太过震惊，太后连一句连贯的话都说不出来。

"殿下他走了。老佛爷您别着急，万事好商量，您千万别急啊——"蓝嬷嬷小声劝慰着。

"君君他竟然……他竟然能容忍那丫头如此放肆！"太后气得声音都是颤抖的。

蓝嬷嬷："这个……"

"他竟然将那丫头纵得如此嚣张跋扈！"

蓝嬷嬷："这个……"

"凭什么？！"太后非常不服气，整个人依然处于愤怒状态，"哀家那么辛苦养出来的宝宝，竟然被这臭丫头拳打脚踢？她算什么东西！啊？！她算什么东西？！"

蓝嬷嬷试图劝说："老佛爷，这年轻人的事，咱们也说不好……就让他们自己处理吧。"

"绝对不行！"太后气得一挥手，"那丫头长着一张狐媚脸，君君明显是被她给迷惑了，不行，一定不能再让那丫头待在太子身边了！"

蓝嬷嬷："……"她怎么觉得，被欺负的反而是凤舞那小姑娘呢？可知道太后现在特别讨厌凤舞，蓝嬷嬷也不好说什么。

接下来，太后一直处于生气状态，整个车队弥漫着浓浓的硝烟味。

陛下出行，自然一切不会从简。

驿站原本是官员的落脚地，自然不会高级到哪里去，但因为君武帝出行，所以此刻的驿站早已被从里到外打扫了一番，看上去焕然一新。

这次打前站的是沐王爷，一切食宿安排也都是沐王爷在调度。

君武帝一行住进驿站，其余随行人员便在周围的空地上搭帐篷，将驿站围在中间，看上去井然有序。

君武帝独占一栋小楼，太后独占一栋小楼，君临渊也独占一栋小楼，其余的人居住环境就没这么好了。

自从凤舞被君临渊当众扛走后，她就对君临渊又啃又咬。如果不是这个人，她至于沦落到这个地步吗？至于被太后威胁、被围观群众指指点点吗？

凤舞越想越气，越气越想咬君临渊。可是，君临渊的肉她又咬不动，整个人崩溃得眼冒火光。可偏偏看着崩溃的凤舞，君临渊却觉得可爱到爆，忍不住伸手捏捏她的小耳朵。凤舞用看神经病一样的目光瞪着君临渊，她都快气炸了，他竟然还捏她的耳朵，还冲着她傻笑？

凤舞无奈地道："君临渊，你到底想怎样？！"

君殿下没回答，而是将她扛在肩头，从马车里走出来。

"喂喂，君临渊，你放我下来！不然我真的生气了！"凤舞的脸一下红了。

刚才君临渊夹着她的时候，好歹周围没有那么多人，现在几乎所有人都从马车上下来了。天知道这样有多丢人！更何况，凤舞一抬头就看到君武帝从马车里走出来，跟在他身边的，一位是独孤皇后，还有一位是鹂妃。

君武帝一抬头就看到了君临渊，只一眼，他老人家的眼睛就直了。什么情况？！

君武帝一个踉跄，差点儿摔下来。

"陛下——"大总管时刻关注着君武帝，赶紧伸手一扶。

君武帝终于倒吸一口凉气。他那清高孤傲冷淡的儿子君临渊，居然会做这种事？！这是君临渊的性格能做出来的事吗？！

"朕是否看错了？"君武帝眨眨眼睛，用力瞪着前方。

然而，他没有看错，君临渊确实扛着凤舞大步流星地往前走。

"站住！"君武帝喊住君临渊。

此刻，气氛有些怪异。君临渊顿住身形，转过身，用疑惑的目光看着君武帝。

君武帝的肺都快气炸了。这浑小子！

"青天白日，搂搂抱抱，成何体统？！"君武帝瞪着君临渊，"还不速速将她放下？！"

让君武帝越发生气的是，君临渊漠然地看了他一眼，转头扛着凤舞大步流星走了。

他居然无视君武帝！在场的人都用见鬼一样的目光看着君临渊离去的背影，再默默看了君武帝一眼。君武帝感觉，他的帝王光环在这一刻明显减弱了。

而君临渊的威望，居然再次提升！

"陛下——"独孤皇后也看出了这一点，拉着君武帝的衣袖，小声说，"太子殿下如此行径……他自己或许不知，可对您的影响可不止一点两点啊，威信建立起来何其难？殿下又不是小孩子，怎会如此任性？"

"他哪里是任性？他是故意在破坏朕的威望！"君武帝对君临渊的怨念不是一般的大。

独孤皇后心中一喜。果然，这父子俩已经有嫌隙了，这时候必须趁热打铁啊！

于是，独孤皇后便拉着君武帝一路走一路说……除了君武帝，没人知道独孤皇后说了什么……

太后的驿站小楼里。

"哎哟，哎哟——"太后摁着太阳穴，躺在床上翻来覆去地喊疼。

蓝嬷嬷急坏了："老佛爷，您怎么样了？"

太后已经连话都说不出来了，只知道嗯嗯哼哼地喊疼。蓝嬷嬷急坏了，忙不迭地跑出去，让宫女去请随行的太医，同时她自己去请君武帝。

独孤皇后正和君武帝历数君临渊的种种不好，突然听到外面的喧哗声，眉头顿时紧皱。

"陛下，大事不好，老佛爷身子欠佳，现在躺在床上连话都说不出来了！"

蓝嬷嬷是太后身边的老嬷嬷，在宫中地位尊崇，所以能在这时候面见君武帝。

君武帝一听，立马站起来，一边披衣一边急急地往外走。

"怎么回事？！老佛爷到底怎么了？！"君武帝质问道。

蓝嬷嬷的脸色有些发白地道："老佛爷从马车上下来后身子就不适，吐了一回，晚膳没用就躺下了，这会儿更是疼得说不出话来。"

君武帝脚步飞快，声音更是急促："太医呢？！楚太医呢？白太医呢？"

"老奴已经派人去请了，这会儿应该已经到了。"蓝嬷嬷的语气也镇定不了，毕竟兹事体大！

果然，当君武帝赶到的时候，楚太医和白太医他们已经在了。

"楚太医！"

楚医令正好诊脉完毕，睁开眼睛。

"太后如何了？！"君武帝一把抓住楚医令的衣领。

楚医令脸色很不好看，但声音还算镇定："回陛下的话，老佛爷这是旧伤复发，脑疾发作，从而影响到全身——"

"说重点！"君武帝怒吼。

楚医令面露不忍之色："陛下，老佛爷这病，不好治啊……下官，并没有多少把握。"

"怎会如此？！你不是宫里最厉害的医令吗？怎会连你都不能治？！"君武帝气得大吼。

楚医令："陛下啊……药师，并不是万能的啊……"

君武帝："朕不管你是不是万能的，朕只要太后没事！否则，提着你的脑袋来见朕！"

楚医令快崩溃了……

"可是陛下，微臣最多只有十分之一的把握，而且微臣担心治好之后，还有后遗症……"

君武帝冷哼一声，道："朕说了，不管你用什么方法，朕只要老佛爷没事！"

楚医令快被逼疯了。

君武帝丢下楚医令，冲进内室去见太后。而此刻的楚医令，头发都快被自己揪下来了。

"医令大人——"一旁没有开口的白药师，突然弱弱地开口。

楚医令沉浸在自己的痛苦中，并没有搭理他。

"医令大人，其实还有一个人，可以试一试……"

"谁？"楚医令皱眉。

"凤舞姑娘。"白药师郑重地道，"凤舞姑娘一身医术非常了得。上次老佛爷的脑疾犯了，就是凤舞姑娘给治好的，所以这次说不定她也有办法呢。"

楚医令眉头深锁地道："你确定？"

白药师拍着胸口保证："凤舞姑娘的医术绝对在你我之上，肯定有办法治好太

后的。"

　　"楚医令，我们已经没有任何办法了，只有找凤舞姑娘这一条路了。"白药师目光中带着急促，"老佛爷撑不了多久。"

　　楚医令长叹一口气，道："既如此，你速速去请吧。"

　　"是。"白药师得了楚医令的准许，快步往外冲去。

　　太子所在的小楼可不是想进就能进的，不过在白药师说明了太后情况后，很快获准进去了。

　　房间内，凤舞和君临渊正面对面而坐。凤舞在赌气，君殿下也板着脸，两个人都不理彼此。

　　白药师一走进来，看到的就是这一幕。

　　君临渊回眸盯着白药师。白药师不敢耽搁，赶紧说："太后身体抱恙，舞姑娘，救命啊！"

　　君临渊的眉头深深地蹙起。他自小亲情单薄，但对太后还是有感情的。

　　"怎么回事？"君临渊黑着脸问。

　　白药师将事情说了一遍，末了又说："老佛爷之所以发病，极有可能是被白天之事气着了，所以旧疾复发。"

　　君临渊："……"

　　"还请凤舞姑娘移步，去看看老佛爷，否则老佛爷怕是性命不保啊。"白药师苦苦哀求。

　　君临渊看了凤舞一眼。凤舞内心是不愿意的，因为太后对她并不友善，而她从来都是有恩报恩、有仇报仇的性子。但是，人在屋檐下，不得不低头，这个道理凤舞知道。如果她见死不救，然后太后真的死了……那后果就严重了。老天爷真是喜欢玩她啊！

　　凤舞揉揉发疼的太阳穴，无奈地站起来对白太医说："我随你走一趟。"

　　白太医高兴得不得了，忙在前面带路。

　　凤舞从君临渊面前越过去，一声不吭。

　　太后的小楼里。

　　君武帝看到凤舞，眼睛顿时半眯起来。君武帝原本对凤舞印象不错，奈何君临渊对凤舞态度暧昧，君武帝便下意识地不喜欢凤舞。

　　楚医令看到凤舞，忙对君武帝道："凤舞姑娘的医术不在微臣之下，有她帮忙，治疗老佛爷会更有把握。"

　　君武帝盯着凤舞，最终点点头。

　　楚医令算是放下一半的心了。然而楚医令没想到，君武帝这边没问题，太后那边却有严重的问题。

"不治！不允许让那丫头治！让她给哀家滚！赶紧让她滚！哀家不想看到她！滚滚滚！"太后在得知凤舞即将给她治病后，非常抗拒。

凤舞眉头微皱。难道她喜欢给太后治病吗？她一个皇级炼药师，平时何等受人尊崇？现在却被这般嫌弃。

凤舞黑着脸，冰冷地开口："太后，您确实旧疾复发，如果不治，虽然不会致命，但会对脑部造成不可逆的影响，您自己想清楚。"

"你居然敢咒哀家去死？好大的胆子！来人，将她拉出去斩了！"

凤舞："……"

她无奈地转身，对君武帝摊手道："不是我不愿意治，是太后不允许我治，回头太后病情加重，您可千万不要怪我。"说完，凤舞丢下痛得脸色苍白的太后，转身离去。

君武帝蒙了。没想到继君临渊这逆子之后，竟还有人如此胆大包天！

"凤舞！"君武帝怒吼出声。

凤舞停住脚步，转过身用很无奈的目光看着君武帝："太后有神光笼罩，暂时不会有性命之忧，不过病情会随着时间的推移越发严重，疼痛感也会日益加重。"顿了顿，凤舞又道，"到那时候，治疗难度增加，药石罔效，那就真的没办法了。"

君武帝愣在当场，不过很快反应过来："那你还走？快治啊！"

凤舞摊手道："老佛爷不让治。"

君武帝沉着一张脸道："朕命令你治！"

凤舞无奈，只能上前："老佛爷，我来给你治疗了……"

"滚！哀家就算死了，也不要你来治！给哀家滚！"老佛爷果然对凤舞怨恨极深。

凤舞无奈地看着君武帝："病人情绪失控，会导致病情加剧。"

君武帝气到极致，却无可奈何。

凤舞终于还是回去了。

这一夜对太后来说，是非常艰难的，好几次她都疼得快晕死过去了。

第二日，太后的情况越发不好了。她已经连床都起不来了，口中发出模糊不清的声音。那苍白的脸色，颤抖的身子……一看就知道极疼。

君武帝不断给楚医令施加压力，可楚医令能怎么办，他只能一次次跑去找凤舞。凤舞很无奈地又来了几次，可太后死活不让她治疗。

到了第三天，太后基本上失去意识了，整个人晕乎乎的，眼睛都睁不开。再这样下去，她真的会有性命之忧。

而此刻，驿站里的各家家眷都围在太后的院子前，急得不行。

整个驿站的气氛一度降至冰点。

"太后病了？"

"太后病了，看来这次冬猎是去不了了啊！"

"冬猎去不了是小事，最严重的是，如果太后因此而……那就是天大的事了。"

"你们听说了没，凤舞被请进去了。"

"请凤舞进去做什么？"

"不是都说了，凤舞拥有一身不俗的医术，大概是给太后看病吧？"

"真是天大的笑话，那个黄毛小丫头，还一身不俗的医术？"

……

各家夫人聚在一起窃窃私语，三句不离凤舞。

"咦，这不是凤夫人吗？"很快，大家就发现凤琰峰的夫人也在场。

凤大夫人想躲也躲不开，成了众矢之的。

左夫人看到凤夫人，眼中闪着精光，嘴角微微扬起："凤夫人，凤舞是你们家小舞吧？"

凤夫人只能苦笑道："确实是。"

一时间，在场的夫人都用怪异的目光看着凤夫人。

左夫人漫不经心地道："凤夫人，有一句话我憋很久了，不知道当说不当说呢！"

"左夫人但说无妨，但说无妨。"凤夫人硬着头皮，迎接众人目光的审视。

"你们家凤舞姑娘……是不是太出格了？"左夫人皱着眉头，"难道这就是凤族的家教？"

"绝对不是！"

凤夫人还没说话，凤琉就站出来大声说："左夫人，凤舞本性就恶，性情又差，跟我们凤族的家教可没关系。"

凤夫人也补充道："那丫头五年前就去了北境城，在那里自由生长，长歪了也不是不可能的。"

左夫人没想到凤夫人对凤舞的态度会是这样，原本她以为凤夫人跟凤舞会是一伙的。既然如此，那就好办了！

左夫人的嘴角勾起微微的弧度："凤夫人，说句实话，凤舞现在的名声可不大好啊！"

凤夫人苦笑道："是吗？"

左夫人："是啊，外面都传凤舞是君殿下的暖床小丫头。堂堂凤族嫡小姐，居然有这样的名声，她以后可如何婚嫁？"

凤夫人苦笑连连："确实啊！为此事我也说过那丫头了，只不过……"凤夫人话到嘴边打了个转，这么好的时机，不好好抹黑一把凤舞，简直就是浪费。

想到这里，凤夫人苦笑道："那丫头自己做了君殿下的小丫头，我们怎么都拦不住，我们做长辈的能如何？"

一时间，在场许多夫人眼中都露出震惊之色。她们原本以为，凤舞之所以跟在君临渊身边，肯定是太子殿下强迫的，可现在听凤夫人的意思，这哪里是强迫，分明是凤舞倒贴！

"真的假的？是凤舞非要当殿下的小丫鬟的？"独孤夫人漫不经心地插上一句。

凤夫人苦笑，一脸无奈地道："本来此事不应该说，可那丫头行事乖张，性情跋扈，当真是……让人头疼啊，她父亲又没了，母亲是个傻子，我和她大伯原先还想帮着管教管教，谁知道她如此……顽劣！所以现在，也只能让她自由生长了，我们是想帮也帮不上，想管也管不了啊。"

凤夫人一番话，顿时让在场的人面面相觑。

一时间，对凤舞印象还不错的几位夫人，纷纷皱起了眉头。姑娘家不自爱，那是会被看不起的。

"没想到凤舞居然是这样的女孩子。"

"原本我还觉得她挺好的，却不想——"

"她之前还对外喊着，是君殿下将她留在身边的。"

"花痴不可怕，可怕的是做了花痴还反过来装无辜，这就是人品恶劣了！"

左夫人和独孤夫人对视一眼，都在彼此眼中看到了兴奋之色。没想到，凤夫人跟她们还真是一路人。想到这儿，这两位夫人对待凤夫人就和善多了。

她们聊得激动，但太后的病情依旧没有好转。君武帝急得不行，在房间里走来走去。他猛地回头，目光直直地盯着楚医令："太后如何了？快说！"

楚医令苦着一张脸，眼中充满无奈："陛下，都被凤舞姑娘猜中了啊！"

"嗯？"君武帝瞪着楚医令。

楚医令急声道："老佛爷现如今的病情，非常严重！陛下啊，此病非凤舞姑娘不能治！不然，老佛爷真的会没命的！"

一时间，全场寂静。

君武帝又急又气，死死地瞪着楚医令。楚医令再次强调："陛下，除了凤舞姑娘，没有任何人能救太后了，没有任何人了啊！"

君武帝大吼道："那还不快去请人？！"

楚医令点头，快步离去。

当楚医令走到小楼的时候，却发现凤舞竟然不在。楚医令第一次慌了，他瞪着宫嬷嬷，声音急促："这可如何是好？太后那边还等着她救命呢！她怎么可以不在？！"太后可是有性命之忧啊！

宫嬷嬷想了想，说："凤舞姑娘出门之前留下一封信说如果楚医令来就交给您。"

楚医令接过宫嬷嬷手里的信封，快速打开一看——

只一眼，楚医令就欣喜若狂，抓着那封信转身就跑。

楚医令一阵风似的穿过走廊，冲进太后的小楼。

"陛下，太后有救了！"楚医令难掩激动之色，"这是凤舞姑娘留下的治疗之法，微臣已经仔细看过，按照上面的法子，救活太后至少有七成的把握。"

"凤舞呢？"君武帝却很不悦。太后性命攸关，她去做什么了？

"呃……听说出门有事，具体……微臣倒是没问。"楚医令的注意力都在太后身上。

"太后重病，生死未卜，她还有心思出门？简直可恨！"君武帝怒吼一声。

楚医令动了动手里的信纸，道："陛下，凤舞姑娘应该是觉得，这封信能救太后性命，所以……"

"由她亲手救治，成功率又何止七成？她眼里根本就没有太后，没有皇族！"她简直就跟君临渊一样目中无人！

君武帝越想越气，随即大怒道："来人，将凤琰峰给朕带进来！"

于是，在楚医令救太后的过程中，凤琰峰被带进来了，他一脸迷茫。

"陛下——"凤琰峰看到君武帝，赶紧行礼。

此刻，小楼外面的随行人员都在窃窃私语。

"陛下怎么突然召见凤大人？"

"凤大人一向规规矩矩，莫不是出什么事情了吧？"

"而且还是陛下身边最得力的大总管亲自去找的人……"

四周的气氛有些凝重。

左大人、独孤大人、沐王爷等人也都一脸疑惑之色。大家很想知道，里面到底发生了什么变故。

小楼内。

凤琰峰才刚跪下行礼，君武帝抬腿就是一脚，狠狠地踹向凤琰峰的胸口。凤琰峰只觉胸口一阵疼痛，还没反应过来，他的身子已飞到屋外。屋外的人都惊在当场！

"凤大人，这是……怎么得罪陛下了？"

"凤大人官拜吏部尚书，到底做了怎样天怒人怨的事，会被陛下如此羞辱？"

"看来这吏部尚书一职又要空出来了。"

最蒙的是凤琰峰，他怎么都没想到，陛下会如此愤怒，如此决绝。

在凤琰峰被踹出来的一瞬间，凤大夫人扑过去，抱住凤琰峰的大腿，呜呜大哭。

"老爷，您怎么了？老爷，您还好吗？老爷——"

凤琰峰还保持着理智，推开凤夫人的手，跟跄着站起来，走到君武帝面前，双膝下跪："微臣不知做错了何事，陛下责罚，微臣没有半句怨言，但请陛下告知，微臣到底错在何处。"

"哼！"君武帝泰然而立，神色冰冷。

"你们凤舞出错，自然是你这族长担责！今日朕将你这吏部尚书革职，你服不服？！"

凤琰峰一愣之后，随即反应过来："难道是因为……凤舞？"

君武帝并没有告诉他是真是假，只挥挥手道："滚下去！"

君武帝处置完凤琰峰，双手交负于身后，冷然走进内室。

"凤舞，都是因为凤舞！"凤夫人终于反应过来，冲凤琰峰大喊大叫，"因为凤舞，老爷您被革职了？！"

凤琰峰整个人都处于难以置信的状态。他居然被革职了，革职的理由……竟然是凤舞？

这一刻，凤琰峰连掐死凤舞的心都有了！

"孽障！这个孽障啊！"凤琰峰快被气晕了。

左家和独孤家知道这件事后，面面相觑，随即便幸灾乐祸。

"姐姐，太好笑了，哈哈哈——"左夫人拉着独孤夫人的手，笑得前俯后仰，"老天爷果然是站在我们这边的，怎么都没想到，凤琰峰居然就这么被踹出局了呢！"独孤夫人点点头。

"可是，为什么呢？"左夫人百思不得其解，"凤琰峰到底做了什么，竟惹恼了陛下？或者说，凤舞做了什么？"

独孤夫人跟皇后亲近，得到的消息更多一些。

"此事，姐姐就只跟你说。"独孤夫人盯着左夫人，"据说，太后病重，凤舞原本可以治疗太后，却跑出去玩耍，弃太后于不顾。"

"什么？！"左夫人简直大开眼界，"凤舞居然如此胆大包天！"

独孤夫人冷笑道："这丫头现在抱上君殿下的大腿，飘飘然了，以为自己有多厉害呢，居然连太后都不放在眼里了！"

左夫人啧啧出声："这个凤舞啊，简直太狂妄了，现在陛下已经对她深恶痛绝了吧？"

独孤夫人点头道："如果太后的病治不好，这个锅绝对会扣在凤舞头上的。到时候，便是君殿下再护着她，她也必死无疑！"

整个驿站，讨论这件事的又何止独孤夫人和左夫人！大家三三两两地围坐成一团，内心因为太后的病而不安，同时又因为凤族的八卦而兴奋。大家议论的全是，如果太后没了，凤舞该陷入怎样的境地？

就在这时候，凤舞大摇大摆地回来了，她身后背着一个小背篓，里面是一丛丛墨绿色的枝叶，闻着有一股淡淡的清香。

"你们快看！凤舞回来了！"

"居然真的是凤舞！她还有脸回来？！"

"她这回死定了！"

凤琉一直在驿站大门口徘徊，时刻等待着凤舞，看到她的身影后，凤琉飞一般冲

上来。

"凤舞！"凤琉那双眼睛几乎喷火，死死地瞪着凤舞，几乎要将凤舞焚烧殆尽。

凤舞眉头微蹙，抬头瞥了她一眼就要绕道走。

这回凤琉却一点儿都没有放过她的意思。

"凤舞，你是没脸见我了吧？！看都不敢看我一眼！"

"凤舞，你知不知你做的事有多过分？！"

"凤舞，你自己出事可以，为什么你要连累我们整个凤族？！"

"凤舞，我父亲被你害死了你知不知道？！"

……

凤琉知道自己打不过凤舞，于是跟在她身后，一边走一边说。

凤舞却一点儿搭理她的意思都没有。

直到——

"凤舞！"一道冰冷的声音在凤舞身后响起。

凤舞的眼睛半眯起来，她回头一看，发现果然是凤亦然。

"你跟我过来！"凤亦然在前面带路，"父亲因为你而被革职查办，并且身负重伤，你难道一点儿愧疚都没有吗？"

凤琰峰？！凤舞脑海里出现那个墙头草一样的大伯。对于这样性情的大伯，她是一点儿好感都没有，只不过，只要用得好，凤琰峰还是有价值的，于情于理她都应该走一遭。

"前面带路吧。"凤舞声音冷淡地说道。

凤族已经不是九大家族之后，在帝都的排名也不算靠前，他们居住的地方，几乎是外围。

凤舞到的时候，凤琰峰正在发愁。

"父亲，凤舞来了！"凤亦然将凤舞带到凤琰峰面前。

凤琰峰只觉得胸腔一阵剧烈的疼痛。他用难以置信的目光盯着凤舞，双眸犀利如刀。

"你还敢过来！"凤琰峰手里拿着药碗，直接往凤舞头上砸去。

药碗里浓稠的药汁在半空划过一道弧度，朝凤舞飞去。好在凤舞反应快，刹那间，她跳开一步，避开药汁和药碗。

砰！药碗砸在地上，发出清脆的撞击声。

凤琰峰见凤舞避开，心中越发恼怒。

"你敢！凤舞——你居然敢躲！"凤琰峰气得从床上猛地站起，"你说！你到底做了什么！"

凤舞眉宇微蹙，眸中浮现出一抹不解之色："什么做了什么？"

"你还装？！喀喀——"凤琰峰气得整个人为之发抖，"如果不是你做了什么得罪了陛下，陛下又缘何迁怒到我身上？！我是受你连累，你不知道吗？！"

凤舞："……"

凤琰峰死死地盯着凤舞："说！你到底做了什么？！"

凤舞摊手，一脸无辜地道："我真的什么都没有做啊！至于陛下为何会迁怒……不如您去问陛下？"

就在这时，外面传来一阵轻微的脚步声。

凤管家快步上来，附在凤琰峰耳边，压低声音说了一句，然后快步退开。

得到消息的凤琰峰，整个人都是蒙的。他用看白痴一样的目光看着凤舞："你你你……你！"

凤舞疑惑地道："什么？"

凤琰峰全身颤抖，指着凤舞道："你居然……你明明可以救太后，居然见死不救！凤舞——你居然见死不救！"凤琰峰真想一巴掌拍死凤舞。救太后一命，那是何等的功劳？整个凤族都能因此而往上爬一爬！不救太后，那是怎样的罪名？整个凤族九族被诛杀，还算轻的！

"你你你——你怎可如此！"凤琰峰激动得语无伦次，死死地瞪着凤舞，"我们可以不要这滔天的功劳，可这灭族之灾，我们又怎么承受得住！凤舞，你这是要我们凤族所有人都给你陪葬啊！"

凤琰峰眼睛充血，额角的青色血管剧烈地跳动，他看上去愤怒极了。

当凤琰峰将这件事说出来的时候，愤怒的可不仅仅是他一个人。

"天啊！"

"凤舞居然——"

……

凤大夫人、凤琰峰、凤桑、凤琉……他们都愣在原地，脑子一片空白，身子更是剧烈颤抖。

凤大夫人气得全身发抖、心跳加速，冲上去一把抓住凤琰峰，大声说："老爷，老爷！这样的丫头，我们凤族如何养得起？又如何敢养？！老爷，您已经被她连累至此，难道还想要我们的孩子也受她连累吗？！"

凤琰峰气急攻心，惊怒交加，一口鲜血狂喷而出。

喀喀——一阵剧烈的咳嗽后，凤琰峰抬头，眼眸赤红欲裂。

"凤舞，你去死！"凤琰峰怒吼咆哮。这道声音太过响亮，宛若平地一道惊雷。

沐王爷主管一切，正快步往这边走来。左大人和独孤大人自然也跟着来了。对凤琰峰来说，这几位都是他要笼络的人，可现在看到他们过来，凤琰峰并不高兴。沐王爷可不管，来了之后，他对凤琰峰道："老凤啊，有事好好说，大喊大叫可解决不了问题。"

左大人瞥了凤舞一眼，又笑着对凤琰峰说："凤舞这丫头还小，需要好好教导，

急不来，急不来的。"

凤琰峰差点儿一口气没上来："这臭丫头，她居然，她居然……太后性命堪忧，她却跑出去了，她这是要害死我们凤族啊！不行！"

凤琰峰挣扎着站起来，用力拽住沐王爷的手："今日就请沐王爷以及诸位做个见证，我以凤族族长之身份宣布！"凤琰峰恶狠狠地瞪着凤舞，一字一顿地说道，"自今日起，我凤族再没有凤舞这个人！"

什么？！凤琰峰这一表态，在很多人意料之中，也在很多人意料之外。

"老凤，你——"沐王爷淡淡地道，"有事好好说，没什么是不能解决的，除族一事，事关重大，慎重，慎重啊！"

凤夫人几个都用期待的目光看着凤琰峰。他们等这一天等了很久了。

左大人和独孤大人也都劝着，让凤琰峰再慎重思考一下。然而，凤琰峰坚定地摇头："不，此事我已经考虑得非常清楚，凤舞今日必须被除族！"

左大人无奈摇头，长叹一口气，对凤舞使了个眼色："你这丫头怎么还愣着？难道你真想成为没有祖宗的可怜人吗？还不速速来求你大伯父？"

除族这么大的事，所有人都以为，凤舞必定惊慌失措，但是——

凤舞定定地站在那里，阳光打在她身上，在她身后投下一片阴影。

她的神色，淡定从容。

她的目光，平静依旧。

凤舞的嘴角微微勾起，眼眸平静而淡然："除族？"

大家注视着凤舞。凤舞嘴角挂着一抹凉薄的冷笑："我是你说要除族，就能除族的吗？"

什么？！在场的人心中一抖。这丫头，简直嚣张霸道得厉害。

"凤舞，我是你大伯父！是凤族的族长，我有权力——"

"凤族的族长？现在是，以后可未必。"凤舞的嘴角勾起。

"你——"

凤琰峰还想说话，凤舞却淡淡地摆手："此事容后再议，看最后是你被除族，还是我被除族。"凤舞神色间有些不耐，"行了，我没时间跟您在这里扯了，回头等闲下来再说吧。"说完，凤舞转身离去。

凤舞，竟然就这么走了！一时间，在场所有人都用难以置信的目光看着凤舞离去的背影。原本，事情的发展不应该是这样的啊——

"来人，将她抓过来！将这臭丫头给我抓过来！"凤琰峰感觉自己的威严受到了挑战，冲着凤舞大声嚷嚷。

然而，没有人动。凤亦然和凤琉几个人不是凤舞的对手。左大人等人只会看热闹，不会出手。

凤琰峰极其无奈，现在能对付凤舞的也只有他了！想到这儿，凤琰峰身形快如闪电，朝凤舞扑去。他失去的威严，必须靠自己找回来！

凤琰峰抓住凤舞后肩，就在这时，凤琰峰只觉手指一阵剧痛，仿佛一道磅礴无比的力量加诸到他身上。凤琰峰下意识地收回手，无比震惊地看着凤舞："你身上……穿了什么东西？！"

凤琰峰的手心多了一排针孔。

凤舞眼睛半眯。她身上穿了蚕丝背心，是她睡着的时候君临渊帮她换上的，当时她想脱下来扔掉，但君临渊坚决不同意。没想到一件小小的柔软背心，竟然有意想不到的用处。

凤舞冷冷地勾起唇角，随即转身离去。

"这臭丫头！"凤琰峰只觉得自己颜面尽失，肺都要被气炸了。

沐王爷他们几个也默默地替凤琰峰觉得尴尬……身为凤族族长，想要将凤舞除族，结果弄得如此狼狈……真是太丢人了！

左大人更是对凤琰峰有一种说不出的失望。

凤琰峰要将凤舞除族的事很快被散播了出去。

"什么？凤舞要被凤族除族？！为什么呀？"

"还能为什么？听说凤大人被革职，就是被凤舞牵连的。"

"那除族了吗？已经除族了吗？"

"听说没有。"

"为何？"

"你想啊，凤舞可是有君殿下撑腰的，现在殿下走到哪里都带着她，她这般嚣张跋扈，凤族长想将她除族，也得看君殿下的面子啊。"

"这个凤舞啊，当真是……"

凤舞离开凤族后，径直回了小楼。

今日她出门并不是游玩，而是去采药。太后的病拖了太久，必须用龙木须，而龙木须并不是常备药，想找可不容易。

凤舞一大早就出门了，再加上有小灵宠帮忙，终于找到了一株。将龙木须洗净之后，凤舞用专业的炮制方法，将龙木须炮制了一遍。

这一切，凤舞都很熟悉，不到半个时辰，龙木须便已成了一堆黑色粉末。凤舞将黑色粉末倒入小瓷瓶中。小瓷瓶很小，凤舞手里的龙木须正好将小瓷瓶装满。

凤舞将小瓷瓶递给宫嬷嬷："给楚药师送去。"

宫嬷嬷何等聪明，一看就知道，这是救太后的良药。

凤舞道："三碗水煎成一碗，最后一碗中加入龙木须粉末，龙木须粉末控制在指甲片般大小，不可多也不可少。"

宫嬷嬷点点头表示明白了，却不得不提醒凤舞："舞姑娘为何不亲自送去？"

凤舞冷着一张脸道："没有这个必要，宫嬷嬷且去吧。"太后对她的态度如此恶

劣，她又不是受虐狂，干吗上赶着找不自在？至于博得太后的好感，凤舞没兴趣。

宫嬷嬷苦笑了一下。太后对凤姑娘确实不好，现在双方见面，关系只会更僵，不见面倒也是好的。

宫嬷嬷捧着龙木须粉快步往太后那边走去。

而此刻的楚医令，正一脸焦急之色，汗水从他额角滚滚而落。情况很不好！原本他以为有七成把握，随着那一刀下去……他已经看不到希望了。怎么办？看着太后头顶被剖开的伤口，楚医令只觉得脊背发寒，手脚冰凉。

"楚医令，楚大人？！"

白公公是给楚医令打下手的，他看到太后那汩汩往外流血的脑门，心已经凉了半截，再见楚医令煞白的脸，白公公吓得快晕过去了。

楚医令摆摆手，用力眨眨眼睛。不能着急，要冷静！他这一生遇到的危险何其多，好几次都险象环生，九死一生，最后不都挺过来了吗？

对了，找凤舞！楚医令心中一动，让白药师赶紧去找凤舞。

白药师刚冲出房门，就被君武帝一把拽住！

"如何了？太后如何了？"

大堂内，不仅有君武帝，皇族的人基本都来了，有独孤皇后、鹂妃、三公主、五公主和皇子们。

此刻，大家都用急切的目光看着白药师。白药师急得快哭了，大声说："老佛爷的情况非常危险，现在正徘徊在生死边缘，现在必须去找凤舞姑娘了，只有她才能救老佛爷啊！"

只有凤舞才能救吗？这一刻，独孤皇后内心生出了微妙的情绪。如果凤舞没来，如果太后死了……对她来说，是再好不过的事。

就在这时，宫嬷嬷进入众人视野之内。

"凤舞姑娘——"

白药师刚开口，宫嬷嬷就摇头道："舞姑娘没来，不过她命我送药来了。"

"这是龙木须粉，抑制出血效果惊人，其用法是……"宫嬷嬷冷静地说完后，便将龙木须粉的药瓶递了过去。

白药师一听，顿时眼前一亮。他双手取过药瓶，来不及道谢，便转身飞奔入内。

此刻，所有人的注意力都在太后身上。

但总有那么一两个人，是嫌事情不够大的。

"这龙木须粉是刚提炼出来的？"三公主盯着宫嬷嬷。

宫嬷嬷："是。"

三公主："宫嬷嬷刚刚才见过凤小舞？"

宫嬷嬷："是。"

三公主："凤舞现在就在驿站之内？"

宫嬷嬷："是。"

三公主目光冰冷犀利。她盯着宫嬷嬷道："既然凤舞就在驿站之内，为什么她不肯过来给老佛爷治病？"

一时间，所有人都用怪异的目光看着宫嬷嬷。是啊，为什么？

五公主："我听说，皇祖母拒绝让凤小舞给她治疗？"

三公主摆摆手道："老佛爷不喜凤舞，那是老佛爷的事，凤舞不来救治是凤舞的事。她既送来龙木须粉，就必定知道老佛爷情况危急。既然知道老佛爷危在旦夕，为何不亲自来？她，凤舞，究竟是何居心？！"

三公主是被独孤皇后宠大的，一向骄纵任性、行事鲁莽，这时候为何说出这番有条理的推断？

宫嬷嬷定定地看着三公主。她知道，三公主身后必有高手。

宫嬷嬷的目光从三公主身上转到三公主身边的一个宫女身上。那个宫女叫玉帘。

玉帘接触到宫嬷嬷的目光，只觉内心一阵战栗。

"宫嬷嬷难道没有什么替凤舞解释的话？既然没有解释，那我们是不是可以认为，凤舞对老佛爷不敬？"三公主笑眯眯地看着宫嬷嬷。

宫嬷嬷是宫里的老嬷嬷了，岂会被三公主几句话给吓住？

她从容淡定地道："舞姑娘确实知道太后情况危急，三天前她就知道了。"

所有人都瞪着宫嬷嬷。她还真敢说啊！

宫嬷嬷又继续道："舞姑娘确实知道太后在今日会用到龙木须粉，所以今日凌晨，她便独自背着背篓上山，从天黑到天亮，从天亮到月下中天，终于寻到一株龙木须，带回来后，炮制研磨成粉。"

宫嬷嬷顿了顿，又道："因为知道老佛爷对她态度不佳，所以舞姑娘为了不影响太后的情绪，加重太后的病情，即便是邀功的机会，她也主动放弃了。"

宫嬷嬷环顾四周，道："如果诸位不信，且看效果。如果楚医令能用龙木须粉救活太后，那便证明老奴方才所言是真。"

宫嬷嬷三言两语便化解了三公主设下的陷阱，三公主气得握紧拳头，恶狠狠地瞪着宫嬷嬷，但宫嬷嬷根本不怕她，回以淡淡的微笑。

四周的气氛有些微妙。

就在这时候，紧闭的门扉终于打开了——

楚医令和白药师互相搀扶着从里面走出来。

"如何了？"君武帝反应最快，一把抓住楚医令。

楚医令脸上有劫后余生的庆幸，他缓缓吐出一口浊气，笑意涌现。

楚医令："之前非常危险，险象环生，好在凤舞姑娘的龙木须粉送得及时，否则……后果不堪设想啊。"

一旁的白药师也连连点头道："老佛爷出血过多，如果没有龙木须粉，那就不仅

仅是九死一生了。"

所有人都听出了白药师的潜台词。

"龙木须粉竟有如此奇效？"君武帝惊呼一声。

楚医令道："药，贵在用得恰到好处，凤舞姑娘真是这方面的奇才。"

白药师对凤舞也是连连赞赏："凤舞姑娘的医术没话说，她只看上一眼，就知道后续的所有治疗步骤，已经不仅是天才，是天才中的天才啊！"

楚医令和白药师两个你一言我一语地将凤舞夸得天上有地下无。

三公主气得脸都白了。

宫嬷嬷见太后已经脱离危险，便自动告辞。

现在为难的是君武帝。

夜色深浓，君武帝和独孤皇后安坐于榻前。独孤皇后见君武帝眉头深锁，便用纤细如玉的手握住君武帝的手。君武帝反手用力握住独孤皇后。

独孤皇后温柔地抚摸君武帝的脸，柔声道："陛下在担心老佛爷吗？楚医令不是说，老佛爷已经脱离危险了吗？只等明日苏醒，便一切无碍了吗？"

君武帝苦笑道："朕倒不是担心太后，朕纠结的是……"

独孤皇后："嗯？"

君武帝苦笑着揉揉眉心。他今日处事太过冲动，以至于现在下不来台。

独孤皇后多聪明，一猜就猜到了，不由得笑道："陛下纠结的是凤琰峰的事？"

君武帝长叹一声，点点头。在她面前，并不需要隐瞒这点。

独孤皇后摩挲着君武帝的手，笑着说："不如，陛下将凤琰峰官复原职可好？"

君武帝揉揉眉心，道："那朕岂不是朝令夕改？"

独孤皇后："那陛下觉得如何？"

君武帝："皇后，朕封凤舞一个爵位如何？"

独孤皇后内心不悦："她原先已经是郡主了……这样真的好吗？不如，陛下赏赐她一些真正用得上的东西吧？"

君武帝："比如？"

为了不让凤舞被封爵，独孤皇后也大方起来："听说凤琰峰想将凤舞除族，结果最后也没除成，不过这件事倒是给了我一个提示。如果凤舞真被除族，她住哪里？如果没记错的话，东元大街不是有一座府邸，陛下把它赏赐给她如何？"

其实，独孤皇后觉得肉痛。东元大街的那座宅子其实她早就看中了，一直想留着给自家大侄子，可跟爵位一比，这座宅子便不算什么了。

"那座宅子，荒废了不少年了，那可是当年威武大将军的府邸，给她……倒也不是不行。"

说实话，虽然凤舞间接救活了太后，可君武帝对凤舞真说不上喜欢。

这道圣旨，是大总管亲自去传的。因为凤舞是凤族人，所以圣旨自然是去凤家传的。

"父亲，有圣旨给凤舞。"凤亦然得到消息后，快步过去告诉凤琰峰。

凤琰峰挣扎着从病床上起来。

这时候，大总管正好进来，凤琰峰赶紧见礼。

大总管长得白白胖胖，笑起来跟弥勒佛似的，慈眉善目。他对凤琰峰笑道："凤大人无须多礼，对了，这道圣旨是给凤舞姑娘的，快请凤舞姑娘接旨吧。"

凤琰峰一听，顿时脸都白了。他鼓起勇气，苦笑一声："大总管来得有些迟，真的是……太过抱歉。"

"哦？"大总管的唇角微微上扬。

凤琰峰道："早在昨日，凤舞就已经被凤族除族了，也就是说，自昨日起，凤舞的任何事都与凤族无关了。"

凤琰峰这么一说，大夫人、凤亦然等都异口同声道："确实如此！"他们才不要被凤舞连累呢！

大总管的眉头微微皱起："此话，当真？"

凤琰峰连连点头道："当真，真得不能再真了！凤舞确实和凤族无关，所以任何惩罚或者封赏，都跟我们凤族无关！"

"这个嘛……"大总管长长呼出一口气，"凤族长真的这般确定？可不要后悔。"

凤琰峰苦笑道："岂会后悔？这个决定昨日已经作出。"

大总管点点头道："虽如此，可因为是圣旨，香案还得摆在这里，凤舞姑娘也得过来才好呢。"

关于这一点，凤琰峰并没有任何异议。

此时，凤舞正在打坐，她被外面的动静惊动了。宫嬷嬷告诉了凤舞圣旨的事。凤舞略皱眉道："大总管不能来这儿？"

宫嬷嬷掩唇笑道："按照惯例，原本是可以的，但大总管执意要将香案摆在那儿，肯定是有深意的。"宫嬷嬷又补充了一句，"大总管可是很喜欢我们太子殿下的呢！舞姑娘放心，大总管不会坑咱们的，此举定有深意。"

凤舞摊手道："那就去看看是何深意吧！"

凤舞内心其实隐隐有感觉，她救了太后的命，皇帝就算为了面子，也得赏赐她一些东西。只可惜，知道她救太后这件事的，只有极少数人，凤琰峰他们怕是不知道。

凤舞一过去，凤琰峰一家就用仇恨的目光看着她。凤舞摊手。

"凤舞，你还敢过来！"凤琉在凤舞耳边压低声音怒道。

凤舞却不以为意地道："我为什么不敢？"

凤琉："你知不知道，因为你，父亲的官职都没了！"

凤舞冷笑道："那你不妨问问你父亲，这吏部尚书的官职他到底是怎么得来的。"当初，是她走关系拿下了官职，凤琰峰到现在都欠着她十万灵币没还。

凤琉："呵呵，你该不会说，父亲当初得到这个职位跟你有关吧？"

凤舞："如果我说，是我帮他争取来的呢？"

凤琉："呵呵，这真是我听过的最好笑的笑话呢。"

凤舞摊手道："那你慢慢笑去吧。"

凤舞一边说一边看着凤琰峰："旁人不知道，大伯父应该知晓吧？需要我拿出那张欠条吗？"

"你——"凤琰峰气得面色煞白。他怎么都没想到，这臭丫头会这样难缠。

他转头看着大总管："既然凤舞已经来了，那这圣旨也可以宣读了吧？"

大总管却慢悠悠地提醒了一句："方才凤大人说，凤舞已经被你们凤族除族了？"

"是！"

"不是！"

凤琰峰和凤舞一前一后地回答。

"到底除族了没有？"

"除了！"

"没有！"

凤琰峰和凤舞再次一前一后地回答。

大总管揉揉眉心，道："正所谓一荣俱荣一损俱损，这圣旨是给凤族还是给凤舞？你们这样言语不一，这圣旨还真没法读呢！"

"给凤舞！给凤舞！"凤琰峰激动地抢白道，"不论是奖励还是惩罚，都给凤舞一个人吧。"

"你确定？"大总管眼睛半眯着问。

"我确定，并且非常肯定！"凤琰峰激动地道，"这是凤舞一个人的圣旨，不论是富贵还是惩罚，请都给她，我们不想共享她的富贵，也不想再被她连累！"

大夫人忙点头道："对，我们不想共享她的富贵，也不想再被她连累！"

其余人也都纷纷点头。

此刻，左家、独孤家、风家、玄家……好几个家族都过来当围观群众。

凤夫人更是跟他们说道："请大家为我们做个见证，凤舞是凤舞，我凤族是凤族，她惹下的祸，由她自己一个人承担，她享受的富贵，我们也不会沾染半分！"

"凤大夫人说得好！"

"昨日凤大人被连累得那么惨，这要是再被连累，怕是性命都不保了呢。"

"凤家做了一个很好的决定。"

……

一阵议论之后，大总管终于开始宣读圣旨。

当大总管将第一句话念出来的时候，凤琰峰就蒙了。

"凤舞救治太后有功，特赏赐如下：御赐玉如意一对；御赐金屋一间；御赐东大街三大胡同二号宅院一座；御赐……"

凤舞救治太后有功？！昨日不是说，凤舞没去给老佛爷治病吗？正因为如此，凤琰峰才被革职。现在看来，真相并不是这样啊！

当凤琰峰听到东元大街二号宅子的时候，眼珠子都快暴出来了。别说凤琰峰，就是左大人和独孤大人都为之侧目，特别是独孤大人，原本他早就看中了那座宅子，甚至也跟独孤皇后提了，谁知竟然被凤舞得了。

大总管还在往下念："御赐凤舞随行营帐一座；御赐凤舞汗血宝马一匹；御赐凤舞神域弓一张；御赐凤舞……"

这些可都是莫大的荣耀，到了塞纳尔草原后就能用上，是非常有用的东西！

大家都用难以置信的目光看着凤舞。

"大总管——"凤琰峰拦住卷起圣旨要走的大总管，"所有的都已经念完了吗？"

"那倒还没有。"大总管见凤琰峰殷切的目光，不由得笑道，"只不过……既然凤大人说，所有的奖赏和惩罚都由凤舞一人承担，所以原先给您的圣旨，也就不需要再念了。"

"啊？"凤琰峰瞬间脸色煞白，愣在当场。

大总管也不知道出于什么心思，将圣旨展开一角，让凤琰峰看了一眼，末了才将圣旨收起。

凤琰峰真的快晕了！那圣旨里确实有关于他的奖赏，虽然不是吏部尚书职务，但也不差，是同样的二品封疆大吏，还是外放的那种，别人想都想不来的美差……

大总管离开的时候，特地提了一句："这二品封疆大吏的官职，就先给凤大人暂时搁置了。"

二品封疆大吏？岂不是仅次于风北王的职位？君武帝国重武轻文，武职比文职重要，所以这外放的二品封疆大吏，是真不比吏部尚书差。

而现在，这美差居然被他弄丢了？凤琰峰悔得肠子都青了。

大总管那句话并没有刻意压低，在场的人都听见了，此刻大家用无比怪异的目光看着凤琰峰。

凤舞可不管凤琰峰内心如何，领了圣旨后，她便回去了。

凤琰峰看着凤舞的背影，欲言又止。

第四章

厨艺精湛

也不知道是不是凤舞的药太好了，太后很快苏醒过来。原本按照君武帝的意思，他是想让太后回宫的，毕竟要去塞纳尔草原的话，至少还有十天的路程，太后的身子怎么吃得消。太后却不肯，表示一定要去塞纳尔草原。

君武帝无奈，只能唤了凤舞。凤舞蹙眉道："最好的办法，就是让太后回宫休养，此事非同小可。"

君武帝揉揉眉心，道："朕也是如此想，可是太后非要去塞纳尔草原，朕拦不住她。"

凤舞无奈地看了君武帝一眼。哪有什么拦得住拦不住的？只不过是君武帝不忍心罢了。

"如果太后一定要去塞纳尔草原，那接下来的几天可要当心了，不论是饮食还是平日的生活习惯，都有需要注意的地方。"凤舞皱眉道。

君武帝大手一挥，道："那干脆由你照顾太后吧？"

凤舞无语地看着君武帝："陛下您觉得，太后看到我后不会暴跳如雷吗？"

君武帝："呃……"

凤舞："不过我会写一份注意事项，让蓝嬷嬷多加注意，另外配上我秘制的丹药，三天之内伤口应该就能长好，到时候就没什么问题了。"

"那太好了。"君武帝心中大喜。

就在这时，蓝嬷嬷搀扶着太后从里间走出来。此刻的太后，头上缠着雪色绷带，面色苍白，骄傲得不得了。她一看到凤舞，顿时皱起眉头。

"皇帝！"太后喊着君武帝。

君武帝赶紧上去："母后——"

"哀家之前病重，是楚医令救的哀家吧？"说着，太后便慈眉善目地看着楚医令。

楚医令看了凤舞一眼。如果不是凤舞，现在太后已经没了……想到这儿，楚医令便上前一步道："老佛爷，其实这次救您的是——"

"喀喀——"关键时刻，君武帝掩唇轻咳一声，打断楚医令的话。

楚医令疑惑地看了君武帝一眼。君武帝瞪着他。楚医令立刻懂了，不过要他抢功的话，还真有些愧疚。于是，楚医令又回头看着凤舞。凤舞对楚医令点点头。也就是说，凤舞也同意了。

楚医令这才苦笑一声，对太后道："其实这次……楚某确实出了力，太后您能苏醒，最重要的还是您自己身子骨好，还有老天爷的眷顾。"

太后一听这话，顿时高兴了，扬起嘴角："哀家自然有神明眷顾，不过也离不开你的救治，这一点哀家确实该好好谢你的。"太后瞥了凤舞一眼，又转头对楚医令说，"哀家看重你，是因为你不像某些人，以为哀家非她不可呢，呵！"

周围人很有默契地低垂着脑袋，不敢跟太后对视。太后又瞪了凤舞一眼，再次对楚医令道："哀家之所以看重你，更因为你不抢功，不自傲，不像某些人，明明没做什么，还以为自己是主功呢，呵——"

楚医令的面子顿时有些挂不住。

"老佛爷头上的伤口还没有好。"凤舞淡淡地提醒。言下之意是，如果太后知道是凤舞救了她，说不定会勃然大怒，从而导致伤口迸裂……

楚医令明白，只好硬着头皮，将这份功劳接下去。

太后瞥了凤舞一眼，冷哼一声："哀家伤口有没有长好，你知道什么？好像是你治的一样。"

凤舞："喀喀——"

太后皱眉道："一直喀喀，你该不会得病了吧？如果你敢将这咳嗽的毛病传给君君，你死定了！"

凤舞正要解释，太后却摆手："行了行了，哀家不想听你说话，更不想见到你这张脸，你赶紧下去！"

独孤皇后和三公主等人听了，心中无比畅快，风北王妃却替凤舞抱不平。让风北王妃欣慰的是，这孩子受了这么大的委屈，居然神色不变，从容淡定，这是何等的胸襟和大气？

凤舞不是受虐狂，直接告退。

"还要冬猎？"

随行的族长和家眷都有些蒙，不明白为何太后病成这样，还执意要去塞纳尔草原。那里，到底有什么吸引着太后，让她非去不可呢？

这个答案，蓝嬷嬷问过太后，不过太后连蓝嬷嬷都没有告诉。

接下来的路，凤舞依旧以小丫鬟的身份待在君临渊身边。君临渊的要求可不是一般的多，对吃食极其挑剔。自从上次凤舞做了鱼香肉丝盖饭，他的每顿饭都必须由凤舞做。好在凤舞原本就擅长厨艺，所以这一路行来，每顿她都给君临渊做了不同的美味。

山野间食材很多，十几天下来，倒没有一顿饭是重复的。

今日大家夜宿月溪江边。

刚下了马车，君临渊看着那满江的水，回头告诉凤舞，他要吃烤鱼。

"烤鱼？"凤舞瞪着君临渊，"我的太子殿下，我们现在是在野外，能简单吃点儿对付一下吗？"

凤舞还要忙着修炼，但是君临渊怎么可能放她走？

君殿下冷傲地瞥了凤舞一眼，双手交负在身后，迈着大长腿就往前走。凤舞能怎么办？只能内心崩溃地跟上去。好在已经是第十五天。凤舞在内心默默地想着，等到第十八天结束，任务完成，她才不要再做他的小丫鬟呢！

月溪里的鱼都是月亮鱼，若是拿到市面上卖，是很贵的。

对凤舞和君临渊来说，捕捉月亮鱼，那还不是简单的事？也不需要诱饵，凤舞坐在池边洗手，灵气宛若丝线。她轻轻一动手，就拎起一条来。

月亮鱼长约半米，全身呈银白色，在月光下显得很是通透。

"走吧。"凤舞将编好的草绳穿在鱼嘴里，拉着君临渊就要走，想速战速决。

今日在马车里，她对功法有了一点儿灵感，想坐下来好好领悟，可是月色正好，君殿下明显不打算放凤舞离开。

"玄二风三，今晚会到。"君临渊躺在雪白色的岩石上，双手枕在脑后，漫不经心地提了一嘴。

"他们没在车队里吗？"凤舞一脸惊奇。

君殿下看了凤舞一眼，默默地将目光转到天上。

"也对哦。"凤舞双手托腮，"玄二先不说，光是风浔的话，如果他在，肯定会跑来找我们的，但是他一次都没来。"

"嗯。"君殿下点点头。

"那一条鱼确实不够，我记得他们的胃口可不是一般的大。"

说话间，凤舞又钓了几条上来。

"对了，我们此去塞纳尔草原，应该不会有月亮鱼吧？"凤舞是第一次去塞纳尔草原，对地形不是很清楚。

君殿下淡淡地说："在那里，一条鱼应该可以换一头牛。"

凤舞眼睛一亮，激动地看着君临渊："真的吗？你说的是真的？"

君临渊嗯了一声。

"那太赚了啊！如果是这样，那这些鱼还是不要浪费了！"

一条鱼换一头牛，这是什么概念？凤舞想想都觉得激动。

"塞纳尔草原上的牛，中原矿区，可以兑换一块下品灵石。"君临渊又语出惊人。

凤舞虽然有一座灵石矿脉，但方宅底下的灵石，不论上品还是下品，都要供阵法消耗。何况她身边还有朝歌、秋灵、秋叔、小七等，大家都需要灵石修炼。

"这些可都是灵石啊，不行，我不能眼睁睁看着灵石从我眼皮子底下溜走。"

凤舞的空间里有美人师父，所以她不能将这些月亮鱼放进去。除此之外，她还有一个空间戒指，是君临渊送她的，正好可以储存这些鱼。

凤舞当即蹲下来，打开戒指，很快，一条条月亮鱼便往里面蹿去。一条，两条，三条……一百条，一千条……到后来，凤舞都数不清到底有多少条了，总之很多很多。

忽然，凤舞咦了一声。

"这是什么？"凤舞手疾眼快地抓起其中一条月亮鱼，好奇地上下观看。这条月亮鱼和其他月亮鱼的不同之处在于，身上泛着一层淡淡的清光，隐隐有灵气流淌。不知为何，凤舞总觉得这条鱼哪里不对劲，可具体哪里不对劲，她又说不出来。

就在凤舞百思不得其解的时候，君临渊来到她身边，半蹲下。他修长白皙的手指从凤舞眼前划过，揪住胖乎乎的月亮鱼，微微蹙起眉头。

"你看出端倪了？"凤舞回眸，好奇地看着君临渊。

"嗯。"君殿下手指在月亮鱼鳞片上一扫，很快，一道青光射了出来。

"这是灵气？月亮鱼里会有灵气？"凤舞一脸疑惑地道。

"月亮鱼没有灵气，但如果它们吞食了蕴含灵气的东西，身体里便会自带灵气。"

"误食灵气……难道说，这月溪底下，有蕴含灵气的东西？"凤舞顿时眼睛一亮。

君临渊不置可否。

"我下去看看？"凤舞询问君临渊的意见。不知不觉中，凤舞已经养成了这样的习惯。

"让别人去。"君临渊淡淡地说。

这里还有别人？就在凤舞疑惑时，两道身影快速掠来。

"君老大，哇啊啊啊，终于追上大部队了，急死我了——"

风浮哇的一声扑上来，本想抱君临渊，可君殿下怎么可能让他抱？于是，风浮转

而去抱凤舞："我家亲妹妹——"

然而，还没等风浔抱到凤舞，他的后脖颈就被君临渊拎起来了。

"哇啊啊啊，君老大君老大，你放我下来，快放我下来——"风浔的腿在半空中乱蹬。

很快，凤舞耳边就传来一道扑通的声音。凤舞回头一看，发现可怜的风浔被丢进了月溪里。风浔正准备游上来，却被君临渊阻止。

君临渊："既然下去了，就往底下游游。"

风浔一脸不解。凤舞忙跟他解释月亮鱼的事。

寻幽探宝这种事，风浔最开心了，于是一个猛子扎进水里，在月溪里快速游动。

凤舞满怀信心地以为，风浔肯定能找到蹊跷所在，但是——

出乎凤舞意料的是，风浔已经上来换气三次了，还是没有找到蹊跷之处。

"我下去看看。"玄奕说完便跳入水中。

风浔和玄奕两个人，将整个月溪分为东南西北四个区域，每个人负责两个区域。

不过一刻钟时间，玄奕那边就有反应了。

玄奕上来后，递给凤舞一块破损的石块："你应该知道这是什么。"

风浔伸长脖子道："玄奕，你开玩笑吧？这种破石头，我那边也发现了不少呢，我都没觉得有什么啊。"

玄奕没有说话，静静地看着凤舞。凤舞接过破损的石头，放在掌心，淡淡地看去，只一眼她就明白了。

"这是供给灵阵运转的灵石，不过里面的灵气被耗光了，看上去跟普通的石头没有什么区别。"

凤舞站起来，目光幽冷地看着月溪。没想到，月溪里竟然还隐藏着灵阵。从灵石的边角料来看，这灵阵绝对不是一般的灵阵。

"我下去看看。"凤舞纵身一跃，跳入月溪中。

她宛若矫捷的游鱼，快速在月溪中游弋，不一会儿，来到玄奕之前找到灵石的地方。月溪底下怪石林立，布满各种形状的红色珊瑚。

有风浔和玄奕帮忙，很快，凤舞摸索出灵石的规律，根据规律推演出灵阵的类型。

"居然是一座五级灵阵，厉害了。"凤舞一边说一边开始寻找阵眼。

因为已经定了方向，所以寻找阵眼对凤舞来说并不是很难。凤舞在前，风浔在左，玄奕在右，三人宛若正三角形，往前冲刺。有好几次风浔都以为无路可走，凤舞却带领他们从没想过的方位穿过去。

难怪这些年，月溪下的秘密不曾被发现，不懂阵法的人根本找不到地方。

"到了——"当凤舞说出这句话的时候，他们正好穿过一个桥洞，眼前是一片无法想象的场景。

这里就像一座修罗地狱。他们眼前是一条腐朽不堪的船，船上有货物，但更多的是尸体。一具具尸体，有的横躺，有的仰躺，有的插在柱子上，死状非常惨烈……

"这是一艘沉船！"风浔第一个冲上去。

但是——

"站住！"风舞喊住风浔。

好在风浔听风舞的话，风舞一喊，他就乖乖地站住不动了。

风浔回头，用疑惑的目光看着风舞。风舞没好气地说："你以为沉没的船体就没有机关暗器了吗？"说话间，风舞用手中的石块砸过去。

石块砸中船体的某处，突然，咔嚓几声，有诡异的声音传来。没等风浔反应过来，风舞便拉着他后退。他们刚退到后面，就见漫天的飞箭射出。嗖嗖嗖——箭矢不断。好在风舞拉得快，否则像风浔那样冲上去，肯定会受伤。

风浔心有余悸地看着风舞，长长呼出一口气："幸好幸好，你刚才拉了我一把，否则你哥哥现在已经是一只长满箭矢的刺猬了。"

风舞扑哧一声笑出来："哪里是刺猬了？最多也就受点儿伤，吃点儿苦头罢了。不过这箭矢有毒啊。"

待毒气散去之后，风舞几个人才登上沉船。

"咦，这些死去的人，怎么大多是草原上的人？"风浔有些好奇地翻转着尸体。尸体已经腐朽多年，从骸骨的特征来看，确实一眼就能看出这些人有草原血统。

玄奕没好气地说："草原不草原的，跟我们也没关系，快去找东西吧。"

风浔表示同意。

"这里以前好像有人来过，贵重的东西都被人收走了。"风浔和玄奕走了一圈后，再走出来，一脸的遗憾。

"什么东西都没有了？"风舞皱眉。

"什么东西都没有了。"风浔很是无奈。好不容易破解了阵法，原以为会是宝藏，却不想是个空壳子。

风舞摸摸脑袋道："不应该啊，难道真的被人捷足先登了？"

风舞不信邪，自己进船舱翻找。风浔跟在她身边，一边看着，一边打击她："我就说吧，没有就是没有，你还不信，非要自己进来找。唉，原本兴冲冲的，现在好失望啊。"

整个船舱看着空荡荡的，像被人搬空了一般。就在风浔长吁短叹的时候，风舞的手指在船体上东敲敲西敲敲。风浔一脸无奈地看着风舞。

在风舞三长五短的敲击声中，木板开裂的声音传来。风浔吓得瞪圆了眼珠子，看着一个中小型号的密封箱子从船体里掉落。

"这——"风浔用极其怪异的目光看着风舞，"你你你，你是怎么找到的？"

风舞道："就这么随手一点，不就出来了吗？"

"这里面是什么宝贝呀？"风浔很好奇。

凤舞道："等我们上了岸再打开，现在我们必须马上离开。"

风浔一脸不解地道："为什么？"

凤舞："因为这个宝箱出来后，便开启了自毁模式，一会儿，这条沉船便会炸裂。"

"啊？"风浔一听，赶紧拉着凤舞往外冲，"快跑快跑，这沉船的威力不是一般的强，总之快跑就对了！"

凤舞、风浔、玄奕快速从月溪下撤离。

凤舞他们刚刚爬上岸，轰隆隆——一道巨大的冲击波从他们身后扩散开来，气势非常恐怖。砰！凤舞几个被狠狠地甩到岸边。

好在君临渊已经对他们开启了保护模式。待凤舞睁开眼，发现自己已经在君临渊怀里了。那股巨大的冲击波，居然被君临渊一巴掌给拍下去了。

凤舞："……"

即便如此，冲击波也造成了水位快速上升。

"我们先离开这里。"君临渊抱着凤舞，往营帐奔去。

风浔和玄奕跟在他后面。

到了营帐后，君临渊直接吩咐封管家："洪水来袭，上山。"

大家都蒙了，怎么突然就来洪水了呢？

车队重新出发，很快到了山腰。

之前凤舞从河底拿出来的箱子，正被她抱在怀里，回到马车上后，凤舞才乐颠颠地打开。风浔和玄奕围了上来，眼中闪耀着好奇的光芒。

"这里面到底是什么呀？太让人好奇了。"风浔满脸期待。

凤舞道："藏得这么深，很有可能是机密呢。"

这个箱子是用深海玄铁炼成的，密码是灵阵码，若是不懂密码强行打开，箱子会启动自毁模式。也就是说，箱子会被毁灭，没人知道里面是什么东西。

凤舞用推演的方法，不到一炷香的时间，便将密码破解了。箱子打开之后，掉落的第一件宝贝是漂流瓶。

风浔把瓶子拿在手里，没有第一时间打开，眼巴巴地看着凤舞。

凤舞顿觉好笑："没事没事，这里没有机关暗器，你尽管打开就是。"

有了凤舞这句话，风浔打开了漂流瓶。

"咦，这是什么？"风浔取出漂流瓶里一张淡黄色的羊皮纸。

羊皮纸上是一幅山川图，图上用异族文字标注着地名。

"咦，这不是塞纳尔文字吗？这不是羊草山吗？"风浔惊呼一声。

凤舞不解地看着他。风浔难掩激动之色："这是藏宝图吧？这画的是塞纳尔草原上的羊草山吧？！我没看错吧？！"风浔一边问，一边将它拿给君临渊。

君临渊瞥了一下，微微点头，嗯了一声。有君临渊这一声，风浔顿时安心，激动地道：“这是藏宝图吗？！”风浔一边说，一边用星星眼看着君临渊。

君临渊再次嗯了一声，道：“而且还是塞纳尔皇室宝藏。”

“天啊！”风浔激动得快跳起来了。

草原是很富有的，塞纳尔草原更是所有草原中最富有的，如果能得到他们皇室的宝藏，那简直——

别说风浔了，凤舞也激动坏了，这可比卖月亮鱼好太多了。

“还有吗？后面还有吗？”风浔急急问凤舞。

凤舞从箱子里取出第二件东西。这是一本册子，严格意义上说，是一本笔记本。凤舞翻开页面一看，发现里面记录的是一场孤独之旅。

“册子的主人叫摩尔莫，这本册子是他写的。”凤舞翻了几页，见都是塞纳尔文字，看得有点儿晕，便将册子塞给风浔。

“摩尔莫？”风浔大吃一惊，“摩尔莫这个名字我听过啊，如果没记错的话，他应该就是上一任皇族太子，原本皇位是属于他的！”

“还有这种事？”凤舞眉宇一动，“难道我们还碰上了皇族秘辛？没关系，这种事回头再好好看。”凤舞将册子放在一边，开始取第三样东西。

第三样是一块玉简。

凤舞注入灵气的时候，咦了一声。一时间，所有人都看着凤舞。

凤舞：“这里面是一部功法，叫《天魔涅槃功法》。”

风浔却为之一惊：“《天魔涅槃功法》？真的吗？你确定真的是《大魔涅槃功法》？！”

凤舞一脸疑惑地看着风浔：“你听过这功法？”

风浔：“当然啊！这部功法在草原上可算至高无上的功法，只有皇族才有资格修炼，而且还得是有前途的皇族子弟。”

风浔旋即一拍大腿，道：“这是具有草原特殊血脉的人才能修炼的，我们拿着功法其实没什么大用，不过没关系，我们有这部功法，回头就能利用它哈哈哈——”

风浔激动坏了，催促凤舞道：“还有吗？后面还有吗？快快拿出来呀。”

凤舞没好气地摊手道：“这里还有一柄匕首，看起来有些陈旧。”

“天啊，这是摩尔莫随身携带的匕首吧？肯定是摩尔莫的象征！”

“凤小舞，你厉害啊！”风浔一激动，拍着凤舞的胳膊，“你知道吗？这一箱子东西，看着虽然不算什么，可只要利用得好，整个塞纳尔草原都能被我们整得人仰马翻，你知道吗？你简直就是福星啊！”

直到君临渊瞪他一眼，他才意识到自己的手劲太大了。

“哈哈哈，小舞你没事吧？”看着被自己拍得东倒西歪的小丫头，风浔羞愧地抓抓头发。

凤舞摆摆手道："无妨无妨，你们继续聊，我饿了，给你们做烤鱼去。"月亮鱼不能浪费了。

在这山腰上，最好的一块山地便是眼前这里。凤舞选了一块地，让风浔帮忙将烤架装好。

月亮鱼连一片鳞片都没有，非常容易清洗。去除内脏清洗干净后，凤舞在月亮鱼上划了三条刀口，用姜汁去味，涂抹上特制的材料腌制。

与此同时，凤舞将刚才路上顺手采集的香料放入月亮鱼的腹部。

大家分工明确，风浔搭烤架，玄奕捡柴火。因为是在野外，所以凤舞这边做什么，周围的人都看见了，特别是左家那样的家族，亲眼看到风浔和玄奕被凤舞支使得团团转，不由得心中大惊。怎么可能？凤舞居然有这样的魔力？就连世家公子风浔和玄奕都跟她关系很好？

等月亮鱼腌制得入味了，凤舞才从营帐里出来，接过风浔他们手里的活儿。

"好饿啊——"风浔摸着肚子，一脸幽怨地看着凤舞。

凤舞拍拍风浔的脑袋，像在拍一只可怜的小狗："知道啦，马上就做好了，再等一刻钟。"

"那好吧，我就坐在这里等着。"风浔盘腿而坐，双手支在下颌处，又黑又亮的大眼睛扑闪扑闪的，看着可爱极了。

这就是凤舞和风浔的日常，在周围其他人看来，真是再惊奇不过了。

"堂堂风小王爷，居然这么听凤舞的话？"

"凤舞不过是个暖床小丫头，何德何能啊！"

凤舞并不知道大家的想法，一边忙着烤鱼，一边思考修炼功法。

美人师父传授的三招，她已经修炼得非常熟练了，第四招却不知道在哪里。

美人师父当时消失得突然，看来第四招只能等美人师父苏醒后再说了。

凤舞有些懊恼地拍拍自己的脑袋。到现在，十二桃花劫任务才进行到第六个，而且随之延长……也不知道后面的六大任务会如何折腾人。

凤舞一边往烤鱼上刷酱汁，一边思考着接下来会发生的事，以及要采取的措施……

如此三心二意之下，她烤的鱼却非常好吃。烤鱼味道一出，顿时弥漫山腰，太后那边刚好处于下风口，浓郁的香味随风飘散过去。

"好香啊！"风浔闻到香味，只觉食指大动，口水都要流出来了。

凤舞本就擅长厨艺，月亮鱼又极鲜美，加上凤舞在烤的时候，用了轻微的灵阵术聚集灵气，如此这般后——

"小舞小舞——"风浔可怜巴巴地看着凤舞，清澈漂亮的大眼睛扑闪扑闪的，看着别提有多惹人心疼了。

凤舞没好气地瞥了他一眼，顺势摸摸他的脑袋："等着。"

"哦。"风浔像只被摸头的小狗，可怜极了。

就在这时，一记冰冷的眼刀子朝风浔所在的方向射去。风浔顿觉一股寒气从脚下生出，脊背发寒，全身僵硬。他下意识地回头望去，果然——

君殿下那双森冷的眸，宛若冰锥一般，散发出让人胆寒的怒气。

咝——风浔倒抽一口凉气。吃醋了吃醋了……君老大肯定是吃醋了！想到这儿，风浔嗖的一下往后挪去。

凤舞正撕下手掌大小的烤鱼递给风浔，却见他转瞬就挪开了。

凤舞："你干吗？"

风浔左看右看，发现那道嗜血的目光已然消失不见，再定睛看时，君老大已经不见了。

"哈哈，没事没事，错觉错觉。"

风浔和玄奕一路赶来，风尘仆仆，连休息的时间都没有，又谈何进食？这会儿，他们已经饿得快晕过去了。

"不是很饿吗？拿着呀。"凤舞将烤鱼用碧绿色的宽大荷叶包了递给风浔。

风浔取过来，深深吸了一口气……这香味……这香味简直让人疯狂啊！风浔来不及多想，当即把鱼肉往嘴里塞去。

"哇呜！美味！太美味了！小舞，你简直是神厨哇，啊啊啊啊——"

玄奕也在吃，虽然动作斯文，可速度不比风浔慢。不过三秒钟，风浔和玄奕就将手里的鱼吃完了，目光不由自主地转向凤舞手里。那里，有一条半米长的月亮鱼。

"小舞——"风浔一声惊呼，下一秒，已经朝凤舞飞扑而去。

凤舞没好气地说："别激动，给你，都给你还不行吗？"

然而，烤鱼最终也没到风浔手里，因为被玄奕捷足先登了。

"好你个玄小二！居然出黑手！原来你是这样的玄小二！"风浔快气坏了，怎么有这么坏的人！

玄奕呵呵两声："手快有手慢无，谁让你手脚太慢呢？"

"把烤鱼还我！"风浔气得跺脚。

玄奕好不容易才抢到手的鱼，怎么可能给他？

风浔气得飞扑过去，可玄奕对风浔多了解，怎么可能被他扑到？没等风浔扑过来，他已经先一步逃跑了。

"玄小二，你给我站住！"风浔气得飞一般冲过去。

玄奕抱着烤鱼，飞快地往前冲，风浔则在后面拼了命地追。

营地总共就那么大，他们的动静不小，怎么可能不惊动别人？此刻，很多人都注视着这里。

男人多在营帐外，而家眷们多在营帐里，注意看的话，会发现营帐的门被无声地掀起……

左家。

左夫人和独孤夫人坐在一处，正聊着如何对付凤舞，就闻到一股香味，还没等她们反应过来，外面已经传来喧哗声。

"怎么回事？"左夫人没好气地问道。

左夫人的贴身丫鬟玉芙蓉笑吟吟地道："奴婢出去看看。"

玉芙蓉很快回来了，脸色有些怪异。左夫人和独孤夫人狐疑地看了她一眼，左夫人皱眉道："怎么回事？"

玉芙蓉小声道："是玄二公子和风小王爷。"

"玄奕和风浔？他们两个一向规矩，怎会闹出这么大的动静？可是发生什么事情了？"左夫人和独孤夫人都关注着玄奕和风浔呢！

左家并不是只有左青鸾，还有左青羽。独孤家也是，独孤夫人生了三个女儿。

玉芙蓉苦笑道："玄二少和风三少打起来了。"

"怎么会？他们的关系不是一向很好吗？为什么会打起来？"

就在这时，外面传来恐吓声。

"玄奕，你给我站住！再不站住，看我不打死你！"风浔已经气得失去了理智。

玄奕一边跑一边往嘴里塞烤鱼："喂喂喂，玄奕，你居然偷吃？！给我放下那条烤鱼！"

风浔和玄奕两人在外面又跑又闹，周围的人都惊呆了。

"什么？风小王爷和玄二少居然因为一条烤鱼大动干戈？"左夫人觉得简直是天方夜谭。

玉芙蓉却苦笑着点头："确实如此。"

左夫人一脸惊讶地道："不应当啊……堂堂小王爷，还能没吃过烤鱼？"

"烤鱼确实很香。"独孤夫人对身边的嬷嬷说，"看看那烤鱼是谁做的，让厨娘再如法炮制一条出来，快去。"

叶嬷嬷正要去，却被玉芙蓉拦下。

玉芙蓉苦笑一声，道："叶嬷嬷还是别去了，不行的。"

"怎会不行？"独孤夫人奇怪了。

"那是凤舞姑娘亲手做的烤鱼。"玉芙蓉苦笑道。

凤舞姑娘……

全场寂静无声。

"这个人还真是无处不在啊！"独孤夫人轻哼一声，声音里带着浓浓的不屑。

左夫人也很不满，嘲讽道："凤族的女人怎么这么会勾引男人？"

此刻的太后——

老佛爷执意要去塞纳尔草原，这几日的食谱都是严格按照凤舞的要求来的。

凤舞的要求很简单，少油少盐少糖……老佛爷已经吃得快吐了。

老佛爷正躺在床上喊疼，突然，有食物的香味从外面飘进来。

老佛爷艰难地咽了咽口水，正想问蓝嬷嬷，外面便传来脚步声——

"老佛爷，独孤夫人和左夫人看您来了，您的身子骨能见吗？"蓝嬷嬷问。

独孤夫人和左夫人？莫不是她们提着什么东西过来了，所以才有这食物的香味飘进来？想到这儿，老佛爷真高兴啊！她猛地一蹬腿，从床上弹坐而起，惊呼一声："快请进，快请她们进来！"

独孤家和左家的夫人还真是有心！太后在心里狠狠夸了她们一顿。

独孤夫人和左夫人对视一眼，在彼此眼中看到了惊讶之色。

要知道，老佛爷对她们的态度可称不上好，确切地说，老佛爷除了对君太子千依百顺之外，对其他人都是很冷淡的。

"拜见老佛爷——"独孤夫人和左夫人盈盈拜倒。

老佛爷原本看到她们很激动，当发现两位夫人两手空空时，脸瞬间就沉了下来。

独孤夫人和左夫人明显感觉气氛骤冷，却完全不知道发生了什么事情。

"你们来，可是有事？"老佛爷瞪着她们。

独孤夫人笑着说："老佛爷，我们来看看您，您的身子骨可好些了？"

老佛爷轻哼一声，道："好不好还不都是那个样子？有什么好看的？"

独孤夫人顿觉尴尬。

就在这时，蓝嬷嬷端着食盒上来。老佛爷一看到盒子，脸色越发沉了下来。

蓝嬷嬷苦笑道："老佛爷，您的膳食到了。"说着，蓝嬷嬷将食盒打开，摆好餐具。

小小的食盒里有各种水煮菜和水果，没糖没盐没油，寡淡到让人看一眼就没食欲。这些东西老佛爷已经吃了近半个月，这会儿已经要崩溃了。

"拿走！哀家不吃！哀家坚决不吃！"老佛爷像小孩子一样赌气。

蓝嬷嬷苦笑不已："老佛爷，您自己也说了，这膳食对您的身体很有帮助，再说了，等过几日，咱们就可以恢复正常饮食，您再稍微忍忍？"

老佛爷瞪着蓝嬷嬷，将膳食往边上一推，怒道："哀家已经连续吃了十几天了，十几天了！再吃一口就会吐了！赶紧将它们拿走！哀家就算饿死也坚决不吃！"

蓝嬷嬷苦笑不已。

"老佛爷——"

"拿走拿走！赶紧拿走！"

"老佛爷——"

"跟你说话没听见吗？！"老佛爷暴躁起来。

独孤夫人和左夫人对视一眼，左夫人心思多，转眼便想明白了，脑海里浮现出一道计策。

左夫人看着蓝嬷嬷，皱眉道："蓝嬷嬷，你就给老佛爷吃这些东西？你把老佛爷当什么了？"

蓝嬷嬷顿觉冤枉，无奈地看着左夫人："左夫人您有所不知，老佛爷之前身体抱恙，这是药师吩咐的食谱，对老佛爷的身体大有裨益。"

左夫人挽起袖子，道："哦？药师？请问是哪个药师吩咐的？我倒是要去问问，这样虐待老佛爷真的好吗？"

老佛爷拉着左夫人的手，转头瞪着蓝嬷嬷："对啊，是哪个药师吩咐的？你将他喊来，哀家倒要问问他，如此虐待哀家，他还要不要脑袋了！"

蓝嬷嬷内心苦啊。因为老佛爷不喜欢凤舞，所以现在她都没告诉太后，这食谱……是凤舞姑娘亲手制定的。

"是楚药师吗？方才我过来的时候遇见楚药师了，可楚药师并不曾说过食谱的事。"左夫人在心中暗暗冷笑。

她知道大家在隐瞒什么，更知道太后不喜欢什么……这件事，既然注定要被捅出来，那为什么不是现在呢？

蓝嬷嬷警告性地看了左夫人一眼，希望她不要多事。可左夫人存心多事，蓝嬷嬷也招架不住。

老佛爷皱眉道："不是楚药师给的食谱吗？"

蓝嬷嬷："呃。"

老佛爷见蓝嬷嬷吞吞吐吐的样子，顿时反应过来，猛地抓住蓝嬷嬷的手，死死地瞪着蓝嬷嬷："蓝嬷嬷，你也是宫里的老嬷嬷了，现在居然有事瞒着哀家？蓝嬷嬷！快说，到底是怎么回事？！"

蓝嬷嬷自知承受不住，赶紧给外面的小宫女使眼色，让她们快去通知君武帝。可是，左夫人和独孤夫人也是有丫鬟的，自然想尽办法去拦，所以——

"你想哀家亲手杀了你？！"

蓝嬷嬷无奈，暗暗对凤舞说了一句抱歉，然后——

"老佛爷，您先别激动，您坐下，奴婢好好给您讲可好？"

"快说！"老佛爷气势汹汹地瞪着她。

蓝嬷嬷在老佛爷面前半跪下去，拉着老佛爷的手："老佛爷，这件事原不想瞒着您，但因为您之前身体抱恙情况特殊，所以我才暂时没告诉您，但绝对不是故意欺瞒您，我们最在乎的是您的身子啊。"

老佛爷冷哼一声，依旧板着脸道："快说！"

蓝嬷嬷苦笑道："十几天前，您的病情太严重了，已经到了生死边缘，而楚药师……他对救活您一点儿信心都没有。"

"什么？！"老佛爷死死地瞪着蓝嬷嬷，"不是楚药师救的哀家？！"

蓝嬷嬷目光凝重地看着太后，认真地点头。

"不是楚药师？这不可能啊——"老佛爷有些蒙，"这次随行的太医里，就数楚药师医术高明，如果连他都救不了哀家，那是——"

老佛爷宛若被雷劈了一样僵在当场："是……是……是……她？！"老佛爷整个人都是蒙的。

蓝嬷嬷抓着老佛爷的手，凝重地看着她："老佛爷，我们都知道您不喜欢她，更不喜欢她来诊治，可当时情况特殊，您——"

"你们居然敢！你还真的敢——"

老佛爷猛地甩开蓝嬷嬷的手，怒目而视："你们明知道哀家不喜欢她！居然还敢这么做！你们可恶！"老佛爷怒急攻心，只觉眼前一花，身子踉跄，差点儿晕死过去。

"老佛爷——"周围的人齐齐惊呼。

蓝嬷嬷更是急急地抱住老佛爷："快，快去请太医，快去！"蓝嬷嬷急声道。

左夫人和独孤夫人面面相觑。直到这时候，她们终于有些后怕了。如果老佛爷真被气出好歹来，到时候陛下怪罪下来，她们可没好果子吃。

楚药师的帐篷就在不远处，只一会儿工夫就过来了。看过老佛爷之后，楚药师苦着一张脸："老佛爷这是怒急攻心，引发旧疾，不过好在有凤舞姑娘之前的龙木须粉，否则后果不堪设想啊。"

说到这儿，楚药师从衣袖中掏出一只瓶子，打开木塞，示意蓝嬷嬷："取一小碗温水，用龙木须粉一勺调开，喂入老佛爷口中便可。"

蓝嬷嬷一脸为难。楚药师催促道："快啊，再耽搁下去，对老佛爷的身体有损伤。"

蓝嬷嬷深吸一口气，瞥了左夫人和独孤夫人一眼，不说话。左夫人和独孤夫人忽然有种不好的预感，左夫人直接提出要离开。

就在这时，外面传来一阵急促的脚步声。君武帝就是这时候从外面冲进来的。

"老佛爷如何了？！"君武帝面色凝重。

楚药师便将诊断结果告诉了君武帝。

"怒急攻心？！"君武帝原本就不好的面色更加难看，"什么叫怒急攻心？！为什么会怒急攻心，谁惹老佛爷不高兴了！"

蓝嬷嬷盯着左夫人和独孤夫人。左夫人求生欲很强，她敏锐地感觉到蓝嬷嬷会说出真相，于是抢先一步说："陛下，老佛爷是被凤舞姑娘气的，老佛爷知道凤舞姑娘救她老人家的事情了。"

左夫人这锅甩得好，君武帝的怒气顿时转移到凤舞头上。

"来人，去将凤舞——"

"陛下——"这时候，蓝嬷嬷无比冷静地对君武帝行了一礼，淡然地道，"老佛爷原本是不知道这件事的——"

左夫人和独孤夫人用警告的目光盯着蓝嬷嬷，然而，她们低估了蓝嬷嬷的冷静和勇气。蓝嬷嬷盯着君武帝，一字一顿地说："是左夫人和独孤夫人一唱一和，将真相透露给老佛爷，老佛爷才会怒急攻心，晕厥过去。"

君武帝那双冰冷嗜血的双眸死死瞪着左夫人和独孤夫人，杀气腾腾。这件事，君武帝已经发话了，不许任何人跟太后透露。

"陛下饶命！"左夫人和独孤夫人真被吓到了，急急忙忙地跪倒在地，身子抑制不住地颤抖。

"你们两个居然敢这么做！"君武帝怒气冲冲，"谁给你们的胆子？！"

"陛下饶命，陛下息怒——"左夫人和独孤夫人不断地磕头求饶。

"胆敢在朕的眼皮子底下做这种事，还想要朕饶你们？妄想！"君武帝原本就一肚子火，现在趁势发泄出来。

"来人，将她们拖出去，打二十大板！"君武帝怒道。

什么？！在场的人都蒙了。左夫人和独孤夫人也蒙了。这不可能？！皇帝一般只会惩罚臣子，不会惩罚臣子家眷，更何况是打板子这样简单粗暴的惩罚方式。

"不——"左夫人和独孤夫人吓得脸色苍白，差点儿晕过去。如果被打了板子，她们以后还有什么体面可言？

"不——不——陛下饶命，陛下饶命啊——"左夫人哭着抱住君武帝的大腿，"陛下饶命啊，求陛下饶命啊，贱妾不敢了，贱妾真的不敢了，呜呜呜——"

独孤皇后也来了，此刻脸色非常不好。

独孤夫人是她娘家嫂子，左夫人是她的亲姐姐，如果这两个人被打了板子，独孤皇后的颜面也丢尽了。

"陛下息怒——"独孤皇后急忙出声求情。

独孤皇后又是摆事实又是讲道理，哭得那叫一个梨花带雨、泪水涟涟……

"陛下，这板子真的不能打啊，就算要打，也不能打到她们身上啊……"

君武帝怒气稍缓："不能打到她们身上？很好！来人，将左铭和独孤忘我各打五十大板！"

"这怎么可以？"

"陛下，不可，万万不可啊——"

左夫人一脸绝望，如果左铭知道自己是因为她而被打，那真的是……会恨死她的！

独孤夫人也是这般想的。

可是，君武帝现在存心要惩罚她们，怎么可能会放过？

左大人一脸严肃，不屑地道："这个凤舞为人肤浅，性情浮躁，难怪凤老兄不喜，实在是这个丫头太会招惹祸患了。"

独孤大人淡淡地点头道："确实如此，家有此女，必有祸患。"

左大人："娶妻当娶贤，像你我二人的夫人，那才是真贤惠，娶一贤妻，三代之内……"

然而，左大人话音未落，不远处有一支队伍气势汹汹而来，为首的正是大总管。

"大总管，您这是要往哪儿去呀？"

大总管露出一抹淡淡的笑容："两位大人……有请了。"

左大人看着他身后如狼似虎的目光，内心咯噔了一下。

"您指的是……"左大人的声音带着一丝颤抖。

大总管取出令牌，重重一挥手："来人！将他们拿下！"

啥？左大人和独孤大人一脸蒙。

黑羽卫的人，从来只认君武帝的令牌，无视其他所有人！

一时间，队伍中走出四个孔武有力的人，朝左大人和独孤大人冲去。

"大总管，这是何意？！"左铭怒视大总管。

这边闹出来的动静太大了，要知道，这可是左大人和独孤大人被抓。

就连玄奕、风浔，此刻也停止了玩闹，笑嘻嘻地往这边行来。

大总管再次挥舞着手中的令牌："取条凳来，将他们摁在条凳上，每人杖责五十大板！"

左铭大叫道："冤枉，误会啊，大总管，请听下官解释！"

大总管绷着脸，铁面无私："给我打！狠狠地打！"

好不容易抓到这样一个机会，大总管怎么可能放过他们？

黑羽卫个个杀气腾腾，力气更是大得惊人。

左大人和独孤大人想哭。他们想不明白，到底是为什么啊？

周围其他人都一脸震惊……

不远处，左夫人和独孤夫人已经恢复了自由，看到被打板子的左大人和独孤大人，快崩溃了。

"嫂子，这这这……这可怎么办啊？"左夫人快哭了。

独孤夫人的内心也是崩溃的，若是被老爷知道……会出大事的！

"妹妹，不要说，这件事我们就烂在肚子里，一个字都不许提，知道吗？！"独孤夫人死死地瞪着左夫人。

左夫人一边哭一边点头。

"为何？！就算死，也要死个明白吧？大总管，这究竟是为何？下官到底做错了什么事？！"

大总管冷笑一声："你们确实没有做错什么，只不过娶错夫人罢了！回去问问你们的夫人吧！"

五十大板打过后，左大人和独孤大人皮开肉绽、奄奄一息，大总管命人将他们抬

回去。

这边闹开了锅，那边凤舞依旧在做烤鱼。

她一边烤鱼，一边慢悠悠地听着。

风浔："喂喂，凤小舞，这被打的可是左大人和独孤大人，难道你一点儿都不好奇？"

凤舞："好奇什么？"

风浔："你就不好奇，为什么他们两个会挨打吗？"

凤舞："哦。"

风浔咧嘴一笑，露出皓齿："凤小舞，你很想知道对不对？"

凤舞："……"

风浔双手交负在身后，抬着下巴，看起来得意扬扬，"来呀，快求我啊，你求我，我就去给你打听，要知道，我这人可是包打听，还没有我风三打听不到的事呢。"

凤舞："我知道啊。"

风浔瞪她："你知道什么？"

凤舞用看白痴一样的目光看着风浔："我知道左大人和独孤大人为什么会被打。"

"你知道？你怎么会知道？你知道什么？"

凤舞无语地道："刚才大总管不是说了吗？是因为他们家的夫人，所以他们才承受了无妄之灾啊。"

风浔："对啊，大总管确实说了，可大总管也只说了这一句，没有说其他的。"

凤舞："你是白痴吗？大总管虽然说了一句，但话中的意思已经很明白了，顺藤摸瓜不就能猜出来吗？"

风浔："那你猜出来什么了？"

凤舞："很简单，左夫人和独孤夫人惹怒了老佛爷，害得老佛爷怒急攻心晕死过去，陛下暴怒，要将左夫人和独孤夫人打板子，可是独孤皇后求情，最后板子就落在左大人和独孤大人身上了啊。"

凤舞一番话说得完完整整、清清楚楚，听得风浔一脸蒙！

"你你你，你就是通过大总管那句话，就推断出眼前这一切？"如果是这样的话，那凤舞岂不是成仙了？

凤舞扑哧一声笑出来："你还真信啊？"

风浔："啊？"

凤舞："之前太后发病，楚药师担心他做错了，会引起更严重的疾病，所以早早就来咨询我了，那咨询之前，不就需要事无巨细地交代吗？"凤舞说罢，得意地盯着风浔。

风浔敲了凤舞额头一记栗暴："你这丫头，差点儿就被你骗了。"

凤舞哈哈笑出声："可怜的左大人和独孤大人，他们如果知道事情的经过是如此，一定会恨死自家夫人的。"

风浔："这是肯定的，陛下这招可真毒啊。"

"如果我是君武帝——"凤舞嘴角微微扬起一抹弧度，"绝对不会这么容易就放过那两位夫人，她们可是直到现在都没付出实质性的代价呢。"

"那你有什么办法？"对于整治这两个老巫婆，风浔还是挺有兴趣的。

"如果是我，这时候，就专门送美女，笑意温柔扬州瘦马型的少女，越年轻越漂亮，攻击力越大。"

风浔顿时眼睛一亮，死死瞪着凤舞！

左大人和独孤大人如果知道自己是在代夫人受过，还是被扒光了底裤，众目睽睽之下受罚，内心自然承受不了，就在他们极度敏感自卑的时候，笑意温柔的美女侍妾出现了……

"凤小舞，你这个人可真是……了解你的，没人敢当你的敌人，因为你太可怕了。算了，我们还是当朋友吧。"

"咦，对了，君临渊呢？"凤舞好奇地问道。自从她开始烤鱼，就没看到君临渊了。

当他天天在她面前晃悠的时候，凤舞并不觉得他如何，可当他不在跟前，她还真有点儿想看到他。真是奇怪的想法，凤舞在心里暗暗想着。

风浔说："君老大在山腰处，就在那儿，你看，那儿站着的就是封管家，正在给他护法呢。"

凤舞眼睛半眯，对风浔说："你去将他喊过来。"

谁知，风浔却直接摇头："不行不行，君老大这个人可龟毛了，如果我们打断他修炼，会被他打死的！"

凤舞："你放心，有我在呢，快去快去。"

风浔连连摆手："不行不行，这真的不行，绝对不行！"

凤舞没好气地翻白眼："你不去喊他，那我去喊，总行了吧？"

风浔一把拦住凤舞："算了，你也不要去，虽然君老大似乎对你不错，可是……你怎么比得上他的修炼重要？你会被击飞的。"

凤舞却一意孤行："放心吧，我肯定能将君临渊拉过来的。"说罢，凤舞扬长而去。

她身后，风浔和玄奕对视一眼，在彼此眼中看到了一抹无奈的笑。

此刻，凤舞已经来到君临渊面前了。君殿下正在闭目修炼。

封管家则持剑站在一侧，宛若守护神，守护着君临渊成长，守护着他变强。

看到凤舞，封管家便给凤舞使了个眼色，示意她快点儿离开。凤舞已经把话放出

去了，这时候倒不好退缩。

"君临渊——"凤舞站在君临渊面前，双手交负在身后，笑眯眯地看着他。

封管家顿时面色一变。君临渊对修炼最是慎重，甚至称得上铁血无情，凤舞这般打扰他，后果将会非常严重。然而，他无论如何都没想到，君临渊那双漆黑如墨的双眸睁开了。封管家下意识地将凤舞护在身后。

君临渊站起来，接触到他宛若寒冰的目光，凤舞下意识地往后一退。

"呃……你慢慢修炼，我、我先走了！"凤舞逃一般地就要离开。

然而还没等她走出几步，君临渊便拉住她的手。他的目光太过骇人，让人心生寒意。凤舞心头一动，有些懊恼。

"来了，还想走？"君殿下修长的手微微一带，凤舞便已跌入他的怀中。

凤舞："你、你要干吗？"

君殿下那双墨染的剑眉微微上挑："你觉得，本太子能对你做什么？"

凤舞："不管你想做什么，都不行！你快放开我！"

君临渊拖着凤舞就往前走。

"喂喂，君临渊你要做什么？放开我！"凤舞惊呼一声。

凤舞这一声惊呼，顿时引起周围很多人的注意。

凤舞发现大家纷纷回头，赶紧压低声音："君临渊！你到底想做什么？！"

俊美清逸如君临渊，扬起棱角分明的下颌，傲慢地瞥了凤舞一眼："你说呢？"

凤舞："你——"

君临渊如同看白痴一样看着凤舞："你为何唤我？"

凤舞："那边烤了月亮鱼，想喊你一起吃。"

君临渊："你烤的？"

凤舞冷傲地说："那当然了。"

君临渊："那走吧。"

凤舞瞥了君临渊一眼："风浔不是说，你不爱吃鱼？"

君殿下用看白痴一样的目光看着凤舞："是不爱吃。"

"那我们的君殿下就别去了呗，免得委屈了自己。不去了不去了……"凤舞一边说一边拽着君临渊的手。

君临渊抬起另一只手，揉乱凤舞头顶的发。

"讨厌，我发型全乱了。"凤舞气得跺脚。

君殿下爽朗一笑，道："小笨蛋！"

凤舞："君临渊！你再喊我一声小笨蛋试试？！"

凤舞一路走一路试图甩开君临渊的手，但是君殿下的手劲太大，无论凤舞如何挣扎，都于事无补。

第五章

再生事端

烤架旁。

凤舞来之前可是烤了整整五条月亮鱼，等她过来一看，却发现——风浔和玄奕蹲在烤架前，眼巴巴地看着那不断转动的烤鱼，而原本烤好的五条……已经全部不见了。

凤舞："那五条烤鱼呢？！"

风浔抬起那双清澈漆黑的大眼睛，眼泪汪汪地看着凤舞："吃完了。"

凤舞："真的吃光了？"

风浔："真的吃光了。"

凤舞："你是猪吗？！每条月亮鱼长约半米，清理过后也有几十斤，你居然都吃光了！"

风浔眼巴巴地点头："嗯嗯嗯！"

凤舞双手叉腰，无语地望天。这叫她怎么说呢？

"真的太好吃太好吃了！让人食指大动，控制不住自己，不知不觉就吃多了，而且很奇怪，这鱼竟然吃不饱！无论吃多少，就跟进了无底洞似的，怎么都填不饱肚子。"

凤舞："还真是理由充分啊。"

风浔眼巴巴地看着凤舞，很开心地跑上去："小舞，小舞，我们已经将鱼收拾好了，再做一条好不好？"

凤舞翻着白眼道："做一条就够？"

风浔拼命摇头道："不不，一条怎么够？至少得五十条！"

"五十你个头啊！"凤舞没好气地拍了风浔的脑袋一下，"这里有五条，最多给你们准备五条。"

风浔噘着嘴，可怜兮兮地看着凤舞。

"三条？"凤舞没好气地瞥了风浔一眼。

风浔："不不不，五条就五条吧！"

凤舞看了架子上的烤鱼一眼："这两条快烤熟了，先拿下去吃了吧。"

风浔和玄奕对视一眼，不过彼此都没有动。

凤舞："不是很喜欢吃吗？怎么不动了？"

风浔皱着眉，一脸嫌弃，最终还是默默地将那两条鱼从烤架上取下来。

凤舞盯着风浔看。风浔撕了一片鱼肉下来，抬头默默地看了凤舞一眼。凤舞依旧沉默地盯着他。风浔只能默默地将鱼肉往嘴里送。

然而——

下一秒，呸呸呸！风浔直接吐出来了！

"呸呸呸！怎么这么难吃啊？这肉怎么是涩的？"风浔用难以置信的目光看着凤舞。

凤舞摊手，表示她也不知道。

"这不可能吧？明明烤鱼的步骤跟你一模一样，用的调料也一模一样，怎么味道就差这么多呢？！"风浔百思不得其解。原本他以为，他做出来的烤鱼，就算味道不如凤舞的，但能达到她一半水准吧？！现在别说一半水准了，就连十分之一……不，百分之一的水准都不到！这就让人匪夷所思了。

"小舞，你到底是怎么烤的鱼？凭什么我们做的跟你做的相差这么多？！"风浔难以置信地瞪着凤舞。

凤舞摊着手道："我不就是随便一做？对了，这两条烤鱼不能浪费，你们快将它们吃了。"

风浔："我才不要吃！"

玄奕："我也不要吃！"

就在这时，风浔目光一闪，看到一道身影往这边走来。紧随在她身后的，还有一道美丽的身影。

"三公主和五公主？"风浔和玄奕的脸色微微沉了下来。这俩公主一个骄纵一个娇怯，都不得他们喜欢的。

"风浔哥哥，你在这里啊？"三公主拉着五公主，笑嘻嘻地站在风浔面前。

三公主喜欢风浔这件事，已是众所周知，因为她追风浔追得惊天动地，曾经闹出很大的动静。而她给风浔的感觉，用风浔自己的话说就是，踩了狗屎！所以看到三公主过来，风浔下意识地就想溜走。可三公主似乎早就知道风浔会跑，定定地站在风浔面前，封住他的逃跑线路。

"风浔哥哥，你不喜欢看到琅儿吗？你这是准备离开？"三公主站在风浔面前，泫然欲泣。

对方好歹是公主，陛下和皇后就在不远处，风浔不能拒绝得太过分……于是，他干笑一声："三公主误会了，我这不是看到三公主和五公主过来，所以站起来迎接吗？有失远迎，有失远迎。"

三公主顿时很开心："风浔哥哥，原来你这么喜欢我吗？那我明天再找你玩好不好？"三公主上前一步，轻轻拽住风浔那宽大的衣袖，抬起尖尖的下颌，眼巴巴地看着他。

风浔的脸色宛若吞了苍蝇一般。

"可别可别，千万别，不能这般劳烦三公主，万万不可呢。"风浔只觉得头疼极了。

凤舞一边烤鱼，一边抽空瞟了风浔一眼。她的眼中，充满了玩味之色。

这丫头居然在笑话他？！风浔没好气地瞪了凤舞一眼。凤舞朝他吐舌头，就是看你笑话怎样？连三公主都搞不定。风浔对凤舞龇牙咧嘴。

三公主见风浔和凤舞眉来眼去地交流，顿时怒从心头起。她的视线从风浔身上转移到凤舞身上。

"哟，我当是谁呢，原来是我们的凤舞小姐啊。"三公主双手抱臂，绕着凤舞走了一圈，用挑剔的目光，将凤舞从头到脚看了一遍。

如果是别人，这时候肯定被三公主打量得胆战心惊，可凤舞内心波澜不惊，面上更是从容淡定，任由三公主打量。

三公主的眼睛半眯起来。这个凤舞，当真是讨厌！上次在天下楼的时候，自己被她整惨了，现在再次遇见，三公主心中的怒气宛若烈火，熊熊燃烧起来。

"凤舞小姐，你这是在做什么？烤鱼？"三公主盯着凤舞手中的烤架，目光中充满了不善。

凤舞不想搭理她，只淡淡地嗯了一声。三公主脸色微微一变。这种被人轻视的感觉，是她这辈子都没经历过的！她从小养尊处优，又是皇后所出，谁敢给她气受？但这个出身低微的凤舞，居然一次又一次地无视她，可恶可恶可恶！

可是，为了在风浔面前表现出善良娇弱的一面，三公主不得不装大方。

"凤舞，听说你厨艺不错，太子府的人对你赞不绝口呢，可有此事？"三公主眸中闪过一抹寒意。

三公主暗中扯扯五公主的手，示意她赶紧说话。娇怯的五公主突然插话："听说你的鱼香肉丝好吃得不得了，我可以尝尝吗？"

三公主赞赏地看了一眼自己的小跟班。

91

凤舞淡淡地看了五公主一眼，摇头道："这里没有材料，做不了，要让五公主失望了。"

五公主哦了一声，满脸失望，也没有再说其他的。

三公主瞪了五公主一眼。五公主咬着下唇，一脸胆怯。三公主恨不得拍她脑袋一巴掌，真是一点儿用都没有！

五公主不顶用，三公主只能自己上。

"凤舞姑娘手艺这么好啊？不如……你跟了本公主吧，给本公主当专职厨娘如何？"三公主挑衅地盯着凤舞。

凤舞面上淡然，直截了当地道："不好。"

三公主当面被拒绝，脸色阴沉，死死地盯着凤舞。凤舞任由她盯着，一点儿都不怵，依旧不紧不慢地忙着手里的活。

三公主暗中咬牙。

"凤舞，你就这么不给本公主面子？！"三公主恶狠狠地瞪着凤舞。

凤舞没有直接回答三公主，转身看着风浔："风小三，如果我心情不好，会直接影响烤鱼的质量。"这话，是提醒，也是威胁。

凤舞明确地告诉风浔，他自己惹来的麻烦，他自己解决！

风浔顿时反应过来，拉三公主就走。三公主皱眉道："我不走，我不走！"

风浔生拉硬拽地将她们拽走了。走出几十米后，风浔瞪着三公主："你们没看到吗？君老大的脸色已经很难看了！特别是你，三公主，你是要惹怒君老大吗？！你想过惹怒他的后果吗？！"

三公主："我……"

风浔往她和五公主手里各塞了一条烤鱼："好了好了，这两条烤鱼你们带回去给大家分一分。"说着，风浔便往回走。

"喂，风浔！"三公主抱着烤鱼，气得直跺脚。

风浔头也不回，潇洒地朝她们摆摆手。三公主生闷气。

"哇，这就是凤小舞烤的鱼吗？听说老佛爷因为这烤鱼，气得都病了呢，如果这东西送到她手里，她老人家一定会很开心吧？"五公主脸上露出笑颜，抱着烤鱼欢快地往回跑。但是，她才跑了两三步，就感觉一股大力从她身后撞击而来。五公主直接往前栽倒，面部朝下，整个人扑倒在地。眼前这片土地并没有杂草，全是黄土，五公主这一跌，顿时跌了个满脸乌黑。

更严重的是——

"哇，我的烤鱼——"五公主泫然欲泣，差点儿哭出声来。

刚才风浔送的烤鱼，早已从五公主的怀里掉了，在地上滚了一圈后，稳稳地跌落在十米之外的一个土坑里。

那条烤鱼全身沾染了黄土，看上去脏兮兮的，哪里还能吃？

三公主脸上浮现一抹狰狞之色。

"三姐姐——"五公主看着三公主，撇着嘴，委屈极了。

三公主一脸心疼地安慰她："五妹妹，你都几岁了，走路还这么不小心？这都能跌倒？你有没有摔疼？"

五公主委屈巴巴地道："三姐姐，我没事，只不过那条烤鱼……呜呜呜，我本来想孝敬老佛爷的，但是——"

三公主拍拍她的脑袋："你这小丫头，都摔成这样了还惦记着老佛爷呢。放心吧，我会告诉老佛爷你的心意的，现在你快回去好好处理伤口吧。"

可怜的五公主，就这样被打发走了。

三公主则高高兴兴地抱着烤鱼去见老佛爷。

此刻的老佛爷已经苏醒，只不过吃了这多天无油无盐的素食，老佛爷脸都快绿了，整个人都显得有气无力的，眼睛都没力气睁开。

"老佛爷，老佛爷——"就在老佛爷嗯嗯哼哼的时候，一道声音在她床边响起。

老佛爷回头瞅了一眼，发现是三公主。老佛爷对三公主一向是不喜欢的，所以看到三公主，老佛爷眸中便浮现出一抹不耐。她又微微闭上眼睛，无视三公主。

三公主在心里暗骂了一句难搞的老太婆，却还是露出灿烂的笑容。

"老佛爷，您看这是什么？"三公主抱着烤鱼在老佛爷面前晃了晃。

"呀，这是……烤月亮鱼？！"老佛爷顿时眼睛一亮。

三公主点头道："是呢，就是烤月亮鱼，听说味道好得不得了，老佛爷您不要尝尝吗？"

老佛爷想到凤舞烤的月亮鱼，顿时没了兴致，有气无力地摆摆手："不用了，撤下去吧。"

三公主一脸茫然。小道消息不是说，老佛爷很想吃烤鱼吗？难道消息有误？

"可是老佛爷，这是孙女亲手烤的，您真的不准备尝一尝吗？"

"你烤的？"老佛爷顿时眼睛一亮，"真是你烤的？不是凤舞那丑丫头烤的？"

三公主一听有戏，忙点头道："是呢，就是我亲手烤的，老佛爷您就尝嘛，味道闻着很不错的，老佛爷——"三公主摇晃着老佛爷的胳膊撒娇。

平时老佛爷独宠君临渊，至于其他人，老佛爷都没看在眼里，三公主自然不敢随意撒娇。可是现在，老佛爷躺在床上有气无力，看着就没有攻击性，三公主便趁势撒娇。

没想到冷傲如老佛爷，竟然没有拒绝，瞥了三公主一眼："也行吧。"老佛爷一边说一边咽了咽口水。主要是这烤鱼的味道太香了，或者说，之前烤鱼散发出来的香味，已经深深烙在老佛爷的脑海里，所以她下意识地以为烤鱼绝对都很美味。

而此刻，凤舞看到风浔两手空空地回来，顿觉奇怪："咦，你手里的两条烤鱼丢了吗？"

风浔："丢？为什么要丢？我送人了啊。"

凤舞瞪着风浔："你刚才说什么？"

风浔："送人了啊。"

凤舞用看神经病一样的目光瞪着风浔。风浔被凤舞盯得内心发毛："你、你干吗用这种目光看着我？"

凤舞看着风浔，仿佛在看傻子一样。

风浔："啊？怎么了？发生了什么事情吗？"

凤舞抓抓头发，道："呃……"

风浔内心有些发毛："凤小舞，到底怎么了？你说话啊，你该不会……在烤鱼上做了手脚吧？！"

凤舞喀喀两声，道："呃，这个嘛……其实也没什么，就是在上面撒了粉罢了，不是致命的东西，对了，你把东西送给谁了？"

风浔："三公主和五公主。"

凤舞："哦，这倒是可以。"

风浔却一脸无语地瞪着凤舞："你到底在上面撒了什么？"

凤舞："喀喀，也没什么，也就一点儿麻痒粉罢了。"

风浔瞪着凤舞："你为什么要在上面撒麻痒粉啊？！"

凤舞："喀喀，就是刚才掏药包的时候，不小心将麻痒粉当成辣椒粉了吗？不过也没事啦，不严重不严重，她还不一定会吃烤鱼呢。"

凤舞本就不喜欢三公主，现在看到她即将遭殃，还是蛮开心的。但就算凤舞再聪明，都想不到三公主会将烤鱼转到老佛爷那儿。

三公主撕了一片鱼肉，放在精致的瓷盘里，切成小块，看上去油汪汪的，很是诱人。

"老佛爷，您请用。"三公主抿唇而笑，殷切地看着老佛爷。

老佛爷盯着三公主："这真是你亲手烤的？"

三公主抿唇而笑，一再点头。

老佛爷盯着三公主："这真不是凤舞烤的？"

三公主抿唇而笑，一再摇头。

"老佛爷，会烤鱼的人可不止她一个呀。"

老佛爷点点头，终于决定要吃了。

一旁的蓝嬷嬷脸色有些不好看，盯着三公主，目光森然。

"老佛爷，凤舞姑娘交代，您的饮食是有限制的，这烤鱼——"

"闭嘴！"老佛爷瞪着蓝嬷嬷，"哀家的事，不需要你多管，一边儿去！"

蓝嬷嬷："……"可怜的蓝嬷嬷因为之前的事，不敢大力劝阻老佛爷，只能眼睁睁地看着她狼吞虎咽吃下三片烤鱼。

94

老佛爷一边吃一边皱眉道："这就是烤鱼的味道？"三公主微笑点头。

老佛爷冷哼一声，道："也不怎么样啊！"三公主脸色微变。

老佛爷盯着她道："还是说，你烤出来的，味道特别差？"三公主的脸色越发难看了。

老佛爷吃了三片后，直接将盘子丢下："不过如此，不过如此啊。"

三公主咬着下唇，有些惴惴不安地看着老佛爷。她想不明白，不是盛传凤舞厨艺惊人，能抓住君太子的胃吗？可是这烤鱼，老佛爷竟不喜欢？可见传言有多失真了！

"你走吧！"老佛爷懒得训斥三公主，摆摆手就让她离开了。

三公主想说什么，最终一句话都没说，默默给老佛爷行了一礼，转身离去。

三公主刚离开，老佛爷就感觉有些不对劲，但哪里不对劲，她又不知道。蓝嬷嬷一直盯着老佛爷，见她的身子扭来扭去，顿时内心一慌："老佛爷，您怎么了？可是身子不适？"

老佛爷抓着喉咙："这里有些痒。"

蓝嬷嬷顿时脸色一变："喉咙痒？除了这里，还有哪里不舒服吗？"

老佛爷摸着腹部："这里也痒，就像有无数只蚂蚁齐齐爬过一样，很难受！"

蓝嬷嬷的脸色越发难看了。

"啊——"突然，老佛爷发出一道低吼，"好痒，好痒，脸上痒，身上痒，哪里都痒，啊，救命啊——"

麻痒药的发作时间非常快，只这么一小会儿，老佛爷已经倒在床上了。蓝嬷嬷已经快被吓死了。老佛爷的反应实在太严重了。蓝嬷嬷赶紧吩咐下去："快！快去喊陛下，楚太医，还有，还有凤舞姑娘！快去将凤舞姑娘喊来！"

老佛爷身边的随侍不少，这会儿大家飞奔而去，朝各个方向冲去。

"怎么回事？怎么回事？老佛爷那边出来好几拨人啊！"

"难道是老佛爷又出事了？！"

"天啊，看他们这样子，老佛爷一定是出大事了！"

因为大家住得近，所以很快，君武帝知道了这件事。君武帝原本躺在独孤皇后腿上，由皇后按肩膀呢，听到消息后，整个人弹跳起来。

"老佛爷又出事了？！"君武帝有咆哮的冲动。

"楚药师请了没有？"君武帝一边往身上套外袍，一边大声问道。

"回陛下的话，已经有人去通知楚药师，只不过楚药师之前说，今晚他要进山采药，所以这会儿不一定在营地。"

君武帝顿时大怒："还不快去请凤舞！"

"是是是——"

这会儿，凤舞正在和风浔一边说话一边烤鱼。凤舞烤鱼的速度很快，不到几分钟就烤好了两条。

风浔和玄奕正准备争抢，感到有人用一双冷冰冰的让人窒息的眼睛盯着他们。两人只觉得脊背一凉，下意识地回头：“君老大！”

此刻的君临渊，目光冰冷，森寒凛冽，死死盯着那条烤鱼。风浔和玄奕顿时打了个哆嗦。他们来不及多想，赶紧将其中一条烤鱼送到君临渊手里。风浔更是狗腿地就差点头哈腰了。

“君老大，您请用，您请慢用。”风浔不仅献上了烤鱼，还将烤鱼装在漂亮的青花瓷盘里，并且附上刀叉。他和玄奕两个可是用手抓着吃的，要多野蛮有多野蛮。

君殿下轻哼一声，对此表示满意。

风浔和玄奕分吃一条烤鱼。

就在这时——

“凤舞姑娘，凤舞姑娘，大事不好！快快救命啊！”为首的那个人，正是蓝嬷嬷手下最得力的宫女腊雪。

“怎么回事？”风浔狼吞虎咽地将半条烤鱼往嘴里塞，含混不清地问道。

“老佛爷身子不好，又晕过去啦！”腊雪声音焦虑而急促。

凤舞抬眸看着她，眼眸浮现一抹惊讶之色。

“不可能啊。”凤舞仔细回忆了一下，“如果老佛爷真按照我之前的食谱进食，是不可能出问题的。”

腊雪跪在地上哭求：“老佛爷真出事了，凤舞姑娘，您快去看看吧，求您了，求求您了！”

君临渊已经先一步站起来。

凤舞无奈地站起来：“好吧，一起去看看，不过——”

凤舞回头瞥了君临渊一眼，道：“不过，如果老佛爷不让我治，我也不会上赶着给她治。”

君临渊揉揉凤舞的小脑袋。这段时间，他虽然看着没有关注，但是所有的事都逃不过他的眼睛，这丫头受的委屈他都知道。

“好——”君临渊用修长的手指弹了凤舞的额头一下。

一行人很快来到太后所在的营帐。

“老佛爷，老佛爷，您醒醒啊，您快醒醒啊，太医到了！”蓝嬷嬷一声声惊呼，可是老佛爷只是嗯嗯哼哼，一句完整的话都说不出来。她神情呆滞，目光涣散，蜷缩着身子躺在床上，全身抑制不住地颤抖，口中已经吐白沫了。

凤舞走上前时，老佛爷涣散的目光落到她身上，可已经认不出凤舞了。凤舞坐在床头，开始给老佛爷诊脉。

在场所有人，包括君武帝在内，都把视线集中到凤舞身上，眼睛一眨不眨地盯着她。凤舞诊脉的速度比一般人快很多，只一把脉就知道，老佛爷中了麻痒之毒。凤舞的目光从房间里扫过，一眼就看到被拆分了一半的鱼肉。

"老佛爷可是食用了烤鱼？"

一旁的蓝嬷嬷连连点头："可不是吗？这是三公主送来的烤鱼，老佛爷其实吃得不多……"

凤舞看着一旁的风浔。风浔的脸色非常怪异。

"三公主送来的烤鱼？难道是……"风浔下意识地望向凤舞。

"好痒啊，好痒啊，好痒……"老佛爷开始在床上翻来覆去地打滚，难受得不行。这段日子，老佛爷本就身子虚弱，加上被麻痒药折腾，整个人状态非常不好。

"三公主拿来的烤鱼？"凤舞再次问道。

老佛爷顺着凤舞的话说："她亲手烤的，太难吃了……太难吃了……"

凤舞："……"

君武帝盯着凤舞："可是烤鱼出了问题？"

凤舞："喀喀。"

君武帝盯着凤舞："是不是烤鱼出了问题？！"

凤舞："确实如此，烤鱼有些不干净。"

不干净只是委婉的说法，事实上，凤舞可是在这上面撒了麻痒药的，可她怎么都没想到，这条鱼会转着转着转到老佛爷嘴里。

"不干净？！小三竟然拿不干净的东西给老佛爷吃？！来人，将三公主喊来！"君武帝脸上明显都是怒意。

凤舞和风浔对视一眼，都在彼此眼中看到了一抹复杂之色。可怜的三公主，还不知道自己闯了大祸。

此刻的她，正被左夫人和独孤夫人拉着说话。

"凤舞烤的鱼？真的一点儿都不好吃！"三公主朝天翻了个白眼。

左夫人："不能吧？之前风浔和玄奕两个不是抢着吃吗？怎么会不好吃？"

三公主："呵呵，我又不是没吃过！好不好吃难道我不知道？！而且，你以为我会因为嫉妒而诋毁她吗？！"

左夫人和独孤夫人都用怪异的目光看着三公主。三公主顿时被激怒："哎，你们这么看着我是什么意思？难道我真是那样的人吗？！你们也太小看我了吧？！我跟你们说，就连老佛爷都不喜欢她的烤鱼呢，只吃了一点点就不吃了！"

左夫人和独孤夫人依旧用怀疑的目光看着三公主。

三公主感觉被冤枉，顿时很生气。

君武帝身边的白公公已经到了。

"三公主，陛下有请。"白公公神色冷静，可以看出眸中带了一丝焦急。

这一缕焦急，三公主并没有看出来。

三公主一脸激动地道："父皇召唤我吗？好呀好呀，我正想去给父皇请安呢。"

看到三公主掩饰不住的雀跃，白公公欲言又止："公主，其实陛下……"

97

三公主并不知道白公公的苦心，拍拍白公公的肩膀，笑着说："白公公，这金戒指是赏你的，你放心，以后肯定少不了你好处。"

白公公："三公主，其实是老佛爷……"

三公主内心一阵激动，难道是自己给老佛爷送吃的，老佛爷记住了她的孝心，然后告诉了父皇，然后……

三公主盯着白公公的眼睛，难掩激动之色："父皇在何处？！白公公你快告诉我，父皇在何处？！"

"陛下在老佛爷那……"等着打您板子呢我的公主殿下啊！

但是，陷入激动状态的三公主完全没有看出白公公的不对劲，宛若一只花蝴蝶飞走了。

白公公看着她一蹦一跳地走了，摇摇头，长长地叹了一口气。我的三公主哟，希望你扛得住。

三公主兴奋地冲向老佛爷的帐篷。

"父皇！您找我？"三公主一来，候在一旁的腊雪赶紧打起帘子。可是，迎接三公主的是雷霆怒吼之声。

"你给朕跪下！"这五个字，焦雷一般在三公主头顶炸裂。

三公主顿时怔怔地站在原地，用难以置信的目光看着君武帝。

"父、父皇……"三公主的声音怯生生的。

君武帝瞪着三公主道："还不快给朕跪下！"

三公主哇的一声哭了。君武帝只有一个母后，但他有无数个公主，所以孰轻孰重，他自然清楚。

"将她给朕摁下去！"君武帝怒声咆哮。

三公主被吓蒙了，甚至连哭都忘记了，抬起头，怔怔地看着君武帝，什么反应都没有。

君武帝身边自有护卫，这时候上来两个人，一个拽着三公主的手，一个将她往地上用力一摁。可怜的三公主就这么被摁得跪了下去。

"父皇！"三公主终于反应过来，哇的一声哭了，朝君武帝爬过去，抱住君武帝的大腿痛哭不止。

"父皇——父皇——为何要如此对瑕儿？父皇！瑕儿做错了什么呀，父皇——"三公主哭得惊天动地，别提有多伤心了。

君武帝面上浮现一抹不忍之色，但是想到躺在床上的老佛爷，他一股怒气又直冲上来。君武帝瞪着三公主道："你给老佛爷送了烤鱼？！"

三公主一脸茫然，下意识地点头。

君武帝："那烤鱼，是你亲手做的？！"

三公主内心剧烈挣扎。那烤鱼当然不是她做的，可她已经对老佛爷说是她亲手烤的，难道是那烤鱼出了问题？不对啊，烤鱼能出什么问题？但如果这时候说不是她烤的，那老佛爷对她的信任岂不是……

"是不是你亲手烤的？！"君武帝眼睛瞪得宛若铜铃。

"是……是女儿亲手烤的……"三公主道。

"是你亲手烤的，然后亲手送到老佛爷面前，亲手喂食老佛爷的？！"君武帝盯着三公主的眼睛。

三公主："是啊。"

啪！君武帝直接甩了三公主一个耳光："好大的胆子！"

三公主被打得嘴角出血，一脸茫然。

"父皇……"

"你居然敢谋害老佛爷！说！你为何要谋害老佛爷！"君武帝气红了眼睛。

看到老佛爷在床上虚弱的样子，君武帝是真的不忍啊，心疼坏了。

三公主一脸委屈和茫然，哇哇大哭："父皇冤枉啊！女儿怎么会谋害老佛爷呢？女儿讨好老佛爷都来不及，怎么会谋害老佛爷？父皇——"

"还说你没有谋害老佛爷？！"君武帝冷笑，"那条烤鱼是你亲手烤的，亲手送到老佛爷面前，亲手喂进老佛爷口中的，你还说没有谋害？！君无瑕，是不是朕平时太宠着你，宠得你不知天高地厚，连老佛爷也敢谋害！"

三公主真的被吓到了。

她一边哭一边拼命摇头："没有没有！父皇，女儿没有，女儿真的没有……那烤鱼……那烤鱼不是女儿做的！对，不是女儿亲手做的！"

君武帝被气笑了："出事了就说不是你做的？好啊，朕倒要看看，到底是谁做的烤鱼！"

"是她！"三公主指向凤舞。

一时间，在场所有人都看向凤舞。凤舞演戏那可是影后级的，三公主的演技根本不是她的对手。凤舞绝美无瑕的容颜上浮现一抹无辜纯真之色。她摊手，表示没听明白。

"三公主，这段时间我一直避着你，生怕触怒你……我真的没想到，都已经这样避着你了，你……你还把锅甩到我头上，我、我……"凤舞的眼泪说来就来，那泫然欲泣、楚楚可怜的模样，配上她的绝世容颜……看着太让人心疼了！

跟她的哭比起来，三公主的哭简直就是豪放狂野派！三公主最经不住激，被凤舞这么一说，顿时怒不可遏。她可是皇后所出的公主，最得君武帝喜爱的公主，平时何曾受过这样的委屈？！

三公主猛地从地上站起来，飞一般朝凤舞扑过去："凤舞，你坑我！我要杀了你！"三公主冲上去就要拽凤舞的头发。

凤舞就站在君临渊身边，如果她往君临渊身后一躲，一百个三公主都不会对她造

99

成威胁，只不过——

凤舞似乎被吓到了，身形一闪，躲到了君武帝身后。凤舞没注意到，当她往君武帝身后躲的时候，有一个人悄然伸出的手停在了半空中。他盯着凤舞的眼眸，幽深、冰冷、杀气腾腾。

三公主被凤舞激得已经失去了理智，张牙舞爪地冲上来，可管不了面前是谁。

就在凤舞往君武帝身后躲的时候，三公主砰的一声撞到君武帝的怀里。

三公主的武器，便是她的指甲！她发怒的时候，指甲会暴长，且尖锐无比。她那双长满尖锐指甲的手，刺啦一声，从君武帝的脸上划过。可怜的君武帝对三公主根本没有防范，此刻，鲜血从君武帝面上喷射而出。

君武帝蒙了！围观群众也蒙了！

所有人都用看神经病一样的目光看着三公主。她竟敢这样抓陛下……三公主死定了啊！

三公主还处于失去理智的状态，并不知道自己抓伤了君武帝，此刻的她，依旧宛若疯子。

"凤舞，你躲在别人身后算什么？你给我出来！我要杀了你！你给我滚出来！"三公主疯子般撒泼。

君武帝已经气得快疯了，整个人处于颤抖状态。

"来人！"君武帝咆哮，"还不快将三公主拉下去！"

一时间，两个孔武大汉走上来，一左一右拽住三公主，直接将她摁着跪倒在地。

就在这时，外面传来一阵急促的脚步声。原来是左夫人和独孤夫人听到动静，快步找独孤皇后过来救场。

独孤皇后来的时候，看到跪在地上宛若疯子的三公主、脸上流血不止的君武帝，以及安然无恙的凤舞和君临渊……

独孤皇后很想朝三公主扑去，但是理智告诉她，最重要的是君武帝。

"陛下……"

独孤皇后心疼地拉着君武帝的手，冲周边喊："太医！快喊太医！"

楚太医不在，好在白公公在。白公公提着药箱快步上来，但是被君武帝摆手制止。

君武帝走到三公主面前，目光愤怒而沉痛，对三公主失望至极。

"君无瑕，谁教你这样无法无天的？！"君武帝怒气冲冲，"你敢谋害太后，甚至连朕都伤！你好大的胆子啊！"

三公主已经稍微冷静了，但怒气值依旧很高。她又委屈又倔强地道："我没有谋害太后！我没有我没有我没有！"

独孤皇后柔声道："陛下，小三是我们看着长大的，她一直是个好孩子，不会一下子就变成坏孩子的。陛下——"独孤皇后在君武帝面前一直都极其温和，拉着君武帝的手道，"会不会，这其中真的有误会啊？我们是不是要给这孩子一个解释的机会？陛下——"

独孤皇后的温柔是君武帝抵挡不住的，君武帝的怒气值随着独孤皇后的几句话渐渐平息下来。

君武帝瞪着三公主："好，朕给你解释的机会！"

三公主咬着下唇："这烤鱼就是凤舞给的！这毒也是凤舞下的！她才是罪魁祸首！我没有说谎！"

"对了，当时不是只有我一个人！还有五妹妹呢！凤舞也送了一条烤鱼给五妹妹的！"

一时间，所有人都用怪异的目光看着凤舞。

独孤皇后更用挑衅的目光盯着凤舞。

君武帝眼睛半眯起来，宛若嗜血的毒蛇死死地盯着凤舞。如果真是凤舞的话……加上她之前白莲花般无害的表现，君武帝撕碎她的心都有了！

"传小五过来！"君武帝盯着凤舞，眼眸中寒光闪闪。

左夫人和独孤夫人对视一眼，都在彼此眼中看到了激动。她们确信，这烤鱼出自凤舞之手，因为三公主之前就是这么对她们说的。

君武帝盯着三公主道："既然你说烤鱼是凤舞送的，那你为何之前一口咬定是你亲手做的？！"

三公主咬着下唇，委屈巴巴地道："女儿之前不知道这烤鱼有问题……所以拿来讨好老佛爷，如果老佛爷知道是我亲手做的，一定会很喜欢我吧？可万万没想到，凤舞如此狠毒！"

三公主用仇恨的目光盯着凤舞。今天，她非把凤舞撕碎了不可！

三公主、独孤皇后、独孤夫人还有左夫人……这四个女人同仇敌忾，准备共同对付凤舞。

"五公主到——"

五公主一向怯懦，刚一走进来，就看到眼前这么大的阵仗，顿时面色苍白。

"父、父、父皇……"五公主直接跪下，低垂着脑袋，很是惊恐。

君武帝从来不喜欢这个畏畏缩缩的女儿，所以看到她，第一反应就是不耐。

但他还是耐着性子，目光冰冷地盯着五公主。

三公主对五公主大声说："五妹妹，你快告诉父皇，那烤鱼不是我们自己烤的，对不对？！"

五公主面上看起来怯弱，事实上有谁会想到，五公主并不像表面上那般呢。

五公主脑海里快速闪过无数个想法。

三公主曾害她跌倒，她又不蠢，怎会不知？但她看到三公主，看到独孤皇后……五公主不得不承认，现在的三公主，依旧是她招惹不起的。

权衡利弊后，五公主面上依旧娇怯，弱弱地说："回父皇，这烤鱼确实不是女儿和三姐姐烤的，事实上，是凤舞姑娘送的。"

一时间，所有人的视线再次集中到凤舞身上。

大家看凤舞的目光，顿时不一样了。如果这是真的，那么，三公主的罪名充其量是说谎欺骗，可是凤舞——

别说凤舞，整个凤族都要跟着完蛋！

"父皇——"五公主又道，"女儿的那条烤鱼虽然跌落在地，沾染了灰尘，可到底还在，女儿可以将烤鱼拿过来给您过目。"

说到这儿的时候，五公主抬头看了凤舞一眼，眼中饱含歉意。她的意思是，这一刻，她还是只能站在三公主的阵营。

听说五公主那边有物证，独孤皇后一群人顿时高兴坏了，独孤皇后更是难掩激动之色："陛下，臣妾去拿吧？"

君武帝摆摆手，示意大总管："速去速回。"

大总管点点头，快步离去。

没多久，那条烤鱼便被送上来了，确实沾染了灰尘，不过毕竟还是完整的一条鱼。三公主那条还剩下一大半的烤鱼也被呈了上来。

一时间，所有人都用怪异的目光看着凤舞，事到如今，她还要如何辩解？！

风浔咬牙就要站出来。凤舞拉住他的衣袖，对他摇摇头。

风浔："可是——"

凤舞："放心吧，山人自有妙计。"

风浔："真的吗？"

凤舞嗯了一声："不过需要你做一件事。"

凤舞附在风浔耳边说了几句话。

风浔："这样便可以了吗？"

凤舞："是的，这样就可以了，速去速回，不要引起旁人注意。"

风浔："好——"

此刻，君武帝质问凤舞："她们所言，可属实？！"

凤舞走到君武帝面前，盈盈拜倒："陛下，民女冤枉。"

君武帝冷静地盯着凤舞。凤舞亦是冷静地指着台子上的两条烤鱼，淡声道："陛下，这两条烤鱼绝对不是民女烤的，如果民女有一句虚言，上苍尽可收回我这一身修为！"

这毒誓可就厉害了！

左夫人眼眸一闪："凤舞，难道你真的不怕毒誓应验吗？"

凤舞声音淡然地道："我怕。"

左夫人："那你还不快快承认你做的事？！"

凤舞声音依旧淡淡的："没有做过的事，我凤舞绝不会承认，也没有任何人能逼迫我承认！"

左夫人为之气绝："明明就是你做的，居然还不承认！"

凤舞："证据？"

左夫人："三公主和五公主就是人证，那两条烤鱼就是物证！人证物证俱在，你还敢狡辩？！"

凤舞笑眯眯地看着左夫人："如果这叫人证物证的话，那陛下早就判我罪名了，而不是审问我。"

左夫人："你——"

凤舞转身看着君武帝。而此刻的君武帝，面色铁青，眸色深沉，正恶狠狠地瞪着凤舞。

这样瞪着凤舞的，又何止是君武帝呢？其实在场许多人，都在怀疑凤舞。因为三公主和五公主口供一致，并且这么多人中，烤月亮鱼的确实只有凤舞。

凤舞脸上依旧保持着淡淡的笑容："陛下，我可以自证。"

自证？大家都好奇地看着凤舞，她要如何自证？

君武帝的双眸也微微一动："自证？你要如何自证？！你能证明什么？！"

凤舞淡然地笑道："三公主说这两条烤鱼是出自我手，那么，我要自证的就是，这两条鱼绝对不是出自我手。"

咦？大家都好奇地看着凤舞，这能证明吗？

"这要如何证明？"

"难道说，之前凤舞烤鱼的时候有录制什么影像作为证据？"

"否则，她要如何证明呢？"

大家百思不得其解地看着凤舞。

就连君武帝也用怪异的目光看着凤舞："你要如何证明？"

凤舞淡笑道："自然是用我的实力来证明自己。"说话间，凤舞抬起右手打了个响指。

就在这时候，门帘掀开，风浔从外面走进来。风浔进来的时候，手里还拿着东西。

"那是——"大家都惊奇地看着风浔手里的东西。

"烤架，还有月亮鱼。"凤舞静静地看着君武帝，"请陛下让我自证清白。"

君武帝用看白痴一样的目光看着凤舞："所以你自证清白的方式就是烤鱼？"

大家也都用看白痴一样的目光看着凤舞。

凤舞淡然地点头："是的。"

三公主差点儿笑出声来。好白痴的凤舞！鱼的味道不都是差不多吗，难道她还真能烤出差异来不成？

君武帝也是如此想的，盯着凤舞："你确定这样做能证明你的清白？"

凤舞认真地点头："绝对可以！"

然而，大家都不信。独孤皇后、左夫人她们，脸上更是露出幸灾乐祸的笑容。

左夫人嘀咕道："还以为你要如何证明呢，却是这种傻子的方式。"

凤舞无视周围所有人的目光，抬头看了君武帝一眼，询问道："陛下，我是在这里烤，还是去外面烤？"

君武帝一言不发。

这时，君临渊发话了："就在这儿。"短短四个字，充满强势的味道。

君武帝盯着君临渊，眸中寒气凛然。君临渊并不以为意，甚至没有看君武帝一眼。君武帝为之气结。

凤舞也不想出去烤，免得说不清楚，所以顺势摆好烤架，将腌制好的月亮鱼放在上面。一开始，大家都皱着眉头，居然在陛下面前烤鱼？这个凤舞也太胆大包天了吧？君武帝的眉头也深深皱起，他觉得自己被冒犯了。

随着时间过去，当凤舞用灵阵将第一缕清香催出来的时候——

"咦，这是什么味道？怎么闻着那么香？"

大家纷纷对凤舞侧目了。

不过，这才仅仅是开始！时间又过去了一会儿，第二缕清香又冒出来，比第一缕清香浓郁一倍！

"哎呀——"在场的人，定力差的已经咽口水了。

就连左夫人也不由得咽了一下口水。

风浔看着大家的反应，双手负在身后，骄傲地挺着胸膛。

原本凤舞给风浔和玄奕烤鱼的时候，到这儿就已经收尾了，但是——

凤舞决定展示一下她真正的实力，所以，一会儿工夫，浓郁的灵气再次翻倍！

周围不断传来咽口水的声音。

第六章
当场晋升

此刻，大家盯着凤舞的目光都冒着幽幽的绿光。凤舞嘴角扬起淡淡的弧度，同时加快了手上的动作。当最后一缕浓郁的香气冒出来的时候，凤舞一挥手，烤架上的炭火随之熄灭。完完整整、油光发亮的一条烤鱼……就这么出现在众人面前。君武帝咽了咽口水。

凤舞微微抬头，目光从众人面上扫过。

三公主顿时一动不敢动。不就是一条破烤鱼吗？有什么了不起的？！

就在此刻，一道人影出现在营帐里。这个人……不是别人，正是太后。

"老佛爷，您快回去躺着吧——"蓝嬷嬷快急哭了。

之前凤舞给老佛爷看过病，也开了药，这会儿蓝嬷嬷刚刚把药熬好，一转身就不见了老佛爷。她循着香味找出来，果然看到趴在门口的太后。

太后一把甩开蓝嬷嬷的手，气呼呼地瞪了她一眼："走开走开！"

推开蓝嬷嬷后，太后快步朝着凤舞走去。

"母后——"君武帝看到老佛爷出来，忙上前一步扶住老佛爷的手。

老佛爷却一摆手，直接将君武帝推开，直奔凤舞而去。准确地说，她是直奔烤鱼而去。当她看到那条烤鱼的时候，眼中顿时露出失望之色。烤鱼？她之前吃过，觉得不怎么样。老佛爷转身走了两步，又停住了，她转过身，再次盯着那条烤鱼。

周围的人，都用怪异的目光看着老佛爷。老佛爷站在烤架前，伸出的手缩了回来，再伸出手，再缩回来——

君武帝正要上前，凤舞却淡淡地说道："现在的老佛爷正在梦魇中，通俗一点儿说，老佛爷正在梦游。"

一时间，大家都盯着凤舞。凤舞双手交负在身后，淡声说道："如果这时候将老佛爷从梦境中惊醒，她老人家有八成的可能会出现神经错乱，通俗一点儿说，会变成白痴。"

一时间，几乎所有人都凝神屏息，更有人双手捂住嘴巴，生怕自己的呼吸声会惊扰老佛爷。

"那、那现在怎么办？"君武帝没意识到，他说这句话的时候，是凑在凤舞耳边的。

凤舞淡淡地说道："其实很简单，不要惊扰太后，她想做什么便让她做什么，等她做完后，便可以引导她入眠。"

"好好好——"君武帝不得不依凤舞所言。

而此刻的老佛爷眼中没有任何人，只有那条烤鱼。终于，她抑制不住内心的渴望，朝那条烤鱼下手了。老佛爷轻轻撕下一小块烤鱼，慢慢往嘴里塞，动作充满了迟疑。

"嗯？"老佛爷慢慢品尝着鱼肉，眉头皱着。

大家一看太后皱眉，心中顿时一动，特别是左夫人她们，心中更是激动。不好吃？非常不好吃？！

可不到三秒，老佛爷脸色越来越惊讶，到最后已经是震惊状态。

三公主见老佛爷抱着烤鱼啃，心中顿时感觉不对。难道凤舞的烤鱼，真有不一样的地方？

君武帝看着不忍，正要上前一步，凤舞冷淡的目光从君武帝脸上扫过。

"老佛爷这样，真的没问题吗？"君武帝很着急。

凤舞没好气地摆摆手："不过是吃得狼吞虎咽罢了，月亮鱼本没有刺，能有什么问题呢？"

"凤舞，你到底在里面加了什么？老佛爷怎会变成现在这般？！"独孤皇后忍不住，不由得出声训斥凤舞。

凤舞瞥了独孤皇后一眼，淡淡地说："也没什么其他东西，就是加了一味芥草罢了。"

独孤皇后："芥草是什么？有什么用？"

凤舞："没什么大用，只是能缓解老佛爷身上的麻痒。"

独孤皇后："你——"

凤舞淡淡一笑，对风浔说："方才我一口气烤了两条，一条被太后抱住不放，所以这另外的一条，你切一切，给大家分一分吧。"

"好！"眼高于顶的风小王爷，却非常听凤舞的话。

凤舞打算让大家见识一下烤鱼的威力。

左夫人连连摆手道："我才不要吃这东西呢！不要不要。"

风浔面色黑沉。

当风浔把鱼分到独孤夫人面前的时候，独孤夫人也连连摆手："不要不要，我才不要吃呢！"

风浔："……"

其他人就不一样了。白药师原本只想尝一小口，但一口之后他再也抑制不住，拼命往嘴里塞鱼块，真的太好吃了！

左夫人和独孤夫人对视一眼，彼此露出惊诧的神色。这些人是怎么了？

风浔将凤舞现烤的鱼分给大家，又将五公主带来的烤鱼分下去。

"啊，呸呸呸，这是什么鬼东西？！"享用了人间至味后，再吃非凤舞烤的鱼，大家顿觉差异巨大。不，不能用差异巨大来形容，应该说是天差地别！

"这怎么可能是同一个人烤的？"

"这绝对不会是同一个人烤的！"

"凤舞的烹饪水平这样高，后面这难吃得要死的烤鱼，怎么可能出自她手？"

凤舞定定地看着君武帝："陛下，您可品尝出了差异？"五公主那条烤鱼上的麻痒药，凤舞早已除干净，她只是想要大家品尝这其中的差别。

君武帝用复杂的目光盯着凤舞。他又不是白痴，怎么可能尝不出区别？正因为天差地别，所以君武帝想帮三公主都帮不了。他眼中的怒气正在酝酿。

"你还有何话说？！"君武帝盯着三公主，目光森然。

三公主也尝了凤舞亲手烹饪的烤鱼，知道这两条鱼的味道差距有多大。

"父皇……冤枉啊，这条烤鱼真的不是女儿烤的，真的不是啊！"

君武帝冷哼一声，道："不是你烤的，那是谁？！"

"女儿也不知道啊……"

"你怎会不知？你方才不是口口声声说，鱼是凤舞烤的吗？现在又说不知道？！"君武帝咄咄逼人。

"我……我之前以为是凤舞烤的，但……现在事实证明不是凤舞所为，那就必有其他人……"三公主的声音低下来。她一直没有将风浔供出来，因为她知道，一旦说出风浔，以后她和风浔就绝对不可能了。风浔是绝对不会原谅她的。

"胡说八道，谎话连篇，这样的公主，就是在丢我君武帝国的脸！来人，将三公主拖下去，废去她的公主之尊，贬为庶民，从此——"

"陛下——"

"皇上——"

"父皇——"

这下三公主慌了，快步冲上去，一把抱住君武帝的大腿，哇哇痛哭："父皇，父

皇，不要啊！女儿想起来了，是风浔！是风浔将烤鱼交给我们的！"在自己和爱情之间，三公主终于做出了选择。

一时间，所有人都用怪异的目光看着风浔。风浔神色从容而淡定。

君武帝盯着三公主："你所言可是真的？！"

三公主："是真的是真的！千真万确！父皇您可以问五妹妹！"

君武帝盯着五公主。刚才五公主听到三公主被贬为庶民的时候，内心很激动，但很快她意识到一个问题。有独孤皇后在，有君武帝的宠爱，三公主是绝对不会被贬为庶民的，所以，她还是只能装乖巧，站在三公主这边。

"父皇，烤鱼确实是风三少给的，当时在烤鱼的是凤舞，所以我们下意识地以为，这烤鱼就是凤舞烤的，没想到误会了凤舞姑娘——"

五公主对凤舞盈盈拜倒，温声细语道："此前让凤舞姑娘遭受指责，是我和三姐姐的不是，无玉给您赔不是了。"

凤舞淡淡地瞥了她一眼。所有人都以为五公主胆小怯弱，没将她当回事，但是……凤舞的嘴角勾起一抹弧度。

这个五公主观察入微，根据时局灵活调整行为模式，不仅能屈能伸，还能演。有这样的人在三公主身边，以后的三公主……真有哭的时候了。这样的敌人就留给三公主吧，凤舞可不想多事。

"五公主太客气了，凤舞并未放在心上。"凤舞淡淡一笑。

君武帝盯着三公主道："还不快滚过来给凤舞道歉！"

给凤舞道歉？三公主的逆反心理瞬间爆发。

独孤皇后拼命给她使眼色。现在情况特殊，如果她还抱着公主的骄傲，君武帝对她会更加不喜。

对三公主来说，给凤舞道歉，比杀了她还痛苦。

"那烤鱼是风浔给的，那么，是谁把鱼给了风浔？真的不是凤舞吗？！"三公主握紧拳头，再次提出疑问。

你是白痴吗？五公主很想一巴掌拍飞三公主。

凤舞已经在所有人面前证明了她的清白，那是绝对的实力，不容置疑！三公主现在还将矛头引向凤舞，她真的不是白痴吗？！

君武帝盯着风浔："朕给你解释的机会。"

君武帝的威压，除了君临渊，其他任何人都承受不住。

风浔对君武帝自有敬畏之心，行了一礼，目光淡淡地道："回陛下，那烤鱼是微臣捡的。"

君武帝："捡的？"

风浔："陛下，微臣经过的时候，正好看到这两条烤鱼被丢在草丛里，想着那里距离营地近，味道不好闻，便想将它们丢远些，但微臣没想到——"风浔回头看着三公主，"三公主却抱着我的胳膊求我将烤鱼送她，说她很想吃。"

三公主震惊。

风浔一脸为难："这烤鱼是我捡的，怎么能送给公主呢？我自然是不愿意的。可是三公主抱着我的胳膊撒娇、恳求，甚至哭求——"风浔为难地长长叹了一口气，"微臣是真的没办法啊，因为三公主的性子……微臣扛不住啊。"

其实，对于三公主追求风浔的事，大家都知道，三公主追得惊天动地，无人不知无人不晓，因此当风浔这么说的时候，大家下意识地就信了。

三公主大声惊呼："风浔！你说谎！你一派胡言！"

风浔用为难的目光看着三公主："微臣已经跟三公主说了，这烤鱼是微臣在路上捡的，不能吃，三公主怎么说来着？你说，你帮我扔了它。"

"可是！"风浔话锋一转，匪夷所思地瞪着三公主，"可是，你说要扔掉的东西，怎么能送到老佛爷嘴里？！"

最后这句话太严重了！这说明三公主故意坑老佛爷！

一时间，所有人都难以置信地瞪着三公主。三公主惊得说不出话，根本不知道该怎么反驳，只是一个劲地摇头："不是的不是的，不是这样的，你说谎！"

风浔沉痛地看着三公主："三公主，你明知道烤鱼是我送的，却诬蔑凤舞；等诬蔑不下去了，又说是我；可事实上，从一开始，你就知道这条烤鱼是我在路边捡的，是不干净的，你怎么可以送到老佛爷嘴里？你以为你利用老佛爷的力量，就能将凤舞杀了吗？三公主，我对你失望至极！"风浔转而看着君武帝，郑重其事地说道，"陛下，微臣所言句句属实，请陛下明察！"

三公主声音尖锐地道："不是的！明明不是这样的！你说谎！"

风浔盯着三公主："哪句话是假？"

三公主气呼呼地道："你说那条烤鱼是你捡的，你说谎！那烤鱼明明是你们自己烤的！说不定就是凤舞烤的！"

风浔："三公主，事到如今，你怎么还纠缠不休？以凤舞的水平，会烤出那样的东西？"

三公主："那、那说不定是你烤的！"既然为自己的利益撕破了脸，她哪里还会考虑对方？

风浔用难以置信的目光看着三公主："我烤的？有凤舞这样的高手在，我会自己下场？三公主，您在说话前，能不能稍微动一动脑子啊？"

三公主："……"三公主现在是一句话都说不出来了，总感觉说什么都是错，而且越描越黑。

君武帝盯着三公主，一时间怒火中烧。他怎么会生出这么蠢的女儿？

偏偏三公主还喊了一句："谁说凤舞的烤鱼天下无敌？我看也不过如此！"

"呀！"风浔忽然惊呼一声，"陛下，抱歉——"

风浔刚坐下，一道轻微的嗡声便在众人耳边响起。他居然要晋升了？！

君武帝也用怪异的目光盯着风浔，怎会如此巧？

"那是吃了烤鱼的缘故。"玄奕解释道，"烤鱼里有一股特殊的灵气，能触发晋升的契机。"

左夫人嘲讽道："玄二少不愧是向着凤舞的，什么好事都往凤舞身上安，简直可笑！"

不仅左夫人不信，在场的就没有一个人信的。

"这也太夸张了。"

"没想到玄二少居然能说这种假话，看来他和凤舞关系匪浅啊。"

"这根本是不可能的事情嘛，还晋升呢，这夸奖也太过了——"

三公主快笑出声了。

君武帝面色冰冷，目光深沉。

三公主和独孤皇后对视一眼，都在彼此眼中看到了得意之色。

忽然，玄奕神情微微一动。他撩起长袍，席地而坐，同样对君武帝道了一声抱歉。这模样，跟刚才的风浔一模一样。

"烤鱼吃多了，消化消化。"玄奕说完便闭上眼睛。

嗡——

不过几秒钟的时间，所有人都清晰地听见灵力突破的声音响起。所以，他的消化方式就是晋升吗？这简直太可怕了！但这就是事实。

继风浔之后，玄奕也晋升了。

在场诸人呆若木鸡。

"难道……他们的晋升真的跟烤鱼有关？"

"应该……不会这么神奇？那……只是烤鱼而已啊。"

"说不定风浔和玄奕之前压制着不晋升，专门等现在这一刻呢？"

"不可能吧？"

"不然如何解释，怎么只有他们两人晋升了呢？"

"如果这时还有食用过烤鱼的人晋升，我才信。"

"对，没错！风浔和玄奕两个并不能代表什么。"

忽然——

"咦！"人群中，有个人惊呼出声。

大家齐齐回头望去，发现此人正是白药师。白药师捂着丹田，匪夷所思地瞪着凤舞。

风浔和玄奕是并排坐着的，这一刻，白药师快步上前，坐在玄奕身边，对君武帝道："陛下，恕微臣冒犯了。"

话音刚落，嗡嗡的轰鸣声就在众人耳边响起。

"天！白药师居然晋升了！"

"我的天啊！天啊！天啊！"

"这太可怕了吧！凤舞烹饪的食物能帮大家晋升？！"

君武帝震惊了！独孤皇后震惊了！三公主震惊了！所有人都震惊了！

"你……你……"君武帝深吸一口气。他要好好平静一下，因为事关重大。

"不可能！这不可能！一定是巧合，绝对是巧合！"三公主坚定地摇头，"白药师肯定是被凤舞买通了！一定是这样！假的！假的！都是演的！有本事——"三公主环顾四周，忽然双手叉腰，哈哈狂笑，指着抱着烤鱼啃的老佛爷道，"凤舞，你不是很厉害？老佛爷不是吃了很多烤鱼吗？有本事你让老佛爷晋升啊！只要老佛爷晋升，我就给你跪下，抱着你的大腿喊祖奶奶！"

此刻，君武帝冲三公主大声咆哮："胡言乱语！来人，将三公主给朕拉下去！"

"嗝——"老佛爷终于吃饱了，摸摸肚子，打了一个饱嗝。

接着，嗡嗡嗡——

声音一出，顿时全场寂静，所有人呆若木鸡。

"这这这……"

"天啊天啊天啊！"

"我的娘亲啊！老佛爷这是——"

大家看看老佛爷，看看凤舞，最后再看着君武帝。

"老佛爷刚才……是在排气吧？"

"应该是吧……"

"排你个头啊，没看到灵气都往老佛爷身上涌了吗？那是排气吗？"

"也就是说，老佛爷她……她……"

"这么明显的事都没看出来吗？老佛爷她老人家，晋升了啊！"

三公主整个人都是蒙的。

此刻的君武帝，转过头盯着三公主，恨不得一巴掌拍死她。

独孤皇后看到君武帝颤抖的右手，知道他要做什么。她急急地跪下："陛下……陛下……老佛爷说不定……真的是在排气呢，毕竟老佛爷现在正在梦境中啊！"

左夫人也急急地跪下替三公主求情："陛下，三公主年纪还小，童言无忌，童言无忌啊。"

独孤夫人推了凤舞一把，压低声音警告凤舞："还不快去帮三公主求情？你以为三公主出事，你会没事？！"

可惜，凤舞天生吃软不吃硬，若是别人好声好气地求她，或许她还会网开一面，可如果威胁她，那就不好意思了。

凤舞神色淡淡的，只当没听见。

独孤夫人盯着凤舞，恨不得将她杀了。

她劝不了凤舞，只能去求君武帝："陛下，依妾身的经验看，老佛爷确实是在排气，陛下切勿错怪了三公主——"

"排气？你们当朕是傻子？！"君武帝一掌将独孤皇后推开。

"就是排气，就是排气，老佛爷就是在排气！"事到如今，三公主依旧一口咬定老佛爷没有晋升！

"除非老佛爷再次晋升，否则我是不服的！父皇，就算你打死我，我也不服！"三公主倔强地跪在地上，仰起脖子，骄傲得如同白天鹅。

风王妃不知道什么时候来了，看到三公主的样子，无奈地摇摇头。这样的公主，真是丢尽了皇族脸面。

大概君武帝也觉得丢脸，指着三公主的手不停地颤抖："你——你——事到如今，你居然还有脸争辩？你居然还有脸争辩！朕以前真是小看你了！君无瑕，原来你是这样的性子！"

风浔已经晋升完毕，不知什么时候站回凤舞身边，用复杂的目光看着凤舞："小舞丫头，你……你还是我们的，对不对？"

凤舞用看白痴一样的目光看着风浔："什么意思？"

风浔抿了抿唇，用最简单直白的话告诉凤舞："你知不知道，自今日之后，会有多少人围在你身边？"

风浔目光忐忑，小心翼翼地看着凤舞，征求她的意见。凤舞心中一阵感慨。她记得在北境城的时候，风浔对她的态度虽然友好，但掩饰不住那明显的优越感。现在，他却用小心翼翼的语气问她，她还是他的妹妹吧？

凤舞没好气地拍了风浔的脑袋一下："说什么呢，我当然是你妹妹了，难道你不想当我哥哥了？"

"哈哈哈——"风浔激动地叉着腰笑，"凤小舞是我妹妹！我妹妹是凤小舞呢！哈哈哈——"

周围人都用羡慕嫉妒恨的目光看着风浔。

"难怪最近风小王爷晋升那么快！"

"是啊是啊，不仅风小王爷，还有玄少呢！"

"他们肯定经常吃凤小舞烹饪的美食啊。"

"天啊，太羡慕了！"

此刻的左夫人悔得肠子都青了。她就卡在瓶颈期啊！她如果刚才接过那片烤鱼，会不会现在也已经晋升了？

不仅左夫人后悔，独孤夫人也悔得不得了。

此刻的君武帝，看看凤舞，再看看君临渊。他终于明白，为什么君临渊会将凤舞留在身边，原来是因为……

君武帝拍拍君临渊的肩："深谋远虑，你确实深谋远虑，朕不得不承认，你的眼光比朕好。”

君临渊神色平淡地瞥了君武帝一眼，目光深邃，不做任何反应。

“你们有事说事，无事退下。”君武帝双手交负在身后，目光深深，凝视四周。

陛下都赶人了，谁还敢留下？三公主第一个想跑。

君武帝却冷哼一声，道：“君无瑕站住，凤舞、君临渊留下，其余人都退下吧！”

君武帝说得明白，独孤皇后想留下都不行了。她在的时候，三公主都被凤舞逼成这样，现在她不在……可怜她的小三将会面临什么？

“陛下，臣妾——”

独孤皇后刚开口，君武帝就对她摇摇头：“皇后，你且退下！”

独孤皇后不敢多言，只能默默地退下。

屋内。

君武帝盯着三公主，目光深沉，宛若鹰隼。三公主内心胆怯，下意识地后退一步。

“堂堂一国公主，竟是这般德行，简直令人发指！”君武帝看看三公主，再看看凤舞，顿时气不打一处来，“你还敢恨凤舞？！”君武帝只觉得胸口的愤怒之火熊熊燃烧。

“皇后一直为你求情，你居然执迷不悟，死不认错！君无瑕，到底谁给你的胆子！”君武帝指着三公主，“你这公主之位……”

“父皇——”三公主终于知道怕了。看到君武帝眼中的愤怒，她终于深切地意识到，如果还这般任性，她的公主之位就真的没了！

“父皇！”三公主跪着爬过去，用力地抱住君武帝的双腿，“父皇，三儿错了，父皇，三儿年纪还小不懂事，求父皇饶了三儿这一次吧，三儿真的知道错了，呜呜呜，父皇——”

毕竟父女之情血浓于水。

“你跟朕求饶有何用？”君武帝用眼角余光瞥了凤舞所在的方向一眼。

生死关头，三公主突然聪明起来。她知道父皇的意思是让她去给凤舞道歉。三公主咬紧牙关，握紧拳头，全身颤抖，她一步步走到凤舞面前，九十度鞠躬——

“对不起。”三公主终于低头了。她说完这句话，哇的一声哭了，快步往外冲去。

“不堪教化！”君武帝怒骂道。

凤舞淡声道：“陛下莫要生气，三公主年纪尚小，等她大一些就懂事了。”

然而，凤舞的年纪比三公主还小呢！

君武帝看着凤舞，深吸一口气，摆摆手道：“去看看太后吧。”凤舞点点头。

此刻，太后已经被蓝嬷嬷扶回了床上。

113

此刻，太后双手搭在腹部，面色红润，嘴角微微上扬，便是在睡梦中，她也很是愉悦，气色比正常人都好。

凤舞给太后把了脉，点点头，对君武帝道："太后已经无碍，加上两次晋升，现在强壮如牛，一般人都比不上。"

"喀喀——"君武帝将拳头放在唇边，尴尬地轻咳一声，"太后现在的情况真的如此之好？"

凤舞点头，淡声道："确实如此，老佛爷突破了瓶颈期，现如今灵气充沛，陛下无须担心。"说着，凤舞便要告辞。

君武帝却喊住她："舞丫头——"君武帝轻咳一声。

凤舞眉头微微蹙起，有一种很不好的预感。果然，还没等君武帝开口，君临渊便已拉起凤舞的手，牵着她就要离开。

君武帝的神色顿时变得不好，浓眉紧蹙，旋即出声："舞丫头，你可愿为君武帝国效力？"这句话，君武帝说得平淡无奇，其中的分量却不是平常人能够承受的。

君临渊头也不回地拉着凤舞就要走。君武帝使了个眼色。顿时，四个黑衣死士不知从哪里冒出来，拦在君临渊面前。君殿下原本不好看的脸色顿黑如浓墨。

眼见君临渊要出手，凤舞下意识地抓住他的手。凤舞对君临渊摇摇头。君临渊要做的事没有任何人拦得住，凤舞大概是这世上唯一能拦住君临渊的人吧。

君武帝威严的声音响起："凤舞，你可愿为君武帝国效力？！"如果说，君武帝第一次问的时候，态度还算和蔼，那么现在，他的话语间已经隐隐带着怒气、质问，甚至还有威胁。

凤舞对君武帝是有敬畏之心的，不仅因为他是一位猜疑心重的帝王，还因为他是一位深不可测的君主。

君临渊可以对君武帝任性，可如今实力低微的她不可以。凤舞转过身，目光淡淡地看着君武帝："陛下所言，何意？"

君武帝淡笑道："方才，朕见你厨艺精湛，不如将这门手艺卖与帝王家如何？"

凤舞的嘴角微微勾起："陛下的意思是……想买烤鱼的配方？"

君武帝的眼睛半眯起来："朕看着，便是有了配方，旁人也烤不出你的水准，不是吗？"

凤舞笑而不语。

君武帝心中冷笑，不愧是君临渊看中的丫头，同他一样难对付。这世上，敢忤逆他的人，君临渊一个便够了，再多一个，他的帝王尊严还要不要了？

君武帝直截了当地说："明日起，你便亲自负责老佛爷和朕的饮食。"

凤舞眼睛半眯，道："陛下……"

君武帝摆摆手道："朕意已决，难道你还想拒绝不成？！"

站在君武帝面前的凤舞，承受着无尽的威压，只觉全身僵硬，脑子空白，身子痛得失去了知觉，整个人不住地颤抖。

就在下一秒，一个人挡在她面前，替她承受了全部的压力。

此刻的君临渊，衣袍无风而动，猎猎而舞。他浑身散发着生人勿近的寒气，让人心头颤抖。那原本朝凤舞而去的威压，在君临渊上前一步的时候便已被全部挡下。

君武帝眉头紧蹙，一抹怒气从他眼中迸射而出："君临渊！"

君殿下非但没有理会君武帝，还将君武帝施加在他身上的威压，全部反弹回去。刹那间，君武帝瞪大眼睛，难以置信地看着君临渊："逆子！你敢！"君武帝的实力不比君临渊弱，不会真的被反噬，他气的是，这逆子竟然真有伤他之心。

"好，很好，非常好！"君武帝气得几乎失去理智，"今日朕就好好教训你这个逆子！"君武帝出招毫不留情。

君临渊随即将凤舞推到一旁，语气严肃地道："保护好自己！"

凤舞忙点头道："你也要保护好自己！"

原本眼神漠然的君殿下，这一刻，眸中多了一抹光彩。她是在关心自己吗？只要一想到这种可能，一脸冰冷的君殿下内心就雀跃起来。

君武帝拳头已至，见君临渊嘴角扬起，君武帝气得差点儿疯了。这逆子！这种情况下，他居然还笑得出来？！

"逆子！"君武帝怒吼一声，足尖一点，手中长剑已出。

凤舞早已退到一旁，但还是清晰地感觉剑芒劈裂了四周的空气，灵气随之碎裂成渣。

好恐怖的力道！凤舞只觉凛冽的寒风呼啸而过，吹得她内心一片冰凉。她的目光随着君武帝的剑，直直地落到君临渊身上。

君临渊真挡得住君武帝绝杀的一招吗？！凤舞眼睛半眯，脸上露出她自己都没意识到的担忧。

面对席卷而来的腾腾杀气，君临渊一动不动。

君武帝手里的剑，可是天子剑！天子剑，受上苍庇佑，有灵气加持，何况现在君武帝使出的是绝杀的一招。

就在天子剑从天而落、劈向君临渊的刹那，凤舞的心紧紧揪起。

"君临渊！小心！"凤舞下意识地捂住心口，惊呼出声。

君临渊无声地点头。

君武帝看到君临渊的反应，心凉了半截。这个逆子！生死存亡之际，他还有心情回应？他简直在找死！

君武帝侧眸瞪了凤舞一眼，那一眼凶狠至极。

就在这时，君临渊从身后拔出诛天剑。

天子剑和诛天剑在半空碰撞，爆发出嗡嗡的声音，灵气炸裂而开，火星以双剑为中心，朝四面八方辐射开来。帐篷的材质是顶级的，也添加了顶级的防爆元素，可在

如此激烈的碰撞下，帐篷以肉眼可见的速度碎裂成片，帐篷里的家具摆设也寸寸碎裂。就连地面，也呈蜘蛛网状，裂得非常彻底。

因为这一招，整个营地都乱成一团。

"怎么了？！"

"敌袭吗？是敌袭吗？！"

"是老佛爷的帐篷出事了！天啊！"

当大家冲过来的时候，看到的却是无数皇家护卫站成圆圈，将老佛爷的营帐包围了。

皇家护卫神色冷凝，目光杀气腾腾，现场气氛紧张得让人心惊肉跳。

左大人和独孤大人是冲在最前面的，紧随而来的便是沐王爷他们。只见他们的君上手握天子剑，而君上的对面——当朝太子殿下，则手握诛天剑！

刚才那惊天动地的绝杀，就是他们在对战！当陛下和当朝太子对战，这意味着什么？一时间，一双双目光复杂的眼睛都看向了君临渊。君武帝国……要乱了吗？很多中立的老臣，心中充满悲凉。

"太后呢？太后呢？"文渊阁大学士袁骞急得团团转，紧握的拳头更是抑制不住地颤抖。

"对啊，太后呢？"

"这时候，只有太后才能阻止这场战斗了！"

"老佛爷身子不好，正昏迷不醒——"一旁的大总管急得嘴角快冒泡了。

身为坚定的君临渊派，大总管自然向着太子殿下，最希望老佛爷出现，力挽狂澜。

大总管看着打着轻微鼾声的老佛爷，心中一片焦虑。

如大总管这般想的人不在少数。大家都踮着脚，伸长脖子，期待老佛爷出现，结束这场可怕的对峙。

"老佛爷还昏迷着？"

"那可怎么办？怎么办啊？"

"还有谁能阻止这场战斗？"

"完了完了，君武帝国……这是要大乱啊……"

……

此刻的君武帝，盯着君临渊的目光含着熊熊怒火。他怎会不知道周围有那么多人围观？可是太后昏迷不醒，独孤皇后假装失踪，大臣们没人敢上前……谁拿梯子给他下来？

君武帝恶狠狠地瞪着君临渊："逆子！还敢再战？！"他已经暗示得这么明显了，这逆子只要稍微放软态度，认个错，自己就可以顺势下去，可君临渊之所以是君临渊，就因为他无所畏惧！

"战便战！"君殿下豪气冲天。

君武帝气得差点儿晕过去："好好好！既然你想找死，朕便遂了你这心愿！"

君武帝用天子剑指向君临渊，一时间，周围的灵气都往君武帝周身涌去，隐没在天子剑内。君临渊周身也凝聚起无尽的灵气，杀气腾腾。

"不可啊，陛下不可啊——"文渊阁大学士袁骞带头跪下，哭喊着对君武帝磕头，一边劝着君武帝，一边劝着太子住手。

袁骞是朝中重臣，年事已高，威望也高，除了方阁老，他几乎是文官系统的领头。袁骞一跪，周围大臣以及他们的家眷，也都纷纷跪下。

"请陛下饶了太子殿下吧……"

"陛下，殿下年纪还小啊……"

君武帝心中稍微好受了一些，正想趁势下来，可独孤大人一句话又让他怒气上涌。独孤大人说："太子殿下，您是臣，陛下是君，您怎么能用剑指着陛下？您这莫不是想篡位？！"

一时间，四周一片寂静……

君武帝气得胸口阵阵发疼，这个逆子，难道真想篡位？！

"逆子！你真想篡位不成？！"君武帝气得肝疼。

袁骞等人胆战心惊地看着君临渊……我的太子殿下啊！这时候，您就服一下软……求求您服一下软……不然真的要出大事了啊！

然而，君临渊是会服软的人？君临渊冷嗤一声，神色颇不耐烦地道："战否？！"

简简单单两个字，差点儿把君武帝气得肺部炸裂。

"好，很好，非常好！"君武帝是真的怒了。

在场众人的心头浮现出不好的感觉。陛下居然祭出了他的必杀绝招！而这时的君临渊使出的居然也是必杀绝招！这两个人……这是生死相搏啊！

凤舞心头凛然。若是君武帝伤了君临渊倒也罢了，可如果君临渊伤了君武帝……而且是当着这么多人的面……凤舞简直无法想象后果会如何，更何况，此事是因她而起。

"住手！"就在双方酝酿着大招之际，凤舞飞身而出，站在双方中间。

君武帝大招已出，威压呼啸而来。

不远处，黑暗的角落，一双眼睛闪烁着诡谲的冷光，阴鸷地盯着凤舞。

"凤舞啊凤舞，还以为你有多厉害呢，原来不过如此，现在，你就要死了，那我的仇可怎么报呢？不过没关系，你死了，不是还有你的家人吗？凤小七？段朝歌？所以你尽管去死吧！你要保护的人，很快就会来陪你了。"阴暗的角落，三公主发出诡异的冷笑声。

在场的围观群众，几乎都以为凤舞必死无疑，万万没想到，君临渊迅速扶住凤舞

纤细的腰，就要将她带离。

刹那间，天子剑直直穿过凤舞的心脏！顺着凤舞心脏，天子剑从君临渊的胸膛穿出！

"君、君、君殿下……"

"太、太、太子殿下……"

"这、这、这……"

可是君临渊和凤舞，真的受伤了吗？

"咦，你们快看！君殿下好像消失了？！"不知道谁惊呼一声。

随着这一声惊呼，在场所有人惊奇地发现，不仅君殿下消失了，凤舞也跟着化为虚无。

三公主唇边咧开的笑，僵在嘴角。

"这、这是怎么回事？难道凤舞没有死？"三公主只觉心头一慌，生出不好的预感。

"你们快看！殿下、殿下出现了！"

大家顺着那人手指的方向望去，一时间如释重负。只见半空中，君殿下用手环住凤舞的腰，衣袂飘飘，缓缓落于地面。原来，刚才被剑刺穿的，只是君临渊的残影。

四周寂静无声，场面一度很尴尬。

凤舞环顾四周，发现独孤大人眼中划过一抹阴鸷之色，凤舞心中一凛。她不能再给独孤大人挑拨的机会了。君武帝爱面子，君临渊又无所畏惧，若是这两人再被挑拨……君临渊捞不到任何好处。

凤舞拉住君临渊的手，弱弱地道："你不是说，跟陛下切磋完就带我吃饭吗？现在切磋完了，我们是不是可以走啦？"

切磋？在场的人惊奇地看着君武帝和君临渊。所以刚才这对父子仅仅是切磋武功，不是在生死决斗？！

君武帝很惊讶，没想到，凤舞居然用这两个字化解了矛盾，给了他这么好的台阶。

独孤大人死死地瞪着凤舞，这个臭丫头，就不应该给她说话的机会！

凤舞拉着君临渊的手，道："你毕竟年纪小，修炼时日短，输了又有什么关系？以后再比就是了。"

凤舞凑近君临渊耳边，压低声音道："君临渊，我饿了……"

因为隔得远，没人知道凤舞跟君临渊说了什么，只看到凤舞拉着君临渊的手放在她的腹部。

大家的脸色顿时变得很不好看，特别是不喜欢凤舞的那些人，眼眸里蕴含着森森寒气。这个凤舞真是厉害，都什么时候了，居然还勾引君殿下？

君临渊平静地瞥了凤舞一眼，随后牵起凤舞的手，淡然离去，留给众人挺拔而坚毅的背影。

左夫人眉头快打结了。她家左青鸾才是未来的太子妃，凤舞算什么东西？！

听到耳边一阵阵惊叹声，左夫人更是难受极了。一旁的独孤夫人见左夫人如此，不由得道："怕是君殿下一开始就想走，凤舞那样做，正好给了君殿下理由。"

君武帝紧紧地盯着君临渊和凤舞离开的背影。

"凤舞啊凤舞……"君武帝眼睛半眯着。之前皇后说，她找大师算过命，凤舞乃是颠倒乾坤之人，当时自己还不信，现在看来……这丫头，还真有可能。

凤舞并不知道，君武帝已对她产生了戒备之心。

君临渊拉着凤舞快步离开。

叮！凤舞脑海里传来一道悦耳的声音。

"任务六已完成。"凤舞一听这个声音，顿觉全身舒爽，开心得快要蹦起来了。

"放手放手。"凤舞催促着君临渊。

君殿下眉头微微蹙起，下颌微微绷着。显然，君殿下不高兴了！

凤舞见君临渊不为所动，顿时急了，不耐烦地催促："放手放手，君临渊，你快放手啊！"

他非但不松手，反而握得更紧了。凤舞感觉，空气中凝着一丝怒气。

君临渊在生气！凤舞不解地瞥了君临渊一眼。这个人又在生什么气啊？难道是……凤舞试探地问："喂喂，君临渊？你该不会是因为……我说你输了，你生气吧？"

君殿下沉着一张脸，不想跟凤舞说话。凤舞哼哼两声："如果不是因为你之前救了我，我才不会这么好心帮你们化解尴尬呢，好心没好报！"

君殿下神色微缓，下巴微绷，依旧沉默。他想，只要凤舞再哄一句，他就原谅这个不让他牵手的小丫头，但是——

就在关键时刻，凤舞脑海里传来一道让她胆战心惊的声音。这是桃花系统大神的声音。凤舞的心，瞬间提起。

"宿主请注意，任务七即将发布，宿主请注意，任务七即将发布——"

系统大神这是要做什么？凤舞记得之前桃花系统大神发布任务时，可从来没有这样提醒过。

三秒钟之后，系统大神终于公布了内容：

"任务七，请宿主将君临渊的怒气值惹至百分之一百！请宿主将君临渊的怒气值惹至百分之一百！冬猎结束日乃截止日期。"系统大神说完，瞬间消失无踪。

桃花小精灵缩了缩脑袋，可不敢出来招惹这时候的凤舞。可是，凤舞瞬间感应到了她的存在，在脑海里用灵识瞪着桃花小精灵。

"过来，过来。"凤舞朝桃花小精灵招手。

"呃……"桃花小精灵缩缩脖子，默默上前几步。

凤舞很想生气，更多的却是无奈。她双手叉腰，无语地朝天翻了个白眼，这才看着桃花小精灵："说吧，这是什么意思？"

桃花小精灵弱弱地瞅了凤舞一眼，默默地说道："就、就是字面上的意思啊……"

凤舞呵呵冷笑一声："字面上的意思，又是什么意思？！"

"喀喀——"桃花小精灵摸摸鼻子，她知道，凤舞是认真的，认真的小主人还真是有些可怕啊……

"就是……就是惹怒君殿下嘛。"桃花小精灵也意识到这个问题很荒谬，所以她才觉得尴尬。

"惹怒君临渊？"凤舞真的被气到了，"好好的，干吗要惹怒君临渊啊？！"

桃花小精灵摇头，表示她也不知道。

凤舞双手叉腰，气得不得了："君临渊有多可怕你们知道吗？招惹他本就很危险，而且还要惹他？还要让怒气值达到百分之百？！你告诉我，什么叫怒气值达到百分之百？！难道怒气值还能测量？！"

"能的能的。"桃花小精灵忙点头，拍着小胸脯，用清澈漂亮的眼睛看着凤舞，"我可以测量的！"

凤舞惊讶地看着她。桃花小精灵认真地点头："我可以，真的可以！"

凤舞半信半疑地道："还真的能测？"

桃花小精灵："嗯嗯嗯。"

凤舞："那你说，百分之百的怒气值，是怎样的？"

"喀喀……"桃花小精灵瞅了凤舞一眼，"就是很生气，失去理智的那种……"

"比如说——"

"比如说，他想掐死你……"桃花小精灵尴尬地说道。

凤舞："你在开玩笑吧？"

桃花小精灵苦笑道："我也希望自己在开玩笑，但是，这是事实啊……百分之百的怒气值，确实是那样的。"

凤舞无奈地翻了个白眼，道："所以你的意思是，让我冒着被君临渊掐死的危险，去做这件事？"

桃花小精灵："呃……"

凤舞也好无语。

此刻的君临渊，已经生气了。他牵着凤舞的手，这丫头虽然跟着他走，可一路上被他带得跟跟跄跄的，一句话都不说。这丫头就这么不愿意被他牵着？君殿下越想越生气。

凤舞的意识回归脑海，她抬眸看着君临渊，眸中带着复杂怪异之色。这一刻，凤舞有些同情君临渊。

"君殿下怒气值，百分之十五！"凤舞耳边传来桃花小精灵脆生生的声音。

什么？！凤舞的心顿时狂跳。真的假的？桃花小精灵真的精确地测出了君临渊的怒气值？！

凤舞惊喜地握紧君临渊的手："君临渊，你生气了？！"她问这句话的时候，语气里是抑制不住的激动。

君殿下一听这话，越发生气。这丫头什么意思，看到他生气就这么高兴？

"君殿下怒气值，百分之三十！"

哇！凤舞高兴得差点儿跳起来，太棒了！简直太棒了！原来君临渊如此容易被惹怒，看来这个任务一点儿都不难啊！想到这儿，凤舞眼眸含笑，笑吟吟地看着君临渊。

不知为何，看到这丫头笑盈盈的样子，看着她那双弯弯的眼睛，君殿下再大的怒气也随之消散了。

"你这丫头还真是……"君殿下抬头，没好气地揉揉凤舞的脑袋。

"君殿下怒气值，百分之十。"

"君殿下怒气值，百分之五。"

"君殿下怒气值，百分之三。"

凤舞脸上的笑容顿时僵在嘴角。怎么会这样？凤舞难以置信地瞪着君临渊。她还等着君临渊生气呢，结果君临渊的怒气值就这么没了？

"傻丫头。"君临渊又揉了揉凤舞的脑袋。

"君殿下怒气值，零。"

凤舞发现君临渊这个人太喜怒无常了，完全不按常理出牌。

"怎么了？"君殿下墨染的剑眉微微上扬，一脸微笑地看着凤舞。

是自己的错觉吗？凤舞不解地看着君临渊，道："君临渊，你笑了？！"

"喀喀——"君殿下是何等要面子的性子？当即轻咳一声，目光严肃地瞪着凤舞，"一会儿发呆，一会儿哭丧着脸，想什么呢？"

"想你——"凤舞很无奈地摊手。

"喀喀——"君临渊差点儿被自己的口水呛到。这丫头还真是不含蓄！

不过，内心很受用的君殿下，顿时心情大好，戳戳凤舞光洁如玉的额头："谁给你的权力想本太子？"

凤舞一脸蒙："我——"

"算了，看在今日你表现尚可，允许你想本太子一下。"

凤舞用夸张的目光瞪着君临渊，怎么会有人自恋到这种程度？

君殿下往前走了几步，发现凤舞没跟上，便停住脚步，回头瞥了她一眼："跟上。"

凤舞冷傲地说："不要！"

121

"不要？"君殿下眼睛半眯起来。

凤舞双手环臂道："我不要跟你走了！"

君临渊盯着她，目光深深，宛若星海。凤舞轻哼道："十八天的小丫鬟赌约已经结束，我为什么还要跟着你走？才不要！"说着，凤舞一边往外走，一边朝君临渊挥手，"我走了，君殿下，您去冬猎玩得开心啊。"

身后一片沉默，凤舞心里却很得意。她在君临渊面前从来都是被压制的一方，现在好不容易扳回一局，内心非常愉悦。

然而，她刚走出几步，心里突然咯噔了一下。不对啊！她刚才忘记了一个很重要的前提，那就是她已经拿到任务七了，而任务七依旧跟君临渊有关，截止日期是狩猎结束，也就是说她必须待在这支队伍里，直到冬猎结束。

就在这时，从黑暗的角落里走出两名黑衣人，挡在凤舞面前。也不知道他们从哪里冒出来的，无声无息，宛若鬼魅，全身笼罩在黑暗中，只余冰冷的犀利眼眸。他们一左一右站在前方的道路上，挡住凤舞的路。

这是……君临渊的人？如果是这样……凤舞心头一喜，她就可以趁势留下来，否则，还真没什么借口留下。

君殿下容颜漠然，盯着两名黑衣人，冰冷地摇头。

原本挡在凤舞前面的两名黑衣人，就像从来没出现过，瞬间在原地消失——

凤舞："……"这下真的尴尬了。

凤舞回头看了君临渊一眼，此刻的君殿下双手背在身后，迈开沉稳的步子，只给凤舞留下颀长决然的背影。

凤舞："……"

四周是寂静的旷野，凛冽的寒风呼啸而过，凤舞的内心如同旷野般荒凉……她就这样被丢在这里了？君临渊说不管她就不管了？凤舞此刻纠结坏了，有些懊恼地拍了一下脑袋。若是没有任务七，她早就拍屁股走人了，谁还要待在这儿，可现在……任务七啊！所以，如果她现在转身回去，岂不是很尴尬？她也要面子的啊！

就在凤舞内心凄苦、举棋不定的时候，一道天籁之音突然出现："喂喂——凤小舞，你一个人待在这儿干吗？吹冷风啊？"风浔不知道从哪里冒出来，看白痴一样地看着凤舞。

凤舞眸中浮现一抹惊喜之色。台阶来了！

"呃……"凤舞咬牙，弱弱地道，"我想回家。"

"你是白痴吗？！"风浔拍了凤舞脑袋一下，拍得她龇牙咧嘴。

"痛——"凤舞吃痛，清澈的眼眸宛若湖水般。

"明日就能到塞纳尔草原了，现在你说想回家？我看你是脑子被风吹傻了，走走，赶紧回去睡觉，回头还有一场恶战要打呢。"风浔拽着凤舞就要走。

"恶战？"凤舞的注意力顿时被吸引了。

听到凤舞询问，风浔才觉得奇怪："难道刚才君老大没有告诉你？"

凤舞："君临渊应该告诉我什么？"

"呃——喀喀——"风浔顿时掩唇，假装什么都没说，"没什么没什么，你只要记住养精蓄锐就行了。"

"喂，喂，你——"待凤舞再想问时，风浔已经一阵风似的不见了。

凤舞："……"

凤舞又被丢在寒风中，只不过此刻的她脑子里却有一个疑问。按照风浔的说法，君临渊应该告诉却没有告诉她的……究竟是什么？

凤舞一边想一边往回走，不知不觉间便回到了君临渊的营帐。这支皇家队伍中，营帐带院子的只有三座，君殿下的营帐自然是其中之一。

凤舞刚进了院子，迎面便碰到了君临渊。双方视线在半空中交会——

君临渊的眼眸太深太亮，凤舞心跳加速，下意识地偏过头。君临渊盯着她，目光灼灼，颇含深意。

凤舞双手交负在身后，挺着小身板，冷傲地瞪着君临渊："是风浔拉我回来的！"不是她自己想回来的！

君殿下意味深长地道："风三呢？"

"呃……"凤舞环顾四周，还真没看到风浔，一时间，她很想将风浔踹一脚。

君殿下嘴角不易察觉地弯起："口是心非的丫头。"

凤舞瞪眼道："真是风三拉我回来的，我本来不想回来！"

君殿下瞥了凤舞一眼，没理会她，转身进了屋子。

凤舞懊恼地拍了拍自己的脑袋。真是太没面子了！

"主人主人，别忘了任务七哦。"桃花小精灵小声提醒着。

凤舞点头道："知道啦。"

回是回来了，可是想到任务七，凤舞就感到绝望……惹得君临渊怒气值达到百分之百……这得做什么，才能将他惹到这种程度啊？烛光下，凤舞坐在桌前，双手撑着下巴，陷入了沉思中。

外面传来一阵敲门声。

"进来——"凤舞回头看着门口的方向。

进来的是宫嬷嬷。

宫嬷嬷看到凤舞，眸中浮现一抹笑意。她对凤舞印象本来就好，再加上近段时间凤舞救了老佛爷，宫嬷嬷只觉凤舞好得不得了，内心早已经认定这就是未来的太子妃。

"舞小姐，快来快来——"宫嬷嬷拉着凤舞就往外走。

凤舞不解地看着她："宫嬷嬷，这是怎么了？"

宫嬷嬷笑道："殿下有些饿了，劳烦舞小姐往厨房去一趟，也不用多复杂，这半

123

夜三更的，就做一碗面条吧。"

"做饭啊？"凤舞轻声问道。

宫嬷嬷点头道："是呢，殿下最喜欢舞小姐的手艺了，这一路上更是习惯了舞小姐的厨艺，所以这事还非得你亲自来不可。"

凤舞目光一闪，这一路上，她当小丫头照顾君临渊的饮食起居，如果这时候突然拒绝，那君临渊岂不是会很生气？！这么好的机会，凤舞怎么会放过？！

凤舞下意识地瞥了不远处那亮着烛光的帐篷一眼。她提高声音道："宫嬷嬷，真是很抱歉，这件事恐怕……小舞不能答应了。"

"嗯？"宫嬷嬷原本以为稳稳当当的事，却出了岔子。

"舞小姐，这是为何？"宫嬷嬷的眉头微微皱起。

"收到君殿下百分之十的怒气值。"

凤舞还没说话，脑海里便传来这道声音，简直让凤舞高兴坏了。

很好，君临渊果然听见了，而且如她预料的那般生气了。

"因为——"凤舞歪着脑袋想理由，"君殿下现在正在生我的气，如果知道膳食是我做的，怕是会更生气？所以此事，我是真的不能做啊。"

凤舞一边说一边仔细观察着君临渊的情绪波动。

"这不是理由。"宫嬷嬷瞪着凤舞，"舞小姐，请给一个能让人信服的理由。"

此刻，凤舞正在推测让君临渊情绪起伏的因素，所以又顺势想了个理由："呃……如果说，我不想做饭呢？"

"为何不想做饭？"宫嬷嬷眉头深深皱起，"因为舞小姐太累了？"

凤舞："这倒不是，主要是……不想给君殿下做饭了。"

"收到君殿下百分之二十的怒气值。"

凤舞："……"隐隐约约中，凤舞好像捕捉到了什么，但又似乎什么都没捕捉到。

宫嬷嬷眉头皱得更紧了："舞小姐，你是在开玩笑吧？"宫嬷嬷一边说，一边拿眼神示意凤舞。

这里隔音不好，而且君殿下就在隔壁，凤舞现在所说的每句话，都会传进殿下耳中。可宫嬷嬷不知道的是，凤舞的这些话就是故意说给君临渊听的。

"咯咯，并不是跟宫嬷嬷开玩笑。"凤舞苦笑，"我确实不想给君殿下做饭了。"

"为何？"宫嬷嬷咄咄逼人。

"因为——"凤舞努力地想理由，"因为……因为太辛苦了啊，旁人不知道，难道宫嬷嬷你也不知道吗？每次做饭想要做得好，就得动用灵阵之力，而灵阵之力每次运转，都需要耗费特别多的精气神，再这么下去，我怕自己的灵气会被榨干啊。"凤舞一边苦笑，一边关注脑海里的动静。

她都拒绝得这么明显了，君临渊该更生气了吧？

让凤舞万万没想到的是——

"收到君殿下百分之五的怒气值。"

"收到君殿下百分之一的怒气值。"

"君临渊的怒气值，零。"

凤舞："……"什么？！君临渊没有生气，凤舞却气得差点儿跳起来！她都拒绝为君临渊做饭了，为什么他稍微生气了一下就不生气了？不愧是喜怒无常、不按常理出牌的君临渊殿下啊，这怒气值真的让人绝望……这可怎么办？

"舞小姐？舞小姐？"宫嬷嬷见凤舞发呆，出声喊她。

就在这时，封管家打开门，从营帐中走出。他看着凤舞，原本慈祥的面容越发温和，眼眸含着笑意。

"舞小姐既然不愿意，那便不做了，以后做不做是舞小姐的自由，任何人都不能以任何理由逼迫您。"封管家笑眯眯地看着凤舞，"这是我们殿下的原话。"

凤舞一脸诧异地道："啊？"这下子，反倒是凤舞觉得不好意思了。她没想到刚才她胡编乱造的一个理由，竟然能换来这份自由。

"封管家，其实……"

还没等凤舞解释，封管家便笑着摆摆手："舞小姐的身子最重要，舞小姐开心就好。"

凤舞："呃……"这倒是让她内心有些愧疚了呢。

"其实……我是愿意照顾君殿下的……"凤舞弱弱地说。她这个人就是这样，别人对她一分不好，她能报复回去九分，可如果别人对她一分好，她就想报九分的恩。

就在这时，凤舞脑海里传来一道声音——

"来自君殿下的开心值，加百分之五。"

什么？！凤舞瞪大眼睛，用看神经病一样的目光看着隔壁。

她在脑海里问桃花小精灵："不是说只有怒气值吗？哪里又冒出来了开心值？"凤舞很是无语。这开心值来得莫名其妙，让她心惊肉跳，所以凤舞本能地抗拒。

"呃……"桃花小精灵缩了缩脖子。

"我要听真话，不许藏着，说！"凤舞瞪着桃花小精灵。

桃花小精灵呃了一声："这、这不是……这个任务太坑你了吗？所以我就想着，送你一点儿小福利……所以就自动帮你计算了……开心值……"

凤舞用看白痴一样的目光看着桃花小精灵："送我一点儿小福利？这就是你所谓的小福利？"

桃花小精灵："嗯嗯嗯！"

凤舞无语地朝天翻了个白眼："如果我要求你取消呢？"

桃花小精灵啊了一声。

凤舞："可否取消？"

桃花小精灵唔了一声："这个……这个好像……不可以了啊……"

凤舞无语极了，双手叉腰，瞪着桃花小精灵。桃花小精灵被吓哭了，拉着凤舞的小胳膊："小主人，小主人，可这怎么办？怎么办？呜呜呜——"

"好吧好吧，就当测试君临渊的喜怒值了。"凤舞只能无奈地接受这个事实。

可是，到底要怎么做，才能激怒君临渊呢？一想到这儿，凤舞就觉得头大。

就在这时，宫嬷嬷亲手端着茶具过来，看到凤舞依旧戳在那里，不由得惊奇道："舞小姐，您还在这儿？不是回去休息了吗？"

凤舞喀喀两声，她总不能说，她在想怎么惹怒君临渊，想到忘记了时间吧？

"哎呀，原来如此！"宫嬷嬷意味深长地看着凤舞，又瞄了一眼窗边的剪影。

因为帐篷内点了烛火，而外面是皎洁的月光，所以君临渊颀长俊挺的身影清晰地映了出来。

凤舞随着宫嬷嬷的目光望去，一眼就看到了那挺拔的背影。再加上宫嬷嬷意味深长的目光，凤舞不禁道："喀喀——宫嬷嬷您误会了，我站在这儿，绝对不是在偷看君临渊，真的不是……"

宫嬷嬷对凤舞说的话可一个字都不信。

她将手里的茶具往凤舞手里一塞："茶已经泡好了，是殿下最喜欢的绿萝春。"

"一叶千金的绿萝春？"凤舞惊呼一声。

宫嬷嬷点头："可不是嘛。就是川北山的绿萝春，年产量不足一斤，每片茶叶都价值千金，而且是千金难买呢。"

宫嬷嬷笑着："绿萝春确实难得，但好歹每年都会有，更难得的是这套茶具。"

"茶具？"凤舞向茶具望去，只见这是一套天青色的茶具，却蕴含了极高深的灵阵。

"是呀，这套青花茶具乃是殿下偶然得到的，若说它的奇特之处，那便是这茶具……会自动生灵水。"

"灵水？会自动生出灵水？"凤舞眉头微微上扬。

"是呢，很奇怪，每当将茶叶放进去的时候，天青色杯壁上就会冒出水来，而且这水灵气浓郁，当然，放的必须是绿萝春这样特级的茶叶才行。"

宫嬷嬷将茶具往凤舞手里推了推："这时候，殿下还在用功，定然渴了，舞小姐快送进去。"

凤舞："啊？难道不是宫嬷嬷您送进去？"

宫嬷嬷笑着说："我还得给殿下准备明日穿的衣裳，此事就劳烦舞小姐了，快去吧。"

宫嬷嬷将凤舞往前一推，而她自己则快步离开了。

凤舞："宫嬷嬷，喂喂……"

宫嬷嬷头也不回，走得飞快，好像后面有人追她。

凤舞："……"

封管家就站在门口，凤舞走上去几步，正欲将茶具交给封管家。封管家却笑眯眯地打开门："舞小姐，请进。"

凤舞："……"明明她是想将东西给封管家递过去的，可封管家一副无论如何都不接的样子。

凤舞万分无奈，只能自己进去。不就是送个茶吗？她送完了转身就走不就行了吗？想到这儿，凤舞便跨过门槛。

凤舞刚进去，封管家便悄然将门带上了。

从凤舞的角度望去，只能看到君临渊的背影。此刻，君临渊正坐在桌前，桌案上有一堆奏章，有一些摊开着，而君临渊正手执朱砂笔。这些国家大事，就在他的一勾一画间有了决断。

凤舞心中忽然一动。如果这些奏章被茶水浸湿了，君临渊会生气吗？肯定会暴怒吧？毕竟是这么重要的东西。

方才凤舞为了惹怒君临渊，绞尽脑汁都没想到办法，现在好不容易有这样的机会，凤舞怎么可能放弃？凤舞端着茶具，在离君临渊只有两三步的地方，假意一脚踩空。

"啊——"凤舞惊呼一声，手里的茶具往桌案泼去。

"小心——"君临渊用强而有力的手臂拽了下凤舞，凤舞可不想被他拽过去，于是在关键时刻往外一转。

但是，凤舞怎么都没想到，君临渊居然转了一个方向，可怜的凤舞，整个人直接摔进君临渊的怀里。

"哑——"凤舞觉得微微有些疼痛，眼泪都快出来了。不过，凤舞内心却是高兴的，因为茶水确实浸到了奏章，君临渊肯定要生气了。

"对不起，对不起……"凤舞从君临渊怀里挣扎着起来，看着桌案上的茶水，假意惊慌失措，"奏章都被浸湿了，怎么办？怎么办？"

君临渊就这么看着凤舞，眸中浮现一抹复杂的情绪。这丫头……真的是在担心奏折吗？她的演技还能更浮夸一点儿吗？明明是想对他投怀送抱，却假装摔倒。想到这儿，君殿下那冰冷的嘴角微微上扬。

就在这时，凤舞耳边传来一句："来自君殿下的高兴值，百分之五十！"

凤舞一听高兴坏了，五十啊！高达百分之五十啊！

凤舞激动地拉着桃花小精灵："你看你看！君临渊生气吧？君临渊真的生气了吧！百分之五十呢！"

可是，桃花小精灵用极其怜悯的目光看着她。凤舞被她看得心底有些发毛，不解地问："怎么了……"

桃花小精灵长叹了一口气："你确定……这是怒气值吗？"

"怎么不是怒气值？刚才我听得清清楚楚——"

"来自君殿下的高兴值，百分之五十五。"就在这时，凤舞耳边又传来这么一句话。

此话一出，凤舞顿时僵在原地。她怔怔地看着桃花小精灵，整个人处于难以置信的震惊中。

"高兴值？高兴值？！"

直到这时，凤舞才后知后觉地发现，这是高兴值，而不是愤怒值。可是，这怎么可能呢？！

"这不对啊，是不是系统大神出错啦？"凤舞用匪夷所思的目光瞪着桃花小精灵，"怎么可能是高兴值？这绝对就是出错了啊！"

桃花小精灵用极其怜悯的目光看着凤舞。

凤舞："干吗？"

桃花小精灵："系统大神是绝对不会出错的，如果出错，请参考第一条。"

凤舞："那君临渊为什么会高兴？"

桃花小精灵："这得问您了，我的小主人哟。"

凤舞："……"她是真想不明白啊，她故意捣乱，将满桌子的奏章都弄湿了，正常人难道不应该勃然大怒吗？结果君临渊非但不生气，反而很高兴，他真的不是脑子……不正常吗？

"发什么呆？"君临渊见凤舞发呆，微笑着戳戳她的小脑袋。

即便聪明如君临渊，也想不到凤舞会有星辰碎片的任务，会有桃花系统大神这样古怪的东西。

凤舞被君临渊的一记轻微栗暴惊醒，下意识地往桌案上一摁。

哐当——

突然，有东西落地的清脆声传来。

凤舞顿时清醒过来，同时心中有种不好的预感。

果然，当凤舞低头望去时，整个人都惊呆了。因为那天青色的茶杯……砸落在地，碎成了瓷片。凤舞睁大眼睛，不知所措地看着君临渊。

君临渊也有那么一瞬的愣怔，看着天青色茶杯，慢慢反应过来。

凤舞这次是真的慌了："对不起，我不是故意的……"凤舞知道天青色茶杯的重要性，所以非常抱歉。

这么稀罕的宝贝，君临渊应该会勃然大怒吧？凤舞的内心隐含着小小的期待。让凤舞万分震惊的是，君临渊居然说："听声音还不错。"

凤舞用难以置信的目光瞪着君临渊，久久没有回过神来。难道他不生气吗？不骂她吗？再怎么样怒气值也得飙升到几十吧？而他非但没有生气，还夸声不错……这到底是怎样一个人啊？

"怎么了？"见凤舞一脸震惊，君临渊问道。他表情平静如初，好像打碎的不过是一文钱一个的茶杯似的。

凤舞："……"所以，其实这天青色茶杯，并没有宫嬷嬷形容的那般珍贵吧？

"没事，没事，喀喀——"凤舞摆摆手，"时间不早了，我先回去了。"说完，凤舞就像一只灵活的小狐狸，飞一般溜走了。

君临渊："……"

等凤舞走后，君临渊的目光终于落在天青色茶杯上了……

凤舞跑出房间，刚吐了一口气，一只手便拍在她的肩膀上。凤舞下意识地捂住狂跳的心，转过头看去。来人是风浔。

"差点儿被你吓死了！"凤舞气得拍了风浔一下。

风浔哈哈大笑道："凤小舞，原来你是这样胆小的凤小舞啊，真是没想到。"

凤舞无语地朝天翻了个白眼，还不是因为之前被君临渊吓的。

"好啦好啦，天色不早了，你这丫头赶紧去歇着吧。"风浔揉揉凤舞的脑袋，转身就要去睡觉。

"哎，等等——"凤舞反手拽住风浔的衣袖。

风浔回头，不解地看着凤舞。

虽说她找不到君临渊的怒点，但风浔和君临渊是从小一起长大的，他一定能给她提供最有用的信息。想到这儿，凤舞认真地看着风浔："你能帮我一个忙吗？"

凤舞极少正儿八经地跟风浔说话，风浔吓得一愣一愣的："这么严重？"

凤舞："就是有这么严重！"

风浔搭着凤舞的肩头："咱俩谁跟谁啊，亲兄妹需要这么客气？说，你要哥哥帮什么忙？"

凤舞回头看了一眼，发现白窗上映出君临渊的身影，于是赶紧拉着风浔往自己房间走去。

"到底什么事呀，神神秘秘的？"风浔的好奇心被带了起来。

凤舞无比认真地凝视着风浔："接下来我要问的问题，你得如实回答，切记，一定要如实回答！"

风浔摸着下巴，在心里想，若是妹妹问自己有没有去花月楼之类的，那他要怎么回答呢？真是让人纠结啊。

凤舞问："你知道君临渊最讨厌什么吗？"

风浔："啊？"

凤舞郑重地点头道："你知道君临渊最讨厌什么吗？或者是最讨厌的事？最讨厌的人？或者说，最讨厌别人对他做什么？"

风浔用极其怪异的目光打量着凤舞，上上下下地打量着，越打量目光越意味

深长。

凤舞没好气地拍了他的脑袋一下："想什么呢？"

"舞丫头，这不对啊，很不对劲啊。"风浔盯着凤舞，似笑非笑，"你怎么突然打听君老大的喜好了？"

凤舞翻白眼："哪里打听他的喜好了？我只是打听他不喜欢的东西好吗？"

"这难道不是一样的吗？"风浔摊手，"你打听他不喜欢的，然后避免去做这些事，那不就是间接讨好他吗？"

凤舞想翻白眼了。

见凤舞不说话，风浔对凤舞道："哟哟哟，我家凤小舞害羞了呢。"

凤舞瞪眼："你到底说不说？不说我要睡觉了！"

"好好好，说说说——"风浔掩唇而笑，笑容几乎要从眼睛里溢出来，看着凤舞的目光充满了兴味。

凤舞："还不快说？！"

风浔："好啦好啦，容你哥哥我好好想一想。"

风浔坐在桌前，单手摸着下巴，陷入思考："要说君老大讨厌的东西吧……从吃上面来说，他讨厌辣味。"

凤舞无语地道："你确定？"

风浔仔细一想，呀，凤舞好几次做的辣菜，君老大都吃了，而且还吃得津津有味。好吧，这个排除。

风浔又道："要说君老大讨厌的人吧……小舞丫头，你该不会是要去杀了君老大不喜欢的人，从而在他面前博好感吧？"

凤舞挑眉道："有何不可？"

风浔："有何不可？难道你不知道，众所周知，君临渊最不喜欢的人就是他的君父了。"

凤舞："君武帝？"

风浔一边用充满同情的目光看着凤舞，一边揉揉她的脑袋："我家小丫头就是聪明，只不过，君武帝的话，你还真拿他没办法。"

凤舞越想越绝望："那君临渊最讨厌的事呢？比如他最讨厌别人对他做什么？"

风浔道："这个不是很明显吗？君老大最不喜欢别人碰他了，君老大可是有严重的洁癖，数米范围内站了人，他都会不高兴。"

"假的吧？"凤舞用怀疑的目光看着风浔。

风浔差点儿跳起来："怎么是假的？你是不知道，谁的手要是碰君老大的衣角一下，那只手就别想要了。"

凤舞低头嘀咕："哪有那么严重？"君临渊时不时就拽她的手，动不动就拎着她走，如果真像风浔说的那样，那自己岂不是早就没有手了？

风浔瞥了凤舞一眼，突然反应过来："哎，你是不是觉得君老大老拉你手？"

凤舞恼羞成怒地道："哪有经常拉？！"

风浔："好好好，没有经常拉，只是偶尔拉对不对？"

凤舞瞪着风浔，可偏偏反驳不了。风浔微笑着揉揉凤舞的脑袋："傻丫头，事到如今你还没反应过来吗？君老大对你是不同的啊。"

凤舞的心湖仿佛被丢进一块石头，泛起一丝涟漪……不过，凤舞转念道："是啊，君临渊待我是不同的，他就只会欺负我！"

风浔苦笑道："难道你还没看出来吗？君老大只喜欢欺负你一个人啊！"

凤舞哼哼两声，道："是啊，他只盯着我一个人欺负！你说，拉着一只羊薅羊毛，有意思吗？"

风浔苦笑道："因为他喜欢你啊。"

凤舞用看神经病一样的目光盯着风浔："你是疯了吧？！"

风浔："什么嘛，难道你到现在都不知道君老大喜欢你的事？"

凤舞朝天翻了个白眼。

"不是吧？你真不知道？"风浔惊得差点儿跳起来，跑到凤舞面前，大呼小叫地瞪着凤舞，"你真的不知道？！"

凤舞："我看你才是奇怪吧？君临渊怎么可能会喜欢我？"

风浔："喂喂，刚才你自己也说了，他就只欺负你一个啊。"

凤舞朝天翻白眼："我被欺负得这么惨，你还跟我说，这是因为君临渊喜欢我？"

风浔："对啊，对啊。"

凤舞："你走你走，我不想跟你说话了！"

风浔："哎，你这小丫头，平时聪明得跟什么似的，现在怎么就这么愚呢？你想呀，为什么君老大不喜欢吃辣，但是你做的辣菜他吃得比谁都欢？"

凤舞："因为我做的辣菜好吃啊。"

风浔："那你说，为什么别人碰君老大的衣袖一下，就会被他斩断胳膊，但他总拉你的手？"

凤舞："你以为我想被他拉？"

风浔："你只用回答我，为什么？！"

凤舞歪着脑袋，看了看自己细腻柔软的双手："因为我这双手长得好看？"

风浔无语地道："是，你这双手长得好看，可君老大的手长得比你的也不差好吗？"

凤舞："呃……"

风浔盯着凤舞问："为什么？回答我。"

凤舞："我怎么知道为什么呀？"

风浔戳戳凤舞的额头，道："因为君老大喜欢你呀，小笨蛋！"

凤舞："呵呵。"信你才有鬼！

风浔见凤舞不信，顿时着急地道："你怎么能不信呢？我说的都是真的，君老大对你是真的……"

"喂！"凤舞瞪着风浔，"如果你再说这话，咱们兄妹都没得做！"

见凤舞真的沉下脸，风浔忙摆手道："好好好，不说了不说了，可好？"

凤舞哼哼两声，道："本来就是嘛，无中生有，胡说八道，这话我听听就算了，要是传出去，外面还不知道多少人笑话我呢，你又不是不知道那些人对我有多少恶意。"

风浔笑道："我这一路走来，听到最多的就是那些人议论你，有人夸有人贬，不过大多数是没眼光的。不过那些人都是有各自立场的。那些人对你眼红嫉妒，怎么可能说你好话？更何况，你还在乎他们的评价吗？"风浔戳戳凤舞的脑袋，"我家舞丫头可是很大气的丫头呢。"

凤舞无语地道："谁不想听夸赞的话？我又不是天生的受虐狂，怎么可能喜欢被人骂？"

风浔揉揉凤舞的小脑袋。这傻丫头啊！

"对了，刚才还没问完呢。"凤舞戳戳风浔，"你快说，君临渊最讨厌别人对他做什么？"

风浔："君老大……最讨厌别人不听他话了。"

这个好！凤舞赶紧拿出小本子记下来。

见此，风浔顿时无语。还说自己不喜欢君临渊呢，瞧瞧这丫头，都拿小本子记录了，是生怕自己忘记吧？

"那，君临渊有很喜欢的东西吗？比如说，书籍？比如笔墨纸砚？比如……"凤舞仰着巴掌大的脸，清澈漆黑的大眼睛扑闪扑闪的。

风浔摸着下巴，道："君老大为人冷淡，物欲更是不强，如果说他很喜欢的……大概也就只有你了。"

"喂喂，风浔！"凤舞气得拍了风浔的脑袋一下！

"呜——"凤舞这一巴掌拍得重了，疼得风浔龇牙咧嘴。

"你再拿这件事跟我开玩笑试试！"凤舞的脸色非常不好看。

这丫头还真是……风浔猜不透凤舞的心思。这丫头有时候表现得对君临渊很在意，有时候又对这段关系讳莫如深。

"好好好，不开玩笑，不开玩笑……"风浔急忙求饶。

"真要说君老大在意的东西吧……我记得，君老大有一个天青色茶杯，是他偶然得到的，这茶杯可不得了。"风浔说得眼眸发亮，"你知道吗？这茶杯壁上能自动生出灵水来，灵水里灵气很足，对修炼晋升帮助非常大，据君老大说，这个天青色茶杯里蕴含着精妙的灵阵！"

凤舞睁大眼睛看着风浔。

风浔以为凤舞不信，认真地点头道："是真的！当初独孤大师跟君老大讨要这个茶杯，说灵水能延年益寿，可是君老大没给。后来陛下不知道从哪里知道这个杯子能延年益寿，用了不知道多少好东西跟君老大换，甚至说拿城池跟君老大换，可君老大都无动于衷。"风浔盯着凤舞，"所以说，如果真有那么一件东西是君老大喜欢的，大概就是那个杯子了。"

凤舞怔怔地看着风浔："……"

此刻，她脑海里盘旋着的是君临渊之前说过的话："声音听着不错。"

杯子碎了，君临渊不但没有生气，反而说杯子碎裂的声音不错……君临渊……莫不是个傻子吧？凤舞怔怔地站在原地，脑子里更是空空的。她总觉得哪里不对劲，可具体又说不出来。

后来，风浔又说了什么，凤舞已经不太记得了，脑海里全是天青色茶杯的事。或许……那杯子对君临渊来说并不是多么重要的东西吧？嗯，一定是这样的！

第二日一大早，队伍准备继续前行。

沐王爷一早就放出消息，队伍将会在傍晚到达塞纳尔草原，在场的人听了都激动起来。

"上来。"君殿下坐在马车里，定定地看着凤舞。

一时间，所有人都望向凤舞。就连风浔，此刻也用暧昧的目光看着凤舞。

凤舞想起昨晚风浔说的话，瞪着君临渊，轻哼一声："我不！"

在场诸人都用怪异的目光看着凤舞。这丫头该不会疯了吧？！君殿下邀请她上马车，那是何等的荣幸？可凤舞居然冷傲地摇头，表示不要？世上怎么会有这般不识好歹的人？！

不过，震惊过后，大家的第一反应就是凤舞死定了。

一时间，四周弥漫着诡异的气氛。大家都凝神屏息，甚至不敢咳嗽，生怕引来祸事。

让他们难以置信的是，君临渊瞥了凤舞一眼，竟然放下了帘布，好像什么事都不曾发生。这还是君殿下吗？什么时候，那个凶狠残暴、不近人情的君殿下，变得如此好脾气了？

"殿下，凤舞不识抬举，不如让我来伺候您吧？"

说这话的人，是慕容家的一位小姑娘。小姑娘十五六岁，一张小脸已经长开。她俏生生地站在那儿，盈盈一笑间，美丽动人。

一时间，很多人都用羡慕的目光看着慕容颜妍。好有勇气的慕容姑娘！好会抓机会的慕容姑娘！好聪明的慕容姑娘！

现在君殿下正需要台阶下，慕容姑娘刚好给了台阶，有了陪在殿下身边的机会。想明白其中的关键后，大家看慕容颜妍的目光有些不同了。

慕容颜妍的脸上浮现出一抹得意之色，就在她以为自己可以接近君临渊、取代凤舞的位置时——

"滚！"一道冰冷残酷的声音从车厢内传出。

此刻，慕容颜妍距离车辕只有两三步，抬起的脚再也没能往前迈一步，相反，她的身子像脱了线的风筝倒飞出去。

在场的人都惊呆了，慕容颜妍自己也惊呆了。她的身体狠狠地砸落在地，到最后她都是蒙的。

"姐姐——"慕容颜汐大呼小叫地跑过去，紧张地抱住慕容颜妍。

慕容颜妍这才反应过来，哇的一声大哭起来。

周围的人都用怪异的目光看着慕容颜妍。君殿下残酷冷傲、不近人情，大家又不是不知道，结果慕容颜妍非不信这个邪，非跑去招惹君殿下，现在知道后果严重了吧？

"慕容姑娘，抱歉，您误入了殿下的安全范围。"封管家适时地站出来，神色淡漠地道。

君殿下的安全范围？在场的人无语地看着封管家。凤舞待在君殿下身边多久？君殿下不仅拉她的手，还抱过她呢，为什么不见凤舞被踢飞？

慕容颜妍强忍着情绪，哽咽着控诉："那为什么……凤舞就可以？凭什么啊？"

凭什么啊？就凭她是凤舞啊。

一旁站着不动的宫嬷嬷嘴角扬起微微的冷笑。

封管家淡声道："凤舞姑娘暂时是殿下的贴身丫鬟，所以可以。"

"那我也可以当贴身丫鬟！我要当殿下的贴身丫鬟！"慕容颜妍吃了这么大的亏，还不知道反省。

宫嬷嬷冷漠地瞥了慕容颜妍一眼。

可是，慕容颜妍并不知道内情，此刻的她，正期盼地看着封管家。封管家看着慕容颜妍的目光带着一丝怜悯。这些年来，在君殿下身边，他见过多少这样的痴女了？可惜啊可惜，这么多年来，也唯有凤舞是特殊的。

封管家看了宫嬷嬷一眼。宫嬷嬷心领神会，站了出来。

"抱歉了，慕容姑娘。"宫嬷嬷神色冷漠地道，"请随我来。"

宫嬷嬷将慕容颜妍带到慕容夫人面前。慕容夫人还不知道前方发生的事，看到宫嬷嬷，她忙挤出一抹笑容："宫嬷嬷，您……"

还不等慕容夫人说完，宫嬷嬷便冷着脸发话："慕容夫人，启程在即，我就长话短说了。您家的慕容三小姐，行事怕是有些出格，您不妨多教导一些。

"如果慕容三小姐三思后，还是一意孤行要来我太子府当丫鬟做奴婢，倒也不是完全不行，只不过……那时候可是要签卖身契的，慕容夫人可不要舍不得。"

说完，宫嬷嬷转身离去，背影决绝。

这一路，大家都极沉默。终于在傍晚时分，落日余晖下，前方出现一支威武雄壮的队伍。为首的是草原上的枭雄——塞纳尔草原的大汗。

凛冽的寒风中，塞纳尔大汗身披兽皮，露出右侧的身躯，古铜色的肌肤呈块状，充满力量。他身后，一左一右分别是塞纳尔草原的大王子和小王子。大王子是个成熟的草原汉子，年纪三四十岁。他双肩鼓起，孔武有力，宛若棕熊，双眸冰冷，充满上位者的威慑力。

小王子是个漂亮清隽的少年，不过十六七岁，纤细俊逸，皮肤白皙，笑容温和，倒像长在江南的少年。

看到君武帝，草原上的大汗自马背上下来，哈哈大笑着上前，给君武帝行君臣之礼。

塞纳尔草原一直是君武帝国的附属国。

君武帝和塞纳尔大汗一路寒暄，走在最前头。

大王子威严的目光在人群中轻扫，最后，他的视线定格在君临渊这辆马车上。他的目光和君临渊的视线在半空中交会。

强者惜强者！不过一个眼神的对视，他们便知道，对方实力不弱。

塞纳尔大汗将整块狩猎草原都圈了起来，左边的高地划分给君武帝国，用来安顿车马；右边的高地，则让塞纳尔大汗身边的勇士们安营扎寨。

一左一右，清晰明了。

后勤是沐王爷全权负责的，也不知道为什么，凤舞的帐篷被分到了君临渊边上，跟他的帐篷紧挨着。

看到一排排拔地而起的帐篷，凤舞原本还在感慨营帐建设之快，宫嬷嬷笑着问她是否要在营帐里沐浴歇息，凤舞才反应过来。

"为何……我的营帐在此？"凤舞忙摇头道，"宫嬷嬷，你可知，现在我不是君临渊的丫鬟了。"十八天的任务已经结束，凤舞才不要跟他挨这么近呢！

对别人不苟言笑的宫嬷嬷笑看着凤舞，道："老奴知道的。"

"所以，我的营帐在何处？"凤舞看着宫嬷嬷。

宫嬷嬷眼眸含笑地道："您的营帐就在此处啊，舞小姐忘记了？严格意义上来说，您可是陛下钦封的郡主，本就该有自己的营帐，只不过之前您一直没有行使自己的权力罢了。"

还有这种事？

"可是，郡主怎么都没资格挨着君殿下吧？"凤舞看着宫嬷嬷。

"因为这是我们强烈要求的呀！"

135

风浔和玄奕不知何时从凤舞身后的营帐里走出来。

"你们？"凤舞突然有一种很不好的预感。

"对呀，舞丫头，哥哥对你好不好？"风浔瞥了凤舞一眼。

凤舞："请问，你哪里对我好了？"

凤舞私心里并不想跟君临渊靠那么近，特别是在昨日风浔说了那些话之后。

风浔看着凤舞，揉揉她头顶的发丝："好好好，没有帮你，一点儿都没有帮你好了吧？"他又暗自嘀咕，"你这丫头真是不知好歹，如果按照正常排序，不论是你凤族五小姐的身份还是郡主的身份，营帐的位置都是偏远地区，那些地方哪里有这边好？"

凤舞没好气地哼哼道："我宁愿在偏远地区待着。"

风浔戳戳凤舞的脑袋，道："你这丫头，蠢不蠢？"

凤舞："啊？"

风浔没好气地瞥了凤舞一眼："你以为来冬猎，就真是冬猎啊？"

凤舞："啊？"

风浔无奈地苦笑道："你跟在君老大身边，就一点儿风声都没听到？"

凤舞："啊？"

风浔更无奈了："难道你没发现，有越来越多的人往君老大身边凑吗？"

凤舞："往君临渊身边凑的人什么时候停过了？"

风浔："你也知道啊？"

凤舞："我又不瞎。"

风浔："既然你知道，为什么还要从君老大身边逃离？"

凤舞："这是我的自由，哼。"

风浔拍了凤舞的脑袋一下："你这丫头，平日里任性也就算了，现在可不是你任性的时候，知道吗？"

凤舞："为什么呀？"

风浔："难道你不觉得奇怪吗？狩猎最好的季节应该是秋季，可为什么咱们陛下要在这凛冽的寒冬来狩猎呢？"

凤舞："对呀，为什么呢？"

风浔："自然是有原因的，而这原因……你猜猜？"

凤舞脑中灵光一闪，她指着地面道："难道是因为，地底下有什么东西？"

风浔好看的剑眉得意地上挑："不愧是我风浔的妹妹，聪明得很嘛。你猜得没错，每年冬猎，我们都会来，而每次来的时候，居住的都是这块高地。"风浔脸上浮现出一抹神奇的光彩，"你知道吗？这块地是草原大一统时期第一代大汗的成神之地。"

凤舞："哦？"

风浔："每年十二月十二日，这块被称为神源之地的高地，都会出现灵气复苏的神奇景象，我们称之为双十二神象。"

凤舞："啊？"

风浔："这种神象会生出一道神源之种，你知道若是得到神源之种，会怎样吗？"

凤舞惊奇地道："会怎样？"

风浔："每年草原民众的信仰之力都汇聚于此，谁若拿到神源之种，便能吸收草原上的信仰之力！"风浔越说越激动，"你知道吸收了信仰之力，会如何吗？"

凤舞："会如何？"

风浔激动地握紧拳头，道："会连续晋升，激活新元素属性……"风浔握住凤舞的手，"你以为塞纳尔大汗是心甘情愿让出这一半的概率吗？不，他是为我们君武陛下所逼！小舞啊，如果你能得到神源之种，你和左青鸾的差距会大幅度拉近！你将会快速晋升！小舞啊，这是改变你命运的宝贝啊！"

凤舞被风浔说得热血沸腾，恨不得立刻将神源之种拿到手，但是，下一秒——

风浔摇摇头，苦笑道："唉，是我想得太美好了，我简直是在做梦啊。"

凤舞一脸疑惑地看着他："啊？"

风浔怜惜地揉揉凤舞的脑袋，长叹一声，道："其实我不应该告诉你这件事，唉，这可怎么办？"

凤舞："啊？"

风浔："要知道，神源之种只有一颗，可是在场有那么多人，特别是君武帝和塞纳尔大汗身边更是高手云集，一个个都志在必得……哪里轮得到你啊？"

凤舞："……"

风浔："我刚才激动之下说了这么多，你又不可能得到神源之种，这不是平白让你有了希望又陷入失望吗？唉，我的错我的错……"

凤舞没好气地瞥了风浔一眼："谁说我一定得不到的呀？"

风浔觉得好笑，开口道："好好好，你能得到，神源之种一定是你的。"

事实上，风浔觉得凤舞拿到神源之种的可能性连千分之一，不，万分之一都没有。

他反过来安慰凤舞："舞丫头啊，其实你也不必担心，神源之种跟我们虽然没缘，但是，咱们在核心区啊，对不对？"

凤舞一脸茫然地道："核心区？"

风浔："对啊，越是靠近核心区，得到神源之种的概率越高，当然，这个咱们先不去管，哥哥告诉你，在神源之种爆发的时候，咱们这核心区会出现灵气复苏的现象。"

凤舞："什么叫灵气复苏的现象？"

风浔："灵气复苏，就是当初我们这个物质世界刚成形时的混沌灵气，混沌灵气可遇不可求，珍贵无比，所以你知道为什么大家都争着来冬猎了吧？"风浔揉揉凤舞的脑袋，"现在知道你哥哥我为什么非要给你争取核心区域了吧？"

凤舞眼眸亮晶晶的，忙点头："嗯嗯嗯。"

风浔："还想不想去偏远地区了？"

凤舞："不不不。"

风浔揉揉凤舞的脑袋，不由得笑出声来。

这一日，君临渊异常沉默，把自己关在营帐里，不许任何人进去打扰。用封管家的话说，君殿下在闭关。

没有君临渊的召唤，现在的凤舞清闲得不得了。简单用了晚膳后，凤舞背着手，在左边这块神源之地上走着，像在巡视领地的君主。

这一路走过去，凤舞果然看到很多人围在沐王爷身边。虽然凤舞不认识他们，但从衣着不难看出，他们要么是君武帝国这边的世家族长，要么是文武大臣。

她听见了他们和沐王爷的对话。

"王爷，按爵位，我们王家怎么都该在李家前面吧？"

"王爷，按品级，我赵家怎会在最外围？"

"王爷……"

凤舞终于信了风浔的话。她所在的核心区，真的是一地难求。

因为距离双十二还有数日，所以第二日，塞纳尔大汗提议开启冬猎大会。

神源之种就在这偌大的神源之地上，谁能找到便是谁的运气，大家都非常激动。

塞纳尔大汗身边，除了大小两位王子，此刻又多了一位美丽的少女。少女桃腮粉面，眉目如画，着一袭红裙，右手拿着一根带倒刺的银鞭，甩得啪啪响。她所过之处，草原的勇士们都微微后退。一看就知道这位姑娘身份尊贵，且不好招惹。

少女不是旁人，正是塞纳尔大汗的大公主——赛非落，意思是她乃草原上不落的太阳，可见塞纳尔大汗对她有多宠爱。

赛非落公主看到三公主，顿时眼睛一亮。

"君无瑕，你给我出来！"

赛非落公主手中的银鞭被甩得啪啪作响，鞭尖直指三公主："去年你说跟我比试，结果你跑得飞快，这次看你还往哪里跑！给我出来！"

三公主看到赛非落公主，觉得太阳穴一阵阵抽痛。赛非落公主不是一般人啊，既骄纵又任性。比试？自己怎么比得过马背上长大的赛非落公主？

三公主转身就想溜，刚走出两步，赛非落公主一个箭步冲过来，挡在她面前。

"看你往哪里走！"

三公主无奈地看着赛非落公主。

"喂，君无瑕，去年你离开的时候怎么跟我说的？只要我赢了你，你就带我去见你大哥哥，所以，你快跟我比试！"赛非落公主大胆得很。

她口中君无瑕的大哥哥，自然是君临渊。

三公主只觉得一阵头痛。君临渊对她的态度……不可谓不冷漠，她哪有资格带赛非落公主去见他？如果真见了，自己的谎言不就全被拆穿了吗？

"喀喀——"三公主一脸纠结。

"喂，君无瑕，你要是不跟我比，就是你输了！你现在立刻带我去见你大哥哥！"赛非落公主的眼眸亮晶晶的。她觊觎君临渊已久，苦于君殿下对她视而不见，她连靠近的机会都没有。

君临渊……君临渊……君临渊……三公主快速思考着对策，四处瞟着。忽然，三公主眼睛一亮，看到不远处的一道倩影。那站着喂马的不正是凤舞吗？！一时间，三公主只觉老天爷在帮她。

"你想见我大哥哥啊？"三公主故作为难之色，目光带着忧愁。

"那是自然！我喜欢你大哥哥！"草原的公主，说话就是这么简单直白。

三公主："你喜欢我大哥哥……赛非落公主，你这么美丽、直率可爱，我也很喜欢你当我大嫂嫂呢。"

赛非落公主把玩着辫子，略带娇羞。

三公主身边跟着五公主和独孤雅莫。独孤雅莫自从上次琼花节之后就一直很沉默，这还是她第一次从马车里出来跟三公主待在一块儿。她看到赛非落公主脸上的娇羞，眸中浮现出一抹厉色。

赛非落公主难掩兴奋之色，开口道："你真觉得……我适合当你大嫂嫂？"

三公主这会儿正要借刀杀人，自然要将赛非落公主哄得好好的。

"那是自然！你是最适合当我大嫂嫂的人，其他人我都不认呢！我最喜欢你了！"三公主笑着回道。

赛非落公主高兴得不得了，脸上更是抑制不住娇笑。

一旁的独孤雅莫和五公主，眼底都有不易察觉的复杂神色。

"但是——"三公主终于说出她的意图。

"但是什么？"赛非落公主皱眉，不解地看着三公主。

"我是很希望你当我大嫂嫂，但是，我大哥哥未必喜欢你啊……"三公主一脸为难地道，"毕竟你也是知道，大哥哥不好亲近。"

"这个我有心理准备。"赛非落公主不以为意地摆手，"反正谁也亲近不了他，不是吗？"

"喀——"三公主突然轻咳一声。

"怎么啦？难道我说错了吗？"赛非落公主一脸不解地问。

"以前，我大哥哥确实谁也亲近不了，但是现在……现在情况有些不一样

了啊！"

"怎么不一样了？"赛非落公主突然有一种不好的预感。

"唔——你听过凤舞这个名字吗？"三公主铺垫了这么久，终于暴露意图了。

"凤舞？名字倒是大气，不过，她是谁？"

"这个凤舞啊……"三公主苦笑着道，"严格意义上说，她是凤族的五姑娘，二房嫡出……"

"咦，你说的该不会是当年那个修为归零的废材凤舞吧？！"

"赛非落公主听说过？"

"我说这个名字怎么这么耳熟呢！原来是她啊！"赛非落公主没好气地哼哼道，"你跟我提一个废物做什么？"

三公主苦笑道："她现在已经不是废物了。她又恢复了灵气，重新修炼，现在已经修炼到灵尊初阶了呢！"

赛非落公主扑哧一声笑了出来："灵尊初阶也好意思拿出来炫耀？简直可笑！对了，凤舞怎么了？她和君殿下有什么关系？"赛非落公主完全没有将凤舞这个曾经的废材放在眼里。

"这个凤舞啊，可厉害了呢！"三公主还没说话，一旁的独孤雅莫便插话道。

"嗯？"赛非落公主盯着独孤雅莫。

"凤舞可是君殿下的暖床丫头！"独孤雅莫语出惊人，"也不知道她使了什么狐媚手段，君殿下竟然允许她待在身边。"

"暖床丫头？！"赛非落公主差点儿炸了，一时间，她的眼眸一片猩红。

"是的，就是暖床丫头，还是贴身伺候的那种。"独孤雅莫眸中闪烁着嫉妒的光，"也不知道是不是她将君殿下伺候得好，君殿下对她十分宽容，甚至有好几次她不听话，君殿下都由着她去了，他们都说……他们都说……"

"他们都说什么？！"赛非落公主只觉得胸口有一股怒火上涌。

三公主把话接过来："他们都说……君殿下喜欢凤舞呢！"

"放屁！"赛非落公主顿时爆粗口。

三公主："……"

"君临渊是我的！必须是我的！谁敢跟我抢！我必杀她！"赛非落公主将鞭子甩得啪啪响。

三公主和独孤雅莫对视一眼，都在彼此眼中看到了得意。

赛非落公主毕竟没有蠢到家，她瞪着三公主道："你以为你说什么我就信什么，我又不是傻子！"君临渊这么多年不近女色，怎么可能喜欢一个废材？赛非落公主内心是不信的。

就在这时，不远处传来一阵脚步声。

三公主一看，居然是凤琉。

"凤琉，你过来——"三公主对凤琉招手。

当初的沐瑶瑶都能将凤琉呼之则来挥之则去，更何况是三公主？

于是，凤琉和独孤孟溪屁颠屁颠地跑了过来。

"公主殿下——"凤琉觉得三公主将她看在眼里了，特别开心。

三公主瞥了她一眼，漫不经心地问："你们凤族那位凤舞，可跟你们凤族住一起？"

原来是凤族的小姑娘？赛非落公主紧紧盯着凤琉。

凤琉据实回答道："公主殿下，您是指凤舞吗？"三公主点点头。

凤琉苦笑一声，道："公主殿下，您真是说笑了，凤舞怎么可能跟我们住一起呢！她现在不是君殿下的暖床小丫鬟吗？自从她抱上君殿下的大腿后，对我们凤族就不屑一顾了啊！"

这一对质，赛非落公主还有什么不明白的？她握紧手中的银鞭，双眸充血，怒气腾腾。

忽然，她宛若猎豹一样冲了出去。

三公主脸上浮现出一抹得意。呵呵，凤舞啊凤舞，这下你可死定了！

一大早，凤舞刚一出门，就见门口多了一匹脏兮兮、瘦骨嶙峋的血红色骏马。这匹骏马也不知从哪里跑出来的，在凤舞营帐门口咴咴叫。凤舞赶也赶不走，最后只能认命地给它喂草。结果，这匹血红宝马竟然不吃草。凤舞无奈，只能将刚才亲手烹饪的甜菜根丢了一根给它。她只是想试一试，没想到这匹瘦骨嶙峋的血色宝马竟然抱着甜菜根啃得很欢。

"你呀，怎么能把自己瘦成这样呢？"说着，凤舞拍了拍瘦马的后背。她的手指碰到的地方全是骨头。

就在凤舞和瘦马交流的时候，忽然感觉一股杀气逼近，凤舞下意识地往边上一避。

鞭子没有抽中凤舞，却狠狠地抽在瘦马的后背上。

"咴咴——"瘦马痛得嘴一抖，甜菜根从口中掉落。

凤舞眼看瘦马后背上多了一道血色伤口，抬头视线便对上赛非落公主怒火中烧的猩红色眼眸。

"你就是凤舞？！"赛非落公主像看灭族仇人一样瞪着凤舞，恨不得将她剥皮抽筋。

凤舞的眉头紧皱。

"你就是那个废物凤舞？！"赛非落公主死死地瞪着凤舞。

凤舞抿唇道："你是何人？"

赛非落公主："问得好！本公主行不改姓坐不改名，赛非落是也！你记住这个名字！因为你将死在我的手里！"说完，赛非落公主挥动手中的鞭子，每一鞭都是暴

击，每一鞭都是杀人绝招。

凤舞也是有脾气的，这么被欺负，任谁都忍不下这口气。但是，赛非落公主确实有实力，她的修为在凤舞之上，凤舞只能不断地防御。见凤舞左右躲避，每次都能躲过去，赛非落公主更气了。

"本公主要你死，你居然还敢躲？！可恶！"

赛非落公主手中的鞭子被舞得虎虎生风，凤舞能清晰地感觉到赛非落公主的实力又增强了。如果说，现在的凤舞是灵尊三星的话，那么赛非落公主之前是灵尊四星，现在更是陡然变成了灵尊五星！

这是银鞭功法的加成？

凤舞神色冰冷，再次躲开。一个不小心，她被鞭尾扫中手臂，银鞭上带了倒钩，一拨之下，血肉被带了起来，疼得凤舞倒抽一口凉气。

倒钩上还有毒？！凤舞死死地瞪着赛非落公主。

赛非落公主得意地瞪着凤舞，道："贱奴！你也配待在君殿下身边？去死吧！"

凤舞面色沉沉，闭眼深吸了一口气。看来，这位赛非落公主是想逼出她的底牌。既然如此，那就看谁强谁弱吧！

就在凤舞打算祭出她的星陨剑时，忽然，一道声音插了进来："赛非落公主，你在干什么？！"一道身影自远处飞来，强而有力的手握住了鞭子。

"风浔？"赛非落公主看到来者，眉头微微皱起。

"哼！"风浔手上微微用力。

赛非落公主立刻后退，退出十几步，这才站定。

不远处，三公主几人却失望极了。

"风浔出来做什么？"

"如果风浔再迟一会儿，凤舞就能被打死了！"

"可惜了，太可惜了……"

此刻，赛非落公主终于反应过来，难以置信地瞪着风浔："你、你居然敢推我！"

风浔没有看赛非落公主，他的注意力都在凤舞身上。当他看到凤舞受伤的手臂时，眸中浮现一抹明显的怒意。这可是他风浔的亲妹妹，居然有人敢欺负她！

"不严重，很快就能愈合。"比起风浔，凤舞倒显得淡定许多。

风浔握紧拳头道："她居然敢伤你！"

凤舞拍拍风浔的肩膀，道："好啦好啦，为了神源之种，先忍忍。"

对凤舞来说，最重要的事除了任务七，就是神源之种了。任务七是为师父，神源之种则能迅速提升她的实力。

风浔被凤舞安抚下来，赛非落公主却不肯善罢甘休。她瞪着风浔，鞭子往地上一甩，顿时草皮被掀飞一块，泥土飞溅。

"你让开！"赛非落公主瞪着风浔，命令道。

风浔被凤舞安抚下去的怒火一下子又上来了。

"你说什么？！"平时看着人畜无害的阳光少年，此刻，脸上浮起薄薄的怒意。

"我要杀了她，你给本公主让开！"

风浔的嘴角勾起一抹寒意："赛非落公主，我家小舞怎么冒犯你了，你非要杀她？"

赛非落公主："本公主要杀一个奴婢，还需要跟你解释？呵呵，既然你问，那本公主就好心告诉你，因为本公主看她不爽，所以要杀她，如何？现在可以让开了？！"

风浔心中的怒火不断往上冒。欺人太甚！他将凤舞往边上一推，从后背拔出剑来！

"你要干什么？！"赛非落公主瞪着风浔。

风浔眸中寒光凛然："敢欺负我风浔的妹妹，就要做好被我报复的心理准备！出招吧！"

"你你你——"赛非落公主看到风浔眸中森冷的杀意，心中一阵冰凉……

"你竟然为一个奴婢惹怒我！风浔，你疯了吧？！"赛非落公主心中忽然有些害怕。

"凤舞，帝国郡主，我风浔的亲妹妹，赛非落公主，你羞辱她，便是羞辱我。别多说了，出招吧！"

"我，我，我……"赛非落公主这下骑虎难下了。她怎么打得过风浔？这不是明摆着送死吗？而且风浔分明是认真的。

"你、你堂堂风北王世子，杀了我你是要偿命的！值得吗？！"赛非落公主微微颤抖。

"你要相信，便是杀了你，我也不会有事的。"风浔嗤笑一声。

"我、我不要跟你打！就算要打，我也要跟她打！"赛非落公主又不傻，必输的局她怎么可能答应？

这边的动静，终于引起君武帝和塞纳尔大汗的注意。

"那边是怎么回事？怎么像是打起来了？"塞纳尔大汗见他家宝贝公主一步步后退，知道赛非落公主吃亏了，于是出声提醒道。

君武帝一眼就看到了凤舞，一时间眉头紧皱。这个凤舞……真是个惹祸精啊！

"将他们带过来。"君武帝吩咐白公公。

白公公快步过去。

凤舞见赛非落公主非要跟她比，正要答应，白公公已经到了。

于是，一行人虽然不情不愿，最终还是被请到君武帝面前。

"怎么回事？"高高在上的君武帝，目光从在场众人脸上扫过，最后定格在凤舞

脸上。

"她要杀我。"凤舞说出简简单单四个字，却将在场的人都吓到了。

赛非落公主没想到，凤舞居然这么大胆。一时间，所有人的目光都集中在赛非落公主脸上。赛非落公主恶狠狠地瞪着凤舞。凤舞傲然而立，不受威胁。

塞纳尔大汗瞪了赛非落公主一眼，语气略带责怪："你这丫头怎么可以这样呢？你太过骄纵了，知道吗？！"

这是责骂的语气吗？君武帝内心顿时有些不满了。

赛非落公主一甩鞭子，冷哼一声，道："不过是个小女奴，杀了也就杀了，有什么关系嘛！"

塞纳尔大汗心中对杀个把女奴不以为意，但面上还是要装给君武帝看。于是，他又瞪了赛非落公主一眼："你这丫头，怎么如此任性？你以为她是草原上的女奴，可以任由你打杀？还不速速给陛下道歉？"

君武帝的眼睛半眯起来，盯着赛非落公主。

赛非落公主不情不愿，最终还是上前，对君武帝抱拳，道："陛下，刚才是非落太过气愤，欲当众杀她，以致让诸位看了笑话，非落向您道歉，您别生气。"

君武帝差点儿被她这道歉的语气给气死。赛非落公主的言下之意是，她应该暗中杀了凤舞？

君武帝的双眸迸射出寒光，他没有对赛非落公主说话，而是转过头，森冷地对塞纳尔大汗道："谁说凤舞是女奴了？"

啊？塞纳尔大汗心中一凛，顿时有种不好的预感。

站在不远处的三公主等人心中也是一紧。不好，陛下这话分明是向着凤舞的！

三公主想偷偷溜走，可大总管就站在她身边，虎视眈眈。三公主敢保证，一旦她有异动，大总管绝对会暴露她……她总感觉事情要变糟……

果然，塞纳尔大汗看看凤舞，又看看赛非落公主，不解地问君武帝："她不是女奴吗？"

赛非落公主也是一脸不解。

君武帝冷笑道："她怎会是女奴？她叫凤舞，是我君武帝国记录在册的凤舞郡主！论身份，还真不比您这位赛非落公主低多少呢！"

赛非落公主惊呆了。

塞纳尔大汗也呆住了。

"陛下，这位是……郡主？"塞纳尔大汗站起来，瞪着赛非落公主，眸中怒气涌现，"还不快给这位郡主道歉！"

赛非落公主却咬牙道："她明明是女奴，怎么会是郡主？陛下，您家这位郡主该不会是才封的吧？"

君武帝的脸色瞬间降至冰点。

塞纳尔大汗赶紧站起来，一巴掌拍在赛非落公主的脑袋上。他沉着脸道："胡说什么！还不快道歉！"

原本塞纳尔大汗和君武帝的关系就不是特别亲密，因为神源之种的事，两人更是一度爆发争执，现在相安无事是因为彼此妥协。这么脆弱的关系是经不起折腾的，所以塞纳尔大汗不得不慎重处理。

可是，赛非落公主只看到表面，看不到友好底下的政治旋涡，所以依旧任性。赛非落公主不情不愿地道："可是，他们的三公主亲口说她是女奴啊！"

三公主？！

君武帝用冰冷的目光盯着三公主，三公主只觉一阵战栗。她瑟缩了一下，很快就明白过来。这个罪名她不能扛！之前因为凤舞的事，她在父皇眼中就是戴罪之身，现在她是一点儿错都不能犯了。

"赛非落公主，你好像听错了吧？"三公主深吸一口气，命令自己冷静下来。她放松表情，嘴角带着弧度，眼眸清澈无辜，"方才我确实跟你提到了凤舞，也确实说，她现在跟在我皇兄身边，但是跟在皇兄身边，也未必是女奴吧？就算凤舞现在暂时伺候皇兄，可也不能抹杀她是郡主的事实吧？"

赛非落公主瞪着三公主："你你你……可你先前没说她是郡主！"

三公主："当时我是想说的，可是赛非落公主您早就冲出去喊打喊杀了，我哪里来得及说？更何况——"三公主深吸一口气，苦笑一声，"便是我说她是郡主之尊，赛非落公主难道就不会冲出去喊打喊杀了吗？"这倒是大实话。

赛非落公主顿时被噎住，但她很快反应过来，将鞭子往地上一抽："反正你没有说！就是你的错！"

三公主顿觉怒气涌上心头，五公主伸手拽拽三公主的衣袖，冲她摇摇头，口中提示了两个字。三公主顿时反应过来。对呀，这时候硬碰硬，吃亏的只能是自己。于是，三公主瞬间改变策略。她将衣袖往眼眶一擦，眼泪滚滚而落。

她红着眼眶，哽咽道："赛非落公主，您说得对，这件事是我的错……我不该来不及提醒您，更不该拉不住您，都是我的错……"

三公主哽咽着，对君武帝跪下："父皇，这一切都是女儿的错，让赛非落公主受了委屈，您责罚女儿吧，呜呜呜——"

一旁的凤舞不由得多看了五公主一眼。刚才五公主提醒三公主的时候，别人可能没有注意，凤舞却是看在眼里的。五公主是在提醒三公主，要三公主学之前在太后营帐那边的凤舞，学她示弱。

果然，三公主将错误都揽下，嘤嘤哭诉着，君武帝非但不责怪她，反而将怒气都转到赛非落公主身上。赛非落公主脑子简单，只会一个劲地喊着："是三公主提醒我去杀凤舞的！"

三公主在一旁呜呜哭道："父皇，是女儿的错，一切都是女儿的错……"

塞纳尔大汗可坐不住了。他站起来，双手去扶三公主，然后一脸亲切地道："三公主快快请起，是小女太过骄纵，不是你的错。"

将差点儿哭晕过去的三公主扶起来，塞纳尔大汗又苦笑地对君武帝道："是非曲直已经清楚了，好在凤舞郡主没有受伤……"

凤舞默默地伸出那只受伤的右臂。

"喀——"塞纳尔大汗尴尬地轻咳一声，"好在凤舞郡主只是轻伤……"

凤舞双脚一软，差点儿晕过去。风浔手疾眼快地将她扶住！

楚药师就在君武帝旁边，看到此情此景，一个箭步冲过去。

"不好！"楚药师冲上去扶住凤舞，给她把脉，同时惊呼一声，"凤舞郡主中毒了！这鞭子上有毒，毒素沿着伤口侵入郡主血液，现如今已经走至心脉，如果再迟一些，郡主性命堪忧啊！"楚药师大呼小叫。

君武帝差点儿翻白眼。谁不知道凤舞这丫头医术高超？她还能让自己被毒死？这老楚头也是个偏心的。

不过，这时候君武帝怎么会拆楚药师的台呢？他自己也装出紧张的模样，道："如何了？现在这丫头如何了？！"

楚药师紧张地道："此乃快性毒素，毒性发作得非常快，若是重新配置解药，也不是不可以，只是时间会比较长，怕郡主熬不了那么久啊……"

塞纳尔大汗还有什么不懂的？他重重地拍了赛非落公主的后背一下，道："解药！"

赛非落公主本想否认，但看到自家父王那威严的目光，不得不开口道："我身上没有解药。"

"赛非落！"塞纳尔大汗真的怒了。

"父王，女儿身边真的没有解药。这是小妹配的，只有小妹那里有解药。"赛非落咬牙道。

塞纳尔大汗瞪了赛非落公主一眼，转头吩咐自己的护卫赶紧去取解药。如此一来，也就坐实了赛非落公主伤到凤舞这件事了。

时间一点儿一点儿过去，周围的气氛凝重而诡异。塞纳尔大汗有种度日如年的感觉。

而此刻的凤舞昏迷着，还时不时抽搐一下，口吐白沫，看得人心惊胆战。

风浔瞪着赛非落公主，语带警告地道："若是我们凤小舞有任何差池，你也好不了！"

赛非落公主气得咬紧牙关，为自己辩解："不是这样的！这种毒素只会让人昏迷，不会让人抽搐，更不会口吐白沫！她是装的！"

风浔一边握住凤舞的手，一边冲赛非落郡主怒道："那你的意思是，我们家凤小舞现在是演戏？她不是真的昏迷？"

赛非落公主："本来就是！她就是个戏精！"

风浔怒极反笑，反手来抽那根银鞭："很好，既如此，那你来陪着她吧！我倒要看看你会不会痉挛，会不会口吐白沫！"

"喂喂，你要干什么？不要抢我的鞭子！我可是公主！"

风浔冷笑道："那就让你这位尊贵的公主也尝尝中毒的滋味吧！"

"住手！"君武帝冷声命令。

风浔这才住手。

君武帝盯着赛非落公主，目光里明显带着极度的不善。

小公主的住所离这里并不是很远，不到一盏茶的时间，护卫便双手捧着解药飞奔而来。

解药入口，原本昏迷不醒的凤舞缓缓睁开眼睛。

"你们看！我就说她没事吧？刚才还一副要死的样子，真会装！"赛非落公主气呼呼地瞪着凤舞。

凤舞一副虚弱的样子，有气无力地看着赛非落公主，然后身子一歪，再度晕过去了。

"小舞！"

凤舞在晕过去之前，拽了拽风浔的手，所以风浔知道真相，演得特别夸张。

"舞丫头怎么了？可是毒素没有解开？"君武帝是知道凤舞医术的，他这一问，明显也是故意的。

三公主默默地瞅了她家父皇一眼……还说不偏心凤舞？都偏心得这么明显了好嘛！

只有塞纳尔草原那边的人完全不知情，以为凤舞真的被毒晕过去了。

楚药师握住凤舞的脉搏。他一边把脉，一边摇头道："毒倒是解了，只不过舞丫头方才气血翻涌，怒急攻心，一时顶不住，就气晕过去了。"

风浔的眸子气得猩红，他恶狠狠地瞪着赛非落公主："你毒害我们家小舞还不够，现在眼看着她的毒解了，又想着要气死她，世上怎么会有你这么狠毒的女人！亏你还是个公主！塞纳尔草原的公主就是这样的啊！"

塞纳尔大汗只觉得羞愧尴尬，一句反驳的话都说不出来。若是以往，谁敢当着他的面这样说？但是现在，赛非落公主被抓了短处，对方又证据确凿……他这个做父王的，能如何？

塞纳尔大汗只得苦笑着赔罪："陛下，我家这位公主确实被我宠得不成样子，回头我一定重重责罚，一定重重责罚。"

君武帝目光冰冷，没有言语。

塞纳尔大汗只能继续苦笑着对护卫队长蒙汉说："我们部落的营帐，集体往后撤五百米！"

蒙汉瞪大眼睛。在神源之种即将出现的这段时间，这块高地非常重要，往后撤五百米意味着什么？意味着塞纳尔这边的成功率会降低百分之十！

"还不快去？！"塞纳尔大汗瞪着蒙汉。

蒙汉强压着内心的情绪，领命而去。

见塞纳尔大汗让步，君武帝内心暗喜，可面上没表现出来，他依旧板着脸。

塞纳尔大汗表示要带赛非落公主离开，君武帝冷着脸点点头。看着躺在地上装晕的凤舞，君武帝很高兴。

第七章
龙灵宝石

等凤舞再次醒来，已是午夜时分。营帐内点着一盏孤灯，烛火并不太亮，发出迷蒙的光晕。

"小姐，你醒了？"一道熟悉的声音在凤舞耳边响起。

"小舞，你觉得怎么样？"同样是熟悉的声音。

凤舞睁开眼睛，大脑有一秒钟的停顿。她看到了秋灵，还有朝歌？

"这里还是……塞纳尔草原吗？"凤舞眼眸里浮现出疑惑之色。

"小舞，你终于醒了！"朝歌坐在床头，紧紧拉着凤舞的手，"这里当然还是塞纳尔草原啊！我们是被人接过来的。"

"谁接的你们？"凤舞高兴之余，内心浮现出一抹忧虑。她自然也想念朝歌和秋灵，可她更清楚塞纳尔草原将会出现多大的混乱。

"是殿下让七皇子将她们带来的。"宫嬷嬷手里举着灯从外面走进来，她笑着对凤舞说，"殿下担心您一个人会寂寞，所以让她们过来陪伴您呢！"

凤舞的眉头微微蹙起。是君临渊派人将她们接过来的？凤舞摇头，他一定是为了牵制她才这么做的。凤舞想到这儿，脸色有些不好看。

"小舞，你怎么了？"朝歌不解地问凤舞。

凤舞深吸一口气，道："接下来的塞纳尔草原会很不平静、很危险，但是也有机遇，你们来得正是时候。"

"小舞？"朝歌想问，但是凤舞摆摆手。

"没事的，这件事我需要好好想想，你们先出去吧。"凤舞揉揉眉心道。眼下多了朝歌和秋灵，她就必须考虑她们的安全，还要让她们获得机遇。

宫嬷嬷不解地看着凤舞。难道殿下这次又做错了吗？

朝歌和秋灵对视一眼。等她们出去后，凤舞有些疲惫地揉揉眉心。赛非落公主鞭子上的毒可不是一般的毒，她虽然能解，可解起来也颇费了一些元气。这失去的元气，到现在还没有恢复呢！

凤舞整理了一下思路。

第一，她必须完成任务七，让君临渊的怒气值达到百分之百。

第二，她必须得到神源之种，让自己的实力突飞猛进。

第三，朝歌和秋灵的安危和机遇。

第四，……

凤舞揉揉眉心。每一件事都难如登天，实在让人头疼。于是，她坐起身，决定去外面吹吹冷风，让脑袋清醒一下。

冬天的塞纳尔草原虽然寒风凛冽，可草木依旧葱茏，近处的草足有一人高。

凤舞躺在高高的草地上，双手枕在脑后，看着头顶的星空。

天上的星星璀璨绚烂，绽放着醉人的星芒。

凤舞看着不远处搭建起来的高高的营帐，心中忽有所感。

"危楼高百尺，手可摘星辰。不敢高声语，恐惊天上人。"

"呵！"一道怪异的声音传来。

凤舞原本以为这里只有她一人，突然听到声音，她随手便抓了一块石头朝那个方向砸去。

"哎哟！"少年痛苦的声音传来，随即他的身影也跟着出现。

"喂喂——"少年吃痛地捂着额头，气呼呼地瞪着凤舞，"你还恐惊天上人呢，你惊到我了好不好？还不快道——"当少年看清楚凤舞的面容时，惊得呆若木鸡。

凤舞看着少年红肿的脖子，心中有点儿抱歉。

"喂，你没事吧？很严重吗？"凤舞的声音带着一丝歉意。

"你、你、你是——"少年终于反应过来，右手指着凤舞，手指乱颤，惊讶极了。

凤舞不解地看了他一眼。她长得有这么可怕吗，竟然将这少年吓成这样？

"不就砸了你脖子一下吗？怎么脑子不太清醒？"凤舞没好气地瞥了少年一眼。

少年瞪着凤舞，好半天都没说出一个完整的字来。

"过来，让我看看你的伤口。喂，我是炼药师好不好？不会害你的。"凤舞一伸手就将那清秀的少年拽了过去。

少年的年纪比凤舞稍大一点儿，不过也就十五六岁的样子。少年被凤舞一拽，偷偷瞄了凤舞一眼。但是，凤舞毫无所觉，注意力都在少年的颈项处。

"果然伤到了经络，我这手法还是挺准的嘛！"凤舞仔细检查后，发现经络错位跟她想的一样，不免有点儿得意。

少年没好气地瞪了凤舞一眼，道："所以，你是在得意吗？"

"咯咯——当然没有。"凤舞赶紧转移话题，"虽然伤了经络，但好在我下手知道轻重，没有伤到你的主动脉，否则现在的你可没办法说话，所以我还是很好的吧？"

少年："……"

凤舞可不管少年怎么想，从怀里摸出一管药膏，对准少年的脖子抬手抹去。

"喂喂，男女授受不亲好吗？"漂亮的少年下意识地反抗。

凤舞没好气地拍了他的脑袋一下："授受不亲个头啊！这是皇级活血膏，在你手里你能涂吗？"

漂亮少年："……"

"别废话，好好运功辅助，将瘀血化开。"凤舞瞥了少年一眼。

"哦——"少年乖乖点头。

当凤舞将皇级活血膏抹在少年颈项处时，少年偷眼朝凤舞看去，此刻的凤舞正专心致志地为他处理伤口。

"专心点儿。"凤舞没有看他，唇角微动。

"噢噢——"少年赶紧低头。不一会儿，他又睁开眼睛，偷偷瞅着凤舞……难道，她真的没有认出他来吗？少年内心纠结极了，想问又害怕听到答案。

"你身上有爬虫吗？"凤舞抬眸没好气地看了坐立不安的少年一眼。

"啊？没有啊。"少年赶紧给自己澄清。他可是爱干净爱整洁的贵族少年呢！

"既然没有爬虫，你为何扭来扭去？"凤舞瞥了他一眼。

"呃……我……我……"

还没等少年想出借口，凤舞已经摆手道："无妨，反正我也不好奇。"

漂亮少年："……"

不愧是凤舞，按摩完，少年颈项处的瘀血已经化开。

"好了。"凤舞利落地收尾，然后取出湿润的锦帕，将纤细如白玉的手指一根根擦拭后，随手一扬，锦帕便已着火。她习惯用一次性的，手帕用完之后就焚毁，既干净又安全。

"喂喂，你怎么走了呀？喂——"漂亮少年刚反应过来，凤舞已经走远了，而且越走越快，瞬间便消失在高高的草丛里。少年就算想追也追不上，只能对着凤舞的背影发怔。

难道，她真的没有认出他……

"喂，你这孩子大晚上的跑这儿来干吗？"凤舞走后没多久，风浔不知道从哪个角落钻出来。

"啊？"少年被突如其来的声音吓了一跳。回头发现是风浔，他捂着胸口道，"风三哥，真是被你吓死了。"

风浔没好气地揉揉他的脑袋："你刚站这儿痴痴地看着前方，在看什么呢？"

风浔顺着少年的目光望去，却发现眼前除了一人高的草丛，什么都没有。

"该不会在看美少女吧？"风浔挑眉，跟他开玩笑。

谁知，风浔这一问，少年的脸腾的一下就红了。

反应这么大？风浔顿时睁大眼睛看着少年，大惊小怪地道："喂喂，你这孩子，该不会真在看哪家少女吧？"

"喀喀——"少年没有否认，掩唇而笑，面带羞涩。

风浔像是发现新大陆似的，道："哎呀，君临云，没想到啊，你才几岁啊，就开始思春了？"

"翻过年我就十六了！"少年红着一张脸，双目瞪着风浔。

风浔哈哈大笑道："好好好，十六了，我们的七皇子终于是大人了。哎，对了，"风浔跟他勾肩搭背，"快告诉三哥哥，你看中的是哪家姑娘啊？"

七皇子抿唇，羞涩而笑。

风浔："哎哟哟，还害羞呢？快说快说，如果你不说，三哥哥怎么帮你啊？就你这害羞的模样，什么时候能把美人儿抱回家啊？"

七皇子歪着脑袋一想，也是，风哥哥经验丰富又有主意，刚才那位漂亮姑娘，一看就不是好招惹的。想到这儿，七皇子点点头，又摇摇头。

风浔不解地道："你这又是点头又是摇头的，到底什么意思啊？"

七皇子："三哥哥，我想告诉你，可是……我也不知道啊！"

"什么？"风浔用看白痴一样的目光看着七皇子，"你不知道她是哪家的？"

七皇子摇摇头。

风浔："那你知道她的名字吗？"

七皇子歪着脑袋想了想。他总共就见过她两面，每次都没好好说话，所以——

七皇子再次摇头。

风浔恨不得一巴掌拍他脑袋上："她姓什么，你总该知道吧？"

七皇子："唔……好像……不知道。"

风浔无语地道："你……你什么都不知道，怎么就喜欢上人家了？是不是她故意坑骗你？跟你说，现在这种女孩多了去了——"

风浔的话还没说完，七皇子就拼命地摇头道："不是的不是的，我们总共才见过两次面……我都没机会跟她说上几句话……不是她故意不告诉我。"

风浔无语地道："你是七皇子，这是众所周知的，只要她是君武帝国的子民，就没有咱们不知道的！她既然知道你是七皇子……主动接近你，又玩欲擒故纵，哎呀呀，七皇子，这次你被坑了啊。"

"不是的不是的，不是这样的！"七皇子拼命解释，"她根本就不知道我是七皇子！她是真的不知道！"

"你怎么知道她不知道你是七皇子？"风浔嘴里叼着一根草，双手枕在脑后，轻松惬意地跟七皇子闲扯。

七皇子说："当初我第一次见她的时候，她居然抢走了我的马，而且还丢下一块灵石，说是用来买我的马。简直太好笑了，我堂堂七皇子，会差一块灵石？而且你知道她有多不客气吗？她居然一脚将我踹下马！"

风浔捂着肚子："哈哈哈，哈哈哈哈——"

"风三哥，你还笑！"七皇子恼羞成怒。

谁知，风浔笑得更大声了："哈哈哈，哈哈哈哈哈——太好笑了，堂堂皇子居然被人踹下马。踹下马也就算了，还被人抢走了马，这谁家的丫头啊，太可爱了吧？"

七皇子气呼呼地道："她哪里可爱啦？简直就是可恶！"

风浔："哈哈哈，那第二次见面呢？"

说到第二次见面，七皇子更纠结了，抬手揉揉颈项处，那里依旧微微红肿。

"咦——"眼尖的风浔一眼就看出了端倪，眼角微挑，"君小七，你这脖子是怎么回事？不会是被那丫头给亲肿的吧？"

"什么嘛！哪里是被亲肿的？明明是被她用小石头砸肿的！"七皇子气呼呼地道。

"小石头砸出来的？啊哈哈哈哈哈哈哈哈。"风浔这次笑得前仰后合，双手捶地，直不起腰来。

七皇子气得不行，可又不能辩解，一张脸涨得通红。

"喂喂，你笑完了没有？"七皇子没好气地瞪着风浔。

风浔好不容易才止住了笑，不过即便止住了笑，也依旧捂着腹部。

"哈哈哈，君小七，你简直……太惨了啊，哈哈哈——"风浔拍拍君小七的肩膀，"不过你放心，这丫头这么嚣张，回头找到她，风三哥帮你好好教训教训她！"

七皇子一听急了："三哥，不教训行不行啊？"

风浔："嗯？"

七皇子急急地道："三哥，咱们只找人，但不教训她……行不行？"

风浔不解地瞅了君小七一眼："这丫头这么欺负你，完全没把你放在眼里，你要是个普通人还好，可你是皇子啊，这口气你能忍？"

七皇子："喀喀——也还好吧……"

风浔突然反应过来，眼眸炽热，上上下下打量着七皇子："哎哟，咱们家君小七该不会是……思春了吧？"

七皇子："喀喀……"

风浔大惊小怪："哎呀呀，不得了不得了，咱们家小七真看上人家姑娘啦？你小

153

子脑子没毛病吧？这么被欺负，还喜欢上人家？"

因为七皇子从小跟在君临渊和风浔身边长大，所以风浔对他就像亲弟弟一样，极少有避讳的时候。

七皇子："咳咳……"

风浔一拍他的肩膀："咳什么咳？喜欢就去追啊！在这里咳有什么用？"

七皇子眼眸亮晶晶的："真……真的可以去追吗？"

风浔差点儿翻白眼："当然是真的，虽然那丫头野蛮了些、粗俗了些、暴力了些……可谁让你喜欢她呢？"

七皇子："嗯嗯嗯，我喜欢的！我真喜欢的！"

风浔："所以喜欢就去追啊，有什么大不了的。"

七皇子忙点头，充满期待地看着风浔："三哥哥，你会帮我的对不对？"

这种被人求着的感觉还是挺好的，风浔笑眯眯地拍着胸膛："放心，三哥哥一定帮你将那丫头抢到手，不过你小子记住了，等你把她抢到手后，一定要记住，不能让女人爬到你头上撒野，该教训就得教训，可记住了？"

七皇子喜滋滋地道："记住了，小七记住了！"

可怜的风浔到现在都不知道，七皇子看中的丫头就是他家凤小舞，要是他知道……不知道会不会拍死自己。

"不过，现在最重要的是将这丫头给找出来。"风浔提议。

有了风浔，七皇子只用听命行事就行，于是忙点头。

风浔："要找出这丫头……首先，咱们得拿到名册，毕竟这次来的人都是登记在册的。"

七皇子："嗯嗯！"

"这个名册嘛……只有两份，一份在陛下那儿，另外一份在君老大手里，走走走，咱们找你哥哥去。"

七皇子抑制不住内心的激动，很快，他就能知道那调皮丫头的名字了。

君临渊最近一直处于晋升状态，所以大部分时间都在打坐修炼。

不过，七皇子运气好，当他和风浔过去的时候，君殿下难得没有修炼。

"大哥！您帮帮我吧！"七皇子看到君临渊，第一反应是冲过去抱他大腿。

君临渊好看的剑眉微蹙，没好气地瞥了风浔一眼。

风浔抿唇道："君老大，咱们的小七长大了呀，现在有了非娶不可的姑娘了呢。"

"非娶不可？"君临渊用深沉怪异的目光看着七皇子。

七皇子忙点头："是的大哥！小七这辈子非她不娶，求哥哥成全！"

君临渊的眼睛半眯起来："哪家姑娘？"

七皇子和风浔同时苦笑出声。

"如果我们知道是哪家姑娘，就不来求您了。"风浔双手环臂，斜靠在墙壁上，整个人看上去慵懒随意。

"嗯？"君殿下墨染的眉微微上扬。

"事实上，你们家这位七弟弟，连人家姑娘姓甚名谁都不知道，只不过被欺负了两回，就喜欢上了人家，非人家不娶了。"风浔越说越觉得好玩。

"胡闹！"君临渊用威严的目光盯着七皇子。

七皇子从小就怕君临渊，所以，当他接触到君临渊的目光，只觉得心惊肉跳，但还是鼓足勇气，咬牙道："大哥，七弟这辈子就只喜欢她，如果娶不到她，小七宁愿终身不娶！求大哥成全！"

君临渊眼睛半眯起来："你确定？"

七皇子郑重地点头："弟弟万分确定。"

君临渊冷哂一声："此人，留不得。"

"大哥！"七皇子大声惊呼，心脏狂跳！

君临渊并没有理会他，而是看了封管家一眼。

很快，封管家搬来一个精致小巧的箱笼。

小箱笼用紫阳木做成，色泽鲜艳。

封管家打开箱笼，里面整整齐齐地码着几排册子。

封管家："这次随行人员的名册全在此处，上面有每个人的信息，详细到头像和出身，七皇子请慢慢看。"

七皇子盯着箱笼，激动得手指颤抖！

他很想知道，那姑娘到底是谁。

风浔也好奇地道："风哥哥来帮你找，我倒要看看，这么欺负你却能将你迷得如此神魂颠倒的姑娘，到底是何方神圣！"

一旁的玄奕冷着脸抱着剑，心中却有些好奇。

风浔将箱笼里所有的册子都搬了出来，对君小七说："咱们一个家族一个家族地来。"

左家、独孤家、沐王府……甚至连凤族都被他们翻了。

前段时间，凤舞和凤琰峰发生冲突，被驱逐出族，因此凤舞的名字早就从凤族除名了。

至于太子府，这俩灯下黑的人根本就没想过要去翻阅太子府的名册。

当他们从左翻到右，又从右翻到左……几乎把所有册子都翻了一遍后——

"还是没有你的意中人？"风浔用难以置信的目光看着七皇子。

君小七摇头。

"这就奇怪了。"风浔摸着下巴，"难道那丫头不是我们这边的人？那只有一个可能性了。"

"什么可能性？"七皇子明显很信任风浔。

可是，七皇子怎么都不会想到，此刻风浔将他带沟里去了。

"唯一的可能性就是……那丫头是塞纳尔草原的人。"风浔苦笑，"如果是这样的话，找起来范围就大了，而且今天我们才跟塞纳尔大汗闹了别扭……喀喀。"

君小七咬牙："哥哥们，话我放这儿了，这位姑娘我是娶也得娶，不娶也得娶，反正这辈子就认定她了，求哥哥们多担待一下。"

风浔面上苦笑，内心却好奇得很，越发想将那丫头揪出来。

凤舞并不知道自己被人盯上了，回了营帐后，发现营帐里多了一个人。

朝歌正趴在桌案上睡得天昏地暗。

"小姐，用膳吧，可不能饿着肚子。"秋灵一向对凤舞照顾有加。

"对了，小姐——"秋灵对凤舞说，"听说七皇子那边到处在找人相看呢。"

七皇子？这是凤舞第二次听人提起七皇子，不过因为七皇子跟自己没关系，所以她并没有太大的兴趣。

朝歌好奇地问："怎么回事？怎么回事？那个七皇子看起来呆呆的。"

秋灵笑着说："具体我也不是很清楚，只听说他在到处找姑娘家看，而且是一家一家地看呢。"

朝歌："啊？七皇子就这么饥渴？"

"饥什么渴？"风浔和玄奕从外面走进来，随他们进来的，还有一位眉如墨染的俊美少年，不是君临渊又是谁？

朝歌难掩激动之色："你们没听说吗？七皇子正在激动地一个个相看姑娘呢。"

风浔没好气地敲了朝歌的额头一下："胡说什么呢？事情哪里是这样的。"

"不是这样的？那是怎样的？难道传言有误？"朝歌不解地问。

就在风浔和朝歌说话的时候，君临渊深邃如星光的目光，一如既往地落在凤舞身上。

凤舞的目光也下意识落在他的脸上。

一串电流似乎在半空划过，那是旁人看不见的火花四溅——

凤舞下意识地避开那道灼热的目光，只觉得心跳加速，强劲而有力。

没人注意到凤舞和君临渊之间流淌的微妙情愫……所有人的注意力都在风浔那边。

风浔正喜滋滋地跟朝歌说："哎，你是不知道呀，我们君小七这回真的不是找七皇子妃，他是找人报仇呢。"

朝歌睁大眼睛："啊？七皇子被人欺负了？谁敢欺负他啊？他可是皇子！这一路上承蒙七皇子护送，怎么都得感谢人家啊，风浔你快说，是谁欺负了七皇子，我帮他报仇去！"

朝歌也是个冲动的，说风就是雨，听到七皇子被人欺负，顿时撸袖子要帮忙。

风浔将从椅子上蹦起来的朝歌往椅子上一摁，没好气地说："冲动什么呀？我们也想知道是谁欺负了他，可找不到人啊。"

朝歌："是咱们营地里的人？"

风浔点头。

朝歌："叫什么名字？"

风浔摇头。

朝歌瞪着风浔："连叫什么名字都不知道？那长什么样？"

风浔："据君小七的描述，长得实在不怎么样。"

朝歌："啊？那不好找啊。"

风浔点点头。

凤舞的注意力被他们的对话吸引了，不过她是真的没有将这个被寻找的人往自己身上想。

直到朝歌一脸好奇地歪着脑袋，拿手指戳戳风浔的手臂："你说说呀，那长得不怎么样的姑娘，究竟是怎么欺负七皇子的？是轻薄他了吗？哈哈哈——"

凤舞也多了几分好奇，虽然她从来没见过七皇子的真容。

"轻薄？哈哈哈，那倒不是，主要是那姑娘简单粗暴、孔武有力啊，你知道吗，君小七说他们第一次见面的时候，那姑娘就飞起一脚将他踹下马，然后抢走了他的马，扬长而去呢！"

"哈——"朝歌一听这话，顿时眼睛一亮，"竟有这种事？！那可是七皇子！天潢贵胄、养尊处优、矜贵雍容的七皇子！居然被人踹下马？！"

风浔也觉得好笑："可不是吗？那姑娘厉害吧？"

"厉害厉害！我喜欢！"朝歌竖起大拇指，"这姑娘对我脾气！我就喜欢这样的！"

风浔和朝歌聊得开心，一旁的凤舞……面容却渐渐僵硬。将人踹下马，然后抢走别人的马扬长而去……这种事她也干过呢。当时，那位被踹下来的可怜少年长什么样呢？凤舞歪着脑袋努力回忆，只记得那少年气得跳脚，可长什么样，却完全想不起来了。可怜的少年……凤舞在心里默默同情了他一把。

那边，风浔和朝歌继续开心地聊着。

风浔："哈哈哈，你是不知道，那姑娘第二次更厉害呢，就在昨晚，半夜三更的，在咱们这营帐后头的草地里——"

朝歌好奇地睁大眼睛："半夜三更，就在后头？哎呀呀——"

"呀你个头啊！"风浔没好气地一巴掌拍在朝歌的脑门上，"你想什么呢？"

说实话，这种事凤舞也是好奇的，不知不觉地凑上去，笑嘻嘻地看着风浔。

昨晚三更半夜，她也在后面的草地上，但是她没发现那什么什么啊……

风浔见凤舞也被吸引了，越发得意，笑眯眯地说："那姑娘是真厉害，第二次见面，竟然直接拿石头砸君小七，可怜的君小七，辛辛苦苦追上大部队，还没等他躺在草地上好好睡一觉，就被一块石头给砸伤了……"

接下来风浔还说了什么，凤舞已经听不见了，脑海里循环的是……七皇子被石头砸伤，被石头砸伤，被石头砸伤……

凤舞："……"如果没记错的话，她昨晚就在那块草地上无意间砸伤了一位少年。如果没记错的话，她当初确实在帝都抢走了一个少年的马。

难道……难道……这两人是同一个人？他就是七皇子？自己就是他们要找的人？凤舞纠结坏了，这事得解释清楚才行。

然而，凤舞还没来得及开口，风浔就笑眯眯地说："所以，君小七现在找那姑娘都找疯啦！"

朝歌："堂堂七皇子，被欺负得这么惨，肯定是要报复的。"

"按常理来推算，确实应该如此，这样粗鲁又暴力的姑娘，谁会喜欢啊？可是……咱们的君小七不按常理出牌啊。"风浔也是百思不得其解，"君小七被欺负得那么惨了，结果你知道他怎么说吗？他说他喜欢上那个姑娘了！"

"什么？！"朝歌惊得差点儿蹦起来！

"可不是吗？他真是这么说的。"

"哈哈哈，哈哈哈哈——"朝歌笑得眼泪都快出来了，"七皇子不是吧？这样他都能喜欢上人家？"

风浔："不仅喜欢上人家，还非人家不娶呢！"

朝歌竖起大拇指："这个厉害，这个真是厉害！"

两人聊得开心，却完全没注意一旁的凤舞脸色已经青了。她轻咳一声，尴尬地笑道："会不会……七皇子是开玩笑呀？"

"开玩笑？不不，这种事怎么可能开玩笑呢？君小七可从来没有这样认真过呢！"风浔继续道，"昨晚上回去后，我们连夜搬出花名册，一个个名字找过去，将有嫌疑的人都圈出来啦。"

凤舞："啊？"

风浔一脸得意地道："然后我们打算以家族为团体，逐一检查，将营地上所有的姑娘都见一面，我就不相信这样还揪不出那个姑娘！"

凤舞："啊？"

风浔得意地拍拍胸膛："你知道这个奇妙的主意是谁想出来的吗？"

凤舞："谁？"

风浔得意地挑眉道："当然是我啊，除了我，还有哪个天才能想出这么好的办法？"

凤舞："……"

"对啦，小舞，你也是个主意多的，你看看还能用什么办法快速将那姑娘揪出来？"风浔一脸求教的表情。

凤舞很想翻白眼。其实原本是有一个办法的，如果风浔不说君小七非她不娶这种话，凤舞刚才就想承认那姑娘是自己了，可是现在……这未免太尴尬了，凤舞决定私下找七皇子解决。

"你就没什么想法吗？"风浔好奇地看着凤舞。

凤舞无语地道："我能有什么办法？"

风浔："你就当帮帮君小七，好不好？"

她帮君小七将自己抓去吗？

"小舞小舞——"风浔拉着凤舞的手臂摇晃。

他的手刚碰到凤舞的肌肤，一道灼热中带着杀气的目光，宛若利刃般朝他射去！

"呃——"风浔像是被热水烫到，下意识地抽回手。君老大就在旁边盯着呢！

"对了，七皇子怎么没跟你们一起来？你们不是一家一家查了吗？"朝歌有些好奇地托着下巴，看着风浔。

风浔耸肩道："那家伙被三公主拉走了。"

朝歌掀开帘子，果然，外头不远处，三公主正拉着七皇子说话，一边说还一边流下几滴眼泪。

朝歌顿时不高兴地将门帘一摔，道："七皇子是怎么回事？难道他看不出来三公主不是好人吗？"

风浔只觉得好笑："你这丫头就不懂了吧？他们好歹是亲姐弟。"

七皇子是皇后所出，跟三公主是亲姐弟，亲近是理所当然的。

只不过七皇子也是奇怪，从小不跟二皇子玩，反爱跟着君临渊，为此，皇后不知道骂了他多少次，暗中生了多少气，可七皇子屡教不改，后来被骂烦了，就跑出去玩儿，皇后更是气得快吐血，干脆不管他，任由他去了。

三公主拉着七皇子的手抽泣："七弟弟，那凤舞实在是太坏太坏了，她太欺负人了！"

七皇子："嗯嗯。"

三公主："以后你见到她，一定不要同她玩，不要给她好脸色，甚至……理都不要理会她，不然三姐姐会生气的，可记住了？"

怕麻烦的七皇子摆摆手："记住啦，记住啦。"

三公主见七皇子一副要飞奔而去的表情，不由得暗暗叹息，七弟弟怎么就跟她不贴心呢！

"对了，你可知太子哥哥那边……"三公主刚问出口，七皇子就瞪眼。

"三姐姐，我们说好的，你不能跟我打听太子哥哥那边的事！我是一个字都不会告诉你们的！"七皇子板着脸，目光是前所未有的严肃冷漠。

三公主顿时僵在那儿，明明气得要死，却一个字都说不出来。

"好啦好啦，你赶紧走吧，好好照顾自己，不要再被人欺负了，你说你，好歹是个正牌公主吧，还能被凤舞那样的郡主欺负，真是丢脸。"

刚才三公主跟他说了一路凤舞的坏话，他现在对凤舞的印象可一点儿都不好。

"那你也要记住，绝对不可以跟凤舞玩，知道吗？你最亲近的人只能是三姐姐我！"三公主握着七皇子的手，一再叮嘱。

"嗯。"七皇子见三公主终于走了，转身往凤舞所在的营帐走去。

而此刻，营帐里——

朝歌时刻盯着外面，所以看得很清楚，忙提醒大家："三公主终于走了，七皇子过来了呢。"

凤舞一听，顿时内心一惊，好吧……这清秀的少年，还真是那个被她欺负过的少年……他真的是七皇子，凤舞内心哭笑不得。他进来就会看到自己，看到就会认出自己，认出之后就会……

如果真想躲避，凤舞有一百种方法可以躲避，可是……凤舞转念一想，这个问题总归是要解决的。既然要解决，那为什么不早点儿解决呢？想明白这点后，凤舞端坐在椅子上，直视门帘，她不躲不避，准备迎接七皇子。

而此刻，七皇子已经走近了。

一百米，五十米，三十米——

朝歌透过门帘对七皇子招手："七殿下，进来坐坐呀。"

七皇子对朝歌印象不错，本也想进去的，但是——

宫嬷嬷打开帘子："七殿下快进来吧，我们家殿下也在呢，风小王爷他们也在。"

七皇子正要一步跨进来，刚才三公主的话突然蹿入脑海：不能跟凤舞见面，不能跟凤舞玩，不能跟凤舞亲近……

七皇子一回头，三公主果然站在不远处盯着他，一副如果他敢跨进去，就要冲过来哭给他看的架势。

七皇子："……"女人真是太麻烦了，还是他家女神好，下手干脆利落，从来不会哭哭啼啼。

七皇子在内心感慨一番，摆摆手："风三哥，我就不进去了，你们出来吧。"

风浔没好气地说："你进来，见见凤小舞。"因为，这是你将来的皇嫂啊。

七皇子赶紧摆手："不了，不了，我还是不见了，不然到时候三姐姐会哭死给我看的。风三哥，你们倒是赶紧出来呀，咱们还得去查看下一家呢，下一家就轮到凤族了。"

风浔还想跟凤舞多待一会儿，七皇子却催促道："风三哥，难道你不想知道那个女孩子长什么样吗？难道你不好奇她是谁吗？难道你不想快点儿将她揪出来吗？三哥哥——"

"好吧，好吧，怕你了。"风浔无奈，只能站起身，同凤舞告辞。

凤舞内心："……"她都不知道该用什么表情表达自己内心的想法了。

晚膳的时候，风浔过来找凤舞，朝歌好奇地问起结果。

"找到了吗？七皇子找到他心中的女神了吗？"朝歌一边给风浔递烤好的肉串，一边问。

风浔狼吞虎咽地吃着手里的肉串，摇了摇头。他一连吃了十多串，这才缓过来，放慢了吞咽的速度。

"找不到啊——"风浔苦笑着说，"说来也奇怪，我们按照花名册将营地里所有适龄姑娘都查了一遍，甚至连粗使丫头都查了，竟然还是没找到，你说那姑娘该不会已经跑了吧？"

朝歌："不是说这里都被灵阵笼罩着，外人想进都进不来，我们想出也出不去吗？"

风浔点头道："灵气即将复苏，这块神源之地的阵法已经启动，确实不能进也不能出，昨晚你们过来的时候，已经到最后的开放时间了。"

朝歌点点头道："所以说，那姑娘必然还在营地之内，会不会……她不是我们这边的人？"

风浔："我也是这样想的，可是君小七说，那姑娘看着绝对是我们这边的人，而不是草原人。"

朝歌提醒道："塞纳尔草原那边居住的又不都是塞纳尔族的，所以那姑娘的外貌肤色跟我们接近也不奇怪。"

凤舞无语地朝天翻了个白眼，她这边烤肉，他们倒是好酒好菜地聊八卦呢。

风浔心满意足地啃着肉串："你说得不错，趁神源之地的阵法还没完全开启，我们决定今晚就往塞纳尔那边去。"

"你们自己去？他们那边会同意？"朝歌也是爱八卦的，现在注意力都在这件事上。

凤舞不由得出声提醒："别人的事你们怎么都这么上心？有这时间，还不如好好想想接下来怎么获得机遇呢。"

"怎么会是别人的事呢？"风浔和朝歌异口同声。

"七皇子不是别人啊。"两个人再次异口同声。

风浔和朝歌互相看着对方，忽然哈哈大笑起来。

凤舞："……"怎么越看这两个人，她越觉得他们有默契？

风浔没有理凤舞，对朝歌说："放心，我邀了他们那边的二王子，再过一会儿，他肯定要到了。"

"二王子？"凤舞瞥了风浔一眼，"怎么回事？"

风浔："二王子你也是见过的，就是之前塞纳尔大汗来迎接陛下的时候，跟在他们家大汗右首边的那个少年啊。"

凤舞："是打过照面，不过，他来做什么？"

风浔笑道："赛非落公主是他姐姐，她得罪了你，塞纳尔大汗虽然让出一段距离，但是那好处陛下得了，你可没得。"

凤舞一边给大家烤肉，一边随口说道："还是这件事啊？我还以为这件事已经过去了呢。"

"你都被人欺负成那样了，怎么是小事？这件事是他们想了结就能了结的？呵呵。"风浔义愤填膺，"真当我这个哥哥是摆设啊！"

由于朝歌还不知道详细经过，风浔便给朝歌讲了一遍。

"什么？！那赛非落公主居然欺负我们家小舞？！是可忍孰不可忍！"

朝歌平时看着好说话，一旦涉及凤舞的事，她立刻就会炸。

"坐下坐下——"风浔很了解朝歌的脾气，立刻拉着朝歌坐下，"你这丫头怎么这么沉不住气。"

"喂喂，这件事涉及我家小舞，我怎么可能冷静？"朝歌瞪着风浔，"不行，我得找那什么破公主算账去！她居然敢欺负我家小舞！"

风浔没好气地瞥了她一眼："那赛非落公主，灵尊五星呢。"

风浔轻飘飘的一句话，顿时让朝歌愣在原地。朝歌气得握紧拳头，她现在才灵宗九星，连灵尊境都没跨进去，实力相差太大了。

"都是我不好！都怪我没努力修炼！我进阶太慢了，都是我——"

凤舞赶紧拉住这傻丫头，安慰道："你又犯什么糊涂？你现在已经是灵宗九星了，距离灵尊境不过一步之遥，只要抓住这次机遇，进灵尊境有何难？你想想呀，从我们见面起，你的修为进步有多快？其他人谁比得上你？对不对？我们都是被过去的五年耽误了修炼时间而已。朝歌，你要相信，只要给我们足够的时间，我们必能站在巅峰，那时候，没人能欺负我们。我还需要你保护呢，嗯？"

朝歌被凤舞说得热血沸腾，拉着凤舞的手，郑重地说道："小舞，你要相信我！我一定一定会努力修炼，吃多少苦都没关系，以后我一定会很厉害，保护你不被人欺负！"

凤舞："嗯嗯。"

风浔快看不下去了："喂喂，你们两个还能不能好了？再说，段朝歌，你急什么呀，有君老大在，谁能欺负了凤小舞？"

提到君临渊，朝歌就来气。

"有君殿下在，就没人欺负我家小舞？那你说小舞怎么会被赛非落公主欺负的？"

风浔：“呃……”

朝歌：“而且这件事还是因他而起！都是他，太招蜂引蝶了！”

风浔：“呃……”

朝歌拉着凤舞：“小舞，君殿下是不靠谱的，你能不能不喜欢他？”

风浔：“喂喂，段朝歌——”

一边是气急败坏的风浔，一边是期盼地看着她的朝歌，凤舞："……"

她无奈地看着眼前的两个人："你们哪只眼睛看见我喜欢君临渊了？"

"因为你没事总爱往君临渊身边跑啊。"朝歌没好气地说道。

风浔挑眉："你看你看，就连朝歌都这么说，我没说谎吧？"

凤舞朝天翻了个白眼："我又不是想往君临渊身边跑，那是有原因的好吗？！"

"哦？请问是什么原因呢？"风浔挤眉弄眼。

他特别喜欢逗凤舞，特别喜欢看气急败坏的凤舞。

什么原因？凤舞再次朝天翻了个白眼！

她救美人师父的星辰碎片任务能说吗？就算能说，别人能信吗？

"唉——"凤舞长长叹了口气。

风浔抿唇笑道："你看你看，找不到借口了吧？哎，承认自己喜欢君老大，真就那么难吗？"

朝歌也认真地看着凤舞。

凤舞摇头道："没有，我是绝对不会喜欢君临渊的，绝对不会喜欢他！"

"喀喀——"就在这时候，不远处传来一道咳嗽声。

大家都下意识地回头。

风浔一看，脊背发寒，因为他们家冰冷矜贵的君老大就站在那儿，漆黑的眸子散发着夜色般的冰寒，深不见底。

他的脸色，一如瞳眸，深不见底，从他周身散发出来的寒气，能将人冻成冰碴！

"君、君老大？"风浔赶紧给凤舞使眼色。

风浔原本以为，君临渊会如以前一样甩袖子走人，可这次，他一眨不眨地盯着凤舞，还走入场中，坐在一旁的石头上。

周围的气场……凝固如霜，没人敢说话，甚至不敢发出一点儿声音。

"喀喀——"风浔忙打圆场。

因为他知道，再不说话的话，他们家君老大绝对有可能一直这么瞪着凤舞，瞪上整整一天。

"那个什么——"风浔乱找话题，问玄奕，"我怎么没看到君小七呀？他该不会跑去哭了吧？"

玄奕摇头道："被皇后叫去了。"风浔哦了一声。

七皇子是独孤皇后的亲生儿子，而独孤皇后最生气的就是七皇子从小不跟二皇子

163

亲近，却跑到君临渊身边当小跟班。所以，独孤皇后只要逮着机会，就会拽着七皇子耳提面命地教育。

风浔继续挖掘话题："可怜的小七……对了，皇后娘娘知道他对那怪力少女非娶不可的事了吗？"

玄奕双手抱剑，嗯了一声。

风浔顿时笑了："那他惨了，皇后娘娘非教训死他不可了。"

玄奕又嗯了一声。

"小舞啊，你对君小七的事怎么看？你觉得他能找到那怪力少女吗？"风浔仍在寻找话题。

凤舞被君临渊冰冷的目光盯得心头发麻，见风浔跟自己说话，赶紧从怪异的情绪中抽离出来。

"怪力少女？"凤舞无语了。

风浔："嗯嗯，原本是叫粗鲁女孩的，但君小七死活不愿意，说这是对那个小姑娘的亵渎，可是，那个小姑娘就是粗鲁啊，而且还是见面就打人的那种，哪里不粗鲁了？"

听到这里，凤舞不能忍了。

"那可不一定，说不定小姑娘好好的，只不过事急从权，才会夺他的马匹呢。再说，那个小姑娘说不定给了灵石呢？"

没人替凤舞说话，凤舞只能为自己辩解。

"你怎么知道小姑娘给君小七灵石了？哦，对了——"风浔一拍脑袋，"我想起来了，君小七好像说过，人家给他灵石了。可是，这件事我都忘了，更没跟你说过，你是怎么知道的？"

所有的目光都集中在凤舞身上。

凤舞："呃……"

君临渊的目光更是灼热，几乎要将凤舞焚烧殆尽。

凤舞："喀喀，我猜的不行吗？你们猜不到，我这么聪明难道也猜不到？"

风浔抓抓脑袋："总觉得哪里不对劲……可又说不上来。"

凤舞在心里祈祷，风浔请继续保持愚钝吧，千万不要想到什么。

就在这时，轻微的脚步声传入众人耳中。

风浔回头一看，发现塞纳尔草原的二王子来了。他不是一个人来的，身后跟着两个护卫，护卫手上分别抱着一个中等大小的箱笼。

君临渊的目光从始至终都在凤舞身上，凤舞走到哪儿，他那双眼睛就盯在哪儿。小王子一来就看到这样的君临渊，对君临渊行礼寒暄，可君临渊只瞪着凤舞，别人做的一切似乎都与他无关。小王子的寒暄，他也视而不见。

风浔忙走上去，拉着小王子的手笑道："我们君殿下正在思考问题，不好打扰，这边请吧。"说着，风浔就将人给拽过去了。

小王子也不是第一次见君临渊了，对君殿下的冷漠见怪不怪，对此，他也是笑着点点头。

"这位就是凤舞郡主吧？"小王子看到凤舞，脸上露出一抹歉意，"非常抱歉，因为姐姐的事，让凤舞郡主受委屈了。"

小王子比了一个手势，他身后的一个护卫上前，将手中的箱笼齐齐打开。

小王子不过十六七岁，皮肤白皙，笑容恬静，温文尔雅，从小在江南长大，名叫夜雪。

两个箱笼打开，小王子脸上浮现出笑容："凤舞郡主，这是塞纳尔草原特有的原石——龙灵石，不知道您喜不喜欢？"

龙灵石？凤舞还没说话，她空间里的小虎仔就嗷嗷叫起来。

"嗷呜嗷呜，要要要，嗷呜嗷呜。"小虎仔整个小身子都蹦了起来，两只后短腿一上一下地跳着。

"龙灵石有何用？"凤舞看了小王子一眼。

小王子笑着解释道："龙灵石能提高修为，不过对人的灵力提高不多，至于灵宠……灵宠天赋越强，实力提升越多，相当于洗筋伐髓吧？"

凤舞心想，难怪小虎仔反应那么大，原来它识货啊。

"就一块？"凤舞看了小王子一眼。

小王子："呃……龙灵石非常难得，像这种特级的龙灵石，更是稀有……"

"稀罕是稀罕，可并不是没有，对吗？"风浔双手环臂，笑眯眯地看着小王子。

小王子沉吟半晌，深吸一口气道："如果比这个次一等级的话……"

风浔摇头道："就这块龙灵石的成色，次一等的……会不会显得没那么有诚意啊？"

夜雪王子白皙的面容上浮现一抹为难，苦笑一声："也不是……完全不行，姐姐那儿其实还有一块。"

夜雪王子对自己的护卫使了个眼色。护卫领命，快步离去。

风浔笑眯眯地看着夜雪王子，这个少年倒是比他那个威武强势的哥哥好相处多了。

"这里还有一个箱笼。"夜雪王子回头看着凤舞，脸上依旧是恬淡的笑容。

箱笼打开，偌大的空间里，只有一块精致小巧的十方印。十方印是纯白色的，白玉质地，触手温暖，像是有生命。

"这是……"凤舞好奇地看着他。

夜雪王子声音温和："这是十方印，是姐姐……就是伤了您的赛非落公主从库房里寻出来的宝贝，专门给你赔罪。"

"十方印？有何用？"凤舞拿在手里把玩着。

夜雪王子有些尴尬地轻咳一声。

凤舞："嗯？"

夜雪王子苦笑道："这十方印以前是女将军印，但后来我们撤销了这个职位，所以……喀喀，十方印的材质是暖玉，放在身边，对身体很有好处。"

凤舞："也就是说，这就是观赏性的？"

夜雪王子轻咳一声，道："这个……"

风浔眼中透着微微的寒意："所以，这就是赛非落公主的歉意？"

夜雪王子："……"

"把这十方印拿回去吧，赛非落公主的歉意我们可要不起！"风浔拽着十方印就要丢回去。

就在这时，小火凤尖锐地喊道："啊！不要！"

火凤鸟在凤舞的空间里急得团团转："十方印只是外皮，里面肯定包着好东西，这是宝贝，必须拿到手！"

这时，夜雪王子已经苦笑一声，将十方印收起来了。

"好，这十方印我先收回去……不如请凤舞郡主来我们那边，到库房挑一样喜欢的，如何？"

风浔一想，这样再好不过，但是——

凤舞摆摆手："不了，既然十方印已经拿过来，那我就要这十方印吧，不用麻烦了。"

风浔用看白痴一样的目光瞪着凤舞，拼命给她使眼色。

塞纳尔大汗那边好东西多了去了，往库房走一走，收获绝对多多啊。

夜雪王子大概也觉得心中有愧，苦笑道："这十方印确实……有些敷衍，凤舞郡主，还是您去亲自挑选吧。"说着，夜雪王子就要将十方印收起来，谁知凤舞手疾眼快地将十方印抓在手里。

夜雪王子和风浔都用怪异的目光看着凤舞。这手速……快得有些离谱啊。

凤舞可是听了小火凤的话的，这暖玉只是外皮，里面藏着宝贝，她怎么可能眼睁睁看着宝贝从自己手里溜走？

"真的，就这块十方印，不换了不换了。"凤舞抬手就将十方印收进袖子。

风浔无力地看了凤舞一眼，这丫头啊……真是亏死了，她知道吗？

夜雪王子倒是觉得凤舞性子不错，不像风浔那般咄咄逼人。

"好香啊——"夜雪王子只觉得鼻尖充满了烤肉的香味，回头一看，发现架子上正烤着肉串。

"怎会如此香？"夜雪王子只觉得难以理解。草原上，大家日常食用的便是烤肉，可是，便是宫里手艺绝好的厨师，也从来没烤得这么香过。

风浔眼眸微微上扬，一个主意从他脑海中划过。

"闻着很香吧？来来来，坐下说话。"风浔正想着用什么办法拉近和夜雪王子的距离呢，毕竟现在在塞纳尔草原上，他们求助夜雪王子的情况还很多。

夜雪王子一袭白衣，席地而坐。风浔递了一串烤肉过去："来，尝尝这味道，看看咱们这手艺，跟草原上相比如何？"

凤舞在一旁看着风浔和夜雪王子互动。

夜雪王子咬了一口，顿时眼睛一亮："好香！"夜雪王子差点儿惊得站起来。这味道……夜雪王子敢发誓，这是他这辈子吃过的最好吃的烤肉。

"这烤肉……是哪位做的？实在是……"夜雪王子深吸一口气，目光落到朝歌身上。

风浔笑指着凤舞："当然是我们凤舞郡主亲手烤的，怎么样？是不是特别好吃？"

夜雪王子惊呼出声，看凤舞的目光中多了些敬佩："原来是凤舞郡主亲手烤的，失敬失敬，小王敢说，这份烤肉便是放在草原上，也是独一无二的！你真的非常非常厉害。"

夜雪王子话还没说完，忽然瞪大眼睛，脸上浮现一抹怪异的表情。他想离开，但那种感觉来得太快，他担心自己稍一分心，晋升的感觉就消失无踪。

想到这儿，夜雪王子来不及说话，盘腿坐于地面，瞬间进入修炼状态。

"这……"夜雪王子身边的两名护卫都惊呆了，"殿下！"两名护卫以为夜雪王子中毒了，下意识地拔出腰间的弯刀，刀尖直指凤舞和风浔。

"你们将殿下如何了？！"两人动作太快，风浔想拦都来不及。

"怎么回事？"

"发生了什么事？"

"敌袭吗？是敌袭吗？！"

营帐里的人几乎都冲了出来，两军对峙，泾渭分明。

"怎么回事？"沐王府总管后勤，发生危机后，他第一个冲了出来。

不过，当他看到君临渊后，内心定了下来。有控场的君殿下在，什么大事也发生不了。

塞纳尔那边，大王子第一个拔剑冲出来，身后跟着一堆重甲护卫。

"怎么回事？"大王子表情冰冷如寒霜，杀气腾腾，让人不寒而栗。

夜雪王子手下的护卫齐齐高呼："小王子中毒了！小王子中毒了！"

大王子手中提剑快步冲过来，当他看到面色苍白的夜雪王子时，眉头深深蹙起，一个念头浮现在他的脑海，要不要趁这个机会……

就在大王子惊疑不定的时候，风浔已经大声喊道："都别急！别急！没有敌袭！没有敌袭！所有人放下手中的武器，各归各位！"

风浔的话还是很有分量的，他这么一喊，原本乱成一团的现场，渐渐回归秩序。

"你们居然敢毒害小王子，罪该万死，塞纳尔的兄弟们，大家——"

听到大王子这一声喊，凤舞内心顿时咯噔一下，不好，大王子这分明是捣乱！

塞纳尔那边一旦乱起来，会杀了君武帝国这边的人，那么，双方绝对会杀红眼……到时候，他再趁乱对小王子下手，将锅推给别人……而这个背锅的人，就是自己啊。想明白这一点，凤舞对大王子的印象跌落谷底，好一个被权力蒙蔽了双眼的政客！大王子的实力非同小可，凤舞实力不如他，即便凤舞同样喊话，都压盖不住他的声音。

"君临渊——"凤舞第一个想到的人是君临渊，下意识地抓住君临渊的手，恳求地看着他。

君临渊是何等人物？凤舞一个眼神，他就知道凤舞想做什么。还没等大王子说出口，君临渊已经一巴掌从大王子脑袋上拍下去了。

"啊——"大王子只觉得脑袋一晕，脚下一个趔趄，口中的话戛然而止。

等大王子反应过来，周围已经安静下来了。是谁暗算他？！大王子的目光落在君临渊身上，当他接触到君临渊的目光时，心中顿时一凛，好可怕的少年……

这个少年正用一双意味深长的眸子盯着他！大王子下意识地避开君临渊的目光，看向夜雪王子。好可惜的机会……失去这个宝贵的机会，接下来，他就只能等待灵气复苏了……

大王子反应很快，下一秒，他瞪着风浔道："谁给我弟弟下毒？！"

夜雪王子身边的护卫指着凤舞："是她下的毒！是她给二王子下毒了！"

一时间，营地里所有人都瞪着凤舞。

君武帝来了，塞纳尔大汗也来了。

凤舞摊手道："我可没有下毒。"

塞纳尔大汗看到满头冷汗、面色发白的二王子，当即怒上心头，大喝一声："发生了什么事？老二这是怎么了？！"

大王子盯着凤舞，冷声道："他们给老二下毒了。"

风浔顿时气炸了："谁下毒了？谁给你们下毒了？说话要讲证据！"

"二王子已经这样了，还不是证据吗？！"赛非落公主怒气冲冲，"你居然敢毒害我弟弟，来人啊，把她给我抓起来！"

塞纳尔草原这边的人，个个义愤填膺。君武帝国这边也进入戒备状态。四周的气氛非常紧张。凤舞从始至终都很淡定，神色从容。

风浔一脸蒙，不断跟人解释："我们没有毒二王子，他只不过吃了一串烤肉而已……"但是，没人听他说话。

好在这时候，楚药师终于到了，上前给二王子把脉，然后，他惊呆了。

君武帝严肃地盯着楚药师："怎么回事？可是真的中毒了？"

"二王子身体里，确实有毒素。"楚药师照实说道。

赛非落公主顿时炸了："我说什么了！你们给我弟弟下毒！来人，将凤舞给我杀了！让她给二王子赔罪！"

凤舞和风浔对视一眼，两人眼中闪过一抹不可思议。二王子怎么会中毒？

眼看塞纳尔那边又要闹起来，君武帝沉着一张脸，瞪着凤舞："到底是怎么回事？！"如果因为凤舞引发两国纷争，那凤舞的罪过就大了。

凤舞说："二王子吃了一串烤肉，就变成这样了，但是烤肉我们也吃了，并没有什么不对劲，楚药师可以验证。"

楚药师上前一步，随即取了一串烤肉检验。

"烤肉没毒。"楚药师得出结论。

赛非落公主却不信："你说没毒就没毒啊？我们怎么信你？！"

楚药师淡淡地一笑，将烤肉直接往嘴里塞。这可是凤舞姑娘烤出来的，灵气充足，运气好的话还能晋升，不吃是傻瓜啊！

楚药师这一吃，顿时有人反应过来。

"楚药师，我来帮您试毒吧！"白药师从人群中走出来，快步朝烤肉走去。上次多亏凤舞的烤鱼，他终于突破瓶颈，可见凤舞姑娘烹饪的东西都是能晋升的宝贝！

君武帝国这边不知道谁低声说了一句："二王子该不会……是在晋升吧？"这句话顿时提醒了在场很多人。

咦！看二王子这架势，晋升的可能性很大啊。

晋升？！塞纳尔那边的人一听，差点儿笑出声来，特别是赛非落公主，瞪着一双大眼睛，表情难以置信。

"晋升？！你们疯了吗？！"

风浔没好气地说："这就是你孤陋寡闻了，我们家小舞烤出来的食物，还真让不少人晋升了呢。"

君武帝国这边的很多人纷纷点头。

赛非落公主几乎笑出眼泪："烤出来的食物能让人晋升？可笑，简直太可笑了，我没想到你们君武帝国的人竟如此天真！"

风浔没好气地说："如果二王子真的是在晋升呢？"

赛非落公主："如果我弟弟真的在晋升，那我这颗脑袋就砍下来给你当凳子坐！"

风浔："当真？"

赛非落公主："千真万确！这么多人都是我们赌约的见证！如果我弟弟不是在晋升，你的脑袋割下来给我当球踢！"

风浔看着凤舞，征求她的意见。凤舞点点头。

风浔："好！就跟你赌了！"

君武帝国这边，由于出过好几次这样的事情，大家也见怪不怪了。

不仅下面的人淡定，君武帝看上去也无比淡定。

"陛下，此事难道你们不该给我们一个交代吗？"塞纳尔大汗抓住机会，威逼君武帝，"我家老二的事，难道就这么算了？！"

君武帝双手交负在身后，说："自然不能就这么算了，不过，你也不必如此着急，看下去便知道了。"

塞纳尔大汗："陛下啊——"

君武帝摆摆手，目光落在铁丝网做的烤架上。烤架上还有不少烤肉，但因为楚药师和白药师速度快，所以烤肉正在以肉眼可见的速度消失。

君武帝的目光从后面一群人的脸上扫过。这些人居然都在吞口水。确实，如果仅仅是美味，他们还能忍，但这是能提升实力、能晋升的灵力精华……谁能忍？便是君武帝自己都忍不住了。

大总管不愧是大总管，君武帝一个眼神，他就知道君武帝在想什么。大总管快步走上去，用干净的白玉瓷盘装了一盘烤肉，弯腰站在君武帝身边。

"陛下，您可要以身试毒？"

这个太监总管是疯了吧？！一旁的塞纳尔大汗，用看神经病一样的目光瞪着大总管。

此时，难以置信的事情发生了！君武帝竟然抓起烤串，直接往口中塞去。什么？！塞纳尔大汗惊得下巴都要掉下来了！

不仅塞纳尔大汗震惊，他身边的赛非落公主、大王子……以及其他所有人，此刻都用看鬼一样的目光看着君武帝。

"这烤肉疑似有毒啊，陛下！"塞纳尔大汗惊呼一声，试图阻止君武帝近乎自杀的行为。

但是，君武帝的淡定出乎他的意料："这烤肉不错，色香味俱全，塞纳尔大汗可要来一些？"君武帝递去一根烤串。君武帝虽是询问的语气，却已经拿着烤串往塞纳尔大汗手里塞了。

这哪里是征询意见？这分明就是强塞啊！塞纳尔大汗心都凉了，强忍着惧怕，颤抖着手接过去，视死如归地往嘴里塞。

"味道如何？很不错吧？"君武帝笑着问。

塞纳尔大汗苦笑，味道如何他不知道，紧张得尝不出味道来了，只不过——

"一吞下去，怎么会有一股灵气从腹部涌上来？"塞纳尔大汗以为自己的感知能力出了问题。

君武帝大笑着道："你再试试？"

塞纳尔大汗又试了一串。

"咦，又有灵气涌现！"塞纳尔大汗顿时眼眸大亮。

就在他伸手想再去拿的时候，君武帝却示意大总管："将它收起来吧。"

"陛下——"塞纳尔大汗一脸郁闷地看着君武帝，"您不能这么小气吧？再给一串？"

塞纳尔大汗急的是，刚才两串肉下去，他体内的灵气明显被激活。他困在瓶颈期已久，已经很久没有感觉到这种灵气涌现了！

塞纳尔大汗有预感，若是再吃几串烤肉，说不定他能晋升！

君武帝摇头道："不行不行。"

塞纳尔大汗顿时急了，揪住君武帝的衣袖："怎么不行？您那边还有整整一盘子呢，至少还有十串呢！"

君武帝摇头道："不行不行，这个可不能割爱。"

塞纳尔大汗急坏了。

君武帝一边摇头一边想，这个凤小舞，还真是个人才。

塞纳尔大汗见君武帝这么吝啬，心中气得不行，却发现烤架上还有四串。

"住手住手——"塞纳尔大汗快步冲上去。

楚药师和白药师正你一串我一串吃得欢，回头一看，差点儿被吓住。

塞纳尔大汗正快步朝他们跑来，一边跑一边挥手："住手！快住手！"

住手？！楚药师和白药师对视一眼，默契地加快了吃肉的速度。开玩笑！凤舞姑娘烤的肉是经常能吃的吗？能吃到一次就是福气好吗？

等塞纳尔大汗冲过来时，看到的只是空空的烤架，还有楚药师和白药师那鼓鼓的嘴巴。

塞纳尔大汗："不是让你们住手吗？！"

赛非落公主用难以置信的目光看着塞纳尔大汗："父王，您没事吧？"

塞纳尔大汗突然想起一件事，烤串出自凤舞之手。

"你就是凤舞郡主吧？"塞纳尔大汗看着凤舞。

风浔反应何其快？就在塞纳尔大汗目光落在凤舞身上时，风浔已经一个箭步上去，挡在凤舞面前。

塞纳尔大汗瞪着风浔："你走开，速速走开。"

风浔却笑道："凤小舞是我妹妹，您有什么事，跟我说就行。"

塞纳尔大汗顿时眼睛一亮。

"好好好，小伙子敞亮，过来，伯父有话跟你说。"塞纳尔大汗很亲热地拍拍风浔的肩膀。

赛非落公主眼白一翻，觉得不认识她家父王了，以前的父王不是这样的。

赛非落公主冲到凤舞面前，目光冰冷："你到底给父王使了什么魔法？我父王怎会变成这样？！"

凤舞没好气地看了她一眼："想知道？"

"说！"

凤舞笑道："看你二哥吧，很快，你就会知道为什么了。"

赛非落公主将信将疑地看了凤舞一眼。

"该不会他们给父王下毒了吧？"大王子的眼睛半眯起来。

他和赛非落公主对视一眼，彼此眼中都浮现出了怀疑之色。

大王子随时随地都在找机会谋权，可机会一直都没站在他这边。

他想着，要不要暗中挑起暴动，然后将二王子弄死……不然的话——

就在大王子心思转动的时候，忽然——

嗡——所有人耳边都传来嗡嗡嗡的声响，这是？！

在场的都是修炼者，谁不知道这嗡嗡声代表着什么？

大王子是最震惊的。平时他就很忌惮二王子，因为二王子不仅得大汗喜欢，本身也足够优秀，天赋强大。他能赢，是仗着修炼时间较长，实力也比二王子强一些。近几年，随着二王子修炼进度加快，两人之间的差距已经很小，而现在，二王子居然又晋升了！

"怎么会……"大王子难以置信地瞪大眼睛。

大王子震惊，赛非落公主也极度震惊。

"老二他、他不是中毒了吗？怎么会……晋升了呢？这怎么可能？"赛非落公主只觉得太不可思议了。

塞纳尔大汗看到二王子晋升，眼中露出激动之色。原来不是他的错觉，烤肉真的可以让人晋升！

塞纳尔大汗拽着风浔的手，跟他嘀咕。

"喀——"君武帝拳头抵在唇边，轻轻咳嗽一声。

这暗示，已经足够明显。

风浔在心里默默叹气，被君武帝捷足先登了呢！如果是由他来和塞纳尔大汗谈条件，那么谈下来的好处都是凤小舞的，可是君武帝这么一插手……好处肯定是给君武帝国了啊。亏了亏了亏了……风浔顿觉遗憾。

一盏茶的时间后，二王子终于睁开双眼。

"你感觉如何？"塞纳尔大汗关心地冲上去问。

二王子差点儿被吓到。平日里父皇虽然对他好，但还没好到这种程度。

"父王……"

二王子还没说话，塞纳尔大汗就摆摆手："别说话，快回答父王，你现在感觉如何？晋升了多少？"

二王子如实回答了自己的实力段位，末了，他说："提升了一颗星……"

"因为烤肉？"虽然塞纳尔大汗很不愿意相信，但他觉得，这就是事实。

二王子的目光落到烤架上，回忆起自己晋升的前前后后，郑重地点头道："是，确实是因为烤肉。"

172

说到这儿，二王子顿时反应过来，站起身走到凤舞面前，恭恭敬敬地鞠躬："万分感谢凤舞郡主的烤肉。"

二王子这一鞠躬，顿时让塞纳尔草原上的勇士们都震惊了。

"不是吧？这居然是真的？"

"刚才二王子是真的在晋升？"

"凤舞郡主的烤肉不是毒，反而是宝贝？"

所有人都用难以置信的目光看着凤舞。

赛非落公主站在那儿，愣愣地看着凤舞。

"不，不，不……这其中一定有误会，弟弟，你的晋升……很有可能跟她无关！"赛非落公主拽着二王子。

二王子松开赛非落公主的手，苦笑一声："姐姐，承认凤舞很厉害，就是那么难的事吗？"

赛非落公主愣在原地。

二王子对凤舞再度鞠躬："此事让凤舞郡主受委屈了。以后如果凤舞郡主有所差遣，夜雪一定竭尽所能，赴汤蹈火在所不辞。"说完，二王子起身，冷静地站在一旁。

而此刻的大王子，正用仇恨的目光瞪着凤舞。她居然让二王子晋升了？那么，这个臭丫头以后就是他的仇人了！

至于塞纳尔大汗，内心正崩溃呢。好不容易跟风浔谈好，让凤舞给他一顿烤肉，他拿山藏宝库里的三件宝贝换……结果君武帝横插一杠，条件作废。

现在，塞纳尔大汗只能跑去跟君武帝谈了。他们之间的谈判，自然不能让外人听见。等塞纳尔大汗和君武帝进入营帐后，双方人员渐渐散去……

"我家小舞厉害着呢！"风浔看着凤舞笑，"这次，你又给我们君武帝国长脸了呢，你看，人家塞纳尔大汗为了吃你的烤肉，急得汗都快冒出来了。"

凤舞笑了，清澈的眸子显得意味深长。她拍拍风浔的肩膀："三哥啊，你到底……还是有些稚嫩啊，陛下才是老油条，姜毕竟是老的辣啊。"

风浔不解地看着凤舞："啊？"

凤舞苦笑道："堂堂塞纳尔大汗，为何会因为一串烤肉激动成那样？甚至连他自己的身份都顾不上了？"

风浔："他很快就会晋升了。"

凤舞笑道："他确实很快就会晋升，如果我没猜错，只要再给他一两串烤肉的灵气，就可以激活他体内的灵气，从而刺激他晋升，但是——"凤舞笑眯眯地看着风浔，"这些，并不足以让他做出有失身份的事。"

风浔一想，确实没错。

"那么，究竟是因为什么呢？"

凤舞摊手："我也不知道呀。"

风浔："啊？"

凤舞笑道："但是我知道，咱们老奸巨猾的陛下是一定能问出来的，而且，他一定会狠狠地宰塞纳尔大汗一刀。"

那一刀，可不仅仅是三件宝物那么简单。

"可是，那好处一定不会给你。"风浔摇头。

凤舞笑道："我看中的反而不是塞纳尔大汗的三件宝贝，我希望陛下能欠我人情。"

风浔转念一想，也是，东西有价，陛下的人情却无价。

"你这丫头倒是聪明。"风浔戳戳凤舞的小脑袋。

凤舞笑着："彼此彼此。"

"风三哥？风三哥？"就在这时候，远处传来让凤舞心惊肉跳的声音。

是七皇子？！凤舞想着七皇子到处找她，内心很崩溃，当即对风浔告别，掀开帘子进了营帐。

凤舞刚进去，七皇子就出现在风浔面前。

"这里是怎么回事？"七皇子问。他刚才被独孤皇后念叨得耳朵都要起茧了，差点儿翻脸，好不容易才跑出来。

风浔将刚才发生的事说了一遍。七皇子下意识地不信。

"如果烤肉能让人晋升，那我们还修炼干吗？天天吃烤肉算了。"七皇子不以为然道。

七皇子不知道的是，塞纳尔大汗为了跟君武帝索要凤舞，已经表示可以献出五分之一塞纳尔草原的国土。君武帝虽然暗暗心惊，但还是拒绝了。笑话，他要是敢将凤舞让出去，回头君临渊绝对敢造反。

第八章

人间炼狱

而此刻的凤舞，正在处理手里的两样东西。那是二王子刚刚拿过来的龙灵石和十方印。

第　是龙灵石。

两块龙灵石，一块给小虎仔，一块给火凤鸟。龙灵石足有鸡蛋大小，散发着淡淡的光晕。只见小虎仔握着龙灵石，将小小的脑袋重重地砸在龙灵石上，它的额头上瞬间出现一个血坑，血水顺着脑袋流淌而下。凤舞替小虎仔感到疼。

就在这时，一道红光闪过，龙灵石里的灵光冲向小虎仔流血的伤口，小虎仔被这道灵光一激，砰的一声往后倒去。等凤舞反应过来，小虎仔已经彻底晕过去了。

"小虎仔——"凤舞刚开口，一旁的火凤鸟惊呼一声，赶紧阻止凤舞："现在不能动它！它的身体机能正在被激活，能蜕变成什么体质，就看它自己的造化了。"

凤舞好奇地问道："你们灵宠一般都有什么等级？"

火凤鸟说："有S级、A级、B级、C级、D级、E级、F级六个，不过如果激活龙血，有可能达到SS级，如果再往上，成为纯龙血脉的话，就是SSS等级。"

"纯龙血……是什么意思？"凤舞好奇地问道。

"纯龙血就是变身的时候可以变成神龙，当然了，这几乎是不可能的，你就别妄想了。"火凤鸟掐灭了凤舞的希望。

凤舞遗憾地看着火凤鸟："哦。"

"喂喂，你干吗这么看着我？"火凤鸟瞪着凤舞。

凤舞："如果你达到SSS级的话……会变成纯血凤凰吗？"

火凤鸟瞪着凤舞："你怎么知道？"

凤舞："还真是这样？你真有可能变成纯血凤凰？凤凰涅槃的那个凤凰啊！"

火凤鸟冷傲地轻哼一声："我体内本来就有火凤凰的血脉。"

凤舞看着火凤鸟："是吗？你真的可以？"

火凤鸟："谁说我不可以？！"

其实火凤鸟比谁都清楚，想变成纯血凤凰是何等艰难的事情。

"来吧。"凤舞将龙灵石交给火凤鸟。

"把十方印取来，我帮你看看。"火凤鸟想到自己接下来要进入洗筋伐髓的境界，也不知道何时能苏醒，更不知道结果如何，决定先帮凤舞将十方印给看了。

"你……洗筋伐髓会有危险吗？"凤舞看着火凤鸟。

"你觉得这种小事对我来说会有危险吗？"火凤鸟冷傲地瞥了凤舞一眼。

凤舞："……"

"灵气就快复苏了，这块区域会变成人间炼狱，你还磨磨蹭蹭的干吗？"火凤鸟斜睨了凤舞一眼。

凤舞心头一惊："人间炼狱？怎么会？他们好像都没说啊。"

火凤鸟没好气地说："那是因为他们不知道。"

凤舞："啊？他们不是说，每年都会有灵气复苏吗？不都没有什么危险吗？"

火凤鸟冷哼一声："今年是特殊的一年，可以说，会有百年难遇的危险，算了，我暂时不去洗筋伐髓了，免得你被人坑死都不知道。"

凤舞："有这么严重？"

火凤鸟的态度是前所未有的严肃，它瞪着凤舞："比你想象的还要严重一百倍！你自己好好想想吧。"

凤舞："唔……"

而此刻，十方印已经在火凤鸟爪子中了。

火凤鸟把玩着十方印，眼睛半眯，仔细地看着、摸索着、研究着。

"总觉得哪里有问题，但是不知道问题在哪里。"凤舞提醒火凤鸟，"刚才我已经用灵阵法推演了一遍，结果证明，这块十方印里只含有符文，没有灵阵法。至于符文……"凤舞摇头，"我可从来没见过这种特殊的符文，一个字都不认识。"

"我见过这种特殊符文。"火凤鸟语出惊人。

"你见过？你什么时候见过？"凤舞不解地看着它，"你不是一直都待在空间里吗？没道理你见过我却没见过啊，你仔细想想，真的见过？"

火凤鸟面色严肃地道："真的见过，不过要说在哪里见过……难道是上辈子？"

火凤鸟揉揉眉心，真的想不起来了。

凤舞扑哧一声笑了出来："你就贫嘴吧，还上辈子呢，你怎么不说你自己失忆了呀？"

"可我真的见过嘛！"火凤鸟道。

"好吧，你见过你见过，那你告诉我，这七个特殊的符文，代表什么？这层暖玉外衣，你要如何剥下来？"

凤舞试过，用蛮力是不可能将十方印的暖玉外衣给剥下来的。可凤舞没想到的是，下一秒，咔嚓，一道清脆的声音响起。凤舞看着火凤鸟在十方印上用爪子抓出一道裂缝。

"这不可能！"

火凤鸟瞥了凤舞一眼，道："看到了吧？"

凤舞惊讶极了："你真的认识这七个符文？而不是骗我的？"

火凤鸟抓抓脑袋："确实认识，但好像是上辈子的事了，谁想得起来呢。哎呀，过程不重要，重要的是结果。"

凤舞："好像无法反驳。"

火凤鸟已经剥开十方印的外衣，里面是一枚精致小巧的血红色印章。

"这是什么？"凤舞歪着脑袋，一脸好奇地凑上去。

此刻的火凤鸟，正用怪异的目光看着凤舞。凤舞一脸疑惑地问："怎么了？有什么问题吗？"

"你知道这是什么吗？"火凤鸟深吸一口气，摇晃着手中的小巧印章。

凤舞茫然地道："不知道啊，这枚鸡血石的印章看着还是极品呢，价值不菲吧？"

火凤鸟拍了凤舞的脑袋一下："价值不菲？你的注意力在鸡血石上吗？你这个笨蛋！"

凤舞揉揉被敲疼的额头，吃痛地看着火凤鸟："干吗突然这么激动暴躁？"

火凤鸟瞪着凤舞："你知道这是什么吗？！"

凤舞："这不是正在请教你吗？"

火凤鸟："这是鬼皇印章啊！鬼皇印章！你懂吗？"

凤舞看着上面歪歪扭扭的几个字，摇头："这哪国的文字？看不懂啊。"

"这不是哪国的文字，这是冥界的文字！"火凤鸟没好气地说道。

凤舞："这世上真有冥界？而且，你为什么会懂冥界的文字？"

"我怎么会知道？反正这些信息就是长在脑子里的，我自动就调出来了呀。"火凤鸟揉揉眉心，"这个不重要，重要的是，这可是鬼皇印章！"

"鬼皇印章又是什么东西？"

"鬼皇印章代表鬼皇亲临，很快，这个地方将会变成炼狱场，而炼狱场里最不缺的就是鬼魂。"火凤鸟难掩激动之色，"这些鬼魂只有灵魂没有实体，想要打死他们

难如登天，但是现在不一样了。"火凤鸟晃着手里的印章，"我们手里有鬼皇印章，就如同鬼皇亲临！只要我们祭出印章，就能将它们定住，如果你更厉害些，就能操控它们为我们所用。"

凤舞激动地瞪大眼睛："一枚鸡血石印章，就这么厉害？！"

火凤鸟没好气地道："都说了，这不是鸡血石印章，这是鬼皇印章！"

凤舞："也就是说，我拿着这枚印章，到时候因为灵气复苏而出来的魂魄，就不会对我们造成干扰了？"

火凤鸟："嗯。"

凤舞内心激动无比。那不就是说，在即将到来的灵气复苏地域，她首先获得了金手指？

"如果赛非落公主知道十方印里还套着鬼皇印章，会不会被气死啊？"凤舞笑着说。

火凤鸟："她会不会被气死不知道，但她绝对会想尽一切办法将鬼皇印章从你手里抢走。"

凤舞想了想，最后不得不承认，火凤鸟说得对。鬼皇印章的事还真不能泄露出去，因为这相当于作弊利器，到时候一定会引起大乱，毕竟觊觎它的人太多太多了。

"据说每年十二月十二日才是灵气复苏日，如此算来，还要三日的时间呢，真希望快点儿到来呀，也好试一试这鬼皇印章。"

火凤鸟没好气地瞥了凤舞一眼："看来，你能如愿了。"

凤舞："啊？"什么意思？

火凤鸟淡声道："今年的灵气复苏日，应该是会提前。"

"你怎么知道灵气复苏日提前了？难道你……感应到了？现在就已经开始复苏了？"凤舞瞪大眼睛问道。

火凤鸟没好气地瞥了凤舞一眼："我只是说，灵气复苏随时会发生，到时候整个神源之地危机重重，但又机遇满满，对你来说，好处太多了。"凤舞赞同地点头。

火凤鸟："但是，你之前弄的那一出，让塞纳尔草原那边的人对你充满了警惕和戒备，至少大王子和大公主已经将你当成眼中钉了，你说你又是何必呢？"

凤舞："呃，事情不在我控制范围之内。"

火凤鸟摆摆手："解释有用的话，需要修炼干吗？总之你记住，灵气复苏开始时，你就紧跟在君临渊身边，寸步不离，知道吗？"

凤舞皱眉，如果是这样的话，她的机遇要从哪里来？

火凤鸟恨不得拍凤舞一巴掌："你也不想想，君临渊才是真正有大气运的人啊！"

凤舞一拍脑袋，对啊，她是猪吗？怎么忘了这么重要的事情！

"你刚才说灵气什么时候复苏？"凤舞回头看了火凤鸟一眼。

"随时——啊！"火凤鸟突然惊呼一声。

凤舞睁大眼睛看着它。火凤鸟也瞪着凤舞："难道刚才，你没感觉到地底岩浆层传来剧烈的断裂声？"

凤舞茫然地摇头。火凤鸟一脸嫌弃："现在的你，感知力怎么这么差？"

凤舞越发不解地盯着火凤鸟："现在的我？五年前的我感知力难道很强吗？"凤舞记得，五年前的她实力还不如现在呢，感知力更是不如现在。

火凤鸟："不是说五年前的你。"

凤舞越发不解："那是什么时候？"

什么时候？火凤鸟歪着脑袋想了想，最终也想不起来为什么会有那样的印象。它重重地一拍脑袋，道："奇怪了，这次苏醒过来后，总觉得脑子里多了些东西。"

凤舞认真地点头道："是的，现在的你变得奇奇怪怪的。"

这点火凤鸟可不会承认："你才奇奇怪怪呢！"

第二日，火凤鸟一早便在空间里撞门。

"喂喂，醒醒！凤小舞，你给我醒醒！"火凤鸟将空间之门撞得砰砰响。

"喂喂，凤小舞！你是猪吗？太阳都晒屁股了，你还睡？你知不知道灵气已经快蔓延过来啦？！"

凤舞原本还想赖床，听到火凤鸟最后半句话，顿时翻身从床上坐了起来。

"什么？！灵气蔓延过来了？！"凤舞猛地跳起来，掀开被子就要往外冲。

"小笨蛋！"火凤鸟没好气地瞥了凤舞一眼。

凤舞掀开帘子，发现外面的人各司其职，不紧不慢地忙着手中的事，并没有丝毫慌乱。她注意着周围的空气，发现并没有特别浓郁的灵力，更别说所谓的混沌之气。

"灵气没有蔓延过来啊。"凤舞回头瞪着火凤鸟，一边说一边要往床上爬。昨晚修炼太过疲惫，凤舞到现在都还没有恢复，她需要质量高的睡眠来补充元气。

还没等凤舞爬上床，火凤鸟就从空间里飞出来，一爪子拍在她的脑袋上。凤舞捂着脑袋，吃痛地看着火凤鸟，咬着后槽牙："你干吗？"

不知道为什么，她总觉得火凤鸟这次苏醒后变得严肃了很多，有些像教导她的长辈。这种感觉很奇怪啊！想到这儿，凤舞盯着火凤鸟，眼睛半眯起来。火凤鸟……到底隐藏着怎样的秘密？这个秘密又似乎与她有关？

就在凤舞百思不得其解的时候，火凤鸟已经大声催促："还愣着？你以为你时间很多吗？快去呀！"

"啊？去哪儿？"凤舞回过神后，一脸茫然地道。

"去找君临渊啊！"火凤鸟都快急死了。自从苏醒后，它本能地多了一项感知吉凶的技能，现在它能感觉到，凤舞将会遭遇一场危机……

"干吗去找君临渊啊？我才不要去呢。"凤舞双手拥被，正要躺下去，火凤鸟却

气得用嘴巴叼住被子，把被子一下掀开。

"喂喂——"凤舞瞪着火凤鸟。

火凤鸟瞪着凤舞，一副恨铁不成钢的表情："凤小舞啊凤小舞，你以为我让你找君临渊，是开玩笑的吗？你到底知不知道，你即将有一场生死劫啊！"

"啊？"凤舞这次真的惊住了，"生死劫？怎样的生死劫？"

火凤鸟瞪着眼道："天机不可泄露，具体的我猜不到，但是你的生死劫是再真不过了，所以你赶紧去找君临渊，接下来的几天乖乖待在他身边，哪儿都不许去，快去！"

凤舞还在磨磨蹭蹭，火凤鸟恨不得踹她一脚："是你的自尊重要，还是生命重要？"

那自然是后者了。

"可是……"

火凤鸟气呼呼地瞪着凤舞。凤舞道："你确定……我有生死劫？"

火凤鸟极其严肃地盯着凤舞："是！不仅是生死劫，而且还是……"

"还是什么？"凤舞咬牙，内心紧张。

"而且……还是无解的死循环生死劫，这是生死劫中的劫中劫……如果说生死劫是九死一生的话，那么死循环生死劫，就是……十死无生了。"

凤舞："你的意思是，我会死？！"

火凤鸟沉痛地看着凤舞，默默点头。

凤舞："我不信，好好的，我怎么会……我不是拿到鬼皇印章了吗？"

火凤鸟深吸一口气："我是最不希望你死的。"如果可以的话，火凤鸟怎么会怂恿凤舞接近君临渊？毕竟火凤鸟脑海里有一个深深的灵魂印记在深刻提醒它，凤舞需要与其他少年隔离。虽然这个记忆，它也不知道从何处浮现的。

凤舞："是吗？"

"还不快去找君临渊？"火凤鸟戳戳凤舞的脑袋。

"知道啦知道啦。"凤舞摆摆手，稍微整理了一下仪容后就要往外跑。

朝歌正从外面进来，怀里抱着硕大的深碗，另一只手正一勺一勺往嘴里送切块的水果。塞纳尔草原的水果颇含灵气，吃了对修炼有好处，所以中原过来的人都爱得不行。

"小舞，你去哪儿？"朝歌口齿不清地问道。

"去找君临渊。"凤舞下意识地说。

话音未落，人已经跑远了。

朝歌愣在原地，等她反应过来后，眼前已经没有了凤舞的身影。朝歌："……"

"你不是说你不喜欢君临渊吗？"朝歌抱着大碗，怔怔地站在那儿，心里莫名一阵失落。

"小丫头，想什么呢？"一只手戳戳她的额头。

朝歌一抬头就看到了风浔："你说，小舞真的不喜欢君殿下吗？"

"天真！"风浔拍拍她的脑袋。

朝歌长长地叹气，耷拉着脑袋："我也觉得。"

"怎么了？小丫头很失落的样子？"风浔看着这样的朝歌，只觉得好笑。

以前的朝歌总是咋咋呼呼的，热血又冲动，宛若春晖朝露，可从没见她这样颓丧过。

"你说——"朝歌咬着下唇，用湿漉漉的眼眸看着风浔，"你说……小舞有了君殿下后，还会在乎我吗？"

"傻瓜！"风浔戳戳小丫头的脑袋，"胡思乱想什么呢？小舞是那种见色忘友的人吗？"

朝歌觉得失落又委屈："可是，在小舞心里的优先排序……我总归是降低了一级吧？"

风浔没好气地揉揉朝歌的小脑袋："他们两个八字还没下去那一撇呢，现在担心这个会不会有点儿早了？说不定他们还没说破就结束了呢。"

谁知，朝歌的眼眸瞬间变亮："真的吗？！他们真的可能还没说开就结束？风浔你别骗我啊！"朝歌激动地握住风浔的手，攥得紧紧的。

风浔顿觉哭笑不得。

当初建营的时候，君临渊的营帐就在凤舞的边上，不过几个呼吸的瞬间，凤舞已经站在了君殿下的营帐里。

宫嬷嬷苦笑地看着凤舞："舞小姐，君殿下不在啊。"看到凤舞来找君临渊，宫嬷嬷还是很开心的。

"啊？"凤舞抓抓脑门，"他去哪儿了？"

宫嬷嬷苦笑着摇摇头道："殿下的行踪一向不会跟我们下人交代的。"

凤舞想到自己的生死劫，不得不问："那他什么时候回来，宫嬷嬷可知道？"

宫嬷嬷抱歉地看着凤舞。如果可以的话，她也很想帮凤舞，可惜啊……

凤舞："啊……那我连去哪里找他都不知道了……"宫嬷嬷点点头。

凤舞抓抓头发。那真是糟了……

"封管家随着君临渊去的？"凤舞抱着最后的一丝希望问道。

宫嬷嬷苦笑着摇摇头。

"这样啊……"凤舞满脸失望，低垂着脑袋，默默离开。

看着凤舞耷拉着脑袋，一脸失望地离开，宫嬷嬷却很开心。

"舞小姐还是很喜欢咱们家殿下呢！听到殿下不在，好失落。"宫嬷嬷身边的贴身侍女香草掩唇笑着。

宫嬷嬷没好气地瞪了香草一眼："这话是你能说的？"

香草顿时站好，收敛笑容，不过宫嬷嬷自己却笑了起来。其实香草说得对，舞小姐虽然嘴上说着不喜欢不喜欢，可行为举止都很诚实呢！

"如果不出意外，这位就是咱们以后的女主子了，你们可懂？"宫嬷嬷瞥了香草和百叶一眼。香草和百叶郑重地点头。

百叶欲言又止地问道："嬷嬷，那、那位呢？"

大家都很清楚百叶提的那位是谁。

宫嬷嬷顿了顿，苦笑道："所以说，如果不出意外……而那位，有可能就是这个意外啊。"

香草和百叶都认真地点点头。太子府的下人没有个人立场，君殿下的立场就是他们的立场，君殿下的喜好就是他们的喜好。

凤舞从营帐离开后，一边走一边跟火凤鸟抱怨："不是我不找他，是根本找不到嘛，对吧？"

火凤鸟没好气地说："找不到君临渊，那你就只有一个办法了。"

凤舞眼眸抬起，开口道："哎？"

火凤鸟："找君临渊就是抱大神的大腿，既然这尊大神不在，那你就去抱另外一尊大神的大腿。"

凤舞嘴角微抽，开口道："抱大神大腿这种话……你怎么可以说得这么顺溜？"

火凤鸟瞥了凤舞一眼："以你现在的实力，不抱大神大腿，在这神源之地，如何活下来？你知不知道，如果你死了，我会……"

"你也会死对不对？我知道，你是依附于我的嘛。"凤舞理解地点头。

我的姐，你以为你死了，我真的只是会死这么简单吗？火凤鸟无语地望天。

自从在脑海里解锁了一部分尘封的记忆后，火凤鸟就陷入了无边的焦虑中。记忆中，它要做的事和凤舞这弱渣的体质形成了巨大的落差……大得它近乎绝望。如果失败……如果失败……如果失败，又何止是它独自堕入无边地狱？它当初是带着整个火凤种族跟那位神秘的大神立下了誓言啊！

哪位大神？火凤鸟拍拍脑袋，那部分记忆还没有解锁，它真的想不起来了……

凤舞见火凤鸟眉头紧蹙，没好气地拍了拍它的脑袋："哎呀，你就放心吧，我是属猫的，有九条命呢，肯定死不了的。"

火凤鸟长长地叹了一口气，道："你可一定一定要给我活着啊！"

凤舞："嗯嗯嗯——"

"不然，我一定掐死你！"

凤舞："唔……"

就在凤舞分心和火凤鸟对话的时候，忽然，一道声音从不远处冒出来："喂喂喂，你你你——"

凤舞回头一看，差点儿晕过去。这位从草丛里钻出来的少年，不是七皇子又是谁？！

七皇子看到凤舞，激动得几乎说不出话来。

凤舞看到七皇子的第一反应就是跑！

嗖——凤舞像兔子一样钻进草丛，噌噌往前冲。

七皇子看呆了。什么情况？他的女神见到他，怎么一副见鬼的样子？不过很快，七皇子反应过来了，他赶紧追上去，一边追一边大喊："喂喂，你等等！你等等我！"

事实上，凤舞钻进草丛之后就躲起来了，准备等七皇子走后再跑出去。

七皇子一直在大声呼喊："喂喂，你出来啊，你快出来！我找了你这么久，你为什么要躲我？喂喂——"

蹲在草丛里的凤舞，痛苦地捂着额头。要是七皇子这么喊下去，到时候聚集的人会越来越多……那才是大麻烦。与其如此，不如现在就出去告诉他自己是凤舞吧。

凤舞有一个很好的优点，那就是当断则断。想明白后，她立即站了起来。

七皇子正站在边上，凤舞这一起来，顿时吓了他一跳："原来你就躲在这儿啊？差点儿被你吓死。"七皇子捂着胸口，长长呼出一口气，不过他很快高兴起来。

"喂喂，你可真会跑呀，就像兔子一样，嗖的一下就不见影了，哈哈哈——"七皇子见到自己的女神，开心得像个傻子。

凤舞认真地盯着七皇子："这是我们第三次见面了吧？"

"呀！"七皇子顿时激动地指着凤舞道，"你你你，你想起来啦？！你想起来当初在帝都抢我马的事了对不对？！哈哈哈，我就知道，你肯定不会忘记的！说起来，你这丫头可真够野蛮的，说抢就抢，你知道后来我是怎么回城的吗，我——"

凤舞赶紧摆手道："停——"

七皇子愣愣地看着凤舞，忽然来了一句："你喜欢皇子吗？"

凤舞："啊？"

七皇子又继续追问："你喜欢皇子吗？"

他这是在表白吗？那自己可一定要拒绝得彻底些！凤舞摇头道："不喜欢不喜欢！皇子什么的太麻烦了，我才不喜欢呢，一点儿都不喜欢！"不仅不喜欢七皇子，君临渊那样的皇子她也不喜欢！

七皇子呃了一声，伤心地看着凤舞："你……为什么不喜欢皇子呀？皇子身份多高啊，只要你嫁给皇子，荣华富贵唾手可得。"

凤舞没好气地瞅了他一眼。他这是在极力说服自己嫁给他吗？可怜的七皇子，还不知道她已经知道他喜欢自己的事了，正因如此，他所有的心思都逃不过她的眼睛。

凤舞决定乘机给七皇子讲清楚。她拍拍七皇子，道："坐下，这件事我们需要好好谈谈。"

"哦——"七皇子乖巧地在凤舞面前席地而坐。

凤舞正色看着七皇子，目光是前所未有的凝重："你问我为什么不喜欢皇子？"

七皇子紧张地盯着凤舞："嗯嗯！"

凤舞长叹一口气，整理了一下思路，告诉七皇子："皇子，说起来好听，但现在君临渊一人独大，其他皇子的日子没那么好过，特别是二皇子，同样是嫡出，他的日子悲惨多了吧？"

七皇子想到自家亲二哥被君临渊整得生无可恋的样子，赞同地点头。

凤舞："当然也有例外，如果那个皇子站在君临渊这一派，倒还算不错。"

七皇子一听，顿时心中一喜。对的！他就是站在君临渊这边的皇子啊！所以，女神大人能喜欢他吗？

凤舞转口又道："照我说，二皇子还不算最可怜的，最可怜的当数皇后所出的七皇子。"凤舞一边说一边瞥了七皇子一眼。

可怜的七皇子还不知道凤舞是故意说给他听的。他听凤舞提到自己，注意力高度集中，目光紧紧地锁住凤舞："七皇子……怎么就可怜了？"

凤舞看着七皇子，装作认真地说："你想呀，皇后和君临渊不和吧？"

七皇子点头。他家母后大人逮着机会就在他面前抹黑君临渊，念得他耳朵都起茧了。

"二皇子和君临渊不和吧？"

七皇子又点头。二哥哥心生妄念，被母后和独孤家族的人挑唆，以为他是嫡出就有机会跟太子争皇位，简直天真！

凤舞："七皇子和二皇子都是独孤皇后所出，跟君临渊肯定不对付的，对不对？"

七皇子头摇得如拨浪鼓："不对不对，七皇子从小是跟在太子哥哥身边长大的，他对太子推崇备至，他和太子关系好着呢！"

凤舞忽然一笑，道："你真的这么以为？"

七皇子顿时急了，道："真的啊！这是千真万确的！我发誓！"

凤舞看着他，道："你发什么誓啊？你又不是七皇子。"

"我……"七皇子欲言又止。

有那么一瞬间，他几乎要脱口而出自己就是七皇子，但想到刚才女神大人对七皇子这个身份颇为不喜，瞬间耷拉下脑袋，很是失落。

凤舞笑看着七皇子。所以少年呀，本姑娘拒绝得这么明显了，你该明白了吧？

凤舞到底低估了七皇子的执念。他忽然抬头，深眸闪耀着星芒，无比真挚地看着凤舞："你……你真的不喜欢七皇子这个身份吗？"

凤舞不解地看着七皇子："嗯。"

七皇子似乎下定了决心，猛地握拳道："我也不喜欢七皇子。"

凤舞：“啊？”

七皇子瞪着凤舞道：“是不是只要不是七皇子，你就会喜欢他？！”

凤舞：“啊？！”

七皇子：“你放心，这个世界上，将不再有七皇子！”

凤舞：“什、什么意思？”

这个七皇子……他到底什么意思？如果凤舞的理解没错的话，他这话的意思是说因为自己不喜欢七皇子这个身份，所以他就要放弃七皇子的身份吗？！

原本凤舞以为七皇子是开玩笑，但看到他凝重真挚的目光，凤舞意识到，他不是在开玩笑。正因为他不是开玩笑，所以凤舞必须阻止。

“因为我就是——”

就在七皇子几乎脱口而出的时候，凤舞赶紧说：“我怎么可能会喜欢七皇子！开玩笑！”

“呃……”七皇子睁大眼睛看着凤舞，欲言又止。

凤舞大声说道：“不喜欢不喜欢，我才不喜欢七皇子，不管他是不是皇后所出，不管他是不是没了七皇子这个身份，反正我不喜欢就对了！”

“那、那、那你喜欢……什么样子的呀？”七皇子一脸失落地开口。

“喜欢什么……”我为什么要告诉你？

凤舞原本想一句话顶过去的，但是看到七皇子可怜的样子，想到这少年的赤子之心……她的态度自然而然地变软了。更何况……怎么也得想出一个人来，让七皇子死心吧？拿谁出来当挡箭牌呢？凤舞歪着脑袋想。

“你不是我们君武帝国的人吧？”七皇子忽然问了一句。

凤舞：“哎？”

七皇子羞涩地笑道：“如果你是我们君武帝国的人，我不可能找不到你，所以，你一定是塞纳尔草原那边的人吧？”

凤舞：“呃……”

七皇子催促凤舞道：“你快说呀，到底喜欢什么样子的？”

喜欢什么样子的……凤舞脑海里第一个跳出来的人就是君临渊。

不过，凤舞选了另外一个熟悉的人。

“我喜欢的人，不能是皇子，但身份也不能太低，如果是小王爷之类的，身份就很合适了，因为这样不必参与嫡庶之争，逍遥自在，又没人敢欺负他。

“我喜欢的人，必须又高又帅，容颜看着让人心生欢喜，不然我天天对着一张不好看的脸，可过不下去。

“我喜欢的人，天赋修为必须一流，不需要像君临渊那样超级厉害，但也不能差他太多。

“我喜欢的人，性格必须亲和，爽朗爱笑，笑起来如冬日阳光般温暖。

"我喜欢的人……"

七皇子越听心里越凉。按照女神大人的说法，自己第一个就被淘汰出局了呀。至于后面的这些条件……七皇子脑海里不由得浮现出一个人。风浔？

凤舞笑眯眯地看着七皇子："我听说你们君武帝国有一位少年，他就是这样的人，我好喜欢呢。"

七皇子的心越发凉了……

"对了，他的名字叫——"凤舞见七皇子脊背紧绷，面色僵硬，心中暗暗偷笑。什么叫知难而退？七皇子，我都拒绝得这么明显了，你现在该明白了吧？

凤舞万万没有想到，真的万万没想到，七皇子竟然会给出这样的答案！

"我是风浔！"简简单单四个字，却像天雷一样劈到凤舞头上。

七皇子反应过来自己说了什么后，整个人也处于茫然状态……他他他……他居然说谎了！

凤舞用非常怪异的目光看着七皇子："你、你刚才说什么？"

"我……"七皇子原本想说出真相，但看到女神大人震惊的模样，心中极其受用。之前，她对自己爱理不理，但听说自己是风浔后，她的反应那么大，看来，她是真的很喜欢风浔啊。

七皇子下意识地道："我是风浔！我是君武帝国的风浔！我就是风浔！"

凤舞："啊？"七皇子郑重点头。

凤舞："风浔……哪个风浔？"给你最后一个修正的机会，只要字的写法不一样，本姑娘就不追究。

可是，七皇子并不知道自己只有这一次机会。一个谎言，往往需要无数个谎言去支撑。七皇子握紧拳头道："等风来的风，南浔的浔！"

凤舞："……"她用看神经病一样的目光看着七皇子……简直无法理解，七皇子为什么要假装他是风浔？

凤舞转念一想，刚才自己形容喜欢的少年时，确实是按风浔的人设来说的。

凤舞："……"

七皇子紧张地看着凤舞："对了，你刚才想问谁？"

凤舞："……"

七皇子认真地道："就是你说你喜欢之人的样子啊，你刚才形容了一大堆，你说他的名字叫什么？"

凤舞："……"

七皇子催促道："叫什么，他叫什么？"

凤舞："……"她转身就走。

"喂喂，你怎么就走了？你喜欢的人到底是谁？是不是风浔？我就是风浔啊！哎，你别走啊，你还没说你叫什么名字呢？哎……人呢？"

最后，只有七皇子一个人站在原地，看着一人高的草丛，眼前早已没了凤舞的身影。

凤舞揉揉眉心，只觉得苦恼极了。

"哈哈哈哈哈——"空间里的火凤鸟笑得东歪西倒，捶地不止。

凤舞没好气地冲它翻了个白眼："你居然还笑得出来？"

火凤鸟："哈哈哈哈哈——这个七皇子怎么这么傻？还说他是风浔？哈哈哈哈哈哈——"

凤舞朝天翻了个白眼。

火凤鸟："哈哈哈哈哈——"

"再笑把你丢给君临渊！"凤舞黑着脸威胁。

"呃……"火凤鸟的笑声戛然而止。也不知道为什么，它对君临渊天然惧怕。翻遍了已经恢复的部分记忆，它也想不明白为什么。潜意识里它认为，君临渊的身份绝对不止君武帝的太子这么简单……

就在凤舞和火凤鸟对话的时候，一旁忽然冲出来一个人。

"哎哟——"一道身影从凤舞身边晃过，却又瞬间反弹出去，"啊……好痛……"一道呻吟声从不远处的草地上传来。

凤舞眉头一皱，她可不觉得这一撞能把人给撞飞。事实上，她都没觉得自己撞到人了。没有撞到人，对方却自动弹射出去，而且还一副受伤的样子……这事就有意思了。凤舞想到这儿，眼睛半眯起来。

"桐妃，您没事吧？"凤舞听见一道熟悉的声音传来。

凤舞抬头一看，好吧……果真是熟人。

赛非落公主快步上前，扶着所谓的桐妃，满脸焦急。

"桐妃，您怎么样？还能站起来吗？"赛非落公主大声叫着，生怕别人听不见。

这里靠近核心营帐，她这一喊，很多人都被惊到了。三公主、五公主、独孤夫人、左夫人，以及塞纳尔草原那边的贵妇原本在独孤皇后的组织下聚会交流，听到声响，独孤皇后眉头微蹙，疑惑地看着坐在下首的赛王后。

赛王后乃塞纳尔大汗的正妻，赛非落公主的生母。她为人沉默内敛，话语不多，极少出来见客。

"是赛非落的声音，斯琴，去看看发生了什么事。"赛皇后皱眉道。

斯琴是赛皇后身边的贴身大丫鬟，闻言点点头，对赛皇后鞠了个躬，慢慢退出去。

"你也去看看。"独孤皇后吩咐身边的大宫女素雅。

就在这时，左夫人站起来："皇后娘娘，妾身也出去看看。"独孤皇后点点头。

左夫人刚才听到了凤舞的声音，出去后，她果然看到了凤舞，还有赛非落公主。

看到她们面对面站着，一副对峙的样子，左夫人顿时心中一喜。左夫人敢拍着胸口保证，这肯定是起冲突了。

果然，远远的，左夫人就听到赛非落公主的怒吼声："凤舞你什么意思？！你以为你是郡主就了不起啊！你以为陛下和大汗宠你，你就可以随便撞人啊！"赛非落公主瞪着凤舞，气势汹汹。

凤舞眼睛半眯起来。

赛非落公主指着凤舞："我不管你有怎样的后台，我只知道，撞了人要道歉！你，现在马上过来给桐妃道歉！"

凤舞迎着阳光的眼睛半眯着，一句话没说，眸中的嘲讽之意却很明显。

赛非落公主骂了半天，凤舞却一言不发，还用嘲讽的目光看着她……她心中的怒气越发高涨。她冷笑连连地道："你这是什么眼神？觉得我们在诳你吗？！"

凤舞似笑非笑地盯着赛非落公主，一副看她演戏的样子。

赛非落公主气得够呛。这个凤舞，还真是冷静聪明，果然没那么容易上当！

赛非落公主暗中给了桐妃一个眼神。桐妃是塞纳尔大汗新纳的侧妃，肌肤胜雪，娇弱得似乎风一吹就倒，塞纳尔大汗最近对她宠爱得不行。桐妃接到赛非落公主的眼神，暗中点点头。她突然捂着腹部，一阵娇喘："哎哟，哎哟，我的肚子……我的肚子好疼……"

凤舞身边已经围了不少人，大家看着凤舞负手而立，而被撞飞的桐妃柔弱不已，心中天平已经倾向弱者了，加上现在桐妃一张小脸苍白无比，惊慌失措又哭得梨花带雨，几乎所有人都开始同情她。

"凤舞郡主……也太过分了吧？"

"明明是她把人撞飞，刚才我都看见了呢！"

"做了错事，难道不应该道歉吗？她非但不道歉，还一副无所畏惧的样子……也太过分了吧？"

"确实啊，凤舞郡主实在太骄傲了，不过想想也能理解，如果你们能烹饪出让人晋升的食物，被陛下和大汗如此重视，肯定也会骄傲啊。"

"她能烹饪出带灵气的食物，我们自然佩服她，可她现在也太目中无人了吧？！"

"谁让她背后有陛下和大汗呢，再加上君殿下……现在这个营地，她能横着走好吗？我听说，就连三公主也避着她的锋芒呢。"

"别说三公主避她的锋芒了，就是皇后娘娘都由着她好吗？"

"天啊……连皇后娘娘都奈何不了她？凤舞郡主这是要逆天吗？难怪她骄傲成这样啊。"

……

左夫人一听大家议论成这样，顿时心中大喜。这段时间，她和独孤夫人命人暗中抹黑凤舞，现在看来颇有成效。

左夫人没想到凤舞居然这么"配合"，忙转身回了聚会现场。

独孤皇后见左夫人这么快回来了，便问道："怎么听着外面的声音越发大了？本宫隐约间听到凤舞郡主的名字？"

左夫人苦笑道："可不是吗？还真的是凤舞郡主呢，她和赛非落公主又发生争执了。"

独孤皇后的眉头深深皱起："怎么又吵起来了？"

所有人都看着左夫人。左夫人苦笑道："臣妾听她们的意思是，凤舞郡主走路时只顾低着头，撞飞了桐妃，赛非落公主要求凤舞郡主道歉，凤舞郡主骄傲得不得了，拒不道歉呢！"

"桐妃？被撞飞了？"赛王后眉头一皱，当即站起身来。

独孤皇后苦笑着对赛王后说："不过是孩子们的口角，她们要吵便让她们吵去，咱们只在一旁看着就好。"

谁知，一向很好说话的赛王后这次脸色非常不好。她攥紧帕子，摇头道："昨日，桐妃才查出来有了身孕。"

什么？！此话一出，在场众人脸上都浮现出怪异之色。

"而且——"赛王后紧张地道，"国师大人预言，这孩子若是能平安出生，必然福泽深厚，甚至能为草原带来繁荣。"

国师是整个塞纳尔草原的精神导师，他的话在草原民众心中比大汗更有分量。

说到这儿，赛王后顿时坐不住了，急急忙忙往外冲去。

独孤皇后和左夫人对视一眼，一时没反应过来。这次，老天爷会不会太帮她们了？

当众人冲出来的时候，赛非落公主已经惊慌地大喊大叫："桐妃，你怎么样？你不要吓我啊，桐妃！"

"我好痛……我的肚子……"桐妃攥紧赛非落公主的手，"救我……救救我的孩子……"

凤舞的眉头微微皱了起来。她看得出来，桐妃是真的情况不对。

赛非落公主瞪着凤舞："国师大人预言过，这孩子未来会是草原上的小太阳，是草原的光明和希望！如果这个孩子没了……凤舞！全草原牧民，会生生将你撕碎！"

在场所有人都看着凤舞，目光复杂……如果仅仅是赛非落公主怨恨凤舞，那也罢了，可如果全草原的民众都怨恨她的话……就连大汗都扛不住吧？凤舞，必死无疑。

凤舞上前一步，道："让我看看桐妃。"桐妃的情况非常不对劲。

赛非落公主却一把将凤舞推开，吼道："凤舞，你想干吗？你还嫌害她不够吗？你还想害死她吗？！"

凤舞冷笑道："如果你想她和她肚子里的孩子活命的话，现在最好将她交给我，

189

否则她真死了，到时候查起来，赛非落公主，你可逃脱不了责任。"

"呵呵！"赛非落公主冷笑连连，"你别想把锅甩在我头上！如果出事了，全是你害的！"

凤舞点头道："如你所说，如果桐妃出事，都是我的责任，那么，我为什么要害死她？请问，我跟她有什么仇什么恨？"

赛非落公主："你……哼！我怎么知道你们有什么仇什么恨！总之就是你害的！"

凤舞冷静地道："是不是我害的且不说，现在最重要的是救桐妃，她的情况真的不太好，再拖下去，必死无疑！"

赛非落公主冷笑道："不需要你来假装好心！她会这样都是你撞的，我怎么可能将她交给你！更何况，你以为你是什么厉害的炼药师吗？简直可笑！"

凤舞的眉头深深地蹙起。这个赛非落公主看来是真的打算把桐妃拖死，然后把责任推给她。

独孤皇后瞪着凤舞，眸中的怒意非常明显。她深深剜了凤舞一眼，忙吩咐下去："还不快喊楚药师过来！"独孤皇后给素雅使了个眼色。

"是——"素雅领命而去。

独孤皇后虽然明着吩咐找楚药师，但事实上，她却想尽量拖延时间。她不想楚药师过来救人。

冲过来的人里还有朝歌和秋灵。朝歌盯着赛非落公主，秋灵却看出了独孤皇后的暗示。

"楚药师！楚药师！"就在素雅磨磨蹭蹭、故意东找西找的时候，秋灵第一个冲过去，拽住楚药师就跑。

楚药师之前吃了凤舞的烤肉，这会儿正美滋滋地将灵气炼化成晋升所需的灵力。他一边收工，一边在心里想着，他的瓶颈期都多少年了，一度以为这辈子都不会晋升，但是刚才运转灵力后，他感觉那原本坚如磐石的瓶颈，竟然有一丝松动的迹象……

就在这时，秋灵冲进来，拽着楚药师就往外跑："楚药师，楚药师！我家小姐出事啦！救命啊——"

秋灵一直跟在凤舞身边，楚药师一眼就认出她了。她家小姐当不就是……凤舞！他当即瞪眼，道："怎么回事？谁欺负小舞了？！"

秋灵来得迟，但路上已经将事情听了七七八八，于是赶紧给楚药师讲了一遍。楚药师现在完全偏向凤舞："这个赛非落公主真会出幺蛾子！走走走，咱们赶紧去！"

楚药师心急，问明白地点后迅速往前冲，连秋灵都被他远远地甩在后面。

那边，素雅还在慢悠悠走着，一抬头，发现一道身影从她边上蹿了过去。

"啊！"素雅满眼震惊，惊呼一声，"这不是楚药师吗？！"

可是，她还没去找楚药师，楚药师怎么会知道……

"怎么了？怎么了？"楚药师大声喊着。

大家听到楚药师的声音，纷纷让出道来。

楚药师看到凤舞，立马问道："可是需要给她看诊？"凤舞点点头。

赛非落公主可以不让凤舞给桐妃看诊，却不能拒绝楚药师。

独孤皇后狠狠瞪了素雅一眼。素雅默默地垂下脑袋。

楚药师给桐妃把脉后，眉头皱起。

"如何？"凤舞问。

楚药师摇头道："看不准。"

凤舞不解地盯着他。楚药师只看着凤舞，苦笑着说："她确实怀孕了，这是毋庸置疑的。"

赛非落公主大喊道："你们这是什么意思？桐妃难道还假怀孕不成？有你们这样侮辱人的吗？！"

周围的人都用谴责的目光看着凤舞。

"但是，这一胎……有些奇怪。"楚药师眉头微蹙，"很奇怪呢。"

凤舞皱眉道："嗯？"

楚药师："老夫从业这么多年，还是第一次遇到脉象如此怪异的胎儿……怪哉，怪哉。"

赛非落公主见楚药师跟凤舞关系好，心中已经将他打入反派，顿时没好气地道："国师可是说了，桐妃的孩子是我们草原未来的小太阳，你自己福泽不够，看不出来是正常的！"

楚药师瞥了赛非落公主一眼，不说话。

凤舞淡声道："胎儿的情况楚药师判断不了，但桐妃的情况，您必然是清楚的，是吗？"楚药师点头。

凤舞皱眉道："桐妃现在是什么情况？"

楚药师道："桐妃一直以己身供奉胎儿，腹部时有绞痛，手脚时有麻痹，可对？"

所有人都瞪大眼睛看着桐妃。即便是赛王后，此刻眸中也浮现出一抹讶色，以己身供奉胎儿？

桐妃脸色瞬间变得煞白，双手捂着肚子，眸色惊恐，拼命摇头。

楚药师目光淡淡的，正色道："你必须服用一味叫叶阳草的药材，而且是生吃，不然身体便会感到麻痒刺痛，宛若万蚁噬咬！可对？！"

桐妃捂着肚子，拼命摇头道："不，不，不——"

凤舞淡淡一笑，道："不是吗？那你拼命捂着腹部的位置，却是为何？"

所有人都看着桐妃。桐妃脸上的惊恐之色越发明显，她只是拼命摇头，呜咽地

哭着。

"你以为我们不会搜吗？"凤舞冷笑。

此刻的桐妃，身子一歪，整个人往后倒去。

"桐妃！桐妃！"赛非落公主激动地大喊大叫，抬头冲凤舞愤怒地叫道，"桐妃被你害死了！凤舞，桐妃被你害死了！"

凤舞负手而立，淡淡一笑，并不说话。

"明兰尔公主来了，大家都快快让开——"就在这时，一道天籁般的声音响起。

明兰尔公主？！凤舞发现，这个名字一出现，不论是君武帝国这边，还是塞纳尔草原那边……人群顿时骚动起来。

凤舞有预感，这是个有来头的人物。她疑惑地看了一眼身旁的宫嬷嬷。这一次，宫嬷嬷居然避开了她询问的目光。凤舞的眼睛下意识地半眯起来，这就……有些奇怪了。

宫嬷嬷悄然无声地走到凤舞身边，压低声音道："这位明兰尔公主，是塞纳尔草原最特殊的存在，传说她是月神的化身，能沟通长生天。"

凤舞："嗯？"

宫嬷嬷继续道："但她确实掌握草木精灵，医术绝妙，在整个塞纳尔草原有小医神之称。"

凤舞："哦？"

宫嬷嬷又道："据说她出生之日正是永夜，可因为她的出生，天空出现一颗明珠，久久不散，直至三日后昼日来临。明兰尔公主是草原的明珠，是草原的救世主，受所有草原人的崇拜。她宛若圣女一般高高在上，无比纯洁善良。普通牧民见到她，都不敢直视，只敢亲吻她走过的草地。所以——"宫嬷嬷认真提醒凤舞，"对待明兰尔公主，您切记要小心再小心、谨慎再谨慎啊。"

凤舞的眼睛半眯起来。世上真有如此纯洁无辜、善良如白莲花的圣女？

就在这时，明兰尔公主已经到了。

"妹妹！"看到明兰尔公主，赛非落公主顿时惊喜地跳起来，大喊道，"妹妹快快过来，桐妃快被他们害死了！你快来啊！"

同样是公主，赛非落公主急得跳脚，明兰尔公主却宛若圣女般高贵。

她看似脚步很快，其实移动的速度并不快，那宛若带有净化属性的气质，深深吸引了在场无数人的目光。更何况，她身上还有异香，是淡淡的、纯洁的、幽冷的香气，便是迟来的君武帝，目光都不由得被吸引了。

"桐妃这是怎么了？"明兰尔公主的声音非常好听，宛若小珠落玉盘，清脆悦耳。

赛非落公主正想说话，明兰尔公主却微微摆手，示意她不要说。

原本急躁的赛非落公主在妹妹面前，乖巧听话得像没有脾气一样。

把完脉后，明兰尔公主眉头微微蹙起："桐妃的情况很严重，为何要拖延时间？再拖延下去，母子都有危险。"

赛非落公主："呃……"

明兰尔公主皱眉道："她需要叶阳草缓解体内的寒气，快去取些叶阳草过来。"

叶阳草？周围人的心都微微一动。

刚才楚药师也提过叶阳草，然后桐妃就晕过去了……也就是说，如果明兰尔公主诊断正确，那么楚药师的诊断也没问题？

赛非落公主顿时被噎住了，拼命给明兰尔公主使眼色。明兰尔公主疑惑不解地看了她一眼："姐姐，你是眼睛不舒服？且等等，等治好了桐妃，妹妹再给你看眼睛。"

赛非落公主气得面皮涨红，只想跺脚。这不开窍的傻丫头，每次都这样，气死她了！

"咦，我怎么感觉周围有叶阳草的植物精灵？"明兰尔公主闭上眼睛感应了一下后，忽然睁开漂亮如海蓝珠的眼睛。她的眼眸，定格在桐妃的腹部。那里，有她感应到的草木精灵。

果然——

明兰尔公主抬起纤纤玉手，很快从桐妃怀里摸出三根叶阳草。她的眉头当即蹙起："怪哉，既有叶阳草的草木精灵，为何不服用？要让身体衰败至此？"

明兰尔公主此言一出，在场的人顿时一脸怪异。她这句话，已经间接证明了之前楚药师的话。而楚药师的话，则间接证明了凤舞的清白。

"桐妃之所以晕厥，跟被撞无关？"

"桐妃明知道她怀里的叶阳草能治她的病，却非要捂着。"

"这件事跟凤舞郡主其实是没关系？"

"桐妃在故意诬陷凤舞郡主？"

"……"

赛非落公主脸上红一阵青一阵，她布局这么久，结果自家妹妹一来，一句话就给揭穿……可是，自己又不能反驳妹妹的话，因为妹妹是明兰尔公主，是草原上受万民敬仰的救世主，是传说中纯净圣洁的月神化身。

明兰尔公主手指轻点，草木精华从叶阳草上飘逸而出，泛着碧绿的荧光，跳上桐妃的指尖、四肢、身躯……翩然起舞。

在场的人都震惊地瞪大眼睛，他们从来没见过这样的治疗方式。便是凤舞，此刻都半眯了眼睛。

"竟然能掌控草木精灵，这位明兰尔公主可真不简单。"火凤鸟不知何时站在了凤舞肩头，眼睛亦如凤舞般半眯起来。

"你也看出来了？"凤舞用意识跟火凤鸟对话。

火凤鸟点点头，眸中浮现一抹戒备："这位公主在草原上声名显赫，受人敬仰，若是与她为敌，你的处境将会倍加艰难。"

凤舞没好气地瞥着火凤鸟道："你想太多了吧？她一来就替我解围，还我清白，我怎会与她为敌？"

火凤鸟轻哼道："反正，总觉得你们是敌人。"

凤舞："想太多！"

凤舞一边说一边盯着明兰尔公主那掌控草木精灵的手法，越看眉头皱得越紧，就连她自己都不知道为什么。

没多久，原本惨白着脸的桐妃缓缓地睁开了眼睛。她看到明兰尔公主，眼眸中浮现一抹惊惧之色。明兰尔公主扶着桐妃纤细如柴的手臂，海洋一般深邃的眸子，带着某种安定宁静的力量。

"不要怕，我在这里。"

桐妃盯着明兰尔公主，果然渐渐安静下来。

赛非落公主上前一步："桐妃没事了？"

其他人也用好奇的目光看着这位草原上的明珠。

明兰尔公主面上浮现一抹淡淡的笑容，对众人点头道："没事了。"

"明兰尔公主的医术，果然天下无双啊！"

"凤舞之前不是说，桐妃的情况很危险，如果不抓紧治疗就会死吗？"

"可是明兰尔公主一出手，都不用吃药，瞬间就好了。"

"这说明明兰尔公主的医术比凤舞强多啦！"

"之前看凤舞好几次救了太后，还以为她的医术有多了不起，现在看来，给明兰尔公主提鞋都不配呢。"

"我看凤舞往后还有什么好骄傲的。"

……

明兰尔公主事了拂衣去，带走无数赞美。

可怜的凤舞就这样莫名其妙地被黑得彻底。

凤舞："……"

"简直就是无妄之灾，你说你多可怜？"火凤鸟嘲笑凤舞。

凤舞没好气地瞥了它一眼："如果不是你一大早喊我起床找君临渊，怎会碰见这样的倒霉事？"

火凤鸟讥诮地说："只要他们害你之心不死，这样的麻烦就会源源不断，哪里是你想避开就能避开的？"

凤舞的眼睛半眯起来，其实她赞同火凤鸟的话："这确实是赛非落公主布置的陷阱，既然她有心陷害我，那么，没有这一次也会有下一次。"

火凤鸟："你确定只有赛非落公主？"

凤舞："桐妃肯定是她的同伙，也不知道赛非落公主给了桐妃什么好处，这样危险的事，她也肯给赛非落公主做帮凶。"

火凤鸟淡淡地冷笑道："你确定只有这两个人？"

凤舞眸色微动，开口道："你的意思是？"

火凤鸟轻哼道："你不是一直都很聪明吗？什么叫最大的受益者就是最大的嫌疑人？"

凤舞："所以——"

火凤鸟轻哼一声，不再说什么。说到底，它这位小主人还是太善良了，她习惯把人心往好处想，却忘记有些人为达目的，可以精心布局很久很久。

"不至于吧？"凤舞看了火凤鸟一眼，"说实话，这位明兰尔公主给人的印象是很好的，善良、纯洁、聪明又有能力……"

"所以，你是不相信我的直觉？"火凤鸟道。

它是堂堂火爷，曾经有多少兽王跪在它面前三叩九拜，它都不屑一顾，眼前这小丫头……咦，兽王吗？

火凤鸟拍拍自己的脑袋，它现在的实力可是给兽王大人提鞋都不配，它脑海里怎么会冒出兽王跪在它面前的画面？奇怪，最近老是有这些奇奇怪怪的想法……想到这儿，火凤鸟拍拍自己的脑袋，很是头痛。

凤舞到底还是没有找到君临渊。她自己倒不觉得有什么，火凤鸟却替她着急，因为生死劫就像一座大山压在凤舞脑袋上。当看到凤舞悠闲地走来走去时，它不由得出声提醒："难道你就没有一点儿紧迫感吗？"

凤舞："呃……现在看来，好像也没什么危险？"

火凤鸟翻白眼："被你看出危险的时候，一切都晚了！"

凤舞："呃……哎，对了，朝歌呢？怎么回头就没看到她？"

凤舞见秋灵在收拾屋子，不由得问出声。

秋灵努力回忆："之前，朝歌姐姐去找楚药师的，后来……"

"后来呢？"凤舞出声问。

"后来——"秋灵歪着脑袋努力想，可是不管她如何想都想不起来了，"朝歌姐姐去找了楚药师，好像一直就没有回来。"

凤舞："……"

见凤舞皱眉，秋灵忙放下手里的东西，转头道："奴婢出去找找？"凤舞点点头。

秋灵出去转了一圈，半个时辰后，一脸失望地回来告诉凤舞："小姐，周围能找的地方都找了，可是没有朝歌的身影啊。"说到后面，秋灵都有些慌了。

凤舞皱眉道："到处都找了？"

秋灵的面色是前所未有的凝重："是的，周围能找的地方都找了，风小王爷那边

195

也找过了，可没有朝歌啊——"

如果说一开始凤舞只是感觉不好，那么现在，她不好的预感越发强烈了。

"我出去看看！"说着，凤舞便冲了出去，因为速度快，帘子都差点儿被带飞。

凤舞刚一出门就看到了风浔和玄奕。

"瞧你急急忙忙的样子，要干吗？和君老大约会？"风浔笑嘻嘻地看着凤舞。

凤舞的脸色是前所未有的凝重："朝歌不见了。"

"啊？"风浔脸色顿变，"朝歌不见了？怎么会？营帐里这么多人，不应该……"

风浔话音未落，凤舞便已飞了出去。风浔和玄奕赶紧跟上去，陪凤舞一起找。

营地很大，每家占地面积至少一亩以上，所以整个营地看上去都是白茫茫的帐篷。

凤舞对风浔和玄奕道："你们帮我地毯式排查，我就不信掘地三尺挖不出那丫头。"

风浔和玄奕终于意识到这件事有多严重了，皆郑重点头。

"可是我们只有三个人，还缺一个方向——"

"咦，那不是穆小六吗？喊他过来，这会儿正好用得着他。"风浔对穆小六招招手。

穆小六屁颠屁颠地跑过来："风三哥——"

风浔摆摆手："你可看到朝歌？"

穆小六和朝歌也是认识的，一听这话有些着急："没啊，朝歌姑娘怎么了？"

风浔道："她不见了，你往北边找，半个时辰后我们在这里会合。"

穆小六："好的，三哥。"

四个人往四个方向而去。

整个营地走下来也不过二十分钟，半个时辰后，大家再次会合。

"没有。"

"没有。"

"没有。"

……

风浔看着凤舞，面色凝重："小舞，该找的地方都找了，确实没有看到朝歌，不过你也别着急，说不定她在哪里睡着了呢。"

"对对对——"穆小六也赶紧对凤舞说，"说不定她被别人拉住了，一时脱不开身……"

但是，凤舞心里的感觉却越来越不好。

"不对，朝歌不是这么不懂事的人，她一定出事了。"凤舞握紧拳头，"我必须尽快找到她，否则……"

"不一定不一定，说不定事情没这么糟糕。"穆小六摆手。

然而，就在这时——

一道白光闪过，森冷的寒刃飞射而来

"小心！"风浔用力一扯，凤舞便被他拉至身后。扑哧！森冷的寒刃并不是冲着人去的，而是直接插入一旁的常青树的树干上。一张白纸被深深地钉在树干上。

"追！"凤舞反应很快，第一反应就是风一般冲了出去。和她同时冲出去的还有玄奕。那人速度太快，他们根本反应不过来。

就在这时，玄奕从凤舞身边蹿过去，速度同样快得离谱。

风浔从树干上拔出那柄利刃，冲凤舞大喊："这里有纸条！"

凤舞无奈地放弃了追踪，来到风浔身边，就着他手里的纸张往下一看，上面只有一行字：你要找的人在我手中！凤舞的眼睛半眯起来。朝歌果然在对方手中！

凤舞再往下看，后面还有一行字慢慢浮现：如果你不听话，那丫头会死。

凤舞气得握紧拳头。

风浔皱眉道："所以，朝歌真的在他手里？这个人到底是谁？！"

凤舞："玄奕追过去了，看看他能不能带回消息。"

过了数分钟，玄奕抱剑出现在众人面前。

"追到了吗？！"凤舞和风浔异口同声地问道。

玄奕的脸色非常难看。见他沉默摇头，风浔气得一拳砸向树干。轰隆！古树瞬间被砸得粉碎。

"到底是谁？他的目的是什么？居然敢在太岁头上动土，好大的胆子！"风浔额头上青色血管暴起。

凤舞脑海里一直萦绕着那句话——

如果你不听话，那丫头会死。

要她听话？听什么话？听谁的话？

"君临渊呢？"凤舞看着风浔。

这时候，如果君临渊在……这个大麻烦对他来说，或许真的小到可以忽略不计。

风浔急道："君老大最近正在突破期，所以封管家陪着他在封闭修炼，至于他在哪里……"风浔想了想，依旧摇头，道："除了封管家，怕是没人知道了。"

"安全吗？"凤舞眸中浮现一抹她自己都没察觉到的担忧，"这个地方现在危机重重，灵气随时会复苏，地底下的灵异生物随时会出来。"

"这倒是不需要担心。"风浔摆手道，"有封管家在，万事无忧。"

"封管家那么厉害？"

"封管家从来没输过。"风浔认真地看着凤舞，"他出手的次数不多，但无论是跟谁对打，从来不曾输过。"

凤舞懂了。不过她觉得有些奇怪，如此高深莫测的封管家，本该是纵横天下的人

物，为何甘心在君临渊身边做一名管家？这其中到底隐藏着怎样的秘密？

凤舞摇摇头，将脑海中的想法抹掉。对她来说，现在最重要的是救朝歌。可是，怎么救？

当晚，凤舞躺在床上，睁着眼睛，脑海里浮现这几天的一幕幕。

那名神秘人抓走朝歌威胁她，可以确定的是，他知道朝歌对她有多重要。同时，这个人肯定是她的敌人。那么，是来自君武帝国的敌人，还是来自塞纳尔草原的敌人？如果是来自君武帝国的敌人，那么是凤琰峰？左家？独孤家？二皇子？三公主？独孤皇后？如果是来自塞纳尔草原的敌人，那么是大王子？赛非落公主？明兰尔公主？抑或是其他人？

想到这儿，凤舞猛地从床上坐起来。从什么时候起，她竟然有了这么多敌人？好像，她什么都没做过啊……

就在这时候，外面传来一阵有节奏的敲门声。凤舞警惕地盯着门口，猛地翻身而起，反手摸出匕首，蹑手蹑脚地走到门口。凤舞释放出灵气，试图感应对方的灵气。可是，什么都没有……

夜，寂静无声。

凤舞忽然将门打开，门口，小白兔睁着一双猩红色的双眸，直直地瞪着她。

皎洁的月光，寂静的夜色，凛冽的寒风，还有一只通体雪白、脖子被扭断后瞪大双眼的魔兔……这情景，任谁都会被吓一跳。

凤舞盯着这只死兔子，眼睛半眯起来。这倒有些像恶作剧了。她在死兔子身上摸索，果然，在兔子脚上找到一个小竹筒。按套路来说，小竹筒里肯定被塞了纸条，纸条上会有重要信息。

凤舞集中全部注意力感应周围的动静，果然听到一道轻微的气息。有人！凤舞心头微微一动。不仅有人，而且这个人此刻就藏在暗处，观察着她的一举一动。凤舞想到这儿，手再度往前。那道气息微微急促了一点儿，这说明那个人很激动，正期待着接下来发生的事情。

凤舞的嘴角勾出一抹弧度。对方想看她的笑话，难道她就不能反将对方一军吗？原本半蹲在地上的凤舞，一阵风似的往前蹿去，速度快得让人反应不过来。

那个神秘人没想到凤舞反应这么快，还猛虎般朝他飞扑而来，下意识地转身就跑。凤舞抬手一抓，只抓到一片衣角。

那名神秘人原本被凤舞抓住了后背，可还是硬生生地冲了出去。好强大的力量！凤舞的眼睛半眯着，面容严肃。

"想跑？！看你往哪里跑！"

于是，双方一前一后飞快地蹿出，很快离开了营地。接着，神秘人朝后方的黑暗森林飞了过去。没有任何犹豫，凤舞也飞了进去。

凤舞刚才故意弄出声音，还高呼一声抓刺客，这会儿整个营地都被惊动了。

"刺客进了后方的黑暗森林！"

"凤舞姑娘已经追出去了！"

"大家快追！"

无数人冲进了黑暗森林。

前方奔跑的黑衣人气得发抖，回头狠狠地瞪了凤舞一眼："你以为闹出这么大的动静，他们就能抓到我吗？！"

凤舞冷笑道："你以为今天你还跑得了？"

黑衣人冷笑道："小丫头，你以为你打得过我？信不信我一巴掌就将你拍死？！"

凤舞："可是你耽误不起时间，不是吗？"

黑衣人差点儿被凤舞的话噎住。他终于知道这个丫头为什么要闹出这么大动静了。如果没有这么大的动静，光凭这个丫头追出来，自己反手就能将她杀了，哪里还需要这么麻烦？现在后有追兵无数，如果他将这个小丫头杀了，到时候依然会陷入包围圈，情况对他非常不利。

"好你个丫头，算你狠！"黑衣人瞪了凤舞一眼，继续往前跑。

凤舞轻哼一声，穷追不舍。黑衣人嘴角扬起一抹冷笑。这个丫头难道不知道，追得越深，对她来说就越危险吗？

时间一点点过去，后面的声音渐渐远了。见前方出现悬崖，黑衣人停住脚步，回头盯着凤舞，眸中的阴鸷在月光下越发诡异。

"小丫头，你还真是锲而不舍啊！"黑衣人不仅不跑了，反而信步朝凤舞走去。

凤舞站在原地，目光冰冷。

"你想杀我？"凤舞负手而立，淡淡地看着他。

黑衣人是真的佩服凤舞，明知自己不敌，还敢孤身追上来，这是怎样的勇气？

"你不怕死？"黑衣人有些好奇地问道。

"怕。"

"那你还追？"黑衣人很想拍拍这个小丫头的脑袋。

凤舞目光冷凝而严肃地道："因为我想知道，你到底把我的朋友藏哪里了？"

"为此，不惜送死？"黑衣人无语地看着凤舞。

凤舞："她很重要。"

黑衣人用看白痴一样的目光看着凤舞："她比你的性命还重要？"

凤舞："她是我最好最好的朋友。"

黑衣人负手而立，抬头看着天空中皎洁的月光，目光深不见底。忽然，他长叹一声，回头看着凤舞。

"你知道吗？这个问题，我也问过你那个朋友。"黑衣人盯着凤舞，嘴角勾起一抹血腥的弧度，"你知道她怎么说吗？"

凤舞咬着下唇，道："真的是你绑走了我的朋友。"

黑衣人并不否认："是啊，就是我绑走了你的朋友。"

凤舞："为什么？是我得罪你了？"

凤舞盯着黑衣人，不放过他眼中任何一丝情绪。她知道黑衣人戴着人皮面具，但他的眼睛作不了假。

"你没有得罪我，但你得罪了不该得罪的人。"黑衣人摇头，"那个人，是你这辈子都得罪不起的。"

所以，他绑了朝歌，他替别人办事，那个人是她得罪不起的……根据他的描述，凤舞在心里已经排除了不少人。

"那个人是谁？是男的还是女的？"凤舞盯着黑衣人。

黑衣人闭上眼睛，没有给凤舞探究的机会。他忽然冷笑一声，盯着凤舞："难道你不好奇你朋友怎么说吗？"

凤舞淡声道："她的回答还需要我猜吗？"她双手环臂，自信地说道，"她一心向着我，绝对不会背叛我，她所做的任何事，都是为我好。"

"你就这么自信？"黑衣人盯着凤舞。

凤舞点头。

黑衣人："如果我说，她为了活下去而选择背叛你呢？"

凤舞摇头："这种挑拨离间的伎俩对别人有用，对朝歌却一点儿用都没有。她的脑子不是很聪明，所以当她认定一个人后，绝对不会背叛。"凤舞冷冷地盯着黑衣人，"所以，她宁可自己死，也不会背叛我。对她，我就是有这样的自信！"

黑衣人的眼睛半眯起来，探究地盯着凤舞，一言不发。

凤舞忽地笑了起来："因为被我说中，所以你无话可说了？"

黑衣人淡淡点头，长叹一口气："刚捉到她的时候，我就给了她两个选项，选项一，背叛你，可以活下去；选项二，不背叛你，必须死，你知道她怎么选吗？"

凤舞瞳孔剧烈收缩，猛地拽住黑衣人的手臂："她现在怎么样了？！"凤舞的语气无比急促。

面对激动的凤舞，黑衣人神色平静，淡淡地说着："她自杀了。"

啪！凤舞一挥手，一巴掌甩在黑衣人的脸上。黑衣人被打蒙了，没想到这个小丫头居然敢打他！

凤舞表情扭曲，整个人处于暴走边缘："我要杀了你！"

"她没死成。"黑衣人黑着一张脸，目光冷冷地盯着凤舞。

听到这句话，凤舞终于平息下来，大口喘息。黑衣人双眸黑沉，右手掐着凤舞的咽喉："在这个你死或者她死的游戏中，她选择了她死，虽然最终也没死成，不过，我尊重游戏规则，不取走你的性命。"话音落下，黑衣人放开了凤舞。

"记住，你的性命是那个小丫头给的。"黑衣人看了凤舞一眼，转身要走。

"她在哪里？"凤舞冲黑衣人的背影大喊，"你把她藏在哪了？我要如何才能救

200

出她？！"

黑衣人朝凤舞摆摆手，只说了一句话，而这句话让凤舞僵立当场。等她反应过来的时候，黑衣人已经走远了。

"小舞！小舞！你没事吧？！"这时候，风浔终于赶到，当他看到悬崖边怔怔地站着的凤舞时，赶紧一把将她拽了回来，急切地道，"小舞，你没事吧？你别吓我啊！"

凤舞回身看到风浔，忽然身子一软，彻底晕了过去。

"喂喂，小舞？！小舞！"风浔吓得魂飞魄散，整张脸都白了。好在他探了探凤舞的鼻息后，发现她还有呼吸，这才松了一口气。

风浔抱着凤舞飞奔回营帐，刚将凤舞放下，楚药师闻讯而来，他老人家平时走路都慢悠悠的，这会儿跑得飞快。

"如何？小舞丫头如何了？"风浔急得眼泪都快掉下来了。

楚药师长长呼出一口气："没有性命之忧，这丫头压力太大，情绪剧烈起伏，一时没喘过气来，好好休息一阵就好了。"

楚药师苦笑道："说起来，这丫头压力确实大，路上抢救太后，来到塞纳尔草原又一路被人冤枉，一天安稳日子都没过上，也难怪她压力这么大啊。"

"那该怎么办？"风浔没想到凤舞压力竟然这么大，还以为这个丫头跟他一样没心没肺呢。

很快，凤舞晕倒的消息就传了出去。君武帝一听，不由得讶异，瞪着楚药师："那个活泼的丫头居然也有倒下去的时候？还是因为压力？真是奇了怪了。"

楚药师下意识地为凤舞说话："陛下，此言差矣。"

"哦？"君武帝淡笑着看着楚药师。

楚药师苦笑道："凤舞小姐最好的朋友被绑架，生死未卜，舞小姐为此焦急，在所难免。"

"是那个叫朝歌的小姑娘？"君武帝没想到两个女孩子之间的友谊能深厚到此种地步。

楚药师忙点头："确实是叫朝歌的小姑娘，到现在都没有任何消息。"

听完此话，君武帝对凤舞多了一丝怜惜。

"君临渊那臭小子呢？"君武帝瞪眼道。

宫嬷嬷站出来，冷静地告诉君武帝："殿下修炼去了。"

君武帝满腔的怒火，顿时发泄不出来了。每次君临渊去修炼，回来的时候，实力都会暴涨，不论对皇室还是对君武帝国来说，这都是好事。只不过，对君武帝来说未必是好事，因为这个臭小子越来越不听话了。

"传令下去，好好找找那个叫朝歌的丫头。"君武帝深深地看了凤舞一眼，转身离去。

朝歌被绑架的事很快传了出去，营地里各种反应都有。左夫人得到消息后大笑三

声，独孤夫人也开心得不得了，独孤皇后自也如此。

夜，寂静无声。

凤舞悠悠醒转。

"小姐您醒了？"秋灵一直守在凤舞身边，看到她苏醒，忙冲上来。

凤舞揉揉眉心，只觉得额头抽痛，全身像被巍峨山峦碾压过，疼得呼吸都困难了。

"小姐，您要紧吗？要不要喊楚药师过来？"秋灵急得眼眶都红了。

凤舞摆摆手："没事，我休息一下就好，你别忙活了，坐下吧。"

"哦……"秋灵乖乖地在凤舞面前坐下。朝歌失踪后，她急得嘴角起泡，后来看到自家小姐也倒下了……那一刻，秋灵真的慌了。此刻，她双眼一眨不眨地看着凤舞，生怕她也消失了。

凤舞看着忐忑不安的秋灵，心中为之一堵。是啊，她是家里的主心骨，如果连她都倒下去，那家里的大大小小该怎么办？她必须振作起来。想到这儿，凤舞深吸一口气，努力坐起来。

"小姐——"秋灵忙拿靠枕放在凤舞背后，扶她靠坐在床上，"您现在感觉怎么样呢？"

凤舞点点头，道："并无大碍，对了，现在外面什么情况？"

秋灵闻言，眼泪唰唰往下滚落。

"朝歌失踪的消息已经传出去了，外面各种传言都有，甚至有人传朝歌小姐已经……已经……没了，呜——"秋灵有些承受不住，哇的一声哭出来。

凤舞却无比冷静："别担心，朝歌还活着。"

"真的吗？小姐说的是真的？！"秋灵眸中含泪，闪闪发亮。

凤舞嗯了一声："虽然我不知道她在何处，她现在处境可能很不好，但至少，她在努力活着，等待我们去救她。"

就在这时，外面传来一阵急促的脚步声。

唰的一声，帘子被掀开。凤舞抬头就看到满头大汗的风浔。没等她说话，风浔已经冲进来，一把拉住凤舞的手，快步往外冲："小舞，快快快，快去看看——"

凤舞还没看过风浔这样紧张的模样，心中有种很不好的预感。

"怎么回事？"凤舞一边跑一边问。

风浔深吸一口气，扶着凤舞纤细的双肩，无比郑重地说："小舞，你……你答应哥哥，无论发生什么，你都一定要振作，知道吗？！"

凤舞清澈如水的眼睛半眯着："什么事？"

风浔犹豫半晌，最终快速地说道："在前面多玛河……有人发现了一具尸体。"

"啊——"秋灵眸中露出惊恐之色。

凤舞死死地瞪着风浔，脑子里一片空白，紧紧地拽住风浔的衣袖，薄唇紧抿，一个字都说不出来。

"小舞，要冷静，你一定要冷静！这不是还没看到吗？事情还没有确定不是吗？你别急啊！"风浔快哭了。

风舞的眼眶湿润了："如果不是很确定，你会来找我吗？"

风浔顿时语塞。确实，那具从河道里捞出来的女尸，如果不是年龄身材等都吻合……他也不会来找风舞。

"总之眼见为实，你绝对不能倒下去，知道吗？小舞，要振作啊！"风浔很紧张。

"我知道。"风舞抬手将泪水拭去，冷声道，"在何处？带我过去！"

风浔快步带风舞过去。

多玛河距离营地不远，风舞飞一般冲了出去。虽然之前追杀黑衣人的时候她已经知道了一点儿消息，但从黑衣人诡异的态度来看，他什么事做不出来？

"快让让，快让让！"

当风舞到河边的时候，现场已经有不少人了。独孤孟溪、独孤雅莫、左青羽，甚至左青羽的大哥左青贤也在，三公主、五公主也都在。

看到风舞过来，左青羽嘴角划过一抹诡异的冷笑。

风舞怔怔地站在原地，看着地上的尸体，一时间没有言语。

左青羽和独孤雅莫对视一眼。独孤雅莫自从上次琼花节丢了脸，就将自己关了起来，此刻看到风舞倒霉，她幸灾乐祸地笑了。

"风舞姑娘，人死不能复生，节哀顺变吧。"独孤雅莫沉着脸从人群里走出来，装出一副悲伤的模样。这个报复风舞的机会，她们不愿意错过。

左青羽也故作难过地站出来，甚至拍拍风舞的肩膀，做出眼眶湿润的样子："风舞，朝歌也不知道得罪了谁，横死在外，死状惨烈……不过人死不能复生，你先别顾着哀伤，将人埋了才是正经事啊，不然尸体很容易腐烂的。"

左青羽看似在劝风舞，但每个字都在刺激风舞……如果死去的人真是朝歌的话——

风舞依旧怔怔地站着，低垂着脑袋……眼角的余光却没有放过任何异动。每个人的表情都被她看在眼里。

绑走朝歌的人在不在人群？如果这具尸体是故意被抛出来吓她的，那么……那个人肯定在现场！风舞想到这儿，目光从每个人脸上扫过。

周围的人原本想看风舞崩溃大哭，可看到的却是风舞的沉默。为此，她们很失望。

"你们看，风舞都没哭呢。"

"不是说段朝歌是她最好的朋友吗？现在段朝歌死了，她好像一点儿都不伤心啊？"

"这个风舞也太冷血了吧？"

"原本以为她至少会掉一滴眼泪，谁想到……眼眶都没湿。"

"就连左姑娘这样的外人都哭了，凤舞居然……世上怎么会有如此冷血之人？"

独孤雅莫几人对视一眼，都在彼此眼中看到了一抹得意之色，她们觉得，凤舞被人鄙视奚落，真是大快人心。

风浔见凤舞怔怔地站着，不由得推推她："小舞？小舞？"

"嗯？"凤舞冷静地问道。

风浔心里有些害怕，小舞丫头该不会伤心过度，才这么不正常吧？

"你……要节哀啊，日子还是要过下去的，我们要往前看……"风浔拍拍凤舞的肩膀。

"是啊，风哥哥说得对，凤舞，你不要太难过，我们都陪着你呢。"三公主心里狂笑，脸上却露出哀伤的模样。

这时，她们表现得越伤心，凤舞就越生气吧？可是，凤舞忽然扑哧一声笑了出来。

"凤舞笑了？"

"她是疯了吗？她最好的朋友死了，她居然还笑得出来？"

"凤舞该不会是失心疯了吧？"

就在众人议论纷纷时，凤舞转身就走。

"小舞——"风浔不解地拉住凤舞，眉头皱起。

其他人都用鄙夷的目光看着凤舞。

"凤舞，你不帮你朋友收尸吗？难道你要看着尸体曝晒在阳光下？！"左青羽冲着凤舞的背影喊道。

凤舞嘴角微勾，道："最好的朋友？谁告诉你她是我最好的朋友？"

难道不是吗？！大家下意识地望向左青羽。在凤舞来到前，就是这位左家二小姐无意透露的，是她说这具尸体是朝歌，是她说这是凤舞最好的朋友。

"凤舞，段朝歌死了，没有利用价值了，所以你连最好的朋友都不认了吗？我对你真的很失望！没想到你是这样的人。"左青羽一副沉痛的样子。

独孤雅莫恨不得给左青羽鼓掌。没有歇斯底里的大喊，有的只是沉痛的失望，却能让所有人都鄙视凤舞，左青羽厉害啊！

凤舞的目光从众人脸上扫过。她忽然一笑，道："是啊，不过是个小跟班而已，死了还有什么价值？"凤舞摆摆手，双手背在身后，慢悠悠地离开了。

这也太不按常理出牌了吧？

秋灵从小跟在凤舞身边，比任何人都了解凤舞，也更清楚凤舞和朝歌的关系，她从始至终确信，自家小姐这么做，肯定是有原因的。

另一个有类似想法的人，就是风浔。

凤舞离开后，风浔也跟着离开了。

第九章
神源之种

人群渐渐散去，芦苇丛里，两个人正蹲在那儿，压低声音道："你说，凤舞真的如此冷血，还是她看出了这具尸体并不是朝歌？"

"呵呵，不管她看出来了还是没看出来，现在的舆论对她都非常不利。"

"确实，没想到要抹黑凤舞如此容易，原本还以为她很难对付呢。"

"呵呵，是人总有弱点，凤舞的弱点就是太清高，她不屑解释。"

"这次我们借段朝歌失踪的事，将计就计，故意弄了一具尸体来混淆视听，没想到效果居然这么好。"

"哼，凤舞在君殿下面前表现再好又如何？等她这冷血无情的名声传到陛下、皇后还有太后耳中，他们对凤舞的印象还能好到哪里去？"

"特别是太后，凤舞两次三番救她，她老人家对凤舞的恶感已经消除不少了，但是这件事一出，她老人家对凤舞的恶感肯定会再次冒出来。"

"老佛爷现在对我不亲近，此事还需要青羽你在老佛爷面前多多说话。"

"三公主请放心——"

双脚踩着落叶的声音传来。

"谁？！"

原本头对头蹲着的两位姑娘瞬间回头。

"啊——"当她们看到出现在自己面前的人时，震惊地睁大了眼睛。因为来者不是别人，正是当事人——凤舞！

三公主和左青羽立刻站起来，发出惊恐的叫声。凤舞目光淡淡地看着她们，表情似笑非笑，眼眸深深，深不见底。

"你、你——"三公主指着凤舞，"你什么时候过来的？！你听见了什么？！"

凤舞似笑非笑地看着三公主："你们不是一盏茶时间前过来的吗？"

凤舞是在她们之前到的！她们说的话，凤舞全听见了！

"你——"三公主瞪着凤舞，"原来你都听见了，呵呵，就算听见又如何？所有人都认定你是冷酷薄情的凤舞！"

凤舞冷冰冰地盯着她："如果，三公主和左二姑娘的话也传出去了呢？"

"哈哈哈——"三公主大笑，"凤舞啊凤舞，你果然还是太天真了！难道你不知道现在外界对你的印象有多差吗？你以为说出那些话，会有人信你吗？而且，你有什么证据？！"

三公主和左青羽被凤舞抓了个正着，依旧嚣张无比。

凤舞眼睛半眯，漫不经心地盯着她们。

确实，在听到消息的刹那，她是紧张的，但很快便反应过来，据昨晚黑衣人的讲述，朝歌暂时不会有生命危险，所以，这具尸体不可能是朝歌。

凤舞在现场的时候就在观察别人。三公主和左青羽太得意了，兴奋之情溢于言表，所以，她们的嫌疑最大。果然，凤舞刚走开，她们就忍不住将真相说了出来。

三公主和左青羽对视一眼，得意地一笑。

"就算被抓包又如何？她有什么证据？！"

就在这时，一段对话从芦苇丛内传出。

"呵呵，不管她看出来了还是没看出来，现在的舆论对她都非常不利。"

"确实，没想到要抹黑凤舞如此容易，原本还以为她很难对付呢。"

"呵呵，是人总有弱点，凤舞的弱点就是太清高，她不屑解释。"

"这次我们借着段朝歌失踪的事，将计就计，故意弄了一具尸体来混淆视听，没想到效果居然这么好。"

……

说话之人，一个是三公主，一个是左青羽。

这对话简直就像被录下来的一般，就连气息和停顿都是一模一样！

三公主和左青羽僵立当场。

"你——"三公主死死地瞪着凤舞，眼珠子都快凸出来了，"你你你……你到底做了什么？！"

凤舞笑着："我能做什么？不过是把三公主和左二姑娘面对面蹲着商量害人的事录下来罢了，刚才不过放出声音给你们听，接下来，你们就可以欣赏到影像了。"

录下来？

"难道你有神化石？你哪来的神化石？！我记得皇家内库里有一颗，可那是父皇的啊……"

凤舞双手背在身后，似笑非笑地道："神化石难道只有皇家内库有？三公主别忘了，赛非落公主之前可是赔了我不少宝贝呢。"

二王子带着贵重礼品亲自来赔罪的事，三公主自然是知道的，所以凤舞的这个解释，她相信。

"你！"三公主气呼呼地瞪着凤舞，"你想如何？！"

什么叫偷鸡不成蚀把米？三公主和左青羽便是。

三公主恶狠狠地瞪了左青羽一眼，这个蠢货，之前还口口声声说落井下石万无一失，现在呢？！

左青羽咬着下唇，眼珠子快速转动着。

"说，你到底想如何？！"三公主瞪着凤舞。

凤舞漫不经心地挑眉："难道三公主不想看到自己蹲在地上的影像吗？我倒是很想看呢。"

"你闭嘴！"三公主只要一想到自己蹲在地上跟左青羽说着那些话的模样，就羞愧得不行，"快说，到底要如何，你才肯将神化石里的影像删掉？！"

凤舞双手交负在身后，淡声道："可是，我并不是很想删掉啊。"

三公主死死地瞪着凤舞："凤舞，你以为这东西能威胁我？！"

凤舞点头道："威胁不到你们吗？那好，我将它们连图像带声音播放出去，让大家都看看呗，到时候——"

到时候，三公主和左青羽的形象会如何？用脚指头想都知道。

"算你狠！"三公主深吸一口气，将怒火压了下去。

之前的事，父皇对她已经很有意见，让她在营帐里闭门思过，如果知道她再次坏了皇室名声，那时候她真的会被贬为庶民的。

"说吧，你到底想如何？！"三公主有点儿后怕。

可怜的三公主并不知道……凤舞哪里有什么神化石，又哪里有什么影像？

刚才之所以会有那些声音，都是火凤鸟模仿的。模仿说话之人的声音，是火凤鸟觉醒后获得的新技能。

凤舞笑眯眯地看着三公主："抽巴掌吧。"

三公主："什么？"

凤舞双手漫不经心地交负于身后，笑眯眯地道："你，还有左青羽，现在马上抽自己嘴巴。"

三公主恶狠狠地瞪着凤舞，道："你敢！"

凤舞傲慢地抬着下巴，开口道："哦，说都说出来了，有什么不敢的？"

三公主："你！"

凤舞："不抽算了，那我就播放神化石喽，到时候我的名声就彻底洗白了，至于

三公主您和左青羽嘛——"

三公主气得额头上青筋暴起。还没等她作出决定，左青羽已经先一步动手。

啪！左青羽抽了自己一巴掌。

啪！左青羽又抽了自己一巴掌。

三公主双眸含着仇恨，恶狠狠地瞪着凤舞，因为没有别的办法，所以三公主不得不照做。啪啪啪——

"现在你得意了吧？！"三公主气得眼眶都红了。

她是公主，是皇后所出的最尊贵的公主，现在却被一个草根女废物威胁……简直就是奇耻大辱！

凤舞却负手而立，傲然摇头道："太轻了。"

"凤舞！"三公主满腔怒火。

凤舞用黑漆漆的眼眸似笑非笑地盯着三公主。三公主深吸一口气。

啪，啪啪——

左青羽很听话地抽着自己。

三公主只好将怒火往肚子里咽。她心中恨恨地道，凤舞你给我等着！我会让你死得很难看！

"现在好了吧？！"三公主瞪着凤舞。

凤舞同情地看着三公主："三公主，如果这就是您所谓的诚意，那么，神化石我还是播放出去的。"

"凤舞，你不要得寸进尺！"三公主快被气疯了。

凤舞没有说话，转身要走。

不可以！三公主知道，凤舞这一走，神化石一播放出去……到时候她就会成为全营地，不……全帝国的笑柄。然后，整个皇室都会成为民众的笑柄，到时候，父皇、母后、二哥……连杀了她的心都有！

"我抽！我抽还不行吗？！"这次，三公主是真的发狠了。啪啪啪——她下手非常重，每一下都重到极致。几巴掌下来，她的嘴角就挂着血丝了。她目光冒着火，恨不得将她的每一个表情都刻进骨髓。这是奇耻大辱！

啪啪啪——

凤舞耳边萦绕着抽巴掌的声音。

三公主的巴掌声和左青羽的巴掌声此起彼伏，交错不断，听在凤舞耳朵里清脆又悦耳。

最后，这两人的面颊已经高高隆起，肿胀如猪头。

眼看她们快晕过去了，凤舞才摆摆手，没好气地道："三公主，您也太用力了吧？就不怕把您自个儿抽出好歹来？"

三公主差点儿被凤舞气死，说抽太轻的是她，说抽出好歹来的也是她！

可惜,现在的三公主连瞪凤舞的力气都没有了。

三公主还想说什么,凤舞却像赶苍蝇一样很不耐烦地挥手:"行了行了,赶紧走吧。"

三公主不走,死死地瞪着凤舞:"你说好的,要将神化石里的东西删除!"

凤舞用看白痴一样的目光瞥了三公主一眼。她都没有神化石,拿什么删除?

"我什么时候说过删除了?"凤舞没好气地说。

三公主气得青筋暴起:"你刚才说的!你说过的!"

凤舞:"你自己说的,我可没答应你。"

三公主:"你——"

凤舞看着面部肿胀如猪头的三公主和左青羽,不耐烦地道:"我最多答应你们——"

凤舞:"我最多答应你们,只要你们不再招惹我,这东西我就不会播放。"

"凤舞!"三公主死死地盯着凤舞,"你不讲信用!"

凤舞:"呵呵,三公主很讲信用吗?"

三公主:"你——"

凤舞:"如果三公主讲信用,上次既然答应过不招惹我,为何这次又明知故犯?"

三公主:"你——"

凤舞:"所以,对付你这种言而无信的人,就要以其人之道还治其人之身,有毛病吗?"

三公主:"你——"

凤舞:"如果你们以后再招惹我,就等着被曝光吧。呵呵,我倒是想早点儿恢复自己的名誉呢。"

三公主:"凤舞!"

凤舞笑道:"三公主可知道,你再这般不知好歹,后果会如何?"

凤舞虽然没有明说,但是三公主不是傻子,岂会听不懂这明晃晃的威胁?

一旁的左青羽忙伸手,暗中拉拉三公主的手肘。三公主恶狠狠地瞪了左青羽一眼。这笔账,她回头要跟左青羽算清楚。

"凤舞,算你狠!你给我记住!"三公主威胁完凤舞,气呼呼地转身离去。

凤舞看着三公主和左青羽怒气冲冲地离去,嘴角微微勾起一抹弧度。

确信她们离开后,隐藏在芦苇中的火凤鸟这才飞出来,稳稳地落到凤舞的肩膀上。

可怜的三公主,和左青羽走出芦苇丛后,正好碰见迎面而来的熟人——风浔。

"啊——"风浔看到这两人突然从芦苇丛里转出来,差点儿被吓死。

"喂喂,你们是……咦,这不是三公主吗?还有这位是……左青羽?"风浔难以

置信地看着她们。

三公主本来脸上就疼，加上被自己心爱的少年看见此生最丑的一面，又气又急，哇的一声哭起来。

"喂喂，三公主——"

不等风浔问出声，三公主已经哇的一声哭着跑了。

左青羽也拎着裙子，跟在三公主身后急急忙忙地跑了。

风浔抓抓后脑勺："……"

当他看到凤舞时，不由得问道："小舞丫头，你又欺负她们了？"

凤舞没好气地瞥了他一眼，道："什么叫我又欺负她们了？她们一个是公主，一个是左家二小姐，我一介民女能欺负她们？"

风浔没好气地瞅了凤舞一眼："得了吧，就她们那智商……别说公主，就是太后不也照样被你欺负吗？"

凤舞："喂喂，风浔，你想死别拖我下水啊，太后现在看我还像眼中钉呢。"

"那倒未必。"风浔笑嘻嘻地道，"我怎么听说，太后对你的印象好了许多呢。"

"怎么好了许多？"

"至少现在太后没有像之前那样见人就黑你了啊。"

凤舞："这就是对我印象好了许多？"

风浔："呃……至少有所好转，不是吗？你可是帮她提升了两颗星呢。"

凤舞苦笑着摇头道："如果太后会感恩，也不至于我帮了她这么多次，她还无动于衷了，这位老人家，看着慈祥，内心可是铁石心肠。"

风浔："小舞，其实太后……"

凤舞摆摆手，道："她老人家是你外祖母，你帮她说话是本分，我能理解，但是，请别在我这个受害者面前夸她好吗？"

凤舞不气吗？她又不是神佛圣人没脾气，一次又一次被恩将仇报，是个人都会有脾气的。

风浔赶紧举双手投降："好好好——不提太后，咱们不提她。对了，三公主和左青羽真是你抽的她们巴掌？"

凤舞："她们自己抽的。"

风浔："她们互相抽？"

凤舞一拍脑袋，道："哎，我怎么没想到呢。应该让她们互相抽才对啊，如此这般，左青羽未必会记恨三公主，但三公主绝对会记恨左青羽……那时候左青羽的日子就不好过了。"

风浔："……"

凤舞一脸遗憾地道："唉，错过了错过了，让左青羽逃过一劫，不过没关系，我记下了，下次再教训她们。"

风浔苦笑道："你就这么确定三公主她们会被你教训？"

风舞胸有成竹地道："除非她们想身败名裂。"

风浔："她们有把柄在你手里？"

风舞双手负在身后，得意地挺胸道："山人自有妙计，这种小事就不劳风小王爷操心了。哎，对了，你追上人了吗？"

之前在河边的时候，风舞和风浔分头行动。

当时有三个人引起了风舞的注意，一个是三公主和左青羽，一个是戴着瓜皮帽的塞纳尔年轻人。风舞之所以会注意他，是因为看到了那个瓜皮帽少年的表情。这个人绝对有问题。

"怎么样？"风舞挑眉问道。

风浔眸中绽放出得意的光芒，难掩激动之色："小舞，你可真是神仙，那么多人中，你居然一眼就看出对方有问题！你到底是怎么做到的？！"

风舞没好气地道："看人是一门高深的学问，没脑子的人这辈子都学不会，你还是算了吧。"

深受打击的风浔："……"

"对了，那个人什么情况？"风舞一边走一边问风浔。

风浔道："那个人绝对有问题！至于什么问题，我还没问出来。"

风舞抬头瞥了风浔一眼。

风浔一脸无辜，赶紧摇手道："不是你哥哥无能，而是敌方太强！你哥哥找用尽各种办法，就是没能撬开他的嘴。"

风舞疑惑地道："是这样吗？"

风浔认真地道："真的小舞，这个人绝对有问题，当时我悄悄跟在他身后，一路追着他进入草原那边的营帐，这家伙鬼鬼祟祟的，左顾右盼，最后，他进了赛非落公主的营帐！"

风舞："哦？"

风浔："可是他很快就出来了，手里提着一个篮子，一路往后山行去，于是，我跟着他去了后山。"

风舞的眼睛半眯着。

风浔："后山有一处隐蔽的溶洞，如果不是这家伙带路，我还真找不到呢！"

风舞："然后呢？"

风浔："这家伙进入溶洞后，也不知道怎么回事，忽然一回头就看向了我，我——"

风舞用看白痴一样的目光看着风浔。

风浔无辜地道："我也没想到他会突然回头，如果不追，他跑了怎么办？"

211

凤舞：“你是猪吗？溶洞里映得出你的身影，别人为什么不回头？”

风浔：“唔……好像也是，然后这家伙忽然示警，反应太快了，等我将他抓起来，溶洞里的其他人已经全跑光了。”

凤舞：“……”

风浔一脸苦恼地道：“我搜查了一遍，溶洞里确实有人生活的痕迹，也有人被看押的痕迹，但是不是朝歌……就不好说了。”

凤舞心里有种强烈的感觉，她可能错过了救朝歌的有用线索。没有再跟风浔多说，凤舞加快了脚步。原本十分钟的路程，凤舞愣是在七分钟内走完。

“人呢？”看着空空如也的溶洞，凤舞回头瞪着风浔。

风浔一脸茫然地道：“我……我走的时候，用特殊手法点了他的昏睡穴，并且将他捆绑在溶洞的柱子上，以为这样就万无一失了，谁知居然让他跑了！可恶！”

“都是我不好！”风浔既痛苦又愧疚。

这可是救朝歌的重要线索啊，那么多人中，小舞拼上名声，逼得他现出原形，全是因为她相信自己，才将这么重要的事交给自己去办，可自己……

“我该死！”风浔拍了自己一巴掌，眼中充满了愧疚。

凤舞原本也着急，看到风浔这么急，她反而冷静下来。事到如今，责怪他已经没有任何意义，他也是想要朝歌好，只不过事与愿违……

凤舞没有理会风浔，兀自望向柱子周围的痕迹。忽然，她嘴角微微勾起一抹弧度。跑？往哪里跑？！

凤舞一脚踹向溶壁。

“小舞，你这样会造成溶洞坍塌——”然而，风浔话还没说完，就听见一声巨响，整个地面开始剧烈震动。

风浔将凤舞用力往身后一拽，自己则挡在凤舞前面。

灰尘散去后，一个身影缩成一团，躲在长方形的溶洞里。这个人不就是——

“是你！”一看到这人，风浔顿时气炸了。这人不就是之前被他绑起来的那个瓜皮帽少年吗？！

“好你个臭小子！跟我玩儿是吧？！”风浔有种被人愚弄的感觉。

“你居然没跑？！”风浔气得一巴掌拍了过去。

瓜皮帽少年哼哼两声，瞥了风浔一眼，并不想理他。

“居然做出一副逃跑的模样，你很有胆子嘛！”说到这儿，风浔又是一巴掌拍过去。

瓜皮帽少年冷哼一声，别过脸，没有理会风浔。

凤舞一直双手抱臂，冷眼旁观。她用冰冷的目光盯着瓜皮帽少年，细细打量着他。这样的目光，看得瓜皮帽少年心里发毛。

而一旁的风浔早已翻出一柄匕首，在瓜皮帽少年颈项处比画了一下。

"信不信老子杀了你？"风浔威胁他。

瓜皮帽瞥了风浔一眼，眼中充满不屑。

这一眼，彻底把风浔激怒了。风浔手中的匕首猛地落下。少年面部从右眼睑直到下颌骨，被划出一道鲜红的血痕。伤口又长又深，肉皮外翻，血肉模糊，看上去触目惊心……

凤舞淡淡地看着瓜皮帽少年。

瓜皮帽少年的反应却出乎他们的意料。面对突如其来的伤口，瓜皮帽少年居然连哼都没哼一声，不仅没有哼，甚至连眼睛都没有眨一下。

风浔握着滴血的匕首，冷冰冰地盯着瓜皮帽少年："你到底是谁？说！"

瓜皮帽少年眼皮子都没抬，只漫不经心地道："哼。"

风浔顿时气得够呛。好硬的骨头！

"好，很好，不说是吧？"风浔被激怒了，继续用匕首在瓜皮帽少年心窝处比画，"我倒要看看，从这里挖下去，你的命还在不在！"

正常情况下，这样总能威胁到瓜皮帽少年了吧？可瓜皮帽少年居然不紧不慢地抬起头，轻蔑地瞥了风浔一眼，嗤笑道："呵呵。"

风浔面色通红，匕首用力往前一扎，匕首入肉的声音清晰地传来。直到鲜血带出血雾，溅在风浔脸上，他才恢复了几分理智。

"我……我杀了他？"风浔看着胸口插着匕首的瓜皮帽少年，艰难地转头，愣愣看着凤舞。

凤舞："你下手这么快，我想拦都拦不住啊！"

风浔哭丧着脸道："那现在怎么办？线索到这里就断了啊？小舞，我对不起你……"

看着一脸沮丧的风浔，凤舞苦笑着摇摇头。

"小舞，对不起……"风浔有些懊恼，也有些愧疚，甚至不敢看凤舞的眼睛。

凤舞看了风浔一眼，目光转到瓜皮帽少年身上。

"死就死了吧，反正也不是什么重要人物，走吧。"凤舞对风浔摆摆手。

"啊？"风浔不解地看着凤舞，双眸充满疑惑。他总觉得有什么地方不对……

"走？"凤舞看着凤舞。

凤舞："人都死了，线索也断了，留在这里有什么意思。走吧。"

风浔看着凤舞："哦。"说完，他跟着凤舞往外走。

凤舞走到溶洞外，忽然停住不动。

风浔不解地看着凤舞："小舞，你怎么——"

凤舞直接捂住风浔的嘴巴。风浔瞪大眼睛，疑惑地看着凤舞。

凤舞拉着风浔到一旁，藏在岩石后面，同时用手指指里面。风浔多聪明的人，刚才只是没想到，这一瞬，他顿时明白了，用难以置信的目光看着凤舞。

"你的意思是说，他没死？！"

凤舞点点头。

"不可能，他是我亲手杀的，怎么可能没死？我很确定，匕首捅进了他的心脏……"

凤舞没好气地看了风浔一眼："他心脏偏右。"

风浔："……"可是，他真的感觉自己捅进去的地方是心脏啊……想到这儿，风浔伸过脑袋想看看，人却被凤舞拉住了。

风浔："那个人警惕性很高，再等一会儿。"

而这一等，两人等了足足一刻钟。

一刻钟后，在凤舞的提醒下，风浔睁大眼睛，看着原本躺在地上的少年睁开了眼睛。

少年从冰冷的地面坐起，低头看着胸襟上鲜红色的血液，嘴角扬起邪恶讥讽的冷笑。

"嗤——还以为君武帝国的小王爷有多厉害，也不过如此，想杀我？不知道我猫九有九条命吗？嘿嘿嘿，风浔啊风浔，你可别怪我阴险狡诈，要怪只能怪你自己太傻太天真。"猫九很得意，拍拍屁股想走人。

风浔气得想冲出去，凤舞却拽住他的手。

风浔瞪着凤舞："小舞——"他要去杀了这个人！居然敢欺骗他！他堂堂风小王爷，能这么被人愚弄吗？！

凤舞拉住他，微微一笑，道："你不觉得，我们跟着他会得到更多真实有用的信息吗？"

一句话，顿时将风浔劝住了。风浔转念一想，他现在冲出去对付对方，固然很解气，但解气之后呢？到时候逼问出来的未必是真实信息。如果他们跟在他的身后……

风浔对凤舞点点头。就这么办！

于是，风浔和凤舞就跟在猫九身后，行走在偌大的溶洞中。可怜的猫九，无论如何他都想不到，他的假死会被人看穿，要知道这么多年来，他从来没有被人识破过。

因为一身轻松，心情愉悦，所以猫九没有一点儿戒备，悠然自得地行走在溶洞中。

凤舞一边走一边默默记路，很快，偌大的溶洞地图便出现在她的脑海中。

好在有猫九带路，凤舞心想，如果不是他带路，他们很容易迷失在里面。

就在这时，前方传来一道脚步声。凤舞拉着风浔躲在一旁的岩石后，收敛心神，凝神屏息。

"猫九？你怎么现在才回来？"一道冰冷的女声在不远处响起。

"唉，别提了，刚刚差点儿就死了。"猫九摆摆手。

"死了？你没事吧？"

猫九得意地道："我能有什么事？你又不是不知道我，我可是有九条命，嘿嘿，那君武帝国的白痴小王爷真以为我死了，哈哈哈——"

"你敢惹君武帝国的小王爷？"

"有什么不敢的？这么笨的小王爷，惹了就惹了，反正他以为我死了嘛，嘿嘿嘿——"

风浔气得不行，立时就想冲出去揍人。

凤舞赶紧拉住风浔，拼命冲他摇头："大局为重，大局为重……朝歌的命还在他们手里。"

风浔想到朝歌，顿时不敢动了。

"好了，已经假死过一次了，你现在这张脸就不要用了，免得被他们盯上，影响了主上的大事。"

猫九："我办事你还不放心？对了，主上可在？"

凤舞的心猛地提起。主上？这绝对是条很有用的线索！

"主上有要忙的事，什么时候出现可不一定，不过主上交代，让你暂时去赛非落公主身边，听从她的安排。"

"好。"猫九点头。

"还有，那名人质你抽空去照看一下，免得她死了。"

"好。"猫九点头，"现在她在何处？"

"她就在——"

人质？！凤舞和风浔的心猛地提起，眼眸剧烈紧缩。这个人质一定是朝歌，一定是！

凤舞握紧拳头，紧紧盯着猫九。

"她就在——"女声忽然拖长了声音，"等你到了赛非落公主身边，自然有人带你去的，那地方可不好进去。"

"知道了。"猫九对那个女人点点头，"那我先走了。"

风浔用询问的目光看着凤舞："小舞，现在怎么办？"

凤舞看着风浔道："你去跟踪那女的，她能给猫九发任务，说明在他们的组织里，她的级别比猫九要高。"

至于猫九，凤舞担心风浔控制不好情绪，会一刀将猫九解决了。

风浔苦笑道："我这次一定擦亮眼睛，不再冲动！"

凤舞追随猫九而去，而风浔则跟踪那名披着红色披风的少女。

猫九并不知道自己被凤舞跟踪，他一边走一边愉快地哼着小曲。

忽然，凤舞发现眼前的猫九失去了踪影，眉头微微蹙起。不应该，一路上她都凝神屏息，猫九不可能发现她，那么，猫九到底去哪里了？

凤舞幽冷的目光从眼前光滑的岩石壁上扫过，这里一眼望去并不觉得如何，但仔

细看，她发现了问题。眼前的石壁，有一处地方特别光滑，像是被摸过很多次一样。虽然只是一个细节，可同样逃不过凤舞的眼睛。这里，一定有问题。

就在凤舞用手摸索石壁时，忽然感到石壁后隐藏的铭文灵阵。若是别的机关，凤舞还真没办法，如果是铭文灵阵……这不是为她量身定做的吗？

就在凤舞准备推门进入的时候，咔嚓！灵阵后面响起一道声音。凤舞来不及多想，身形一动，瞬间藏在巨大的石头后面。

门应声而开。门后走出来一个人，他用警惕的目光扫视了一周，没有发现异样，才拄着拐杖，慢悠悠地离开。此人的背影跟猫九极其相似。

凤舞的嘴角扬起一抹弧度。猫九啊猫九，什么叫螳螂捕蝉，黄雀在后？

就这么一会儿的时间，猫九就易容成了另外一人，难道说，他拥有完美的易容术？

因为知道猫九要去哪里，所以凤舞并不着急，等猫九身影变成一个小小的黑点后，凤舞用手摁压在石壁的凸起处。

咔嚓——

门再次应声而开，凤舞闪身进去。这是一个不大的空间，四周被隔成一个个方形的格子，里面依次放着不少东西。凤舞凑上去，发现第一个格子里是一个皮箱，打开一看，只见皮箱里有几颗草原上的原石。在草原，原石就是硬通货，很多牧民只认原石。凤舞没有多想，将原石收进了空间。

第二个格子里竟然是一张人皮面具，而这张人皮面具就是猫九之前的那张脸。凤舞看着这张人皮面具，眼眸一转，计上心来。这可是好东西，必须收了。

第三个格子里是一套衣衫，还有一顶瓜皮帽，分明就是猫九之前穿戴过的。这些都是好东西！有了这一整套装备，凤舞可操作的空间就大了很多。凤舞迫不及待地将人皮面具和衣衫收拾妥当，充满期待地看着第四个格子。

当凤舞看清第四个格子里的东西时，眼眸顿时一亮。不是吧？！竟然有这么巧的事？第四个格子里静静地躺着一块晶石，呈耳状，晶莹剔透，散发着光芒，这分明就是——

用官方说法，这就是影石啊！简单来说，这石头能用来录影。

之前凤舞吓唬三公主和左青羽的时候，就是假装自己有影石。

这这这……老天爷也太善待她了吧？！这可是好东西，猫九既然能将它放在这儿，说明里面肯定记录了一些东西，想到这儿，凤舞越发兴奋。

接下来的第五格、第六格、第七格……凤舞并没有时间查看，因为来不及了。至于里面的东西，凤舞肯定不会给猫九留着。

将东西都收进空间后，凤舞立刻离开。很快，她追上前方的猫九，此刻扮成老年人的猫九，完全不知道自己被人跟踪了。他很自然地走进塞纳尔草原。

凤舞站得高，亲眼看着他走进赛非落公主的营帐，甚至，她还听到周围的人在喊："木管家可算回来了。"

木管家？凤舞眉头微蹙，脑子里浮现出怪异的想法。她现在扮演的猫九明显能正常出入赛非落公主的营帐，而这个木管家也能自由出入，这说明什么？说明木管家在赛非落公主这边拥有两个身份。如果是这样，凤舞摸着下巴，眸中浮现一抹狡黠的光芒。

"九哥，您回来了？"当凤舞扮演的猫九出现在赛非落公主的营帐前，守门少年笑眯眯地喊着。

凤舞一眼就看出来，猫九在这里应该是挺受欢迎的。

"木管家回来了？"凤舞瞥了守门少年一眼。

守门少年点点头，道："是的，九哥，木管家此次出门三日，可算回来了，这回怕是会待得久一些。不过说来也怪，每次木管家出现，九哥都不在，所以很多时候碰不上面。"

凤舞心中了然。果然，木管家的身份都是假的，这个猫九啊……可真是人才，只是不知道，他所图谋的到底是什么。莫非是……凤舞想到一种可能，突然心跳加速，握紧了拳头。

"九哥？九哥？"守门的少年见凤舞愣住，伸手在她面前挥了挥。

"好好替公主守门，不许任何不相干的人进来！"凤舞板着脸，威严地瞪了守门少年一眼。

"是！"守门少年赶紧立正站好。

凤舞双手背在身后，慢悠悠地往前走。她还没走多远，一个熟悉的人影出现在凤舞面前。这人不是别人，正是木管家。

木管家正在教训底下的人，刚一抬头，就看到戴着瓜皮帽的猫九出现在他面前。一瞬间，木管家脸上全无血色，眼睛大如铜铃，几乎失去了反应能力。相反，凤舞扮演的猫九笑嘻嘻地跟木管家打招呼："木管家，好久不见，近来可好？"

木管家怎么可能会好？他都快被吓死了！木管家死死地瞪着凤舞，脸上表情变幻莫测，阴晴不定。很快，他背着手、板着脸对凤舞说："你，现在跟我过来。"

凤舞看着木管家，嘴角扬起一抹淡淡的弧度。这样的笑容看在木管家眼中就是挑衅。木管家的脸瞬间拉了下来，他瞪着凤舞："你这是要违抗命令？"

凤舞淡淡一笑，正要说话，就在这时，一个人忽然出现了。

"木管家，你回来了？"来者不是别人，正是赛非落公主。

木管家看到赛非落公主，面色一滞，随即反应过来，对赛非落公主露出笑容。

赛非落公主对木管家点点头，侧身看了凤舞一眼："猫九，你不是离开了吗？怎么又回来了？"

凤舞轻咳一声，看了木管家一眼。

木管家顿时怒了，这小贼是什么意思？！

赛非落公主看看木管家，又看看猫九，当即皱了皱眉头，没好气地道："你俩怎么回事？平时从不一起出现，现在一起出现，却又别扭成这样？"

木管家眉头深深皱起："公主，这个猫九最近有问题，老奴正准备对他问话！"

赛非落公主皱眉道："猫九哪里有问题？"

凤舞也瞪着木管家，一副等他给说法的样子。木管家冷哼一声，道："昨晚你去哪里了？我为何没有在营地看到你？！"

昨晚？赛非落公主当即瞪了木管家一眼："好好的，你问昨晚做什么？本公主敢打包票，昨晚猫九没问题。"

木管家急道："公主——"

赛非落公主摆手道："如果木管家的疑惑仅仅在此，那就不必再问了！"赛非落公主明显护着猫九。

被赛非落公主护着的凤舞，在公主看不见的地方对木管家挤眉弄眼，目光充满挑衅。木管家差点儿被她气死。这个小贼，不仅扮演猫九，还敢当着他的面得意，世上怎么会有这种无耻之徒？！

就在木管家气得快爆炸的时候，偏偏赛非落公主对猫九说："你跟本公主过来，本公主有事跟你说！"

木管家当即心中一凉。看公主这架势，她要说的绝对不是普通事，肯定是机密，而对方是扮演他的小贼啊！想到这儿，木管家不由得上前一步，想跟上赛非落公主。

可是，赛非落公主回过头，用怪异的目光看着木管家："木管家且留步。"然后，赛非落公主就要带着假猫九离开，木管家当即愣住。

"公主！"木管家大喊一声。

赛非落公主抚着胸口，回头气呼呼地瞪着木管家："木管家，你是疯了吗？！喊这么大声！"

"公主，他有问题啊！"木管家急促道。

凤舞知道，这时候她不能再沉默了，必须开口！

"看来木管家对我猫九是真的有意见啊。"凤舞似笑非笑地盯着木管家，"是啊，我猫九本来就不是什么好人。我杀人放火，奸淫掳掠，无恶不作，在木管家眼里，我猫九就是这样的人吧？！"

"你——"木管家差点儿被凤舞气死。

赛非落公主用怪异的目光看着木管家，总觉得今天的木管家有些奇怪。

凤舞冷哼一声，道："怎么了？难道我说错了吗？难道我猫九不是无恶不作？我猫九在木管家眼中竟是一个好人？！"

木管家："……"他能说猫九是坏蛋吗？那是他自己的马甲啊！他能说猫九是好人吗？现在这小贼正在扮演他啊！

一时间，木管家愣在那儿，不管他说什么都是错，不管他怎么说都是不对的！

凤舞暗笑，以她的嘴皮子，还对付不了木管家？凤舞隐隐有一种预感，赛非落公主似乎觉得木管家有些怪异……呀，如果是这样的话，那自己可操作的空间就多了呢！凤舞眼眸一转，计上心头。

木管家手指颤抖着指向凤舞："你，你，你是……"

凤舞理直气壮地道："我是假的对吧？所以木管家现在气得语无伦次，认为我是假的猫九是吧？哈哈哈，木管家，不过凶了你几句，你就恨我到这种地步吗？！"

木管家差点儿一口气没提上来。怎么会有这么讨厌的人！明明就是扮演自己的小贼，哪来的理直气壮？！木管家抬手就要打凤舞。

赛非落公主眼睛半眯起来："木管家，你越界了吧？"

木管家着急地看着赛非落公主："公主，这个人是假的！他是假的猫九啊！"

赛非落公主用看白痴一样的目光看着木管家。

就在不久前，猫九还告诉了她一个好消息，这人怎么会是假的？如果非要说假的——

赛非落公主觉得，眼前这个木管家才怪怪的。想到这儿，赛非落公主摆摆手："行了行了，木管家就少说两句吧！仗着管家的身份欺负人，你也不是一次两次了。"

木管家："……"

赛非落公主冷哼一声，道："猫九可是师兄的人，不是你想欺负就能欺负的！"

师兄的人？凤舞心中默默记住这句话。她一直不知道赛非落公主师承何方？她的师兄是谁？跟昨晚的黑衣人有什么关系？跟绑架朝歌的人又有什么联系？凤舞陷入了沉思中。

赛非落公主转头问猫九："小九，你别管木管家，今儿他抽风呢。对了，你可是很聪明的，快帮本公主想办法对付一个人。"

凤舞的沉思被打断，她不解地问道："公主要对付谁？"

"凤舞啊！"赛非落公主气得咬牙切齿，"这个臭丫头仗着自己是君武帝国的郡主，耀武扬威，嚣张霸道，还真以为她那破郡主有什么了不得的？居然敢在本公主面前嚣张，哼！"

凤舞："……"

赛非落公主继续对凤舞道："那个臭丫头有多可恶，你知道吗？她居然敢得罪我！这次弄不死她，我就不当这个公主了！"

凤舞："……"

赛非落公主瞪着凤舞："猫九，你是最聪明的，素来鬼主意多得很，你快说，有什么好办法弄死那个丫头？"

凤舞："呃……这个嘛……"

赛非落公主瞪着凤舞："你是不敢出主意吗？"

凤舞："喀喀……倒也不是，只不过……不知道公主您要对付她到什么程度……"

赛非落公主只觉得可笑："程度？哪里需要掌握什么度？最好就是悄无声息地将她弄死啊！"

凤舞："喀喀……"

赛非落公主皱眉道："猫九，你怎么回事？之前你不是说，对付凤舞容易得很吗？"

一旁的木管家用黑沉沉的眼眸盯着凤舞，见她神色不自然，当即抓住机会道："公主啊，这个猫九绝对有问题！说不定……说不定真的是别人假扮的呢！"

让木管家痛苦的是，赛非落公主很不耐烦地挥手道："你别吵！"

木管家："……"

赛非落公主瞪着凤舞："之前你不是说有办法的吗？现在又没办法了？你怎么回事？！"

凤舞："喀喀……木管家都说了，我是假猫九嘛……"

"假你个头啊！"赛非落公主一巴掌拍在凤舞的脑袋上，"你是真是假，本公主还看不出来？你还在这儿跟本公主矫情呢？木管家那是说的气话，你还真上心了？"

木管家一脸幽怨："……"他什么时候说气话了啊公主大人？

凤舞内心暗笑，面上还是一副为难的样子："是这样吗？木管家真的只是在说气话吗？"凤舞一边说，还一边幽怨地瞅着木管家。

木管家差点儿被她气死。这世界上怎么会有如此可恶之人？！

此刻的凤舞，正笑眯眯地看着木管家，眸中一道玩味的精光一闪而过。

现在这局面，还真是有意思呢！即便身处险境，凤舞依旧是最淡定的，依旧能把木管家玩得团团转，依旧能让赛非落公主对她深信不疑。若是换作一般人，怕要惶恐紧张得崩溃了，如何还能反手坑人？

"所以，木管家不是在说气话，而是在故意针对我？"凤舞笑嘻嘻地看着木管家。

木管家面色涨红。

赛非落公主气得不行，瞪着木管家："木管家，这件事你不占理，本公主肯定是帮理不帮亲的，所以你给猫九道歉吧！"

木管家用难以置信的目光瞪着赛非落公主："公主……"

赛非落公主皱眉道："快啊！"

木管家："……"木管家很清楚，赛非落公主绝不是好相处之人。她性情凉薄，话已说到如此地步，那就表示她真的生气了。木管家想到这儿，内心一片绝望，不道歉是不可能了……

"谁说你是假猫九了？"木管家瞪着凤舞。

凤舞一脸疑惑，把右手放在右耳边："什么？木管家在说什么？风太大我没听清楚。"

木管家已经快被凤舞气死了，特别是当他看到凤舞微笑中带着挑衅的目光时——

赛非落公主在一旁虎视眈眈，威严地盯着木管家，明显在维护猫九。

木管家内心绝望，形势比人强，他不得不深吸一口气，对凤舞吐出一口浊气："你是真猫九！谁敢怀疑你，老夫……打不死他！"

凤舞一脸恍然大悟的表情："哦，原来我是真凤舞啊？有木管家这句话，我才真的相信自己就是猫九了呢。"

木管家："……"

赛非落公主没好气地瞥了猫九一眼，这个少年比之前调皮多了，是故意找木管家出气呢。不过少年人嘛，不怕意气用事，就怕连意气都没有。

赛非落公主瞪着凤舞："行了行了，气也出了，现在开心了吧？"

凤舞笑嘻嘻地道："谁让公主宠我呢？"

赛非落公主差点儿被凤舞逗笑了，没好气地瞅了她一眼："赶紧说，你有什么办法对付凤舞？"

凤舞歪着脑袋思索。她要想出一个什么样的办法才好呢？这个办法既要确保自己安全，又能反坑赛非落公主一把。

就在这时，赛非落公主眼睛一亮——

"对了，你不是有阴阳针吗？！"

阴阳针？那是什么东西？凤舞从赛非落公主的表情推断，阴阳针绝对不是什么好东西。

凤舞眼角余光从木管家的脸上扫过，看到木管家眼中一闪而过的得意。木管家在幸灾乐祸。

凤舞忽然微微一笑，看着赛非落公主，一本正经地说："我确实有阴阳针。"

赛非落公主面色一喜，然而还没等她说话，凤舞就已开口："可是，阴阳针已经被木管家拿走了啊。"

"什么？！"不仅赛非落公主惊讶，此刻的木管家也一脸震惊。

赛非落公主不解地看着凤舞："你的阴阳针怎么会在木管家手里？"

凤舞摊手，一本正经地道："木管家说借去一用，我也不知他是怎么想的，借去一直没还。"

凤舞笑嘻嘻地看着木管家，朝他摊手："现在木管家能将阴阳针还给我了吗？"

"没有！"木管家瞪着凤舞，"老夫何时借过你的阴阳针？何年何月何日何处？你给老夫说清楚！"

木管家还指望着这小贼因为拿不出阴阳针被赛非落公主识破呢，怎么可能承认。可是，论心理素质，木管家怎么可能是凤舞的对手？凤舞笑眯眯地看着木管家，看得

木管家想退缩，一度以为他自己才是理亏的那个人。

"木管家真是健忘。"凤舞双手环臂，苦笑着摇头，"方才就在这里，您借走了阴阳针，说要拿回去好好研究一下。"

"没有！绝对没有！"木管家一口咬定。

凤舞却笑眯眯地看着他，叹了口气："木管家啊，这么明显的事，说谎就没意思了啊。"

木管家："呵呵，没做过的事，老夫是绝对不会承认的！"

你这个假猫九，看你能嚣张到何时！

凤舞："唉，木管家，既然你没做过，大概也不怕被搜身吧？"

一时间，木管家的脸色变得异常难看。

赛非落公主的目光原本在两个人之间游移，她不知道该相信谁，但现在，木管家的脸色瞬间这么难看，赛非落公主顿时盯着木管家。

木管家气急败坏地道："好你个猫九，居然以下犯上，诬蔑老夫，好大的胆子！"

凤舞苦笑道："木管家，您怎么能这般颠倒是非呢？明明是您先拿走了我的阴阳针啊。"

颠倒是非？呵呵！木管家差点儿被凤舞给气死！

可偏偏凤舞用的是阳谋，理直气壮，嘴皮子又利索，木管家拿她一点儿办法都没有。

"公主，既然木管家不承认……那不如搜身吧。"凤舞苦笑一声。

"你——你——你——"木管家气得面色涨红，浑身颤抖，一个字都说不出来。

凤舞苦笑道："所以，只要好好搜一搜，一定能搜到。如果木管家觉得不公平，那请公主也派人搜我的身。"

木管家快被气疯了！这小贼……这小贼……

凤舞笑眯眯地看着木管家。她之所以如此笃定，是因为她比任何人都清楚，木管家才是真正的猫九，而阴阳针并不在神秘的储藏室内，那么只能在木管家身上。只要赛非落公主一下令，必然能搜出阴阳针！

木管家想哭啊！

赛非落公主盯着木管家，看着他表情的变化，对凤舞的话已经信了五分。

"木管家……"赛非落公主眼睛半眯起来，"你还记得本公主最讨厌什么吗？"

木管家怎会不知？赛非落公主生平最讨厌的就是欺骗！

可他没有欺骗啊……真正欺骗她的是这个扮演他的小贼啊，可是无凭无据，他要怎么说？

"木管家！"赛非落公主的脸色瞬间沉了下来。

木管家盯着赛非落公主："公主……如果老夫说，这个猫九是假的，公主可信？"

赛非落公主双手环臂，嗤笑一声。

木管家咬牙道："如果老夫说，老夫没有拿他的阴阳针，公主可信？"

赛非落公主再次冷笑一声。

"公主……"木管家气得浑身颤抖，可最终还是强行压制下去，深吸一口气，"公主，竟如此不信任老夫吗……"

赛非落公主冷静地摇头道："不是不信木管家，而是本公主需要确认，为公平起见，你们两个人都被搜一遍。"

木管家脸皮抽搐。没想到公主对他的信任感已经降低至此，如果真被搜出来，那简直……木管家颤抖着手，从怀里摸出一个锦盒，递给赛非落公主："公主殿下，此物……此物……"

赛非落公主接过去一看，不是阴阳针是什么？

"木管家，你！"赛非落公主杏眼圆睁，气得脸都青了，"没想到你竟然真的从猫九手里逼走了阴阳针，你……你还真是仗势欺人啊！"

木管家闭上眼睛，脸是青绿色的。他能怎么解释？

这时候，凤舞长叹一声，对赛非落公主说："公主且息怒，木管家此举，怕是真的要研究阴阳针吧？"

赛非落公主瞪了凤舞一眼："事到如今，你居然还为他说话？还真是好心啊！行了行了，现在最重要的也不是这个，现在阴阳针在你手里，难道不知道该怎么做吗？"

"怎么做？"凤舞一脸无辜地看着赛非落公主。

赛非落公主用看白痴一样的目光看着凤舞："你是傻子吗？难道不知道，阴阳针最大的用处就是控制魔兽吗？"

凤舞："嗯。"说实话，她还真的不知道。

赛非落公主："所以，我们就从阴阳针上动手脚！凤舞不是自诩修为强大，有大人物宠着吗？陆地上我拿她没办法，可如果在马背上呢？如果她惊了马，从马背上摔下来，摔断了腿呢？如果她不仅摔断了腿，还摔……死了呢？"

凤舞："……"

赛非落公主越说越兴奋："阴阳针能控制魔兽，而马匹也属于魔兽的一种，所以……这件事有很多操作空间！"

凤舞："……"

赛非落公主握拳，激动地看着凤舞："阴阳针由你控制，自然是万无一失，所以现在唯一要做的就是让凤舞答应跟我比试！"

赛非落公主一边踱步一边思索："如果直接找她，那个臭丫头肯定不会答应，所以必须想个法子才行，嗯……"

223

"公主，如果是段朝歌的消息……或许能威胁到凤舞。"凤舞说得模棱两可。

她在试探赛非落公主对朝歌的事参与程度和了解程度。

赛非落公主皱眉道："段朝歌对凤舞真有如此影响力？"

木管家狂点头，道："是的，段朝歌对凤舞来说非常重要！"

赛非落公主没好气地瞥了木管家一眼："你又懂？"

木管家："……"

凤舞心中暗笑，面上还是装出凝重的样子："据我所知，段朝歌对凤舞来说，既重要又不重要。"

"怎么说？"赛非落公主盯着凤舞。

凤舞淡声道："外人都以为段朝歌和凤舞关系好，但经过我的细心调查，发现段朝歌和凤舞确实关系不错，却没好到传说中的地步。但是，凤舞一定会救段朝歌。"

"如果拿段朝歌威胁凤舞骑马比试，可行？"赛非落公主有些拿不定主意。

凤舞露出神秘的笑容，看着赛非落公主："依我看，可行。"

"那好！"赛非落当即拍了凤舞的肩膀一下，"这事就交给你了！"

凤舞："啊？"

赛非落公主瞪着凤舞："难道你做不到？"

凤舞："做得到……"

赛非落让她说服自己？赛非落公主还真的很有意思。

只不过，刚才凤舞暗中研究了一下阴阳针上的毒药，惊奇地发现，那毒药比她想象中的还要剧烈，不是一时半会儿就能解开的，所以——

"公主——"凤舞喊住准备离开的赛非落公主。

"嗯？"赛非落公主回头，不解地看着凤舞。

凤舞苦笑道："阴阳针的解药……如果被凤舞得去，怕是会有麻烦啊。"

赛非落公主瞪着凤舞，道："怎么会被凤舞得去呢？解药不是在你手里吗？"

就在这时，木管家心里一抽，一种不好的预感爬上心头。

果然，凤舞笑眯眯地看了木管家一眼，苦笑一声："木管家呀……"

赛非落公主狐疑地看着木管家。

被凤舞连番打击的木管家，内心已经崩溃了，此刻的他正用复杂的目光看着凤舞。

凤舞苦笑道："木管家，之前您取走阴阳针的时候，不是连解药也一起取走了吗？"

什么叫欲加之罪何患无辞？可怜的木管家，整个人都处于极度震惊之中。

"什么？！你说什么？！什么叫解药在我手里？！"这一刻，木管家杀了凤舞的心都有了！

这辈子，他都没被人坑得这么惨过。明明占理的是他，却一退再退，退了又退，到最后退无可退……

凤舞态度极好，从头到尾都笑眯眯地看着木管家。

赛非落公主顿时不耐烦了："木管家，赶紧的啊。"

木管家难以置信地看着赛非落公主，颤抖着声音道："公主，您也……解药确实在我手里，但是公主，难道你从来没有怀疑过猫九吗？"

赛非落公主无语地看着木管家："数月前，猫九不顾自己性命都要救本公主，你觉得本公主还会怀疑他吗？"

木管家："……"他要怎么告诉赛非落公主，当初救她的人是自己，而不是这个假扮自己的小贼？

赛非落公主不耐烦地瞪着木管家："好啦好啦，赶紧的，把解药拿出来。"

木管家："公主……您有没有想过，如果这个猫九是假的，跟把解药交给凤舞又有什么区别？"

赛非落公主为之一愣。

凤舞笑眯眯地开口："木管家，所以你拿着解药不还，是打算送给凤舞吗？"

赛非落公主顿时回过神来，很干脆地朝木管家伸出手。面对赛非落公主坚定的眼神，木管家要怎么拒绝？木管家用仇恨的目光瞪着凤舞，如果目光可以杀人，凤舞早已经死了无数次。可惜，木管家尽管占理，还是被凤舞压制得死死的。

赛非落公主将从木管家手里得来的解药直接塞到凤舞手里。木管家瞪着凤舞："拿稳了，如果你敢给凤舞送去，小心你的小命！"

凤舞扑哧一声笑了出来："给凤舞送去？木管家，您是觉得我认识凤舞吗？"

赛非落公主没好气地看了木管家一眼："其他人或许会背叛，连木管家你，也有可能把解药给凤舞，但猫九绝对不会！他可是绑走段朝歌的帮凶，跟凤舞是天然对立的啊。"赛非落公主将药递给凤舞，同时叮嘱她，"你拿好了，明天对付凤舞的事就全靠你了！"凤舞笑着点头。

"对了，这个东西你帮我拿给师兄。"赛非落公主从怀里取出一个锦盒递给凤舞，"你知道师兄在哪里吧？"

"呃……"凤舞挠头，"之前知道，但不知道有没有换过地方？"

赛非落公主的师兄……那是谁啊，凤舞一点儿头绪都没有，所以回答得模棱两可。好在赛非落公主并没有感觉哪里不对。

赛非落公主没好气地说："师兄自然不会在一个地方待太久，据我所知，师兄现在正在小师叔那里呢，毕竟，师兄是小师叔最看重的师侄。"

小师叔？这位小师叔又是谁？

赛非落公主想了想，不由得叹息一声："可惜了，小师叔收徒的标准太高，就连师兄这样的资质，在小师叔眼中都不行，也不知道小师叔最后会找到怎样的一个徒弟来继承他的衣钵。"

赛非落公主自言自语，凤舞听得一脸茫然，不过她自然不会问出来。

好在没等凤舞再问，赛非落公主自己给出了答案。赛非落公主自言自语地道："小师叔虽然是至高无上的国师，可多年来一直找不到徒弟来继承衣钵，如果最终找不到，小师叔应该会将一身绝学留给妹妹吧？"

赛非落公主这句话透露了太多的秘密。

原来她的师兄资质不错。

原来她的小师叔就是国师。

原来她的妹妹极有可能会被国师收为徒弟。

原来……

还没等凤舞消化完这些消息，赛非落公主冰冷的目光便投射过来。

"赶紧去送东西，完了还要让凤舞答应明天跟本公主赛马，可别耽搁了。"说完，赛非落公主终于离开了。

赛非落公主一走，凤舞就要直面木管家的怒气。果然，赛非落公主刚转过一道弯，木管家便盯着凤舞，嘴角扯出冷笑。

"跟我过来！"木管家双手背在身后，用冰冷幽深的眼眸盯着凤舞，转身就走。凤舞没有动。

走在前面的木管家回头盯着凤舞，目光森冷地道："如果你不走，"木管家凑近凤舞耳边，压低声音说了几个字，"后果就是——"木管家话说得含糊，但凤舞听懂了。

凤舞似笑非笑地看着木管家，并不言语。木管家看了凤舞一眼，转身离去。凤舞想了想，最终还是跟了上去。木管家嘴角扬起一抹得逞的笑容，背在身后的手微微握紧。

七拐八拐之后，木管家便将凤舞带进了一个房间。等凤舞进去后，门从背后关闭，狭小黑暗的空间内，只有木管家和凤舞两人。一道光束从半空投下，照在木管家和凤舞身上，照出木管家阴沉的冷笑。

"你还真敢过来啊？"木管家和凤舞只隔了一丈远。

凤舞盯着木管家，神色如常，泰然自若，嘴角噙着一抹淡淡的笑。

"为何不敢？"凤舞笑着说。

"你就不怕我杀了你吗？你这个小贼！"说话间，木管家脸色骤变，那只一直放在身侧的手猛地朝凤舞颈项间握去。

咔——

凤舞躲避不及，被木管家扼住颈项。

"啧啧——"木管家发出冰冷的笑声，"我还以为你有多厉害，原来不过如此！"

凤舞笑容依旧。

"你真的不怕死？"木管家眼睛半眯着。

凤舞依旧笑着，不动声色。

木管家："放心吧，你肯定会死，不过在死之前，我倒要看看你是谁！"

木管家话音未落，手已用力，他猛地朝凤舞脸上撕去。木管家比谁都清楚，她戴着一张人皮面具，而撕下来的方法，除了他之外没有任何人知道！

可是，当木管家的手从凤舞下颌处滑过时，他惊讶地发现，那里没有微小的暗扣！不对啊！人皮面具的暗扣就在下颌骨这里，只有按动这个机关，人皮面具才能脱落。现在，木管家发现那里没有暗扣，从始至终都没有。他揭不开对方脸上的人皮面具！

"怎么会这样？这不对啊！这不可能的！"木管家喃喃自语，怎么都不愿意相信。

"你到底是谁？为何要扮演猫九？快说！"木管家冲凤舞怒吼出声。

此刻的凤舞，用无比平静的目光看着近乎歇斯底里的木管家。

"说！你到底是谁？信不信我将你的脸撕烂？"木管家失去理智地大喊大叫。

凤舞怜悯的目光从他脸上扫过，她长长地叹息一声，道："唉。"她的声音中透着无奈。

木管家只觉得心头一凛，一种不好的预感袭上心头。

"你又何必多此一举？"凤舞终于开口，用极其无奈的目光看着木管家，"我不是猫九，那谁是猫九？"

"我才是猫九！我才是！"木管家冲着凤舞大喊大叫。

扑哧！清晰的嗤笑声从不远处传来。木管家回头一看，差点儿被吓得魂飞魄散。此刻，赛非落公主就站在他身后，而且笑得前俯后仰、花枝乱颤。

"公主，您怎么……"木管家只觉得口中干涩，心里发抖。

"木管家啊木管家，真没想到，原来你是如此幽默之人啊，哈哈哈哈哈——"赛非落公主笑得眼泪都出来了，她指着木管家道，"你居然指着猫九说，他是假的，而你才是真正的猫九？"

木管家："……"

赛非落公主："木管家，你知道你在做什么吗？"

木管家："公主……喀喀，老奴、老奴刚才只是在开玩笑……请公主息怒。"

木管家几乎要崩溃了。

"开玩笑？你差点儿将猫九掐死，你说这是在开玩笑？那要不要本公主将你掐死，然后跟你说在开玩笑？！"

木管家："……"

赛非落公主："木管家，你简直欺人太甚！我都看不下去了！"

木管家："公主……"

227

然而，赛非落公主已经不信任他了："拿出来吧。"

"啊？"木管家一脸无辜地看着赛非落公主。

赛非落公主摊开手道："管事的印章，需要本公主说得这么明白吗？"

木管家瞪大眼睛，道："公主殿下，您、您的意思是……"想到这种可能，木管家全身发冷。

"本公主的意思，你还不明白吗？"赛非落公主没好气地说，"你这个管家当得不称职，本公主暂时收回你的管家之权，你有异议？"

木管家当然有异议，可是他能怎么办，他敢拒绝吗？

就在木管家将代表管家之权的印章递给赛非落公主时，公主转手将印章递给了凤舞。此举，连凤舞也很惊讶。木管家更是惊得眼珠子瞪得老大。

木管家："公主！"

赛非落公主没好气地说："木管家，你实在让本公主失望！管家之职先交给猫九，至于什么时候还给你，看你的表现！"赛非落公主这回真的走了。

木管家看着凤舞，凤舞也笑眯眯地看着木管家。木管家气得浑身发抖，凤舞则笑得更开心了。

"真以为我不敢杀你是不是？"木管家瞪着凤舞。

凤舞似笑非笑地盯着他。

"呵呵——"木管家突然笑了起来，"你说，你现在把猫九的马甲经营得这么好，如果……我杀了猫九，不就能变回猫九了吗？"

凤舞："是啊！"

木管家用看白痴一样的目光看着凤舞。这个小贼是疯了吗？居然鼓励自己这样做。既然如此，自己不做倒是对不起这个小贼了，大不了自己让木管家失踪一段时间。

想到这儿，木管家忽然出手，一把握住凤舞的咽喉。凤舞却忽地对他勾起唇角。木管家只觉眼前一黑，下一秒，他惊诧地发现，他的咽喉被扼住了！木管家瞪大眼睛，难以置信地看着眼前这一幕。

"你、你、你……"木管家惊讶得说不出话。因为他刚才好几次威胁了对方的性命，对方都没有反抗，以至于木管家有一种错觉，以为他的实力足以掌控这个小贼的性命。现在他发现，事实并不是这样，对方仅仅用了一招，就将他击败！

"你、你、你……"木管家难以置信地瞪着凤舞，"你一直在装！"

凤舞笑眯眯地看着他，唇角微微上扬："是啊，木管家现在才发现吗？这得有多迟钝呀。"

木管家气得全身颤抖，面色宛若熟透的虾子。

"你你你、你到底是谁？！"木管家看着凤舞，心里突然有一种很不好的预感。

凤舞笑道："木管家觉得呢？"

木管家："你偷走了我的人皮面具，说明知道我的神秘储藏地，那个地方没有任何人知道，除非——"忽然，木管家的脸色变得非常难看，"你、你该不会是……"

就在这时，凤舞的手在额头上一抹。下一秒，她的真容就暴露在木管家面前了。

"你你你你你你……"木管家面容扭曲，面部肌肉不断地抖动，"不可能！不可能！绝对不可能！"怎么会是凤舞？怎么可能？！

"你怎么会……"木管家身体一震，完全反应过来了，"我之前的假死没有骗过你们？！"

凤舞笑道："你说呢？"

木管家："你一路跟踪我？！"凤舞轻笑不语。

木管家："你知道我的储藏地在哪里，你拿到了猫九的人皮面具，扮演了我，混进这里，你在……愚弄我！"

凤舞依旧笑眯眯地看着他。

木管家整个人都蔫了，因为他打不过凤舞。

"你想如何？"正所谓识时务者为俊杰，木管家既然已经认清现实，那么现在要做的就是让自己渡过难关。

凤舞微笑着看向木管家："你说呢？"

"不要杀我！你想知道什么，我都说，你要什么，我都可以给你，只求你不要杀我……"木管家颤抖着双腿，直接给凤舞跪下了。

猫九猫九，就像猫一样有九条命，可是，猫九最不应该做的就是在凤舞面前暴露他的金手指。

猫九没有痛觉神经，不怕疼，他的心脏往右偏了三分，眉心也偏了三分，别人的致命处对他来说都不是致命处，所以他才有九条命。他的这些底牌，在凤舞面前形同虚设。他不得不跪地求凤舞放过。

凤舞笑眯眯地看着木管家："我想知道的，你都会说？"

"是的是的，只要是你想知道的，只要是我知道的。"木管家的神色无比诚恳。

凤舞双手环臂，笑眯眯地看着他："好，先来说说国师吧，这位国师是怎么回事？"

木管家苦笑道："难道您连八思巴国师都不知道吗？这位可是我们草原的第一强者！是和大汗并列的大人物啊！"

凤舞没好气地说："八思巴国师我自然知道，他和皇室是什么关系？"

"八思巴国师行踪神秘莫测，神龙见首不见尾，一般情况下是见不到他老人家的，只有灵气复苏之日，他老人家才会现身。至于他和皇室的关系……说实话，一向是淡漠的，从来没见他亲近过皇室。至于赛非落公主，她的师父是司七印大人，是八思巴国师的师兄，赛非落公主一直喊国师小师叔，甚至想拜入他的门下。国师大人对收徒要求极高，寻找了这么多年，也没找到合他意的徒弟。要知道，能做国师大人

的徒弟，便能继承他老人家的衣钵，还能成为神权代言人，因此这个徒弟的位子，草原上几乎所有人都盯着，赛非落公主自然也盯着。不过赛非落公主资质平庸，人品性情更是没有一点儿出众之处，但赛非落公主有个妹妹，明兰尔公主。这个公主可不得了，不论天赋、医术、才情还是品貌都为人景仰。很多人说，明兰尔公主会是国师大人的徒弟。当初，大汗问过国师这个问题，国师大人并没有否认。"

"凤舞姑娘好像对当国师大人的弟子这件事不以为意？"木管家何等眼尖，一眼就看出来了。

凤舞淡淡地一笑。

"凤舞姑娘，您是不知道啊，我附赠您一个消息，国师大人可是神源之地的守护者啊！"

凤舞顿时眼睛一亮。等灵气真正复苏，这块地方会变成神源之地。而如果她得到了神源之种，那么对修炼的帮助就太大了！凤舞无论如何都不会放弃这个机会。

上心归上心，凤舞可不会表现出来，她淡淡地轻哼一声，然后开口道："神源之地又如何？难道我还奢望拿到神源之种不成？"

木管家苦笑。整个神源之地，神源之种只有一颗，谁敢奢望？至于眼前这位凤舞姑娘……猫九承认她天赋高，修为也不错，可还远远达不到他见过的顶尖高手的层次，甚至，她连绝大人都远远不如。

"对了，赛非落公主的那位师兄又是怎么回事？"凤舞状似无意地问道。她总觉得这位师兄绝非普通人。

木管家苦笑道："赛非落公主的这位师兄就是我家主人绝大人，绝大人看似冷漠，其实内心最是柔软，我做了错事，若是换作别的主人，早就刑罚加身了。绝大人虽然生气，却从来不会赶我走。"

"会有如此心软之人？"凤舞挑眉道。

木管家苦笑道："是的，绝大人是最好的主人。"

凤舞又问了绝大人的一些情况。

"黑袍？他喜欢穿暗纹黑袍？"凤舞忽然眉头一皱，"可是这种暗纹？"凤舞从衣袖中取出一块黑布片，上面有条条金蛇暗纹。

"对对对，这就是我们家绝大人的衣裳布料，你从何处得来？"木管家惊讶地瞪着凤舞。

从何处得来？凤舞在心中冷笑一声。还真是踏破铁鞋无觅处，得来全不费工夫啊！

凤舞的这片黑色布料，就是从那个黑衣人身上得来的。而那个黑衣人……不用说，就是木管家口中的主人——绝大人了！

凤舞的嘴角勾起一抹淡漠的弧度，眸中寒光闪闪。她扮演猫九，以身犯险，就是想找到朝歌，而现在，她大概知道朝歌在谁手里了。

木管家看着凤舞脸上的表情变换，心头浮现不好的预感。

"你、你说过的……会放过我……"木管家颤抖地指着凤舞。

"放过你？活在梦里！"凤舞冷笑道。

"我说了这么多，你……"

"你说了这么多，是你自己想说的，难道不是吗？"凤舞双手背在身后，笑眯眯地看着木管家，"你不是连让木管家这个身份怎么消失都想好了？"

木管家瞪大眼睛，道："原来从一开始，你就没想放过我！"

凤舞："是啊，你可是有九条命呢，而且还会易容，一旦放过你，下次想将你找出来可就难了。"说话间，凤舞手指一点，点向木管家的眉心穴。不过这次，凤舞的手指偏右了三分。

木管家的身子猛地紧缩，随后砰的一声倒在地上，他永远闭上了眼睛。

凤舞看着地上的木管家，眼眸依旧平静。木管家是绑架朝歌的帮凶，既然对方敢动她凤舞的人，她就必以十倍奉还！所以放过什么的，从来都不存在。

凤舞冷着一张脸，弯下腰，在木管家脸上找到人皮面具的暗扣。她手指微微用力，下一秒，木管家脸上的人皮面具就出现在凤舞的手中。

凤舞终于看到木管家的真正容貌了。或许因为常年戴着人皮面具，他的真容苍白而干瘪。

凤舞在木管家身上摸索一圈，看到他腰上有一块手指大小的木牌，牌子上有两个字：姜堰。

所以，这才是他真正的名字？

凤舞将这块小木牌收好，取了木管家的外袍，或许她还有机会扮演木管家。

凤舞将这些都处理完毕后，手中多了一瓶小小的黄色药剂。凤舞只倒了三滴在木管家的尸体上，不出一分钟，地上只剩下一摊黄水。木管家……就像从来没有存在过一样。

凤舞淡定地将猫九的人皮面具扣上，随后出了房门，一路往绝大人的住处而去。

按照赛非落公主的说法，绝大人正在和大汗说话，她正好有时间将绝大人的住处探个究竟，看看朝歌是不是被藏在那里。

看得出来，绝大人很受大汗重视，他的营帐距离大汗的营帐不过数百米。

皎洁的月光倾泻而下，整个营帐寂静无声。

凤舞想到朝歌，不知这个丫头正在承受怎样的痛苦。想到这儿，凤舞推门而入。果然，里面没有一个人，安静得可怕。

绝大人应该还没有从大汗那里回来，空气中浸透着冷寂。对凤舞来说，这是最好的机会。

这座营帐空而大，桌子、椅子、地毯……家具很少，一眼望去一目了然。如果朝歌被藏在这里，那这里一定有机关暗格。凤舞环顾四周，默默摇头。周围是没可能

了，唯一的可能就是地下……只有地下室是未知的。可是，真的有机关吗？

好在凤舞是这方面的高手，她一寸寸搜索，目光定格在头顶的一个灯罩上。灯罩的造型非常简单，四四方方，看不出什么奇妙的地方。不过，灯罩的某个地方特别干净，灰尘少了很多，可见经常被人触摸。

"你来了？"就在凤舞盯着灯罩看的时候，她身后传来一道冰冷的声音。

"绝大人。"凤舞恭恭敬敬地站在一边。

绝大人一身黑袍，脸笼罩在黑袍里，全身散发出森冷凌厉的气息。那双眼睛更是冰冷，杀伐果断。他从上到下打量了凤舞一遍。

被绝大人打量，凤舞有一种手脚冰凉的感觉，像是心里隐藏的秘密被发现了一样。难道，绝大人看出她是假冒的了？

就在凤舞心跳加速的时候，绝大人忽然转开目光。

窗户是开着的，绝大人负手而立，看着窗外的夜色。

绝大人没有盯着她，凤舞顿时感觉轻松了许多。

这个绝大人就是之前引开凤舞的黑衣人，就是绑架朝歌的那个人！但是凤舞知道，现在的她不能用仇恨的目光盯着他，甚至……连一点点不善的情绪都不能表现出来。

凤舞低垂着脑袋，快速调整情绪。等她抬头时，目光像是被水洗过，干净而清澈。

好在，绝大人一直看着窗外，并没有注意到她的变化。

绝大人忽然回头，目光冰冷地盯着凤舞："公主那边都说好了？"

"是的，主人。"凤舞恭恭敬敬地道。

"你要记住，没有任何事比神源之种更重要！"绝大人严肃地道。

"是的，主人。"凤舞点头道。

就在这时，凤舞忽然感觉一道阴影笼罩在她的上方。就在凤舞感觉怪异的时候，一根手指突如其来地挑起她的下颌。

什么？！凤舞当即全身僵硬，眼睛瞪大。她被发现了吗？绝大人是在调戏她吗？她要出手吗？如果绝大人没有证据呢？

就在凤舞内心不断挣扎的时候，那只手猛地捏住凤舞的下颌。

"在想什么？"绝大人的语气变得没有那么生硬了。

凤舞："……"不是她不想说话，而是不知道该怎么说。如果说错了，她就暴露了。

"姜堰，你果然还是如此倔强吗？"绝大人的声音中带着一丝无奈，还有一丝宠溺。

姜堰？听到这个名字，凤舞心里一抽。绝大人没有认出眼前这个人是她假扮的，他的异常，只是因为眼前的人是猫九。

只不过——

事情不会是她所想的那样吧？如果真是这样……凤舞打了个寒战，不是不是的，一定不是的……

可是，老天爷好像专门跟她作对，凤舞刚说服自己不能这样想，眼前的绝大人已经扶住凤舞的双肩。

不、不是吧？凤舞内心颤抖了一下，差点儿就要反抗。

"阿堰，你总是如此。"绝大人眼中的宠溺化为悲伤，"为何你总是拒我于千里之外？"

凤舞："……"这个人真的是她之前见过的那个残酷绝情的神秘黑衣人吗？原来在特定的人面前，他也会悲伤软弱啊！

凤舞内心一片冰凉。如果他知道姜堰死在自己手中，会爆发出怎样的愤怒和仇恨？

凤舞想到这儿，内心紧缩，身子也跟着一颤。

绝大人却更进一步，伸出宽大的手，抚摸着凤舞的脸："阿堰啊阿堰，为了你，我可以背叛整个世界，为何你总觉得自己没脸见人？"

绝大人用骨节分明的手一寸一寸地摩挲着凤舞的脸："这张人皮面具你戴了很久了，以至于我都忘记我的阿堰长什么样子了呢！"绝大人摩挲着，手指已经到了凤舞的下颌。

凤舞顿时一惊，准确无误地拽住绝大人的手，目光冰冷地盯着他。她眼中有愤怒也有警告，甚至还有悲伤和哀求……

绝大人被凤舞那样看着，顿时清醒过来，松开了手。他后退一步："阿堰……"

这么好的机会，凤舞怎么可能放过？她当即后退了一步。

"喀喀……"绝大人顿觉尴尬，转移话题，"对了，那个段朝歌，你去将她拎出来吧。"

惊喜来得太快，凤舞几乎反应不过来。

"去啊。"绝大人瞥了凤舞一眼。

凤舞："好。"听绝大人的意思，猫九应该知道朝歌被关在哪里，但她又不是猫九，哪里知道朝歌被关在哪里？

绝大人不解地看着凤舞："怎么不去？"他在催促她。

她再拖下去，绝大人该怀疑自己了。

"阿堰？"绝大人微微皱起眉头。

凤舞想到自己之前发现的特殊灯罩，眼前一亮。事已至此，只能试一试了。想到这儿，凤舞慢慢地一步一步走到灯罩前。

就在凤舞忐忑不安的时候，绝大人用狐疑的目光瞥了凤舞一眼，随后一挥手。灯罩里的烛火被点亮。

凤舞盯着灯罩，那里没有丝毫动静……所以，这里并不是真正的入口？凤舞的心高高提起，刚才如果她不小心，就露馅了。

就在这时，绝大人抬手，却见烛火一灭，随即，边上一道门徐徐打开。

凤舞："……"机关还真是这个灯罩！还有这种操作？

凤舞不由得庆幸自己的小心谨慎。如果刚才她动手，立即就会露出破绽。还好，惯有的小心谨慎救了她一命。

就在这时，绝大人瞥了凤舞一眼，淡淡地说了一句："走吧。"

凤舞点点头，跟在绝大人身后。

前方是寂静的甬道，四周安静得可怕，真的能够听到彼此的呼吸声。因为安静，所以气氛显得越发尴尬。好几次绝大人都想说话，但都被凤舞瞪回去了。绝大人只能默默地叹息。

经过一条黑暗的甬道，两个人到了一处暗室。暗室不大，四四方方，用特殊材料建成，专门关押强者。当凤舞看到里面的一幕时，顿时被愤怒席卷。她双眸紧缩，赤红一片。

朝歌被绑在柱子上，双手被铁链锁着，看上去遍体鳞伤，鲜血淋漓……那一瞬间，凤舞恨不得将绝大人当场击毙。

当凤舞身上泄出一丝怒气的时候，绝大人立即感觉到了，他侧头看了凤舞一眼："怎么了？"

好敏锐的人！凤舞自然不能说什么，用强大的意志力将内心的冲动压制住。深吸一口气后，凤舞保持着微笑，道："用刑了啊？"

朝歌身上的血似乎是新鲜的，凤舞可以断定，她的伤是在一个小时之前受的。她被人用刑了！

"哦。"绝大人显然不以为意，"肖云做的吧。"

肖云？那又是谁？凤舞不能问，只能默默地将这个名字记在心里。

似乎看出凤舞眼中的不乐意，绝大人难得地解释了一下："这个段朝歌还是有点儿意思的。"

凤舞："哦？"

"在生死和朋友之间，她居然选择朋友，真是奇怪，不过正因为她是有史以来第一个选择朋友的，所以能够活命。你放心，你主人我从来只杀人，而不虐人，如果不高兴——"

凤舞充满期待地看着绝大人。绝大人忽然觉得很开心，他最喜欢的就是阿堰用这样的目光看着他。

"如果不想见血腥，那么，这个段朝歌由你看管可好？"

凤舞眼眸一亮，道："可以吗？"

绝大人面上露出暧昧的笑容："怎么不可以？只要你愿意留下来，我求之不得。"

"这个段朝歌……"凤舞欲言又止。

"她的存在是用来对付凤舞的，而凤舞……本身并不重要，重要的是她身后的君临渊。"

凤舞："我们要如何对付凤舞？"

绝大人淡淡地一笑，道："阿堰认识她？好像对她的事很关心？"

凤舞："被她坑过一回。"

"她敢坑你？倒是有点儿胆子，不过阿堰放心，很快她就会哭了。"

凤舞："她为什么要哭？"

绝大人："因为君临渊。"

凤舞的心头猛地一紧："君临渊怎么了？从君武帝国那边看，他好像失踪了呀。"

绝大人淡淡地一笑，正要说话，却见原本昏迷的朝歌苏醒过来。

朝歌看着眼前的两个人，龇牙咧嘴地道："你们要对我家小舞做什么？！"

绝大人轻蔑地看了朝歌一眼，低头对凤舞说："灵气复苏后，你哪儿都不许去，就待在我身边，可听见了？"

凤舞能说什么，只能点头。

绝大人笑得很开心，因为今天的阿堰比以往任何时候都要听话。

凤舞多擅长察言观色，很容易就知道绝大人在想什么。

绝大人如此，凤舞就更不能掉以轻心了。他对姜堰越上心，一旦知道真相，就会越愤怒。而绝大人的实力，远在她之上。

"你们两个狗男人！"朝歌愤怒地瞪着他们，"真恶心！太恶心了，我昨晚吃的饭都要吐出来了！"

凤舞能明显感觉到，绝大人身上浮现出的怒气，正以飓风般的速度累积。

朝歌却毫无所觉，瞪着眼前的两个人："瞪什么瞪！看不顺眼就杀了我啊！还想拿我去陷害我家小舞？简直做梦！"

凤舞心里忽然一疼。原来朝歌不是不知道这样会激怒绝大人，她只求速死，好傻的朝歌啊……

一时之间，凤舞眼眶都要湿了，她得强忍着才能不哭。

"有本事杀了我啊！你们这对狗男人，恶心死人了，我都要吐了！"朝歌其实不太会骂人，所以翻来覆去就是这两句。

就是这两句话，足以让绝大人怒火中烧。绝大人上前一步，手臂高高举起。

朝歌脸上露出解脱般的笑容。然而下一刻，绝大人的手却被凤舞拉住。绝大人皱眉，不解地看着凤舞。

凤舞摇头道："刚才您答应了，段朝歌交由我管，您忘记了？"

绝大人皱眉道："她该死。"阿堰神圣不可侵犯，这个女人居然敢骂他！

凤舞苦笑道："所以，您说过的话，都是不算话的，对吗？"

绝大人："……"

最终，他哼了一声，甩袖而去。他带起的气浪甩了朝歌一脸。朝歌脸上出现三道血痕，鲜血顺着脸颊流淌而下……

绝大人离开后，凤舞没好气地盯着朝歌。朝歌气坏了。

"喂，你看什么看！真是讨厌！"

凤舞："我救了你一命，你还说我讨厌？"

"喂，谁要你救我的？我要你救我了吗？我求你救我了吗？你知不知道你坏了我的大事啊！"

凤舞："我救你，还坏你的大事了？你这个人讲不讲理啊？"

朝歌气得脸色通红："你才不讲理呢，是我自己要死的，你救我干吗？"

凤舞无语地看着她："你真想死？"

朝歌："我就是想死，怎么样？"

凤舞："段朝歌，我看你是被关傻了吧？好好活着不行吗，非要死？"

朝歌："你这个帮凶，有什么资格说我！哼！你滚！赶紧滚出去！"

凤舞听着门外的脚步声越走越远，旋即没好气地看着朝歌。

"你真要我走？"

段朝歌朝凤舞大喊大叫："你滚，你滚，你滚！"

凤舞："那我真的滚了啊。"

朝歌冷笑道："说得好像谁会挽留你一样，简直太好笑——"

然而，朝歌的话还没说完，凤舞已经摘下脸上的人皮面具。

"啊啊啊——"朝歌爆发出尖锐的叫声。

"嘘——"凤舞朝朝歌伸出食指。

朝歌忙点头，还是抑制不住内心的激动和兴奋。

"啊啊啊啊——小舞小舞小舞！小舞真的是你吗？天啊天啊天啊！我就知道你会来救我的，然后你果然就来了，啊啊啊啊——"朝歌激动坏了，整个人就要朝凤舞冲过去，但身体被铁链锁住，根本动不了。

凤舞没好气地揉揉她的脑袋，道："现在还要我走？"

"不不不，我家小舞最好了，不走不走，才不要小舞走呢。"朝歌多刚强的少女，此刻柔软得一塌糊涂。

两个人抱着欢呼了片刻，终于回过神来。

"我来把你放出去。"凤舞说着就要解开朝歌身上的铁链。

"等等——"朝歌忽然阻止凤舞。

凤舞抬头，不解地看着她。

朝歌苦笑道："小舞，现在你大概还不能放我出去。"

凤舞："为什么？"

朝歌："铁链不仅上了锁，而且只要你一动它，绝大人就会知道。"

凤舞："这个没关系，绝大人那边我能搞定。"

朝歌一想也是，就刚才的情景，绝大人对凤舞……呸，应该说绝大人对猫九，绝对是有心思的！

朝歌还是苦笑道："小舞，还是不行啊。"

凤舞皱眉道："为什么？"

朝歌："我的身体里，被种下了东西，他们说，如果我走出这个房间一步，身体就会自爆……"

凤舞瞪大眼睛，还有这么可怕的东西？她当即检查朝歌的身体，上上下下检查一番后，她瞪圆了眼睛。

"你的心脏处确实有一个小黑点，像脉搏一样在跳动，这——"凤舞倒抽一口凉气。她没有说出口的是，那东西是有生命的，而且是用冰冷的金属制作的……跟朝歌形容的体内炸弹非常相似。

"可恶！"

如果说一开始，凤舞对自己杀了猫九还有一点点愧疚，那么现在，这样的愧疚是一点儿都没有了！凤舞恨不得将绝大人当场击毙！

"现在确实不能让你出去，否则后果不堪设想……"凤舞深吸一口气，认真地看着朝歌，"小歌，你相信我吗？"

"什么话？"朝歌没好气地瞥了凤舞一眼，"在我的人生中，我唯一相信的人就是你啊，小舞。"

凤舞心头一疼，她怎会不知道？如此友情，她何以为报？

"小歌，你放心，我会想到办法的，我一定会想到办法来救你，我只要你答应一件事！"凤舞深深地盯着朝歌。

朝歌茫然不解地看着凤舞。凤舞说："你一定要等到我来救你！绝对不可以放弃，知道吗？"

朝歌："好。"

凤舞戳戳她的脑袋，道："如果他们以我来要挟你，不许答应，知道吗？"

朝歌："那可不行，你是我家小舞啊，威胁你的事必然是不行的。"

凤舞："你是白痴吗？你家小舞这么厉害，他们会威胁到我吗？"

朝歌："好像也是。"

凤舞知道朝歌在这方面有些死脑筋，所以必须将道理给她说通，不然她下次还会如此。

"所以啊，他们只是吓唬你，下次一定要先保全自己的性命，知道吗？只要能活

下去，就一定能等到我来救你，知道吗？"

朝歌："那不行，小舞和我放在一起，我肯定选小舞……"

朝歌的话还没说完，凤舞就听到外面传来清晰的脚步声。凤舞对朝歌示意噤声，而她自己也快速地将人皮面具戴上。

不过三秒钟，猫九的面孔出现，凤舞的真容消失了。朝歌看直了眼，怎么都没想到，原来有人可以在三秒钟之内变脸啊。

"小舞，如果以后有人冒充你，怎么办？"朝歌心里有些慌。

凤舞笑道："很简单啊，我们可以做这个手势，只要手势对了，就一定是我了。"说着，凤舞对朝歌做了一个胜利的手势。

"我做胜利，你做OK，别人都看不懂，只有我俩懂，好不好？"凤舞笑着说。

"嗯！"朝歌顿时好开心。

这个动作只有她们俩知道，连君殿下都不知道。

此刻，脚步声越来越近，很快，一道人影出现在凤舞面前。这是一位身着紫袍的少年，眉眼上挑，带了一股妖娆的秀气。

"猫九？你不是去赛非落公主那儿了吗？怎么又回来了？"

凤舞皱眉，看来这个人对猫九很熟悉。

"哟，段朝歌，刚才不是被我抽得死去活来吗？怎么，现在立马就清醒了？"妖娆少年围着朝歌转圈子，一边走一边啧啧出声。

凤舞的脸色瞬间变得非常难看，她知道眼前这个人是谁了。

敢伤她的人？凤舞怎么可能忍得住？她一抬手，直接一巴掌朝肖云的脸上扇去。肖云整个人都是蒙的，还没来得及挑衅猫九，就被打了？

没等肖云反应过来，凤舞又是一脚重重地踹过去。可怜的肖云被踹飞，在半空划出一道优美的抛物线，砰的一声，重重地摔落在地，发出清脆的重物撞击声。

"你！"肖云疼得头晕眼花，整个人都要昏过去了。

凤舞会就此罢手吗？显然不会。只见凤舞速度飞快地冲上去，高高飞起，等她落地的时候，正好重拳砸在肖云身上。哐当！可怜的肖云，才刚来，还没来得及挑衅凤舞，就被揍得鼻青脸肿。哐当哐当哐当！凤舞对着他一顿拳打脚踢，足足过了十分钟才停下来，因为她打累了。

可怜的肖云躺在地上，已经出气多进气少。半晌，他终于缓过神，挣扎着站起来，指着凤舞："猫九……你居然敢打我……你居然敢……"肖云的门牙被凤舞打掉了，现在说话都漏风。

凤舞冷笑一声，道："我打你怎么了？再乱说话，看我杀不杀你！"

"你！"肖云被气得够呛。他可是知道绝大人和猫九的事，并且经常拿这事嘲笑威胁猫九。猫九脸皮薄，敢怒不敢言，又不敢跟绝大人告状，因此经常吃亏。

"你敢打我，哈哈，你居然敢打我！你信不信我将你们的事公之于众？！"

凤舞冷笑道："什么事？"

肖云哈哈大笑道："什么事？还能有什么事？不就是你和绝大人的事吗？哈哈哈，你说，如果他们知道眼高于顶的绝大人居然跟他的仆从……"

凤舞看着肖云，忽然露出一抹怪异的笑容。肖云被凤舞这样的目光吓得心里一抽，不知为何，心里有一种很不好的预感。

凤舞怎么可能会放过他呢？

"哦？绝大人和他的仆从如何？"凤舞笑道。

肖云被凤舞挑衅了。

这个人以前那么容易被威胁，现在居然一脸从容。

肖云冷笑道："我可是亲眼所见，绝大人把你压在墙壁上，你们两个嘴对嘴，哼，那画面，啧啧……如果说出去，绝大人将不容于世，你猫九也好不到哪里去！"

凤舞："所以，你是一定要公之于众吗？"

肖云："那是当然！"

凤舞："如果绝大人要求你不要往外说呢？"

肖云："哈哈，我虽然在绝大人手下做事，可你觉得绝大人管得住我？绝大人只对你一个人好，我早就对他失望透顶！所以不要跟我说恩情，我对他只有仇恨！我要报复他！我要将你们的丑事——啊——"肖云话音未落，便发出凄惨的叫声。他低头一看，却见一把利刃从后背贯穿，刺到前胸。胸口像染红的曼陀罗花一样，有血迹蔓延开来——

鲜血，滴滴答答地往下落。

"啊，啊——"肖云想说话，刚一张口，就是满口鲜血……他的目光从凤舞脸上划过，眼中有愤怒，有憎恨，有怨气……各种情绪交织，但更多的是惊讶。他转过身，背后站着的不是别人，正是绝大人。

从一开始，这就是凤舞布下的局，一个绝杀肖云的局。其实，凤舞可以暗杀肖云，但是她不要，她要的是正面击杀！这个人敢虐待她的朝歌，她怎么可能让他那么容易就死去？

一开始，凤舞不给肖云说话的机会，见到他的第一面就是一顿狂抽，下面动静这么大，绝大人能不知道？就算他不好奇，但他总归是关心猫九的，难道他不担心猫九的安危吗？所以，绝大人是一定会下来的。

肖云被打得晕晕乎乎的时候，绝大人下来了，而凤舞正好设下陷阱让肖云钻。肖云也是个傻的，说什么不好，偏偏说要告发。绝大人可以不在乎世人对他的指指点点，可猫九在乎，所以肖云必须死。

凤舞利用绝大人，光明正大地坑死肖云，她心中的怒气才缓解了一些。

可怜的肖云轰然倒在地上。

凤舞眉头蹙起，盯着绝大人道："你怎么杀了他？"

绝大人用白色绢布擦拭着血红色的剑身，淡淡地说："他该死。"凤舞嗯了一声。

绝大人看了凤舞一眼："你不生气？"

凤舞："我为什么要生气？"

绝大人："如果是以前的你，一定会怪我下手太狠。"

凤舞："……"我最担心你下手不狠。

朝歌见凤舞短时间里坑死肖云，为她报仇，心花怒放的同时，也不由得敬佩。

"对了。"凤舞皱眉，指着朝歌问绝大人，"她身体里的定时炸弹，是怎么回事？"

绝大人看了凤舞一眼："你知道了？"

凤舞："不能说？"

绝大人："如果是别人，自然不能说，可如果是你，我知道的事，有什么是不能告诉你的？"

凤舞在心里默默叹息。可怜的绝大人，如果他知道猫九已经……

"她体内的定时炸弹是八思巴国师亲手放置的。"绝大人苦笑道，"所以就算是我，也没办法解除。"

凤舞的眉头微微蹙起："八思巴国师？国师大人为何如此？"

绝大人："具体不知道，大概是跟小师叔的收徒大事有关，现在对他老人家来说，收徒比神权还重要。不过，在没有解除炸弹的情况下，这位朝歌姑娘如果离开房间半步，就死定了。"

凤舞："……"原来真的如此。所以，如果她要救朝歌，只能找八思巴国师。凤舞烦恼地揉揉眉心。

绝大人没好气地点点凤舞的脑袋："你在烦恼什么呢？"

"八思巴国师在哪儿？"凤舞问。

绝大人："昨日我刚好见过国师大人。"

凤舞看着绝大人，目光中充满希冀。

就在这时，绝大人不知想到了什么，脸色变得非常难看。

"为何你突然要找小师叔？可是跟她有关？"绝大人指着朝歌。

凤舞："我只是——"

绝大人："你是不是喜欢上她了？我知道，你一直喜欢的都是姑娘！"

凤舞："……"

凤舞还没反应过来，朝歌已经笑喷了。

"哈哈哈哈哈——绝大人你也太搞笑了吧？哈哈哈，你居然会问这样的问题哈哈哈——"

如果不是被铁链锁住，朝歌早已抱着肚子在地上打滚了。

绝大人看着朝歌的反应，顿时放松下来。

凤舞苦笑道："我只是想知道，自己有没有成为国师徒弟的资格。"

绝大人这才松了口气，苦笑地看着凤舞，揉揉她的脑袋："小九啊小九，就连你主人我，都没被小师叔看在眼里，你——"

凤舞故作娇嗔状："怎样？就不许我天赋比你高啊！"

绝大人最喜欢猫九对他这般了。以前的猫九太冷静太疏远……现在的猫九，看着生动许多，绝大人真是越看越喜欢。

绝大人："好好好，我家小九比主人的天赋要高很多呢。"

凤舞："所以，国师大人到底在哪里？"

绝大人苦笑道："那个地方就算说出来你也不知道。"

"说不出来可以画出来啊。"凤舞从一旁取了纸笔，往绝大人面前一放，"画！"

绝大人无奈地叹了口气："你呀你，要是换作别人，敢探听国师的隐私，啧啧。"

凤舞："我知道你对我好。"

绝大人以为自己听错了，激动之余，墨汁滴落在纸上："你说什么？"他猛地抬头。

凤舞："我有说什么？大概是你自己听岔了吧？"

绝大人嘴角含笑，没好气地瞅了凤舞一眼。

原本绝大人只是哄哄凤舞，知道她不可能找到那个地方，可因为刚才那句话，绝大人内心高兴，下笔特别仔细。不过一小会儿，绝大人就将详细版地图画出来了。

凤舞看着地图，心里暗暗欢喜，亏了刚才那句话，不然这地方还真不好找呢。

绝大人将地图递给凤舞，说："灵气复苏后，这里就是神源之地的核心，因为整座神源之地的能量是由国师大人提供的。"

"国师大人竟如此厉害？那他当不是能操控整个神源之地？"凤舞惊呼一声。

绝大人却没好气地瞥了凤舞一眼："国师大人虽然厉害，但对于浩瀚无边的神源之地来说……"

凤舞懂了。绝大人恨不得将猫九留到地老天荒，但凤舞哪里还敢待在这里啊？凤舞婉拒了绝大人邀他同住的想法，从塞纳尔草原这边的营帐径直回了她的营帐。

"凤舞姑娘，你有看到我家太子殿下吗？"这个带着哭腔的丫鬟正是太子府的丫鬟香草，以前常跟在宫嬷嬷身边。

凤舞皱眉道："君临渊还没回来？"香草点点头。

凤舞眉头紧蹙，心中不知为何有种不太妙的感觉。

凤舞回到营帐不久，风浔快步而来。

"小舞，你才回来啊，到底去哪儿了？怎么到处找不着你？要是你再不出现，我

241

都要找对面要人了！"风浔急得不行。

凤舞苦笑道："我没事，就是扮演了一下别人而已。"

风浔知道凤舞会易容术，旋即松了口气。

"我说呢，我在对面蹿来蹿去，怎么就没看见你，原来你扮成了别人，对了，我这边跟着跟着，把人跟丢了……"风浔很不好意思地挠挠脑袋，"小舞，对不起啊……"

凤舞摆摆手："你跟丢了，我没跟丢啊，放心吧，这边有收获。"

听到凤舞这么说，风浔顿时松了口气："还好还好，我就知道，我家小舞是最厉害的。"

"对了，你那边有什么消息？"

其实，风浔并不觉得这么短的时间内，凤舞会得到特别有用的消息，直到凤舞将这短短几个时辰内的所见所闻说出来。

"什么？你拿到了猫九的人皮面具？洗劫了他的储藏室？发了发了，这次真的发财了，太多有用消息了！小舞，你简直就是神啊！你怎么这么厉害！这么短的时间就……"

风浔对凤舞的崇拜之情，犹如黄河之水天上来，又如长江之水滔滔不绝。

凤舞刚才还笑着，现在却笑不出来了。

"朝歌还被关在黑暗的地下室内。那里潮湿阴暗，连空气也充满酸腐的味道，正常人在那里待久了都会头晕眼花，更何况朝歌身上有伤。"

凤舞原本想给朝歌治伤，可那样做就太明显了，对朝歌来说反而是坏事，所以凤舞才没有出手治疗，只给了朝歌内服的伤药。

"对，我们一定要将朝歌救出来！"想到朝歌，风浔也是一阵心疼，那是多么阳光热情的姑娘啊，现在却遍体鳞伤。

"要救朝歌的话，首先得找到国师。"凤舞苦笑，拿出一个小小的锦盒，"不是必须让国师到场，而是需要偷走他身上的一丝灵力，这样我们就能解除朝歌心脏上的定时炸弹了。"

找到国师，盗取他的一缕灵气……想到整个草原对八思巴国师的敬仰，凤舞内心苦笑。这个任务，怕是比之前所有的任务都要难。可是，难道因为它困难，自己就不去做了吗？朝歌就不救了吗？凤舞坚定地摇头，朝歌能为她牺牲自己的性命，难道她就不行？

"小舞？"风浔见凤舞陷入沉思，心里不由得有些发毛，不知道凤舞在想什么。

凤舞笑道："快回去睡吧，补充一下体力，明天还有一场恶战呢。"

如果君临渊在，所有问题都不是问题。可是眼下，君临渊不在，她只能靠自己。

第十章

血海宝马

第二日一早。

凤舞刚起来，在秋灵的服侍下梳洗打扮完毕，外面就传来一阵吵嚷的声音。

"凤舞呢？让凤舞赶紧出来！"

"答应了比试，她怎么还不出来？！难道她想当缩头乌龟吗？！"

……

吵闹的声音越发近了。

凤舞听得出来，来人是赛非落公主。

凤舞走出去，很快看到外面站了一堆人。三公主和左青羽也在，不过这两位之前被凤舞吓住了，所以这会儿不敢乱掺和。

独孤雅莫假装狐疑地看着赛非落公主："不可能吧？凤舞怎么会答应跟您赛马呢？您可是在马背上长大的呀。"

赛非落公主冷笑道："怎么不可能？昨天晚上她亲口答应要比试，本公主可没有逼她！"

凤舞就是在这个时候走出来的。

赛非落公主盯着凤舞："你说，我有没有冤枉你，是不是你自己答应跟我比试的？"

凤舞这边，有很多向着她的人，都拼命冲她摇头。不能答应，千万不能答应啊，赛非落公主的骑术在整个草原都是出名的，常年在马背上的人，岂是凤舞这种在平原

长大的孩子能比的？更何况，赛非落公主的修为比凤舞高，所以凤舞绝对处于劣势！

赛非落公主冷笑地盯着凤舞："你要耍赖？呵呵，我真是看不起你！"

凤舞似笑非笑地看着赛非落公主，事到如今，她都不知道猫九已经失踪了吗？

"赛非落公主既然提出赛马，那么——"凤舞淡淡一笑，"跑道由我来定，如何？"

"好！"赛非落公主对跑道不挑剔，只要凤舞答应比试就行。而只要凤舞答应，她就有一百种方法让凤舞去死。

"你要跑哪条路线？"赛非落公主瞪着凤舞。

大家看到凤舞答应了，纷纷惊讶。

三公主和左青羽对视一眼，心中激动。

赛非落公主非要跟凤舞赛马，其中定有蹊跷，一旦凤舞答应了比试，那么，她还有活着回来的可能吗？出乎他们意料的是，凤舞居然答应了。

"她答应了！"三公主暗暗握拳。

左青羽冷笑道："她太自负了，却不知道，这一答应，足以送掉自己的性命。"

三公主："确实，马上无眼，要是摔得半死不活，也只是个意外，况且——"三公主掩唇而笑，"我家太子哥哥不在营帐呢，所以，没人会护着她。"

左青羽盯着凤舞，眼睛半眯着，眸中闪过一道幸灾乐祸的光芒。

凤舞，这次是你自己要死，而且是死在赛非落公主手里，可跟我们没有一点儿关系！

赛非落公主冷笑地盯着凤舞："你的路线是如何？"

凤舞拿出地图给赛非落公主看："可认识？"

赛非落公主用看白痴一样的目光看着凤舞："本公主从小在这个地方长大，有什么地方不认识？简直可笑！你要这条路当赛道是吗？很好，这座山本就是个圆，我们从这头沿着山腰跑，到最后就能绕回来，非常好，那就这条路线吧。"赛非落公主瞥了凤舞一眼，"既然赛道是你定，那么赌注，就由我来定。"

凤舞笑嘻嘻地看着赛非落公主。她倒是期待，在大庭广众之下，赛非落公主要出怎样的赌注。

"如果你赢了，我所有的财富给你一半。"赛非落公主盯着凤舞，掷地有声。

一时间，所有人都用怪异的目光看着赛非落公主。

有这个必要吗？不就是赛马吗？为何这一比就是一半的身家啊？

凤舞脸上依旧淡定从容，似乎根本不知道赛非落公主一半的身家意味着什么。

"如果你输了……"赛非落公主用怪异的目光看着凤舞，"如果你输了，就不许喜欢君殿下！"

当赛非落公主将这句话说出口的时候，她的想法大家都知道了。

原来赛非落公主喜欢君殿下啊。

"所以，你是不准备答应吗？"赛非落公主笑眯眯地盯着凤舞，眼里并没有笑意。

凤舞淡淡地一笑，道："为何不答应？"

当凤舞说出这话的时候，在场众人又用极其怪异的目光看着她。她居然答应了？！

"赛非落公主的财富虽然诱人，可是，有君殿下诱人吗？"

"君殿下明显对凤舞不同！他在人前处处维护凤舞，她居然……怎么会有这么贪财的女人！"

凤舞面上淡然无波，内心苦笑不已。她能怎么办？通过这场比试，她既能让赛非落公主沦为笑柄，又能拿到她一半的财富，何乐而不为呢？她又不是傻子。

赛非落公主见凤舞答应了，顿时激动得不得了。

"你居然答应了？好好好，非常好！"赛非落公主当即让人将纸笔拿上来。

墨已经研好，就等着下笔，可见赛非落公主已经准备了很久。很快，双方都签下自己的名字。

"你要骑哪匹马？"赛非落公主指着马厩里的马匹，笑眯眯地对凤舞说，"要不，本公主让你挑一匹？"赛非落公主很自信。整个马厩里的马都被她下过毒，只要阴阳针的气息透出来，这些马就会狂躁，到时候凤舞就……

凤舞从马厩里走过，一一看去，一边走一边摇头。

眼看凤舞快走到马厩尽头，赛非落公主有些着急，皱眉道："你就一匹都没有看中？"

凤舞苦笑着摇头："我对马的要求很高。"确实，凤舞是会看马的，她家美人师父是万能的，早将一生所学尽数传给了凤舞。

众人一听凤舞对马匹要求高，不由得对凤舞有了信心。

"要不，我还是押凤舞吧？我总觉得凤舞能赢。"

"你们看，她对马的要求这么高，一定是懂马之人啊。"

赛非落公主有些不耐烦，瞪着凤舞："你到底看中了哪匹马？不会是在故意拖延时间吧？我可告诉你，我们已经立下契约，如果你不赌，就是你输了！"

"咦，这里有一匹马还不错呢。"凤舞指着最后一匹马道。

它有着血色的毛皮，却干瘦如柴，甚至有一条腿还站不直。

在场所有人："……"

一时间，所有人都用紧张的目光看着凤舞，千万千万，千万不能选它啊。

"你确定就要这匹马？"赛非落公主用看神经病一样的目光瞪着凤舞，"你确定吗？你真的确定吗？"

凤舞笑道："当然确定，就选它了。"

赛非落公主却一个劲儿摇头："不不不，这样我就胜之不武了，你也知道我是个

讲道理的人，所以，我给你找一匹好马。"

凤舞却摇头："不，我一定要这匹，非要不可。"

赛非落公主冷笑道："既然你一定求输，本公主也不拦着你，反正你输了，赌注可是算数的。"

很快，君武帝知道了两人即将赛马的事。君武帝和塞纳尔大汗正在饮茶交谈，底下坐着双方的群臣。

"胡闹，简直是胡闹！"塞纳尔大汗一听，当即拍着桌子站起来，"这个赛非落又在胡闹。"

君武帝听到这个消息，内心却有一丝欢喜。他本就不喜欢凤舞和君临渊在一起，如果能利用这个机会，让凤舞离开君临渊的话……

于是，君武帝当即制止塞纳尔大汗："小姑娘喜欢胡闹，就让她们胡闹去，我们只管谈我们的。"

塞纳尔大汗原本只是装装样子，君武帝既然发话，他自然也就不管了。

太后营帐。

"什么？凤舞丫头真这样说？"自从上次因凤舞而晋级，太后对凤舞的态度就很复杂。

"那丫头真这么说的？只要她输了，就不接近君君？"太后不相信似的再次询问蓝嬷嬷。

蓝嬷嬷苦笑道："根据外面传来的消息，确实如此。"

太后："凤舞那丫头是疯了吗？她的修为可比不上赛非落公主。"

蓝嬷嬷点点头。

太后："她的骑术更是跟赛非落公主没法比！人家可是马背上长大的！"

蓝嬷嬷再次点头。

太后："所以那个丫头是疯了吗？她哪来的自信，相信她能赢？！"

蓝嬷嬷苦笑道："所以，奴婢也奇怪呢。"

太后冷哼一声，道："这个凤舞当真让人讨厌！"

蓝嬷嬷不解地看着太后："为何呢？"

太后冷哼道："她当哀家的君君是什么？说拿出来赌，就拿出来赌啊？！"

蓝嬷嬷："可是，老佛爷您不是不喜欢她和太子殿下在一起吗？如果她输了的话，岂不是正好？"

"好什么好？！"太后很生气，"只有我家君君不要她，凭什么她不要哀家的君君？欺人太甚！"

蓝嬷嬷："……"

太后："气死哀家了！"

蓝嬷嬷："所以老佛爷，您到底是希望凤舞姑娘赢呢，还是希望她输呢？"

太后："……"

其实太后也不知道自己为何这么生气，她只知道，她很生气，非常生气！

蓝嬷嬷也只能苦笑。

不仅君武帝和太后关注这件事，独孤皇后那边也是如此，一群贵妇聚集在一起，讨论的也是这件事，因为赌注太过惊人了。

而此刻，赛马快要开始了。

赛非落公主的马是一匹神驹。体形健硕，眼眸锐利，毛发油光发亮，是草原上数一数二的神驹，不比塞纳尔大汗的坐骑差，所以此马一出，在场的人都望向凤舞。

凤舞的马也牵出来了。原本因为两匹马不在一起，所以看着区别不太明显，但现在两匹马站在同一起跑线上，正正经经一对比，差距一目了然。

"闪电啊闪电，这次不需要你跑太快，只用发挥你的三成实力就行了。"赛非落公主揉揉她家坐骑的脑袋。

闪电灵智堪比七八岁的小孩，能听懂赛非落公主的话。它轻蔑地瞥了一眼凤舞的马驹，冷傲地抬起下巴，仿佛在看一个乡下小土鳖，非常不屑。

凤舞这只瘦弱的马驹，右前蹄还受伤了，面对来自对手的蔑视，它竟然……完全不在意。

"真是一匹佛系的马驹啊……"凤舞拍拍它的脑袋。

比赛比赛，比的就是气势。而从气势上看，凤舞的马驹已经输了。

"以后就叫你小佛爷吧，可好？"

小佛爷似乎连白眼都懒得翻，瞥了凤舞一眼，又懒洋洋地趴在地上，慢悠悠打了个哈欠。

哈欠？这时候还打哈欠？凤舞简直无奈。

赛非落公主觉得自己胜之不武，对凤舞皱眉道："要不，你换一匹马吧？"

凤舞却自信满满地道："放心吧，我们家小佛爷肯定能赢你的。"

赛非落公主无语地翻了个白眼，她算是知道什么叫不要脸的自吹自擂了。

"如果你用这匹懒马能赢我家的闪电……那我就将所有的财富尽数给你！"赛非落公主觉得这根本是不可能的事。

凤舞瞥了她一眼："当真？"

赛非落公主拍着胸脯道："千真万确！"

凤舞："好啊好啊，写进契约里。"

于是，那张契约上又添了附加条款。

塞纳尔草原信奉的是阿拉神，君武帝国信奉的是武神，所以契约在阿拉神和武神面前焚烧，契约成，任何人不得更改。

"开始吧！"

嗖——赛非落公主的闪电宛若真的闪电，哨声一起，嗖的一声就蹿出去了。

而凤舞家的小佛爷——

"喂喂，躺了这么久，你可以起来了吗？"凤舞抬脚踢踢马驹的臀部。

马驹又打了个哈欠。

凤舞："……"

"哈哈哈——"看着眼前这一幕，围观群众哈哈哈大笑起来。

"我就说嘛，凤舞必输无疑！"

"凤舞这选的是什么马呀？她有没有眼光呀？"

"这马也太懒了吧？闪电都已经飞出去好远了，凤舞家的这只小佛爷还懒洋洋地趴着呢？还真是小佛爷啊。"

"你们看你们看，这只小佛爷还白了我们一眼呢，该不会是嫌我们吵吧？"

"真是匹出奇懒惰的马驹，凤舞这次是输定了，没有一丝赢的可能。"

所有人都一口咬定，凤舞输定了。

反观凤舞——她正半蹲在地上，双手环臂，无语地看着她家小佛爷。

"所以，要怎样你才肯起来？"

小佛爷没反应。

凤舞："赢了那赛非落公主，赌注分你三成？"

小佛爷依旧没有反应。

凤舞："四成！最多四成！再多就没有了！"

小佛爷朝凤舞翻了个白眼，不搭理她。

凤舞揉揉眉心："你这小家伙怎么这么贪心？五成都没反应？"

……

凤舞和小佛爷说话的时候，并没有避着别人，所以在场所有人都能听到凤舞的声音。她是疯了吗？居然跟这懒马商量赢了之后分战利品的事？她以为这懒马能听懂吗？不对不对，她以为她和这懒马能赢吗？简直就是异想天开好吗？！所有人都觉得凤舞疯了！

而此刻，眼前这一幕不断有人传给各个大人物知晓。塞纳尔大汗一听这个消息，差点儿笑喷。哎哟哎哟，他家不争气的赛非落公什么时候变得这么可爱了？这是狠狠抽君武帝国这边一个大巴掌啊。

君武帝一听这个消息，顿时就傻了。不是吧？！一向带给他骄傲的凤舞，居然做出这么愚蠢的事情？君武帝有点儿没反应过来，愣在座位上。

在场陪坐的群臣，哪有傻的？他们想开口打圆场，可是这场子……实在不好圆啊。

独孤大人皱眉道："这凤舞当真胡闹！哪有故意选一匹劣马的？这不是看不起赛非落公主吗？"

凤琰峰更是皱眉，第一时间推卸责任："凤舞这丫头确实胡闹，性子一向如此，顽劣且不服管教，骄傲而自负，我是管也管不住，所以前段时间，这丫头已经脱离了凤族，以后她犯什么事、惹下什么祸，也是跟我凤族无关了。"

左大人默默地看了凤琰峰一眼。这人撇清得可真快，要是再慢一点儿，他可就要拉凤琰峰下水了。不过左大人还是道："凤大人所言可是真的？老夫怎么听说，那凤舞还在凤族的族谱上呢？"

凤琰峰苦笑道："这不是出门在外不方便吗？等回到帝都，族谱上是一定会将那顽劣的丫头除名的。"

塞纳尔大汗皱眉道："就算凤舞这次输了，也不必如此严厉吧？"

凤琰峰摇头道："那丫头太会闯祸了，一次又一次，我凤族受她连累不断，不除族的话，族人都不得安宁，所以此事诸位就不必再说了。"

君武帝神色晦暗不明，没人知道他在想什么。

凤舞并不知道，她和赛非落公主的赛马，竟然让整个场地都沸腾了。

赛非落公主的闪电已经飞奔出去，但凤舞的小佛爷还趴在地上甩尾巴。旁人都替凤舞着急，凤舞也很无奈，干脆盘腿坐在地上，看着趴在地上呼呼大睡的马驹。凤舞伸出手，戳戳马驹的脑袋："喂喂，你还真是小佛爷啊，关键时候你竟然睡得着？"

马驹艰难地睁开眼睛，默默地瞥了凤舞一眼，继续睡懒觉。

凤舞："……"

"怎么办？"风王妃有些着急，"这丫头难道真要输了？"

秋灵就站在风王妃身边。她跟在凤舞身边多年，对凤舞的了解远超其他人，所以还能笑出来。

"风王妃请放心，我们家小姐会赢呢。"

要知道，这会儿大家纷纷来了，风王妃是陪在太后身边的，秋灵这话太后也听见了。

扑哧——左夫人阴阳怪气道："这谁家的丫鬟？竟如此大言不惭？"

"奴婢凤族秋灵，五小姐身边的丫鬟。"

若是旁人，早就被左夫人的语气给吓住了，可是凤舞的丫鬟能是普通人？

秋灵在君武帝国顶级贵妇的注视下，依旧淡定从容，对老佛爷盈盈一拜，便算行过礼了。

老佛爷皱眉看着秋灵："你就这么自信，觉得你家小姐能赢？"

秋灵淡然一笑，道："回老佛爷的话，奴婢家的小姐，从未输过。"

左夫人忽然一笑，开口道："从未输过？那为何当年她修为废了，跑到边境可怜兮兮地躲起来？"

秋灵眼眸里闪过一道寒芒，她家小姐修为为何被废，为何跑到北境城去，左夫人难道不知道吗？！

249

秋灵心中恨意满满，面上依旧淡定从容："回左夫人的话，我家小姐输给谁了？"

左夫人正想说，凤舞当然是输给左青鸾了，修为被废，师门被抢，夫君被夺！可是，左夫人忽然想起如今的状况，凤舞恢复修为，进阶速度一日千里。君殿下对她的态度暧昧不明，数次相护。所以，凤舞真的输了吗？左夫人一时间心里没了底。

她瞪了秋灵一眼："你家小姐都不敢在这里大放厥词，你一个小丫头敢口出狂言？！你眼里还有老佛爷和皇后娘娘吗？！"左夫人自作主张，"来呀，将这丫头拉出去，杖毙！"

凤王妃正要说话，有人抢先一步。

"左夫人这是要替哀家拿主意了？"太后冰冷地瞥了左夫人一眼，慢吞吞地道。

左夫人当即惊恐万分，跪倒在地，道："太后，贱妾绝无此意，绝无此意。"

老佛爷冷哼一声。

左夫人忙匍匐在地，不敢多言半句。

老佛爷将目光从左夫人身上移开，悠悠地看向秋灵。

"你当真以为，你家小姐会赢？"老佛爷冷哼。

秋灵嘴角微微上扬，眸子如星般闪亮："回老佛爷的话，奴婢家小姐从未输过。"

"如果她输了，当如何？"老佛爷冷哼。

秋灵："啊？"

老佛爷哼哼："你可敢和哀家赌？"

老佛爷此话一出，在场的人惊叹连连。

别说左夫人，就连独孤皇后都深深地看了秋灵一眼，心中暗自琢磨着。

"呃……"秋灵苦笑着抓抓发髻，"这……奴婢也没什么能跟老佛爷您赌的啊。"

老佛爷直接一摆手："那就拿你自己赌。"

秋灵："啊？"

老佛爷："如果你家主子输了，你这丫头以后就跟在哀家身边；如果你家主子赢了，哀家就准许她以后出现在哀家面前。"

秋灵："老佛爷，您是认真的？"

老佛爷哼哼两声："哀家说话一言九鼎，怎么，你可敢赌？"

秋灵点头："好的，这个赌约奴婢答应。"

独孤夫人笑道："秋灵丫头，你可想清楚了，你家主子那匹马驹，可还躺在地上睡懒觉呢。"

扑哧——

一时之间，其他人都跟着大笑起来。

左夫人掩唇而笑："嫂子有所不知，这能在老佛爷身边伺候，谁愿意在凤舞身边伺候呀，秋灵姑娘这是巴不得凤舞输呢。对不对，秋灵姑娘？"

其他人也都笑出了声。

秋灵气鼓鼓的，很想发泄，但想到主子不在，她代表的便是主子的形象，所以不得不忍住怒气。

"我家小姐一定会赢，到时候你们哭都哭不出来，哼！"秋灵双手叉腰道。

左夫人："是哟是哟，现在都还没跑出去的马驹，肯定能赢呢，哈哈哈——"

被嘲笑的凤舞，此刻正无奈地看着她亲手挑中的马驹。

"喂喂，你真不走？"

小佛爷不理她。

"你再不走，我真的要生气啦！"凤舞气得站了起来，双手叉腰。

小佛爷甩了甩尾巴。

凤舞很无奈，长叹一口气："五五，五五分怎么样？喂喂，你这是什么表情？五五分已经是我最大的宽容了，你该不会奢望四六分吧？"

小佛爷瞥了凤舞一眼，嗤笑一声，那小眼神似乎在说，别说四六，一九分都没可能呢！

凤舞气得跺脚，道："你这是吃定了比赛规则里规定的不得换马是吧？你这匹趁火打劫的小佛爷，简直太可恶了！"

小佛爷继续悠然地甩着尾巴。

而此刻的围观群众，都用怪异的目光看着凤舞。这个人莫不是疯了吗？所有人都知道这匹马输定了，她居然还跟对方商量赢了之后如何分成？

凤舞完全不管这些人怎么看，火凤鸟很笃定地告诉她，这匹马就是神驹，而且不是一般的神驹，它是这块大陆上硕果仅存的血海马，一旦奔跑起来，简直风驰电掣，别说人，陆地上能追上它的魔兽都是屈指可数。

凤舞无奈地看着火凤鸟，跟它抱怨："这小佛爷也太难伺候了吧？"

火凤鸟翻白眼："既是神驹，自然就有神驹的傲气，哪可能那么好驯服？"

凤舞一想，确实如此。

"三七！"凤舞瞪着血海马。

血海马冷傲地哼了一声。

凤舞："喂喂，我都已经让到三七了，三七你都不愿意啊？！"

血海马甩甩脑袋。

凤舞："二八！喂喂，你好歹给个面子吧？二八再不行的话，那就不玩了，大家都得不到算了！"

二八这个分成比例，血海马勉强同意，它慢悠悠地从地上站起来，长长地打了个哈欠，然后迈开蹄子就要走。

"喂喂，我还没上去呢！"凤舞翻身，在半空中划过一道漂亮的弧度，径直跳上马背。

血海马速度很快，凤舞差点儿一脚踩空跌落在地。好在关键时刻，她的脚尖勾住马镫，身体倒挂在马背一侧，才没有被甩下去。

还没等大家反应过来，血海马已经风驰电掣般跑了出去，在原地消失了，速度之快，在身后留下一道道残影。

围观群众都惊呆了。

"好快的速度！"

"天啊，这是真的吗？"

"这匹马不是病恹恹的吗？怎么跑起来这么快，就跟飞似的？"

"赛非落公主跑出去很久了，按常理推断，应该不会被追上吧？"

"应该……不会……吧……"

如果说，一开始大家还确信赛非落公主会赢，那么现在看到这匹神驹风驰电掣的身影，不由得开始怀疑了。

太后隔得不远，很快便知晓了这件事。

左夫人和独孤夫人对视一眼，眉头深深皱起。

"赛非落公主已经跑出去很久了，凤舞现在才出发，肯定追不上了。"左夫人摇头说道。

独孤夫人也跟着点头："这场比赛，毫无悬念，凤舞啊，输定了。"

一旁的风北王妃忽然皱眉，不悦地道："左夫人，你可是君武帝国之人？"

左夫人点头："自然。"

风北王妃冷笑道："既是君武帝国之人，左夫人又为何盼着塞纳尔的公主赢？左夫人，你这莫不是通敌叛国？"

左夫人被吓了一跳，当即大声反驳："风北王妃欲加之罪！"左夫人当即朝太后跪下，"老佛爷，贱妾——"

然而，还未等左夫人辩解出声，老佛爷却摆手道："无须多言，你什么意思，哀家心里明白。"

啊？左夫人愣在当场，老佛爷明白什么？她到底是信自己，还是不信自己呢？

凤舞并不知道这么多人在背后讨论她。现在对她来说，最重要的莫过于追上赛非落公主。

因为已经说好了二八分，所以血海马的速度瞬间提了上来。凤舞感觉，血海马所过之处，树木宛若残影往后而去，弄得她眼花缭乱，好几次她都差点儿被树枝蹭到。好在凤舞反应快，次次都能避开。

前方，赛非落公主一路驰骋，得意的笑容挂在嘴角。从一开始，她就没想过自己会输，甚至可以说，就没将凤舞视为对手。

252

赛非落公主跑到一座山头的时候，居高临下地往山脚下张望，这一眼让她差点儿笑出声来。

"哎哟，我都跑出来多久了？凤舞那马还在原地不动呢？"

空旷的山坡上，赛非落公主咯咯笑出了声，捶着她的闪电道："我快笑死了！这都快跑一半了，她还没出发呢！凤舞啊凤舞，这次你可是输定了啊！"

赛非落公主只要一想到结果，就抑制不住地狂笑，一旦她赢了，凤舞这辈子都不能喜欢君临渊殿下！

赛非落公主非但没有加快速度，反而放慢了速度，开始信马由缰。闪电跑得累了，也甩着尾巴慢悠悠地走着。

赛非落公主坐在马背上，开始跟闪电聊天。

"闪电呀，这次能赢，不是我们太厉害，而是对手太弱啊。"

"所以你不能骄傲，知不知道？因为以后再想碰到这样愚蠢的对手，几乎是不可能的。"

"什么，你饿了？好吧，反正咱们的对手还没出发呢，时间多的是。来，咱们找个地方好好坐着乘凉，等最热的时间过去，咱们再上路吧，免得我这如雪的肌肤被晒伤了。"

赛非落公主这么说，还真就这么做了。她找了个枝繁叶茂的地方，将闪电往树干上一系，下一刻，自己就靠在树干上，寻了个舒服的姿势，歪着脑袋开始打盹。

赛非落公主还没睡熟，就听到嘚嘚嘚的声音，猛地惊坐起来，不对啊！闪电不是被她系在树干上的吗，怎么会有马蹄声？赛非落公主转头一看，她的闪电果然乖乖地站在原地，只不过它正面向来时的山路，眼中迸射出戒备的光芒。

连闪电都感觉到不对劲？

赛非落心里有些不安，猛地从地上站起来，和闪电一样看着来时的路。马蹄声越来越近，越来越近。

一道马影从丛林中一闪而过，但因为被树丛挡着，所以赛非落公主看得不太真切。

那匹马……赛非落公主内心咯噔了一下。不是的，绝对不是的！那匹马风驰电掣，宛若闪电……不，速度比她的闪电还要快，怎么可能是凤舞那匹懒洋洋的劣马？赛非落公主无语地拍拍脑袋。

然而，还没等赛非落公主松口气，她的笑容瞬间僵在嘴角，因为那匹风驰电掣的良驹，终于出现在她眼前了。赛非落公主即便认不出良驹，也认得出跟她打过好几次交道的凤舞。

"是你！"当赛非落公主看到伏在马背上手握缰绳的凤舞时，一口气差点儿提不起来。怎么会这样？！怎么可能呢？！怎么会是她？！

"你你你——"赛非落公主指着凤舞，整个人处于震惊之中。

凤舞纵马驰骋，一阵风似的从赛非落公主面前驰过，整个过程，凤舞甚至连看都没有看赛非落公主一眼。

赛非落公主气得七窍生烟，差点儿疯掉。她宁愿凤舞嘲笑她、讥讽她，也不愿意凤舞无视她！无视，代表最高的羞辱！

赛非落公主追在凤舞身后，怒声道："凤舞！你给我停下！快给我停下来！"

可是凤舞从始至终都无视她，一阵风似的跑走了。赛非落公主已经气得说不出话来。一旁的闪电发出催促的嘶鸣。

赛非落公主如梦初醒，她也是有马的呀！来不及多想，赛非落公主快速冲上马背，狠狠一抽鞭子："闪电！快！快追上它！"

赛非落公主紧紧抓住缰绳，瞳孔紧缩，紧张地怒视前方。凤舞的那匹马，只剩下一个小小的黑点儿……

追啊！快追啊！赛非落公主又急又怒又懊恼，抓紧缰绳，不断地催促着闪电："快点儿啊！快快快啊！你怎么这么慢啊！"

闪电气得差点儿放弃，什么叫它很慢啊？事实上，这已经是它有史以来最快的速度了！闪电不耐烦地喷出一口怒气，赛非落公主顿时气得够呛："你嚎什么嚎？如果你输了，信不信本公主剥了你的皮，拿你炖马肉汤！"

闪电又气又惧，速度再一次提升。它这一爆发，果然，双方的距离不断拉近、拉近……一千米，八百米，五百米……赛非落公主原本紧绷的情绪终于缓解了一些。

"这个凤舞，好厉害的手段！她的马是绝世神驹，非要装出劣马的姿态，害得本公主都被她骗了！"赛非落公主气得面色涨红，攥紧了拳头。

"不能输！绝对不能输！本公主可以输给任何人，绝对不能输给凤舞！就算死，本公主也绝对不会输给凤舞那样精于算计的人！闪电！加速加速！超过她！"

闪电拼了命往前冲，因为爆发出百分之两百的速度，所以此刻的闪电血脉偾张，马脸狰狞而扭曲，全身血液沸腾。

赛非落公主挥舞着鞭子，大声疾呼："快啊！快啊！剩下最后一百米了！很快就能超过她了！快啊！"

闪电再次不要命地加速，丝丝鲜血渗透而出，染红了整张毛皮。赛非落公主伸手一摸，手掌全是血，顿时吓了一跳。闪电怎么会……

眼看凤舞就在眼前，赛非落公主毅然决然地挥舞着鞭子，一鞭子狠狠地抽下去："给我加速！"

闪电原本处于爆发中，被鞭子重重一抽，顿时一阵瑟缩，差点儿一个趔趄倒下去。好在它很快稳住步子，继续往前狂冲。

赛非落公主说话算话，如果跑不赢，它真的会被剥皮抽筋，炖成马肉汤。

身后动静太大，凤舞好奇地回头张望一眼，不由得皱眉道："赛非落公主，你也太拼了吧？你的马都已经灵力透支了，你还逼它加速啊？"

254

赛非落公主见凤舞悠然自得，凤舞的神驹更是如闲庭信步一般淡然，顿时气不打一处来，冷冷地重哼一声："要你多管闲事！"

凤舞耸肩道："好，我不管，我只负责赢你而已。"

赛非落公主："你——"

凤舞朝赛非落公主招手："来呀，跟上来啊。"

赛非落公主的闪电灵力严重透支，已经如强弩之末，摇摇欲坠，她非常清楚，此地距离终点还有半个时辰的路程，闪电是绝对支撑不下去了。

怎么办？赛非落公主寻找着应对之策。

凤舞优哉游哉地骑在马背上，此刻的她和赛非落公主几乎是并驾齐驱。只不过，凤舞的血海马精力充沛，风驰电掣间毫不费劲。赛非落公主的闪电，却是流着血拼了命在死扛。孰强孰弱，一眼便知。

"你以为你赢定了吗？妄想！"赛非落公主见凤舞优哉游哉地骑在马背上，顿时气得肺都炸了，转头恶狠狠地瞪了凤舞一眼。

凤舞朝她摊手，做无奈状。凤舞越是轻描淡写，赛非落公主越是愤怒，明明一开始她是稳赢的！明明一开始她比凤舞快太多太多！明明不用比试她都会赢的！明明……那么多明明，结果她却处于这般狼狈的境地，而凤舞稳操胜券。

凭什么？！赛非落公主眼中涌现强烈的愤怒和不甘，忽然身形一动，以猛虎扑山的姿势，疯了一般朝凤舞的后背扑去，与此同时，指缝间闪过一道亮光。那是她夹在指缝的暗刀。

"去死吧！"赛非落公主怒吼一声，右手环住凤舞雪白的脖颈，指缝间的刀片在凤舞的颈项处划过。她要杀了凤舞，趁势夺走她的马。

按照二人实力来说，现在的凤舞是灵尊三星，而赛非落公主是灵尊四星，一星之差，差异巨大，所以，凤舞的实力是不如赛非落公主的，更何况赛非落公主用的是突如其来的暗杀。凤舞不是没有猜到赛非落公主会动手，只是没想到赛非落公主居然会玩暗杀。

就在赛非落公主控制住她的颈项时，凤舞一蹬马腹，身体借力，往半空腾飞而起。

与此同时，她的右手反握住赛非落公主的虎口。生死关头，凤舞用上了这辈子全部的力量。

凤舞认穴之准，当世无二。当她掐住赛非落公主的虎口时，赛非落公主只觉得虎口一麻，右手腕使不上力。凤舞的咽喉血管近在咫尺，她却没有力气用刀片划下去。

就在赛非落公主右手虎口麻痹的瞬间，凤舞握住赛非落公主的手腕，反手将她一个过肩摔。过肩摔不重要，重要的是，凤舞将她过肩摔的同时，用赛非落公主指缝中夹着的刀片，往赛非落公主自己的咽喉处划去。

扑哧！闪着森寒冷光的刀片划过赛非落公主的咽喉。刀片很薄，但入肉很深。赛

非落公主感觉自己的脖子凉凉的，甚至开始疼了。她抬手一摸，感觉手指黏黏糊糊的，还有一股血腥味，将手拿到眼前一看，这一眼差点儿看得她晕过去。

"血，血，血……"

好浓稠的血！赛非落公主脸色瞬间变得惨白，抬头瞪着凤舞，露出震惊之色："你你你——你——"

直到看到血，赛非落公主才真实地感觉到咽喉处的疼痛，那是一种眼睁睁看着自己的生命流逝的恐惧。

好痛……赛菲尔公主想说话，却发现自己根本说不出话来。咽喉就像被切断了一般，气息被阻隔的恐惧让她整个人处于颤抖之中。

凤舞拍拍手站起来，居高临下地看着赛非落公主，嘴角扬起微微的弧度："赛非落公主的暗杀术不错嘛。"自己差点儿就着了她的道。

赛非落公主捂着咽喉，鲜血还是泉水般汩汩而出，怎么都止不住，很快，流出来的血液呈绿色。随着时间过去，绿色越来越深，赛非落公主惊慌失措，慌乱摸索着衣袖、怀里，但越是慌乱就越找不到。

"解药呢，呜呜呜，我的解药，啊啊啊啊——"赛非落公主的刀片是淬了毒的，而且看她惊慌失措的样子，绝对是淬了致命毒药。

赛非落公主在紧张之余，将衣袖和怀里所有的东西都往地上倒，有小镜子、小妆奁盒、小梳子……总之是一堆零散的东西。很快，她便看见一个小拇指般大小的白玉瓷瓶。

但是，凤舞会是那么好心的人？只见她长剑一跳，那个小小的白玉瓷瓶便在半空划过一道弧度，往山坡下滚去。

"你——"赛非落公主瞪着凤舞，几乎要将她瞪穿。

凤舞拍拍手，一脸闲适的笑意。赛非落公主愤怒地看着凤舞，却又无可奈何，只能先奔着白玉瓷瓶而去，毕竟活着才是最重要的。

白玉瓷瓶骨碌碌地往山下滚，而底下便是万丈悬崖。赛非落公主纵身飞跃而下，当她抓住白玉瓷瓶时，已经半个身子在悬崖外了。

好险——

赛非落公主来不及打开瓶塞，直接捏碎白玉瓷瓶，将那白色粉末往咽喉处的伤口倒去。

"喀喀——"因为太过忙乱，赛非落公主猛地吸了一口气，白色粉末被她吸进咽喉，当即呛得她大声咳嗽，整个肺都快被咳出来了。

呼——好在终于解了毒，赛非落公主松了一口气，踉跄着从山坡上爬上来，抬头一看，凤舞居然还在原地。

赛非落公主恶狠狠地瞪着凤舞："我会杀了你的，我一定会杀了你的！一定会！"

然而，凤舞淡淡一笑，开口道："杀了我，你确定？"

赛非落公主冷笑道："我一定会杀了你！"

凤舞摊手道："如果你确定。"

就在这时，赛非落公主嘴角扬起诡异的冷笑："凤舞啊凤舞，你千不该万不该，不该这么骄傲自负，如果我是你，这时候已经跑远了。"

凤舞眼睛半眯："是吗？"

就在这时，嗖嗖嗖——原本寂静的丛林中，忽然传出脚步声。脚步声很轻，就像灵猫在树枝上纵跃，几不可闻。

"果然有埋伏！"凤舞嘴角扬起微微的弧度，盯着赛非落公主，"赛非落公主好足的底气啊。"

赛非落公主冷笑道："凤舞啊凤舞，你可知道你犯了怎样的大错？！"

赛非落公主得意得想仰天长笑，但因为咽喉处的伤口，不得不收敛。

她发出一声诡异的冷笑："如果一开始你就杀了我，我也没机会发出暗号，召集他们前来，正因为你的大意，刚才滚下山坡的时候，我发出了求救的信号，你居然什么都不知道！是你给了我这个逆袭的机会。原本这些人，本公主并不准备用，但大皇兄说你诡计多端，有备无患。凤舞啊，没想到你居然真的逼我至此。那么，你就去死吧！哈哈哈——"赛非落公主非常得意，捂着脖子就要狂笑。

大皇子？凤舞眼睛半眯起来。她没有对大皇子出手，却没想到，大皇子率先打算除掉她。

凤舞眉头微蹙，警惕地环顾四周。忽然，一道闪亮的刀光透过繁茂枝叶的缝隙，朝凤舞迎面袭来。刀片薄如蝉翼，在阳光下泛着点点寒芒。嗖嗖嗖，数十道刀光转瞬即至。好强的力道！凤舞发现，自己上下左右的路线竟然都被对方封住，避无可避。叮！凤舞的手一动，星隙剑横在胸前。

"星隙剑法第二招，影月龙舞！"凤舞喊道，玲珑的身段更是随着星隙剑舞动。

影月龙舞一如它的招名，留下道道月之残影。赛非落公主看到的全是残影，看不清战局里的情况，耳边充斥的也都是叮叮当当的声响。

"这可是大皇兄花费巨额财力养出来的暗卫，战斗力惊人，凤舞这次死定了！"赛非落公主一边给自己的伤口涂抹止血药膏，一边露出得意狰狞的微笑。

好在大皇兄心机深沉，设下此局，否则，她真的要被凤舞害死了。

当月之残影散去，眼前的一幕清晰呈现，赛非落公主眼里浮现一抹震惊之色。

"怎么会……这样？"赛非落公主瞪着眼前的一幕，难以置信，喃喃自语。

凤舞傲然挺立，站在中央的位置。清风扬起她的裙裾，她的下巴高高仰起，衣袂飘飘，宛若神女。阳光照在她的身上，让人移不开眼。她全身没有一点儿血迹，前方不远处倒着五个人。

他们是塞纳尔大王子花费重金培养的暗卫，现在却倒在地上，眉心中了他们自己

的刀片，明显没了气息。当五名暗卫联手时，赛非落公主是绝对打不过他们的，每次都被逼得相形见绌，直到认输，可是现在，他们刚出场，就死了……

这怎么可能？明明凤舞的实力比她差了一星……赛非落公主死死地瞪着凤舞。

凤舞的注意力却没有放在赛非落公主的身上，她警惕地盯着古树的方向。

"出来吧。"她冷冷地说出三个字。

果然，随着凤舞这句话，一道黑色的身影从三人合抱粗的古树干后走了出来。他目光森冷，全身散发着生人勿近的杀气，凤舞眼睛半眯着，一眨不眨地盯着黑衣人。黑衣人同样盯着凤舞。

"倒是低估你了。"黑衣人往后伸手，慢腾腾地抽出一柄黑剑。

黑剑上，黑色雾气萦绕，宛若黑蛇盘踞。好厉害的杀气！

赛非落公主盯着黑衣人，视线又落在凤舞身上，旋即冷笑一声。没想到，大王兄竟然派阿柒出手了。阿柒的实力远胜自己，而自己和凤舞不过是伯仲之间，由此可推算，阿柒是远胜凤舞的！这次，凤舞真的要死了！

随着阿柒拔剑，赛非落公主一步步往后退，一退再退。

阿柒出剑，一道黑光闪过，以阿柒和凤舞为中心，一个半径十米的圆圈出现在地面上。凤舞能清晰感觉到，黑色圆圈宛若一个禁锢，四面都是黑色墙壁，将她和黑衣人禁锢其中。

凤舞后退，再后退，咚的一声，她的后背抵在了黑色墙壁上。顿时，一道死亡的森冷杀气从她的后背往身体里蹿，宛若黑色游蛇一般。

好恐怖的黑色杀气！凤舞瞬间往前走了几步，避免被黑色杀气侵蚀，她的心中比任何时候都要戒备。此黑衣人不过是一剑划过，便划出了死亡黑墙，那么，他真正的实力究竟强到什么地步？

看到凤舞瞬间从死亡黑墙边抽身而去，赛非落公主嘴角扬起一抹得意的冷笑。

"凤舞啊凤舞，就算你是天才，能越过一阶赢我，可面对比你强许多阶的阿柒，凤舞，你这次死定了！"赛非落公主眼中浮现一束恶毒的光芒。

确实如赛非落公主所说，此刻的凤舞，面临有史以来最大的危机。眼前这个人，实力超过她许多，是肯定可以杀了她的。

"你自己动手，还是我动手？"阿柒眉头微皱，盯着凤舞的目光多了几分无视。他的目光扫过凤舞，就像看到树枝上爬过的蜘蛛，充满了蔑视。

凤舞唇角微微扬起一抹弧度："如果我不选呢？"

"那就只能我来替你选了。"阿柒手握黑剑，在半空中划过一道弧度。

这道弧度竟然能破开空间，使空间碎裂。

凤舞："……"

"他很强。"凤舞空间内，火凤鸟前所未有地提高了警惕。

凤舞嗯了一声。

"你扛不住的。"火凤鸟有些急躁。

凤舞又嗯了一声。

"为今之计，走为上策！"火凤鸟再次出声。

走？凤舞苦笑，如何能走掉？

就在此刻，阿柒手中黑剑划过一道冰冷的弧度，他发出狠戾的咆哮，朝凤舞冲去。好恐怖的力量！

凤舞握紧星陨剑，大喝一声："星陨剑第一招，剑雨出尘！"一时间，剑雨纷纷落下，化为彩虹，挡在黑色剑芒之前。

砰——激烈的撞击声在半空中响起。不好！凤舞眼睛微眯，心中咯噔了一下。果然，不过转瞬，她的赤色剑芒便被吞噬殆尽。好快的速度！

来不及多想，凤舞举剑使出第二招："影月龙舞！"

星陨剑第二招，曾经让凤舞在同龄人中立于不败之地，但是此刻，当凤舞使出影月龙舞时，砰——黑色剑芒再次狠狠撞击上去。

尽管第一招剑雨出尘削弱了黑色剑芒的气势，可效果依然微不足道。

当黑色剑芒迎面冲向影月龙舞时，还没等影月龙舞全部释放，便狠狠地撞了上去。砰砰砰！影月龙舞，以肉眼可见的速度被吞噬。那冲天的撞击，随着影月龙舞的消失，再次反噬到凤舞身上。这次没有阻挡，凤舞被狠狠击中。

砰！她的身子倒飞起来，狠狠地撞到后面的死亡黑墙上。那是何等恐怖的冲击力？凤舞不过肉体凡胎，如何抵挡得住？

噗——在撞到墙壁上的时候，凤舞只觉得全身气血翻涌，当即喷出一口鲜血。

那一瞬间，凤舞只觉得身体像是被绞成了肉糜，疼得眼前一黑，差点儿晕死过去。

好痛——凤舞深吸一口气，将涌到咽喉处的鲜血强压下去。

更可怕的是，当凤舞撞到墙壁时，死亡墙壁上的雾气趁她虚弱，以极其恐怖的速度纷纷往她的身体里钻去。

死亡雾气钻进去后，很快化为一道道诡异的气息，游走于凤舞的经络。凤舞强忍着疼痛，逼自己站起来。

看到阿柒仅仅用了一招就逼得凤舞摇摇欲坠，几乎要晕死过去，战圈之外的赛非落公主毫不掩饰眼眸里的笑意。她喃喃自语："凤舞啊凤舞，你们的实力如此悬殊，这次你还能不死？！"

"阿柒，杀了她！"赛非落公主对阿柒下了死命令。

阿柒点点头。他不必听从赛非落公主的命令，但大王子下的命令跟赛非落公主一样。大王子的原话是，若是凤舞输给赛非落公主，那便不杀。若她赢，便杀！

阿柒明白大王子的意思。若是凤舞输给赛非落公主，说明她不过如此，泛泛之辈，大王子又怎会计较？可若是凤舞能赢，便说明她不平凡，一个不平凡的人，既

不忠于大王子，大王子又如何会让她活在这个世上？想到这儿，阿柒紧了紧手中的黑剑。

"快些杀了她，免得夜长梦多！这个人太聪明了，随时都有可能逃掉！"赛非落公主冲着阿柒大声喊着。

阿柒直直地盯着凤舞，迈开笔挺的双腿，握紧手中的黑剑，大步朝凤舞而去。

不过几个呼吸的时间，他已来到凤舞面前。

"去死吧！"没有多余的话，阿柒手中黑剑高高举起，朝凤舞当空劈下。

凤舞扶住死亡黑墙的手微微一紧。就在黑剑劈下的瞬间，她忽然一个闪身，蹿到另外一边去了。砰！阿柒没想到凤舞还能躲开，一时收不住，重重一剑砸向死亡黑墙。坚韧的死亡黑墙，裂开一道细缝。这道细缝转瞬以肉眼可见的速度合拢，好像从来没有裂开过。

"好可惜……"赛非落公主原本以为这一剑劈下，凤舞必然会变成两半，没想到这一剑竟然被她躲过去了。

"不过有什么关系呢？现在的你，就像瓮中捉鳖，距离死亡不过是时间问题罢了。"赛非落公主嘴角噙着一抹冷笑，"我倒要看看你还能躲几次！"赛非落公主死死地盯着凤舞。

战斗圈内，阿柒的眼眸却浮现一抹厉色。居然能躲过他的杀招，此人果然不简单。如大王子所言，此人必杀，否则后患无穷。

"去死吧！"阿柒手执黑剑，追杀凤舞。

凤舞拖着受伤的身体，速度不快，很快便被阿柒追上。阿柒高高举起手中的黑色长剑，冲天的剑气令天地为之变色。

"死！"黑色剑芒疯狂咆哮着，往凤舞后背而去。

"这次凤舞总会死了吧？！"赛非落公主心中充满了期待。

凤舞一个闪身，居然回到她原本被击中的地方！阿柒的剑再次劈空了。

赛非落公主："……"

阿柒："……"

"倒是有点儿意思了。"阿柒原本不以为意的表情随着凤舞的两次闪躲而渐渐凝重起来。

阿柒和赛非落公主以为，凤舞躲一次两次也就体力到头了，没想到，凤舞居然一连躲了六次。

"六次！怎么会有六次？"赛非落公主眼中露出疑惑不解之色。

不仅是她，阿柒也同样难以理解。

事实上，凤舞原本也没有这样的能力，情急之下，她翻找空间，惊喜地发现里面有一样宝贝。那就是无限复制卡牌！

当然，无限复制卡牌并不能真的无限复制，它也是有限制的，即在灵力耗尽之前，才可以无限复制。

闪躲是逃命之术，所以每一次都要耗费巨大的灵力，正常人使用一次闪躲就快支撑不住，凤舞有美人师父的空间，勉强支撑了六次。可就是这六次，也已经将她的身体掏空了。

至于这无限复制卡牌，凤舞原本是没有的，那么它又是从哪里掉出来的呢？

这是之前她从猫九的储物格里顺过来的，当时她忙着跟踪猫九，所以来不及查看，没想到这东西倒是救了她的命。无限复制卡牌虽然是宝贝，但属于一次性消耗品，用完就没了。

连续六次被凤舞躲过必杀之招，阿柒的脸色有些变了。

赛非落公主的脸色也变得凝重起来。

"阿柒！快杀了她！快！"赛非落公主生怕会有变故，大声命令阿柒，"这个人太狡猾了！你可不能让她逃了！"

阿柒嘴角扬起一抹嘲讽的冷笑。逃？赛非落公主是瞎吗？他的死亡黑墙已经祭出，别人想逃就逃得了？

阿柒看到凤舞气喘吁吁地靠在黑墙上，任由黑色雾气侵入她的后背，嘴角微微勾起，露出邪恶的冷笑。

"最后一次了。"阿柒高举手中黑剑。

凤舞气喘吁吁，无力地靠在黑墙上，双腿因为灵力透支而不断颤抖。这样的她，还能逃吗？

阿柒很自信，这次凤舞必death。他手中的黑剑快若闪电，凌厉的剑芒充斥着偌大的空间。

"死！"阿柒咆哮出声。

恐怖的剑意和死亡黑墙融为一体，凝出骇人的剑光，再汇聚成点点剑芒，宛若成千上万的破碎剑芒，朝凤舞疯狂击去，若是被击中，凤舞便会被万箭穿心，变成一只刺猬。

"破！"凤舞默念破之诀。她凝聚灵力，发动最后一个闪躲，纵身跳出死亡黑墙，下一秒已经坐上血海马的后背。

血海马通人性，平常冷傲又怠懒，在这样的生死关头，却是无比听话。还没等凤舞催促，血海马便飞一般冲了出去。

轰隆隆——死亡黑墙之内，爆炸声响彻不绝。

一招既出，阿柒自己也收不住，因此，当失去凤舞这个目标时，冲击力都落在死亡黑墙上了，而死亡黑墙则和他自己的血脉相关，这就相当于阿柒重重捶了自己一拳。

轰隆隆——

死亡黑墙瞬间崩塌，阿柒也因反噬吐出一口鲜血。如果不是关键时刻他用黑剑撑

住身体，早已跪倒在地了。

"怎会如此？！"赛非落公主难以置信地瞪着眼前这一幕。

赛非落公主跑到阿柒面前，居高临下地瞪着他："你是猪吗？！你可是堂堂灵侯境强者，比凤舞足足高了一个大境界，出一招就能碾死她！可你居然让她跑了，你说你是不是猪？！"

阿柒原本已经很生气了，现在被赛非落公主这么一说，更是气得不行，他抑制不住，当即一口鲜血喷了出来。

赛非落公主气得不得了，一边跺脚一边威胁："我要告诉大王兄，告诉他，你比猪还不堪重用！"

阿柒气得面部铁青，全身抑制不住地颤抖。赛非落公主瞪着阿柒："你以前不是总说你的死亡黑墙天下无敌？不是总说，只要进了你的死亡黑墙，就没人逃得出去吗？"赛非落公主不屑地冷笑，"可是你现在看看，凤舞的实力足足比你低了一个大境界，都能从你的死亡黑墙里逃出去，你说你的死亡黑墙有什么用？你不觉得丢人吗？！"

阿柒恶狠狠地盯着赛非落公主，而后看着碎裂一地的死亡黑墙，心在滴血。他终于知道凤舞是如何逃走的了！她的闪躲不仅是逃命，而是每一次都是有目的的。也就是说，她每次的站位都是计算好的，甚至他每次落剑的位置，也都是被她计算好的！

六次砍下来，死亡黑墙上出现了六道裂痕，裂痕恢复后虽然看着跟之前没有区别，但是身为死亡黑墙的主人，他又怎会不知道裂痕始终存在？

而这六次砍下，看着不明显，到最后竟构成一个六角星芒！

凤舞不愧是灵阵大师，利用六角星芒阵法逃遁，还做得神不知鬼不觉。

想到这儿，阿柒恨不得一巴掌将愚蠢的自己拍死。是他亲手给对方劈出了一条逃生路线。难怪赛非落公主骂他是猪，他也觉得自己蠢笨如猪。不，猪都没有他这么蠢。

赛非落公主见他愣着，当即怒吼："你瞪着我有什么用？要想反驳，你去追杀凤舞啊！你提她的人头来见，我赛非落跟你磕头道歉！"

阿柒没有说话，将胸口翻涌的气血压下，站起身来，快步往前走去。黑剑在地上划过一道长长的剑痕。

不愧是灵侯境强者，凤舞逃得掉吗？也许就连凤舞自己都不知道。此刻的她纵身跳上马背，还没反应过来，血海马就狂奔了出去，周围的树木不断往后退。

血海马速度很快，但毕竟久病体虚，持久力并不是很强。跑着跑着，凤舞回头一看，发现阿柒在身后猛追。阿柒速度看似不快，但每一步都踏出数十米，双方的距离不断拉近，一千米，五百米，三百米……

"很快就会被追上了！"凤舞一边催促血海马，一边跟火凤鸟商量。刚才凤舞之所以能撞出黑墙，最大的原因是有火凤鸟从旁指导。此刻，火凤鸟急得快冒烟了。

"敌人是灵侯境强者，现在的你根本不能硬碰硬，你连一招都接不住。"火凤鸟说道。

凤舞点点头，确实如此。刚才在死亡黑墙里，她只有被动挨打的份，连一招都接不住。

"为今之计，只能往深山里跑了。"火凤鸟认真地盯着凤舞，"只有跑进深山，才有一线生机！若是一马平川……你死定了！"

凤舞和火凤鸟的想法不谋而合。血海马也知道情况危急，于是拼了命往前狂奔。现在大家都在一条船上！

耳边的风刮得凤舞面颊生疼。越是危急时刻，凤舞越冷静。她比任何人都清楚，若是这样下去，不过一炷香的时间，她一定会被阿柒追上。

凤舞伏在血海马耳边，冲它低语了几句。血海马对凤舞哼了一声，大抵还是同意的。凤舞揉揉血海马的脑袋，小声说："等此事了结，你会有一个自主选择的权利。你可以离开，也可以留在我身边。"

血海马骄傲地哼哼两声。凤舞往它嘴里塞了几颗皇级丹药，摸摸它的脑袋："保重。"

而此刻，血海马也正奔到拐角处，凤舞就地一打滚，离开马背，滚进一旁的草丛中，整个过程快若闪电，没有一点儿声息。

若是定睛去看，会发现凤舞的外袍留在了血海马后背上，远远看去，就像凤舞伏在血海马的背上一样。

血海马加快速度，飞奔而去。它知道，自己跑得越快，凤舞逃脱的希望就越大。

很快，阿柒经过凤舞躲藏的草丛，脚步明显顿了顿。凤舞抱紧双腿，将自己蜷缩成球状，竭力让呼吸舒缓、心跳减慢……阿柒没有太怀疑，盯着血海马，快速追了过去。

呼——凤舞长长呼出一口气，来不及多想，一个打滚从地上站起来，朝深山冲去。血海马将敌人引走，她不能对血海马弃之不顾。

"你的计划是？"火凤鸟有些着急，遇事远不如凤舞冷静沉着。

凤舞镇定地道："我要救血海马。"

火凤鸟瞪着凤舞，万分不解地道："你疯了吗？！血海马好不容易将敌人引走，你还要跑过去送死啊？！"

凤舞无比冷静地道："你觉得血海马跑得过敌人吗？"

火凤鸟摇头。

凤舞："阿柒追上血海马，知道被我们愚弄了，他会不会对血海马出手？"

火凤鸟虽然很想摇头，但不得不点头。

凤舞："血海马会因为我而死！它明知会如此，还是毫不犹豫地答应了我的请求，为什么？"

火凤鸟："为什么？"

凤舞的脸色是前所未有的凝重："因为我告诉它，如果我们不按照计划行事，会一起死；但如果由它将敌人引开，可以拖延一段时间，而我，一定会回去救它！"

火凤鸟："可是你自己……"

凤舞摆摆手道："我自己泥菩萨过江是吗？不，我现在实力确实不如他，甚至接不住他一招，但是，总有人能收拾他！"

火凤鸟："可是，那个人在哪里？"

凤舞面色凝重冷静，在和火凤鸟对话的时候，脚步一直不停，快速往深山钻去。

"这座山脉有灵侯境魔兽，你能感觉到吗？"凤舞登高眺望，眼睛半眯。

"你想去招惹灵侯境强者？！"火凤鸟差点儿跳起来，"你疯了吗？！"

凤舞严肃地盯着火凤鸟："有还是没有？"

"我之前趁你不备，偷偷溜进山里玩，确实看到一只灵侯境强者，那是一只黑猩猩，只不过……"火凤鸟皱眉，"那黑猩猩一点儿都不友好，我还得罪过它，它是不会帮我们的……"

凤舞："你怎么得罪它了？"

火凤鸟呃了一声："这只大猩猩刚生了幼崽，它想掏蜂蜜给它的幼崽吃，可是我抢走了蜂蜜，如果不是顾忌着它洞里的幼崽，它非追得我满山跑不可。"火凤鸟苦笑地看着凤舞，"我和它的仇可算是结大了，它看到我，恨不得生吞活剥，所以，我们肯定不能去找它……"

凤舞："哪个方向？"

火凤鸟："啊，什么？"

凤舞："那只黑魔大猩猩的洞穴在哪里？"

火凤鸟震惊地道："不是吧！你真的要去找它？！你还嫌敌人不够多吗？！"

凤舞展颜一笑："敌人怎么了？敌人也是可以变成朋友的嘛。"

火凤鸟简直无语了，过了半晌才开口道："化敌为友？你太天真了！你不知道黑魔大猩猩是最记仇的吗？人家凭什么要跟你化敌为友？难道因为你长得好看？"

凤舞："为什么不行？"

火凤鸟："……"

凤舞："方向？"

火凤鸟无奈，不得不告诉凤舞："西北方。"

眼看凤舞毫不犹豫地朝西北方向冲去，火凤鸟想死的心都有了，早知道就不这么多嘴，现在事情变得越来越麻烦……

黑魔大猩猩的洞穴在整座山脉的核心区域，距离不算近。

凤舞一心要救血海马，所以速度很快，一刻钟的时间，她已经到了黑魔大猩猩的洞穴。

"就在这儿？"凤舞问火凤鸟。

眼看凤舞将自己送入死亡绝境，火凤鸟既无奈又生气，有气无力地瞥了凤舞一眼。凤舞却笑得灿烂："你这是什么表情？谁说我一定会失败？"

"这不是越一星两星啊，这是越一个大境界啊！再加上处在同一等级，魔兽天然比人类厉害，那个黑衣人的一招你都承受不住，这黑魔大猩猩……你会死的，你真的会死的！"

凤舞笑道："你跟在我身边也不是一天两天了，我们遇到危险也不是一次两次了，哪次不是一开始险象环生，然后化险为夷？"

火凤鸟："可是……主上让我保护你！若是没有保护好你，我会、我会……"

凤舞好奇地道："你会如何？会被剥皮抽筋？"

火凤鸟呵呵冷笑道："你的想象力就这么贫乏吗，剥皮抽筋算什么？"

凤舞："……"

火凤鸟："算了，我也拦不住你，反正如果你死了，我陪你一起死！"

凤舞笑道："我可是属猫的，九条命呢，哪里那么容易死？就算要死，我也得先复活美人师父。我比你想象的要惜命多了，没有把握的事，我是不会做的。"

火凤鸟："但愿吧。"

凤舞和火凤鸟埋伏在洞外，查看洞穴周围的情况，最后得出结论："这座洞穴一共有两个出口，一个在前，一个在后。"

凤舞认真地对火凤鸟道："到时候，我会想办法将黑魔大猩猩引开，然后你乘机冲进去，抓住黑魔小猩猩就从另外一道门飞出去。"

火凤鸟皱眉道："偷走小猩猩干吗？"

凤舞打了个响指，道："山人自有妙计，你照办就是了。"

火凤鸟皱眉道："要不还是我去引开黑魔大猩猩，你去将小猩猩抱走吧？"

见凤舞要反驳，火凤鸟道："第一，我会飞，黑魔大猩猩奈何不了我；第二，我和黑魔大猩猩一开始就有仇，我很容易将它引开。"

至于第三，我可以死，而你绝对不可以！

凤舞沉吟半晌，最终答应了。

火凤鸟出来后，闹出了一点儿动静，黑魔大猩猩就从洞穴里钻出来。它藏在繁茂枝叶中的凤舞，不敢弄出一点儿动静。

火凤鸟挑衅地朝黑魔大猩猩扔了一块石头。

"哇啊啊啊啊——"黑魔大猩猩被火凤鸟这么一挑衅，当即气得冒烟。

"哈哈哈，大笨蛋，你敢追我吗？！"火凤鸟又朝黑魔大猩猩扔了一块石头。

黑魔大猩猩气炸了。它堂堂灵侯境魔兽，居然被一个灵尊境的飞行小魔兽挑衅，是可忍孰不可忍！

就在这时，嗖的一声，火凤鸟飞一般蹿了出去。黑魔大猩猩面目狰狞，冷笑一

声，也快速追了上去。因为被气糊涂了，所以黑魔大猩猩并不知道还有一个人类小姑娘藏在草丛里。

魔兽都是分地域栖息的，越是强大的魔兽，越有领域意识。方圆十公里范围内，都是它黑魔大猩猩的领域，根本不可能有其他魔兽靠近，所以黑魔大猩猩以为它的洞穴是很安全的。

就在黑魔大猩猩追出去后，凤舞以最快的速度冲进洞穴。

洞穴里，一只小小的黑魔猩猩正扑闪着乌溜溜的大眼睛看着凤舞，眼中有着对陌生生物的好奇。

"嗨——"凤舞一边走近，一边笑着跟它打招呼。

黑魔小猩猩笑得跟天使似的，就在凤舞靠近它的时候，它忽然变了脸，伸出锋利的爪牙，朝凤舞的咽喉抓去。

"有好吃的！"说着，它宛若一道闪电，快准狠地攻击凤舞。

这绝对不是一只小幼崽能做出来的事！凤舞脚底一滑，侧身避开黑魔小猩猩，与此同时，纵身来到黑魔小猩猩后背处。

砰！凤舞原本想着能一拳头砸中小猩猩，可是，这只小猩猩一点儿都不简单。它的嘴角扬起一抹邪恶的笑容。

"困！"黑魔小猩猩盯着角落方向，发出一道命令。

凤舞下意识地抬头，这一眼让她瞳孔紧缩。原来在洞穴上有一张偌大的蜘蛛网，质地坚韧，白光闪闪，宛若锋利的刀片。

而随着黑魔小猩猩这一道命令，蜘蛛网从天而降，朝凤舞劈头盖脸地砸了过去。黑魔小猩猩口中发出诡异的笑声。

凤舞面容紧绷，神色更是冷凝。血海马帮她将阿柒引开，火凤鸟帮她将黑魔大猩猩引开，它们危险重重，生死未卜，难道她连一只黑魔小猩猩都搞不定吗？凤舞手中长袖忽然变长，猛地拽住黑魔小猩猩的一只腿往外拖。

"将它抓住！"黑魔小猩猩愤怒地冲着蜘蛛精大喊大叫。

"好的，少主人！"蜘蛛精激动地道。

可惜，它到底低估了凤舞的速度，当白色蜘蛛网铺天盖地落下来的瞬间，凤舞以最快的速度往前冲去。

"笨蛋笨蛋笨蛋！"黑魔小猩猩气得在地上打滚。

凤舞担心夜长梦多，一巴掌拍下，将蜘蛛精拍进黑魔小猩猩的嘴巴里。

"啊啊啊啊啊——"黑魔小猩猩气得全身发抖，恶心得想吐。这个可恶的人类女人，它记住了！

"等麻麻回来，一定让麻麻吃掉你，啊啊啊——"黑魔小猩猩气得哇哇叫，全身都在颤抖。

凤舞皱眉，黑魔小猩猩和它母亲之间肯定有特殊的联系方式，它这一叫，要是真把黑魔大猩猩叫回来，那才是糟糕。于是，凤舞随手捡起地上的石头，对准黑魔小猩猩的脑袋就砸了过去。砰！可怜的黑魔小猩猩被凤舞这么一砸，眼睛顿时呈蚊香状，晕晕乎乎倒下去了……

终于安静了。凤舞呼出一口气，开始联系火凤鸟。

"啊啊啊啊——"凤舞刚一喊，火凤鸟那边就传来了惨叫声。

"你那边怎么样了？"凤舞揪着一颗心。

火凤鸟："啊啊啊啊——黑魔大猩猩这鬼东西虽然不能飞，可它投掷能力真厉害，专门捡东西砸我！没有东西捡了，它就拔自己的毛射我！它身上的毛跟飞针似的，哎哟，疼死我了！谁说它愚蠢，它还专门射我翅膀呢，哎哟，我快撑不住了——"火凤鸟叫苦不迭。

凤舞心里略松了一口气，好在这家伙没有受重伤。凤舞赶紧问它："血海马在哪个方向？"因为和血海马还不是契约关系，所以她没办法感应血海马，但是火凤鸟不一样，它有感知技能。

"西北方向，你一直往西跑就对了！啊啊啊，我的翅膀又中了一针啊啊啊——"可怜的火凤鸟哀号不断，看样子情况确实危急。

"我已经抓到黑魔小猩猩了，你让它往我这边追。"

好在离得不远，凤舞和火凤鸟可以用脑电波沟通。

火凤鸟确实已经被黑魔大猩猩逼得相形见绌，而此刻的黑魔大猩猩，露出阴森诡异的嘲笑。

火凤鸟的两只翅膀被射了无数针，看上去像筛子，血迹斑斑。它挂在树枝上，大口大口地喘气，身子都快挂不住了。

黑魔大猩猩口中发出邪恶的笑声："你这小东西竟能有如此实力，可见出身不凡，说不定还是圣胎魔兽呢！"

火凤鸟在心里冷哼，什么圣胎魔兽？小爷我分明就是神胎好吗？！

"你肯定是大补之物，吃了你，说不定我还能晋升呢，嘿嘿嘿——"黑魔大猩猩激动地朝火凤鸟走去。

一步，两步，三步……火凤鸟在心里默默数着。它现在要做的就是拖延时间。

火凤鸟一脸惊慌地道："喂喂，我不是圣胎，我是臭胎，吃了我你会变得很臭，不仅修为尽失，还会受到上苍诅咒！"

黑魔大猩猩发出诡异的冷笑声："是吗？会受到什么诅咒？"它站在火凤鸟面前，庞大的身躯投下巨大的阴影，将火凤鸟整个儿笼罩起来，接着它伸出手，直接拎起火凤鸟，同时张开了嘴巴——

火凤鸟知道，自己不能再拖延下去了。

"喂喂，难道你就不担心你家小幼崽吗？"火凤鸟似笑非笑地看着黑魔大猩猩。

黑魔大猩猩的手顿时僵住。火凤鸟冷笑道："难道你从来没想过，无缘无故，我

267

为什么跑来挑衅你？"

黑魔大猩猩脊背僵硬。

火凤鸟："你不会以为我是闲着无聊跑来送死吧？"

黑魔大猩猩："……"

火凤鸟："所以你真的没有注意，当我将你引出来的时候，那草丛里还藏着一个人类？"

黑魔大猩猩面目狰狞，死死地瞪着火凤鸟："我要把你吃了！"

火凤鸟："你可以吃了我，但我有一个特殊技能，叫放屁，哼哼，等你吃了我，肯定会肚子疼，到时候谁去救你家小幼崽？你家小幼崽这时候说不定也正被人剥皮抽筋，烤着吃呢！"

黑魔大猩猩随手将火凤鸟一丢，像丢下玉米棒子，与此同时，它以最快的速度往自己的洞穴冲去！当黑魔大猩猩冲进洞穴的时候，就知道真的不对劲了。

这里有打斗过的痕迹，甚至连被它捉来放在家里给宝宝当摇篮的蜘蛛精都不见了。

啊啊啊啊——黑魔大猩猩气得捶自己的胸口。

"小幼崽，在哪里？！"好在黑魔大猩猩没有气糊涂，它快步冲出洞穴。

黑魔小猩猩还在吃奶，黑魔大猩猩循着它的奶香味，一路找了过去。

火凤鸟逃过一劫后，气喘吁吁地趴在石头上，连动一根羽毛的力气都没有。

"凤小舞啊，能做的我已经做了，你可一定要活下去……"

火凤鸟对于凤舞能够活下去，一点儿信心都没有。毕竟，一边是灵侯境的黑衣人杀手，一边是灵侯境的黑魔大猩猩，凤小舞被双方追杀，如何能活？

此刻的凤舞正全力飞奔。她知道自己面临绝境，但正因为身处绝境，才要努力生存。耳边的风凛冽地吹过，树木不断后退，山石、丛林、溪流……凤舞不断遭遇阻碍，但没有改道，而是沿着一条直线冲向阿柒。

血海马，一定也快撑不住了……

砰砰砰，是大地震颤的声音。凤舞回头一看，身体差点儿僵住，是黑魔大猩猩来了！不好，快跑！

凤舞能清晰地感觉到黑魔大猩猩爆发出的愤怒杀意。幼崽被抢走，身为母亲，谁能不怒？凤舞加快速度，跑跑跑！

她既然能看到黑魔大猩猩，表示黑魔大猩猩也能看到她。

它一眼就看到被凤舞扛在肩上的黑魔小猩猩。那是它的幼崽啊，现在却蜷缩成一团，一动不动，也不知道是不是还活着。

"可恶的人类！该死！"黑魔大猩猩气得快爆炸了。居然敢动它的幼崽！等它抓到这个人类，一定将她剥皮抽筋，放在火上烤着吃！

黑魔大猩猩气得哇哇大叫，怒气值越高，它的速度越快。

此刻，挡在凤舞面前的是一座山峰，坡面呈九十度直角，像是被巨大的斧头一刀劈下。绕道已经来不及了！凤舞手中多了一把石子，一边往山上冲，一边往上丢小石子。小石子不多，但每隔几十米就被她丢出一颗，深深陷入岩石壁上。

凤舞借着小石子的突起往上冲，当她丢完手里的一把石子，人也已经站在山巅了。凤舞回头一看，好嘛，黑魔大猩猩已经站在山下了。

黑魔大猩猩冲凤舞怒吼。这个可恶的人类！

凤舞居高临下地对黑魔大猩猩做鬼脸："嘿嘿，有本事来追呀，来追我呀！"

凤舞清楚，以黑魔大猩猩的体形，是没办法踩着她留下的石头上来的。

"不是要你家小幼崽吗？它就在这里，来追啊。"凤舞双手叉腰，扭动着身体。

"可恶！"黑魔大猩猩抬头看着那一颗颗小石子。

它没有巧力，但有蛮力啊！想到这儿，黑魔大猩猩退开数百米之远。

站在山巅的凤舞，皱起眉头，脸上浮现出疑惑不解之色。黑魔大猩猩要干吗？

可是很快，凤舞就知道它要干吗了！只见黑魔大猩猩退开三百米后，忽然开始往前冲，一边冲一边加速。

凤舞："……"不是吧？！这样也行？黑魔大猩猩是要硬生生将这座山撞倒吗？！

这座山确实像笋尖一样，突兀地立在这里，没有跟其他山脉相连，可这办法也太……蠢了吧？

轰隆隆！就在凤舞如此想的时候，黑魔大猩猩那庞大的身躯重重地撞到山壁上。

山峰有丅米之高，黑魔大猩猩才二十米而已。

轰！就在黑魔大猩猩撞上山壁的时候，凤舞只觉气血翻涌，血脉偾张，差点儿喷出来一口血。好强大的力量！原来这才是灵侯境强者真正的实力吗？看来，她还是低估了灵侯境强者恐怖霸道的力量。

被黑魔大猩猩一撞，偌大的山壁竟然出现一道巨大的裂缝。凤舞一看那裂缝就知道不好。如果是她，一定会顺着这条裂缝往上攀爬，因为这已经很好爬了，可是黑魔大猩猩没意识到它自己撞出了一条路，继续退开数百米，然后加速、冲刺。

凤舞："……"最多三次，这座山一定会倒下去。好可怕的灵侯境强者！若是被它追上……凤舞知道，她必死无疑！想到这儿，凤舞嗖的一声从山崖的另一边跑了下去。

凤舞才跑出去没多久，身后就传来巨大的撞击声。她回头一看，发现身后不远处，那原本傲然挺立的山峰正轰隆隆地倾塌。

好可怕的黑魔大猩猩！它居然真的凭着一口气，将山峰给撞塌了。

流沙混合着石头倾倒而下，将黑魔大猩猩覆盖住。很快，黑魔大猩猩就从如山的泥石中爬了出来，满头满脸都是泥土，身上多处擦伤，原本黝黑发亮的毛发也变得脏兮兮的，目光充满了仇恨。

　　"可恶的人类！"黑魔大猩猩发出怒吼，迈着大步朝凤舞冲去。虽然受了点儿伤，但它的速度比之前更快。

　　就在这时，被凤舞扛在肩头的黑魔小猩猩醒了。它睁开眼，看到在后面狂追不止的母亲，当即兴奋得哇哇大叫起来。

　　黑魔小猩猩张大嘴巴，就要咬凤舞。

　　凤舞："你能不能不叫啊！"

　　黑魔小猩猩："哼哼！"

　　凤舞："这里有好吃的，你拿去吃吧，别再叫了。再叫，我一定会拍晕你！"说着，凤舞将自己的月亮鱼丢给黑魔小猩猩。

　　来塞纳尔草原的路上，凤舞在机缘巧合之下捕了不少鱼，当时还想着拿来这边换钱，但因状况不断，一直没有机会拿出来。

　　让凤舞欣慰的是，这只黑魔小猩猩抱着月亮鱼后就不叫了，用小牙齿乖乖地啃着。

　　黑魔大猩猩还在那边嗷嗷叫着，可黑魔小猩猩的注意力已经在月亮鱼上了。

　　一条宽广的河流横亘在凤舞面前，水流湍急，一点儿生命的气息都没有。凤舞一看就知道情况不对，河流底下有暗流，有旋涡，否则不可能没有生物！

　　可是……

　　凤舞回头一看，黑魔大猩猩已经越追越近，只剩下不到两百米的距离……若是不进入河流，她这回就真的完蛋了！来不及多想，凤舞扑通一声往水里扎去。

　　咕噜咕噜——黑魔小猩猩不会浮水，刚一落水，它就不断挣扎。

　　凤舞擅长游泳，即便是她，被暗流一带，也差点儿被冲进黑色旋涡里。

　　黑魔大猩猩眼看着自己快要追上这可恶的人类了，没想到她居然跑水里去了。它气得又开始哇哇大叫。

　　嗷呜——嗷呜——黑魔小猩猩哭着朝黑魔大猩猩伸出手。母爱的本能让黑魔大猩猩一脚踏入了河流。

　　凤舞原本以为，这些暗流和旋涡多少能将黑魔大猩猩抵挡一阵，但她忘记了，这条河流再深也不过二十米，黑魔大猩猩却有三十米高！它一脚踏进河里，河水只到它的腹部。

　　黑魔大猩猩原本以为这次自己完蛋了，但是，当它看到河水只到腹部时，第一反应就是愣住，第二反应就是狂喜。

　　凤舞将黑魔小猩猩绑在自己的腰上，而她则以标准的蛙泳姿势，拼了命往前游。

　　暗流再强大，能撼动以庞大身躯撞击山峰的黑猩猩吗？！旋涡再厉害，能将三十米高的黑魔大猩猩吸进去吗？黑魔大猩猩一脚踏下去，直接将旋涡给踩扁了！

　　什么叫无可抵挡？什么叫一往无前？什么叫横渡河流？！黑魔大猩猩这庞然大物当如是！

凤舞惊呆了，回头看着在水里走过来的黑魔大猩猩，绝望得快哭了。

三百米。

两百米。

一百米。

五十米。

……

双方距离越来越近，越来越近……

凤舞知道，若是再不想办法，三十秒之内，她一定会被捉住。黑魔大猩猩现在有多恨她，她非常清楚。所以，自己该怎么办？凤舞急得不得了，就在此时，她看到前方河面上浮着一层黑压压的东西，看得人头皮发麻。

是什么东西？凤舞凑近一看，竟然是河蜂！

何为河蜂？旁人不知道，但凤舞从小读了很多书，博闻强识，所以认得出来。河蜂和马蜂唯一的区别就是，一个生活在河里，一个生活在陆地，其他习性差不多。

凤舞眼眸里浮现一抹闪亮之色，她想到办法对付黑魔大猩猩了。果然天不亡她啊！

可是河蜂窝呢？她这个计划要实施，必须找到河蜂窝才行。按照常理推断，河蜂窝是河蜂最重要的东西，是它们女王居住之地，无论是日照还是方位都应该是最佳的。

凤舞望向东南方向，那里有一棵垂柳，垂柳上有个帽子般大小的黑球，正在随风摇曳。凤舞嘴角扬起一抹弧度。很好！她的转机终于来了！

身后的黑魔大猩猩越来越近，越来越近！五十米，三十米……它张开血盆大口，眼看就要朝凤舞一口咬去，说时迟那时快，凤舞抓住包裹着黑魔小猩猩的蜘蛛网，以闪电般的速度，将它往河蜂窝扔去。

黑魔小猩猩还不知道发生了什么事，河蜂窝便被它撞得倒飞回来，经过凤舞头顶的时候，凤舞手指一动，一簇小小的火苗迅速蹿起，与此同时，凤舞一个翻身，脚尖一点，河蜂窝便往黑魔大猩猩的嘴巴钻去。

黑魔大猩猩："……"

它吞掉了一个点燃的河蜂窝。

黑魔小猩猩忙着啃鱼，不知道发生了什么。

河蜂们："……"它们的女王大人被吞了！被吞了！被吞了！

这里的河蜂密密麻麻，黑压压一片，何止成千上万？上百万都有了！这片区域已经没有暗流和旋涡，所以河蜂们才能安全生活，没想到今日突遭横祸。

嗡嗡嗡——

河蜂们发出尖锐而刺耳的声音。

凤舞一听这声音就知道不对。不好！它们要报复了！她所处的位置在黑魔大猩猩

前面，这些河蜂第一个要对付的就是她。可是，凤舞怎么可能傻站在那儿呢？在这些河蜂铺天盖地席卷而来的时候，凤舞一个猛子扎进水里，将自己淹没得严严实实。

河底下，黑魔小猩猩咕噜咕噜喝着水，凤舞在水下拼命游，只可怜了黑魔大猩猩！要知道，它的嘴巴比人类大上百倍不止，那么小小一个球状的河蜂窝，于它而言算什么？

可是，当数百万河蜂黑压压地朝它飞去时，黑魔大猩猩终于慌了。它终于意识到，刚才那可恶的人类让它吞了什么！可恶！黑魔大猩猩气得双眼通红，恨不得将凤舞抓过去剥皮抽筋！

凤舞拼了命地游，游出数百米后，终于探出河面，而黑魔小猩猩已经快背过气去了。凤舞将挂在自己腰间的黑魔小猩猩提起来一看，这小家伙已经只有出气没有进气了。

好在此地距离河边不远，凤舞抓着黑魔小猩猩，以最快的速度往河岸游去，等游到河边的时候，凤舞有些力竭，不过还是第一时间将黑魔小猩猩丢到陆地上，然后自己慢慢爬上岸。

爬到地面后，凤舞回头看了一眼，好嘛，黑魔大猩猩果然被大批河蜂给包围了。

凤舞看了一眼黑魔小猩猩，这小家伙喝多了水，肚子鼓鼓的，怕是不太好。

此刻，黑魔大猩猩正焦急地瞪着黑魔小猩猩，一脸关切，虽然愤怒，但它看着凤舞的目光带着一丝哀求。它在乞求凤舞救它的孩子。

凤舞长长地叹了一口气，虽然时间紧迫，但稚子无辜，凤舞从来没有想伤害这小家伙的意思。救就救吧。

凤舞动作很快，白玉般的手指在黑魔小猩猩圆鼓鼓的肚皮上摁压，一次、两次、三次……噗！黑魔小猩猩吐出一大口河水。

凤舞回头一看，黑魔大猩猩竟然在生吞河蜂！它赶不走它们，自己又离不开，于是干脆张口嘴，将这些河蜂都给生吞了！这刚强无敌的勇气……凤舞是服的。

眼看着黑魔大猩猩很快就会追上来，凤舞一把扛起黑魔小猩猩往前冲去。凤舞一边跑一边问火凤鸟情况。火凤鸟的伤口已经愈合了不少，它趴在岩石上歇息了一会儿，喘着粗气说："我还死不了，不过如果你要救血海马，速度得快一些，因为血海马已经被逼上悬崖了，我现在正往那边赶，你也快点儿吧！"说着，火凤鸟往凤舞的脑波传了一张地图，上面有个闪着光的红点儿，那里就是血海马被困之地。

凤舞深吸一口气，点点头道："我这里距离那边只有一炷香的时间了！很快！"凤舞说完开始往前冲。有黑魔小猩猩在，她不担心黑魔大猩猩不来。

周遭依旧是山林、岩石、树丛、河流……凤舞跑的时候，根本不用隐藏痕迹，只用一路往前冲。她留下的痕迹，还能给黑魔大猩猩指明方向。

此刻的黑魔大猩猩终于吞了几乎一半的河蜂，剩下的河蜂被它这王霸之气吓得转头跑掉了！

之前，黑魔大猩猩拔下身体上的毛当暗器去射击火凤鸟。虽说毛被拔掉后，很快会长出来，但因此而伤到毛囊也是真的。原本黑魔大猩猩的防御就像钢盔，这些河蜂虽多，可破不了它的防御，后来有了毛囊破损的软肋，黑魔大猩猩就惨了。这些河蜂简直无孔不入，一只只都往它的毛囊里钻。一个毛囊里有成千上万只河蜂，它们齐齐啃咬，那种麻痒刺痛的感觉，黑魔大猩猩这辈子都不想再体验了。

"可恶！可恶的人类！啊啊啊啊啊啊——"黑魔大猩猩一阵怒吼，冲上岸去。

等它冲到岸边，哪里还有凤舞和黑魔小猩猩的身影！黑魔大猩猩只好继续追凤舞。

"等抓到你，一定将你切下来，放在火上烤！每天烤一片！"黑魔大猩猩举着右手发誓。

黑魔大猩猩不知道，它要将之烧烤的人类少女，此刻正挖了一个坑，准备让它跳呢。

凤舞跑得飞快，血海马近在眼前，若是她救援不及时，一切都将功亏一篑。凤舞能清晰地看到，自己距离脑海里的红点越来越近，越来越近。

血海马此刻就在悬崖上，它一低头，看到站在下面的凤舞，濒临绝望的眸子绽放出一抹异彩。不管这个人类少女能不能救它，至少，她说话算数。她没有骗它，更没有食言。没想到人类也有说话算话的时候啊……血海马发出幽幽的叹息。临死之时，它能见证这一点，倒也不遗憾了呢。

凤舞正在打量着悬崖，并不知道血海马不相信她能救它，更不知道它心中萌生了死志。

这座悬崖比之前被黑魔大猩猩撞倒的山峰可要高大许多，血海马飞扑而下的话，一定会摔死。身后的黑魔大猩猩很快就来了，怎么办？忽然，她眼睛一亮，有了！

凤舞暗示血海马，让它跟阿柒说话，尽量拖延时间，其他的由她来想办法。

血海马在内心苦笑。这个人类少女简直太天真了。她一个柔弱少女，如何能在灵侯境强者面前逃出生天？如果不是遭到人类背叛，它又何至于从堂堂灵侯境跌落到现在的灵尊境？血海马对凤舞摇头。

凤舞急坏了！它怎么可以不相信她呢？！凤舞狠狠地瞪着血海马，用口型告诉它，绝对不可以死！警告完之后，凤舞开始布阵。

摆什么阵法好呢？既简单又快速的阵法……大概只有黑暗阵法了。所谓的黑暗阵法就是让踏入者眼前发黑，看不清周遭情况。好在凤舞随身携带了阵法道具，不出几分钟，阵法便有点儿模样了。这样的阵法根本支撑不了一分钟，对凤舞来说已经足够。摆好阵法后，凤舞对血海马招手，示意它往下跳。

血海马苦笑。它就说吧，这人类少女确实没有办法。

因为下面的动静，阿柒察觉到异样，握紧了手中的砍刀，站在悬崖边，只一眼，阿柒眼中就浮现出激动之色。他一开始以为凤舞在血海马上，所以一路追着血海马而

273

去，直到血海马跑上这座悬崖，阿柒才知道，自己竟然被那个小丫头给骗了！可恶的小丫头！真像大皇子说的那样，心思狡诈，诡计多端，防不胜防。

若是平常，阿柒丢下血海马转身就会去追凤舞，但之前他被凤舞愚弄过一次，现在又被凤舞愚弄，心里憋着一口气，并不准备放过血海马。

而现在，那个可恶的小丫头也在悬崖下方！

"跳啊！"

凤舞往悬崖上丢了几块石头，宛若猴子一般往上蹿，在距离血海马还有一百米的时候，凤舞再次对血海马道："如果你信任我，就往下跳！"

血海马长长吐出一口气。果然，这个世界上怎么可能有不背叛的人呢？生死关头，人类永远只会选择让自己活着，让灵兽冲到前面送死。

血海马对这个人类世界真的绝望了，闭上眼睛，纵身往下一跃。在坠落的过程中，它突然感觉脚底似乎有东西让冲击力减缓了一点儿。如果仅仅是一次，血海马还以为自己踩到刚好飞过的鸟，但是第二次、第三次也是如此，绝对不是巧合！血海马睁开马眼一看，悬崖边有个人正往下坠落，下坠的过程中，她还嗖嗖嗖往它这边丢石头。

血海马惊讶得眼睛都要凸出来了。它以为背叛自己的人类少女，正绷着一张脸，认真而紧张地盯着它的脚下。她到底是怎么做到的……血海马想破了脑袋都想不明白。

不仅血海马想不明白，悬崖上的阿柒也想不明白。他以为血海马坠下去肯定会死，没想到还有转机！

阿柒死死地盯着凤舞。他原以为她仅仅是比赛非落公主强一点儿的普通少女，可是接触下来，发现她一次又一次地刷新了他的认知。这是一名聪明睿智的少女，按照大王子的意思，这个少女，必杀之！

阿柒眼中的杀意越发明显。凤舞啊凤舞，你以为这样便能逃脱？可惜你不知道，灵侯境强者比你想象的更强大！

一道清晰的破空之声传来——这位大王子身边的暗影杀手直线式往下坠落，速度快得让人反应不过来。

当凤舞和血海马还在半空的时候，阿柒已经稳稳地坠落在地。咦当！阿柒跌进凤舞设计好的黑暗阵法里。

血海马绝望地看着底下，对凤舞摇摇头，苦笑一声。一切都是白费。那个杀手已经在下面等着他们，而且是用守株待兔的方式。

凤舞嘴角却扬起微微的弧度。血海马不解地看着凤舞，她镇定自若，甚至还露出一抹得逞的笑容……这是何意？

血海马很快就知道凤舞的笑容是什么意思了！

凤舞在半山腰的时候就看到黑魔大猩猩以最快的速度往这边冲来，而此刻的她和血海马距离地面只剩下最后的几百米。凤舞果断地将背在身后的黑魔小猩猩从网兜里拽出来，匕首划过，黑魔小猩猩腹部就多了一道血痕！凤舞对黑魔小猩猩说了一声抱歉，将它朝阿柒用力掷去。

"首领大人！您吩咐属下将黑魔小猩猩抓来，给您炖汤滋补增加修为，属下现在将它带来了，属下求赏！"凤舞这话说得又快又响亮，方圆一公里之内都能听见，黑魔大猩猩自然也听见了。

阿柒跌入黑暗阵法后，只觉周围宛若黑夜，伸手不见五指。

当凤舞将黑魔小猩猩掷下去的时候，当凤舞喊出那句话的时候……黑魔大猩猩刚好赶到。它眼睁睁地看着它家幼崽被人从高空投下，还听到了这个人类少女的话。原来，罪魁祸首是这个黑衣人啊！这个可恶的人类首领，居然妄想将它的宝贝幼崽宰了炖汤，用来增加自己的修为，是可忍孰不可忍！

黑魔大猩猩气坏了，把对凤舞的仇恨全部转移到阿柒身上。

黑魔大猩猩体形高大，当黑魔小猩猩坠落的时候，它一抬手，黑魔小猩猩就落在它的手里。这一抓，手上就染满鲜血！

"可恶！"鲜血刺红了黑魔大猩猩的双眼，将它的仇恨点燃。

"乖宝宝，在妈妈的耳朵里好好待着！"黑魔大猩猩将黑魔小猩猩小小的身体往自己耳朵里一塞，下一个瞬间，它疯狂地朝阿柒扑去。

阿柒感觉到危险，当即后退一步，即便如此，还是被黑魔大猩猩的掌风拍到，面颊生疼，那蒙在脸上的黑巾也随之飘落。

凤舞赶紧用绳子勒住血海马，将它往悬崖上拽。

目睹了这一切的血海马，看向凤舞的目光里多了几分惊奇。它真没想到，事情会发生这样的转机。

"你……"血海马想说什么，凤舞却做了个嘘的手势。

凤舞谨慎地道："现在我们还没完全脱离危险，便是你心中有疑惑，也等我们出去再说。"

悬崖下方，黑暗灵阵的效果已经消失，阿柒和黑魔大猩猩也已经战成一团。

阿柒自然不想打，可黑魔大猩猩这一路上被凤舞戏弄得多憋屈？河蜂那一段更是让它这辈子刻骨铭心，所以，现在的黑魔大猩猩不愿意放过他。

凤舞知道，双方有的打了。

趁他们不注意，凤舞和血海马悄悄往悬崖上方爬去。因为有凤舞提前安置好的小石子，所以往上的路虽艰难，却不是不能走。

阿柒一抬头就看到了凤舞的身影，气得不得了，指着凤舞大怒道："不许走！"

可黑魔大猩猩和他杠上了，阿柒被逼得相形见绌，自身难保。

凤舞一脸忧伤地对阿柒说："首领大人，您交代属下办的事，属下已经办好，赏赐属下也不敢求了，属下这就去帮您搬救兵！"说着，凤舞和血海马就跑得没影了。

大概一炷香的时间，凤舞和血海马终于艰难地爬上悬崖。她长长呼出一口气，摸了摸额头，全是汗水。这一路，她的精神高度集中，直到现在才松懈，然后感到全身都疼，每一块肌肉都在叫嚣着。

"上来吧。"血海马瞥了凤舞一眼，迎风而立，站在悬崖边。

凤舞看着血海马："嘿嘿，你这是认可我了吗？"

血海马抬着下巴，一脸冷傲地道："你以为得到我的认可，是这么容易的事？"

凤舞唔了一声："原来还不行啊……"

见这个人类小姑娘低垂着脑袋，一副可怜兮兮的模样，血海马有些不忍心。它刚才的态度是不是有些不好？

"喂喂？"血海马瞥了凤舞一眼，"虽然我还是不信任你，但不是让你上来了吗？"

凤舞可怜兮兮地看着它："所以……你还是不信任我？"

血海马动了动马蹄子，别过眼去，道："信任又不是一次就能培养的。"

凤舞一想也是。她观察入微，一眼就看出来，血海马肯定被伤害过，而且伤害它的很有可能是人类，她怎么能指望人家一下子就信任她呢？

"好吧。"凤舞纵身跃上马背，"你现在可以只信任我一点点，但你要留在我身边，这样才有机会完全信任我，知不知道？"凤舞一边说，一边抬手摸摸血海马的脑袋。

哼哼！血海马很是冷傲地仰了仰脑袋，并没有拒绝凤舞的亲昵。这个人类少女……看起来好像没那么坏，血海马在心里想着。

"走吧，我们去找火凤鸟！出发——"凤舞挥着拳头，做了一个前进的手势。

血海马还真听凤舞的话，很快往她说的方向奔去。

现在，没有阿柒和黑魔大猩猩的追杀，凤舞放松不少，很好奇血海马的故事……

"喂喂——"凤舞用手指戳戳血海马的耳朵。

血海马无语望天："干吗？"

凤舞："你是不是被人抛弃过呀？"

这句话一出，血海马全身僵硬，脊背更是绷得直直的。

凤舞："喂喂，干吗？不就是随便闲聊吗？当初我也被人伤害过啊，修为更是跌到谷底，成为一个废人，后来还不是重新修炼，修为也回来了。这一辈子啊，难免会遇见几个坏人，习惯就好。"

如果说一开始，血海马对凤舞的信任感只有百分之一，那么经历过悬崖事件，它对凤舞的信任感飙升到了百分之四十，而现在又因为共情，信任度达到了百分之五十。

凤舞并不知道她的一番话对血海马造成的影响，继续说道："别人会背叛你，但我不会；别人会牺牲你，但我不会，你要记住啊，不管多危险，我都会来救你的。你千万不能因为绝望而放弃性命，知不知道？我看你刚才就很笨呢！"

凤舞一边说，一边拍血海马的脑袋。

血海马哼哼两声。

凤舞："你想呀，你以前的主人哪有我漂亮？哪有我聪明？哪有我天赋高？哪有我厉害？哪有我……"

血海马听不下去，嘟囔了一声："她长得是没你好看，但比你厉害。"

凤舞顿时被噎住："喂喂，现在你可是我的马，居然替别人说话！"

血海马哼哼："现在还不是你的！"

凤舞再次被噎住："你这匹不听话的血海马，等你真到了我手里，看我怎么收拾你！"

见了凤舞的模样，血海马只觉心情大好。

当初它的主人也是个漂亮的小姑娘，但从来不会用这样亲昵的语气跟它说话，从来都是冷冰冰的、命令式的。

凤舞见血海马想得出神，心中越发好奇。

"喂喂，你原来的主人到底是怎么样的？她真的比我厉害？"凤舞噘着嘴问道。

"比你厉害多了。"血海马哼哼两声。

凤舞不信："不可能的！"

血海马："她跟你差不多大，现在已经是灵侯境强者了。"

凤舞："真的假的？"

血海马点点头："她很厉害，也很勤奋，拼命修炼，很得宗主大人喜欢，宗派里的师兄弟们也都喜欢围在她身边。"

凤舞歪着脑袋想了想。

她在同龄人中不说无敌，至少也是佼佼者，能超过她的也是凤毛麟角……

"你确定那姑娘是君武帝国的？"

血海马很肯定："自然！我从来都没有离开过君武帝国！"

凤舞摸着下巴："这就奇怪了，比我厉害，而且还是宗派里的……"

"她不像你喜欢穿红裙子，她总是清冷高贵，从来都是一袭青衣，不食人间烟火。"血海马眼中露出缅怀的情绪。

比她厉害的灵侯境强者，宗派里受欢迎的弟子，一袭青衣，不食人间烟火……凤舞心中隐隐有一个人冒了出来。

可是……该不会真的那么巧吧？！

凤舞看着血海马："她该不会……拥有凤凰真血？"

血海马猛地回头，无比震惊地瞪着凤舞："你怎么知道？！"

凤舞哭笑不得："我怎么会不知道？当年，就是她废了我的凤凰真血，让我从天才之境跌落神坛，沦为废材，我怎会不知！"

只是没想到，世事会这般巧合，血海马竟然曾经是她的马。

血海马猛地停住脚步，回头看着凤舞："你……说的可是真的？！"

凤舞苦笑道："你说呢？"

血海马慢慢地耷拉下脑袋："原来……我不是第一个被她背叛的啊。"

凤舞笑道："你不是第一个，也绝对不是第二个。"

凤舞很想问，左青鸾到底是怎么伤害它的，以至于让它变成原先那懒洋洋、自暴自弃的模样。可看着血海马这沉默舔舐伤口的样子，凤舞就知道，有些事还需要它自己想明白。

就在这时，凤舞觉得肩膀一沉，定睛看去，哈哈大笑起来。

原来是火凤鸟。

在凤舞印象中，火凤鸟一直是很注重形象的，照它自己的说法，它可是一只金贵雍容的鸟，岂能像其他愚蠢的飞禽那般脏兮兮的？所以每次火凤鸟都将自己打理得干干净净，把每一根羽毛都梳理得整整齐齐，现在的它……

天可怜见，火凤鸟身上多处受伤，血迹斑斑，一根根珍贵的羽毛也乱糟糟的，像是被飓风席卷过一般。

"你没事吧？"凤舞戳戳火凤鸟。

火凤鸟看着凤舞，再看看血海马，一脸难以置信："你们还在这儿优哉游哉的？！快跑啊！是等着黑衣人和黑魔大猩猩来追杀你们啊？！"

凤舞顿时笑了，也不说话，只是指着悬崖下的人影给火凤鸟看。

火凤鸟探出小脑袋一看，顿时惊讶，难以置信地瞪着凤舞："他们打起来了？"

凤舞点点头。

火凤鸟一脸惊奇地道："狗咬狗？"

凤舞笑着点头。

火凤鸟激动得快跳起来了："怎么会呢？他俩不都忙着追杀你吗？怎么就打起来了呢？喂喂，凤小舞，一定是你在搞鬼对不对？！"

凤舞得意地仰着下巴道："不然呢？"

火凤鸟恍然大悟，猛地一拍掌，道："我明白了！我想明白了！原来从一开始，你从血海马马背上跳下来的时候，就已经在打这个主意了，对不对？！"

凤舞不置可否。

火凤鸟："……"

"不愧是主子看中的人，果然有独到之处！"火凤鸟对凤舞竖起大拇指。

这件事确实多亏了凤舞，不然，这次大家都得死。

凤舞眼中浮现一抹疑惑之色："主子看中的人？"

她总觉得火凤鸟这句话有些奇怪。

"喀喀——"火凤鸟怎么可能告诉凤舞个中缘由？

它翅膀环胸，冷傲地瞥了凤舞一眼："小丫头，胜不骄败不馁，知道不？"

小丫头？凤舞抬手揉揉火凤鸟的脑袋，将它脑袋上的毛揉得乱糟糟的。

"喂喂喂——"火凤鸟急了，一边躲一边瞪着凤舞，"你这个女孩子怎么这么不矜持！人鸟授受不亲懂不懂？！"

看着火凤鸟这小模样，凤舞顿时笑出声来。

血海马一路沉默，见凤舞和火凤鸟打打闹闹无比亲热，它心中不由得生出前所未有的羡慕。以前它也是有主人的，可是……主人永远高人一等的样子，不苟言笑，从来都拿它当属下看待。

看着凤舞和火凤鸟打成一片，血海马眼中的羡慕越发明显。

"羡慕吧？"火凤鸟一瞥就看到了血海马眼中的情绪，当即骄傲地挺着小胸脯。

血海马也是冷傲的，一眼瞪回去："哼！"它将眼中的情绪都藏好，再不敢露出半分。谁羡慕？根本没有羡慕好吗！一点儿都不羡慕！哼！

火凤鸟无语地看着血海马。这匹马真是……比它还骄傲！明明刚才它羡慕得要死！

血海马："你是破鸟！"

火凤鸟："你是破马！"

……

凤舞听着它俩吵架，简直脑壳疼。她赶紧叫停："好啦好啦，你们都别吵了，都是神兽，知道自己有多幼稚吗？！"

火凤鸟用翅膀抱胸："哼！"

血海马却有些自卑地低垂下脑袋，嘟囔了一声："我又不是神兽。"

火凤鸟没好气地瞥着血海马："笨蛋！"

血海马："别以为你是神兽就可以骂我！"

火凤鸟："笨蛋笨蛋笨蛋大笨蛋！"

血海马："你——"

凤舞头痛地揉揉脑袋。这两个小家伙是天生不对付吗，一见面就吵个不停？

凤舞苦笑道："血海马，你现在虽然不是神兽，但不保证以后不是。"

凤舞这句话对血海马来说，理解上有点儿难度。它歪着脑袋想了想：虽然现在不是，但不保证以后不是……也就是说，以后它很有可能会是神兽？

"这怎么可能？！"血海马停住脚步，惊奇地瞪着凤舞，"这是不可能的！"

凤舞："哦？怎么不可能？"

血海马有些恼怒地瞪着凤舞："就算你想收服我、跟我签订契约，也不能随便欺骗我！原本我还以为你是个好人，没想到是个说谎精！哼！"

凤舞还没说话，火凤鸟已经怒了，瞪着血海马，气得想打它："你有病吧！我们家小舞怎么欺骗你？我们家小舞怎么就成说谎精了？要是说不出一二三四五六来，我

跳起来一巴掌拍死你！哼！"

血海马冷笑道："怎么不是欺骗？谁都知道，魔兽的天赋从出生起就决定了，血脉是无法更改的！我从出生起就是圣兽，以后怎么可能变神兽？哼！想骗我也不找个好理由，拿这个来敷衍！原本我以为你和前任主人是不一样的，没想到都是一样！她以前也是这样骗我的！"

凤舞终于知道血海马突然爆发的原因了，原来以前它被左青鸾欺骗过、背叛过，还抛弃过……难怪它的反应那么大。

火凤鸟不知道血海马的故事，开口问凤舞："它的前任主人是谁呀？"

凤舞吐出三个字："左青鸾。"

"哇！"火凤鸟惊呼一声，满眼难以置信，"这么巧？这也太巧了吧？"

凤舞苦笑道："就是这么巧。"

火凤鸟没好气地瞪着血海马："如果你的前主人是左青鸾，那就说得通了。左青鸾本就不是好人，从小生性恶劣，心狠手辣，会被她欺骗再正常不过！你居然跟随她？唉，我好同情你呀。"

火凤鸟的每个字都像针一样扎向血海马内心。血海马气得不得了，打又打不着这个会飞的家伙，它只能一个劲往前狂奔，快若闪电。

凤舞赶紧抓紧缰绳，才没被血海马颠下马背。她看了火凤鸟一眼，道："打人不打脸，揭人不揭短，知不知道？"

火凤鸟捂嘴道："哦。"

血海马："……"它好像更生气了，而且不知道为什么！

火凤鸟："可是，如果不刺激它，它就永远走不出阴影啊！就它这闷骚的性子，会把它自己憋屈死的。"

凤舞："……"你当血海马是聋子听不见吗？

火凤鸟："只有加入我们的阵营，完成主仆契约，它才能从过去的伤痛中走出来啊！"

凤舞："……"所以你能不能暂时不说这件事了？

血海马一边跑一边怒吼："本马不会签主仆契约！你们休想！等从这里出去，本马就和你们分道扬镳，大家再也不见！哼！"

火凤鸟发现自己好像把血海马惹得更生气了，对凤舞眨眨眼。凤舞没好气地瞅它一眼，示意它闭嘴。多说多错，沉默是金。

忽然，凤舞眉头微蹙，开口道："咦，我好像听到前面有动静。"

火凤鸟侧耳倾听："好像确实有兵器碰撞的声音。"

因为血海马跑得太快，凤舞耳边都是呼呼的风声，所以听得不太真切。

火凤鸟冲血海马喊道："喂喂，你快停下，带起来的风影响到我的判断啦！"

赌气归赌气，血海马不会因生气而误了正事，于是，它气呼呼地停住脚步。

凤舞抬手要揉揉血海马的脑袋，准备安抚它一下，火凤鸟却随之出声："住手！"

凤舞不解地看着火凤鸟。火凤鸟飞在半空中，赌气地对凤舞道："不许宠爱它！"

凤舞一脸茫然地道："什么？"

火凤鸟："这是我和它之间的战争！你身为主人，不要插手，必须保持中立态度！"

凤舞："喀喀……"

火凤鸟双翅抱胸，冷傲地翘着尾巴，下巴也高高地抬起："如果你敢安抚它，我就生气！"

凤舞："……"她到底是招惹了些什么灵宠啊，个个自主意识都那么强吗？

凤舞看着血海马，血海马倔强地甩着马尾。凤舞只能败退："好吧好吧，你们之间的战争留给你们自己解决，但这属于内部矛盾，咱们能不能先缓缓？等解决完了外部矛盾，我们人身安全有保障之后，再解决你们的问题？"

"嗯？"凤舞看看火凤鸟，再看看血海马。

火凤鸟冷傲地瞥了血海马一眼："本鸟可以，就怕它不敢答应！"

血海马也是冷傲的，哪里受得了这样的激将法，当即冷笑道："本马也可以！"

凤舞长长呼出一口气。她有预感，以后她身边是真热闹了，而她的脑壳，也真的要疼了。至于血海马不跟她签订契约、不留在她身边这种可能性……凤舞从来没有考虑过。她看中的灵宠，怎么可能让它跑掉？更何况这是左青鸾曾经抛弃的灵宠。等以后她将血海马变成超强的神兽，牵着它站在左青鸾面前……哈哈哈，只要想到那个画面，凤舞就高兴得差点儿笑出声。

"你笑什么？"火凤鸟不解地看着自己的小主人。

"喀喀——"凤舞用两声轻咳掩饰面上的尴尬，赶紧转移话题，"那战斗声音在东北方向吧？"

火凤鸟飞到高高的树梢上，正所谓登高望远，所以它飞到最高处，自然看得最清楚。

"确实是在东北方向，那边两支队伍正在战斗，而且战况激烈。"火凤鸟一边看一边跟凤舞用语言实况转播，"咦，占据上风的是一群黑衣人。"

黑衣人？凤舞眼眸微微一亮。

"黑衣人有什么特征？"凤舞下意识问。

"这群黑衣人额头上都戴着黑色抹额。"火凤鸟专心致志地盯着不远处，眼中露出一抹深思，它抓抓脑袋，"这些黑衣人我好像在哪里见过。"

黑色抹额……啊！凤舞一拍脑袋，道："阿柒不就是戴着黑色抹额吗？"

火凤鸟用怪异的目光看着凤舞。凤舞认真点点头。

火凤鸟："是大王子的人？"

凤舞点头。

火凤鸟一拍树梢，道："那追我们上天入地的不就是大王子的暗卫吗？嘿嘿，踏破铁鞋无觅处，得来全不费工夫啊！干！"说着，火凤鸟就要往发出战斗声响的地方冲去。

凤舞却拽住它："等等。"

火凤鸟急得瞪眼："还等什么啊？大王子害得我们这么惨，我们差点儿就死掉了，现在这么好的机会，还能放过他不成？"

凤舞无语地道："问题是，你打得过吗？"

火凤鸟一时哑然。

凤舞："一个阿柒已经追得我们上天入地，其他黑衣人呢？"

火凤鸟："他们看起来实力并不比阿柒厉害，他们应该不是灵侯境的。"

凤舞："那是什么境？"

火凤鸟："应该是灵尊三星？四星？五星？但是领头的那个黑衣人有阿柒的实力。哎，他们在追杀一群白衣人呢，那群白衣人往我们这边过来了！"

火凤鸟是一只很识时务的鸟，它盘算了一下，自己确实打不过，于是很冷傲地对凤舞说："留得青山在，不愁没柴烧！现在打不过，不代表以后打不过！我们暂时三十六计走为上计，也不是不行。"

凤舞："你从哪里学来这么多话？还会给自己找理由。"

火凤鸟一副全凭凤舞做主的样子："所以，我们现在走不走？"

凤舞："现在就算想走，也走不了。"

火凤鸟不解地看着凤舞。

凤舞苦笑不已："我刚才和黑魔大猩猩一番缠斗，突破了瓶颈期，若是不找个地方将灵气引导出来，实现进阶……会出大问题的。"

火凤鸟："这么惨？"

凤舞苦笑道："就是有这么惨。"

火凤鸟："跑不了？"

凤舞："若是跑岔了气，灵气不归，轻则走火入魔……"

火凤鸟无语地道："别人不是可以将晋升的灵气压制下去吗？为什么到你这儿就不行？"

凤舞："我之前压制了太久，这次是一起爆发了，不在沉默中爆发，就在沉默中消亡……"

火凤鸟郁闷又焦急地拍拍脑袋："那你说怎么办？"

凤舞看了看周围的地形，道："你们都离开吧，我找个隐秘的地方躲起来，希望能躲开这一波战斗。"

火凤鸟："我留下来！"

凤舞还想说话，火凤鸟当即说："我可以躲进去，不会发出任何声音，不会为你引来麻烦，关键时刻我还能保护你，总之我是不会走的！"

火凤鸟如此坚决，凤舞也不好说什么，抬眸看着血海马。血海马的表情很复杂。它没有说话，用那双漂亮的马眼认真地看着凤舞，看似生气，又似有所期待。

凤舞终究叹息一声，道："你先离开吧。"

血海马脸上浮现一抹恼怒之色，气呼呼地瞪着凤舞。凤舞拍拍它的脑袋，道："毕竟我们还没有缔结契约，之前的事已经欠你一个很大的人情了，现在不能再让你陷入危险，所以你离开吧，注意安全啊。"

血海马气呼呼地瞪着凤舞，很生气很生气，眼中冒着火光。火凤鸟站在凤舞肩头，得意地道："你看，你都没有资格和我们小舞并肩作战呢，真可怜啊。"

凤舞没好气地瞪着火凤鸟。这破孩子就不能少说两句吗？

血海马赌气地瞪了火凤鸟一眼，掉转马头，甩着尾巴嘚嘚跑远了。

火凤鸟见血海马真跑了，又开始生气，对凤舞说："你看你看，关键时刻就会抛弃主子，这种马不要也罢。小主人，只有我才是你最能信任的坐骑！"

这只鸟啊……凤舞无语。

SHENYI HUANGHOU

神医凤后

苏小暖 著

【下册】

4

青岛出版社
QINGDAO PUBLISHING HOUSE

第十一章
灵尊七星

血海马跑远了，它也不知道自己为何生气，也不知道为什么自己心里会那么难受，憋得它快炸了。转过一道弯后，它转头望去，却见凤舞和火凤鸟一边说话一边忙着捡石头挖泥土，场面看起来温馨得不得了。血海马咬着唇角，就那么看着。

那破鸟真不是干活儿的好手，惯会偷奸耍滑，那么多石头，它一颗颗用嘴衔着，这是要衔到什么时候去？！如果是它的话……哼哼！可是……人类少女都没有出言喊住它……血海马那双漂亮的马眼渐渐变得湿润，多了一分它自己都不易察觉的委屈……

凤舞并不知道血海马的委屈，此刻她正在布置阵法。她不求能将那群人杀了，只求他们看不见她，让她安安心心晋升。

很快，凤舞就发现不远处有一个地下岩洞。岩洞不大，最多不超过十平方米，露出地面的部分，有十几厘米的高度。好在凤舞体形娇小，这要是换作其他人，根本就进不去。

凤舞最擅长藏匿，所以进去之前，连留下的痕迹也一并抹去了。她刚刚藏好不足一秒钟，那急促的脚步声就清晰地出现在她耳中。砰砰砰，紧跟着是一阵兵器交接的声音。

凤舞头顶是巨大的岩石，前方是一道小小的空隙，凤舞却将那道缝隙封住了。因为此刻的她，根本无暇他顾。对她来说，现在最重要的就是晋升。

凤舞体内，一道道灵气凝结成金珠，滴滴滚落进丹田，逸散出来的灵液沿着经脉游走于全身。灵液游走之际，凤舞只觉得身体滚烫得厉害，像是被烙铁烙过，每一寸

经络都在叫嚣着、疼痛着。若是一般人，怕是早就痛晕过去了，可凤舞不是一般人，她强自忍耐，不让自己发出一点声音。如果有人在，会清晰地看到凤舞额头上滚落的黄豆般的汗珠，全身的衣衫都湿透了，像是浸在水里。

凤舞疼得脑子一片空白。她隐隐有一种感觉，这次的疼痛会比以往任何一次都严重。

火凤鸟并没有进空间。它担心进去后，若是凤小舞遇到危险而它又出不来就麻烦了，于是，火凤鸟坐在距离凤舞十米远的岩壁上，那里有一块凸起的小小岩石，隐蔽而阴暗。

火凤鸟一边给凤舞护法，一边竖起耳朵，警惕地听着外面的动静。

也不知道是不是凤舞倒霉，那些黑衣人在追杀白衣人的时候，刚好停在这块区域。

砰砰砰，铮铮铮——

耳边不断传来兵器交接的声音，火凤鸟越听越紧张。它盯着凤舞。果然，外界的声音还是影响到她了。她的眉头深深蹙起，差点走火入魔。

火凤鸟眼眸一暗，似乎下定了决心。它咬破舌头，顿时有血喷洒在半空。很快，舌尖血以凤舞为中心，画了一个圈——这是火凤鸟的隔音屏障。

舌尖血异常珍贵，火凤鸟轻易不会动用，但现在这种情况，只能先用了再说。

火凤鸟心里有一种预感，如果不将外界的声音屏蔽掉，凤舞一定会深受影响，虽说不一定会走火入魔，但晋升的速度不会那么快。以前主人说，晋升时越痛苦，代表晋升的星级越多……这次小主人如此痛苦，是不是也代表她并不会只晋升一颗星？

嗡，就在火凤鸟紧张戒备的时候，忽然，凤舞晋升了！整个天地的灵气都从地下冒出来，朝凤舞周身汇聚。白色灵气宛若蚕茧一样，将凤舞包围起来。此刻凤舞的毛孔是打开状态，这些灵气一个劲儿往她身体里钻。

真的只是晋升一颗星吗？不过能晋升一颗星也是很好的……火凤鸟正如此安慰自己，忽然，它见凤舞的眉头又深深皱起。

呀！火凤鸟无比激动地看着凤舞，凝神屏息，用两只爪子拼命祈祷。晋升啊！两星啊！千万要两星啊！

在火凤鸟无比虔诚的祈祷中，嗡——一道轻微的声响从空气中传来。

好在火凤鸟之前用了隔音屏障，否则这么大的动静，地面上的强者非注意到不可。

看到凤舞在进行第二轮晋升，火凤鸟激动得差点跳起来。时间一点点过去，凤舞终于结束了晋升，火凤鸟长长吐出一口气。

这次连续晋升两颗星，凤小舞和那左青鸾的实力相差就没那么大了呢！

就在火凤鸟以为凤舞要睁开眼睛的时候，忽然，它难以置信地瞪着凤舞。这是什么情况？！它家小主人明明已经完成两次晋升，为什么表情看上去那么痛苦？就好像……就好像晋升还没有完成？

下一秒——

嗡——

晋升的声音再一次响起。

这次，火凤鸟真的要激动到疯了。它用难以置信的目光瞪着凤舞。怎么可能？！怎么会这样？！凤舞已经连续晋升两次，这是……还在晋升吗？！老天爷啊！火凤鸟感到匪夷所思，眼珠子都不会动了。

当凤舞睁开眼睛的时候，第一眼看到的就是火凤鸟一动不动的僵硬表情。这次晋升，凤舞只觉得通体舒畅，整个人像是在灵水里浸泡过，经络舒展，轻松畅快。

"咦，你怎么了？"凤舞用怪异的目光看着火凤鸟。

火凤鸟："……"

凤舞不解，在火凤鸟眼前晃了晃手指："喂喂，你怎么了？像是被人点了穴定住了？"

火凤鸟终于回过神来。它看着凤舞，想说话，可话到嘴边，一个字都吐不出来。凤舞有些急，抓着火凤鸟摇晃："喂喂，我在晋升的时候，发生了什么事吗？"

火凤鸟点点头。

凤舞："你受伤了？"

火凤鸟摇摇头。

凤舞："血海马死了？"

火凤鸟摇摇头。

凤舞松了一口气："那是怎么了？"

火凤鸟："难道你自己一点都不知道吗？"

凤舞疑惑不解地道："我知道什么？"

火凤鸟用很复杂、很神奇的目光看着凤舞："你现在是什么实力？"

凤舞嘟囔了一句："我原来是灵尊四星，这次晋升后……呀！"凤舞忽然抬头，用难以置信的目光看着火凤鸟。

火凤鸟冲凤舞点点头。凤舞喃喃自语道："不可能吧？我不过才晋升了一下……好像不是一次，是两次？怎么就到了灵尊七星？这……不会搞错了吧？"

火凤鸟差点笑喷："搞错？灵气明明白白就在你身体内，你觉得这是搞错了吗？"

凤舞摸着鼻子道："呃……也对哦，可是我记得，我就只晋升了两次啊……"

火凤鸟用很怪异的目光看着凤舞："第三次晋升的时候，你是晕着的。"

凤舞一脸惊奇地道："我晕着都能晋升啊？"

火凤鸟："是啊，我也想问你呢，你晕着都能晋升啊？"

凤舞："……"

287

火凤鸟长长呼出一口气，语气依旧有些不相信："想我鸟生这么长，还是第一次见到像你这样的，一口气连续晋升三星也就罢了，晕过去再醒过来，好嘛，非但没有走火入魔，反而晋升了……凤小舞，我就问你，你还是人吗？"

凤舞："……"她也想知道啊！她也是第一次见到这样神奇的事情啊！

"我现在灵尊七星了？"凤舞一脸不可思议，后知后觉地道，"我竟然灵尊七星了？我真的灵尊七星了？！"火凤鸟点点头。

好在有隔音屏障，否则这会儿他们的话，外面肯定都听见了。

凤舞从地上站起来，绕着红圈踱步。她一边踱步一边喃喃自语："我居然灵尊七星了？我就这样灵尊七星了？"

火凤鸟："……"

凤舞激动地拽着火凤鸟："你还记得吗？我们上次听到的消息是，左青鸾也是灵尊七星呢！也就是说，我现在的实力跟她相当了？！我竟然这么厉害？！五年的差距就这样抹平了？！"凤舞到现在都有些恍惚。

火凤鸟无语地看着凤舞："你也说是上次听到了，这段时间你晋升了这么多，左青鸾天赋也是不错的，她肯定也晋升了。"

凤舞："就算她晋升，速度肯定没有我快！哈哈哈，我跟她之间的差距正以肉眼可见的速度缩小呢！"

火凤鸟点点头。这一点凤舞倒是没有说错。

"我居然灵尊七星了，我的天啊，我睁开眼居然已经灵尊七星了……"凤舞拍拍自己的脑袋。

火凤鸟："……"

"咦，这是什么？"凤舞指着地上的一只白玉瓷碗，不解地看着火凤鸟。

火凤鸟默默地看着凤舞。凤舞道："你这样看着我干吗？"

火凤鸟想说话，最终还是叹了一口气，继续保持沉默。凤舞不解地道："喂喂，有话你就说啊！这样吞吞吐吐的，你憋着不难受，我看着都替你难受啊。"

火凤鸟："这是灵液，刚才你连续晋升三星逸散出灵液，一部分逸散在空气里的，已经被我吸收了，液化的那些我就给装进这碗里了。"

"然后呢？"凤舞无辜地看着火凤鸟。

火凤鸟无语地望天："你真的不是新一任的幸运女神吗？"

凤舞："……还幸运女神呢，如果你不说，我还以为自己是厄运女神。"

火凤鸟："可是你知不知道，连续晋升三星，为什么会那么难得？"

凤舞："求解释。"

火凤鸟："连续晋升三星，是因为天赋卓绝，前途不可限量，运气好的时候，天神大人能感应到，会赐予神液。"

凤舞："所以你的意思是……"

火凤鸟没有回答凤舞，而是问："你知道天神大人是谁吗？"

凤舞摇头，心中隐隐有个猜测。

火凤鸟："天神大人，就是这块大陆的现任主宰者！"

凤舞："……好像很厉害的样子呢！"不过，她家美人师父曾经也是这块大陆的主宰呢！

火凤鸟："你知不知道，刚才你连续晋升三星，沟通天地规则之际，被天神大人察觉到了？！"

凤舞："啊？"

火凤鸟："你的存在，已经在天神大人那里记了一笔了！"

凤舞："……"

火凤鸟："也不知道你这个人运气怎么会这么好，天神大人心情好，于是赐予你一瓶神液，难道你都没感觉吗？"

凤舞："我只觉得通体舒畅，全身像是被洗涤了一番，沐浴着阳光，懒洋洋的，好舒服。"

火凤鸟："这就是了，那瓶灵液你吸收了大半，我吸收了一点，剩下的都在这个碗里了。"

凤舞："那咱们就白拿啊？"

火凤鸟："这种神液对我们来说尊贵万分，但是对天神大人来说，不过是日常饮用的水而已。比如说你，随手给别人丢一瓶饮用水，你心里会时时刻刻记得吗？"

凤舞："呃……"

火凤鸟："也不是每个连续晋升三星以上的人都会得到赏赐，这完全看天神大人的心情，而你的运气显然非常之好。"

凤舞笑道："可惜了，如果能想办法弄一些神兽王者的神液，说不定血海马也能变成神兽呢。咦，你怎么了？"

当凤舞说上面那句话时，火凤鸟忽然愣住了，它一动不动地站在原地，用极其复杂的目光盯着凤舞。

凤舞："你……怎么了？"

火凤鸟："……你真的不知道？"

凤舞："我知道什么？"

火凤鸟："你知道我们这位大陆的主宰，它的本体……是一只神兽吗？"

凤舞："啊？"

火凤鸟："虽然不知道他老人家的本体是哪种神兽，但它的本体确实是神兽无疑！所以我才说你运气好啊！"

凤舞："……"

火凤鸟："你前脚才说要想办法帮血海马变成神兽，后脚就连续晋升三星，运

气好到得到天神大人的青睐，被赐予神液……你说，你真的不是天神大人的私生女吗？！"

凤舞："……喀喀……"

火凤鸟："这世上哪有那么巧的事！我不信！"

凤舞："……我还没反应过来啊。"

凤舞到现在都是蒙的，这一连串的事真的太过巧合。

"我——"

就在这时候，凤舞听到叮叮当当的武器撞击声，于是，她瞬间噤声，同时也让火凤鸟噤声。凤舞终于想起来，上面在战斗！

凤舞："……"他们还没走？

火凤鸟点点头道："还在打呢！"

凤舞："刚才没听到打斗声啊。"

火凤鸟没好气地说："没有听到又不代表不存在，之前是我布置了隔音阵法，将声音阻隔在外面了。"

凤舞愣了愣。以前火凤鸟没有使用这招，可见这个招数并不是那么好用……

"你说话怎么大舌头了？"凤舞好奇地问。

火凤鸟："你这个女人会不会说话？！"

凤舞："喀喀喀——"

火凤鸟："现在最重要的，难道不是了解外面的情形吗？你还有时间注意我是不是大舌头？"

凤舞摸摸脑袋，道："是极，是极。"

因为岩洞有一道缝隙，所以凤舞和火凤鸟干脆趴在地面，直直地瞪着外面。只一眼，凤舞的眼睛都瞪大了。她看着火凤鸟："那不是……小王子吗？"

当初赛非落公主得罪了凤舞，还是小王子携礼物前来赔罪。凤舞记得他送了三件礼物，件件都是精品，所以她对小王子的印象还不错。

火凤鸟点点头道："还真的是塞纳尔草原的小王子。他身着白衣，他的护卫也都是白衣……他们是被追杀的那批人。"

大草原上，谁会吃饱了撑的追杀小王子？最大的嫌疑人应该是大王子！

现在的情况是，黑衣人有数十名之多，而白衣人只剩下最后的十个，其中包括小王子在内。黑衣人看起来精神抖擞、精力充沛。小王子这边的却几乎个个儿挂彩，甚至还有好几个受了重伤。

"主子，快躲起来！"小王子身边的护卫队长用力将小王子往凤舞这边推来。

事实上，护卫队长并不知道凤舞躲在岩洞里，天地良心，他只想将小王子藏一藏。

凤舞眼睁睁地看着小王子滚进山洞，滚到她身边。

小王子瞪着凤舞："……"

凤舞瞪着小王子："……"

一旁的火凤鸟气得快炸了，直想踹小王子一脚。这个人怎么这么讨厌！原本它和凤小舞在这里藏得好好的，可这个小王子——

"你赶紧滚出去！"火凤鸟才不管对方是不是塞纳尔草原的小王子，它双翅叉腰道。

凤舞对火凤鸟摇头。

火凤鸟气坏了，对凤舞道："是我们先躲在这里的，也是我们布置了阵法，隐匿了气息的，他这一跑进来就将我们暴露了，很快黑衣人就会将这里包围，我们成了瓮中鳖！真是要被他气死了！"

小王子眼中露出一抹愧疚。他是真的没想到啊……

小王子苦笑着对凤舞作揖行礼："实在对不住，小王真不知道凤姑娘藏在这里，否则绝对不会害你们……"小王子看了看外面的形势道，"我自己的麻烦不能牵连你，所以你放心，我这就出去。"

凤舞看着这位小王子。此刻的他，白衣沾满尘土，衣衫褴褛，血迹斑斑，整个人看上去狼狈极了。

凤舞顿了顿，问："你们塞纳尔草原，就只有两位王子？"

小王子不知凤舞为何这样问，点点头道："是的，草原上只有我们两位王子。"

火凤鸟哼哼道："那可不一定，你们的塞纳尔大汗可正值壮年呢！"

小王子忽然苦笑一声，欲言又止。

火凤鸟："你都快死了，常言道，人之将死其言也善，你还有什么不能说的吗？"

凤舞只觉得其中必有隐情，看着小王子似笑非笑地道："如果没有塞纳尔大汗授意，你兄长会那么明目张胆追杀你？"

小王子暗暗咬牙，眼眸微眯。有些事他不愿意去想，因为一想，就是将自己置身黑暗深渊。

确实，人之将死，还有什么不能说的？

小王子淡声道："父王有疾，以后怕是再也生不出其他王储了。"

凤舞哦了一声。如此这般，也难怪大王子会下狠手杀小王子。

"塞纳尔大汗这个王位，你可有兴趣？"凤舞笑嘻嘻地看着小王子。

小王子用看白痴一样的目光看着凤舞。是他耳朵出了问题，还是凤舞太疯狂？上一秒他还逃生无望，下一秒她就问他对王位感不感兴趣？

小王子苦笑道："凤郡主，此言……太过……异想天开了吧？"

凤舞不耐烦地摆手道："你且别管我是不是异想天开，你只告诉我，你对草原上大汗这个位子感不感兴趣？这个王位，你想不想坐？"

反正也快死了，还有什么不敢说的？这一刻，小王子放弃了所有隐忍和伪装。他盯着凤舞，目光认真而犀利："王位谁不想坐？我做梦都想坐到那个位子上，因为——因为只有坐上那个位子，我才不会每天活在生死边缘！"

凤舞轻描淡写地道："如果，我让你坐上那个位子，你能给我什么回报？"

小王子笑道："凤姑娘，你……"

小王子根本不信！如果是国师说要帮他坐上这个位子，小王子是一百个相信的，但这位君武帝国的小郡主居然也口出狂言，说要帮他坐上那个位子？小王子苦笑连连，摆手道："凤郡主，小王这就上去，不会连累你……"说着，小王子便要翻身滚出去。

其实，凤舞一直都在观察这位小王子。他秉性纯良，为人正直，若是他做大汗，将是整个草原之福。反之，如果那位心狠手辣、阴鸷暴虐的大王子上了位，对整个草原的民众来说，将是一场浩劫。

不过，凤舞之所以想帮小王子，最主要的还是为了她自己。大王子派人追杀她，这个仇凤舞记下了，她和大王子终有一战，而且她要借此夺走大王子最想要的东西。

大王子最想要什么？毫无疑问便是大汗之位。凤舞要让大王子眼睁睁看着她帮小王子得到这个王位，让他悔得肠子都青了，让他知道得罪自己的后果。

"等等。"凤舞没好气地看了小王子一眼，指着后方道，"这里才是出口。"

"啊？"小王子一脸蒙地看着凤舞。

凤舞没好气地道："你现在不信我有扶你上位的能力没关系，因为很快你就会看到我的能力。"说话间，凤舞手指微动，一道气流从指间弹射到墙面。

小王子苦笑地看着凤舞。他下来的第一时间就观察过了，这片区域全是花岗岩原石，坚硬异常，从地下逃走根本就是异想天开……

让小王子难以置信的是，凤舞手指一动，二人眼前便出现一条甬道，深不见底，不知通往何处。

"你——"小王子难以置信地看着凤舞，"这是怎么回事？"

凤舞摊手道："你以为我跟你一样，躲藏起来就不给自己留生路吗？"

事实上，当凤舞和火凤鸟躲进来的时候，凤舞忙着晋升，便嘱咐火凤鸟在地底开辟一条逃生通道。

诚然，这地底都是花岗岩原石，但火凤鸟的技能之一便是操控火焰，利用火焰焚烧这些岩石，不过是分分钟的事。

由于甬道是刚焚烧出来的，因此四周温度很高。

凤舞拽着小王子，将他往甬道里推："快走快走，黑衣人已经包围过来了，到时候你想走都走不掉。"

"要走一起走！我不会留下你一个弱女子独自逃生的！既是我连累了你，那么，就算要死，我也死在你前头！"小王子执拗地拽着凤舞。

凤舞："……"

火凤鸟原本对小王子充满怨气，但见他在生死关头能如此，对他的好感度倒也增加了几分。

凤舞："好吧，你想看就看吧，不过要站远一些，不要打扰我干活儿。"

小王子不解地看着凤舞，不明白逃生时刻她还要干什么活儿。

凤舞要做的事很简单。她要尽可能削弱敌人的实力，所以这回能炸多少黑衣人就炸多少吧。凤舞快速在岩洞埋东西，一个易燃易爆的阵法很快成形了。

小王子看着凤舞，有些不明白："你在地下埋了什么？这些东西管用吗？"

火凤鸟冷傲地挺着小胸："当然管用啦，等会儿你看着好了！"

小王子内心却不太信，提醒凤舞道："那些黑衣人的实力都很强，最差都是灵尊三星，厉害的是灵尊五星，他们的队长……可是灵侯境强者。"

凤舞没有说话，这跟她原先的判断差不多。

小王子一开始还有些着急，渐渐地便放开了。反正这是一个必死的局，如果真能逃出去，那是他赚到，如果逃不出去……小王子苦笑，逃不出去不是很正常吗？

"走吧。"凤舞埋完东西，拽着小王子就往甬道里跑去。

岩洞里温度很高，好在凤舞速度快，身体浮光掠影般从半空划过，鞋底刚触及地面便已离开，所以没有被烫到。

"队长，小王子在岩洞里藏着呢！"黑衣人甲跟队长禀告。

暗影等级森严，这位黑衣人队长名叫阿鲁，和阿柒是同一级别，相当于领队。

阿鲁队长脸上浮现一抹诡异冷笑："他以为藏到里面去，就能逃过一命吗？简直天真！"

黑衣人甲："队长？"

阿鲁队长："这里是花岗岩原石，每一块都坚硬无比，刀劈不开，火熔不了，除非是用异火，呵呵。"

队员乙："咱们这位小王子自动跑进去，岂不是让我们瓮中捉鳖？"

其他队员："哈哈哈哈哈——"

这趟任务，比他们想象的还要轻松。原本以为会有一场恶战，但没想到，这位小王子竟如此天真，那么容易就被他们埋伏的奸细骗出来，身边还只带了很少的护卫。这么好的机会，一直盯着他的大王子怎么可能不出手？

阿鲁队长一挥手："走，将小王子拎出来宰了，我们这场战斗也就结束了，大家回去论功行赏。"

"好！"大家都很兴奋。这可是从龙之功，没有了小王子，大王子上位将没有任何阻碍……他们的功劳该多大呀？

阿鲁队长并非鲁莽行事，实际上，他的行事风格粗中有细。只见他一挥手，余下二十名黑衣人顿时分散开，呈圆圈状将整个岩洞团团包围。之后，阿鲁队长打了个

手势。

黑衣人甲便往岩洞喊话："小王子，快出来，我们不会杀你的！"里面没有任何声音。

而此刻，小王子身边带着的人已经被黑衣人杀光了，鲜血流了满地，看上去悲壮而苍凉。

就在这时候，其中一个白衣人的手指微微一动。这人不是别人，正是小王子的护卫队长。此刻，他虽然动不了，但他目光所对的，正是岩洞的方向。

小王子是被他亲手推进去的，护卫队长眼眶湿润，一行清泪缓缓流下。小王子啊……属下原本想救您，却亲手将您推进了死亡深渊……

此刻，所有黑衣人的注意力都在岩洞里的小王子身上，毕竟抓到小王子便是首功，以后他们再去哪里立这么大的功？

黑衣人甲冲着岩洞大喊："小王子？你真不出来？再不出来，我们要往里面放火了。"里面依旧没有任何声音。

阿鲁队长的眉头深深皱起，他做了一个手势，开口道："下去看看。"

"队长让我去！"

"队长派我去吧！"

"队长，我我我……"

一时间，大家都争着抢着要下去。谁都知道，这样大的机会失不再来。

阿鲁队长没好气地瞪了队员们一眼，说："所有人跟我一起下去！"

"是，队长！"一时间，众人的回答整齐而有力。

小王子的护卫队长看着阿鲁队长带队跳进岩洞，绝望极了。

阿鲁队长下来后，发觉伸手不见五指，完全看不清楚四周情况。不对，按理说外面光线这么足，这里又不透光，怎么会完全看不见？而且，小王子在哪里？才十平方米大小的空间，小王子能藏到哪里去？

就在这时候，阿鲁队长忽然有种不好的预感，疾呼一声："出去！所有人都出去！"

已经来不及了！近二十名黑衣人为了抢功，疯了似的往里面跳，速度快得不得了，谁也拦不住。

轰隆隆！一道恐怖的爆炸声响起。

啊！道道惨烈的叫声响彻天地。

小王子的护卫队长睁大眼睛，看着眼前这一幕。怎么会……这样？岩洞里响起了恐怖的爆炸声。一时间，火光冲天，浓烟滚滚。浓烟冲到半空中，形成浓墨般的蘑菇云。

大地剧烈摇晃，众人耳边是嗡嗡的声响。岩洞最上层的椭圆形岩石炸裂成了碎片，朝四面八方飞去。好在这位护卫队长是匍匐在地的，关键时刻，他更是抢了一具黑衣人的尸体挡在前面，尸体被射成筛子，而他没事。

此刻，阿鲁队长他们才是真正遭殃，做梦都没想到，原本以为再轻松不过的收尾工作，会出现这么大的变故。

二十名普通黑衣人，有十个被炸死，另外活着的十个受了不同程度的伤。至于阿鲁队长，他被闷在最里面，是爆炸的中心，当然受到的冲击力也是最大的！

凤舞不仅在地下埋了炸弹，而且在周围的墙壁上也埋了，一旦地下被引爆，瞬间就会产生连锁反应。除了炸弹外，凤舞还埋了不少钢珠。钢珠一爆，碎片乱飞。可以说，自从炸弹被引爆，整个岩洞就是炼狱。

"喀喀——"阿鲁队长没死，但也受了重伤。他的右眼被钢珠射穿，鲜血如泉水般汩汩往外涌，怎么都止不住。握剑的右手鲜血淋漓，手臂处焦黑一片。全身都是伤，整个人呈乌黑色，几乎认不出是他。

阿鲁队长怎么都没想到小王子居然会出这一招！

"好厉害的小王子，最后关头选择跟我们同归于尽！喀喀——"阿鲁队长只觉气血上涌，抑制不住地咳嗽。

"将小王子的尸体找出来！"阿鲁队长强自靠墙壁坐着。

随着爆炸声起，岩石被炸飞，四周光线通透，再不是原来伸手不见五指的状况。队员们强忍着疼痛，拼命寻找小王子的尸体。原本他们以为这是很简单的事情，但很快就发现并不是这样。

"咦，小王子的尸体呢？"

"不对啊，这里只有我们队员的尸体，怎么不见小王子的？"

"不可能啊，尸体怎么会凭空不见呢？"

"会不会是被炸没了？"

"不可能的！就算被炸，好歹也会有骨头血肉留下，可是没有，完全没有啊！"

一时间，大家慌乱了。

靠在岩石上休息的阿鲁队长猛地坐起来，难以置信地看着队员："不见了？怎么会不见？！"阿鲁队长亲自去找，但是找来找去，还真的找不到小王子的尸体。真是见鬼了！

就在这时候，一个队员惊呼出声："你们快看！这是什么？！"

一时间，所有人都纷纷朝那个方向望去。这一看，阿鲁队长的眼珠子都快凸出来了。因为那里有一条甬道，一条仅供一人通过的甬道！如果找不到小王子的尸体，那么只有一个解释，那就是——

"小王子该不会从这甬道跑掉了吧？！"不知道谁惊呼了一声。

阿鲁队长直接一口鲜血喷出来。如果大家猜测的是真的，那么自己成了什么？！傻子吗？！

"队长？怎么办？追不追？！"黑衣人甲还活着，此刻的他内心也处于崩溃边

295

缘。原本他们的胜算有多大？稳操胜券啊！谁会想到，这一场爆炸竟然……

"追！"阿鲁队长用剑支起身子，带头往甬道里冲去。

大家心里都憋着一口气，全身像是被烈火焚烧，以最快的速度往前冲去。

阿鲁队长气得失去理智，甚至感觉不到疼痛。

"快看！小王子在那里！"黑衣人甲一眼就看到跑在前面的小王子，甚至发现，小王子还停住脚步回头看了他们一眼。

虽然隔得远，但大家清晰地看到，那张脸确实是小王子无疑。

"真的是小王子！大家快追啊！"

一时间，包括阿鲁队长在内的所有人，疯了一般往前冲。

此刻的小王子用复杂的目光看着凤舞，欲言又止。凤舞没好气地瞥了他一眼："想说什么？"

小王子深吸一口气，抑制住内心的激动，看着凤舞一字一顿地道："你……到底……是怎么做到的？"

刚才发生的事，小王子是亲眼所见。当凤舞在地上布置阵法的时候，他苦笑，并不觉得那阵法有用，但是跑着跑着，凤舞便让他趴下，然后他亲眼看到恐怖的爆炸，浓烟滚滚，地动山摇，甬道几乎被炸塌。

小王子定定地看着凤舞，眼中光芒闪耀："你到底……是怎么做到的？"

在小王子看来无比神奇的事情，在凤舞看来却平淡无奇。凤舞摊手，淡淡地看了小王子一眼："你不都看到了？"

小王子："可是，那些炸弹就算能伤到黑衣人，又怎么能破了阿鲁队长的防御呢？他可是灵侯境强者啊！"

凤舞淡淡一笑，开口道："普通的炸弹炸不坏他，但他连续踩中两片三片……甚至七片呢？七片若不行，还有灵阵的增幅和加成吧？要是灵阵的增幅和加成还不够，那么钢珠爆炸后的碎珠片呢？如果这都不行的话——"凤舞笑道，"在封闭的空间，炸弹一旦爆炸，效果至少翻几倍，如此算起来……这场爆炸，比普通的炸弹足足翻了十倍有余！"

小王子目瞪口呆地看着凤舞。

凤舞笑道："十倍的实力，不就是灵尊境和灵侯境的差别吗？更何况，阿鲁队长还在爆炸的中心，炸伤他是多正常的事啊。"

凤舞感到遗憾，如果阿鲁队长发现得再慢一点，来不及展开自身防御的话，现在他就是焦炭般挺尸的阿鲁队长了。

小王子："……"

"不过阿鲁队长虽然被炸伤，战斗力还在，他会不会发现这条甬道？"小王子还是有些担心。

凤舞："自然会的。"

小王子用怪异的目光看着凤舞："既然如此，我们快跑吧！"

凤舞笑得神秘莫测："且等等。"

凤舞没有多做解释，而是快速在甬道里忙开了。她能在岩洞里设陷阱坑阿鲁队长，为什么不能在甬道里再坑他们一次呢？

小王子见凤舞又开始忙着埋炸弹片和搭建阵法，惊讶得不得了："凤姑娘你……你又……"

凤舞嗯了一声，继续忙着手里的话。

小王子："这、这来得及吗？"

一直帮凤舞埋炸弹的火凤鸟没好气地瞪了小王子一眼："如果你不说废话影响我们家小舞的话，肯定是来得及的。"

小王子当即双手捂唇，一句话都不敢说，生怕干扰到凤舞。

凤舞没好气地看了火凤鸟一眼。这只鸟对小王子呼来喝去的，也亏得人家脾气好。

火凤鸟道："如果不是被他坑，我们会遇到危险吗？不怪他怪谁？哼哼！"

小王子秉性纯良，被火凤鸟指责也只是苦笑。

之前凤舞花了好几分钟才将炸弹和灵阵弄好，这一次仅仅用了一分钟。小王子眼中浮现一抹担忧之色："这样……能行？"

凤舞拍拍手站起来，道："时间紧迫，也只能稍微做一做，可惜了。如果时间充足，非将那位阿鲁队长永远留在这里不可。不好，他们发现我们了，快跑！"凤舞拉着小工了就跑。

阿鲁队长他们看到小王子的身影，怎么可能让他跑掉？

"追！"阿鲁队长冲在最前面。

其余黑衣人也纷纷加快速度，疯狂追赶，根本没有时间去想前方会有阵法和埋伏。当阿鲁队长他们冲到凤舞之前埋炸弹的地方——

三，二，一，砰——剧烈的爆炸声再次传来。甬道原本就是封闭状态，效果不亚于之前洞坑的爆炸效果。一时间，火光冲天，浓烟滚滚，地动山摇，甬道壁以肉眼可见的速度皲裂。

轰隆隆，甬道迅速倒塌……凤舞回头一看，阿鲁队长他们被倒塌的山石埋在其中，而山石上方，黑烟滚滚。

难道这就结束了吗？不是的！凤舞的布局从来都是连环局，所以，眼看小王子停下脚步回头看去，凤舞用力拽了他一把："快跑啊！"

小王子不无激动地道："阿鲁队长已经——"

"爆炸还没结束！赶紧给我跑！"

凤舞哪里有时间跟小王子废话？她一把抓起小王子的手，带着他以最快的速度往前飞奔。就在这时候，轰隆隆，一道接一道的爆炸声响彻不绝。

"快跑!"凤舞拽了小王子一下,"阿鲁队长或许承受得住,但你这样的小身板一定会被烫成焦炭!"

小王子终于开始感到害怕,跑得飞快。

火凤鸟一边拍打着翅膀一边喊:"快快快!前面就是洞口了!还有五百米!四百米!三百米……"

小王子被凤舞带着跑,在这样紧张的氛围中,反倒安静下来。身边这位姑娘……沐浴在火光中,杀伐果断的她好美啊,如果她能永远陪在他身边,该有多好?小王子的目光中多了几分希冀……

砰!最后几十米距离让凤舞意识到,跑已经来不及了,身后的冲击波烤得她后背生疼。凤舞提起小王子,像掷石头一样用力将他往前一掷。

砰!小王子飞出洞口,凤舞手一松,用力一踹墙壁,借着这股力,身体如离弦之箭往前射去。

就在凤舞冲出洞口的一刹那,整个通道坍塌,轰隆隆的爆炸声不绝于耳。凤舞趴在地上大口大口喘气,小王子也正趴在她身边。两个人对视一眼,笑出了声。

"我的天啊,我们居然真的跑出来了!我居然还活着!"小王子激动得热泪盈眶。

在被追杀的时候,看着身边人一个接一个死去,小王子内心充满绝望,已经做好死亡的心理准备,谁想到竟然遇上了凤舞这个神奇的存在!这可真是奇女子啊!小王子眼眸带笑,深深凝视着凤舞,越看越欣喜,越看越喜欢。

"你真是……"小王子深吸一口气,毫不掩饰爱慕之情,"真是我见过的……最最最神奇的姑娘了,你真的很好,凤姑娘,我……"

凤舞哪里会想到小王子有这般细腻的心思,她以为小王子要道谢,很干脆地摆手道:"好啦好啦,反正我也想对付大王子,救你不过是举手之劳。"

"可是对小王来说,这是救命之恩啊!滴水之恩,涌泉相报,更何况救命之恩?凤姑娘,不知道你许——"

凤舞没好气地道:"好吧好吧,你要涌泉相报就涌泉相报吧,我也不拦你,不过这些等我们活着出去后再说吧。"

小王子一脸不解地看着凤舞:"我们现在不是已经安全了吗?"

"安全?"凤舞用看白痴的目光看着小王子,"你以为阿鲁队长就这么死了吗?"

小王子眨着清澈无辜的眼睛:"难道……不是吗?"

"难怪你会被大王子虐得这么惨,大兄弟啊,你真是太天真了。"凤舞一边说一边拍拍小王子的肩膀。在凤舞眼中,小王子就是个天真无邪的少年,跟凤小七一样。

听到凤舞对自己的称呼,小王子有些不乐意,谁要做她的大兄弟?

不过,现在最重要的问题是——

"你说阿鲁队长没有死？"小王子的眉头深深皱起。

凤舞点头道："当然了，灵侯境强者的实力比我们想象中还要强，跨一个大境界对付灵侯境强者，本就异想天开。"凤舞没有告诉他的是，自己今天已经连续招惹了三名灵侯境强者。

小王子点头道："灵侯境强者确实很强，凤姑娘你也真厉害，以灵尊境打败灵侯境，古往今来只有你一人了呢！"小王子一边说，一边朝凤舞竖起大拇指。

凤舞却苦笑一声，她还没说话，便听到后面传来动静。凤舞下意识地回头一看，她的瞳孔剧烈收缩，脊背发寒。之前凤舞埋炸弹的地方，也就是阿鲁队长他们被埋的位置，开始动了。覆盖在地面的泥土和山石出现轻微的抖动。然后，一只焦黑如炭的手从地下伸出来！

当凤舞盯着那个方向的时候，小王子也转头望去，这一看，差点魂飞魄散。

"啊，这……这真的如你所说……阿鲁队长还没有死？"小王子苦着一张脸道。

凤舞苦笑着摇摇头。她当然希望阿鲁队长被炸死，毕竟阿鲁队长会危及她的生命。现在看来，灵侯境强者不愧是灵侯境强者，凤舞心中充满了遗憾。

就在这时候，小王子迈步朝出现动静的地方走去。

凤舞一把拽住他："你干吗？"

小王子道："阿鲁队长此刻一定身受重伤，奄奄一息，现在是杀他的最好时机！"

凤舞："……"

小王子认真而严肃地看着凤舞："凤姑娘，这次换小王来保护你！"说着，小王子将凤舞拉至身后，扛着剑，凭着一腔孤勇就要冲过去砍人。

还没等凤舞反应过来，一道强烈的灵气波动传来。凤舞的心猛地提起，这声音她再熟悉不过。就在不久前，她连续晋升三星，这样的声音她很清楚意味着什么。

凤舞下意识地望向火凤鸟。火凤鸟猛地冲凤舞点点头。也就是说……她的感应没有错，被她虐得死去活来的阿鲁队长……他、他、他居然晋升了？！想到这儿，凤舞气得快哭了。

而此刻，天真的小王子还要往前冲。凤舞无语地看着他："赶紧跑啊！"

小王子终于反应过来："阿鲁队长，他……"

凤舞快哭了："原本他确实快死了，但这次连老天爷都站在他那边，让他晋升了！要知道，灵侯境强者晋升一星有多难……我居然帮他晋升了……"

小王子："……"

就在这时候，那块废墟上探出一颗焦黑的脑袋，那人用漆黑的眼眸盯着凤舞，目光诡谲。

"快跑啊！"凤舞拽着小王子，飞一般往前冲去。

小王子快哭了："怎么会这样？阿鲁队长明明已经快死了，怎么又……"

凤舞："我也以为他要死了！现在只能祈祷，他只晋升一星就好。"

小王子一边跟着凤舞往前冲，一边嘟囔道："我们每次不都只晋升一星吗？"

扑棱着翅膀飞在凤舞身边的火凤鸟瞥了小王子一眼："井底之蛙！"

可怜的小王子一直被火凤鸟鄙视，不过他脾气很好，便是如此，也没有生气。他好奇地道："此话怎么说？难道这世上还有人连续晋升两颗星？"

火凤鸟冷傲地仰着下巴，四十五度角望天："连续晋升两颗星算什么？本鸟还见过有人连续晋升三颗星呢！"

小王子难以置信地瞪着火凤鸟。见小王子一副没见过世面的样子，火凤鸟很有优越感，它冷傲地道："少见多怪！"

小王子："还真有？这、这……不，小王不信！"

火凤鸟嗤笑一声："这有什么不信的，那个人远在天边近在眼前啊！"

远在天边近在眼前？小王子看看火凤鸟："难道是你……"

火凤鸟顿时被噎住，瞪了小王子一眼："都说了是那个人，你觉得本鸟是人吗？！你这都什么眼神啊！"可怜的小王子被火凤鸟劈头盖脸地训斥。

小王子对它的态度一点也不在意，目光深深地看着凤舞："凤姑娘……该不会是你吧？"

凤舞也不隐瞒，直接点头道："嗯。"

小王子原本以为是火凤鸟在吹牛，没想到真有此事。他一时间愣在那儿，满脸难以置信："不是吧？你真的……真的连续晋升三星？这、这、这怎么可能呢？这不可能吧？！"

凤舞瞥了小王子一眼，有什么不可能的？她连续晋升三星的次数可不止一次呢！不过，凤舞也没时间跟小王子多做解释，现在他们最大的任务就是跑路。

"快跑吧！"凤舞认真地警告小王子，"阿鲁队长正在晋升，这个过程中，他的伤会恢复一部分……等他追上来，我们都跑不掉！"

小王子认真地点头。

凤舞说："我们往山下跑，只有冲进营帐，阿鲁队长才没办法杀我们！"

凤舞内心痛苦，阿鲁队长变得比之前还强大，以至于现在他们的处境比一开始还危险。

眼前不断有山川河流出现，但这些已经拦不住凤舞，她带着小王子直接往前冲，遇山爬山，遇水涉水。小王子一路跟着凤舞，可算是长见识了。

凤舞不知道自己跑了多久，她只知道必须以最快的速度往前冲，或许稍微慢那么一秒钟，大家就会丧命。

小王子虽然是男孩，但实力不如凤舞，体力也不如。凤舞偏头一看，见小王子已经跑得面色苍白，整个人快晕过去，她不得不停了下来。

"你没事吧？"凤舞盯着他。

小王子只顾着喘气，已经说不出话。好一会儿，他才喘着气道："我还能跑……我还能跑……让我跑……"

凤舞皱眉道："你真的还可以？"

小王子点点头。

凤舞将一瓶灵力药剂和一瓶体力药剂递给小王子："喝了吧。"

火凤鸟直跺脚。凤舞上次将药剂用得差不多了，后来一直没有时间炼药补充，现在这灵力药剂和体力药剂何等珍贵？她就这样给了别人？！

火凤鸟气呼呼地瞪着凤舞："关键时刻，它们是可以救命的！"

小王子早已接过两瓶药剂一饮而尽，现在听火凤鸟这么说，愣在当场。他愧疚地看着凤舞："凤姑娘……"

凤舞没好气地摆摆手，道："既然给了你，你喝了就喝了吧。"

小王子抿着唇，下定决心，如果这次能活着回去，他一定一定要迎娶这位凤舞姑娘，让她做正妻！

"凤姑娘，我……"

不等小王子说话，凤舞直接问他："体力恢复了多少？"

"一半……"

"那还废什么话？赶紧跑路啊！"凤舞瞪了小王子一眼，拽着他就往前跑。

"已经过去一刻钟了。"火凤鸟一边飞一边嘀咕着，"说不定这会儿阿鲁队长已经晋升完毕了。"

凤舞咬牙，多说一句话，就多费一点力气。

火凤鸟到底还是担心，它盘旋在树梢上，往后方张望。这一看，差点吓得它魂都没了。火凤鸟俯冲而下，大声对凤舞说："不好不好！阿鲁队长已经追过来了！他的速度非常快，快若闪电啊！"

小王子只觉得双腿一软，差点晕过去。

凤舞脊背紧绷，面色也非常难看。

"比想象中快了两分钟。"凤舞眉头紧蹙着道，"这样下去不行，一定会被追上的，到时候我们都跑不掉。"

小王子咬着牙沉思了一会儿，极认真地凝视着凤舞道："凤姑娘，你将我丢下吧。"

凤舞皱眉看着他。

小王子咬牙道："你本就是无辜的，因为我的不小心，才将你也卷入这场麻烦……而现在，我成了你的累赘，若是你一个人，肯定能跑出去。"

凤舞没有说话。

小王子认真地看着凤舞："所以，你就丢下我吧。"说完，小王子深深对凤舞作揖。

凤舞："……"看着这少年慷慨赴死的模样，凤舞恻隐之心生出，到底有些

301

不忍。

火凤鸟催促凤舞："你还犹豫什么？本来就不关我们的事，现在我们就当没遇见他好了，快跑吧……"凤舞却没有动。

不管火凤鸟如何催促，她依旧站在那里，一动不动。情况如此紧急，每一分每一秒都是那么珍贵，可是凤舞站在那儿不动，让火凤鸟和小王子急得冒汗。

凤舞的脑子在快速转动着。有办法的，一定有办法的，一定有让大家都活下来的办法……忽然，凤舞打了一个响指，整个人处于兴奋状态。小王子和火凤鸟不解地看着她。

凤舞抑制不住地大笑道："我想到办法了！只要办得好，我们都能活下来！"

什么办法？！小王子和火凤鸟用怪异的目光看着凤舞。

凤舞难掩激动，张望四周，很快发现一处滩涂。一看那泥土的颜色，凤舞就知道有戏！

"走走走！"凤舞拽着小王子快速往滩涂的方向冲去。

小王子和火凤鸟一脸疑惑。凤舞到底想的是什么办法？

凤舞将小王子拽到滩涂边，此地有一块岩石，地面有些硬。她挖了一个足以让一个人躺进去的洞坑，指着洞坑对小王子说："快！"

小王子啊了一声，道："你的意思是说？"凤舞嗯了一声。

小王子看着脚下的泥土不断往下陷落，当即脸色微变："凤、凤姑娘……这样真的……真的可以吗？只要我躺下去，怕是不到一盏茶的时间，身体就会陷落吧？"

凤舞没时间跟小王子解释，要知道，一个人双腿站着确实容易导致身体陷落，可如果躺着，因为受力面广，力道分散，反倒不容易陷落。更何况，若是搭救陷落于沼泽的人，最好的办法也是让对方慢慢用身体滚出来……

凤舞很干脆地瞪着小王子："你信不信我？"

小王子点头如捣蒜。

凤舞继续瞪着小王子："你听不听我的话？"

小王子再次猛点头。

"好，那你现在滚进去。"凤舞指着挖好的洞坑道。

为了避免小王子陷落，凤舞还在洞坑下埋了一块木板。

小王子没办法，只好乖乖地趴在洞坑里。

他刚趴下，凤舞就将泥浆往他身上堆，很快就堆得满满的。

小王子整个人都被包裹在泥浆里，只剩一双乌溜溜的眼睛露在外面，但因为有岩石挡着，所以轻易不会被发现。

"只要你自己不出声，阿鲁队长就不会发现你。"凤舞认真警告小王子，"你就在这里躲着，等……等到明日，如果明日的这时候我没有来找你，那你就只能靠自己了！"交代完毕，凤舞转身就跑。

小王子想出声，但想到自己现在的处境，硬生生将到了嘴边的话咽下去。凤姑娘，你一定要活着……本王一定会给你一个王妃的位分！

凤舞并不知道小王子会有这个想法，若是知道，不知道还会不会救小王子……

此刻的凤舞，正以超快的速度往前狂奔，而阿鲁队长的速度更是恐怖。火凤鸟终于长长舒了一口气，开心地对凤舞说："哇，终于将那个拖油瓶甩掉啦！"

凤舞看了火凤鸟一眼。

火凤鸟高兴地道："没有那位小王子，我们就有机会跑出去了，快跑！咦，凤小舞，你拐到这个山洞里做什么？你要埋伏起来偷袭阿鲁队长吗？可是不对啊，那位是灵侯境强者，你怎么打得过？喂喂——"

凤舞跑到山洞里，命令火凤鸟："转过身去！"

火凤鸟虽然很听话地转过了身，却是一头雾水："喂喂，发生了什么事？你要干吗？我这心里怎么这么不安呢？"

本来，按照火凤鸟的说法，这会儿她们若是往山下跑，肯定能跑出去，但是凤舞一边弄出窸窸窣窣的声音，一边对火凤鸟说："如果我们现在跑下山，没人将阿鲁队长的注意力引走，他迟早会发现小王子。"

火凤鸟不以为然："发现就发现呗，我们和小王子非亲非故，救他一次已是仁慈，总不能在自身难保的时候，还要想着救他吧？"

凤舞能理解火凤鸟的想法。在火凤鸟眼中，只有她是最重要的，其他人可以忽略不计。

"第一，小王子秉性纯良，我确实不忍心看着他死。

"第二，大王子那边，我们还需要借助小王子的力量去对付。

"第三，就算这时候我们跑下山，你以为下山的路上没人守着吗？

"第四，我已经想到一个绝妙的脱身办法。"

"什么办法？"火凤鸟一脸惊奇。

经过这段时间的相处，火凤鸟不得不承认，它家小主人是真的聪明，而且已经好几次以一人之力扭转乾坤。

"转过身来。"凤舞笑眯眯地看着火凤鸟。

火凤鸟转过身，看到眼前的凤舞，当即愣住，此刻的凤舞已经不是凤舞了！

"猫九？！"火凤鸟用复杂的目光看着凤舞，发出惊呼的声音。

凤舞笑着点点头道："怎么样，像吧？"

火凤鸟点头道："跟原来的猫九一模一样。"

凤舞笑了。那是自然的，她也不是第一次扮演猫九，上次扮演猫九，即便是赛非落公主也完全没有察觉呢。

"走吧。"凤舞将火凤鸟往空间里一收，"你不能出现在人前，不然就暴露了。"

火凤鸟虽然被凤舞收进了空间，但是凤舞可以选择让不让它看见外界、允不允许

它和自己沟通。在火凤鸟的强烈要求下，凤舞终于答应让它看外界。

"刚才我看到赛非落公主了。"火凤鸟告诉凤舞，"她就在西北方向，距离这里不足五公里。"

赛非落公主？！对凤舞来说，这可是个好消息啊！原来她还担心阿鲁队长会不认猫九，宁可杀错不可放过，但现在有赛非落公主在，那就再好不过了。

"我现在就去找公主！"凤舞宛如流星般往赛非落公主所在的方向冲去。她戴着一顶瓜皮帽，穿着粗布衣衫，这是她之前在赛非落公主面前穿过的一套。

而此刻的阿鲁队长有些茫然。如果有足够时间的话，阿鲁队长是可以好好修复自己的身体的，但是为了追杀小王子，阿鲁队长在伤势只恢复到百分之五十的情况下，就忍痛起身。一开始他还能感应到小王子的存在，但不知道为何，突然就失去了他的踪迹。

怎么回事？阿鲁队长眉头深深皱起，停住脚步，用神识感应，依旧无果。他的眉头越发紧蹙。没有小王子，还有另外一个姑娘！阿鲁队长记得，小王子可是和另外一个姑娘在一起。他不懂灵阵，身上也没有带炸弹，所以……这一切肯定都是那位姑娘安排的。

阿鲁队长想到这里就气得差点疯了，比起杀小王子，现在他更恨那位姑娘。

"你给我出来！出来！"阿鲁队长气得大呼小叫，声音几乎冲破云霄，在山谷里久久回荡……

正在横跨悬崖的凤舞，差点脚下一个踉跄，直接跌落山涧。

"凤小舞，稳住啊！"火凤鸟急得直叫。

凤舞稳住心神，开口道："知道了，知道了。"

火凤鸟："从音波上判断，那位阿鲁队长距离我们还有十公里，而我们距离赛非落公主只有一公里！加把劲，一定要在阿鲁队长和赛非落公主会合之前见到赛非落公主，不然你的身份很容易引起怀疑！"

凤舞点点头，同时加快速度。

"只有一百米了！"火凤鸟提醒凤舞。

凤舞点点头，加快脚步，很快就看到靠树而坐的赛非落公主。

此刻的赛非落公主，说起来还真有些惨。她已经第一时间往伤口上抹解药，让她崩溃的是，那致命的毒虽然解了，伤口却痒痒的。

赛非落公主在河边一照，差点晕过去。她的脖子高高肿起，宛若一个硕大的馒头。如果只是肿起来也就罢了，赛非落公主还觉得脖子阵阵刺痛，就像无数蚂蚁在上面爬。

事到如今，赛非落公主还有什么不明白的？她这是被凤舞坑了！凤舞肯定在她没有察觉的时候，往伤口上下毒了。想到这儿，赛非落公主气得快哭了，恨不得将凤舞杀死，抽她的筋，喝她的血！

她不是不想走到终点，实在是……身体太难受，每走一步都疼得流泪。

这么几个小时过去，凤舞都从三名灵侯境强者手下逃脱了，赛非落公主才走出去不足十公里。

就在赛非落公主准备强忍着麻痒刺痛，从地上站起来，继续往终点走去的时候，凤舞出现了。更准确地说，是扮成猫九的凤舞出现了。

"公主！"头戴瓜皮帽的猫九从树林里冲出来，就那么明晃晃地站在赛非落公主面前。

赛非落公主瞪着猫九，激动得眼泪都快流下来。

"猫九啊！猫九啊！"赛非落公主伸手就拽住凤舞的手。

好在凤舞易容的时候连手也伪装过，否则一定会被赛非落公主看出端倪。

凤舞装作一脸激动地道："公主，公主，你……你的脖子是怎么了？你现在怎么了？你……看起来怎么这么不好啊？"

赛非落公主在荒郊野岭看到自己人，顿时呜咽出声，也不走了，干脆拉着凤舞坐下，将自己之前的遭遇说了一遍。末了，赛非落公主愤愤道："这个可恶的凤舞！等我抓到她，一定将她碎尸万段！"

凤舞也握拳，一脸义愤填膺道："公主请放心，若是有朝一日凤舞落在小人手中，小人一定帮你杀了她，将她的脑袋给您献上！"

赛非落公主："呜呜，还是猫九你好。"

凤舞："是的，公主，猫九是您最忠诚的仆从。"

赛非落公主："嗯嗯！本公主知道，回去一定好好赏赐你！"

凤舞难掩激动之色，赶紧道谢。

赛非落公主嘟囔道："你说她是什么时候下的毒啊？当时我盯得很紧，怎么会被她找到机会下毒？"这是赛非落公主一直想不明白的地方。

凤舞暗暗翻了个白眼。

赛非落公主也不指望凤舞回答，自言自语道："她到底给我下了什么毒？要如何解？她为什么不干脆把我毒死！下这种毒，她到底几个意思？"

凤舞看着愁眉不展的赛非落公主，在心里暗笑。她给赛非落公主下的毒其实并不重，只是赤蛇蝎尾巴的毒素，只不过经过她的特殊提炼，那毒无色无味，赛非落公主闻不出来罢了。

至于为什么要下这种毒，凤舞暂时还不想让赛非落公主死掉，就算她要死，也得到比赛完了再死。而赤蛇蝎之毒，能让人感到麻痒刺痛，行动不便，这样赛非落公主就不会抢在自己之前到达终点。

凤舞还想赢掉赛非落公主全部的家产呢，怎么可能让她先到达终点？

赛非落公主激动地拽着凤舞的手："猫九！猫九！"

凤舞不解地看着赛非落公主，赛非落公主道："猫九，你背我！"

凤舞故作惊讶地道："啊？"

赛非落公主难掩激动之色："猫九啊，你快将本公主背下山！等本公主赢了凤舞那小贱人，一定会好好赏赐你！"

凤舞用怪异的目光看着赛非落公主。就算自己真的背她下山，在最后几米的时候，也肯定会将她丢下……想想那画面，凤舞不由得替赛非落公主掬一把同情的泪。

赛非落公主用力拽着凤舞，大声说："快快快！快背我！"

"可是……"凤舞有些为难地看着赛非落公主，"公主啊……我这趟上山，是为了采药啊……"

凤舞为了演戏，该用上的道具一样都不少。之前她从猫九的藏宝库里搬走了那儿所有的好东西。她记得，其中一个格子里放的就是采药的工具，于是顺手都拿走了。

赛非落公主当即将背篓从凤舞的背上抓了下来，背篓里的草药散落一地。

就在这时候，有急促的脚步声传来。赛非落公主和凤舞同时转身，只见一个全身焦黑的人由远而近。

赛非落公主吓得差点尖叫起来，立即将凤舞推到自己面前当挡箭牌。凤舞的眉头微微蹙起，眸中浮现一抹嘲弄之色。好一个赛非落公主，刚才话说得多好听，关键时刻还不是将别人推出来？！

"你是谁？！要做什么？！"赛非落公主能感觉到这位黑炭般的强者身上散发出来的浓浓杀意，"我是赛非落公主！塞纳尔草原上的公主！你要什么本公主都可以给你！你、你不许过来！"

这个焦炭般的人不是别人，正是阿鲁队长。阿鲁队长原本眉清目秀，奈何被凤舞连坑两次，而这两次连环爆炸，他都处于中心位置，所以身上有多处炸伤和灼伤。

"公主。"微弱的声音从阿鲁队长口中发出。

"你是？"赛非落公主皱着眉头，狐疑地看了阿鲁队长一眼。

阿鲁队长皱着眉头报上自己的名号。

"阿鲁？！"赛非落公主用难以置信的目光瞪着阿鲁队长，"你、你怎么会将自己弄成这样？！你这是经历了什么？！"

阿鲁队长："公主的遭遇好像也不太妙。"

赛非落公主瞪着阿鲁队长："确实！阿鲁队长如果在山里遇见一个叫凤舞的人，请务必帮本公主杀了她，本公主重重有赏！"

阿鲁队长面色不豫。他是大王子的人，可没说要帮赛非落公主办事。

凤舞静静站在一旁，努力降低自己的存在感。虽然易容成了猫九，但灵侯境强者的感知力很敏锐，若是被他注意到自己，她会有很大的麻烦。

"对了，阿鲁队长可有看到阿柒队长？"赛非落公主好奇地道。

阿鲁队长摇头道："阿柒有别的任务。"

"阿柒的任务就是追杀凤舞啊！"赛非落公主理所当然地道。

阿鲁队长对凤舞一点兴趣都没有，他对赛非落公主一抱拳，转身就要走。

凤舞心中一喜。阿鲁队长这么一走，自己就安全了。现在的凤舞可是灵尊七星，赛非落公主远不是她的对手，所以等阿鲁队长一走，凤舞想怎么虐赛非落公主就可以怎么虐。

赛非落公主出声喊住阿鲁队长："哎，你等等。"

阿鲁队长皱眉盯着赛非落公主。

赛非落公主好奇地看着阿鲁队长："是谁把你弄成这副模样的？本公主很好奇呢！"阿鲁队长不语。

赛非落公主："刚才看阿鲁队长的样子，似乎在找人？阿鲁队长不妨说一说，说不定我见过呢。"

阿鲁队长："公主一直坐在这里？"

赛非落公主点头道："坐了有小半个时辰了。"

阿鲁队长正色道："那公主可有看到一位身着红裙的少女？大约十三四岁，容貌……比您好看。"

听到前半句，赛非落公主还没有想法，听到后半句，她气得差点炸裂！遂抓了一把草药掷向阿鲁队长："你这个黑炭！刚才在说什么？！"

阿鲁队长："……"

赛非落公主怒斥道："你说谁比我好看？！"

阿鲁队长是一名暗杀者，脾气耿直。他道："那红裙少女确实比赛非落公主好看。虽然她害我至此，但我不能说谎。"

赛非落公主："……"面对如此耿直的杀手，赛非落公主差点一口气上不来。

阿鲁队长："如果公主没看见，当我没说。"说完，阿鲁队长一抱拳，转身就要离开。他还要追杀小王子和红裙少女，没时间跟赛非落公主多说。

"等等！"赛非落公主气呼呼地瞪着阿鲁队长，"谁说我不知道她是谁？我知道！"

阿鲁队长转头，眼睛半眯着，盯着赛非落公主。

"红裙少女，长得还……还比我好看的……只有一个人！"赛非落公主瞪着阿鲁队长，怒气冲冲地道，"她的名字叫凤舞！"

一旁的凤舞缩了缩脖子，接着努力降低自己的存在感。

"凤舞？"阿鲁队长皱眉道。

赛非落公主没好气地冷哼一声："确实是她！"

阿鲁队长："你刚才不是说，这个凤舞是阿柒的猎杀目标？"

赛非落公主："是啊，大王兄派阿柒去猎杀凤舞。"

阿鲁队长："这个凤舞是什么实力？"

赛非落公主："跟我差不多，灵尊三星。"

阿鲁队长用看白痴一样的目光看着赛非落公主："那就不应该是她。"

赛非落公主："为何？"

阿鲁队长："灵尊三星？蝼蚁一般，阿柒随手就能碾死她，怎会让她活这么久？"

赛非落公主本想点头，但想到之前阿柒和凤舞对战的画面，顿时不知道该怎么说。

确实，凤舞承受不住阿柒的一招，可是这个凤舞天生像泥鳅一样，想杀她可没那么容易。

赛非落公主喃喃自语道："真不是凤舞？"

阿鲁队长："不可能是她。"

赛非落公主："那伤了阿鲁队长的红裙少女，她的实力如何？"

此话一出，阿鲁队长顿时被噎住，愣在当场，一句话都说不出来。

"阿鲁队长？阿鲁队长？"赛非落公主不解地看着阿鲁队长。

阿鲁队长愣愣地看着赛非落公主，脑子都是蒙的。那个红裙少女的实力如何？虽然他不能百分百肯定，但绝对是灵尊境的。

阿鲁队长只觉得脸上火辣辣的，像是被人狠狠抽了一巴掌。

赛非落公主心有所感，弱弱地道："……该不会……灵尊境吧？"

阿鲁队长瞪着赛非落公主："怎么可能？！能伤我的必然是灵侯境啊！"

赛非落公主长长地呼出一口气，道："好好……灵侯境就好，灵侯境的话，就不会是凤舞了。"

可是，此刻阿鲁队长看赛非落公主的目光确实……很怪异。

"所以，现在的凤舞，应该已经被阿柒队长杀了吧？"

赛非落公主双手抱膝坐在地上，侧眸看着阿鲁队长，想从阿鲁队长口中得到肯定的答复。

这一次，阿鲁队长犹豫了。

"凤舞不过是灵尊三星，一定逃不出阿柒大人的掌心，对不对？"赛非落公主再次问道，"现在的她，一定死了，对不对？"

一旁的凤舞："……"她还好好活着呢，好好在他们身边坐着，怎么就死了？

见赛非落公主和阿鲁队长没有注意到她，凤舞从林中抓了一只素锦鸡，简单收拾了一下，包裹上荷叶，又在荷叶外敷了一层薄薄的泥土，然后埋进土里烤着。

现在已是傍晚，夜幕降临，凤舞也有一整天没进食了。山中夜色寒冷，她迫切需要食物提供热量。

凤舞正在做烤荷叶鸡，而一旁的赛非落公主和阿鲁队长正在聊怎么杀凤舞……气氛竟出奇和谐。

荷叶的清香和素锦鸡的香味融为一体，慢慢从泥土中逸散出来。这时，一串脚步声忽然响起。

"凤舞肯定已经死了，我就是有这样的预感！阿柒队长——"赛非落公主正说着，看到眼前的人时，猛地顿住。此刻站在他们面前的这个人，不是别人，正是阿柒队长。

"阿柒队长！"赛非落公主不顾身体的不舒服，蝴蝶般飞过去，"阿柒队长！阿柒队长！你杀了凤舞对不对？！你把凤舞杀了对不对？！"

阿鲁队长也充满期待地看着阿柒队长。他不想承认自己被一个灵尊境的弱者给坑了，而且还一连坑了两次……这会逼得他发疯的。

阿柒全身的衣衫几乎碎成布条，身上受了伤，大大小小的伤口足有上百个，而且多是抓痕……他裸露出来的肌肤几乎没有一块是好的，看上去血肉模糊，鲜血淋漓……太惨了。

面对赛非落公主和阿鲁队长充满期待的目光，阿柒队长："……"

自从进入暗杀者组织后，他已经很久没有想哭的冲动，但是这一次……阿柒队长委屈啊！他委屈得想哭。

凤舞一边做荷叶鸡，一边偷眼打量着阿柒队长。不对啊，按照她的计划，黑魔大猩猩一定会将阿柒队长给杀了，现在阿柒队长却活着回来……难道死的是黑魔大猩猩？也不对，按说同等级情况下，魔兽的实力比人类强，黑魔大猩猩不可能打不过阿柒队长。到底是哪里出了问题？既然阿柒队长没有死，那么黑魔大猩猩呢？如果它也没有死……凤舞意识到，自己可能有大麻烦了。

赛非落公主看着眼眶湿润却强忍着泪花的阿柒队长，惊讶得眼珠子都快掉出来了。不是吧，堂堂暗杀队的队长，流血流汗不流泪的暗杀者阿柒，居然……一脸愤怒憋屈又委屈的模样？

还是阿鲁队长了解阿柒，他直接问："你没有完成任务？"换句话说就是没有杀掉凤舞？

赛非落公主睁大眼睛，难以置信地瞪着阿柒队长。不是吧？！不可能！阿柒队长是灵侯境强者啊！

"凤舞不过是灵尊境……"

"我没有完成任务……"

赛非落公主和阿柒的声音同时响起。

一时间，赛非落公主和阿鲁队长都用难以置信的目光看着阿柒。

"什么？！"

"我……没有杀死凤舞。"阿柒的声音带着明显的愤怒，透着深深的疲惫……

赛非落公主和阿鲁队长面面相觑，随后，赛非落公主一脸激动地拽着阿柒。

"怎么可能！这怎么可能呢！你可是灵侯境强者啊！那凤舞是什么？不过是灵尊境的！你怎么可能杀不了她？！你是阿柒啊！"

阿柒懊恼地抱着脑袋。

　　"你这一身伤是怎么回事？"阿鲁队长注意到阿柒身上的伤。

　　提到这个，阿柒更是气得面色铁青，全身抑制不住颤抖。

　　一旁的凤舞一边添柴火焖荷叶鸡，一边竖起耳朵听。

　　"那个臭丫头！那个臭丫头！"阿柒队长气得全身颤抖，"她就是个阴险狡诈的坏人！我阿柒从小到大还没见过如此阴险狡诈之人！可恶啊啊啊啊啊！"

　　阿柒队长狠狠一踹身旁的古树。那棵赛非落公主曾倚靠过的古树，被踹得连根拔起，往后倒飞而去。

　　"下次我杀凤舞，定如此树！"阿柒队长怒吼道。

　　凤舞缩了缩脖子，自己一定不能暴露身份……

　　阿鲁队长皱眉问："到底是怎么回事？"

　　阿柒队长强忍着心中怒意，将一路上的遭遇说了出来。

　　"所以凤舞背后有黑魔大猩猩这个大靠山？！"赛非落公主大吃一惊，"那就难怪了，难怪她能在大山里来去自如，甚至能从你手下逃脱。"

　　阿柒却用复杂的目光看着赛非落公主，欲言又止。

　　赛非落公主不解地看着他："难道我说错了吗？"

　　阿柒面色涨红，犹豫了一会儿，他终究硬着头皮说："那黑魔大猩猩……不是凤舞的靠山。"

　　赛非落公主："可是，你不是说，黑魔大猩猩帮了凤舞吗？"

　　这才是最气人的地方！阿柒握紧拳头："那黑魔大猩猩是凤舞的仇人！这个凤舞是真的狡诈，她居然……"阿柒队长将凤舞把黑魔大猩猩引过来的过程简述了一遍，难掩愤怒之色，"一开始我并不知道！她将那黑魔小幼崽抛给我，又故意说了那样一堆话，黑魔大猩猩还不死命盯着我追啊？！"

　　赛非落公主："……"

　　阿鲁队长："……"

　　这样也行？！

　　阿柒队长依旧气呼呼地说："我身上的伤都是黑魔大猩猩抓出来的！后来我终于解释清楚了，不然，非死在黑魔大猩猩的魔爪下不可！"

　　赛非落公主怒道："世上怎会有如此阴险毒辣之人！这个凤舞活着就是个祸害！"

　　阿柒完全赞同这个观点。

　　阿鲁队长瞥了阿柒一眼："黑魔大猩猩就这么放过你了？"

　　阿柒队长："……喀喀。"

　　赛非落公主："怎么说？黑魔大猩猩有那么难缠吗？"

　　阿鲁队长："黑魔大猩猩在这片地域是无敌的，谁敢去招惹？既然招惹了，就必须付出一定的代价，所以——"

　　阿鲁队长盯着阿柒。阿柒脸色涨红，道："黑铁石没了，幻海龙草没了，天蛛毒骨没了……"

阿鲁队长："你的龙泉剑呢？"

阿柒队长："……也没了。"

也就是说，阿柒队长是将自己所有的家当都给了黑魔大猩猩，才将自己保释出来？凤舞差点笑出声。不能笑不能笑，严肃！凤舞收敛神色，继续默默焖着她的荷叶鸡。

"他是谁？"阿柒队长的注意力被凤舞吸引了去。不知道是不是错觉，刚才他总觉得这个小少年笑了。

"是我的人。"赛非落公主道。

阿柒队长皱眉道："公主，如果是山里随便捡的人……"会不会是凤舞那丫头假扮的？阿柒队长越看凤舞的身形越觉得像。

阿柒队长一边如此想着，一边朝凤舞走去，手搭在凤舞肩头，将心中的疑惑问出口："你，该不会是凤舞吧？"

凤舞的心顿时凉了半截。不是吧？！阿柒队长这是愚者千虑必有一得吗？！他居然猜对了？！凤舞的心猛地提起。现在她该怎么办？是奋起反抗还是否认到底？

还没等凤舞给出反应，身边便传来赛非落公主的笑声："哈哈哈，阿柒队长，你——"赛非落公主笑得眼泪都快出来了，她指着阿柒，"人家说一朝被蛇咬，十年怕井绳，我算是体会到了！原本何等自信的阿柒队长，现在竟变得如此草木皆兵！"

这样的激将法……还真的很有效。阿柒队长铁青着脸，转过头来，死死瞪着赛非落公主。

赛非落公主拍拍阿柒队长："他是猫九，我师兄最看重的人。人家一个小小少年，是男孩子啊，怎么可能是凤舞？阿柒队长，你就算眼瞎了，也不该将他认成是凤舞啊！你这么想是对人家的羞辱！"

阿柒队长眉头紧蹙。

凤舞在心里默默给赛非落公主点了个赞。不错不错，谁能想到，关键时刻赛非落公主会这样给力呢。

"你看看这张脸，看看这身板，实实在在的男孩子，怎么会是凤舞？阿柒队长，你真是被黑魔大猩猩打糊涂了，这都能认错？"赛非落公主像看白痴一样看着阿柒队长。

被严重鄙视的阿柒队长："……"

阿柒队长冷哼道："这个凤舞，我必须在明日太阳下山之前杀掉她！"

阿鲁队长盯着阿柒："如若不然？"

阿柒队长深吸一口气，道："黑魔大猩猩说了，它要将凤舞抓过去剁碎，剁成凤舞酱给它家小幼崽拌饭吃。如果我在明日太阳落山前没有抓到凤舞，黑魔大猩猩是不会放过我的！所以，阿鲁，你要帮我！"

阿鲁队长皱着眉头，他也有很重要的任务等着完成。

见阿鲁队长皱眉，阿柒道："如果你没空，分几个手下给我用，也不要太多，五个就够了，他们只需要帮我守住重要关卡，告诉我凤舞的行踪就行。"

阿柒队长此话一出，阿鲁队长的面色就变得铁青，随即涨得通红。

凤舞内心轻咳两声。不出意外的话，阿鲁队长气得要炸裂了……

"阿鲁？"阿柒皱眉看着排在他前一名的阿鲁，"连五个人你都不愿意借？"

阿鲁队长："……"

赛非落公主也不解地看着阿鲁队长。阿鲁队长不是有三十名属下吗？可是从刚才到现在……他的手下好像一直都不曾出现。

阿柒："如果五个不行，那就三个？"

阿鲁队长："别说三个，一个都没有！"

阿柒："阿鲁，我们好歹是一个训练营出来的，你连这点小忙都——"

"都死了——"

"什么？"

阿鲁队长抬头，死死瞪着阿柒："他们都死了！都死了！现在你满意了吧？！"

凤舞缩了缩脖子。虽然她在烤鸡，但这真是世界上最危险的工作，因为现在的她正处于风暴的中心啊，恨不得撒腿就跑。

阿柒和赛非落公主愣在那里。阿柒还没反应过来，赛非落公主用匪夷所思的目光看着阿鲁队长："你……你刚才说什么？你是说……那三十名属下……都死了？全部？"

阿鲁队长铁青着脸，重重冷哼一声，一言不发。

阿柒队长："……怎么会？怎么可能？谁有这样的本事，一口气将三十名……就连灵侯境强者都办不到吧？！到底是怎么回事？！"

阿鲁队长："……那个，不是灵侯境。"

阿柒队长："我知道不是灵侯境，我是说灵侯境都未必能做到，我的意思是——"

"灵尊境。"阿鲁队长忽然开口。

这突如其来的三个字，又将眼前两个人震得呆若木鸡。

"什么？！"赛非落公主和阿柒队长对视一眼，都在彼此眼中看到了震惊之色。

赛非落公主："灵……灵尊境？跟我一样是灵尊境？！"

阿鲁队长点点头。

赛非落公主："……"

她和黑衣暗影对战的时候，一次只能交手那么几个，可同样是灵尊境，那个人居然……一口气……

"你遇到的，该不会是凤舞吧？！"赛非落公主和阿柒队长瞪着阿鲁队长，齐齐出声。

阿鲁队长皱眉道："应该不是，那姑娘看着只有十三四岁，一袭红裙，速度很快，而且还懂阵法……"

"这就是凤舞啊！"赛非落公主和阿柒队长再次齐齐出声。

阿鲁队长惊奇地看着这两个人。

阿柒队长："凤舞就是一袭红裙，跑得贼快，还懂阵法，年纪十三四岁……"

阿柒队长每说一句话，赛非落公主就点一下头。

阿柒队长长长呼出一口气。不知道为什么，看到阿鲁队长倒霉，他心里那股怒气竟散去不少……原来不止他一个被凤舞戏弄，原来还有人比他更惨。虽然自己也很惨，但这种有人更惨的感觉……还是很不错的呢。

此刻的阿鲁队长，心情就没那么好了。

"是她……居然是她！"阿鲁队长握紧拳头，"原来是她救走了小王子！"

赛非落公主和阿柒队长用狐疑的目光看着阿鲁队长："你刚才说什么？"

事到如今，阿鲁队长还有什么好瞒的？毕竟这两个都是自己人。

"主上再次对小王子出手了。"阿鲁队长淡淡道，"原本小王子必死，但凤舞横插一脚，救走了小王子！"

凤舞一边烤肉一边暗想，看大家反应这么平静，想来大王子已经不是第一次对小王子出手了。

"可是——"赛非落公主怔怔地看着阿鲁队长，欲言又止，"灵尊境的凤舞在阿柒的追杀下……还杀了你三十名手下，救走了小王子，并且将你伤成这样？"

阿鲁队长："……"

阿柒队长："……"

两人对视一眼，都在彼此眼中看到了深深的憋屈和愤怒。

"现在可以确定，这个凤舞还在山上。"阿鲁队长冷笑一声，"她以为这么容易下山吗？山口守着的可是阿武！"

果然有人守着山门啊……凤舞在心里轻叹，幸好没有贸然下山。

不过，阿柒、阿鲁、阿武……大王子取名字就这么没创意的吗？

"明日，我们就这般……"赛非落公主将两名队长召过去，将自己的计划告知他们。

凤舞在一旁听着，越听越皱眉。这个赛非落公主也不是纯粹的傻子，她围剿计划虽然笨，进度也缓慢，但确实有效。如果真让赛非落公主的计划得以实施……小王子是必死的。

怎么办？凤舞的脑子快速转动着。这几个人想尽办法要杀她，却不知道，他们即将实施的计划……被她听了个彻彻底底。

看着眼前的火光，忽然，凤舞眸中浮现一抹亮光，嘴角弯起，露出一抹得意的笑。

没一会儿，赛非落公主就朝凤舞喊道："什么味儿这么香？"

凤舞一低头，将嘴角的得意隐藏好。她拉了拉瓜皮帽，将包裹着泥土的荷叶鸡整个儿给赛非落公主递过去："这是烤好的荷叶鸡，山中也没其他食材，用料简单，公主别嫌弃。"

这一天下来，赛非落公主累得不行，闻着这么香的味道，当即挪不开腿，怎么可能嫌弃？

凤舞将荷叶鸡外层的泥土敲开，顿时，一股浓郁的香气扑面而来。赛非落公主饿得狠了，抓起来就往嘴里塞。

"哇呜，好吃好吃！"赛非落公主幸福得呜呜叫，眼泪都快掉出来，连脖子上的麻痒刺痛都忘记了。

凤舞又分别给阿鲁队长和阿柒队长送了一点鸡肉，然后兀自靠树坐着，抓起一只鸡腿就往嘴里塞。阿柒队长和阿鲁队长被凤舞狠狠坑过一回，已经草木皆兵。饿确实是饿，但安全第一。他们见赛非落公主和猫九吃了都没事，这才放心地把鸡肉往嘴里塞。

哇呜！是真的美味可口！吃了第一口，两位队长就停不住手了，一直把鸡往嘴里塞。

凤舞低垂的眼眸中浮现一抹深深的笑意……

夜幕降临，浓雾渐起，挂在半空的皎洁月亮被厚厚的云层遮住，没有探出头。

忽然，阿柒队长捂着肚子，眼睛瞪得大大的，指着凤舞，又指指赛非落公主。

"有毒！"阿柒队长气得面色铁青，整个人都是僵硬的，只觉一股冰冷的寒意从脚下往上蹿。

阿鲁队长猛地站起来，用手指向凤舞："你下毒！"说话间，阿鲁队长以闪电般的速度朝凤舞飞去。

赛非落公主还在往自己嘴里塞鸡腿肉，看到两位队长的举动，一脸茫然："什么呀，这哪有毒了？"

就在这时候，冲向凤舞的阿柒队长被凤舞一脚踹了出去，一连撞倒好几棵古树。

赛非落公主猛地站起来，用难以置信的目光瞪着凤舞："猫九！你在干什么！"

阿鲁队长直接对凤舞出手，凤舞感到巨大的压力。

阿鲁队长排名比阿柒靠前一名，也就是说，他的实力比阿柒略高一筹，再加上他刚晋升了一颗星，所以药效发作没那么快。

砰！凤舞和阿鲁队长在半空对掌。凤舞后退几步，而阿鲁队长则立在原地，一动不动。

"去死吧！"阿鲁队长握紧手中的剑，迅速射向凤舞。

赛非落公主整个人都是蒙的，看着眼前这一幕，她到现在都没反应过来。

"猫九，你真的下毒了？！"

凤舞大声对赛非落公主说："公主！这两个人意图不轨，他们都垂涎你，想要玷污你！如果属下不下毒，他们的阴谋就要得逞了！"

阿柒："……"

阿鲁："……"

阿柒队长一口血喷出来。

赛非落公主焦虑地大喊："这其中有误会！你们快别打了，住手！快点住手！"

不管她怎么喊，眼前三个人战斗正酣。

"过来帮忙！"阿柒队长冲赛非落公主大声喊。

赛非落公主却犹豫不决，不知道该帮谁。

"这个人是凤舞！她就是凤舞！还不快过来杀了她！"

阿柒队长和凤舞对战过，非常熟悉凤舞的出招方式和闪避方式，因此，他能猜出对面的人是凤舞。

但赛非落公主相信吗？肯定是不信的。

"阿柒队长，你快别说笑了。"赛非落公主直接否认。

"快过来杀了她！她真的是凤舞！"阿柒队长声嘶力竭地大吼。

此刻，他和阿鲁队长一左一右钳住凤舞的双手，并将其反剪在身后。

机不可失，时不再来啊！

赛非落公主却全然不知这个机会有多难得，连连后退："不不不，猫九是师兄最看重的人，你们不能这么欺负他……"

说得好！凤舞在内心给赛非落公主点了一个赞，忽然，她飞起一脚，重重踹在阿柒队长的天灵盖上。

原本就是强弩之末的阿柒队长，直接被凤舞踹得倒飞出去，砰的一声砸到地上。

阿柒队长狠狠瞪了赛非落公主一眼，这公主是猪吗？！

阿鲁队长手中的长剑划过凤舞的颈项，凤舞堪堪避开，整个人都笼罩在剑光里，身子不住后退。

一道剑芒闪过，凤舞的鬓发硬生生被切下一撮。如果不是凤舞闪避得快，剑芒已经在她身上留下一道深深的血痕。

阿鲁队长终于逼凤舞拿出她的剑了。星陨剑，当世只有一柄！所以，当凤舞手握星陨剑和阿鲁队长战斗时，赛非落公主眼睛瞪得很大很大。她难以置信地瞪着凤舞，喃喃自语道："她手里怎么会有星陨剑？这不是凤舞的剑吗？"

"她就是凤舞啊！喀喀……"阿柒队长气得剧烈咳嗽，一口鲜血又喷了出来。

就在这时候，凤舞使出一招"雷音魂断"。

阿柒捂住胸口，艰难地坐起来，瞪着赛非落公主："你还看不清楚吗？！她就是凤舞！凤舞的星陨剑第三招，就是雷音魂断！"

此刻，赛非落公主整个人都是蒙的。不不……不是的……一定不是这样的！不是的！他是猫九！他是男孩子！怎么可能是凤舞那个奸诈狡猾的臭丫头？！绝对

不是！

"最好的机会已经被你错过了！如果大家都死了，都是你的错！"阿柒队长冲赛非落公主怒吼一声，随后强忍着痛苦，朝凤舞飞扑而去，重重一剑刺向凤舞的脸。

凤舞扭头避开，雪白的颈项处，一道鲜红色的血迹随即显现。

刚才那一招，是阿柒队长用尽全力的一招，之后他便没有多余的力气再进攻了。

凤舞旋身飞起，一脚踹向阿柒后背。砰！堂堂阿柒队长，灵侯境强者，竟然被凤舞一脚踹飞出去。阿柒队长脑袋着地，用愤怒的双眸死死瞪着赛非落公主："你这个叛徒！大王子的叛徒！上天会惩罚你的！"

赛非落公主一脸茫然，自己怎么就成叛徒了？

阿鲁队长怒冲上去，对准凤舞一阵乱砍，他内心非常清楚，如果不能快速将凤舞撂倒，那么大家都会死。

凤舞的眼中浮现一抹焦急。

阿鲁队长很聪明，招式快得让人几乎反应不过来。

凤舞冷哼一声，看来只有速战速决了。想到这儿，凤舞迎面朝阿鲁队长冲去。

"猫九！"赛非落公主惊呼一声。

这可是大师兄最看重的猫九，若是他就这么死了，自己如何跟大师兄交代？现在该怎么办？！

就在赛非落公主不知道该怎么办的时候，一张人皮面具从凤舞脸上掉落。凤舞真正的容颜出现在众人眼前。

虽然阿柒一直说她是凤舞，但因为没有证据，所以阿鲁队长一直很怀疑，但是当看见这个人真正出现在自己面前，他愣住了。

凤舞手中的星陨剑扑哧一声，重重从阿鲁队长的胸膛刺入。阿鲁队长怒急攻心，不知道哪来的力量，一拳袭向凤舞。凤舞快速往后退去，后背狠狠撞到一棵树上，又一连撞倒数十棵古树后，才停在地面。喀喀，凤舞只觉得后背火辣辣地疼，几乎失去了知觉。

当凤舞那张脸出现在赛非落公主面前时，赛非落公主整个人都是蒙的。不不不……这不可能的！这不是真的！

"不！"赛非落公主尖锐的叫声几乎冲破云霄。

"怎么可能！"赛非落公主差点晕过去，"你不是猫九！你居然不是猫九！你是凤舞！你居然是凤舞！"

如果说猫九被人替换，已经足够让赛非落公主震惊，那么当猫九面具背后的那张脸变成凤舞时，赛非落公主都快疯了。

她想到凤舞之前坑自己的画面，想到凤舞刚才过来的时候，自己还要她背自己下山，想到自己和阿鲁队长他们的对话，想到自己说的那些对付凤舞的计划，想到……

"凤舞！我要杀了你，啊啊啊啊——"恼羞成怒的赛非落公主提剑朝凤舞刺去。

砰！凤舞抬起一脚，直接将赛非落公主踹飞。

"凤舞，你——"赛非落公主快气疯了。

凤舞从地上站起来，捂着胸口，脸色惨白，却笑看着赛非落公主。

赛非落公主："你真的是凤舞？！为何你的实力突飞猛进？！"

凤舞看着赛非落公主，脸上的笑意越发明显："看出来了？"

"你现在至少已经是灵尊七星境！"赛非落公主又急又气，整个人快炸了，"可是你之前明明是灵尊四星境！也就是说，一开始你就在隐藏实力！凤舞，你是奸诈无耻的小人！"

凤舞看着她，忽地笑了："如果我说，就在今天我连升了三星呢，你信不信？"

"我信你个鬼啊！"赛非落公主气得整个人都要炸裂了。

凤舞笑道："你信也罢，不信也罢，现在说这些有意义吗？"

赛非落公主："你——"

凤舞笑着朝赛非落公主走去，一步一步，脸上带着笑意。

"你到底想怎么样？！"赛非落公主咬牙瞪着凤舞。

凤舞淡淡一笑，开口道："你猜不出来吗？"

赛非落公主："你想杀我？"

凤舞点点头："我想杀你，你愿意去死吗？"

赛非落公主："……"

凤舞轻笑道："现在的你还有用，我怎么舍得杀你呢？"

赛非落公主："你到底想如何？！"

凤舞淡淡一笑，道："放心吧，不过是让你尝尝输的滋味罢了。"

赛非落公主："你什么意思？！"

凤舞："很快你就会知道了！"

忽然，凤舞眉头一皱，意识到情况不对。当她转过身，发现原本躺在地上的阿鲁和阿柒消失不见了。

"哈哈哈——"赛非落公主看到凤舞变色的脸，顿时高兴得拊掌大笑，"凤舞啊凤舞！没想到你也有今天，哈哈哈——"

凤舞环顾四周，眼眸微微眯起。

四周很安静，连微风吹过的声音也清晰可闻。

那两个人到底是怎么离开的？凤舞眸中浮现一抹警惕之色，他们重伤至此，还中了她的毒，居然能悄然无声地逃走。

赛非落公主狂笑道："凤舞啊凤舞，看来你也不是无所不能，至少，你连中了毒受了重伤的他们都斗不过。"

凤舞瞥了赛非落公主一眼："是谁逼他们受重伤的？又是谁让他们中毒的？"

赛非落公主顿时被噎住，一句话都说不出来。

317

凤舞冷哼道："他们逃走了，但你不是还在吗？我奈何不了他们，难道还奈何不了你？"

说着，凤舞拽着赛非落公主的头发就往前走。

可怜的赛非落公主，从来都是养尊处优，何曾被人这样粗暴地对待过？赛非落公主气得大喊大叫："凤舞！你想死吗？放开我！快放开我！"

阿柒和阿鲁的逃离，让凤舞提高了警惕，自己到底还是低估了灵侯境强者的实力。她现在担心的是，这两个人或许很快会将毒素逼出来。

凤舞把赛非落公主拉到沼泽处。

小王子一直藏在这里。

咻咻，咻咻咻，咻咻，咻咻咻——这是凤舞和小王子之间的暗号。

果然，当凤舞念出暗号时，从不远处的岩石那里传来轻微的挪动声，一个全身被泥巴包裹的人出现在凤舞面前。

"凤姑娘！"小王子看到凤舞，顿时激动得不得了，快速滚了过来。

小王子一个人趴在这里，四周黑漆漆的，寂静无声，他都快被吓死了。

"这是谁啊？"小王子看到一旁昏迷不醒的人，不解地问凤舞。

凤舞看着小王子，淡淡一笑："这个人你不认识？"

小王子凑近一看，当即震惊地道："这不是大姐吗？她怎么会在这里？她——"

凤舞淡淡哼了一声，道："你猜她知不知道你今天遇险的事？"

小王子顿时沉默。

凤舞没好气地看了小王子一眼："将你身上的衣衫脱下来。"

小王子不解地看着凤舞。

凤舞没说话，只是盯着他。

小王子有点尴尬地道："可是，这么脏……"

凤舞淡淡一笑，道："脏就对了，不脏的话还真不好办呢，时间紧迫，别废话，快把衣服换上。"

小王子可怜巴巴地哦了一声，虽然不知道凤舞准备做什么，但还是点点头，快速将自己脱得只剩下最里面的中衣。

凤舞随手将赛非落公主的衣裙剥下来，丢给小王子穿上。

小王子一脸震惊地看着凤舞："这……这……"

凤舞瞥了小王子一眼："看出来了？"

小王子认真地点点头道："你的计划是让我扮演长姐，这样我们就能顺利从山上下去了？"

凤舞点头，淡声说："重要关卡那里有强者守着，而且过不了多久，他们就会开展地毯式搜索，那时候，你就算藏在沼泽底下都没用。"

小王子咬着下唇，点点头，凤舞说得对，他那位对皇位执念很深的大哥，手段之狠辣，手下高手之多，超乎他的想象。

小王子："大哥手下强者如云，像阿柒这样的强者至少有十名！"

凤舞淡淡轻哼道："十名便十名吧，又不是无法战胜的存在。"

小王子一脸震惊地看着凤舞，这可是灵侯境强者，十名灵侯境是什么概念？

他还想说话，凤舞直接摆摆手："赶紧换装吧，那位阿柒队长和阿鲁队长也不知道什么时候能把自己的毒解了，等他们解了毒，就会来找我报仇！"

小王子充满愧疚地看着凤舞，内心的念头越发坚定。

凤舞姑娘，小王一定会娶你为正妃！

凤舞看到小王子眼中的坚定，拍拍他的肩膀。

凤舞将得自猫九的面具给小王子戴上，同时让小王子穿上赛非落公主的衣衫，与此同时，她让昏迷不醒的赛非落公主换上小王子的衣衫，然后将她的半截身子埋进沼泽里。

凤舞拿出匕首，往赛非落公主嘴里捅去。

"啊——"鲜血喷涌而出。

小王子无比震惊地看着凤舞："你……你……"好干脆的手法！好……心狠的姑娘。

凤舞这一招，彻底震住了小王子。

凤舞瞥了小王子一眼："知道我为什么割她舌头吗？"

小王子怔怔出声道："为什么？"

"如果她醒来后大喊大叫，会影响我的计划。"

小王子点点头。

凤舞忽然勾起嘴角道："当然，这只是表面说法。"

小王子："啊？"

凤舞的声音在黑夜中宛若羽毛般飘荡："其实真正的原因是……她骂我。"

小王子睁大眼睛瞪着凤舞："……"

凤舞忽地笑起来："怎么样？现在怕不怕我？"

小王子这才知道凤舞在吓他，他白皙如玉的脸微微一红，赌气般瞪着凤舞。凤舞哈哈大笑道："你如果再这么单纯，我能救你一次，却不能次次救你，你自己要想清楚。"

小王子握紧拳头。他身边不少人跟他说过这样的话，以前他都没有听进去，但是这一次……他听得入耳了，也入心了。

凤舞将周围的痕迹处理干净后，拉着小王子就走。

黑暗中的小王子面色一直在变幻，晦暗不明，深沉莫测。

凤舞没有出言打扰。因为她知道，对小王子而言，或许这一晚，这一刻，是他命运的转折点。

319

第十二章
一场赌局

很快，他二人便来到一处十字路口。小王子还懵懂地想往前走，凤舞一把拽住他，往草丛里一钻，小王子茫然不解地看着凤舞。

足有一人高的草丛将两人的身影完完全全遮住，如果他们不现身，很难被人发现。

凤舞压低声音，在小王子耳边交代："东北方向，岩石后，有一名暗哨。"

小王子心中猛地一惊。他朝凤舞所指的方向望去，很快看到地面上被月光照出一个黑影。

小王子深吸一口气。

"西北方向，那棵梧桐树上也有。"

小王子："……"

"看到那几根树枝了吗？旁边的树枝都在随风摇曳，但它没有，为什么？"

小王子："……它、它是假的？"

凤舞："树枝不是假的，因为捆得太紧，所以没办法随风摇曳，这才露出了破绽。"

小王子原本还觉得自己和凤舞并没有太大差距，由于此番接触，他越发觉得凤舞厉害了。

"不过最重要的是那个人。"凤舞指着稍远处一位坐在树顶上的男人，"那个人的实力才是这些人中最强的！你如果能过他这关，就能下山了。"

小王子顺着凤舞所指的方向望去，很快，眼眸中浮现一抹惊奇之色。

"这个人……就是阿武啊！"小王子说，"虽然他蒙着脸，但他胸口绣了一个五字，他就是大哥暗杀者集团里的第五队长，阿武！"

小王子被大王子追杀了这么多年，也不是全然无知。

凤舞点点头："你说的和他们给的信息完全一致。"

"如果是阿武守着……我们出不去的。"小王子苦着一张脸，"阿武这个人，素来铁面无私、公事公办，对人对事严苛极了。"

凤舞淡笑道："可现在你是赛非落公主。"

小王子这才想起自己现在扮演的是长姐。

凤舞："你的这位长姐，可是跟大王子一伙的。"

小王子："可是……有很大的可能性，阿武会将我留在这儿，等事情结束后再放我下山，以前他也是这样的，他只听大哥的话。"

这样吗？凤舞摸了摸鼻子，忽然眼睛一亮："也不是完全没有办法，有一个办法我们可以试试！"

又有办法了？小王子眼眸闪亮，崇拜地看着凤舞。

凤舞说："在我说出计划之前，先跟你说一件正事。"

小王子一脸认真地看着凤舞。

凤舞："我和赛非落公主有一场赌局。赌注很大，如果我赢了，可以拿走她这些年累积下来的所有财富！"

"哇！"小王子惊呼一声，"长姐可是很富有的，她名下有矿！原石矿啊！"

凤舞眼眸一亮，还有这种事？

"你回去之后，只管帮我盯着赛非落公主的财产，不要让她有办法将财富挪走。"

小王子郑重地点头。

"关键时刻，你脸上的面具可用。"凤舞说，"那是能扮演猫九的，在赛非落公主回来之前，你可以用猫九的身份做很多事情。"

小王子越听越觉得神奇。

"所以现在只剩下如何让你安全下山的问题了。"

凤舞盯着小王子，在他耳边低语了一句。小王子脸上浮现错愕之色。

"还不快跑？！"凤舞踹了小王子的屁股一下。

"哦——"小王子反应过来，身形一动，飞一般往前冲，一边跑一边高喊着，"救命啊！我是赛非落公主！凤舞，你不能杀我，啊啊啊啊——"

此刻的凤舞就是凤舞，她没有扮演任何角色。凤舞冷笑一声，开口道："想让我放过你？！休想！去死吧！"

凤舞祭出星陨剑，杀气腾腾。扑哧！星陨剑几乎刺中小王子，被他险险避开。

凤舞冷笑道："今日你落到我手里，还想跑？！你能避开第一次，还能一直避开

不成？！去死吧！"说话间，凤舞手中的剑再次横劈出去。躲在岩石后和树梢上的两名黑衣人对视一眼，眼看着公主快要被杀死，他们忽然现身。一个以诡谲的姿势出现在凤舞身后，一个以诡异的速度出现在凤舞身前。

"踏破铁鞋无觅处，得来全不费工夫！凤舞，你可知道我们一直在这儿等你？！"

杀凤舞，杀小王子，这两道命令是大王子同时下的，不过任务有大有小，杀小王子是大任务，杀凤舞是小任务。在大任务完成前，做做小任务也是有的赚呢！

凤舞假装追杀赛非落公主，只释放出灵尊三星的实力，所以被对方鄙视了。

"小小灵尊三星，也敢在我们面前撒野？还敢追杀公主？简直可笑！"

双方在半空交手。凤舞拽住身后的黑衣人，一个过肩摔，将他摔出去，摔出去的同时，她还直接下了杀手。藏在她指缝间的刀片在半空划过一道光影，扑哧——刀片过，咽喉破。黑衣人甲怎么都没想到，自己面对的是一个灵尊七星的修炼者，而不是灵尊三星。

"你……呃……"他一句话没说完，已经快速倒下去了。

黑衣人乙睁大眼睛，难以置信地瞪着眼前这一幕。怎么可能？！根据线报，凤舞不过灵尊三四星的实力，怎么可能一招杀了灵尊六星的小伙伴？！

凤舞理都没有理黑衣人乙，大步朝赛非落公主走去。不得不说，小王子在演戏方面也是只"潜力股"，扮演起赛非落公主来简直入木三分。凤舞步步进逼，他节节后退。

"喂喂，你别过来，你别过来！我可是草原的公主！你不能杀我！"

凤舞冷笑道："好你个赛非落公主，居然敢找人埋伏在这里！就这两个弱者，也配阻我？简直可笑！"说话间，凤舞手中的星陨剑高高举起。

"赛非落公主"转身就跑。

凤舞前方的黑衣人乙死死瞪着凤舞："好你个凤舞，居然敢无视我！"黑衣人乙握紧长剑冲上前去。

凤舞手中的星陨剑在半空划过一道漂亮的弧度，剑芒冲到黑衣人乙身上。刹那间，黑衣人低头，死死看着自己胸口的位置。一柄长剑穿透而过！

凤舞嘴角扬起一抹弧度，嚣张无比："就凭你，也敢拦我？！"凤舞骄傲地将星陨剑一抽，一时间，鲜血宛若泉水般喷薄而出，洒了满满一地，甚至有一部分溅到了小王子脸上。凤舞是故意的。有了鲜血遮掩，小王子便是露出点破绽，阿武队长应该很难发现。

看到凤舞抬手就杀了黑衣人乙，小王子眼中露出震惊之色，回过头拼命跑，一边跑一边惊呼："不要杀我！不要杀我！"阿武队长居然还不出来？他在等什么呢？

小王子故意摔了一跤，跌落在地。

凤舞冷笑，拖着长剑快步而来。星陨剑的剑尖在地上划出长长的痕迹，凤舞狰狞地笑着："你就只有这两个帮手？堂堂赛非落公主也不过如此！现在，我就送你上西天！下辈子投胎长点眼吧，我凤舞岂是你能得罪的？！"

小王子伤到了脚，可在强大的求生欲面前，依然拖着受伤的脚拼命往前爬。他一边紧张地爬着，一边高喊："救命啊！大王子救命啊！"

凤舞将星陨剑高高举起："救命？我看现在谁敢救你！"

就在星陨剑劈斩而下的时候，一片树叶不知从何处飞来，直取凤舞的咽喉。

好厉害的树叶！若是凤舞不知道这里藏了一个灵侯境强者，或许真会被伤到。

凤舞原本朝小王子脑袋砍去的星陨剑，刹那间转了方向。铮——一道恐怖的兵器交接声传来，凤舞举着星陨剑挡在眉心。

灵侯境不愧是灵侯境，不过小小的绿叶就逼得她噔噔噔后退。退开七步之远后，凤舞才稳住身形。

"谁？！是谁在装神弄鬼！给我出来！"凤舞冲四周喊着。

此刻，阿武队长的眉头微微蹙起。他从树上下来，停在凤舞面前。和其他黑衣队长一样，他整个人被黑色布料包裹着，只露出一双眼睛。那是怎样一双眼睛？黑暗，犀利，宛若深渊。

凤舞盯着阿武队长，阿武队长也盯着凤舞。

与此同时，凤舞对小王子做了一个手势。还不赶紧溜？！

小王子很担心凤舞的安危。毕竟，阿武队长可是灵侯境强者，而且是杀伐果断的冷血队长。正如凤舞之前所说，如果自己跑不出去，那她做的这一切牺牲就没意义了。

凤姑娘……小王一定会娶你为正妻！若是你死了……小王便是娶你的牌位，也一定给你正妻的位分。小王子强忍住内心的不舍，深深凝视了凤舞一眼，转身便跑。

阿武队长不是不知道赛非落公主跑了，但她是公主，有资格下山。更何况，现在引起他注意的是眼前这个红裙少女。

"你居然能躲过我这招摘叶飞刀。"阿武队长好奇地打量着凤舞，语气不疾不徐，没有任何急躁。

灵侯境强者的威压，让凤舞几乎透不过气来。

如果不是不得不这样做，凤舞怎么都不会选择跟他正面相抗。

"你就是传说中的阿武队长？"凤舞皱眉道。

阿武队长点点头。

凤舞笑着道："阿武队长不是灵侯境强者？我还以为有多厉害呢，原来灵侯境强者也不过如此啊！"

阿武队长那双犀利的眼眸半眯起来："小姑娘，你说话很放肆啊！"

凤舞笑道："在我印象中，灵侯境强者应该一招就能杀了我，可是刚才居然被我躲过了，难道我没有资格放肆吗？"

"可是小姑娘，难道你不知道，刚才我只用了两成功力？"阿武队长冷笑。

凤舞死死瞪着他，阿武队长充满恶意地笑了。

凤舞忽然转身，以此生最快的速度往前冲。

阿武队长："……"他怎么都没想到，这小丫头竟是如此识时务，听到实力差距太大，转身飞一般就跑了。

阿武队长冷笑道："小丫头，刚才那么嚣张，有本事别跑啊。"

凤舞才不理阿武队长的激将法。她已经将小王子送出去了，有小王子在，就可以保证她自己不输。那么现在，她最大的问题就如何拯救自己了。

凤舞一边跑一边在心里想，如果她不管小王子，如果她戴着猫九的面具，易容成赛非落公主，是不是可以蒙混过关，逃出包围圈，跑到山下去呢？

凤舞苦笑，既然已经插手这件事，便送佛送到西吧。从长远来看，这个选择一定是对的，希望以后小王子会给她丰厚的回报。

凤舞感到耳边寒风凛冽，她的速度快到几乎要飞起来了，阿武队长依然在她身后穷追不舍。忽然，阿武队长踩中一块果皮，果皮猛地爆炸，好在阿武队长闪避得快，否则真会被爆炸波及。

但这仅仅是开始，短短数分钟内，阿武队长经历了爆炸、暗器、马蜂、虫蚁、黄蜂、陷阱等等阻挠。

"呵呵，凭这点小伎俩，也敢在我面前班门弄斧？"阿武队长冷笑，"简直可笑！"

不得不说，正是因为这些小伎俩的存在，阿武队长才没有第一时间捉到凤舞，并且，双方的距离逐渐被拉远——

扑哧，凤舞跳进沼泽中。

不一会儿，阿武队长赶到。看着眼前黑乎乎的沼泽，阿武队长的眉头深深蹙起，黑暗又泥泞的沼泽，味道不太好闻。一眼望去，沼泽平静如湖，没有一丝涟漪。

"那小丫头一定就在这里！"

阿武队长哪里会亲自下去挖人？只见他双手背在身后，淡淡凝视着沼泽。凤舞绝对跑不出去，他这是将凤舞锁死在这片沼泽区域了。

就在这时，阿武队长的手下悉数赶到。

暗杀者集团里，每个队长都有三十名属下，阿武队长不像阿鲁队长那样将所有属下都带在身边，这次他只带了十个人。

"阿武队长！"十名属下纷纷对阿武队长行礼。

阿武队长挥手，冷漠地道："去，地毯式搜索这片沼泽，将凤舞拖出来！"

"是！"一时间，十名黑衣人纷纷跳进去。

不远处的山洞里传来轻微的声音。这样的声音能瞒过别人，却瞒不过阿武队长的耳朵。阿武队长一个闪身往山洞里蹿去，下一秒，人已经出现在山洞里。

"谁？！"黑暗中，两个身影同时对阿武队长出招。

三人对招，有两人倒飞了出去，狠狠地撞到墙壁上，当场吐血。

阿武队长却如天神般岿然不动。

"阿武？！"黑暗中，两个人惊呼出声。

"阿鲁，阿柒？"

借着洞外微弱的月光，阿武队长终于看清两人，指着他们道："你们……你们两人……怎么会把自己弄成这样？！"

在暗杀者集团里，他们十个队长实力相差不大，阿武队长还从来没见过这两人如此狼狈的模样。

听到阿武队长问起，阿鲁队长和阿柒队长齐齐沉默。

"快说，怎么回事？"阿武队长催促。

阿柒队长知道那些事是瞒不住的，于是便将凤舞之前坑自己的事一五一十说了，末了，他用手肘捅捅阿鲁队长："你说。"

于是，阿鲁队长也将凤舞做的事从头到尾说了一遍。

"胡扯！"阿武队长根本不信，"那凤舞不过小小的灵尊七星境，你们会被她戏弄成这样？绝不可能！"

阿鲁队长和阿柒队长齐齐道："她真的很厉害！阴险狡诈、诡计多端，一招接一招，还都是连环招，让人应接不暇，无从应对！"

阿武队长冷笑一声："还诡计多端、应接不暇呢，她不过就是个嚣张跋扈的小丫头罢了，你俩为了推卸责任，还真是会编故事啊，还是一套一套的。"

阿鲁队长和阿柒队长气得快炸了。

咦，不对——

阿柒队长忽然反应过来，盯着阿武队长："你见过她？"

阿武队长不无得意地道："那是自然，此刻她就藏在沼泽里，我的手下正在地毯式搜索。"

什么？！阿柒队长和阿鲁队长对视一眼。下一秒，两人眼眸中燃烧起熊熊烈火。

阿鲁队长和阿柒队长瞬间忘记了自己身体的伤痛，飞一般冲出山洞。

阿武队长眉头微微蹙起。

"你们居然如此重视她？别忘了，你们是堂堂灵侯境强者！"阿武队长在他们身后喊着。

很快，三人齐聚在沼泽旁。

"凤舞呢？凤舞在哪里？"

一旁的阿武队长双手背在身后，无语地摇摇头。

忽然，他想起阿鲁队长说的话。

"你没有捉住小王子？！"

阿鲁队长沉痛地点点头。

阿武队长："……果然我还得在山门前守着，否则若是让小王子跑了，这罪过就大了。"

虽然山门那里还埋伏了二十名暗杀者，可阿武队长到底不放心。

就在这时，在沼泽里搜索凤舞的暗杀者大喊出声："这里有人！有人藏在沼泽里！"

阿武队长顿时停住脚步，用恨铁不成钢的目光看着阿柒队长和阿鲁队长："你们两个是白痴吗？那么弱的凤舞都捉不到？你们看，现在我不就把她捉到了吗？"

是真的捉到了吗？阿鲁队长和阿柒队长内心充满期待，也充满怀疑。

是真的吗？将他们坑成这个样子的凤舞，这么容易就被阿武给捉到了？

"该不会……那丫头又在使什么诡计吧？"阿柒队长喃喃自语。

他们都那样小心了，她还能神不知鬼不觉地在食物里下毒！

当阿柒队长将这番话说给阿武队长听时，阿武队长压根儿不信，冷笑一声："为了推卸责任，你们两个可以啊，这样的借口都能想出来。"

阿鲁队长："……"

阿柒队长："……"

"我敢打赌！你绝对不可能这么容易就捉到凤舞！"阿柒队长严肃道。

"我也敢打赌！凤舞绝对不可能这么容易就落入你手中！"阿鲁队长郑重道。

阿武队长双手背在身后，不由得嗤笑一声："看来，我不给出证据，你们是不信了。"

阿武队长原本要去守山门，现在却决定不走了，他就站在那儿，看着自己的手下将那个人给抬过来。

此人是昏迷状态，全身上下被泥浆包裹着，看不出真实容貌。

"打水来。"阿武队长冷冰冰下令。

很快，他的手下就打了一桶水，直接泼洒在这人身体上。

冷水浇下，阿鲁队长当即大惊："这衣衫，这不是……"

大家都不解地看着他。

阿鲁队长："这不是……小王子吗？！"

什么？！一时间，所有人都惊呆了。

阿鲁队长惊喜得都快疯了。他一把抢过暗杀者手中的水桶，把水往地上那个人脸上浇下去。很快，对方的真容露出来了。

这张脸……这张脸在场的人都很熟悉。

"这不是……"

"这不是……"

"这不是赛非落公主吗？！"

当看到眼前这张脸时，在场的人都震惊了。

阿鲁队长脸上充满失望，阿柒队长有意料之中的感觉，而最为震惊的莫过于阿武队长，他那原本交负在身后的手紧紧攥起。不可能！这个人怎么可能出现在这里？！绝对不可能！

"不对！"阿武队长摇头，"她不可能是赛非落公主，绝对不可能！"

阿鲁队长也大声说："对对对，她不是穿着小王子的衣裳吗？她应该就是小王子！你忘了吗？"

阿鲁队长对阿柒队长说："那凤舞可是有人皮面具的，她能改装易容！"

改装易容？人皮面具？想到这儿，阿武队长脑海中灵光一闪，像是想起了什么。

就在这时，赛非落公主醒了，一醒来就看到眼前几个熟悉的人影，当即激动得呜呜呜叫起来，可她的舌头已经被凤舞割了，此刻一句话都说不出来。

阿鲁队长皱眉道："她一定不是赛非落公主，一定是戴着人皮面具的小王子！"

说着，阿鲁队长冲上去，对着赛非落公主的脸一阵蹂躏。赛非落公主气得快疯了，呜呜呜叫出声，如果可以，她恨不得一脚将阿鲁队长踹飞。可惜，现在的她一点力气都没有。阿鲁队长失望极了，退开两步，对其他人摇摇头。

阿武队长终于回过神来，死死盯着赛非落公主："你不是已经下山了吗？"

下山了？不仅是赛非落公主，在场所有人都用怪异的目光看着阿武队长。阿武队长内心有种很不好的预感，盯着赛非落公主，咬紧牙关："之前凤舞追杀你，你跑到山门那里，然后我出来救了你，难道不是吗？"

不不不，赛非落公主拼命摇头，她根本没有跑，更没有被凤舞追杀到山门口啊！这一切一定是凤舞的阴谋！

"阿武，赛非落公主手上起褶子了，她泡在水里至少有一个时辰以上。"阿柒队长加了一句。

阿武队长："……"

"凤舞有人皮面具。"阿柒队长又补充了一句。

"凤舞和小王子是一伙的。"阿鲁队长又补充了一句。

"如果眼前的赛非落公主是真的，如果凤舞是真的，那么，跑到山门口的那个人是谁？！"阿武盯着在场诸人。

一时间，所有人沉默，大家心里浮现出一个名字："小王子！"

所有人脸上都露出震惊之色，那人真的会是小王子吗？小王子已经下山了吗？！

"追！"

现在谁还会去管凤舞，所有人都以最快的速度朝山门口冲去。杀死小王子才是头等大事！

一道道身影从眼前飞掠而过，没人有闲心多看赛非落公主一眼。

凤舞就躲藏在不远处的山峰那边，脑袋上绑着一丛枯草，趴着的时候，没有任何

人发现她的存在。她看着阿武队长他们地毯式搜索沼泽，一点都不着急，因为这一切都是她安排的。赛非落公主最后的使命，就是帮她和小王子拖延时间。

凤舞听着他们的对话，知道阿武队长猜出了真相。

嘿嘿，现在才猜出来吗？这会儿小王子应该已经跑回营帐了吧？小王子可不傻，他回去之后，肯定会抱紧塞纳尔大汗的大腿。塞纳尔大汗一直不希望自己的大儿子势力太大，这才扶持了小儿子跟大儿子斗，一旦没有兄弟间的争斗，大王子的矛头绝对会指向这个做父王的。所以，塞纳尔大汗是不会让小王子死的。

看着他们闪电般冲出山门，凤舞嘴角扬起微微的弧度。很好，这样一来，大家的注意力就都在小王子身上了，她也安全了。

就在凤舞准备悠然下山的时候，哐当，耳边传来一个声音。

这是什么声音？凤舞有些不解地看了眼身后，并没有动静。于是，凤舞抬步往前走。咔嚓，又是一个怪异的声音。嗯？凤舞总觉得事情有些不对，自己似乎忽略了什么。

可究竟是什么事呢？凤舞拍拍脑袋。

"呜呜呜！"就在这时候，凤舞脚边传来一阵呜呜呜的声音。凤舞低头一看，哦，原来是赛非落公主。

"他们走的时候，怎么没把你带走呢？你不是尊贵的赛非落公主吗？"

凤舞半蹲下身子，用似笑非笑的目光看着赛非落公主。

"呜呜，呜呜呜——"赛非落公主怨毒地瞪着凤舞。这个凤舞当真无处不在！

凤舞正想奚落赛非落公主几句，忽然看到不远处的山峰火光冲天。这是岩浆喷发？！一时间，凤舞脑海里像是响起一道惊雷，她终于意识到自己忽略了什么事情！灵气复苏！

据说，灵气复苏只有短短三天，在这三天之内，待在灵气复苏的区域，实力增长会非常快，同时也会遭遇重重危机。

灵气复苏之地，即传说中的神源之地，而在神源之地，每次都会出现一颗神源之种。若是得到神源之种，那才是真正的大收获。

这一刻，凤舞想到了左青鸾，想到了欺负过她的人，想到了压在她头上的人……如果这次她得到了神源之种，不！没有如果，她一定要得到它！

大地剧烈震动，让人站也站不住。一道道山峰竹笋般从原地冒出来，以肉眼可见的速度伸向天空。

与此同时，地面也出现了变化，如果说，一开始的地面像一把合拢的扇子，那么，此刻的地面就像打开的扇子。

原来如此。这一切都在神源阵法之内，等三日过去，神源之地消失，此地又将回归原来的样子。

"呜呜呜——"赛非落公主口中发出惊恐的叫声。

凤舞循着赛非落公主的目光望去，只一眼，眼眸便微微眯起。

不远处山峰坍塌，一股庞大的泥石流正席卷而下。赛非落公主急得眼泪鼻涕同时流了下来。她不想死啊！她真的不想死！她祈求地看着凤舞。

出乎她意料的是，在山洪来到前，凤舞一把拎起她，以最快的速度离开。一道笔直的山峰阻挡了凤舞的去路，来不及多想，凤舞将赛非落公主往山峰上一抛。

"啊！"赛非落公主惨叫。她原以为自己死定了，就在她下坠的时候，从悬崖下爬上来的凤舞接住了她，又将她往上抛。

赛非落公主："……"什么叫惊心动魄？赛非落公主表示，有生以来她还没有经历过这样恐怖的事情。

凤舞在地上摸了一把小石头，迅速往悬崖上跑。好在当她爬到顶峰的时候，洪水只蔓延到半山腰。

呼呼，凤舞平躺在山峰上，抹了一把冷汗。这时候，她终于有时间回头看看四周，发现自己所处的位置是整座山脉的峡谷地带。泥石流终于漫过山峰中部，往下冲去。

站在山峰上，凤舞能清晰感觉到洪流带来的阵阵晃动，她很清楚，地貌大变动还没结束，余波还在冲击这片区域。神源之地的出现导致整个地貌大变样，此刻，一座座山峰宛若竹笋般屹立，山峰与山峰有的只相隔数百米。

就在这时候，凤舞咦了一声，隔壁的山峰上好像有人。那是一道黑色的身影，趴在地上一动不动，好像晕过去了。

咔嚓咔嚓，那座山峰随着骤变的地貌，出现蜘蛛网一般的裂痕。凤舞心里想着，这个人还真倒霉，山峰裂开后肯定会倒塌，一旦倒塌，他就会被泥石流冲走。

就在这时，那个人醒了，双手撑在地上，缓缓支起身子。凤舞暗暗松了一口气，看来这个人不用死了。

"喂，你可以过来这——"凤舞的边字还没说出口，那个人站起身，转过头来。

凤舞顿时呆愣当场："阿柒队长？！"

阿柒队长看到凤舞，也是一愣，随即眸中迸射出骇人的光芒。

凤舞："……"这可真是仇人相见，分外眼红。

凤舞脚下是汹涌的泥石流，距离自己数百米的地方，阿柒队长虎视眈眈、杀气腾腾。

"喂喂，你不要过来！"凤舞冲阿柒队长喊着。

凤舞看到阿柒队长往后退了一步，他这是打算冲到自己这边啊……

"呜呜呜——"赛非落公主看到阿柒队长打算飞跃过来，当即高兴得不行。

凤舞懒得理赛非落公主，现在最重要的事是对付阿柒队长。

凤舞脑子快速运转。阿柒队长是灵侯境强者，伤势再重，杀她的实力还是有的，所以绝对不能让他冲过来。

咻——就在这时候，阿柒队长以最快的速度冲来。凤舞的眼眸半眯起来。绝对绝对，不能让阿柒队长落到悬崖边上！

凤舞手上不知何时悄然多出了一把黄豆。

赛非落公主时刻关注着凤舞，一眼就看到凤舞的小动作，冲阿柒队长发出呜呜的警告声。

阿柒队长听不懂她的呜呜声，当他一脚踏上山峰时，瞬间就明白了。因为收势不住，他的身子快速往前冲去，阿柒队长脸色一变，一个强力旋转，勉强将身子稳住。

凤舞抬起脚，重重踹向阿柒队长。平常沉稳若山的阿柒队长，此刻却抑制不住地惊呼一声，身子更是直直往悬崖外落去。

"泥、背、比！"赛非落公主痛骂凤舞。

"卑鄙吗？"凤舞瞥了赛非落公主一眼，淡淡说，"这本就是弱肉强食的世界，强者为尊，不是吗？"

赛非落公主还想说话，凤舞笑道："阿柒队长想我死，难道我要伸长脖子等着他来砍？先发制人就是卑鄙？我的赛非落公主，你还真是双重标准呢。"

赛非落公主语塞，想辩驳，却一个字都说不出来。

凤舞满心以为阿柒队长这回会歇菜，可是这位灵侯境强者落下十多丈后，竟然硬生生在半空扭转身形，用手指抠住石壁，尽管伤口深可见骨，他依旧牢牢抠着，不让自己掉下去。

从凤舞所在的地方往下看，只见阿柒队长整个人挂在崖壁上，摇摇欲坠。

凤舞："……"

灵侯境强者的顽强超乎她的想象，更出乎她意料的是，当阿柒队长稳住身形后，竟然开始往上攀爬。

下方，是汹涌如潮的泥石流。

数百米之远的山峰终于被泥石流冲垮，哗啦一声，整座山峰化为泥石，瞬间淹没在泥石流的大潮中，好像从来不曾存在过。

凤舞："……"

赛非落公主："……"

两个人眼中都浮现震撼之色。大自然面前，人是何等渺小？

阿柒队长脸色也微微一白，如果不是冲到了这边，此刻的他也凶多吉少。阿柒队长疯狂地往上攀爬，可是，凤舞并不乐意他爬上来，于是捡起身边一根长长的树枝，往阿柒队长的脑袋捅去。若是平常的阿柒队长，何惧这样的攻击？此刻，凤舞的树枝竟逼得他左闪右避，束手无策。

"下去，下去！"凤舞抓着树枝，像在戳老鼠。

一开始，阿柒队长确实被逼得束手无策，很快，他眸中爆出一抹精光。当树枝再次戳下来的时候，阿柒队长张大嘴巴，竟然用牙齿咬住了树枝。

凤舞想将树枝抽回来，奈何力气不如人，竟完全抽不回来。阿柒队长脸上浮现出诡异的冷笑，嗖嗖嗖地快速往上攀爬。

赛非落公主得意地对凤舞抬起下巴。凤舞深深地看着赛非落公主，后者被凤舞盯得心里发毛。

"既然我阻止不了阿柒队长，那就由你去阻止吧！"凤舞话音未落便已动手，抬腿就朝赛非落公主踹去。

"喂——"赛非落公主眼中迸射出惊恐的光芒，身子直直往外跌去。

不知道是凤舞算好了方向，还是事情就有那么巧，赛非落公主跌下去的时候，正好骑坐在阿柒队长的脖子上，恐怖的撞击力让阿柒队长顿时收势不住。

原本，如果只有他一人，勉强能够坚持着爬上来，但现在多了一个赛非落公主，阿柒队长的身体开始直线下坠，长长的指甲在石壁上划出痕迹。

"啊啊啊啊啊啊——"赛非落公主只觉得耳边都是呼啸而过的风，吓得发出惊恐的叫声。

由于恐惧，赛非落公主死死抱住阿柒队长的脑袋，双手掐着阿柒队长的鼻子和嘴，阿柒队长差点窒息。

此刻，赛非落公主肠子都悔青了。如果早知道凤舞出手如此干脆狠辣，自己说什么都不会去招惹她……这个凤舞，简直就是女阎王！

凤舞在悬崖边坐着，两条腿悬空，悠闲地晃来晃去。她右手托腮，笑眯眯地看着狼狈的阿柒队长和赛非落公主，脸上是幸灾乐祸的表情。

生死关头，最容易看出一个人的本性。这两个人，按下来会如何做呢？可怜的阿柒队长被赛非落公主拖累，身形不断下坠，怎么都收势不住，若是以往，摔下去也就摔下去吧，至少不会死。现在，下面是汹涌的泥石流，人类在大自然面前就像大海里的扁舟……

"松手！"阿柒队长怒吼出声。

"不晃……不晃……就是不晃！"赛非落公主死死抱住阿柒队长。

赛非落公主一开始以为凤舞将她的舌头割掉了，但后来才发现，凤舞只是伤了她的舌头，并没有完全切下来。所以，当伤口渐渐愈合，赛非落公主勉强能蹦出一两个字。

看着他们狗咬狗互相斗，凤舞双手托腮，开心极了。

就在这时，凤舞发现身后的泥石流渐渐减缓了速度。她站起来，极目远眺，发现远处的最高峰上，一道身影淡然而立。那人张口，一道白光闪过，泥石流的源头竟被他吞噬得干干净净。

什么叫目瞪口呆？此刻的凤舞，呆若木鸡地站在原地，就像被雷劈了一样。好强大的修炼者！这个人……或许是她有史以来见过的实力最强大的一个！便是君临渊……凤舞认为，现在的君临渊还是比不上这位强者！

就在这时候，那名身披袈裟的强者转过头，双眼一眨不眨地盯着凤舞。那一瞬间，凤舞有种咽喉被人掐住的感觉，忘记呼吸，心脏骤停，全身僵硬得不像是自己的身体。这样的强者……这样的强者……究竟强到何种地步？

好在，那位神秘莫测的强者宛若神灵扫视人间，下一瞬便移开目光，仿佛凤舞不过是地上的一只小小蝼蚁。

就在凤舞出神之际，一道危险的气息从她脑袋上呼啸而去，危险！凤舞下意识地偏头，避开攻击。她回头一看，眼中迸出一道冰冷的寒光。阿柒队长！

不知道阿柒队长什么时候爬上来了，此刻，他正双手持剑，杀气腾腾。

看着阿柒队长身上的伤口几乎愈合了一半，感受到他那比之前更浓郁的灵气，凤舞眼睛睁得大大的。

不是吧？！凤舞难以置信地瞪着阿柒队长，艰难开口："……不、不要告诉我，你你你……你居然晋升了？！"

阿柒队长阴冷地盯着凤舞，眼角浮现出诡异的冷笑。

凤舞深吸一口气，抬头望天。

"废五，死！"赛非落公主幸灾乐祸地说。

不等阿柒队长的剑刺过来，凤舞嗖的一声便往悬崖底部冲去。好在此刻泥石流已经过去，否则她连跑都跑不了。

阿柒队长知道凤舞机灵，但没想到她居然这么快认输，说跑就跑，根本不给别人反应的时间！

看着凤舞在丛林中飞跃的身影，阿柒队长嘴角扬起微微的弧度。跑？你能跑到哪里去？！

阿柒队长绷着脸，没有说话，举着长剑追在凤舞身后。再次晋升的阿柒队长，不仅伤势恢复了小半，实力也比之前更强大，所以，他和凤舞之间的距离以肉眼可见的速度拉近。

凤舞回头一看，心中暗叫一声不好，灵侯境强者太强了！如果说，一开始的阿柒队长是灵侯境一星，那么现在的他便是灵侯境两星了，面对如此强者，凤舞根本没有一战之力。

眼看阿柒队长越追越近，凤舞咬紧牙关，快速思考着应对之策。一定有办法的！之前她能将阿柒队长逼到那样的境地，现在也可以，快想想，一定有办法的。凤舞一边在丛林中冲着，一边快速动脑思考。

阿柒队长盯着凤舞，目光带着一抹深深的忌惮。他记得很清楚，第一次跟凤舞交手的时候，她还是个修为在灵尊四星的弱女子，不过一天的时间，她身上散发出来的灵气就已经是灵尊七星了。短短一天之内晋升三星，这是什么概念？！

暗杀者集团里全是大王子召集而来的天赋强者，可这些天赋强者中找不出一个能在一天之内晋升三星的，而且这丫头最恐怖的还不是修为晋升，而是那颗脑袋！若是任由她成长起来……阿柒队长摇头，一旦给这丫头长大的机会，以后她肯定闹得塞纳尔草原天翻地覆，所以，他必须将她扼杀在这里。想到这儿，阿柒队长眼中凶光毕露，速度也越发快了。

这一路上，凤舞已经用尽手段，炸弹片、陷阱、简易阵法……总之，能用的法子她都用了。阿柒队长已经不是第一次追凤舞了，所以很有经验。虽然耽搁了一点时间，但他们之间的距离依旧在拉近。

一千米……五百米……三百米……阿柒队长已经能清晰地看到凤舞的身影。

他嘴角扬起一抹冰冷的弧度，再次加快速度。

两百米！一百米！

凤舞回头一看，正好对上阿柒队长扭曲而疯狂的双眸，一时间心口一阵紧缩。

不好！阿柒队长马上要追来了！而她，已经黔驴技穷，怎么办？

就在这时，一道白色影子从凤舞眼前飘过。

白色的，像是影子一样的东西？一开始凤舞还以为自己眼花，但是很快，又是一道白色影子从她眼前飘过。这是什么东西？凤舞一开始还不清楚，当三只、四只、五只……很多只白色影子出现的时候，凤舞再傻也知道它们是什么了！这些人……不，不能将它们称为人，准确地说，它们是"阿飘"。

"阿飘"有男有女，有年老的，也有年幼的，不过大部分还是年轻人。他们身穿白衣，长发披肩，身体呈灵体状，轻飘飘的，就像蒲公英一样，风一吹就随风飘扬。

就是这些"阿飘"，可以用狰狞凶狠来形容。

一只面目狰狞、嘴角露出两颗尖锐獠牙的"阿飘"，以闪电般的速度冲向凤舞，目光凶狠，径直朝凤舞雪白的颈项而去。

不知道对它们而言，是人类太珍贵，还是凤舞的血液太珍贵，总之，这些或男或女的"阿飘"全往凤舞围去。

不是吧？！凤舞眼睛都要直了！她正在被一位比她强许多的灵侯境强者追杀，阿柒队长可是灵侯境二星，实力远胜于她，一旦被追上，她就死定了！

"走开！快走开！"眼看双方的距离越来越近，眼前还有这么多"阿飘"，凤舞内心充满了绝望和悲凉。她挥舞着双手，像赶蚊子一样，试图将这些东西赶走。

"阿飘"们口中发出桀桀的笑声，声音尖锐而刺耳，带着明显的嘲讽。

嘲讽？凤舞惊讶地发现她居然被"阿飘"嘲讽了！

咻！那只女"阿飘"第一个撞上凤舞的身体。紧接着，一只，两只，三只……数不清的"阿飘"朝凤舞包围而去，就像一张张薄薄的白纸糊在凤舞身上，将她贴了一圈又一圈。

桀桀桀——男声，女声，老人的声音，小孩的哭声……诡异而嘲讽的笑声在凤舞耳边响彻不绝。若是平常人，被这样多的"阿飘"包围，精神世界必然崩溃，但凤舞不愧是凤舞，这一刻她依旧能保持清醒。

那只一开始缠上她的女"阿飘"，像白色的幔布一样，死死缠在凤舞的颈项处。咔嚓咔嚓，这是幔布收紧、压迫骨头的声音。

"唔——"凤舞面色涨得通红，很快变成紫色。

就在这时候，阿柒队长赶到。当他看到眼前这一幕时，当即皱了皱眉，停住脚步。阿柒队长常年生活在塞纳尔草原，不是第一次遇见这些"阿飘"。

"阿飘"是神源之地的一大特色。神源之地出现后，灵气复苏，"阿飘"们也会随之出现。它们没有意识，没有思想，没有立场，甚至没有敌我之分，见人就攻击，抓到人就噬咬，是修炼者的天敌。

阿柒队长看着这些"阿飘"头顶上的白布，上面只有一道血痕。

一级"阿飘"虽然实力不强，但胜在数量多，就像蚂蚁一样，连大象都能咬死。于是，阿柒队长下意识地后退一步。反正凤舞下一秒就要被咬死了，他又何必多此一举？

就在这时，一个气喘吁吁的身影在阿柒队长身后出现了。她看着阿柒队长，喘着粗气，皱着眉头问："阿柒队长，你怎么不跑了？难道你不想追杀凤舞了吗？！"

此人不是别人，正是赛非落公主。

阿柒队长没有理会赛非落公主，而是双手环胸，眉头微蹙，目视前方。

赛非落公主不解地看了阿柒队长一眼，旋即视线转向前方——

当她看到眼前一幕时，惊讶地捂住双唇，眼睛更是瞪得大大的。

"不是吧？！凤舞她……她这么倒霉啊？！"震惊过后，赛非落公主只想哈哈大笑，"她居然被'阿飘'缠上了？！天啊……难道她不知道，进神源之地前要喝朱砂血吗？她……这是没有喝吗？"赛非落公主幸灾乐祸地说。

阿柒队长轻哼一声，道："第一次来神源之地的人，身上的辟邪血气弱，所以是'阿飘'们主要的攻击对象。"

"唉，真是人算不如天算……"赛非落公主长长叹息，"凤舞阴险狡诈、诡计多端，自以为算尽苍生，可她怎么都算不到，自己最后竟是这种死法……"

阿柒队长内心也是感慨万分。这个凤舞，将他们几个灵侯境强者耍得团团转，一次次从他们手里逃脱，原本他以为她是属猫的，有九条命，却没想到死得如此容易。阿柒队长摇摇头，准备离开。

凤舞颈项被勒住，近乎窒息，目光渐渐涣散，可大脑无比清醒。难道，自己真的就要这样死了？不甘心啊……两行清泪从她微翘的眼角划过，滚落在地。

还没有复活美人师父。

还没有击败左青鸾。

还没有见到君临渊。

还没有走遍这块大陆。

还没有尝遍世间美食。

还没有……

还有好多好多的事情没有做，她难道就这样死了吗？真的陷入绝境，没有任何办法了吗？

就在这时候，凤舞耳边忽然响起一段对话：

"别看它是十方印，这枚十方印可不简单，砸碎它之后，里面暗藏玄机。"

"如何暗藏玄机？"

"砸碎它不就知道了？"

"砰！"

"果然是暗藏玄机！这哪里是十方印啊？这是鬼皇印章啊！你看，这里用小篆写着呢。"

"鬼皇印章是什么？"

"鬼皇印章，顾名思义就是鬼皇的印信啊！"

……

这正是之前凤舞和火凤鸟的对话。

凤舞一个激灵，从迷糊的状态中苏醒过来，听到耳边传来尖锐而焦急的声音："鬼皇印章！快用鬼皇印章，啊啊啊啊啊啊——"果然是火凤鸟的声音。

凤舞来不及多想，用尽全身力量，从空间里取出鬼皇印章。

"划破手指！必须用你自己的血才行！"空间里的火凤鸟大声提醒凤舞。

凤舞当即照做，指尖血滚落，滴在鬼皇印章上，原本暗沉的鬼皇印章瞬间鲜红透亮。凤舞眸中浮现一抹厉色，右手腕猛地用力，鬼皇印章啪嗒一声印在趴在她身上的一只"阿飘"上。男"阿飘"的身体猛地抽搐，死死盯着凤舞，一动也不动。凤舞抬手将他一撕，这只男"阿飘"就被她撕下来丢出去。

其他"阿飘"没发现这个异样，凤舞继续快速盖章。还没有扑上来的"阿飘"已经被凤舞强而有效的手段吓住，脸上露出惊恐之色，纷纷往后退……

阿柒队长早已走出几十米，赛非落公主却震惊地喊住他："凤舞！凤舞……她……啊啊啊——"

阿柒队长皱眉。这个公主当真聒噪，凤舞已经死了，还有什么好叫嚷的？

阿柒队长一边如此想着一边转过头，惊讶地看见凤舞居然盯着他。

阿柒队长一震。不是吧？！饶是他修为精湛、实力不凡，此刻也被凤舞惊到了。怎么可能呢？

阿柒队长眉头紧紧皱起，死死瞪着凤舞："你居然还活着？！"这太不可思议了！

凤舞似笑非笑地盯着阿柒队长："我没事，阿柒队长好像很惊讶？"

阿柒队长眼眸半眯起来，盯着凤舞手中的印章，没有说话。

"这枚印……"赛非落公主指着凤舞手中的印章，惊呼出声，"这不是我的十方

335

印吗？！这是我的十方印！"

凤舞似笑非笑地看着赛非落公主，并没有说话。

"这十方印是我的！我才是它的主人！"赛非落公主快疯了，此刻的她舌头好得差不多了，口齿越发清晰，"凤舞！你快将十方印还给我！还给我！"

凤舞却对她微微一笑，笑容诡秘而绚烂。就在赛非落公主冲到面前的时候，凤舞忽然抬腿——砰！可怜的赛非落公主，直接脑袋朝下，摔了个面朝黄土……

"凤舞！"赛非落公主气得快疯了。

凤舞一脚踩在他的后背，嘴角挂着冰冷的笑："没想到你还敢惹我，赛非落公主，你还真是记吃不记打啊。"

"凤舞，你会死的！"赛非落公主冲凤舞大喊大叫。

凤舞阴恻恻地笑着："如果我说，你会比我先死，你信不信？"

听着凤舞这句话，赛非落公主只觉得浑身冰冷，心脏更是猛跳。她死死瞪了凤舞一眼，转头冲阿柒大喊："阿柒队长，还不快杀了凤舞？！快杀了她啊！"

阿柒队长虽然恼怒于赛非落公主的自作主张，但是杀凤舞本就是他的分内事，所以当赛非落公主喊出这句话的时候，他便走上前。

"你敢上来，我就踩死她！"凤舞盯着阿柒队长，嘴角扬起一抹冰冷的弧度。

阿柒队长眼眸半眯着："放开公主。"

凤舞冷笑道："要死，大家一起！"

阿柒队长冷笑道："你觉得，你能快过我？"凤舞摇头。

阿柒队长继续往前走。

就在这时，凤舞猛地冲那些看热闹的"阿飘"怒喝："帮我拦住他，我就不盖你们！"

"阿飘"们面面相觑，一时不知该作何反应。

阿柒队长的嘴角噙着一抹冷笑："'阿飘'遵循的是神源之地的规则，你觉得它们会被你一个小小的凡人威胁？简直可笑！"

凤舞盯着"阿飘"们，冷笑道："我记住你们了，如果不帮我，即便追到天涯海角，我也一定会盖你们的章！"

原本试图退去的"阿飘"们顿时站住不动。

"你把阿初放了，我就帮你！"

一个男"阿飘"站在一名被盖章的女"阿飘"身边，死死瞪着凤舞。凤舞看了那女"阿飘"一眼，这位女"阿飘"看着很眼熟，就是之前冲在最前面、恨不得咬下她一块肉来的那个。

"好，如果你们帮我，我可以解开那些'阿飘'的封印。"凤舞许诺。

"我帮你！"要救阿初的男"阿飘"叫阿鱼，说完便转头冲向阿柒队长。

"阿鱼帮了我们那么多。"

"每次都是阿鱼带领着我们。"

"如果没有阿鱼就没有我们。"

"我们帮帮阿鱼——"

……

谁说它们没感情？这些"阿飘"在一起久了，渐渐也有了人类的情绪。

说着，它们都向阿柒队长冲去。一只"阿飘"的力量不够，两只"阿飘"的力量不够，三只"阿飘"的力量不够……但是十只、二十只、三十只呢？当密密麻麻的"阿飘"将阿柒队长包围时，阿柒队长除了难以置信，脸上还带着前所未有的慌色。

"你……"阿柒队长死死瞪着凤舞。他怎么都没想到，居然真的有人能指挥"阿飘"。

"这怎么可能……怎么可能？"阿柒队长怎么都想不明白，这不符合规则啊！

"是十方印！"赛非落公主冲阿柒队长大声呼喊，"是因为十方印！得十方印者得'阿飘'，没有了十方印，凤舞什么都不是！快把十方印抢过来啊！"

不得不说，赛非落公主这次终于抓住了重点，可惜，阿柒队长被"阿飘"们团团包围，想冲出去也难如登天。

阿柒队长怒了，对着"阿飘"们打出重拳。但它们本就轻飘飘的，阿柒队长实力虽强，却像一拳打到棉花上。他好不容易杀出一条血路，快要冲出去，"阿飘"们却凝聚成白雾，将阿柒队长和赛非落公主围在其中。

阿柒队长："让开！让开！"

"十方印是我的，你们应该听我的！我才是你们的主人！"赛非落公主人声呼喊着。

可是，"阿飘"们就像完全听不见。事实上，它们不是听不见，而是装作听不见。阿柒队长咬牙，再这样下去，凤舞肯定跑走了。

"死亡鬼墙！"阿柒队长再次祭出他强大的一招。

一时间，所有的"阿飘"都深陷死亡鬼墙内，或被碾碎，或被吞噬，化为缕缕青烟。

"哼！"阿柒队长冷哼一声，"不过是一级'阿飘'，也敢如此嚣张！"

当阿柒队长将这些"阿飘"收拾完毕，再抬头看去，眼前已经没了凤舞的身影。

"她往西边跑了！"赛非落公主焦急地冲阿柒队长喊。

阿柒队长寒着一张脸，以最快的速度往西边而去。

凤舞速度很快，宛若流星在半空划过。她非常清楚，照这样跑下去，终究会被阿柒队长抓住。

路上的"阿飘"越来越多，这些"阿飘"有的从地下冒出来，有的不知道从哪个犄角旮旯冲出来……可以确定的是，这些"阿飘"看到凤舞手里的鬼皇印章，都避凤舞而去。

337

凤舞："……"

就在一只"阿飘"想躲开凤舞的时候，凤舞抬手将它拽住。

"你们跑什么？！"凤舞看着大批的"阿飘"从远处冲来，不由得心生疑惑。

这名"阿飘"害怕凤舞手里的鬼皇印章，想要甩开凤舞的手，可是凤舞拽得它很紧，它怎么甩都甩不开。

女"阿飘"没好气地瞪了凤舞一眼："前面那座山洞里，有一个很厉害很厉害的'飘王'要出世了，我们当然是赶去集结啊！"说着，这只女"阿飘"以最快的速度消失在凤舞面前。

凤舞眼眸瞬间一亮，很厉害的"飘王"要出世？岂不是说……她可以利用手中的鬼皇印章……想到这儿，凤舞赶紧跟上大家，快速往山洞跑去。

由于拥有鬼皇印章，凤舞身上具备了鬼气，这些"阿飘"并没有排斥凤舞，反而将凤舞当成了它们的同类。

此刻，阿柒队长远远地看着凤舞，嘴角扬起一抹诡异的冷笑。跑？你能跑到哪里去？！阿柒队长毫不犹豫地追了上去。

距离此地数千公里的神源之地核心处，身穿火红色袈裟的国师大人忽然睁开双眸。那双眼眸清冷犀利，像是被冰雪洗过，看得人心底发寒。

这是一位超强者。或许，还是当世塞纳尔草原上实力最强的修炼者。

"鬼皇印章居然出世了？"

按理说，鬼皇印章不该在此刻出现，八思巴国师远远地看着山洞里的一切，那是一个身着红裙、宛若火焰的俏丽少女，活泼而灵动，敏捷而聪明。

"咦？"八思巴国师眸中浮现惊讶之意。

这火焰般的少女不过灵尊七星修为，追杀她的人有灵侯二星的实力，两人整整差了五星，可那红裙少女仿佛拥有致命的魔力，让人移不开眼。

倒不是因为她容颜姣好，对八思巴国师来说，红颜枯骨有什么区别？他老人家之所以会移不开目光，主要是因为那丫头身上说不清道不明的气质。

八思巴国师盯着凤舞。这丫头居然能躲过灵侯境修炼者的致命一击？还有第二招，她也躲过了？

八思巴国师以为自己看花了眼，一挥手，那洞府内的画面比之前放大了一倍，清晰度也提升了一倍。只见那火焰般的少女竟然在短短时间内布置出简易阵法，利用阵法躲过了敌人的第三招。

要知道，八思巴国师负责监管整个神源之地，他的神识应该辐射开去，而不是专盯着某一处。不过这次的事件太过神奇，波澜不惊多年的八思巴国师，此刻的心情竟然有了些许起伏。

洞府内——

凤舞哪里知道她的一举一动都被塞纳尔草原上的最强者、神源之地的监管者——

八思巴国师盯着？此刻的她，正聚精会神地应对阿柒队长。

"凤舞，这次看你还往哪里跑？！"阿柒队长步步紧逼。

凤舞节节后退。

山洞面积毕竟有限，很快，凤舞被逼靠在洞壁上，没了退路。

至于其他的"阿飘"……凤舞在心里暗暗苦笑。她有鬼皇印章，阿柒队长有死亡鬼墙，所以那些"阿飘"两不相帮，都躲了出去。现场只剩下她和阿柒队长，以及一口封得严严实实的棺椁。

三步、两步、一步——

阿柒队长来到凤舞面前，手中长剑架在凤舞的肩上，凤舞能清晰感觉到寒刃散发的冰冷气息。这一剑下去，凤舞必死。

阿柒队长目光狰狞地盯着凤舞，眸中寒光闪闪、杀气腾腾。

神源之地核心，那位身着袈裟的神秘国师缓缓摇了摇头。可惜了，他原以为洞内会上演一场出人意料的天才戏码，现在看来……

就在八思巴国师摇头叹息欲转开目光时，阿柒队长手中的长剑朝凤舞砍去。凤舞忽然重重一跺脚，剧烈的爆炸声从地面传来。

阿柒队长面目狰狞，嘲讽地盯着凤舞："爆炸？这等小把戏你还没玩够吗？"

"阿柒队长以为，那仅仅是爆炸吗？"凤舞盯着阿柒队长，嘴角扬起似笑非笑的弧度。这样的笑容看得阿柒队长心里有些发毛。

凤舞从容淡定地看着他。阿柒队长瞳孔收缩："不管你要什么鬼主意，只要你死，就什么都没有了！"说罢，阿柒队长挥舞手中的剑，再次朝凤舞刺去。

就在这时，一只冰冷的手从阿柒队长身后握住他的剑。阿柒队长只觉脊背发凉，一股寒气从脚底冒出。他缓缓转过身，看到了这辈子都难以忘记的一幕——

白衣少女悄然而立，她低垂着脸，却微微抬头，用滴着血的眼睛对上阿柒队长的视线，然后对他展颜一笑。那笑容太恐怖了，便是阿柒队长都吓了一跳。

下一秒，这位身形僵硬的白衣少女忽然伸长双臂，猛地往阿柒队长的脖子掐去。阿柒队长下意识地想用剑去挡。可白衣少女伸长了舌头，咬住剑身。咔嚓！剑身断裂。

好厉害的女"阿飘"！看到眼前这一幕，就连凤舞都后退了两步。

"你——"阿柒队长心道不好，当即祭出死亡鬼墙。

他没想到的是，自己引以为傲的死亡鬼墙刚一祭出来，白衣少女嘴角便噙上了一抹诡异的冷笑。只见她纤纤素手在半空一抹，死亡鬼墙便被戳出一个洞。

阿柒队长难以置信地瞪着眼前这一幕，心态有点崩了。

凤舞的眼睛也瞪得大大的，不是吧，这位白衣少女实力竟如此恐怖！

处在遥远之地的八思巴国师，脸上也浮现出一抹神采。有意思了，神源之地三大王者之一的白衣少女，居然帮那小女孩？据他所知，白衣少女可不是好相与的，而且

论年纪，比那小姑娘翻了无数倍。

八思巴国师没有盯着白衣少女，而是盯着凤舞。他很想知道，这小丫头到底做了什么，能让白衣少女站在她这边。

山洞内，阿柒队长和白衣少女正在对战。

这两个人都很强，不过论真正实力，阿柒队长比白衣少女弱，只因白衣少女才从棺椁里苏醒，实力还没完全恢复。

砰砰砰！阿柒队长身上中了数招，身体倒飞出去，狠狠撞上墙面。

凤舞心里一动。她知道，阿柒队长这次必输无疑，所以她盯着的并不是阿柒队长，而是白衣少女。

白衣少女一脚踩在阿柒队长的胸口，嘴角扬起阴恻恻的冷笑："交出来！"

"喀喀……什么？"阿柒队长吐出一口鲜血，瞪着白衣少女。

白衣少女目光诡异，她忽然伸长舌头，那鲜红色的舌头宛若长长的幔布，直接卷住阿柒队长的颈项，勒得他近乎窒息。

"你不给，我来取！"白衣少女那锯齿般锋利的舌头忽然用力，扑哧一声撕开了阿柒队长的胸膛。

血液飞溅，洒了满墙。

凤舞后退几步，眼眸半眯。

白衣少女撕开阿柒队长的胸膛后，一团黑色气体从阿柒队长的身体里慢慢逸散出来，在半空凝聚成薄薄的人影，飘然落于地面。

"主人——"这道人影站在白衣少女身前，对她鞠躬行礼。

阿柒队长死死盯着白衣少女。白衣少女冷哼一声："居然敢取走我的阿奴，好大的胆子！"

阿柒队长面如死灰，心中更是绝望。他怎么都没想到，事情会发生这样的转变。上一次在神源之地，机缘巧合之下，他炼化了一只上了年纪的黑狱鬼，险些搭上性命。

"如果他是你的奴仆，那你、你又是谁？"阿柒队长捂住胸口，鲜血如泉水般涌现。他死死盯着白衣少女，心中有很不好的预感。

白衣少女冷笑一声，道："白衣阿蝶。"

白衣阿蝶？

"神源之地三大王者之一的白衣阿蝶？"阿柒队长抑制不住地咳嗽，大口大口地吐血。

"没想到昏睡了这么多年，还有人记得我的名字，你很不错。"白衣阿蝶盯着阿柒队长。

阿柒队长知道，如果不想办法，他一定会死！

"我认识八思巴国师！我是八思巴国师的外门弟子！"阿柒队长情急之下大

340

声道。

白衣少女死死盯着阿柒队长："既然你能喊出我的名字，我便饶你不死。你去吧。"白衣少女说完，不再理会阿柒队长。

凤舞眼睛都瞪圆了。八思巴国师？阿柒队长只提了他的名字，白衣少女便不杀他，所以这位八思巴国师……真有那么恐怖吗？！

白衣少女将目光转向凤舞。

"你——"白衣少女对凤舞随意勾勾手指，"过来。"

凤舞内心咯噔了一下。

数千公里之外的八思巴国师脸上露出一抹惊讶之色。

凤舞是一个多么识时务的孩子，听到白衣少女召唤，立马屁颠儿屁颠儿跑过去。白衣少女盯着凤舞，眼眸如冰刀，高深莫测。

"名字？"

"凤舞。"凤舞笑嘻嘻地说。

白衣少女神色如冰，眼眸半眯："凤舞？这个名字我似乎在哪里听过。"

白衣少女歪着脑袋思考，可她回忆许久，感觉脑子里依旧一片混沌。

凤舞的心是揪着的。这位白衣少女实力真恐怖，阿柒队长可是灵侯境强者，却被她一阵拳打脚踢，揍得跟猴子似的……她就更不能招惹这位姑奶奶了。

"拿来。"白衣少女朝凤舞摊开手。

凤舞咬着下唇，犹豫不决。是屈从于对方的实力，还是坚持做自己？

"嗯？"白衣仙女威胁地盯着凤舞。

凤舞："……真的要给吗？"

白衣少女盯着凤舞，嘴角扬起微微的弧度。还没等她说话，她身边的黑狱鬼便冷笑出声："好大的胆子，你可知违逆我们仙子的后果？！"

凤舞："……什么后果？"

黑狱鬼还没说话，白衣少女却摆摆手。

"所以，你答应过本仙子的事，是准备说话不算数了？"白衣少女盯着凤舞，似笑非笑。

凤舞看着白衣少女："我们之间的交易是，我救醒你一次，你帮我杀一人，可是现在，我救醒了你，你非但没有帮我杀人，还逼我交出鬼皇印章，这未免欺人太甚吧？"

白衣少女盯着凤舞，眸子里迸出一抹杀意："你竟敢违逆本仙子？！"

第十三章
白衣少女

距离此地不过一百里的朱穆峰上，一位黑袍少年坐在山峰之巅。

却见他盘腿而坐，背影宛若茂林修竹。他迎着朝阳而坐，眼睛紧闭，白皙如玉的手放在膝上。

少年不过微微吸一口气，周围的草木便凝结上冰霜。当他吐出一口气，草木瞬间枯黄凋零。如果凤舞在此，一定会脱口而出一个名字——君临渊！

白衣少女盯着凤舞，嘴角露出一抹冰冷的弧度："你在跟我讲道理？"

凤舞："所以，白衣少女这是准备不讲道理了？"

白衣少女用怜悯的目光盯着凤舞，摇头叹息道："在绝对的实力面前，不讲道理就是道理，你连这都不懂吗？"

凤舞怎么会不懂？

"我以为你会不一样。"凤舞皱眉。

白衣少女似笑非笑地瞥了凤舞一眼："为何你会觉得我不一样？"

凤舞睁着一双无辜的眼眸："因为你长得好看，长得好看的人，怎么会不讲道理呢？"

"你说我好看？"白衣少女喃喃自语。

凤舞笑道："是呀，你很好看，特别是眼睛，宛若冰山上绽放的雪莲，又似夜空中的星辰，美得让人窒息。"这些话其实不是凤舞想说的，而是空间里的火凤鸟一字一顿教她说的。

"这样说真的可以吗？"凤舞在脑海里跟火凤鸟沟通。她也不知道火凤鸟为何让她说这些，但火凤鸟斩钉截铁地告诉她，只要这样说，她就能化险为夷。

白衣少女陷入了沉思，脸上是对过去美好事物的缅怀之色。

她想起了谁？想起了什么事？

凤舞知道，接下来自己说每一句话、每一个字都得小心再小心，否则一个马虎，或许就小命不保。

看到白衣少女陷入沉思，凤舞默默后退，又默默后退。如果可以，她很想冲出洞穴，逃之夭夭。

看到凤舞的行为，黑狱鬼小声提醒："主人，主人？"

白衣少女立刻被拉回现实。

看到她紧蹙的眉头，凤舞在心底惊呼，不好，这位白衣少女要翻脸了！果然，下一秒，白衣少女冰冷地瞪向凤舞，凤舞心下一紧。

不想，白衣少女森寒的目光却是转向了黑狱鬼，啪——她抬手重重一巴掌甩在黑狱鬼的脑袋上。可怜的黑狱鬼被她打得撞向墙面，嗷呜一声，差点晕过去。

"谁许你说话的？！"白衣少女很生气。

凤舞略有感悟。那些过去的事情对白衣少女非常重要吧，所以她不允许别人打扰她！

黑狱鬼被白衣少女怒喝一声，顿时什么话都不敢说，眼中充满恐惧之色。

白衣少女犹不解气，用嗜血的眼眸盯着凤舞："你到底是谁？为何会夸我的眼睛好看？！"

凤舞催促火凤鸟道："喂喂，怎么说？"

隐藏在她神识里的火凤鸟却一个字都没有说，似乎陷入了沉默。关键时刻，这只傻鸟不顶事啊！

白衣少女见凤舞不说话，疑虑顿生。下一秒，她猛地朝凤舞冲去，一把掐住她的咽喉。

"喂喂，火凤鸟？你这只破鸟，快说话啊！"凤舞咽喉被扼住，顿时焦急。

火凤鸟就像被捂住了嘴一样，一个字都不说。其实不是火凤鸟不想说，而是它根本说不出来，急得额头都冒汗了。

这边厢，凤舞见火凤鸟没有动静，不得不自己胡编乱造："喀喀……你的眼睛……确实很漂亮……难道夸都不能夸吗？"凤舞发音困难地说。

洞口的阿柴队长和赛非落公主对视一眼，在彼此眼中看到一抹幸灾乐祸。凤舞这次怕是死定了。

白衣少女扼住凤舞的脖子，怒气冲冲地道："说！是谁教你这句话的？！你是不是见过楚风笑？！他在哪里？你快告诉我！"

楚风笑？凤舞连听都没听过这个名字，怎么可能见过他？

"楚风笑？我从来都没有……"

就在凤舞说了一半的时候，火凤鸟尖锐地打断了她："说你见过楚风笑！说你见过他！"火凤鸟焦急地说。

凤舞："……你这只破鸟，关键时刻——"

还没等凤舞骂完，白衣少女手指猛地收紧："快说！你认识楚风笑，对不对？！"

凤舞哭丧着脸道："是是是，我见过楚风笑。"

此话一出，白衣少女剧烈颤抖，激动得不能自已，仿佛整个世界瞬间明朗。

凤舞："……"这个冰冷狠毒的白衣少女，性情乖张、阴晴不定，可是"楚风笑"三个字一出，却让她情绪激动至此。所以，这位楚风笑大神到底是何方神圣？

"楚风笑，到底是谁？"凤舞疑惑不解地问火凤鸟。

火凤鸟用怪异的目光看着凤舞。

凤舞催促道："喂喂，你还卖关子？你快说啊，楚风笑是谁？"

火凤鸟："你确定要知道？"

凤舞："确定肯定以及一定，快说！"

火凤鸟："你师兄。"

凤舞怀疑自己没听清楚："你刚才说什么？谁师兄？"

火凤鸟："你师兄！你凤舞的三师兄！他是你家美人师父曾经收的徒弟！"

凤舞："……"

火凤鸟："你别不信，你家美人师父的厉害和强大，你了解的只是冰山一角罢了。"

凤舞："……我师兄？而且还是三师兄？"

火凤鸟一脸认真地点头。

凤舞："那我岂不是还有二师兄、大师兄？"

火凤鸟歪着脑袋想了想："……应该是吧？"

凤舞急了："什么叫应该是吧？你不是都知道吗？"

火凤鸟一脸苦闷："谁告诉你我都知道的？"

凤舞："你不是知道楚风笑是我三师兄吗？那你怎么可能不知道我的大师兄、二师兄？"

火凤鸟拍了拍自己的脑袋，郁闷地瞅着凤舞："我的记忆是有问题的，你又不是第一次知道，可以肯定的是，以前我肯定知道你的大师兄、二师兄，但现在能想起来的，只有很少一点事情，所以……我还真不知道你大师兄、二师兄是谁。"

凤舞："那三师兄呢，你怎么突然想起来了？而且你居然不早说？"

火凤鸟郁闷地盯着凤舞。凤舞："干吗这么看着我？"

火凤鸟委屈又哀怨地道："又不是我不想说，之前我哪里会知道你三师兄是谁？

344

哪里会知道楚风笑是谁？我之所以会想起来，还是因为眼前这位想杀你的白衣少女提到了楚风笑，这三个字刺激了我尘封的记忆，我才想起来呢。"

凤舞："那好吧，我们先说楚风笑的事，这位楚风笑到底是何方神圣？能让白衣少女惦记成这样？"

火凤鸟瞅了白衣少女一眼，见她又陷入沉思，压低声音对凤舞说："你这位三师兄可不得了呢！是很厉害很厉害很厉害的！"

凤舞："有多厉害？"

火凤鸟："你知道风浔的父亲吗？"

凤舞："当然知道啊！风北王妃是我义母，风北王驻守北疆，号称北疆第一强者，实力深不可测，就连君武帝都对他深深忌惮。"

火凤鸟："那你知道八思巴国师吗？"

凤舞："八思巴国师，传说中塞纳尔草原第一强者，实力深不可测，一生之中无敌手！这位国师大人更是眼高于顶，据说至今未收一徒，因为他觉得，世间无人有资格做他的徒弟。"

火凤鸟点点头道："你这位三师兄，曾于千万人中救风北王而出！"

凤舞："我这位三师兄这么厉害？！他曾救过风北王？那他的实力至少也和风北王不相上下？"

火凤鸟没有点头也没有摇头，继续说："他也曾于千万人中取前任塞纳尔大汗的首级，而当时，那位前任塞纳尔大汗身边有八思巴国师守护。"

凤舞眼眸闪闪发亮，双手握拳："哇！我三师兄这么厉害？！能从八思巴国师手里杀了前任塞纳尔大汗！"

火凤鸟点点头。

凤舞："那后来呢？快说快说，后来怎么样了？我三师兄现在何处？"

有这么厉害的三师兄在，这天下还有谁敢欺负她？哼哼！凤舞冷傲地想着。

火凤鸟抓抓脑袋，愧疚地看着凤舞："好像我就想起来这么多……"

凤舞："你这只破鸟，我真真被你气死了，哼！"

火凤鸟："嘤嘤嘤——"

而此刻，白衣少女回过神来，死死瞪着凤舞："说！你是怎么认识楚风笑的，你们是什么关系？！"

白衣女子眼中有嫉恨，双手也收紧了。

凤舞快速思索，这白衣少女和三师兄的关系绝对不简单，以白衣少女那强烈的占有欲来看，她必然是喜欢三师兄的，至于三师兄喜不喜欢她就不知道了。

凤舞："……你不放开我……我如何说……"

八思巴国师对凤舞已经兴趣不大，觉得这丫头不过是运气好一些、口齿伶俐一些罢了，所以准备转移注意力，可是，还没等他完全把注意力移开，又听到了"楚风

345

楚风笑，八思巴国师怎会忘记？！这个剑客，是八思巴国师此生唯一的败绩！

白衣少女盯着凤舞："快说！不然我立刻掐死你！"

不过，白衣少女到底还是松开了掐住凤舞的那只手。

"喀喀——"凤舞咳了好几声，终于缓过气来，"楚风笑……楚风笑这个人……我见过的，在我很小的时候。"

凤舞说话很有技巧，也知道女人的嫉妒心和占有欲有多可怕。白衣少女表现出的感情那样浓烈，凤舞不能让她误以为自己是她的情敌。

"大概是在八岁……哦不，七岁的时候。"凤舞一脸认真地看着白衣少女。

果然，白衣少女眼中那抹浓烈的嫉妒减少了几分。凤舞靠着墙壁，一边调息灵气，一边编造谎言："当年那位叔叔受伤了，头发脏得不成样，脸上还有刀疤……"

"不对！"白衣少女瞪着凤舞，"那绝对不是楚风笑！你记错了！"

凤舞："哦，原来那位叔叔不是楚风笑啊。"所以这里没她的事了，她可以走了吗？

白衣少女怒视凤舞："如果你没见过他，我杀了你！"

凤舞："那要怎么证明，我认识的那位叔叔就是楚风笑？"

白衣少女丢给凤舞一块焦炭："画！"

凤舞正想说话，白衣少女威胁道："如果画出来不像，我杀了你！"

凤舞没好气地看了白衣少女一眼。好好好，你实力强，你说了算。

凤舞右手抓着焦炭，立于山壁之前，一脸愁闷。

不远处，赛非落公主冷笑着想：凤舞啊凤舞，还敢妄言自己认识楚风笑，你知道楚风笑是谁吗？呵呵，我看你这个谎如何圆！

说实话，凤舞当真不知道楚风笑长什么样子，只好将脑海里那个络腮胡子带刀疤的男子给画了出来。

白衣少女一看就要翻脸，赛非落公主更是高兴得要捶地大笑。

就在这时候，凤舞开始画第二幅画，火凤鸟在一旁指点："楚风笑的眼睛要大一些，对，很凌厉……他鼻梁高高的……唇薄而线条分明……"

短短时间内，凤舞绘好两幅图，转头对白衣少女说："第一幅图是我第一次见到楚叔叔时他的样子，第二幅图，是他伤势愈合后的样子。"

第一幅图狼狈，第二幅图俊逸。

白衣少女痴痴地看着第二幅图，眼中充满心疼和怜惜。她抬手摩挲着第一幅图上留络腮胡的男子，眼中雾气化为泪水，滚滚而落，浸湿了衣襟。

"风笑……风笑啊……你怎么能让自己受伤呢？风笑啊，是谁？！到底是谁伤的你？！"白衣少女泪水滚滚而落，情绪剧烈起伏。

凤舞赶紧远离白衣少女，免得被她误伤，心中却略略松了口气，暗暗说：我未曾谋面的三师兄啊，暂且借你名头一用，以后有机会见面，小师妹一定给你买酒致歉。

而这边，白衣少女盯着墙壁上的画，好半天才收回视线，盯着凤舞："说！"

凤舞："啊？"

白衣少女："当初他为何会受伤？何人伤他？后来你又是如何遇见的？他的伤势好了几成？可有后遗症？后来去了何处？现在……"

"停停停——"凤舞赶紧阻止白衣少女再说下去，"你一下子问这么多问题，我哪里回答得过来，过来坐下，我们慢慢说。"凤舞拍了拍自己身旁铺有枯草的地面。

白衣少女秀气的眉头一拧，就要发火，这丫头太过随意，对她太不敬重了！

凤舞没好气地说："当初楚风笑叔叔都是这样随意靠墙坐着给我讲故事的，他说不喜欢仰头看人，原来姐姐你不是这样的吗？"

白衣少女对楚风笑那是喜欢到骨子里的，一听凤舞这话，当即轻哼一声："谁说我不是这样的？"说着，白衣少女还真走到凤舞身边，席地而坐。

不论是距离遥远的八思巴国师，还是近处的阿柒队长、赛非落公主，此刻都惊讶极了。

这一坐下，两人仿佛促膝而谈，那种敌对的感觉也荡然无存了。

这个凤舞……这个凤舞……数千公里之外的八思巴国师，脸上再次浮现讶异之色。这小丫头身上有一种说不清道不明的气质，好像再剑拔弩张的气氛都能被她化解；再凶狠毒辣的敌人都能被她化敌为友，这种本事当今天下再难找出第二个了！

凤舞可不知道她被八思巴国师盯上了，此刻的她，全部注意力都在白衣少女身上。

"快说！"白衣少女盯着凤舞，开口催促。

凤舞编故事的能力和她的演技是成正比的，于是，一个剑客受伤后逃到凤府，被一个七岁的红裙小姑娘所救，小姑娘每日给她送水送食的故事，很快被编造出来。

但凡楚风笑的事，白衣少女都很感兴趣，听得聚精会神，一个字都不舍得错过。好不容易凤舞才将故事编完，白衣少女却又开始提问了："谁伤的他？"

凤舞摊手道："老姐，当年我才七岁，怎么会知道谁伤的她？"

白衣少女怒视凤舞："你喊我什么？！"

凤舞："小姐姐，小姐姐，楚叔叔让我喊他叔叔呢，我喊您小姐姐好不好？"

"哼！"白衣少女这才没那么生气，"既然他在君武帝国受了伤，那伤他的人必然是君武帝国之人，哼！等我倾覆了君武帝国，自然就能为他报仇了！"

凤舞瞪大双眸，这位白衣老姐可真是……

凤舞可不想为君武帝国的老百姓带来灾难，赶紧说："对了！我当时听楚风笑叔叔提过一个姓氏，不知道是不是跟他的仇敌有关。"

"姓什么？快说！"

凤舞歪着脑袋努力回忆："好像是……左什么的……还是右什么的……楚风笑叔

叔当时说，小小九大家族之一，竟敢暗算我楚风笑！"

白衣少女怒视凤舞："什么左还是右，你是白痴吗？！君武帝国九大家族之一就是左家啊！"

凤舞："哦……真的是左家吗？或许有可能是我当年年纪小，听岔了……"

白衣少女一挥手，斩钉截铁道："没跑的，就是左家无疑！当年我跟在他身边的时候，他就不喜欢君武左家，可见一定是左家伤了他！"

三师兄不喜欢左家，这白衣少女就认定是左家伤了他，这是什么逻辑啊……不过，白衣少女记恨上左家，对凤舞来说可是一件好事，她才不要揭穿呢。

凤舞："哦，原来是这样啊……那左家在君武帝国可是高门大户的，他们家出了个天才左青鸾，现如今已经是灵侯境——"

"哼！灵侯境而已，嚣张什么！"白衣少女瞪了凤舞一眼，"你不是救了楚风笑吗？以他有恩必报的性子，会没教你什么？但凡他教你一招半点的，都够你用的了！"

凤舞："呃……"

白衣少女起了疑心，半眯着眼道："他真的没有教你什么？！"

凤舞和火凤鸟赶紧商量："喂喂，白衣少女该不会起疑了吧？现在怎么办？"

火凤鸟："我在想呢！可是想了半天，我也想不起来楚风笑擅长的功法！哎呀，那都是多久之前的事了，怎么就想不起来呢！"火凤鸟着急地拍自己的脑袋。

而此刻，白衣少女盯着凤舞，越发狐疑。凤舞轻哼一声："楚叔叔一点都不好！"

白衣少女顿时怒了："你说什么？再说一句他不好试试！"

白衣少女一怒，周围顿时尘土飞扬，阴风阵阵，刺得人心头冰凉，脊背发寒。凤舞却不怕死地抬着下巴："本来就是嘛，楚风笑叔叔天天吹牛，说他很厉害很厉害，什么都会，可是，他只教我读书习字，其他的都不教我！我好生气的！"

白衣少女用怪异的目光瞪着凤舞。凤舞心里发毛，不会自己说错了什么吧？白衣少女这眼神……看她就像看小白痴一样。凤舞缩了缩脖子。

谁知，白衣少女却瞪着凤舞，说了三个字："小白痴！"

凤舞："啊？"

白衣少女："你的画技是他教的吧？"

凤舞在内心想，她的画技可是美人师父教的呢，可是看白衣少女一脸笃定的样子，凤舞只能默默点头。

白衣少女轻哼一声："我就知道！我们家风笑，光论画技可是天下第一！谁比得了？他能教你一门画技，你便受用终身了，还不满足？"

所以，其实三师兄的画是美人师父教的吧？她的画也是美人师父教的，师出同门，一脉相承，自己的画风和三师兄相似，所以便有了白衣少女的误会吧？

不过有这样的误会也没什么不好，凤舞才不会拆穿呢。

　　凤舞猛点头："是呢是呢，我这门画技，确实是楚叔叔教的呢。"

　　白衣少女提起楚风笑就止不住话头，脸上露出骄傲的笑容："世人只知他是第一剑客，修为强大到不可一世，却不知道，他的画技才是天下一绝呢。"

　　凤舞一副很感兴趣的样子："是吗？我怎么没听说？"

　　"那是自然！他画画用的是另外一个名字，晓风出月。"白衣少女骄傲地说，"人称晓风大师，他的一幅画价值千万金，画意中蕴含剑法，画即是剑谱，若是观者能领悟出来半分，实力便会暴涨！你不知道是因为你太年轻了，比你年长一辈的人，谁不知他呢？"

　　八思巴国师点头，晓风出月确实是一名很伟大的画师，而且的确是楚风笑本人。

　　见凤舞满脸佩服，白衣少女又骄傲地说："你以为他只通绘画吗？那就错了！我们家风笑除了绘画之外，雕刻也是一绝，他的半山初晴图，现如今被你们君武帝国当国宝珍藏着呢！"

　　"他出身尊贵，本是南楚帝国的皇子，虽是储君却毫不在意，只愿做世家的翩翩佳公子。

　　"他在诗词、音乐、篆刻各方面都有建树，一旦准备做一件事，便极度认真。

　　"他专注于杂学，是后来才学剑的，因为厌倦了做翩翩佳公子，开始学习剑术，那时候他已经十八岁了。

　　"人人都说，十八岁骨骼已经定型，哪里还能学剑？可你知道吗？风笑毅然决然放下一切杂学，从头开始学剑。

　　"他学书法的时候，笔力灵动，自成一派！

　　"他学绘画的时候，画风清奇，得其作品者将之视为国宝！

　　"他学诗歌的时候，世人争相传唱其作品；他学戏剧的时候，一颦一笑皆动人心魄。

　　"他多才多艺，凡事认真，学一样像一样。

　　"他的为人如长风拂过，如明月高洁！

　　"他恃才傲物，狂放不羁；他长歌当哭，赤子之心。

　　"他后来学了剑，成为当世第一剑客，内敛沉稳，遗世独立。

　　"他……当真是我这辈子见过最奇特之人，教人如何能不倾心？"

　　白衣少女毫不掩饰自己对楚风笑的喜爱。

　　"所以，我不准你说他一个字不好，否则我杀了你！"

　　凤舞是真没想到，她家三师兄居然是如此惊才绝艳的人物，这样的人，别说白衣少女，便是她都喜欢至极呢。

　　十八岁开始学剑啊，这一学便是天下第一剑客，这是什么概念？

　　火凤鸟在凤舞脑海里说："没错，主人曾评价楚风笑两个字。"

凤舞："哪两个字？"

火凤鸟："认真。"

凤舞想了想，不由得点头，只有像三师兄那样极致认真的人，才能学什么都能融会贯通，自成体系吧？

火凤鸟："你还记得主人教过你'小风剑意'吗？"

凤舞："记得呀，只是美人师父一直不让我用'小风剑意'，说我火候不到。"

火凤鸟看着凤舞，认真地说："'小风剑意'，主人曾经传过楚风笑，他学会了，然后成了天下第一剑客。"

凤舞："啊？"

火凤鸟："主人之所以说你火候不够，是因为你的剑意跟不上剑招，毕竟你年幼，领悟不够是自然的。"

凤舞："哦？"

火凤鸟："如果我没猜错，眼前这位白衣少女，就是楚风笑那柄笑阳剑的剑灵。"

凤舞："居然是剑灵？"

这是凤舞没想到的，一开始她还以为白衣少女是个人，还怀疑她是跟三师兄青梅竹马一起长大的，却没想到居然是剑灵。

火凤鸟绷着一张脸，对凤舞说："你的星陨剑剑灵一直懵懵懂懂，如果能让白衣少女帮你淬炼剑灵，对你来说好处极大！"

凤舞摸摸下巴："这事，怕是有些难。"

白衣少女一片痴心都在三师兄身上，其他事怕是她不会在意吧。

白衣少女瞥了凤舞一眼："喂，你在想什么？是在怀疑我的话吗？"

白衣少女很开心今天能跟人聊楚风笑，虽然绷着脸，但并没有生气。

凤舞脑海中快速思索着，很快，她眸中一亮。

"其实……楚叔叔并不仅仅教我绘画，他还教了我剑法，虽然只有三招。"

"嗯？"白衣少女眼眸一亮，"你现在、马上、立刻将剑法给我演练一遍！"

凤舞要的就是这句话，于是点头："好。"

美人师父根据凤舞的天赋，自创一套《星陨剑法》，并辅以星陨剑，只是美人师父只教了她三招便昏迷不醒，以至于现在凤舞仅仅会这三招剑法。

星陨剑法第一招：剑雨出尘！

星陨剑法第二招：影月龙舞！

星陨剑法第三招：雷音魂断！

白衣少女死死盯着凤舞的三招，口中喃喃自语："剑法虽然只有三招，但是一招比一招强，层层叠加，剑意渐强……当真就只有这三招吗？"

凤舞点头："是的，就只有这三招。"

白衣少女长长叹息："楚风笑不愧是楚风笑，虽然只三招，却是剑法出尘、浑然天成，看不出任何破绽。最难能可贵的是，剑意叠加，威力翻倍！光是这三招，就可让你越级杀人了！"

凤舞点头，确实如此。

白衣少女痴痴道："我本剑灵，可在剑意方面远不如他，远不如他……"

凤舞心道，这剑法可是我家美人师父所创，而不是三师兄所创，你不如我美人师父那是肯定的。

"也不知他如今在何处……"白衣少女心中暗暗发苦。

凤舞在心里暗道，白衣少女既是笑阳剑的剑灵，又为何会成为神源之地的鬼王之一？她和三师兄之间发生了什么？这其中必有很长的故事吧？

不过凤舞知道，白衣少女绝对不会告诉她。

"你这剑法天衣无缝，无人能及，我便不多插手了，只不过你这剑灵太过愚钝。"白衣少女道，"既然剑法是楚风笑所教，那这剑灵必须由我来调教！"

这正合凤舞心意，她铺垫了这么多，为的就是让白衣少女说出这句话。

只不过——

"我这剑灵愚钝吗？可是，我觉得她挺好的呀……"

"好你个头！"白衣少女恨不得拍凤舞脑袋一巴掌，"你这剑灵完全未开化，懵懵懂懂，就像小白痴，哪里配得上这么好的剑术？！"

凤舞："啊？"

白衣少女哼了一声："既然楚风笑教了你剑术，我是一定要在你的剑术上留下印记的！不管你答不答应，我是一定要做的！"

凤舞："……哦。"

火凤鸟在凤舞空间里笑得肚子疼，这个白衣少女被凤舞戏弄成这样，如果她知道这本是凤舞一心设计的，会不会气死？

白衣少女瞪着凤舞："你哦什么哦？还一副不情不愿的样子，你可知道，要调教好你的剑灵，我会付出怎样的代价吗？！"

凤舞："呃……如果代价太过严重，我们还是不要——"

"不可以！楚风笑的剑术，我是必须留下印记的，你敢阻止，我杀了你！"白衣少女威胁！

凤舞可怜兮兮地道："……那好吧。"

白衣少女一把夺过凤舞的星陨剑，下一秒，她的身形就从眼前消失了。而凤舞的星陨剑忽然从她自己手中飞脱而出，在半空乱舞。噗！星陨剑和凤舞灵魂相连，当星陨剑灵识受损时，凤舞只觉得气血翻涌，支撑不住身体，当即一口鲜血狂喷出来。

四周寂静无声。

阿柒队长和赛非落公主就在山洞口，两人你看看我，我看看你，一时之间拿不定

351

主意。赛非落公主率先反应过来，戳戳阿柒队长的手臂："快去啊！"阿柒队长皱眉看着她。

赛非落公主瞪着阿柒队长："大皇兄的命令你忘了？"

阿柒队长："……"

赛非落公主："阿柒，不会被这白衣女鬼一吓，你连自己的身份都忘了吧？"

阿柒队长怎敢忘了？又怎么能忘？想到这儿，阿柒队长抓紧手中长剑，长剑发出轻微的剑鸣。

凤舞！

阿柒队长握紧手中长剑，宛若一道流星，往凤舞冲去。这一剑，蕴含着阿柒队长毕生修为；这一剑，有肆虐的剑意充斥天地；这一剑，直往凤舞而去！

……

千里之外的神源之地核心处，八思巴国师那双微微合上的眼眸骤然睁开。

那丫头危险了。距离这么远，八思巴国师即便想出手，也已经来不及。这位阅尽千帆、站在人类巅峰的超级强者，第一次后悔自己没能早点出手。

也罢，八思巴国师在心里暗叹，若这孩子能躲过这一次，倒是有机会跟在自己身边，当一名外门弟子。可是，对于凤舞能否躲开阿柒队长的致命一剑，八思巴国师是不抱希望的。毕竟，这一剑可是灵侯境强者人剑合一的最强杀招。

扑哧——

空气被剑气撕裂。

那凌厉的剑意！

那滔天的杀气！

那狰狞的眼神！

咻——

一剑破空，往凤舞咽喉处笔直刺去，势不可当！

"死！"

万千剑意以横扫天下之势席卷而去。璀璨的剑芒宛若雷暴，崩裂开来。闪耀的剑芒闪得凤舞几乎瞎了眼。

腾腾杀意宛若雨幕般笼罩而下，禁锢住凤舞的身体，使她动弹不得，连抬起一根手指的力气都没有！凤舞只觉得心脏剧烈收缩，心几乎要从胸腔里跳出来。

凤舞眼眸里映着剑影。那种无法用言语形容的压迫感，震得凤舞的心剧烈跳动。死亡的阴影，宛若一团漆黑浓雾，笼罩在凤舞头顶。

所有人都以为凤舞要死了，包括八思巴国师。赛非落公主眼眸里浮现大大的笑意。死了死了！哈哈哈！凤舞这回真的要死透了！

剑，距离凤舞只有三寸之远，所有人都以为凤舞躲不过去。

咻！千钧一发之际，凤舞往后倒去，与地面平行，身体柔软得让人匪夷所思，那诡异的身法，快得人目不暇接。

阿柒队长一剑刺空。

千里之遥的八思巴国师眸中浮现一抹惊讶之色，如此诡异的角度，柔软的体形，惊人的速度……不就是修炼他"幽冥图"的不二人选吗？！他找了这么多年的天才，不就是这样的吗？

下一秒，这位有草原第一高手之称的强者，这位被草原无数民众信仰的国师，第一次紧张了。

掌风宛若火山喷发，从山的那边、海的那边，蕴含着雄浑之力，陡然杀近。

阿柒队长并不知他死期将至！他转过身，下一秒，剑尖再次指向凤舞。刚才诡异的闪躲耗掉了凤舞许多力气，现在她想躲避也很难。就在剑尖几乎要刺向凤舞之际，凤舞眸中露出坚定之色。

"将你的躯体卖给我百年，我便帮你挡下这一招！"白衣少女对凤舞提出要求。

凤舞不理会她。

"你会死的！"白衣少女冲凤舞怒吼。

凤舞冷笑，依旧没理会。

咻——剑尖距离凤舞只有三尺之远！那滔天的剑意吹得凤舞发丝飘舞，恐怖的气息压得她近乎窒息！

凤舞眼眸凛冽如寒冰。星陨剑能挡住一次绝杀，当初美人师父说过，凤舞便深信不疑。

砰！一道白光突袭而来，瞬间没入阿柒队长的身体，阿柒队长的剑距离凤舞的眉心只有一寸之远，只要再给他零点零一秒，他就能杀了凤舞，但是他这一辈子都完不成这个壮举了。因为，他死了。

白衣少女惊讶了，原想乘人之危，跟凤舞做个交易，没想到这死丫头这么倔，死活都不肯出让身体。哼！就算凤舞不答应，她也准备帮凤舞，结果没想到根本就不需要她出手！

凤舞也愣在当场，难以置信地看着死死瞪着她的阿柒队长。此刻的阿柒队长还保持着手中举剑刺杀她的姿势，只是身体僵硬，一动都不了。凤舞伸出一根手指，往他的剑身一点，却见阿柒队长整个儿往后摔去，砰的一声倒在地上，保持着诡异的姿势。

凤舞看着他，而白衣少女看着凤舞，两人面面相觑，一脸震惊，都不知道发生了什么事情。她们想不明白，为什么阿柒队长看起来气势汹汹、杀气腾腾，突然就死了呢？

当然，最震惊的莫过于赛非落公主。这位公主现在整个人都是蒙的。她的眼睛瞪得大大的，死死地瞪着阿柒队长倒下去的身体。怎么会这样？怎么可能呢！

阿柒队长明明可以杀了凤舞，他的剑距离凤舞只有一寸了，一寸啊！赛非落公主

以最快的速度朝阿柒队长冲去，半蹲下身，用手指探了探阿柒队长的鼻息。没有呼吸了！

赛非落公主又用手指在阿柒队长的颈动脉处探了探，颈动脉没了脉搏跳动的迹象。砰！赛非落公主一屁股坐在地上，难以置信地瞪着阿柒队长的尸体。死了……死了！真的死了？！赛非落公主原本怀抱的一丝希望，瞬间被冷水浇灭。

"外边飞进来一道白光，然后……阿柒队长死了？"赛非落公主看着凤舞，喃喃自语。

凤舞摊手。

"这到底是怎么回事？你到底做了什么？！凤舞，你到底是人是鬼？！"赛非落公主死死瞪着凤舞，想冲上去，却又不敢。她面容紧绷，脊背发寒，眼中透着深深的恐惧。

就在这时候，一道白光咻的一声闪过。

此刻的赛非落公主草木皆兵，吓得脸色苍白，下意识地往后退去，等她看清楚眼前之人时，眼珠子都快掉出来了。因为这个人不是别人，正是——

"国师大人！"赛非落公主满脸震惊。她怎么都没想到，居然会在这个地方见到国师大人。来不及多想，她的身体已经先一步行动，砰的一声双膝下跪，恭恭敬敬匍匐于地。

"小心！"白衣少女压低声音，谨慎地跟凤舞说。凤舞因为跟剑灵订立了契约，所以，当白衣少女自愿进入星陨剑时，便与凤舞有了灵魂上的联系。

这是一位老者，身着红黄相间的袈裟，宝相庄严，眼眸像淬了冰一样，寒气凛冽，又若乌云压顶，将一方天地全然包裹。

赛非落公主何等嚣张跋扈？看到这位老和尚，当即恭恭敬敬匍匐在地，温顺得像最卑微的小狗。

国师大人？凤舞立于原地，一动不动，目光却落在对方脸上，不动声色地打量着他。

宝相庄严的八思巴国师同时也在打量着凤舞。

白衣少女压低声音警告凤舞："此人实力非同小可，神魂状态的我可不是他的对手，你最好小心一点。"

而此刻的赛非落公主，虽然表面上恭敬，内心却是幸灾乐祸。哈哈哈，凤舞啊凤舞，你竟然敢这样打量他，你知道他是谁吗？！他是草原上万民膜拜的国师大人啊，是草原上的最强者，连父王都对他无比敬重！你还真会找死啊！

赛非落公主很开心，阿柒队长虽然死了，可凤舞决计也活不成了，因为国师大人并不是善人。

凤舞并不知道赛非落公主内心的想法，她歪着脑袋，用那双灵动的眸子盯着国师大人，忽然展颜一笑："您有事？"

白衣少女用看白痴一样的目光看着凤舞。

根骨清奇，经络通达，脑子灵活，特别是那诡异的身姿，除她之外，这世间怕是再没有人能练成《幽冥图》了。想到这儿，国师大人看着凤舞，忽然一笑。

他笑了……赛非落公主震惊当场，有片刻失神，这不可能吧……赛非落公主能见国师大人的机会不多，这么多年来，她还是第一次见国师大人笑，而且，是看着凤舞在笑。不知为何，赛非落公主突然有一种很不好的预感。

随着国师大人这一笑，原本紧张凝重的气氛陡然像是拨开了云雾，笼罩在大家心头的阴霾，也瞬间消散得干干净净。

"你就是凤舞？"国师大人笑眯眯地看着凤舞。

凤舞歪着脑袋道："你就是国师？"

国师大人笑着点头道："凤舞，老衲且问你，你可愿意拜老衲为师？"

此话一出，顿时全场寂静。

赛非落公主像是被扼住咽喉，整个人怔在那里，一动不动，看上去傻乎乎的。事实上，此刻的赛非落公主确实是蒙的。什么？！国师大人刚才在说什么？！赛非落公主觉得，这个世界是不是疯了？！这个愿望，她从出生到现在一直都在期待有实现的一天！

要知道，她那位惊才绝艳的师兄，一直被所有人认为是最有资格成为国师大人徒弟的人选。

要知道，国师大人这么多年来，都看不上一个人！

要知道……

可是凤舞凭什么？！一定是自己听错了吧？！一定是吧？！就在赛非落公主自欺欺人的时候，凤舞也惊讶极了，她用疑惑的目光看着眼前这位披着袈裟的和尚。

"国师大人，您刚才说什么？"

国师盯着凤舞，越打量越觉得这丫头根骨绝佳，这是一块璞玉啊！也不知哪位高人在这丫头身上做了障眼法，掩去了她那似苍穹似明月的天赋！

"天生神体，举世无双，天纵之才……天才、天才啊！"

如果说，八思巴国师一开始对收凤舞为徒一事只是有点兴趣，那么现在透过障眼法，看到她一身天纵之才后，他决定，自己的徒弟非她不可了。

凤舞被国师灼灼的目光盯得心里发毛，下意识地后退一步，怪异地看着八思巴国师。

"喂喂，小丫头，你怕什么？老衲还会吃了你不成？"八思巴国师没好气地瞥了凤舞一眼。

这亲近的语气，这亲近的神色……赛非落公主简直要吐血了。不可能的！不应该是这样的！

赛非落公主记得很清楚，便是自己的父王，在和国师大人对话的时候，国师也是

保持着高高在上的姿态，冰冷而疏离，宛若神坛上被人供奉的神祇。可是，现在他对着凤舞，怎么就像市井老爷爷一般可亲呢？！一定是哪里搞错了！

凤舞可不知道这位国师大人对别人是怎样的态度，她只知道这老头对她心怀鬼胎！所以，她后退一步，警惕地盯着国师，做好了战斗的准备。

八思巴国师无语地看着凤舞："你这丫头戒备心还真重，你瞧瞧他——"

国师大人用手指着阿柒队长的尸体，没好气地道："如果不是老衲出手，现在的你已经死啦。"

凤舞之前心里就有所怀疑，现在听国师一说才确定。

"他真是您杀的呀？"凤舞目光灼灼地道。

国师大人咂咂嘴，道："嗯啊。"

凤舞："隔着很远的距离，一道白光没入，然后阿柒队长就死啦。"

国师大人一脸"我很厉害吧"的表情。

凤舞点头道："看着确实很厉害。"

国师大人像拿糖块诱惑小女孩的老爷爷，嘿嘿一笑，道："所以小丫头，你愿不愿意学呀？老衲保证，只要你跟着老衲学，不出三年，你就会杀灵侯境强者如屠狗！"

白衣少女眼中浮现一抹惊讶之色，用怪异的目光看着凤舞。凤舞用脑波跟她对话。

凤舞："干吗这么看着我？"

白衣少女："你脚底板是镶了金吗？怎么老走狗屎运？"

凤舞无语地道："什么狗屎运？"

白衣少女："碰见我这种千古鬼王，你说呢？"

凤舞撇嘴道："你的意思，你是狗屎？"

白衣少女作势要打凤舞。凤舞道："喀喀，别别别，正事要紧。"

白衣少女哼哼两声，继续帮凤舞调教新生的星陨剑灵了。

而此刻，国师大人慢悠悠地看着凤舞："商量好了？"

凤舞心中一凛："啊？您说什么？"

"有白衣女鬼王附于你的剑，你这丫头确实运气不错。"国师大人越看凤舞越觉得满意，眼眸含笑道，"你想想，白衣阿莲，神源之地三大鬼王之一，就这么被你收了，难道还不叫幸运？"

三大鬼王之一被凤舞收了？！不远处，匍匐在地的赛非落公主眼中盈满震惊之色。凤舞，她、她凭什么能收了鬼王陛下？！她，究竟是什么妖孽啊！

"你想要神源之种吗？"国师大人的下一句话更是让赛非落公主吐血。

神源之种？神源之种啊！赛非落公主简直要哭了！

大家聚集在这里，为的是什么？就是这三年一度的大机缘——神源之种啊！

而现在，国师大人居然轻飘飘地对凤舞说，你想要神源之种吗？

赛非落公主嫉妒地盯着凤舞，眼睛红得跟兔子似的。

如果阿柒队长还活着，也一定会激动地从地上跳起来吧？

凤舞却并不显激动，灵动的眼眸此刻充满戒备。她冰冷而警惕地盯着国师大人："神源之种？那是什么东西？"

火凤鸟跟凤舞说过神源之种的厉害之处，但凤舞想再确信一遍。

国师大人双手交负在身后，笑看着凤舞："这是一场大机缘，得到它的人能升一个大境界。"

凤舞死死瞪着国师大人。国师大人笑着点头道："你现在是灵尊七星，如果得到神源之种，并且炼化它，你的实力会提升到灵侯七星。"

赛非落公主嫉妒得眼睛红彤彤的，心脏也剧烈跳动。

此刻的凤舞，说不激动是不可能的。硬生生提升一个大境界啊！要知道，现在的她对付左青羽之流自然没问题，可和左青鸾依然差距巨大。

美人师父的仇！修为被废的仇！名声被污的仇！师门被夺的仇！

这一切一切的仇，凤舞虽然从不提起，却从来都不敢忘却。不提，是因为力量还不够强大。想到自己要守护的家人，想到自己要夺回的尊严……凤舞握紧拳头："神源之种，真有那般厉害？"

国师大人肯定地点头。

凤舞："神源之种，真能提升一个大境界？"

国师大人再次点头。

凤舞："那么，要如何才能得到神源之种？"

赛非落公主用看神经病一样的目光瞪着凤舞。她还真敢想啊！那可是神源之种，那是她的妹妹明兰尔公主那样的幸运儿才敢想的东西……她凤舞凭什么？！

凤舞看着国师大人，再次认真而严肃地问："国师大人，如何才能获得神源之种？"

国师大人笑看着凤舞，淡淡地道："很简单啊，拜老衲为师，这神源之种便是你的。"

国师大人一挥手，一颗宛若金莲的种子便悬浮在半空，颗粒饱满，色泽金黄，透着浓郁而纯净的灵气。人一旦将视线落到这颗金莲上，便再也移不开半分。

神源之种啊……赛非落公主嫉妒得眼珠都快暴出来了。

凤舞上前一步，赛非落公主惊呼："且慢！国师大人，您这样算不算……中饱私囊、假公济私？"

一时间，空气仿佛凝固了。在场所有人都紧紧盯着赛非落公主，便是凤舞，看向赛非落公主的目光也像是看白痴，更别提洞口那些"阿飘"了。

国师大人偏过头，对上赛非落公主，浑身陡然散发出冰寒的杀气。赛非落公主只

觉得无形中有一只手紧紧扼住她的咽喉，几乎要将她掐死。

"中饱私囊？假公济私？"这位在世人眼中高深莫测、被敬仰膜拜的国师大人，此刻忽然阴诡一笑，"你说得没错。"

赛非落公主："啊？"

国师大人似笑非笑地点头："老衲确实中饱私囊、假公济私，那又如何？"老人家一挥手，将金莲握在手中，笑眯眯地看着凤舞，"丫头，考虑得如何了？"他竟然理都不理赛非落公主，仿佛她已经是个死人。

凤舞一脸为难地看着八思巴国师："您是草原上的第一强者，凤舞怕是高攀不起，还请国师大人见谅。"

什么？！凤舞此言一出，在场所有人都震惊了，就连白衣少女看向凤舞的目光都有些怪异，不得不出声提醒："喂喂，小丫头，你未免也太清高了吧？"

凤舞："有吗？"

白衣少女："八思巴国师不仅是草原上的最强者，便是放眼整个大陆也是屈指可数，便是你的楚叔叔，跟他实力也不过不相上下，这样的人物要收你当徒弟，你居然拒绝？"凤舞摇头。

白衣少女："为什么？"

凤舞说："我已经有全世界最好最好的师父了，这辈子不可能再喊别人一声师父。"

白衣少女一脸疑惑地问："你师父是？"

凤舞笑道："具体是谁不能说，但跟您还是有点渊源的。"

白衣少女蹙眉。跟她有点渊源的，到底是谁？

而凤舞的回答，显然也在八思巴国师的意料之外。不过这位国师大人很快便恢复了常色，用冰冷的眸子盯着凤舞："小丫头，你考虑清楚了？"

凤舞认真点头道："嗯。"

"师从老衲，以后你的成就不敢说是天下第一，但也是天下第三，如此你也不愿意吗？"

"我拒绝。"

八思巴国师从小便是天才和尚，长大后是天才国师，这一生从未被人拒绝过。面对凤舞的拒绝，他不感到挫败是不可能的。

不过，国师大人毕竟是国师大人，对凤舞点点头道："若你改变主意，随时可以来找老衲。"

赛非落公主难以置信地看着国师大人。国师大人非但没有生气，反而笑着对凤舞这样说？

凤舞笑着点头道："好。"她怎么可能改变主意呢？这辈子，她的师父只有美人师父一个，也只能有他一个。

"一个时辰后，西陆山，墓葬群会出现。"国师大人忍不住告诉凤舞这桩机缘，说完，他老人家转头便走了。

"疯子！你这个疯子！"赛非落公主转头瞪着凤舞，快步冲了出去。

白衣少女无语地道："这个什么破公主，什么意思啊她，看我杀了她！"

凤舞："喀喀。"

"真的，我没有跟你开玩笑。"白少女衣没好气地瞥了凤舞一眼，"你知道被八思巴老头看中，是多么让人嫉妒的事情吗？若是她将消息传出去，你死定了！"

凤舞笑道："放心吧，她不会传出去的。"

白衣少女："为何？"

凤舞看了白衣少女一眼，心想，是做鬼做久了所以不通人性呢，还是这位白衣少女以前就是这样的性子？

"为何啊？"白衣少女催促着。

凤舞苦笑道："因为人性。赛非落公主一直拿我当竞争对手，而她从来不曾赢我一次，对我芥蒂极深，更何况这次她多想拜八思巴国师为师？而我呢，被选中还当场拒绝，她生气归生气，但绝对不会宣扬出去，因为一旦被别人知道，对她没有好处。"

白衣少女一想，确实如此。

"你也知道自己被选中了，那还拒绝啊？"白衣少女没好气道，"你知不知道自己送出去的是怎样的福气？！"

凤舞笑道："可是，整座大陆都不如我的美人师父重要啊。"

"你家美人师父是谁？"白衣少女好奇极了，"喂喂，该不会是楚风笑吧？"

如果是这样，那白衣少女可要不高兴了！

凤舞无奈地翻着白眼道："你们家楚风笑怎么能跟我家美人师父比！"

居然敢小瞧她家楚风笑，哼，白衣少女生气了！不过"你们家楚风笑"，听起来好像还可以呢，白衣少女在心里美滋滋地想着。

凤舞见白衣少女一脸痴迷陶醉，不由得内心苦笑，三师兄啊三师兄，能让白衣少女如此念念不忘，你到底是何许人也？

"对了，西陆山墓葬群，那是什么东西？"凤舞突然想起八思巴国师离开时提到的事。

"啊，你说这件事啊……"白衣少女用怪异的目光看着凤舞。

凤舞："干吗，你不知道这样的目光会看得人发毛吗？"

白衣少女歪着脑袋，一阵冥思苦想，似乎很是纠结。

"喂，到底什么情况？你这样的表情会让人想太多。"凤舞拉拉白衣少女的衣袖，"快说快说吧。"

"你确定，你跟我没有竞争关系吧？"白衣少女瞪着凤舞。

凤舞："什么竞争关系？"

"楚风笑啊！你确定你不喜欢他吧？！"白衣少女瞪着凤舞，无比严肃。

凤舞朝天翻了个白眼："我怎么可能喜欢他？我喜欢我家美人师父也不会喜欢楚风笑啊，退一万步说，哪怕我喜欢君临渊，也不会喜欢你的楚风笑啊。"

"君临渊，好像还真听过这个名字呢。"白衣少女努力回忆，忽然一拍手，"想起来了，每届神源之地开启的时候，总有人提到君临渊，说如果君临渊来，神源之种还能是别人的吗？可见这位年轻人确实不错。"

凤舞："嗯，他不仅年纪轻、修为高、实力强大，还是有史以来大陆天赋第一人呢！以后成就可比你们家楚风笑厉害多了！所以，我怎么可能喜欢楚风笑啊，年纪还那么大。"

凤舞的嫌弃，听在白衣少女耳中倒是很受用，这样让她觉得凤舞更没威胁了。

"你把君临渊的脸画出来，让我看看他长啥样。"白衣少女觉得她家楚风笑是最好看的。

凤舞的画技可是美人师父教的，和楚风笑同出一脉，最重写实，所以当君临渊的画像出现在墙壁上时，白衣少女眼睛都瞪直了！

"你说谎！"

凤舞一脸疑惑地道："我哪里说谎？"

白衣少女："你还说没有说谎？楚风笑的画最重写实，可你居然幻想多于写实，这世上怎么可能有如此绝美的少年？这分明就是你的想象！"

凤舞无语地道："你还真是孤陋寡闻，君临渊确实长这样，见过他的人不少，对了，那公主不是见过君临渊吗，你逮她过来问问不就是了？"

凤舞心想，别说君临渊，她家美人师父长得也是很好看很好看很好看的呢！

白衣少女觉得凤舞所言极是，于是一抬手，一条长长的白色带子从衣袖中飞出！可怜的赛非落公主本想追出去求八思巴国师收她为徒，可才刚冲出去，八思巴国师就不见了。就在她茫然的时候，一条长长的白色带子甩过来，卷起她的身子就走。还没等赛非落公主回过神，人已经被丢到凤舞脚下了。

啪嗒——这一摔，差点摔得赛非落公主晕过去。

"说，这是谁！"白衣指着墙壁上那绝色少年的容颜问赛非落公主。

"君临渊？他的画像怎么会在这儿？"赛非落公主转头瞪着凤舞，"你是疯了吗？将君临渊画出来，你是恨不得这女鬼去缠住他吗？你就是这样喜欢他的？凤舞，我对你很失望！"

凤舞："……"她能怎么反驳呢？赛非落公主这番话，白衣少女肯定很爱听。

果然，原本还心中存疑的白衣少女，一听赛非落公主这话，顿时放了大半的心。

说实话，凤舞这张脸虽然还没长开，但确实让天下所有女人有着深深的危机感。

"你可以滚了。"白衣少女出手干脆利落，一挥手，赛非落公主就被丢到不知哪里去了。

凤舞："……"

"好吧，本仙子暂且相信你。"白衣少女瞥了墙上的君临渊画像一眼，"这少年虽然长得不错，但绝对没有我们家楚风笑好看，也没有他有才华、有魅力。"

凤舞点头如捣蒜。

白衣少女："好吧，既然你不是我的情敌，那就是半个朋友了，送你一份机缘也罢，不过你记住，你可是欠我人情的！"

凤舞："那算了，西陆山不去便是。"

白衣少女冷笑道："难道你不想要神源之种了吗？"

凤舞："当然想要！能足足提升一个大境界的宝贝，谁不想要？"

白衣少女上下打量了凤舞一眼，冷笑一声："也是，你现在可是灵尊境的小废渣，谁都能欺负你，一旦到了灵侯境，也勉强能在这块大陆站着走了。"

凤舞："……"白衣少女的口气不是一般的狂啊！

灵侯境的才能在大陆上勉强站着走路？那灵侯境之下的都跪着求生吗？

"灵侯之下皆蝼蚁，这句话你没听说过吗？"白衣少女淡淡瞥了凤舞一眼，仿佛在说吃饭喝水这样的平常事。

凤舞："……"要知道，在她的认知里，灵侯境强者是很厉害的，那意味着一旦拥有灵侯境的实力，只要愿意为朝廷效力，那么跑到君武帝面前就可以混个侯爷当。结果，在白衣少女眼中居然是灵侯之下皆蝼蚁？简直可怕！

"在我们中古王朝，一直都是如此，只能说你们君武帝国……在大陆上并不算真正的大帝国。"白衣少女不以为然道，"现在你知道灵尊七星有多渣了吧？"

凤舞无奈，这灵尊七星她还是刚晋升上来的呢，之前还是灵尊三星，也罢，说出来也是被白衣少女笑话。

"走吧，我们去西陆山。"白衣少女在前面带路，"这次的神源之种，说什么也得拿到手！"

凤舞："神源之种不是在八思巴国师手里吗？"

白衣少女没好气道："那老头还没那么无耻，他之所以说能将神源之种给你，也不是直接给，而是在规则之内，帮你拿到而已，你以为人家真会直接递给你啊？他老人家也是被规则束缚着，直接送给你会遭天谴的。"

凤舞眼眸顿时一亮！

"我还以为拒绝了八思巴国师，就跟神源之种彻底无缘了呢。"

白衣少女没好气道："神源之种总有人会得到，那老头不帮你，就是有缘者得之，而咱们去做那有缘者不就行了？"

"对！"凤舞握拳。

"你跟我说实话，你真的没有喜欢楚风笑吧？！"白衣少女瞪着凤舞。

凤舞朝天翻了个白眼，道："你说呢？"

白衣少女想到君临渊，点点头道："暂且信你一回，哼哼，只要你不喜欢楚风笑，我们就是半个朋友的合作关系。"

凤舞笑眯眯地道："好。"

别看白衣少女一直儿女情长，一旦认真起来，也是极认真的。

白衣少女对凤舞道："你可知，神源之地一共有三大鬼王？"

凤舞摇头。白衣少女拍了凤舞的脑袋一下。

"哎哟，疼——"白衣少女是真不客气，这一下拍得凤舞眼泪都快下来了。

"连这都不知道，你进神源之地到底是干吗的？"白衣少女一副恨铁不成钢的语气，"最可恶的是，你手里还握着无数人都梦寐以求的鬼皇印章。"

凤舞龇牙咧嘴地道："君子动口不动手啊。"

白衣少女冷哼道："我是女子，又是小人，怎么就不能动手啦？"身为中古王朝曾经的公主，白衣少女的傲慢和坏脾气是与生俱来的。

她瞪着凤舞道："你那鬼皇印章哪里来的？"

凤舞便将赛非落公主向她赔礼、给了她一枚十方印，结果被她发现内藏玄机的事说了。凤舞很无奈地摊手道："赛非落公主随便找了块印丢给我，她根本就不是诚心跟我道歉的嘛！"

白衣少女无语地瞪着凤舞："你这个鬼丫头，知道的东西太少，狗屎运却好得不得了，鬼皇印章在你手里，八思巴国师又恨不得将你捞过去当徒弟，就连本仙子都现身来帮你，你这运气也是没谁了，你家祖上真没出个幸运女神？"

凤舞苦笑不已。

"好了，言归正传，我们继续说三大鬼王。"白衣少女瞪着凤舞，给她科普，"要想得到神源之种，必须达成两个条件。"

凤舞认真地看着白衣少女。

白衣少女的神色也凝重起来："第一，必须手握鬼王令，而你，已然具备这个优势。"

凤舞心头一动，没想到鬼王令如此重要，还真多亏了火凤鸟。

"第二，你看到鬼王令上三个空槽没有？"

凤舞点头一看，还真是，鬼王令上有三个火焰般的凹槽。

"咻——"白衣少女手指一点，她的眉心处立刻飞出一道橙红色的火焰，接着，火焰又飞入鬼王令中，第一个凹槽燃起一簇火焰，触手并不滚烫。

白衣少女看着凤舞，认真说道："这是我的本命真火，得到我的认可后，给你一缕本命真火，鬼王令便被点燃了三分之一。你要集齐三大真火才能找到神源之种，所以现在你要做的，就是找到另外两个鬼王的巢穴，并且得到他们的认可。"

白衣少女瞥了凤舞一眼："我可告诉你，他们可没我这么好说话。"

凤舞没好气地想，您老人家有那么好说话吗？如果不是因为三师兄楚风笑的关系，现在的我早就被您掐死了。

白衣少女想了想，微微蹙眉道："那两个老家伙确实不好对付，不过有我帮你，你的胜算还是很大的。走吧，前往西陆山，墓葬群里有一处便是这老家伙的巢穴。"

知道这个消息的人不少，想夺神源之种的人更多，很多人都往西陆山去了。

西陆山，飞檐峰。

当凤舞抵达的时候，发现在场的人太多了。

君武帝国这边，很多凤舞熟悉的人都来了。

君武帝亲自带队，身边是各大世家的主事人，有沐王爷、独孤大人、左大人、凤琰峰，以及他们的下一代，如二皇子、七皇子、三公主、左青羽、左青贤、独孤雅莫、凤亦然、凤桑、凤琉，其中以二皇子实力为最，左青贤次之。

凤舞匍匐在山坡上，从高处往下望，将眼前的一切尽收眼底。

"哎哟，君武帝国这些年还不错啊，年青一辈的竟也有几个出挑的。"白衣少女指着左青贤告诉凤舞，"看见那位穿青色袍子的年轻人没有？他的实力是灵侯一星，你可完全不够人家打的。"

凤舞："……"

白衣少女："还有那位穿浅黄色蟒袍的年轻人，实力比青色袍子的还强一些，哟，这小子身体里藏有玄机呀。"

凤舞好奇地道："什么玄机？"

白衣少女卖了个关子："泄露天机会遭天谴，你可别害我，等你真跟人家对上，到时候再告诉你不迟。"

凤舞蹙眉，如果没猜错，被白衣少女夸的那个人就是二皇子吧？这位二皇子一直深居简出，极少露面，没想到藏得这么深，年纪轻轻已是灵侯境，若是白衣少女不说，她还真看不出来。如果不是有君临渊这样光芒耀眼的人存在，二皇子也是足够惊艳的人物，可惜了……

"咦，还有两个不错的，你看那新过来的蓝袍少年和紫袍少年，两位天赋都不错，实力也比你强。"

凤舞一看，好嘛，这两个被白衣少女称赞的终于是自己人了，玄奕和凤浔。

"其余的嘛……"白衣少女又望向塞纳尔草原那边。

"那个什么赛非落公主，没戏。"

"倒是那位白衣少女天赋看着不错，哎哟，她还隐藏了灵尊九星的实力呢，小丫头，你现在可打不过人家啊。"

凤舞："……"

白衣少女瞥了凤舞一眼："看到了吧？光是这里站着的年轻人，比你厉害的就有

五个，更别说其他国家那些天纵之才了。凤小舞啊，你的路还很长很长呢。"

凤舞转移话题："……你怎么光盯着年轻人看？"

白衣少女瞥了凤舞一眼。

凤舞："怎么啦？"

白衣少女："凤舞，你是真不知道还是假不知道啊？"

凤舞一脸无辜地道："请白衣少女明示。"

白衣少女："神源之种的争夺，只限灵王境之下的人参与，而且年龄不得超过二十岁。"白衣少女看了凤舞一眼，"不然，让灵王境的一掺和，其他人还能得到神源之种吗？"凤舞一想也是。

白衣少女："所以刚才我点出的这五个人，都是你的竞争对手，你可要小心了。"

凤舞很认真地说："风浔和玄奕是我朋友。"

白衣少女："就那蓝袍和紫袍？"

凤舞点头："嗯嗯。"

白衣少女："小丫头，你还是太年轻了，我跟你说，在神源之种面前，没有什么真正的朋友，只有争夺和背叛。"

凤舞皱眉，再次认真地强调："他们是我朋友！"

白衣少女："呵呵。"

凤舞："他们就是我朋友！"

白衣少女不欲跟凤舞争辩下去，因为这样的争辩是没有意义的。

"等着瞧吧。"白衣少女决定用事实狠狠打凤舞的脸。

"好啊，等着瞧吧。"凤舞也说了同样的话。

"对了，你那小情郎呢？"白衣少女看了凤舞一眼，"怎么不见他？我还想看看你跟他争夺神源之种的场面呢。"

凤舞默默看了白衣少女一眼。白衣少女不解地道："他不敢来？"

凤舞深吸一口气；"我明白为什么他没有出现了。"

白衣少女好奇地道："为何？"

凤舞："刚才你不是自己说了吗？灵王境以下是不能进入墓葬群，更不能参与神源之种的争夺。"

白衣少女："是啊。"

凤舞："所以他不参加。"

白衣少女终于明白凤舞的意思了，不过并不相信，冷笑一声："不可能！"

凤舞："为何不可能？"

白衣少女："照你的说法，那少年比你大不了几岁。"

凤舞："大我三岁。"

白衣少女冷笑道："大你三岁，怎么可能进阶到灵侯境？小丫头，你这牛皮可吹破天了，果然情人眼里出天才啊。"

凤舞正想说点什么，白衣少女却摆摆手："不必再吹了，反正我是不信的。"

凤舞在内心哼哼，不信就不信吧，等君临渊出现，到时候白衣少女不得不信。

"对了，墓葬群呢？"凤舞从高往低看去，却见众人面前一马平川，除了荒芜的草地，什么都没有。

"时间还没到。"白衣少女淡淡道，"再过一炷香的时间，墓葬群便会开启，到时候——"想了想，白衣少女道，"你不要急着进去，冲太快没好事。"

凤舞点头。

"现在，你过去吧。"白衣少女提醒凤舞。

当凤舞从山坡上走出来，往人群中去的时候，赛非落公主正在告状。

"那个凤舞简直就是疯子，太可怕了！她居然将我揍成这个样子！"赛非落拉着明兰尔公主呜呜哭着。

如果说赛非落公主性子粗俗，那么，明兰尔公主就像天上的仙女，高贵优雅、洁白无瑕。她看着哭成泪人的赛非落公主，只是心疼，却没有说一句粗俗的话。

风浔气坏了，当即怒斥赛非落公主："胡说！凤舞实力明明不如你，如何能将你打成这样？"

赛非落公主："谁知道凤舞发生了什么变化？现在的她可厉害呢！才不是之前的灵尊三星！"

风浔冷笑地看着赛非落公主。

赛非落公主知道三公主、左青羽她们都跟凤舞有仇，于是挑拨道："现在的凤舞，已经是灵尊七星了！"

在场的人，果然都被她的话惊到了。

"怎么可能？！"不仅风浔惊呼，其余人皆惊呼。

三公主更是声音尖锐地道："胡说！凤舞明明是灵尊三星，好吧，就当她在神源之地有奇遇，现在最多也就灵尊四星吧？怎么可能一下子飞到灵尊七星去？！"

左青羽面色也很难看："赛非落公主，饭可以乱吃，话不可以乱说，凤舞是绝对不可能达到灵尊七星的。"

其他人也都纷纷点头，赞同三公主和左青羽的话。

赛非落公主在心里冷笑，吹得太过吗？凤舞的实力还真就是灵尊七星，等她出现的时候你们就知道了。

现场有三个人并没有在意凤舞的实力。这三个人分别是，二皇子、左青贤，还有明兰尔公主。

二皇子的目标一直是君临渊，除了君临渊，他没有将其他任何人放在眼里，所以凤舞是天才也罢，进步神速也罢，只要没超过他，他就不会关注凤舞。

左青贤是左家的少年天才，左青羽的大哥，左家年青一代的掌权人，他和二皇子交好，更是二皇子的伴读，两个人实力非常可观。

就在大家议论纷纷的时候，凤舞笑嘻嘻地出现了："你们在说我？"少女神采飞扬的绝世容颜出现在众人面前。

看到眼前这位元气满满的明朗少女，在场的人下意识地噤声。一时间，所有的视线全集中在凤舞身上。

"你……"

"凤舞……"

"你的实力……"

不是凤舞不想隐藏自己的实力，而是那块能隐藏她实力的玉石再也不起作用了。

所以，当凤舞亭亭玉立地站在众人面前时，她的实力在强者面前暴露无遗。

塞纳尔大汗眼睛瞪圆，君武帝的眼眸也半眯起来。一开始，这两位还真当赛非落公主胡说八道，毕竟谁会相信有人连续晋升三四颗星呢，这根本不可能。

塞纳尔大汗和君武帝对视一眼。前者面容僵硬，后者一脸难以置信的表情。

塞纳尔大汗苦笑，对君武帝抱拳道："恭喜陛下，贺喜陛下，又得一绝世天才啊。"

绝世天才？

突然有人问："什么绝世天才？"

塞纳尔大汗看着凤舞，笑道："凤舞郡主昨日还是灵尊三星，现如今已是灵尊七星，拥有这份卓绝天赋，难道不够称之为绝世天才？"

"父皇？"仿佛被雷劈了的三公主，开口询问君武帝。

此刻君武帝的表情……很是复杂。君武帝国出了一位绝世天才，自然是极好极好的，可如果这位绝世天才桀骜不驯、不服管教呢？真是让人头痛啊！

君武帝点点头，道："凤舞，你是如何在一日之间从灵尊三星晋升到灵尊七星的？"

君武帝此话一出，就相当于盖棺论定了。

三公主像是被雷劈中，身子晃了晃，几乎要晕过去。

左青羽难以置信地瞪大眼睛，死死瞪着凤舞。她握紧藏在衣袖中的手，手背青色血管凸起。凤舞……凤舞啊！我一直将你当成对手，而你已经远远将我甩开了！

独孤雅莫盯着凤舞的目光也很复杂。

而心境最复杂的……莫过于凤族人了。凤琰峰整个人都怔在那儿。灵尊七星？短短一天之内，凤舞从灵尊三星晋升到灵尊七星？！这、这、这怎么可能？！这是绝对不可能的啊！凤舞难道又恢复成原来的天才了？！而他居然将这样的天才拒之门外？不仅拒之门外，还要将她除族？！

凤琰峰悔得肠子都青了，暗暗下了决心，一定要想办法将凤舞留在凤族。

除族？开什么玩笑，那是不存在的！

凤亦然、凤桑、凤琉……此刻也像被雷劈了一样呆若木鸡，连反应都反应不过来。特别是凤亦然和凤琉，两人面面相觑。

记得在北境城的时候，凤舞还是一个连灵师都不是的废物，短短半年时间，她从灵师到灵宗，从灵宗到灵尊……现在已经是灵尊七星了，可他们呢？！真是人比人气死人啊！

凤琉气得浑身颤抖，却一句话都说不出来。

赛非落公主看到大家终于承认凤舞晋升到灵尊七星的事实，内心雀跃不已。她点出凤舞是灵尊七星的事，自然不是为了让大家夸奖凤舞，她的目的是要大家都嫉妒凤舞，针对凤舞，所以——

"凤舞，你不妨跟我们说说，你遇到了怎样的机缘？怎么就能连续晋升四星呢？"

凤舞瞥了赛非落公主一眼，有点后悔，当时就该直接割了赛非落公主的舌头。

赛非落公主见凤舞沉默，越发得意："凤舞，你该不会舍不得说吧？不过也是，谁得到这样的机遇舍得跟别人分享呢？"

一时间，大家的目光都集中到凤舞身上。

机遇？到底是怎样的机遇，能让凤舞晋升如此之快？大家是不是也可以得到一些好处呢？大家的目光越发灼热了。

凤舞瞥了赛非落公主一眼，懒得理会她，因为白衣少女正在讲述墓葬群的内部信息，每一句话都非常重要。

赛非落公主却像跳蚤一样上蹿下跳，瞥了凤舞一眼，冷笑道："凤舞，你不说就以为大家不会知道吗？你最大的错，就错在没有杀我灭口，让我有机会在大家面前陈述真相！"

"诸位——"赛非落公主转头看着凤舞，冷笑一声，"你们可知，凤舞之所以晋升这么快，是因为她把你们给卖了啊！"赛非落公主脸上浮现一抹得意的笑容，瞥了凤舞一眼，"因为她将我们这里五个人的消息卖给了白衣鬼王，所以白衣鬼王硬生生将她的实力提升到了灵尊七星！"

"还有这种事？"

"她卖了谁？"

"她是怎么卖的？"

"白衣鬼王确实是三大鬼王之一。"

见大家都激动起来，赛非落公主冷笑道："咱们这位凤舞郡主，将二皇子、明兰尔公主、左青贤，还有玄奕和风浔的消息卖给了白衣鬼王，为什么会是他们五个人呢？因为他们都是年轻的灵侯境强者！只有年轻而强大的灵魂才能入白衣鬼王的眼！"赛非落公主越说越激动，"所以五位可要注意了，如果你们出了事，都是凤舞

造成的！"

白衣鬼王笑嘻嘻地看着凤舞："被人这样编派，你都不站出来反驳？"

凤舞："这些无稽之谈，你觉得会有人信？"

白衣鬼王："还真有人会信。"

凤舞笑道："相信我的人，无论旁人怎么诬蔑都会相信我；不相信我的人，就算赛非落公主不诬蔑我，他们也会自己找理由诬蔑我。所以，我凤舞行事，何须向他人解释？"

白衣鬼王有些意外地看着凤舞，眸中浮现一抹赞赏之色。

之前，白衣少女对凤舞的印象还不错，但也仅限于不错，现在看到她这般淡定从容，心中不由得敬重了几分。

这要是换成其他女孩子，怕是早就哭哭啼啼或气晕过去了。

"有点意思。"白衣少女摸着下巴，嘴角微微扬起弧度。

"你放屁！"面对赛非落公主的诬蔑，风浔第一个坐不住，冲上去就要打她。

大皇子身边的灵侯境暗卫出来两个人，一左一右拦住风浔。风浔气得抬脚就要踹赛非落公主："叫你胡说八道！让你胡说八道！再敢诬蔑小舞，我风浔非弄死你不可！"

面对那双血腥凶狠的眼睛，赛非落公主心中一凛。不过风浔毕竟不是君临渊，他的杀伤力还没那么大。赛非落公主退开两步，对不断挣扎的风浔冷笑道："你且看着吧，很快就会被凤舞害死的！"

风浔挣脱开来，气得又要冲上去打赛非落公主。赛非落公主转身就往塞纳尔大汗身后躲。塞纳尔大汗拍了赛非落公主一脑袋，转头对风浔笑道："方才确是小女胡言乱语，风小王爷莫生气，大家当笑话听听也就罢了，可千万别放在心上。毕竟，凤舞就算能卖信息，她跟其他人熟吗？能卖什么信息呢？"

"父王！"赛非落公主跺脚。她好不容易布下的大好局面，被自己的父王一下子就拆了。

风浔见塞纳尔大汗还算讲理，这才冷笑着站在那儿，没有再冲上去。

"凤舞，到底是什么原因，让你晋升如此之快？"见塞纳尔大汗出来打圆场，呵斥了塞纳尔公主，君武帝也不得不站出来。

凤舞淡淡一笑，道："晋升，不就是那么回事？破了瓶颈期，我就晋升了啊。"

君武帝："……"

三公主："凤舞，你怎么跟父皇说话的？！"

左青羽："凤舞，你这可是晋升了四星，哪有人一口气连续晋升四星的？你这必定有蹊跷。"

凤舞无语地道："连续晋升四星，很难吗？"

大家纷纷点头，难，非常难，超级难！

凤舞摊手道："可是，从北境城到这里，短短半年时间，我从灵师一星升到现在的灵尊七星，经常连续两星三星四星地晋升啊，真的很难吗？"

大家都被凤舞说得哑口无言。

二皇子盯着凤舞，眼眸里多了几分阴鸷。

就在这时候，地面一阵剧烈晃动，雷暴之声几乎冲破云霄，一股股庞大的灵气从四面八方朝此地汇聚而来，一座座墓葬拔地而起。

"墓葬群出现了，机会来了！"

"就算拿不到神源之种，在墓葬群里也会撞上很多机遇！"

"快快快！墓门打开了！"

"据以往的经验，整座墓葬门只开启十秒，十秒过后就关闭！"

"快走快走！"

……

一时间，君武帝国和塞纳尔草原的年轻人都往墓葬群里冲。

凤舞想动，但这一刻，她的身体像被一股庞大的力量束缚住，连一根手指都动不了。

"是谁？！"凤舞问白衣少女。

白衣少女皱眉道："正在排查中，稍等。"

凤舞心中生出一股无名火。这些人为了阻止她进墓葬群，可真是费尽心机啊。她都到墓葬门口了，他们居然用这种卑劣的伎俩，将她阻拦在外。

凤舞原本想着，即便双脚被黏住，她也可以脱掉靴子，光脚往里面走，没想到连动一根手指的力气都没有，又怎么可能脱掉靴子？

"小舞——"风浔和玄奕一左一右站在凤舞身边。他们见凤舞站在原地一直不走，意识到她有些不对劲。

"你们先进去。"凤舞依旧保持着僵硬的姿势。

"小舞——"风浔正想说话，却被凤舞打断。

"最后三秒了，风浔，你们赶紧进去！"凤舞瞪着风浔，"你听不听话？！"

凤舞知道，如果她说她被人下了暗招定住，风浔绝对不会独自进去，可里面机遇那么多，凤舞怎么舍得让他错失良机？

风浔深深地看了凤舞一眼。

"相信我。"凤舞认真说出三个字。

风浔想起之前的种种，凤舞每次都能反败为胜，自己还真没见她被欺负过，于是点点头。

"我们在里面等你。"风浔和玄奕在最后一秒进去了。

出乎凤舞意料的是，最后进去的人不是风浔和玄奕，而是二皇子。二皇子站在墓葬门口，深深凝视着凤舞，嘴角勾勒出一抹邪恶阴冷的诡笑，直到墓葬门完全关闭。

墓葬门完全关闭时，凤舞突然发现，原本束缚她的那股力量消失了，而她也恢复了自由。

"原来是那小子啊。"白衣少女冷笑出声，"他是谁？"

凤舞："二皇子。"

白衣少女："这小子不错嘛，小小年纪已经将束缚空间练到第三层了，是个阴狠角色，好玩好玩。"

凤舞没好气地瞥了白衣少女一眼。这位鬼王大人可真是心宽，自己现在被关在墓葬群外，还不知道怎么办呢。

"小舞？"风北王妃快步走上来，一脸关切地拉着凤舞的手，"小舞！你刚才怎么了？怎么突然恍神？"

凤舞苦笑，哪里是恍神啊，明明是被二皇子的束缚空间给束缚住了，这才动不了。

风北王妃一脸遗憾地道："小舞，墓葬门关闭了，你已经错失良机。"

凤舞还没说话，一旁的左夫人便笑着出声："我怎么觉得……是凤姑娘在最后关头不敢进去了？"

独孤夫人："可不是吗？那样关键的时刻，大家都在往前冲，唯有她一人傻愣愣地站在那儿。"

皇后摆摆手，道："罢了，凤姑娘已经晋升到灵尊七星，这场神源之地的行程，她已算提前完成任务，进不进墓葬群，关系也就不大了。"

左夫人："可不是嘛，墓葬群里危机重重，凤姑娘不敢进也是能理解的。"

听着她们的各种议论，不远处垫着软垫、坐在太师椅上的太后重重冷哼了一声。

"原以为是个好的，却没想到竟是个胆小鬼！"

凤舞救了太后多次，之前又表现亮眼，太后对她的印象已经好转，可是，现如今她老人家看到凤舞连墓葬群都不敢进，顿时对她充满失望。

……

面对众人的议论，凤舞神色依旧淡淡的，盯着独孤皇后说了一句："二皇子的束缚空间练得不错呢。"这句话，意味可就明显了。

独孤皇后顿时拉下脸来："凤舞姑娘这句话似乎颇含深意啊。"

凤舞笑道："二皇子这空间束缚练得好啊，想不让谁进，就直接将别人定住，我可不就是这样错失良机的？"

独孤皇后的脸色顿时僵硬，原本刻意保持平静的眼眸，宛若投入一块石子的湖面，激起一圈圈涟漪。

"你的意思是说二皇子将你束缚住了，你才错失良机？！有证据吗？！"左夫人可是独孤皇后的一杆枪，这时候赶紧站出来帮腔。

凤舞摊手："我有这么说吗？"

左夫人："你刚才明明就是这个意思！"

凤舞笑道："我只是做个假设罢了。"

左夫人："你——明明是你自己不敢进，还非说别人束缚住了你，简直可笑！"

凤舞："我怎么会不敢进呢？如果不敢进，我会来这里？"

左夫人冷笑道："你敢进？那你进啊！如果你当着我们大家的面进了，我就相信之前是二皇子束缚住你了！"

一时间，大家都看着凤舞。凤舞似笑非笑地道："只要我进了，你们就都相信刚才是二皇子束缚住了我？"

左夫人："那是自然！只可惜，这次的墓葬群，你是一点机会都没有了，凤舞啊凤舞，你——"

还没等左夫人说完，凤舞抬腿就直直往墓葬大门走去。

凤舞在大门口停住，一动不动地站在那儿。左夫人嘲讽的声音在她身后响起："墓葬门开启的时间已经过了，你以为你是谁，难道你喊一声开门，它就给你开啊？"

此刻的凤舞正在跟白衣少女对话，白衣少女在告诉凤舞如何进去。

"开门，我是凤舞，开门啊！"凤舞作势拍着墓葬大门。

门外坐着站着的一堆人都无语了……

"世上怎会有如此天真之人？她以为她是谁，拍拍门，哦，人家门就打开了？"

"哈哈哈，太好笑了，这个凤舞简直是——"

不论是君武帝国这边，还是塞纳尔草原那边，双方的人都笑成一团。

塞纳尔大汗更是笑得合不拢嘴："陛下啊陛下，你们家这位凤舞郡主，是真的好可爱啊……"

此刻，君武帝的脸色一点都不好。他觉得自己被耻笑了，很丢人！

他僵硬着一张脸，神色紧绷，目光森冷凌厉，凶巴巴地瞪着凤舞。

"刚才不是我不想进去，是二皇子君临启把我束缚在原地，我动不了，才错过进去的时机，要怪就怪二皇子，快给我开门啊——"凤舞蹦蹦跳跳地敲着墓葬门。

独孤皇后差点被凤舞气死了。这个可恶的丫头，居然当着这么多人的面毁二皇子的名声！

独孤皇后终于知道为何凤舞要往墓葬门口走了，她自己进不去，就要拉二皇子给她陪葬！

"来人，将凤舞这个臭丫——"然而，皇后的话还没说完，青铜色的锈迹斑斑的大门缓缓开启。

在场的人都用难以置信的目光看着眼前这一幕。

"门打开了？！"

"墓葬群的门打开了？！"

"因为凤舞喊开门，所以门打开了？"

左夫人、独孤皇后眼睛瞪得很大，浑身抑制不住地颤抖。怎么可能？！这怎么可能呢？！墓葬群的门怎么会开？！

凤舞走进门，回过头看着独孤皇后，嘴角扬起冰冷而嘲讽的笑，一如之前的二皇子。

左夫人被凤舞盯得心头发凉，很快回过神来，大声说："不是二皇子干的！二皇子绝对没有用空间束缚凤舞！"

围观群众："……"

左夫人不提这事还好，一提这事，大家心里就都有数了，原本没有往这方面想的人，此刻也都在想这事儿了。是非公道，自在人心。

左夫人："……"

独孤皇后："……"

可怜的二皇子被凤舞这么一玩，不是黑的都变成黑的了，虽然凤舞没有任何证据，独孤皇后也抓不出凤舞任何的错处。

凤舞能想象到，她进入墓葬后，外面那些人会是怎样复杂的表情。她一想到独孤皇后、左夫人她们的脸色，就忍不住想笑。

凤舞对白衣少女竖起大拇指："多亏有你，谢啦！"

白衣少女冷傲地道："我以前也住在这墓葬群里，后来嫌太闷，才跑到外面独住，可出去住归出去住，谁会忘了回家的钥匙啊？这个二皇子当真是……搬起石头砸自己的脚。"

凤舞掩唇而笑："二皇子还不知道，他已经成为众人议论的对象，现在肯定得意扬扬。"

白衣少女无语极了："这可是我家，他一个外人跑到我家偷东西，还想将我这个主人关在门外？他脑子是不是有病？"

凤舞忍不住笑出声来。

"这个二皇子，本仙子记住他了！"白衣少女可是心眼儿很小的。

凤舞笑道："对了，你还没告诉我，其余的两大鬼王在何处。"

"你傻啊？"白衣少女用看白痴一样的目光看着凤舞。

凤舞："啊？"

白衣少女上上下下打量着凤舞，无语地道："你知不知道你现在是什么等级的修为？"

凤舞："灵尊七星啊。"

白衣少女冷笑道："你也知道啊？"

凤舞摸着鼻子道："我一直都挺有自知之明的。"

白衣少女被凤舞气得想笑："既然这么有自知之明，难道你就不想想，你打得过那俩家伙吗？"

凤舞一脸信任地看着白衣少女："不是有你吗？"

白衣少女真是要被凤舞气笑了："我只有一个，他们可是有两个，而且两个人还是孪生兄弟，一旦联手，那可是大于二的！你确定我打得过？"

凤舞："不能晓之以理、动之以情吗？"

白衣少女再次被凤舞气得笑出声来："你不会以为我跟他们的关系很融洽吧？"

凤舞："难道……不是吗？"

白衣少女恨不得拿手指戳凤舞的脑袋："你就不用脑子想想，如果我们关系很融洽，我会放着金碧辉煌、奢华大气的房子不住，跑去外面住山洞？"

凤舞："喀喀——"看到白衣少女恼羞成怒的样子，她突然很想笑怎么办？

白衣少女气呼呼地瞪着凤舞，凤舞抿着唇，强忍住笑意。

"还笑呢？"白衣少女翻了个白眼，"这偌大的墓葬群，虽然宝藏和机缘都不少，可危机四伏、困难重重，你还笑？你是怎么笑出来的？你的心态可真是好！"

凤舞看着双手叉腰做泼妇状的白衣少女，实在忍不住，终于哈哈笑出声。

这样的白衣少女，谁会想到她是曾经中古王朝雍容矜贵的公主呢？

白衣少女瞪着凤舞，黑着一张脸："还笑？！"

凤舞忙摆手："不笑了不笑了，哈哈哈哈哈哈哈—— 真的不笑了—— 哈哈哈哈——"

白衣少女："……宝贝和机缘都不要了是吧？"

凤舞赶紧求饶。白衣少女瞥了凤舞一眼，轻哼一声。凤舞赶紧道："仙子姐姐，指点指点我吧。"

白衣少女瞥了凤舞一眼，不说话。凤舞拉着白衣少女的衣袖："仙子姐姐，以后如果我有机会见到楚风笑，一定跟他说仙子姐姐好漂亮、好温柔、好善良、好可爱、好——"

"行了行了，真啰唆。"白衣少女神色虽有一丝不耐烦，但凤舞从她的眼神中可以看出来，她其实是很开心的。

"那我们先做什么？"凤舞笑眯眯地看着白衣少女。

白衣少女问："你想做什么？"

"还能我想啊？"凤舞歪着脑袋想了想，说，"我当然想提升我们的实力啦，有我的，有仙子姐姐你的，还有火凤、小老虎、星陨剑……"

白衣少女点点头："你这想法不错，不过——"

凤舞紧紧盯着白衣少女。白衣少女道："不过你这想法只有本仙子能帮你实现！"

凤舞顿时松了一口气："那就先谢谢仙子姐姐了。"

白衣少女瞥了凤舞一眼。凤舞赶紧道："以后有机会见到楚风笑，一定在他面前

美言。"

白衣少女轻哼一声："说得好像本仙子很需要你美言似的。"

凤舞赶紧道："可做好事哪儿能不留名呢？您不需要是您不需要，我说归我说。"

这还差不多！白衣少女不由得多看了凤舞一眼。这丫头说话做事，倒是符合她的胃口。白衣少女想，既然决定要帮，就多帮一点，楚哥哥最喜欢善良的女孩子，以后他知道了，一定会很高兴吧。

此刻，凤舞站在进入大殿后的数百米处。原本干净的大殿，此刻一片狼藉。有的地方，地砖被挖掘出来一大片。有的地方，雕塑被打翻在地。有的地方，倒着傀儡的尸身。

凤舞一眼望去就没看到好东西，顿时心凉了半截。

就在这时，一道人影从远处朝这边冲来，看到凤舞当即怔住。这人不是别人，正是赛非落公主。她看到凤舞，眼珠子瞪圆了："你、你怎么进来了？"

凤舞摊手道："门开了，我就进来了啊。"

赛非落公主："胡说！"

凤舞："那你就当我胡说好了。"

赛非落公主恶狠狠地瞪着凤舞，冷笑道："哼，我才不管你怎么进来的，反正这路上的好东西都被我们收走了，你瞧见我手里这柄剑没有？这可是三级圣兵器！其他人得到的东西比我的还好，你什么都没有，哈哈，就跟在我们屁股后面吃灰尘吧！"说完，赛非落公主捡起地上的剑鞘，咻的一声不见了踪影。

凤舞："……"

白衣少女哟了一声："这些人进来得早，下手还真狠啊，这么早就遇到毒尸群了呢。"

凤舞："毒尸群里有好东西？"

白衣少女："你所谓的好东西是指什么？不会真觉得那破公主手里拿着的劳什子三级圣兵器是好东西吧？"

凤舞："三级圣兵器正适合灵尊境修炼者用，也……没那么差吧？"

白衣少女嘴角抽了抽："如果你要这些鬼东西，本仙子分分钟给你弄来一箩筐，就看你有没有力气背出去了。"凤舞眼睛一亮。

白衣少女见凤舞对这点东西很感兴趣，无语极了："眼界啊眼界，你怎么就这点眼界，简直是丢楚风笑的脸！"

凤舞："我现在才灵尊境嘛，难道还能用灵王境的眼界看人看事？"

白衣少女一想也是："既然你对灵尊境的这些鬼东西感兴趣，那你要不要一些破碎剑灵？刚好可以让你的星陨剑剑灵吞噬，你的剑灵……真是我这辈子见过的最蠢笨的剑灵了。"

凤舞："喀喀……"

凤舞很清楚，白衣少女境界非常高，实力更是深不可测，她虽然比八思巴国师稍逊一筹，但同样属于大陆顶尖强者之列。对她来说，灵尊境的东西太弱了。

"走走，我们去找破碎的剑灵。"

星陨剑是凤舞亲手锻造出来的，虽然一开始只是五级圣兵器，到了现在，还是三级圣兵器，可这是可进阶的兵器，本就是极品。

白衣少女真觉得自己高手寂寞，这些弱渣居然对三级圣兵器感兴趣，还乐颠颠地拿出来炫耀，唉……现在的世道……

"往前走一百米——"

"右拐，看到一道门。"

"门框上有数字，密码是一二三四五六。"

凤舞："……"这密码还真是超级简单。

"不担心密码被别人猜到吗？"凤舞随口问。

白衣少女："越简单越不容易被猜到，反正那些人猜了这么多年，就没一个猜对的。"

凤舞摸摸鼻子："……"

就在这时，不远处传来说话的声音。

"往这边走才是对的！"

"我们跟着二皇子走。"

"二皇子手里肯定有地图，跟着他走准没错。"

"对对对——"

一时间，几乎所有人都跟着二皇子往另外一条路走去。

凤舞躲在一旁，将眼前一幕看得清清楚楚。

"他们往那边去了。"凤舞小声跟白衣少女道。

白衣少女瞥了凤舞一眼："你也想跟着他们去吗？"

凤舞："怎么会呢？仙子小姐姐说怎么走，我就怎么走。"

白衣少女瞥了凤舞一眼："你知道那位二皇子会将他们带到哪里去吗？"

凤舞好奇极了："会将他们带到哪里去啊？"

白衣少女冷笑道："他们这条路直达幽冥鬼王巢穴，嘿嘿，这回有意思了。"

凤舞正想问，白衣少女已经发话："走走走，赶紧提升你自己的实力才是正经事。"

凤舞点点头，反手将密室门打开。

"把门关上。"白衣少女压低声音说。

凤舞点点头，快速将门关闭。当凤舞回过头的时候，却发现眼前一片金光闪闪，流光溢彩，灵气浓郁。

第十四章
兵器圣地

　　这是一座空旷的房间，只有一百平方米左右，那片浓郁的灵气将凤舞的目光吸引了去，让她再也移不开眼睛。

　　"这些是……"

　　两边是原木色的架子，靠墙而立。架子有上中下三层，分别放着不同的兵器。因为年代久远，所以看上去旧旧的。

　　架子上的兵器虽然多，但凤舞拿起来一看，当即皱眉道："这柄剑是破损的呢。"

　　"这柄剑也是破的，有三个缺口。"

　　"这根长矛，都折断了。"

　　"还有这……"

　　凤舞越看越失望，转过头，可怜兮兮地看着站在一旁的白衣少女。白衣少女瞥了凤舞一眼："这些兵器，按照你们的定义，都是三级圣兵器。"

　　凤舞点头，确实如此。

　　"你觉得这些兵器没用？"白衣少女慢悠悠地看着凤舞。

　　凤舞想了想道："其实都是很好的材料，如果拿到外面去，能卖好大一笔钱，若是回炉重造，可以重新炼出三级圣兵器。"

　　白衣少女没好气地看了凤舞一眼："不过是些废弃的东西，哪里需要那么麻烦？"凤舞苦笑。

　　"让星陨剑的剑灵吞噬这些灵气不就行了。"白衣少女很是傲然。

凤舞："她现在能吞噬了？这么多，她吞得下去？"

白衣少女用看白痴一样的目光看着凤舞。凤舞用质疑的目光看着她。

白衣少女瞪着凤舞："你就这么看不起我？！"

凤舞："啊？"

白衣少女："你家小剑灵一开始不知道多蠢，跟个小白痴一样，啥都不会，啥都不懂，经过本仙子一番调教，现在的她可聪明啦。"

凤舞一脸惊奇地道："真的吗？"

白衣少女冷哼道："当然是真的，我还能骗你不成？出来吧。"

就在这时，白衣少女一声令下，忽然，一个扎着两根冲天辫的红衣小女孩摇摇晃晃地从星陨剑里飞出来，啪的一声摔在地上。凤舞转过脸去，不忍心看。

白衣少女觉得丢人，想骂什么最终还是忍住了。她指着红衣小女孩，语气凶巴巴的："去去去，赶紧将这些东西都给我吸了。"

红裙小女孩两三岁的样子，圆滚滚的身子，苹果一样的小脸，眼睛更是漂亮。红裙小女孩的反射弧有点长，茫然坐在地上，仰着小脑袋，看着白衣少女，过了三秒钟，她终于反应过来。

"哇——"红裙小女孩哭了。

白衣少女瞪着红裙小女孩，很是抓狂："教你多久了，让你飞让你飞，在剑里的时候不是飞得好好的吗？现在一出来就不会飞了？还给我一下子砸下来，你哭什么哭啊！"

红裙小女孩泪眼迷蒙地看着白衣少女，顿了三秒，哭得更加凄惨。白衣少女觉得超级没面子，转头看到凤舞在憋笑，越发气得不行，面色通红。凤舞实在忍不住，哈哈笑出声来。没想到，冰冷的白衣少女也有如此狼狈的时候，竟然被一个两三岁的小女娃弄得束手无策。

凤舞只觉白衣少女看起来凶巴巴的，内心却隐藏着不为人知的童真，很是可爱呢。

"别骂她，她才两三岁，除了睡就是吃，要不就是哭。"凤舞赶紧拦住她，强忍着笑说，"跟一个什么都不懂的小丫头置气，只能被她气死，好好教好好说，她肯定听的。"

白衣少女哼哼两声，瞪着让她倍感丢脸的红裙小丫头："去，将这些破碎的剑灵全吃了，快去快去。"

红裙小丫头眼眸含泪，面颊上还有未干的泪水，整个人看上去可怜又可爱，她咬着下唇，小声哦了一下，挪动着圆滚滚的小身子爬过去。别看小丫头走路歪歪斜斜的，当她的小手抓到一柄破碎的剑时，眼睛忽然一亮！下一秒，只见她一把将剑抓过去，往自己嘴里塞。

凤舞惊了一下，那么小的嘴巴，怎么塞得下这么锋利的剑？还没等凤舞担心过

来，小丫头已经咔嚓咔嚓咬上了。

三级圣兵器放在外面来说，已经是非常上等的兵器，不然堂堂赛非落公主捡到一柄三级圣兵器也不会高兴成那样。现在，凤舞的这个小剑灵啃的就是三级圣兵器，虽然是破损的。

凤舞完全没想到，小丫头的牙齿居然那样锋利，不出一分钟，那些破损的剑就被她啃光了。凤舞："……"

"这里是兵器回收库。"白衣少女熟门熟路地告诉凤舞，"兵器虽然是破损的，但用来滋补灵气，效果不比完好的兵器差。"

凤舞点点头，一直盯着小剑灵。小剑灵啃完灵剑，转头去拿一支折成了两半的红缨枪。咔嚓咔嚓，小剑灵啃得很欢。

凤舞发现星陨剑的剑身悬浮着一层淡淡的荧光，荧光呈淡蓝色，随着小剑灵啃噬得越多，淡蓝的色泽越浓。

白衣少女告诉凤舞："剑光呈淡蓝色，说明这柄剑还是三级，等淡蓝色浓到极致，变成淡绿色，这柄剑会进入二级。"

凤舞惊奇道："你的意思是说……星陨剑会晋级？"

白衣少女无语地瞥了凤舞一眼："如果不是为了让星陨剑晋级，我带你来这儿干吗？闲着没事消遣你？"

凤舞可一点都没在意白衣少女略显傲慢的态度，笑着问："所以星陨剑能变成二级圣兵器吗？"

白衣少女瞥了凤舞一眼，别过头去。

凤舞："啊？不行吗？"

白衣少女恨不得戳戳凤舞的脑袋，最终还是忍住了，卖了个关子："你等着瞧吧！"

耳边是红裙小剑灵咔嚓咔嚓不断啃噬金属的声音。

凤舞原本以为，小剑灵啃那么两三件兵器就会饱，万万没想到的是，小剑灵已经啃到第五件了，居然还在啃！

"她不会撑坏肚子吧？"凤舞看着白衣少女。

白衣少女无语望天，不想跟凤舞说话。

好吧，凤舞自己默默地转头，看着星陨剑那淡蓝色的灵气越来越浓，越来越浓，渐渐变成深蓝色。因为和星陨剑心意相通，凤舞甚至能感觉到色泽浓度百分比的变化，百分之七十、百分之八十、百分之八十五、百分之九十……

三级圣兵器和二级圣兵器虽然只有一级之差，但威力差别很大。因此，二级圣兵器的价格是三级圣兵器的五倍！一件完好无损的三级圣兵器，需要一万下品灵石。如果星陨剑能晋升到二级圣兵器，就值五万下品灵石了！

凤舞一脸激动地看着白衣少女："我能感应到，星陨剑的色泽浓度现在已经达到百分之九十五了，再吸收多一点灵气，说不定就能一口气晋升到二级圣兵器呢！"

白衣少女哦了一声，似乎对二级圣兵器并不很感兴趣。

凤舞补充说明："二级圣兵器可是三级的五倍价格呢！一旦升到二级，星陨剑就价值五万下品灵石啊，五万！"

当初凤舞很穷的时候，把一枚下品灵石都当成宝贝用。

白衣少女没好气地瞥了凤舞一眼，不说话。凤舞可不知道这位大陆顶尖高手如何想，只知道二级圣兵器很难得，现在二皇子手里的那件兵器就是二级圣兵器！

百分之九十七、百分之九十八、百分之九十九——

凤舞激动地握紧拳头，紧紧盯着红裙小丫头。咔嚓咔嚓，就在星陨剑的色泽浓度晋升到百分之九十九的时候，红裙小剑灵突然停住。

凤舞瞪大眼睛。不要啊，我的小祖宗，快吃啊，快点吃啊，就差一点点了……一点点……

红裙小剑灵摸摸自己的小肚子，有点圆鼓鼓的呢。她歪着脑袋想了想，又低头啃去。凤舞长长呼出一口气。下一秒，叮，一道清脆悦耳的声音传到凤舞耳朵里，她的剑终于晋升到二级圣兵器了！

凤舞脸上露出会心的笑容，看着白衣少女，高兴地道："晋升了呢！二级圣兵器了！二级了呢！"

星陨剑不是她从别处得到的宝剑，而是从寻找星陨石开始，一点点锻造，一点点使其成形的，凤舞对它的感情自然不一样。看着星陨剑慢慢成长起来，好像看到自己的孩子被养育成人，那种成就感，是一般人体会不到的。

白衣少女见凤舞脸上真诚灿烂的笑容，也不由得动容。

"二级圣兵器而已，就让你高兴成这样啊？"白衣少女没好气地道，"这还远远不止呢。"

凤舞却不信："兵器晋升又不像修炼，哪有一下子涨那么快的？当初那位大师级的锻造师说——"

白衣少女摆摆手道："被本仙子调教过的小剑灵能和别人一样？你且睁大眼睛看着吧。"白衣少女无比自信，无比骄傲。

凤舞将信将疑地看着她。忽然，白衣少女眼眸一动："墓葬群对外开启是有时间限制的，我们这么浪费时间，太划不来了。"

浪费时间？凤舞苦笑不已："星陨剑已经在晋升了啊……"

白衣少女道："晋升归晋升，你晋升了吗？"

凤舞摇摇头。白衣少女瞥了凤舞一眼："那不就是？你现在这么弱，难道不想赶紧提升实力？"

这么弱……凤舞苦笑，其实这几天，她晋升的速度已经很快了。

白衣少女："你晋升速度太快，可基础太薄弱，为今之计最重要的就是夯实自

379

身，坚固丹田，否则等神源之种到你手里，你稍微一修炼，身体就会承受不住崩溃掉，那真是哭都哭不出来了。"

这点非常正确，凤舞表示赞同。

"所以？"

"跟我来。"白衣少女一挥手，"夯实体魄，坚固丹田，对别人来说很难，但本仙子刚好知道一个地方，那里能帮到你。"白衣少女一边走一边得意地对凤舞道，"每次那些人进来都只看到冰山一角，其实真正的宝地，他们不知道！"

凤舞道："愿闻其详。"

白衣少女略带得意地对凤舞说："在你左前方五十米处，有一座耳房。别看那是座破旧的耳房，在里面修炼的东西却不少，那里是幽冥小鬼的复活池，一般人可不知道。"

凤舞眼眸一亮："修炼的东西？"

白衣少女没好气地道："你就别想了，那些只适合灵尊以下的小鬼，你现在已经是灵尊境了，它们对你来说一点用都没有。"

凤舞在心里遗憾："如果秋灵和朝歌在就好了，这样她们就能快速提升实力了。"

白衣少女耸肩，根本不知道秋灵和朝歌是谁，不过看样子，应该是灵尊境之下的修炼者，这种修为的修炼者对白衣少女来说，是可以忽略不计的。

就在这时候，凤舞耳边传来吵嚷的声音。

"咦？"凤舞心头一动，"前面有吵架的声音。"

白衣少女皱眉道："你并不是多管闲事的性子。"

凤舞苦笑道："我确实不是，但听声音好像有些熟悉，莫不是熟人？"

白衣少女："熟人不熟人有什么关系，现在最重要的是提升你自己的实力！"

凤舞坚定摇头："这座墓葬群危机重重，稍有不慎就会陨命，如果是朋友，我不能见死不救。"

白衣少女瞪着凤舞。凤舞也以坚定的目光回视白衣少女。

"一定要去？"白衣少女皱眉。

凤舞严肃地点头。

白衣少女无奈地道："那就去吧。"

凤舞："你不生气？"

白衣少女无语地朝天翻了个白眼："你这破丫头看起来好说话，可一旦拿定主意，就没人能改变你的想法不是吗？与其跟你在这儿争论浪费时间，不如让你赶紧去把事办了。"

凤舞脸上露出真诚灿烂的笑容。

"好！"凤舞快步往前走去。

刚才那道声音跟秋灵的有些像，但凤舞奇怪的是，之前她明明没有看到秋灵进墓葬群。不行，她必须亲自确认一番。

　　当凤舞绕过一座殿宇，来到殿后拐角，就看到让她愤怒的一幕。

　　"哈哈哈，你这小丫头还真是不知道死字是怎么写的，居然辱骂我！"三公主的声音从不远处传来。

　　凤舞眉头微微蹙起。三公主在骂谁？

　　"秋灵，难道你真的不怕死吗？"继三公主之后，左青羽的声音也响起来。

　　秋灵？凤舞听到熟悉的人名，眉头一蹙，三公主她们肯定在欺负秋灵。

　　果然，三公主说："秋灵，我们并没有为难你，只不过让你说一句凤舞的不好，有那么难？"

　　左青羽冷笑道："一句凤舞不好就能保你一条性命，如若不说，呵呵……"

　　秋灵："我家小姐是最好最好的，你们休想利用我来羞辱她！"

　　"哟，小丫头很有骨气嘛。"三公主冷笑。

　　"既然这么有骨气，那就要承担后果！"左青羽也冷笑连连。

　　咔嚓！骨头错位的声音传来。

　　"啊！"秋灵痛得惨叫，额头上的冷汗如黄豆般往下滚落。

　　"不是骨头很硬吗，叫什么叫？"三公主冷笑连连。

　　"说啊，快说，凤舞是贱人！只要你说一句，我就饶你一命！"

　　左青羽踹碎秋灵的膝盖骨，逼她扑通一声跪下。秋灵双膝重重砸落在地，发出清脆的声音。

　　"啊！"秋灵再次惨叫。

　　"还不说是吧？骨头就这么硬？好，很好，非常好！"

　　左青羽扼住秋灵的咽喉，下一秒就要将她的咽喉掐断！

　　凤舞刚好赶到，耳边传来白衣少女的声音："如果我是你，现在绝对不会出去。"

　　凤舞回头瞪着白衣少女。白衣少女认真地看着凤舞："一旦你出去，身份就暴露了。这么好一个杀掉你的机会，你的敌人不会放过。这个人不过是伺候你的丫头，死了就死了，她还能有你的修炼前途和性命重要？"白衣少女很不理解凤舞的做法。当年她也是尊贵的公主，集万千宠爱于一身，身边伺候她的人多了，她从来不在意这些。

　　凤舞盯着白衣少女，死死盯着。

　　白衣少女眼中有疑惑，有不解，有对凤舞不听话的愤怒。

　　凤舞冷笑一声："这些生命对你来说，不过是蝼蚁，但对我来说——"

　　白衣少女已经做好凤舞会说众生皆平等的鬼话，也做好了反驳的准备。

　　凤舞却道："但对我来说，我可以不在意这些生命，身边的人却不一样。"她盯

着白衣少女，冷哼一声，"我保护不了众生，也没想过保护众生，只想保护身边的人，免她们苦，免她们忧，免她们颠沛流离，免她们无枝可依。在这以武为尊的世界，我只希望她们好好活下去，快快乐乐地生活。我的保护范围很小，真正在意的人不超过十个，秋灵虽然是个丫鬟，天赋也一般，实力不怎么样，但她就在这个保护圈之内。"

内心有一个保护圈吗？白衣少女原本以为凤舞是个以拯救苍生为己任的烂好人，听她一席话才知道，她内心有一个小世界。

有自己要保护的人？看着凤舞无比认真的双眸，白衣少女那坚硬如铁石的心，突然被拨动了一根弦……

这位从来杀伐果断、唯我独尊的前朝公主，不知想到了什么，不耐地摆手："算了，你想救就救吧，啰唆！"

凤舞抿唇一笑，她就知道白衣少女是嘴硬心软的人。

现在，凤舞的性命跟白衣少女绑在一起，所以一定要征询她的意见。

"啊——"秋灵惨叫的声音再次响起。

凤舞顿时回过神，下一秒已经宛若猎豹般飞冲而起。因为手中没有星陨剑，所以凤舞直接改剑为拳，还在半空的时候，便挥出拳头，对准左青羽的脑袋打过去。左青羽正要捏死秋灵，注意力都在秋灵身上。她狰狞着一张脸，脸因为仇恨而扭曲。

"凤舞！你如此羞辱我！我既杀不了你，就杀你一个丫头，当提前收利息！秋灵，要怪就怪你自己眼瞎，跟了这样一位主子！去死吧！"左青羽右手收紧，力道作用于秋灵纤细的咽喉。

刹那间，秋灵的骨头几乎要被捏碎了。秋灵只觉得一阵窒息传来，眼前阵阵发黑，死亡的气息将她整个包裹起来。

要死了吗？秋灵苦笑。小姐的新裙子才做了一半，交给别人做，她不放心……秋灵带着满满的遗憾，闭上了那双漂亮的双眸……砰——就在她即将晕过去的瞬间，一道掌力重重砸下。那蕴含着浩瀚之力的双掌！那强悍的肃杀之气！那火山爆发般的暴力！左青羽完好无损的后脑被砸出一个血洞……

时间仿佛静止在这一秒。

三公主震惊地捂住双唇，不让自己发出叫喊声。

左青羽被打蒙了，松开手，秋灵随即滚落在地。窒息到近乎死去的秋灵缓过一口气，大声咳嗽。

左青羽缓缓转过脑袋，无比震惊地瞪着凤舞，抬手往后脑勺摸去，只摸到黏糊糊的液体。她抬头看了下手心，一片鲜红黏稠的血液……浓烈的血腥味让她的意识渐渐回归。

"你……"左青羽难以置信地看着凤舞，"你打我？"左青羽这辈子还没有被人这样打过，因此到现在都没回过神。

凤舞根本就没理会她。

秋灵艰难地牵起一抹笑容，"小姐……秋灵在临死之际……终于见到你了呢……"

凤舞瞪了她一眼："说什么胡话，什么死不死的，有我在，谁敢让你死？刚才不是很有骨气吗？一句你家姑娘的坏话都不肯说？"

秋灵原先还很镇定，看到自家姑娘后，越想越委屈，越想越后怕，突然哇的一声哭出来："姑娘……呜呜呜……姑娘，秋灵其实很怕的……"

凤舞拍拍她的脑袋："好啦好啦，回头再跟你这榆木脑袋说话，看你家姑娘我怎么给你报仇！"

凤舞放下秋灵，缓缓站起身。

当凤舞站起来的时候，对着秋灵时的温和气息瞬间消失，取而代之的，是杀气腾腾的愤怒。凤舞用那双冰冷肃杀的双眸，紧紧盯着左青羽。而此刻的左青羽正怔怔看着自己的左手，另一手则捂着碗口般大的伤口。她后脑的伤口太大，捂得再紧，血水还是如泉水般汩汩往外流着。

三公主不知什么时候退到左青羽身后。她站立的角度，正好能看到左青羽的后背。左青羽整个后背都被血水浸湿，猩红色的液体从后脑勺汩汩往下流，染红了衣衫，又滴滴答答往地上淌。

三公主盯着左青羽的伤口，不知为何，心里开始发慌……她下意识地往后退，悄悄地，一退再退……

凤舞却步步上前，停在左青羽身前。

"凤舞，你敢伤我？你、居、然、敢、伤、我！"左青羽怒到极致，恶狠狠地盯着凤舞，一字一字地说着。

凤舞嘴角扬起一抹微微的弧度，笑眯眯地盯着左青羽："我伤你了，如何？"

"你——"左青羽一句话还没说出口，凤舞抬起手臂，一股凶煞之力从她掌心飞出。

砰！她重重一巴掌朝左青羽脸上抽去。

"啊——"左青羽被这一巴掌抽得整个人斜飞出去。

砰的一声，她的身体重重撞到柱子上，又被重重弹回去。

"我不仅伤你，还杀你！"凤舞宛若杀神，整个人透着浓烈的杀意。

一股浓烈的压迫感笼罩在左青羽头顶。左青羽只觉得眼前阵阵发黑，全身绵软无力，伤口痛得近乎麻木。

"凤舞你——"左青羽心里发慌，原本蓬勃的生命力，宛若手里的泥沙，快速从掌心流失。不，不……她还想活着，不想死啊……

凤舞在她面前半蹲下来，抬起手——

左青羽的眼中，有生以来第一次露出惊恐之色："不不不……你不能杀我……凤

舞，你不能杀我……你不能！"左青羽眼中有着对死亡的恐惧，有着对生命的极度眷恋。左青羽无比清晰地意识到，这一次，凤舞是真的想杀她！

凤舞嘴角扬起一抹邪恶的冷笑。她用白皙如玉的纤细右手扼住左青羽的颈项，往前一步，目视前方，盯着三公主，但话是对左青羽说的："如果我晚来一步，你会饶过秋灵吗？"

左青羽颤抖着声音道："……她不过是个微不足道的丫头，我是左青羽！我的命比她尊贵千倍万倍！"

凤舞眸中迸射出寒意，声音宛若鸿毛般轻柔，却让人毛骨悚然："但是在我眼里……十万个你，都不及秋灵一根汗毛。"

"你这个疯子！"左青羽气得大喊，但是下一秒，就喊不出来了。

咔嚓！凤舞干脆利落地扭断了她白皙纤细的颈项。

"啊！"寂静的大厅里，一道尖锐的惊恐声冲天而起。

发出声音的不是别人，正是三公主君无瑕。三公主难以置信地看着眼前这一幕，眼中充满了惊恐。

"不不不，不可能，这不是真的，这绝对不是真的……"三公主死死盯着凤舞，神色恐惧，一步步往后挪去。怎么可能呢？堂堂左家千金，就这么被扭断了脖子？

此刻，凤舞的目光终于落到三公主身上。

"姑娘——"秋灵眼中充满焦急和心疼之色。骨头错位，没办法走路，只能拼命往前爬，然后抱住凤舞的双腿。

"姑娘，姑娘，冷静一点，那是三公主啊！"秋灵急得大哭，"秋灵不值得您如此！姑娘，秋灵不值得您如此啊！"

事实上，凤舞虽然愤怒，却并没有失去理智。她杀左青羽，是因为左青羽该杀。她忍了左青羽两次，这是第三次，她不会再忍。更何况，她和左家迟早有一战，左青羽这样的角色，杀了便杀了，关系很大吗？

"秋灵，你家小姐我清醒着呢。"凤舞拍拍秋灵的脑袋，抬手间将她错位的骨头接了回去。

秋灵疼得眼泛泪花，却一声都没有哼。这丫头……

秋灵不是最有天赋的，不是最聪明的，不是最细致的，她的忠诚却是实打实的。聪仆好寻，忠仆难得。

凤舞放开秋灵，再次盯住三公主。三公主只觉得全身汗毛倒竖，心剧烈跳动，像是被一只巨兽盯着，心里阵阵发慌。

"啊——"三公主惊恐地惨叫一声，转身就跑。她跑得很快，用了这辈子从来不曾有过的速度。

凤舞嘴角扬起一抹嗜血的冷笑。以前自己受制于修为，受制于对方的家族，对这两个人一次又一次忍耐。现在，她的修为已经提升到灵尊七星，但三公主和左青羽两人的实力连灵尊一星都不到，凤舞要杀她们如同杀鸡，更何况，现在是在墓葬群内，没有其他人看到，正是灭口的最佳时机。

"左青羽死了，君无瑕，你也去死吧！"

就在凤舞冲出去追杀三公主的时候，忽然，白衣少女提醒凤舞："快走，灵侯境修炼者朝这边过来了！"

灵侯境修炼者？凤舞眉头狠狠地拧起。

据白衣少女所言，进入墓葬群的灵侯境强者也就那么几个。

"不是你朋友。"见凤舞没有动，白衣少女再次出声提醒，声音明显带着焦急。

对方不是朋友的话，就不是风浔和玄奕。那么，来者很可能是二皇子、左青贤……甚至明兰尔公主。凤舞心头有种很不好的预感。

"走！"白衣少女第三次提醒凤舞。

凤舞心里万分不甘，差一点点，君无瑕就被她杀掉了。

君无瑕亲眼目睹她杀掉左青羽的过程，如果见到左青贤，三公主一定会告诉他这件事，那么……后患无穷！

想到这儿，凤舞从地上捡起一块石头。小小一块石头，鸽子蛋般大小，因为凤舞拥有灵尊七星的实力，所以当她将石头投出去时，恐怖的冲击波破空而起。一时间，空间变得扭曲，像是被一道巨大的力道撕碎，小石头咻的一声，快若闪电般朝君无瑕的后脑飞去。

"快走！"白衣少女怒喝一声。

凤舞甚至来不及看自己投出这块暗器的效果，拎起秋灵，以最快的速度往来路冲去。

"左青贤救我！"三公主看到拐角处出来的左青贤，赶紧呼救出声。

左青贤一路上都陪着二皇子，才刚搜索到这边，就听到不小的动静，于是便过来看个究竟。让他们没想到的是，居然是三公主遇到了危险。

三公主和二皇子都是独孤皇后所出，是一母同胞的亲兄妹。

石头的速度，三公主的速度，左青贤的速度，二皇子的速度——

当这四种速度撞到一起的时候，二皇子抓住三公主，正要将她往自己身后拽——砰，凤舞掷的那块石头狠狠砸上三公主的脑袋。因为二皇子拽得偏了一点，所以石头并未砸中三公主的死穴。

三公主撞进二皇子怀里，直接晕了过去。二皇子顿时变了脸色。

"小三！三儿？！三儿？！"二皇子和三公主关系极好，看到三公主如此，脸上出现难以抑制的怒容。

"我去追！"左青贤放下三公主，快如闪电般往前方飞掠而去。

"快跑！不到十秒钟，那个叫左青贤的就会追上来！"白衣少女急得额头快冒汗了。

385

凤舞紧绷着脸，一言不发，速度快到极致。

"如果你被抓到，对方是灵侯境，你根本无力反抗。"白衣少女告诉凤舞。

"他会看到左青羽的尸体。"凤舞没有自乱阵脚，很冷静地回答白衣少女。

白衣少女不解。凤舞："左青贤和左青羽是兄妹。"

"啊——"白衣少女恍然大悟，"原来如此，难怪你把左青羽的尸体……"丢到那么明显的地方，原来是为了乱对方心神啊。

白衣少女不由得多看了凤舞一眼。在这样紧张危险的情况下，她居然还能冷静地做完先期布置，光是这份陷入绝境后的冷静，就足以让人敬佩。

白衣少女想起很久以前，父皇无奈地看着她，说，仙儿啊，如果你有陷入绝境后的冷静，父皇的皇位怎么都会给你留着。

白衣少女苦笑，所以，自己竟然不如这个灵尊境的小丫头？

左青贤一抬头，看到一抹暗红色的衣角从拐角处飞过，他有信心，再有三秒钟，他就能抓到对方。关键时刻，一个重物从房梁上重重砸落。

左青贤拍掌将那重物挥开，嘴角扬起一抹冷笑："小小伎俩，也敢在本公子面前班门弄——"左青贤话音未落，身形僵硬在原地。他看到了那具尸体的容貌——那被他一掌拍得血肉模糊的尸体……她的脸，他还能辨认出来。

"青羽？青羽？！"左青贤看着砸落在地的尸体，脸色惨白，瞬间僵立当场。过了一会儿，他快步冲上去，一把扶起那具尸体，仔细辨认。

居然真的是左青羽！他的手指在左青羽鼻息间探过，下一秒，整个人都傻掉了。死了……他的二妹妹左青羽……被他一巴掌打死了！不不，不是的……

左青贤仔细检查左青羽的伤口，致命伤在后脑，她是失血过多而死的。

是谁？！

"是谁杀了青羽？！"左青贤抱着左青羽，在空落落的大殿内怒吼。回答他的，只有不断的回音。

二皇子抱着三公主快步过来了。二皇子看到地上的左青羽，当即皱眉道："这……怎么回事？"

此刻的左青贤早已泪流满面，一双眼睛蕴含着怒气和杀气："有人杀了青羽，有人杀了我二妹！该死！"

二皇子的脸色也非常难看，因为三公主正生命垂危地躺在他怀里。

"杀左青羽的和伤三儿的，一定是同一人。"二皇子检查完两人的伤口，很肯定地下了结论，"那个人先杀左青羽，实力不弱，一招让左青羽毙命。"二皇子面色冷凝，"等他再想杀三儿的时候，刚好看到我们，所以跑了。"

"是谁？会是谁？！"左青贤已经被怒气填满，根本无法正常思考。

短短半年时间，他的弟弟左青流死了，现在妹妹左青羽也死了……左家这是招惹了什么不干净的东西！

"进入墓葬群的人并不多，如果是人类所杀，那么很容易找出凶手，可如果是墓葬群里的'阿飘'们……"二皇子脸色非常难看，"那就不好找了。"

左青贤握紧拳头，道："我有预感，一定不是人类所为！"

二皇子盯着怀里的三公主，认真地道："想知道凶手，唯一的办法就是救活三儿，只有三儿知道凶手是谁，或者说，那个人之所以杀三儿，有很大的可能是为灭口！"

"如果是灭口，那就是人类所为！"左青贤的理智渐渐恢复。

二皇子点头道："如果是人类，就很好排查了。"

凤舞跑得很快。

"没有追兵了。"白衣少女出声提醒凤舞。

凤舞停在墙角阴影处，右手扶住墙壁，缓缓吐出一口浊气。她抬手抹去额头上的汗水，回头一看，身后果然没有左青贤的身影。

"终于逃出来了。"凤舞心中庆幸万分，不过很快又担心起来，"不知道三公主死了没有呢。"

白衣少女无语地看着凤舞。凤舞不解地道："怎么了？我脸上有花吗？"

白衣少女瞪着凤舞："我在看你的胆子是不是比别人大很多。"

凤舞："哪有。"

白衣少女难以置信地瞪着凤舞："没有吗？你摸着你的良心说，真的一点都不后怕？那俩小丫头杀了就杀了，但她们身后的家族，你真的一点儿都不担心？"

"喀喀——"凤舞想想还是有点后怕。

"姑娘——"秋灵一脸懊悔，"都是因为奴婢，小姐才——"

"才不是因为你呢，就算没有你，这回我也是非杀她们两个不可的。"凤舞拍拍秋灵的脑袋，"我对她们不爽很久了，而且她们居然敢对我身边的人下杀手，哼！"

她们想杀凤舞，凤舞或许还愿意放过她们，但她们一旦开始对凤舞身边的人下手，那么今天能动秋灵，明天就能动小七，甚至美人娘亲，凤舞哪里忍得了？所以，她们必死！

"我唯一担心的是，君无瑕到底死没死？"凤舞抓抓头发，"要是三公主死了还好说，一时半会儿，他们就算怀疑到我身上也没有直接的证据，可如果君无瑕没死，那就是活脱脱的人证啊。"

白衣少女："你觉得呢？"

凤舞苦笑道："如果没有那两个灵侯境的出手，以我的力度和准头，君无瑕必死，可如果那两人……但凡他们出手稍快一点，君无瑕就死不了。"

白衣少女："凤舞，你走上歧路了。"

"啊？"凤舞不解地看着白衣少女。

白衣少女的脸色无比认真，盯着凤舞，一字一顿道："这是以武为尊的世界。"

凤舞点点头。

"如果你拥有绝对的实力，管他什么灵侯境，管他什么父辈、长辈、家族背景，人挡杀人，佛挡杀佛！谁敢烦你，全部杀了就是！你现在担心这个担心那个，只能说明一个问题：你的实力太弱了！"

凤舞不得不承认，白衣少女所言极是。

"不仅你的实力太低，你身边的人实力更低！"

白衣少女的目光落到秋灵身上，她微微蹙眉道："看着天赋也还可以，还是个纯阴之体，怎么实力就弱成这样？"

凤舞咳了两声，道："她炼出纯阴之体还不足半年。"

白衣少女惊奇地道："纯阴之体不是天生的，还能修炼出来？"

凤舞拍着小胸脯，很是自信地道："我的医术可是很厉害的，不仅能炼出纯阴之体，还能炼出纯阳之体呢！"

"我信你才有鬼。"白衣少女只当凤舞在开玩笑，没好气道，"先不管她的纯阴之体是怎么来的，她拥有这个体质是事实，如果不加以利用，简直就是浪费资源。"

"还请仙子小姐姐指点。"凤舞虚心求教。

"那你是真问对人了。"白衣少女很是傲然，"你也不想想，本仙子是谁，也不想想这里是什么地方？"

白衣少女小姐姐是鬼啊！这里是墓葬群啊……果然是极阴之人、极阴之地。

"还请仙子小姐姐指点。"凤舞双手抱拳。

可是，白衣少女这回却和凤舞杠上了："本仙子为什么要指点你？"

凤舞："……仙子姐姐。"

白衣少女："没有好处的事情，本仙子是绝对不会做的，你求也是白求。"

凤舞："仙子姐姐这么漂亮，这么聪明——"

白衣少女瞥了凤舞一眼："你夸我也没用。"

凤舞："楚风笑楚大人，英俊潇洒，卓尔不凡，清隽俊逸，天赋超绝，实力超群……"

凤舞夸楚风笑夸得天花乱坠，让白衣少女眯着眼睛笑了起来，很陶醉的样子。

"好了好了。"白衣少女没好气地瞅了凤舞一眼，"你这丫头夸人都不会脸红的吗？"

"那也是仙子小姐姐有可以夸的点呀，难道我还能无中生有？我又没有这样的本事，再说，我这个人最大的优点就是诚实了……"

不得不说，凤舞很会看人，白衣少女最喜欢听好话，特别是听别人夸楚风笑。

"前方五十米，右拐，推门进去。"白衣少女出声。

凤舞眼眸一动，有戏！于是，她带着秋灵，按白衣少女所指的方向快步而去。

因为凤舞和白衣少女是在凤舞的意识里交流的，所以秋灵完全不知道发生了什么事。

"姑娘——"秋灵才刚出声，凤舞便摆手示意她不要说话。

凤舞："跟着我走，快步跟上！"秋灵哦了一声。

白衣少女一路指点，凤舞一路跟随。有时候明明没有路，但是被白衣少女一指点，凤舞将藏在暗处的机关一摁，墙壁上就显出一道门来，看得秋灵目瞪口呆。

大约过了一盏茶的时间。

"到了。"白衣少女得意地道，"推开这扇门，里面就是幽冥小鬼的复活点，那里有一泓清泉，叫灵泉。"

凤舞点点头，双手推开青铜色的大门。

一进去，一屋子的"阿飘"们齐齐转过头看着凤舞。

凤舞："……"

"阿飘"们："……"

秋灵已经吓得面色苍白，全身僵硬。

白衣少女："进去啊。"

凤舞正要进去，秋灵却死死拽着凤舞的衣袖。那些"阿飘"太恐怖了，有的伸着一米长的鲜红舌头，有的眼睛滴血，有的只剩下半张脸，有的……怎么奇形怪状怎么来。

正中央，如白衣少女所言，有一泓湛蓝色的清泉，池面汩汩冒着气泡，宛若被煮沸的水。

白衣少女道："这是复活池，给鬼魂用的，但对人类极阴之体来说，却是洗筋伐髓般的宝贝，除了能将她的身体变成真正的纯阴之体，而且——"

"而且什么？"凤舞知道，后面一定有很重要的信息。

白衣少女看着凤舞，认真地说："而且，会让她的修为快速增长！不是一星两星地长，很有可能……"

"如何？"凤舞握紧拳头，难掩激动之色。

白衣少女："因为她现在只有灵师九星，所以晋升的星量会很多，至于会增长到什么程度……端看她的承受能力。"

"承受能力……会很痛苦？"凤舞皱眉。

白衣少女："很痛苦。"顿了顿，白衣少女又补充了一句，"上刀山下火海进油锅，痛苦不痛苦？"

凤舞的眉头深深皱起。白衣少女冷笑道："下灵泉池的痛苦比之要翻一倍。好处是坚持越久，实力提升越多。你自己想想吧。"这样的痛苦，她都未必承受得住，何况秋灵了。

"小姐？"秋灵一脸不解地看着凤舞。她听不到凤舞和白衣少女的对话，完全不知道发生了什么。

"不行。"凤舞对白衣少女摇头，"秋灵最怕疼，缝衣裳的时候，被针扎一下她都会疼得流泪，更何况眼下这样的情况，她会承受不住的，不行，我放弃。"

白衣少女嘲讽地瞥了凤舞一眼，不说话。

凤舞拉着一脸茫然的秋灵，转身要走。秋灵很乖巧，凤舞要走，她就默默跟着，什么都不问。

凤舞走到门槛处的时候，白衣少女双手环胸，讥讽出声："你问都不问她，就擅自替她作决定？"

凤舞摇头道："这样的痛苦，她根本承受不住。"

白衣少女冷笑道："你又不是她，怎么就知道她承受不住？"

凤舞："我——"

白衣少女盯着凤舞，道："仇恨，有时候能化为一股非常强大的力量；同时，情也能孕育出非常强大的力量。你为了她杀左青羽，还让一个君无瑕生死未卜，她一直想照顾好你，却不小心成为了你的包袱。难道你就不想想，她承受了怎样的自责和压力？这样的自责和压力，会化成非常强大的承受力。难道你想一直将她护在羽翼下吗？你的晋升速度那样快，等你拿到神源之种，就会晋升灵侯境，而她跟你的差距会越来越大。不仅是她，还有你想保护的其他人，他们跟你的差距也会越来越大。你在一直往前走，他们一直看着你的背影，如果他们不成长，以后连看着你背影的资格都没有，因为你会走得他们连你的影子都看不见！到那时，他们如何在你面前自处？凤舞！如果你真为他们好，就要放手让他们进步！他们有自己的人生，他们也想变强，也想追上你。"

白衣少女说了很多，每一句都像棍子狠狠敲击着凤舞，让凤舞越来越清醒。她终于意识到一个非常严重的问题。自己一直说要保护他们，可如果他们自身不变强，自己这种保护反而会为他们招来更大的危险。

凤舞转过头，将清泉池的情况原原本本告知秋灵。

"下清泉池很痛苦，比上刀山下油锅还痛苦，但你会收获极丰。

"坚持越久，纯阴之体洗髓得越纯，实力提升得越多。

"我不鼓励你，也不逼迫你。

"进不进去，取决于你自己。"

凤舞深深凝视着秋灵，神情是前所未有的认真。

"我愿意。"凤舞说完后，秋灵坚定地给出答案。

凤舞蹙眉："要知道，你会很痛苦。"

"姑娘，我知道。"秋灵笑了，笑容真诚而灿烂，"我想要变强，我想要跟上姑娘的脚步，我不希望最后的最后……连看姑娘的背影都做不到。"

凤舞怔在原地。秋灵说的话，竟跟白衣少女说的一模一样！她是笑着说的，可是她的笑容里，充满前所未有的认真、坚定和某种力量。

凤舞转头看着白衣少女。白衣少女摊手："她可听不见我说的话，可见我说的是事实吧？"

凤舞转过头，很认真地看着秋灵："你先下去试试，能坚持多久就坚持多久，不要勉强自己。"

秋灵点点头，但她心里如何想，就不告诉自家姑娘了。

凤舞看着不断从清泉池里冒出来的"阿飘"，皱眉看着白衣少女。白衣少女没好气地道："你手里的鬼王令是假的啊？往四个方向盖上鬼皇印章，就没有鬼魂敢靠近这里。"

凤舞照做，果然整座灵泉池瞬间干干净净，再没有一只"阿飘"。

所有的"阿飘"都缩在角落，再不敢靠近半分。

"姑娘，我进去了。"秋灵深深凝望了凤舞一眼，带着视死如归的决绝。

凤舞眼里浮现一抹心疼，知道秋灵这一脚踏进去，有些东西就不一样了。

凤舞盯着白衣少女："真的……不会有后遗症？"

白衣少女眼睛乱瞟。

"说实话！"凤舞很严肃地瞪她。

白衣少女呃了一声："这后遗症吧……也不是没有，只不过……喀喀，好吧，跟你说实话吧。"白衣少女轻咳了一声，脸色严肃凝重，"你也知道，她现在的极阴之体是人为的极阴之体，一旦进了这灵泉池，那就是真正的极阴之体了。"

凤舞皱眉，盯着白衣少女。

"这真正的极阴之体……很容易变成鬼魅。"白衣少女道，"除了不能成亲生娃，其他的都没问题。"

凤舞很想打人！白衣少女瞥了凤舞一眼："你问她啊，我看她这辈子就没想过要成亲生娃，这丫鬟一心扑在你身上，确实是难得一见的忠仆。"凤舞深吸一口气。

就在秋灵一脚要踏入灵泉池时，凤舞喊住她。当凤舞将白衣少女的话转述一遍后，秋灵扑哧一声笑出来。

"你还笑？！"凤舞瞪着她。

秋灵笑了，轻描淡写地说："我的姑娘呀，您还记得您八岁的时候，有一次奴婢失踪了一个晚上吗？"

凤舞当然记得，那是她失去灵力醒来后的第一天，那时候她以为秋灵也放弃她了。

秋灵苦笑道："其实那一晚，奴婢被凤琉小姐丢进污水渠，奴婢在污水渠里挣扎了一个晚上，终于爬上岸，那一晚……奴婢的身子就不大好了。赵嬷嬷悄悄找了大夫来看，大夫和赵嬷嬷的对话奴婢听见了。大夫说，奴婢寒气入体，伤了身子，这辈子都不可能怀孕了。"

凤舞："我竟全然不知。"

秋灵笑得不以为意："这些年，奴婢生病也只敢偷偷地生，只有一次躲不过，被小姐逮着把了脉，不过那次奴婢故意打岔，姑娘一时之间还真没发现。"

凤舞："为什么以前不说这件事？"

秋灵苦笑道："以前姑娘修为全失，大房势大，秋灵担心给姑娘带来麻烦，所以不敢说。"

凤舞："为什么现在敢说？"

秋灵抿唇道："现在我们姑娘强大了，连左青羽都能杀，三公主也能杀，小小的凤琉姑娘又算什么呢？"

凤舞："好！凤琉这个仇留给你，等你强大了，凤琉的人头，让她自己送给你！"

秋灵："一言为定！"

"对了，"秋灵突然想起一件事，"朝歌小姐也进来了。"

凤舞皱眉道："你说什么？朝歌不是在绝大人那里？"

秋灵："是的，绝大人也进来了。"

凤舞越发惊讶地道："他们进来了我怎么不知道？还有，你是怎么进来的？之前在墓葬门前没有发现你啊。"

白衣少女的嘴角微微勾起："看来，你口中这位绝大人跟另外两名鬼王勾搭上了，那幽冥鬼王兄弟私下给开了偏门呢。"

白衣少女刚在凤舞耳边说完，秋灵就道："绝大人不是从大门进的，而是不知道打开哪里的偏门，直接进来了。"

秋灵的说法正好印证了白衣少女的话。

"我和朝歌小姐都是被绝大人带进来的，听绝大人和赛非落公主说，进入那道门需要两个姑娘的处子血。"

凤舞点点头。

"姑娘，我去了。"秋灵说完，纵身跃入清泉池中。

刚一跳进去，秋灵就觉得全身被烈火焚烧一般剧痛，豆大的汗水随即滚落。秋灵能清晰感觉到身上的毛孔张开，鲜血从毛细血管中流出，再流入池中，很快被同化为池水原本的颜色。

真的好痛啊！秋灵只觉得全身快要炸裂成血雾，每一秒都在承受无尽的痛苦。

凤舞看着秋灵因为痛苦而汗涔涔的脸，这是承受了多大的痛苦？

凤舞偏头看着白衣少女。白衣少女苦笑摊手："之前不是跟你说了吗？比上刀山下火海还疼。"

凤舞握紧拳头，有那么一瞬，很想将秋灵从池里拎出来。

"我劝你不要那么做。"白衣少女看着凤舞，不疾不徐道，"如果她真的承受不住晕厥过去，会有鬼魂将她从池里捞出来的。"

就在这时候，一道清晰的声音传到凤舞耳朵里。凤舞眼眸一亮，是晋升的声音。果然，肉体承受着剧烈痛苦的秋灵，在短短几十秒的时间里，已经从灵师九星晋升到灵宗一星。

叮——灵宗二星。

叮——灵宗三星。

凤舞眼眸大亮："这进阶速度当真……让人羡慕。"

白衣少女点头道："走吧。"

凤舞嗯了一声，最后看了秋灵一眼，转身离去。

踏出这座殿宇，凤舞忽然眉头一皱。

"怎了？"白衣少女不解地看着凤舞。

凤舞摸摸脑袋，道："总觉得把一件很重要的事情忘记了。"

白衣少女瞥了凤舞一眼："何事？"

凤舞拍着自己的脑袋，道："灵感在脑子里飘来飘去，但我怎么都捕捉不到。"

白衣少女没好气地道："那就不用想了。"

凤舞苦笑道："可是，我总感觉那是一件很重要的事，危及生命的那种。"

白衣少女："……"

凤舞一边跟白衣少女走，一边回忆前前后后的事情，忽然猛地一拍脑袋："啊！"

白衣少女不解地回头看凤舞。

凤舞苦着一张脸道："我想起是什么事情了……"

"什么事？"

"赛非落公主和绝大人的事……我的天啊，完蛋了！完蛋了！这下糟了。"

白衣少女不解地看着凤舞。凤舞苦笑连连："绝大人喜欢一个叫猫九的人，而我之前杀了猫九，然后扮成他，赛非落公主知道这件事……"

白衣少女皱眉道："前者还是后者？"

凤舞苦着一张脸道："两者都有。"

白衣少女："那什么公主，修为稀松平常得很，不足为患。"

凤舞快哭了："可是那位绝大人，应该是这座墓葬群里最厉害的人，或许没有之一。"

白衣少女无奈地看着凤舞，长长叹了口气："墓葬群里，你们人类中厉害的也就那么几个，几乎全是你的敌人？小丫头，看来你人缘很差啊。"

凤舞苦笑连连："我也发现了。"

白衣少女忽然一笑，眼睛半眯起来。凤舞不解地看着她。白衣少女得意地道："不就是几个灵侯境的小朋友吗？瞧把你给吓的！你这丫头眼界也太小了吧？没有大局观啊。"凤舞朝天翻了个白眼。

白衣少女双手交负在身后，抬着下巴，得意地道："这些敌人，如果实力跟你差不多，本仙子还不屑陪他们玩儿。现在知道你差他们许多，本仙子顿时有兴趣了，这个游戏本仙子帮定你了！"

凤舞："在绝对的实力面前……"

白衣少女冷哼道："绝对实力又如何，也不问问这墓葬群是谁家天下？小丫头别怕，咱们干他的！"

凤舞："……"

"走走走！"白衣少女原本是旁观者的心态，现在战意满满。

凤舞："去哪儿？"

白衣少女没好气地瞥了凤舞一眼："当然是提升你自己的实力啊，你知道你现在面临的最大问题是什么吧？"

凤舞："丹田不够夯实，修为不够稳固，血肉之躯也打磨得不够。"

白衣少女双手交负在身后，一副前辈的模样："不错，还算有自知之明。"

凤舞："……"

白衣少女挥挥手，道："跟我走吧，先帮你把丹田给夯实。"

凤舞一脸好奇。

这一路行来，她发现墓葬群宛若一座皇城，一进又一进。刚才她帮秋灵晋升时，是在第一进殿宇，后来一路上被左青贤追杀，又在白衣少女的带领下进入第二进。

"夯实丹田最重要的就是……对了，你听说过丹晶吗？"白衣少女看了凤舞一眼。

"丹晶？难道是传说中的……固化丹田的晶石？不是存在于传说中吗？市面上一直不曾见过。"凤舞眼眸闪闪。

如果真的有丹晶，那对她夯实丹田确实很有帮助。

白衣少女傲然道："别的地方我不知道，但这座墓葬群里自然是有的。"

凤舞眼睛一亮："真的吗？"

白衣少女没好气地道："怎么不是真的？当年那一盒丹晶可是由我随手塞进多宝阁的，我还记得放在哪里呢。走，咱们去取出来。"

整座墓葬群，大得超乎人的想象。每一进殿宇都比外界的皇城还大。

在第二进殿宇，凤舞随着白衣少女七拐八绕，大约过了一炷香时间，当凤舞抬头再看时，发现前面是一座孤立的院落，匾额上书"多宝阁"。

"只有一层吗？"凤舞好奇地问。

白衣少女一边带凤舞进去，一边得意地跟她炫耀："多宝阁虽然只有一层，像口字，但其实是个回字，内藏乾坤，很有趣味。咱们走进来后，你觉得这里除了一个个方方正正的空格子，什么都没有，对不对？"凤舞点头。

白衣少女饶有兴趣地解释："如果你仔细数，会发现这些空格子一共有

394

六十六个。"

凤舞默默数了一遍，还真是。

白衣少女得意地道："别看这些格子都是空的，事实上，好东西都藏在它们后边呢。看到最中央这张桌子上的骰子没有？"凤舞点头。

白衣少女道："只要缴纳一定数量的灵石，就能摇动骰子，一次摇两颗，摇出来的数是多少，就能打开第几号格子。这些格子有的是空的，有的装着乱七八糟的东西，但如果运气好，可是能摇出宝贝的。"

凤舞眼眸一亮，开口道："都有什么宝贝？"

白衣少女冷傲地道："旁人是不可以进后面的，但既然你这么好奇，本仙子带你去见见便是。"

也不知道白衣少女是如何行动的，当凤舞定睛再看时，发现自己已经不在原地。

现在，凤舞和白衣少女所处的位置，就是两个口子中间的空白处。凤舞能看到那一个个空格后面分别对应的东西。她忽然瞥见一柄短剑，凑上去一看，眼眸一亮："紫阳剑？这是一柄二级圣兵器啊！"

"虽然是二级圣兵器，但和你的星陨剑还是没法比的，这柄二级圣兵器不能进阶。"白衣少女道出真相，"不过，能进阶的兵器，全大陆都找不出几柄来，你这丫头运气太好了。"白衣少女不无羡慕地道。

想她当年那么厉害，靠一柄神兵纵横天下，可那神兵也是不能晋升的。

凤舞笑，星陨剑可是美人师父亲自指点着她打造的，能差到哪儿去？

"咦，这是什么？"凤舞拿起一本蓝色封皮的书册，"紫阳剑，这柄剑……莫不是当年纵横天下的紫阳天君所用？"

凤舞从小博览群书，看过的书里有一本叫作《古往今来剑客录》，上面记录着当世十大名剑，而紫阳剑赫然在列。

白衣少女得意地点头。

凤舞："莫不是当年那位紫阳天君，就葬在这座墓葬群之内？"

白衣少女点头道："那是自然，不过紫阳天君已经烟消云散，你想见他也见不着了。"

凤舞："我记得紫阳天君的一本《紫阳剑谱》，让无数人趋之若鹜。后来他遭各大门派围攻，自重重包围中一剑杀出，靠的就是《紫阳剑谱》。"

白衣少女："那小子竟还有这段传奇？"

凤舞一脸神往地道："紫阳天君很厉害，实力至少在灵王境以上！"

白衣少女却不以为意，似乎灵王境对她来说也不算什么。

凤舞道："紫阳剑属阳，火元素修炼者得之，将事半功倍、如鱼得水……"

忽然，凤舞转头看着白衣少女。白衣少女瞥了凤舞一眼："不行。"

凤舞苦着一张脸道："我都没说呢，您怎么就知道不行？"

白衣少女没好气地瞥了凤舞一眼："你这丫头有点什么都表现在脸上，本仙子还能看不出来？你不就是想要《紫阳剑谱》和紫阳剑吗？"

凤舞点头如捣蒜，开口道："可以吗？可以吗？"

白衣少女干脆利落地拒绝："不可以。"

凤舞拉着白衣少女的衣袖晃来晃去。

白衣少女瞪了凤舞一眼："撒娇也不行！"

凤舞："小姐姐……美丽聪明、漂亮灵动、最最最美的仙子小姐姐……"

白衣少女无语地望天："你已经有星陨剑了，而且你的《星陨剑法》目前虽然只有三招，但已足见其威力，说实话，《紫阳剑谱》虽好，未来却不及你的星陨剑，你又何必——"

"不是给我自己的。"凤舞很认真地看着白衣少女，"我想送给我一位朋友。他少年天性，性子跳脱，不论性格还是气质，都和紫阳剑契合，天生适合那本《紫阳剑谱》，紫阳剑就该在他手上。"

白衣少女："你那朋友是谁？"

凤舞高高兴兴地告诉白衣少女："他的名字叫风浔。"

白衣少女："哦，就是那个穿黄袍的少年？"

凤舞点点头。

白衣少女："他确实适合修炼《紫阳剑谱》。"

凤舞心头一喜，还没等她说话，白衣少女冷冰冰地瞥了她一眼："不过，不行。"

"为什么？"凤舞有点小情绪了。

白衣少女没好气地道："你猜这多宝阁是谁设计的？"

凤舞抬眸道："该不会是您吧？"

白衣少女冷傲地抬着下巴："除了本仙子，还能有谁？难道指望那两个蠢笨傻大个兄弟？"

凤舞崇拜地说："所以啊，您想要送谁东西，还不是一句话的事？"

白衣少女用看白痴一样的目光看着凤舞。

凤舞弱弱地问："怎么啦？"

白衣少女："你以为所有的规则都是摆设吗？你以为这里是本仙子设计的，本仙子就能为所欲为？你以为……"

"哇——"凤舞就像发现新大陆似的，出言打断白衣少女，"原来您也不能为所欲为啊？我还以为您可以呢！"

白衣少女顿时被噎住。

"也、也不是说不能随心所欲！"白衣少女凶巴巴地瞪着凤舞，"你那朋友不是不在这儿吗？如果他在这里，进行抽奖，按规则办事，自然可以，可他都不在这儿，怎么将剑谱和剑给他啊？你也不用脑袋想想！"白衣少女一边说，一边用手指戳凤舞的脑袋。

凤舞："唔……"好吧，白衣少女说得不错，这些宝贝既然已经成了奖品，想拿出来就难了，真可惜。

凤舞双手合十，念念有词："风浔啊风浔，如果你和紫阳剑有缘，请你速速前来多宝阁，仙子小姐姐一定会帮你拿到紫阳剑。"

白衣少女斜眼瞥了凤舞一眼，怎么觉得这丫头有时候看着聪明，有时候却像小白痴似的？

就在这时候，一串脚步声在她们耳边响起。凤舞瞬间抬头，白衣少女也猛地抬起头。两人对视一眼，都在彼此眼中看到了一抹神奇之色。

凤舞："……男人的脚步声。"

白衣少女："……"

凤舞："听声音，来者年纪不大，很可能是个少年。"

白衣少女无语。能进入墓葬群的人类，能是年纪大的男人吗？

凤舞："不是一个人，听脚步声……是两个。"

白衣少女："……"

凤舞："风浔和玄奕一向是焦不离孟、孟不离焦的，所以很大可能就是——"

啪嗒——门外进来两个人。

当凤舞看到他们的时候，眼睛都快瞪圆了。

此刻的白衣少女，看看门口的两人，再看看凤舞，当即面色涨红，强憋着笑，最后——

"哈哈哈，哈哈哈哈，哈哈哈哈哈哈哈——"白衣少女再也忍不住，狂笑出声！

凤舞很想一巴掌拍死自己。还风浔和玄奕呢，两人分明就是二皇子和左青贤！左青贤背上背着一个少女，凤舞仔细一看，好嘛，那不是三公主又是谁？

凤舞拉着白衣少女就要躲，可是白衣少女吃力地忍着笑，摆手道："躲……什么躲……哈哈哈，咱们站在里面，他们站在外面，你以为是隔着一层木头，其实隔着一块屏障呢。我们能看见他们，他们看不见我们。我们能听到他们说话，他们听不见我们说话。"

听白衣少女这么说，凤舞这才松了口气，还好还好。

那边，左青贤和二皇子盘腿坐在地上，一边环顾四周，一边聊了起来。

左青贤说："二殿下，能用石头伤三公主的，绝对是人类。而进入这座墓葬群的人类，是有限的。"

二皇子一心两用，一边盯着墙上的文字，一边听左青贤说话。

"嗯。"二皇子面无表情地回应。

左青贤："进入墓葬群的人分为两个阵营，君武帝国阵营和塞纳尔草原阵营。君

397

武帝国这边，进入的成员有风浔、玄奕、凤舞……"

左青贤一个个数过来，甚至拿出笔，将名字记录下来。

凤舞皱眉。

左青贤："这其中大多数跟青羽和三公主都交好，唯有——"左青贤画了一个圈，用朱红色的笔将好几个名字圈进去，"玄奕、风浔、凤舞、段朝歌、秋灵，这几个人是青羽和三公主的敌人！其中，段朝歌和秋灵实力不够，可以排除。那么剩下的是这三个：玄奕、风浔，还有凤舞！"

左青贤盯着凤舞两个字，目光犀利如出鞘的剑，杀气腾腾。

"风浔和玄奕做事还算有分寸，但是这个凤舞，仗着君殿下对她有几分喜爱，就目中无人、骄纵妄为，所以杀青羽和伤三公主的人，绝对就是她！"

二皇子听到"君临渊"三个字，原本平静如湖的脸忽然起了几分波澜。

"你有证据？"二皇子盯着左青贤。

左青贤傲然道："二殿下，这还需要证据吗？杀人凶手必是凤舞！"

二皇子盯着左青贤。左青贤毫不退让地道："如果我说我是亲眼所见呢，这便是证据。"

多宝阁夹层里的凤舞气得脸都红了，她握紧了拳头。好一个左青贤！虽然左青羽确实是她杀的，可他们并没有证据，在没有证据的情况下，他们直接给她定罪，还制造伪证，将杀人凶手的罪名安在她头上。凤舞冷笑，好在人真是她杀的，不然她还真是要被气死。

白衣少女一脸同情地看着凤舞："小丫头，原来你的人缘真的这么不好啊？"

凤舞："哼！"

白衣少女幸灾乐祸，掩唇笑道："当年也有很多人看我不顺眼，眼红我、嫉妒我，可我也没这么招人恨啊。小丫头，我真同情你。"

凤舞朝天翻了个白眼，道："不必！"

凤舞拿出能够录制影像的神化石，摆好姿势，对着二皇子和左青贤录制起来。可怜的二皇子和左青贤完全不知道凤舞正在里面看着他们，并且还在用神化石录音。

这时候，二皇子忽然笑了："左青贤，看来你们左家想杀凤舞之心一直不死啊。"

左青贤和二皇子关系很好，也不避讳，直言道："是！"

二皇子似笑非笑地道："为何？"左青贤没有说话。

二皇子："因为左青鸾吧？"

左青贤面容紧绷，薄唇抿成一条线。二皇子漫不经心地瞥了左青贤一眼，似笑非笑地道："你们家恨不得将左青鸾嫁给君临渊，故而一直谋划设计凤舞？"

左青贤："二殿下……"

二皇子摆手，冷笑道："你们左家当真有意思，一边想将左青鸾嫁入太子府，你这位左家嫡长子却又跟在本殿下身边，反正两边投资、左右逢源，将来无论谁上位，对你们左家来说都是从龙之功！"

左青贤："二殿下……我们左家和独孤家是姻亲，独孤皇后是我姨母，您说我们左家向着谁？至于青鸾和君临渊，若是青鸾能嫁入太子府，对二殿下您的帮助是何等的大？更何况，不管父亲怎么想，我左青贤这些年来跟着二殿下您，可谓忠心耿耿，不曾有过半分异心。"

二皇子摆摆手："我自然知道你的忠心，可女生外向，左青鸾是否真的会帮我，两说。"

左青贤："青鸾毕竟是姑娘家，对姑娘家来说，最重要的就是母族，即便她嫁入太子府，也是会帮左家的，而帮左家便是帮二殿下您啊！"

二皇子冷笑道："左青鸾乃天纵奇才，得之可得天下。她还是嫁给本殿下更合适！"

左青贤："如此也未尝不可。如果殿下想娶青鸾，我自然一力支持。"

二皇子点点头，忽然转移话题："有件事，不知青贤可否为本殿下解惑？"

左青贤："二殿下所问何事？"

"当年——"二皇子开了个头，"五年前，凤舞修为被废，可是你左家所为？"

凤舞握着神化石的手微微一抖。

白衣少女本来听这两人谈什么争权夺嫡和左青鸾嫁谁，都快打瞌睡了，冷不防听到凤舞的名字，顿时清醒过来。

二皇子似笑非笑地盯着左青贤："怎么，青贤不信本殿下，所以不愿意说？"

左青贤内心很清楚，这位生性多疑的二皇子殿下，内心很恼左家两边投资，此举绝对是在考验他的忠心，考验左家的忠诚。

凤舞死死盯着左青贤。

五年前，左青鸾废了她的修为，而左家更是将脏水往她身上泼，说她自己贪心不足，练功时走火入魔，导致一身修为毁于一旦，成为没有灵气的小废材。

而现在，左青贤要将过往和盘托出了吗？

凤舞握紧神化石，紧紧盯着眼前的两个人。

左青贤转念间便作了决定，坐在二皇子对面，凝视着他，严肃地道："二殿下，五年前，左家确实出手了。"

二皇子："哦？"

既然已经开了头，后面的也就没有必要隐瞒。左青贤道："当年，我们家老祖宗说，虽然都是凤凰真血的血脉，但凤族的凤舞，天分明显强于青鸾。"

左青贤皱眉道："不对啊，五年前凤舞和青鸾的修为可是在伯仲之间。"

左青贤苦笑道："二殿下，当时我们也都这样以为，可是老祖宗一语道破天机，说那凤舞小小年纪就知道压制灵力，打磨身体，夯实境界，克制晋升。如果说，青

鸾像一棵苗壮成长的小树苗，那凤舞……其修为的根基则是青鸾的十倍！十倍之差啊！"左青贤想想都觉得恐怖，"那丫头当年才八岁！她压制住自己的境界，看上去跟青鸾实力相当，可实际上，青鸾如何比得过她？！"

二皇子目光一闪，开口道："此话当真？"

左青贤苦笑道："老祖宗亲口所言还能有假？更何况，我们左家人比任何人都不愿意相信这个事实，可它就是事实！凤舞是天选之人啊！"

二皇子倒吸一口凉气。

左青贤："我们左家能怎么办？难道任由凤舞成长下去吗？一旦她成长起来，那青鸾算什么？什么帝都双姝？再过一两年，青鸾会被狠狠拉开距离，就是个笑话！不仅她是笑话，我们左家也会沦为笑柄！"

二皇子："……"

凤舞握紧手中的神化石，将他们的对话，特别是左青贤的话，一字一句清清楚楚录了下来。好在有神化石，以后可有好戏看呢！

"既然说到这儿，就没什么好隐瞒的了。当年，落云宫老祖下山，看到凤舞后，觉得她是凤凰真血，最适合修炼《凤凰于飞剑谱》，于是想收凤舞为关门弟子。那可是碧云宗，君武帝国第一宗门！若是凤舞再得到这等机缘，我们左家怎么办？青鸾怎么办？当时，老祖之所以会下山，也是被我们家老祖宗请下山的，第一个见的是青鸾，一开始也很满意青鸾，说要收青鸾为徒！可是她见过凤舞之后，当即改口，连和我们家老祖宗之间的情分也不顾了！她亲口说，如若不是有凤舞这个更加优秀的存在，她一定会选青鸾。"

左青贤握紧拳头，额头上青色血管暴起。

"二殿下，你知道最气人的是什么吗？"左青贤咬牙切齿地道。

二皇子很有兴趣，好奇地问："什么？"

"最气人的是，碧云宗老祖亲自去找凤舞，问凤舞可愿意跟她回落云宫，做她的关门弟子。你知道关门弟子意味着什么吗？关门弟子一般都是师父最喜欢的弟子，将来她上面的师兄师姐都将成为她的靠山和后盾！可是凤舞她……那个小丫头才八岁，直接摇头拒绝了！别人求而不得的机缘，她却毫不在意地随手抛弃！这样的凤舞可恨不可恨？！"左青贤愤怒地握紧拳头。

"可恨，当真可恨。"白衣少女看着凤舞，笑嘻嘻地说，"站在左青鸾的角度，你这丫头确实可恨呢。"

凤舞冷哼一声。

白衣少女："不过真没想到，你这丫头天赋这么强，连碧云宗那老妖婆都看上了你的天赋。"凤舞轻哼一声。

白衣少女："那老妖婆实力可不弱，当年我是跟她干过一架的。"

凤舞抬眸看着白衣少女。白衣少女："怎么，不信？"

凤舞："不信，人家可是堂堂帝国第一宗的老祖，你能打过？"

"哎哟，跟你说，本仙子还真冲进碧云宗过呢！你知道那老妖婆有多可恶吗？她居然跟我抢楚风笑！风笑是我的，她居然敢抢？简直可笑！那老妖婆自诩清纯圣女，我呸！她是圣女？'剩女'还差不多！"

凤舞扑哧一声笑出来。

"当时我那叫一个生气啊，直接冲上碧云宫，跟秋月华打了起来！"

"秋月华？"凤舞问。

"秋月华就是碧云宫那个宫主！当初本仙子可是揪住她的头发，狠狠踩了她一脸！真爽快！"白衣少女双手叉腰，很是得意。

凤舞："吹吧，你就吹吧，信你一个字我跟你姓。"

白衣少女不乐意了："喂喂喂，你怎么能不信我！这都是事实啊，真的啊！"

凤舞："你的意思是说，那碧云宫的老宫主和你实力相当？"

白衣少女强调："我比她稍微强那么一点。"白衣少女一边说，一边用手比画着，瞥了凤舞一眼，"说实话，当年如果你拜入秋月华门下，现在怎么都是灵侯境了。你说当初你怎么不拜师啊？"

凤舞无比认真地道："我这辈子只有一位师父，除他之外，我不可能再拜任何人为师。"

白衣少女好奇地道："你那位师父到底姓甚名谁、何方神圣？值得你这样推崇？"

凤舞一脸得意地道："那是我家美人师父！"

白衣少女见凤舞得意，顿时无语地道："你说是美人就是美人啊，我可没见过，他可有我们家楚风笑美？"

凤舞得意地道："当然！"

白衣少女不信，呵呵冷笑道："可有我们家楚风笑的实力？"

凤舞用看白痴一样的目光看着白衣少女，这还用说？！她家美人师父可是大陆曾经的第一好吗，还主宰过整个大陆呢！

见凤舞点头，白衣少女更是不信："可有我们家楚风笑文采斐然？他会诗词吗？会篆刻吗？会绘画吗？会吟唱吗？会……"

白衣少女每说一句，凤舞就点头一下。楚风笑是不错，可是，他会的东西都是她家美人师父教的呢！

白衣少女却一个字都不信："我信你就有鬼了！"

凤舞："你不就是鬼？"

白衣少女作势要打凤舞，凤舞一边跑一边说："真的！以后你就知道了，我家美人师父是天底下最最最厉害的人，没有人比得过他！"

白衣少女呵呵冷笑，正要嘲讽凤舞几句，凤舞做了一个手势："嘘，又有脚步声

了，有人来了。"

白衣少女瞪了凤舞一眼，哼，这丫头转移话题倒是很快。

凤舞说的确是事实，这会儿确实有脚步声传来，听脚步声就知道，来人修为不会太高。

果然，不一会儿一下子进来好几人，而且都是凤舞的熟人。凤琉、凤桑、凤亦然，这是凤家三兄妹，另外还有独孤雅莫和独孤孟溪。因为凤琉和独孤孟溪是一对，所以独孤雅莫也就跟着他们，也因此避开了之前凤舞的屠杀。

独孤雅莫进来后，第一眼就看到盘着腿靠墙而坐的二皇子和左青贤。她上前打了声招呼，才打到一半，就看到躺在地上生死未卜的三公主。

"三公主？！"独孤雅莫脸上浮现一抹震惊之色，快步上前，半蹲下来，紧张关切地看着三公主，急声问，"怎么回事？三公主这是怎么了？受伤了？"

左青贤冷着一张脸。

"左青羽呢？她不是一直跟在三公主身边吗？三公主受伤，她怎么不见人影？"独孤雅莫急道。

左青贤那双眼睛瞬间迸射出骇人的寒光。独孤雅莫吓得心头一颤，直接坐在地上："左、左大哥，你这眼神……好吓人。"

左青贤目光冰冷，流露出浓浓的愤怒和哀伤："青羽她，没了。"

"什、什么叫……人没了？"独孤雅莫有种很不好的预感。

二皇子直截了当地说："左青羽死了。"

此话一出，顿时让几个人震惊当场。

"左青羽死了？！"独孤雅莫死死瞪着二皇子，"这怎么可能呢？！左青羽怎么可能死？！她……左大哥，青羽她……"

左青贤冷着一张脸，点点头。

"天啊！"独孤雅莫跌坐在地，双手掩唇。

凤琉惊呼一声："谁杀了青羽姐姐，是那些鬼魂吗？"

左青贤盯着凤琉道："是人类所为。"

左青贤的目光太可怕，凤琉只觉心脏一阵剧烈收缩。

凤琉："人类？谁会——"

左青贤忽地站起来，朝凤琉步步逼近。凤琉眼中露出惊恐之色，节节败退，脸色苍白，惊恐地瞪着左青贤："你……你想干什么？"

左青贤恶狠狠地盯着凤琉："你真不知道是谁干的？"

凤琉："……是谁？"

左青贤冷笑道："凤舞！"

在场的人惊呼一声。

凤琉更是一脸惊恐地道："凤舞？竟然是凤舞？！"

凤舞嘴角扬起一抹微微的弧度，左青贤还真是敢啊，他没有证据，竟然敢说是自己杀的人？

凤琉："你你你……你确定？你有证据？"

左青贤没有回答，而是抬起手臂——

"啊——"凤琉惊呼一声。

可不管她如何惊呼，下一秒，左青贤的手已经扼住她纤细白皙的颈项。

"左大少！"凤亦然和凤桑脸色为之大变。

在左青贤眼里，他们仅仅是弱小的蝼蚁罢了。

"左大少！您该不会因为凤舞和我是亲戚，就迁怒于我吧？冤枉啊！"凤琉激动地大喊大叫，"凤舞虽是我堂姐，但我们的关系有多恶劣，外面很多人都知道！我们从小关系就不好，长大后更是水火不容。我们不是姐妹，是仇人啊！"

当凤琉大喊的时候，发现左青贤扼住她脖子的力道轻了一点。

凤琉顿时明白了，继续大喊道："我和凤舞关系真的势同水火！不怕告诉你们，从很小的时候起我就嫉妒她了！嫉妒她的天赋，嫉妒她的美貌，嫉妒她在家族里备受重视！"

为了保命，凤琉已经豁出去了。

"左大少，您想想啊，我和她是前后脚出生的，凭什么她耀眼如星光，而我低贱如杂草？我不服！我眼红！我嫉妒！我恨不得她去死！"

左青贤皱眉，盯着凤琉，与此同时，松开了扼住凤琉的颈项，后退一步。

凤琉惜命得很，说到兴奋处，根本没停下来的打算。

"所以，后来看到凤舞修为被废，成为一个废物，你们不知道我有多爽！我高兴得快疯了！当时我真想弄死她啊！可惜凤舞太聪明了，见势头不好就跑到北境城去了。说真的，谁耐烦跑那么远去欺负她？更何况，那时候我们总以为她会死在那儿。后来，从北境城回帝都的路上，我和大哥一直试图杀死凤舞，只可惜她运气太好，凤浔又时不时帮她，以至于我们数次功败垂成，是吧大哥？！"

凤琉生怕大家不信，转头去问凤亦然。

凤舞手持神化石，心想，如果有一日，她将这份影像资料公布出去，不知道会掀起怎样的轩然大波？

"哟，没想到你这丫头人缘差到如此地步？"白衣少女瞅了凤舞一眼，取笑道。

凤舞面容疏离，目光森冷。

"这么多人讨厌你，难道你不生气、不伤心吗？"白衣少女好奇地看着凤舞。

"生气？伤心？"凤舞平静地看了白衣少女一眼，简单地告诉她，"你想多了。"

"不可能啊，比如我，听到别人在背后说我坏话，肯定既愤怒又伤心，不冲上去暴打对方一顿，就对不起我这个姓氏！"白衣少女道。

凤舞瞥了白衣少女一眼："不值得。"

白衣少女："不值得？"

凤舞认真地点头道："我心里有一个圈，圈内是我在意的人，圈外是我不在意的人，而眼前这些，都是圈外人。"

白衣少女疑惑地盯着凤舞。凤舞目视前方，一字一顿地跟白衣少女解释："我只在意我在意的人，也只有我在意的人才能伤到我，至于其他人……"

白衣少女用看怪人一样的目光看着凤舞。凤舞无辜地反问一句："难道你不觉得，生气是一件很累的事吗？"

白衣少女想了想，对凤舞点点头。确实，以前她每次暴怒，都感觉特别特别伤元气。

凤舞点头道："既然是这么累的事，那他们算什么东西？凭什么能调动我的情绪？"

"哎……"白衣少女摸摸脑袋。凤舞的话似乎很对，但似乎又有哪里不对，她根本无从反驳，只能怪异地看凤舞一眼，转头继续看戏。

而此刻，凤亦然已经在跟大家解释："是的，从北境城回帝都的路上，我们确实数次对凤舞下了死手，有一次甚至引来了狼群，但谁也没想到，凤舞的运气竟然那么好，那样危险的情况下，她竟然还能活下来！"

凤琉拼命地点头道："是的，到了帝都后，我们也下手了好几次，想将凤舞从凤族赶走，但是老天爷仿佛站在凤舞那边，无论我们怎么努力，她总能反败为胜，弄得我们好狼狈，我们都快不敢下手了。"

凤亦然点头。

凤琉："凤舞是真厉害，她不择手段地抱大腿，招惹了君殿下！"

左青贤忽然看向凤琉，目光宛若犀利冰刀："她和君殿下是真的？"

凤琉："当然是真的！凤舞可是不要脸地爬上了君殿下的床，自愿当他的暖床小丫鬟，殊不知在别人眼中这是多大的笑话！君殿下一点都不珍惜她！"

"若君殿下真的一点都不珍惜她，当初就不会随手将我推开。"独孤雅莫冷漠地开口。

凤琉："好吧，君殿下确实对她另眼相待，也确实偶尔护着她，很多时候，君殿下都不喜欢她的。"

独孤雅莫继续反驳凤琉："你是君殿下吗？你知道得这么清楚？"

凤琉："那你觉得君殿下很喜欢凤舞吗？"

独孤雅莫冷哼一声，道："虽然我不知道君殿下有多喜欢凤舞，但可以确定，如果凤舞出事，君殿下一定会给她撑腰。"

独孤雅莫是在众目睽睽之下被君殿下一手推开的，所以感触很深。

在场其余人却都默默摇头，他们才不信，君临渊真会那么稀罕凤舞？绝对不可能！

左青贤的目光依旧犀利，看不出喜怒。

凤琉害怕，她都拉扯出凤舞和君殿下的事了，怎么左青贤还是没什么反应？

忽然，凤琉眼睛一亮："凤舞是有软肋的！"凤琉一拍大腿。

"哦，凤舞还有软肋？"二皇子好整以暇地看了凤琉一眼。

连二皇子都好奇？凤琉心中那抹得意的情绪越发明显，点头道："是的，凤舞有软肋，旁人都不知道，就我知道！她的软肋，就是她的家人！"

"你们凤族？"二皇子皱眉。

凤琉："并不是所有的凤族人，比如大房属于她仇恨的敌人，她从来没有将我们大房当亲人看待！凤舞太自私小气了，唯有面对家里的二房，她才认为那是家人！"

二皇子慢悠悠地摇着扇子："二房？"

凤琉："是的，凤舞唯一在乎的是她的弟弟凤小七，还有她的美人娘亲！"

"凤小七？莫不是由方阁老带在身边的那位？"二皇子眉头微锁。

"是！"凤琉冷哼道，"方阁老现在拿他当宝贝呢。"

二皇子心想，方阁老哪里是拿凤小七当宝贝，根本是拿他当命根子，随时随地带在身边，言传身教，连二皇子都心生羡慕。

白衣少女看了凤舞一眼："看来你弟弟很出色嘛。"

凤舞："纯阳之体而已。"

凤琉继续冷哼道："不过，凤舞最在乎的还不是凤小七，而是她的美人娘亲。那位才是真正的神圣不可侵犯。"

"凤二夫人？"二皇子慢条斯理地摇晃着扇子，嘴角扬起神秘的笑，"据说，凤二夫人曾经是大陆第一美女？但她一直深居简出，见过她的人极少，本殿下也不曾见过，她真有那么好看？"

凤琉眸中闪过一抹恶毒的寒光，点头道："好看，非常好看，如果说凤舞现在有六分，那她那位美人娘亲至少有十分！美丽不可方物，一颦一笑皆动人，说的就是她！"

"是吗？"二皇子没有表态，没人知道他内心在想什么。

凤琉和凤亦然对视一眼，皆在彼此眼中看到恶意满满的笑意。凤舞啊凤舞，你在前方冲锋陷阵，殊不知大后方如果出了什么事……到时候，你可别怪我们啊！谁让她长得那么好看呢？你是想藏她也藏不住的。

在众人看不见的地方，凤舞拳头紧握，面色一片铁青。凤琉、凤亦然，我已经饶恕你们两次，可你们不知悔改，这很好！

"小丫头？"白衣少女见凤舞满脸铁青，不由得出声提醒，"看来有人要动你的亲人了，切不可掉以轻心。"

"我知道。"凤舞目光犀利，神色冷静。

"把多宝阁的权限给我。"凤舞盯着白衣少女。

若是平时，白衣少女还会打趣她，但现在看她真的动气，白衣少女顿时乖乖一挥手，一只一尺长的木牌便出现在凤舞手中。

第十五章
幸运女神

此刻，外面响起脚步声。

凤舞听这脚步声有些熟悉，抬头一看，好嘛，果然还是自己的熟人。风浔、玄奕，还有七皇子。

"咦，我怎么大老远地就听到你们在提什么美人娘亲啊，你们在说什么？"

七皇子很爱凑热闹，第一个兴冲冲地赶进来。

二皇子看到七皇子，下意识地皱眉。他对这个傻老七一直不太看得上，谁让老七明明是他亲弟弟，却从小就爱跟在君临渊身边跑呢？

"没什么。"二皇子不欲多言。

风浔皱眉，目光很是警惕："凤舞？美人娘亲？你们该不会想打凤二夫人什么主意吧？"

凤亦然沉默，凤琉沉默，左青贤沉默，在场所有人皆沉默……

七皇子正要追问——

"看看你三姐吧。"二皇子瞥了七皇子一眼。

"三姐？她……"当七皇子转头看向三公主的时候，脸色大变，"三姐这是怎么了？"

"脑部严重受创。"二皇子言简意赅地回答。

七皇子握紧拳头，愤怒道："谁干的？谁伤了她？！"

二皇子："凤舞。"

"凤舞？就是那个自以为攀附上大哥、把他们的关系闹得众所周知的凤舞？！

她竟敢伤三姐？她以为自己是谁？！当真嚣张跋扈、不可一世！"七皇子气得脸都白了。

风浔皱眉道："小舞怎会伤三公主？二殿下可是亲眼所见？可有证据？"

一时间，所有人都看着二皇子。二皇子看了左青贤一眼，示意他来说。

左青贤傲然道："凤舞先杀了我妹妹左青羽，然后想杀三公主灭口！"

"证据呢？"风浔和玄奕逼近一步，齐齐瞪着左青贤。

左青贤没有说话。

风浔冷笑道："人证呢，物证呢？有证据就拿出来，没证据你就是信口雌黄。欲加之罪何患无辞！这可是杀人之罪，杀的还是左家姑娘和公主殿下！"

玄奕没有说话，杀意满满的双眸已经道尽一切。他握紧剑柄，而那柄剑似乎随时准备出鞘。

左青贤："虽然没有人证，也没有物证，但……就是她杀的！"

"我呸！"风浔冲上去，直接一巴掌抽在左青贤脸上，声音清脆。

左青贤："你！"

他握紧剑柄准备拔剑，独孤雅莫忽然尖叫一声："我有证据！"

一时间，所有人都瞪着独孤雅莫。独孤雅莫深吸一口气，道："我知道，之前三公主和左青羽暗算过凤舞一回，后来被凤舞发现了，严重警告了她们……凤舞一定将仇恨记在了心里，等三公主和左青羽落单，就杀人报复，这就是她的杀人动机，一定是这样的！"

风浔冷笑道："这就是你所谓的证据？"

独孤雅莫："这……难道不算吗？"

风浔冷笑，旋即一巴掌抽在独孤雅莫脸上。

啪！这一巴掌抽得干脆又利落。

独孤雅莫捂着被抽肿的脸，愤怒地瞪着风浔："你——"

"回头如果我出了事，就是你们干的！因为我抽了你，所以你有杀我的动机！"风浔环顾四周。当他盯着二皇子时，二皇子下意识地后退一步，风浔嘴角扬起邪佞嗜血的冷笑。

凤舞忽然发现，眼前这位愤怒的风浔，不再是那个阳光可爱的少年，变成了一位强势霸道的杀手！他陡然散发出来的气势……让人下意识胆寒。凤舞暗暗点头。不愧是君临渊一手带出来的，关键时刻，就连二皇子也被风浔压了一头。

风浔从背后抽出剑，往地上一插，双手撑在剑柄上，盯着二皇子冷笑道："话，我放这儿了！除非有证据，否则，你们谁敢诬蔑小舞一句，抱歉，我这剑可是不认人的！"

众人："……"

玄奕站在风浔身后，虽然从始至终保持沉默，却是无条件支持风浔。风浔说的

407

话，就是他想说的。

一时间，四周寂静无声。

白衣少女偏头看了凤舞一眼，道："我还以为你人缘真的很差，没想到有这两个人护你。"

凤舞点点头，认真地说："他们是我朋友。"

白衣少女："划进你圈子里的那种？"凤舞点点头。

若在今天之前，凤舞还会考虑许久，但见刚才风浔和玄奕力排众议，坚定地站在她这边，全力维护她，凤舞内心已经认可他们，真心当他们是好朋友。

"既然是你认可的朋友，那本仙子就多说两句吧。那话多的少年——"

凤舞："风浔。"

白衣少女点点头，开口道："小风浔天赋不错，现在欠缺的是一柄适合他的剑，以及适合他的功法。"凤舞点点头。

白衣少女指着第六十六号格子："第六十六号格子里便是紫阳剑，紫阳剑是现阶段最契合他的剑，如果他能拿到紫阳剑，并且炼化它，作战能力会有显著提升。"凤舞眼睛一亮。

白衣少女又道："看到第八十八号格子没有？那里面是《紫阳剑谱》，是和紫阳剑配套的。如果他能一起使用，等练到极致，便如紫阳君再世，九大世家围攻，都未必拦得住他！"

凤舞的目光闪闪发亮。不用说，她已经将六十六号格子和八十八号格子视为囊中之物了。

凤舞问："那玄奕呢，仙子姐姐觉得，哪柄剑和哪套功法适合玄奕？"

白衣少女没好气地瞥了凤舞一眼。

"仙子姐姐——"凤舞拉着她的衣袖，"不患寡而患不均，如果风浔有而玄奕没有……玄奕会很难过的，虽然他不会说出口，但一定会很伤心……"

白衣少女没好气地道："算了算了，不帮你的话，接下来会被你烦死！"

凤舞嘿嘿一笑。

白衣少女指着第二十五号格子和三十五号格子告诉凤舞："吹雪剑和《吹雪剑谱》很适合他。"

当凤舞和白衣少女在里面讨论的时候，外面又传来一阵脚步声。

来者入内后，凤舞当即瞳孔一缩。来者很让她头痛。

"绝大人，明兰尔公主"左青贤眼眸半眯起来。

来者确实是绝大人和明兰尔公主，这两位也是灵侯境修炼者。

至此，风浔、玄奕、二皇子、左青贤、绝大人、明兰尔公主，外加一个七皇子，七大灵侯境修炼者已经聚齐。

绝大人对左青贤点点头，便去看墙上的说明文字。

绝大人扫了一眼文字，转头对明兰尔公主说："圆桌上的八面菱形骰子可摇出数字，两枚骰子齐摇，最高数可达八十八，而摇出来的数字便对应着每一个格子。"明兰尔公主点点头。

绝大人又道："在多宝阁内，一共有八十八件宝贝，其中最珍贵的当数吹雪剑和紫阳剑，以及《吹雪剑谱》和《紫阳剑谱》。"

明兰尔公主点头："我听说过。"

绝大人点点头："其次是龟背图、云光宝卷、神武丹、免疫符……这些宝贝但凡拿到一件，这次墓葬群我们就没白来。"

明兰尔公主点点头，跟在她身后进来的赛非落公主眼中更是露出贪婪之色。

"我先来摇骰子！"赛非落公主想要第一个上去。

"不行！"站在一旁的独孤雅莫当即摇头，"凭什么你先上去？我们先来！"

赛非落公主："就凭我是公主！"

独孤雅莫："你是草原上的公主，又不是我们君武帝国的公主，我们可不认。"

赛非落公主："你！"

绝大人皱眉，环顾四周，冷哼一声："此事确实需要按顺序来，不然谁也没办法抽。"

二皇子摇着扇子道："既如此，就按先来后到的顺序吧。"

赛非落公主不高兴，她是最后一个来的。

明兰尔公主却点头："如此很是公允，那便按照先来后到的顺序。"

原本明兰尔公主还以为这位君武帝国的二皇子会说以身份来排序，见他如此行事，不由得多看了他一眼。

二皇子一边摇着扇子，一边冲明兰尔公主风流潇洒地一笑。

明兰尔公主："……"

按照先后顺序来排，应该是这样的：二皇子，左青贤，独孤雅莫，独孤孟溪，凤琉，凤桑，凤亦然，风浔，玄奕，绝大人，明兰尔公主，赛非落公主。

一共十二个人。

"按照规矩，抽奖是需要付出代价的，要么用灵石，要么用阳寿，要么用灵气。"

因为二皇子是第一次来，所以左青贤给他解释道："一万下品灵石，一年阳寿，一成灵气，都能换一次抽奖机会。灵气付出后是可以恢复的，而其他不行，所以绝大多数人都会用灵气来支付。"左青贤提醒二皇子。

凤舞看了白衣少女一眼。

白衣少女："呃……"

凤舞："所以，你是有什么事没有跟我说吗？"

白衣少女："呃……"

凤舞："他们付出的灵气，到哪里去了？"

白衣少女："不是还有另外两个鬼王吗？会流到他们那边去。"

凤舞啊了一声，一脸遗憾："那我们可以把灵气截下来吗"

白衣少女："你想截都不行，人类是吸收不了的，除非灵宠或者剑灵，可是你的剑灵已经在吸收了……"

白衣少女话音未落，凤舞一抬手，一只火凤鸟便出现在她的肩头。

"彩凤鸟？！"白衣少女惊呼一声："它真的是彩凤鸟？！"

凤舞疑惑地看着白衣少女："你见过它？"

白衣少女盯着火凤鸟，仔仔细细地看了一圈，才遗憾地摇摇头："不是它，不是它，那位大神脾气可不好，如果我敢这样看它，它非撕了我不可。"

凤舞："啊？怎么说？"

白衣少女似乎陷入了久远的回忆中，最后长长叹息一口气："那位大神啊，曾经是某位大大神身边的飞行灵宠。你别以为那位大大神只是一般的大大神，那位大大神可是……可是这块大陆曾经最最最……最厉害的存在！你知道什么叫一剑破苍穹吗？那位大大神……不不不，叫他大大神简直就是羞辱他，那位是神仙！不不不，不能提他，感觉提他老人家一句，就是在亵渎。"

凤舞："你说的该不会是……"我家美人师父吧？

可是不等凤舞问出，白衣少女就摆摆手，示意她不要提了。她的神情很是敬畏，还带着一层神圣的闪耀星辉，就像在看一位远在天边的遥不可及的神佛。

"不能说，不能提。"白衣少女当即转移话题，"这只火凤鸟绝对不是那只彩凤鸟，得了，你不是想要截取灵气吗？其实也不是不行。"

白衣少女走到不远处，一挥手，凤舞面前便出现了一条从大厅通往内部的管道。白衣少女脸上带了得意之色："如果你的火凤鸟能刺破这条管道，就能将灵气截走，只可惜……"白衣少女用遗憾的目光看着火凤鸟，"可惜了，你根本做不到。"

火凤鸟冲白衣少女龇牙咧嘴，很是凶悍。白衣少女却笑着抬手揉揉火凤鸟毛茸茸的脑袋。火凤鸟啾啾啾地叫着，却奈何不得她。

"哈哈哈——"白衣少女笑得很开心，"当年那只彩凤大神可凶呢，你虽然也凶，可连它万分之一的凶悍都比不上。"白衣少女一边说，一边蹂躏火凤鸟的脑袋。

火凤鸟气得直跳脚。它现在实力确实远远不如白衣少女，即便气得跳脚，也只能龇牙咧嘴，伤不了白衣少女分毫。

凤舞看着气得冒火的火凤鸟，赶紧转移话题："二皇子开始输入灵气了！"

火凤鸟赶紧盯着灵气管道。果然，当二皇子右手触碰到管道的时候，一股灵气从不知道什么材质制成的管道中慢悠悠地飘过来。火凤鸟用爪子猛地往管道上一拍，尖利的爪子直直插入管道！

一旁的白衣少女惊呼："呀？"她根本没想到火凤鸟会成功，"这管道可是由玄阴铁精炼而成，如果没有玄阴魂魄……怎么可能刺穿这管道？！你这只小东西到底隐藏着怎样的奥秘？"白衣少女试图将火凤鸟拎过去仔细查看。

火凤鸟用犀利如寒铁的眼眸看向她。白衣少女只觉得心头紧缩，寒意从脚底升起，往四肢百骸蔓延，脊背也阵阵发寒……

怎么会？白衣少女满脸都是难以置信的神情。她曾经可是大陆强者序列的一员，这只小鸟凭什么……有那么一瞬间，白衣少女觉得这只小鸟身上有种来自远古神兽的恐怖感和敬畏感！她讪讪地抽回手，再不敢冒犯这只灵尊境的小飞禽。

火凤鸟却没再理会白衣少女，通过爪子将灵气吸收入体内。

二皇子输入了足够多的灵气后，叮的一声，多宝阁的提示音响起。两枚骰子从木板上滚落，滚到二皇子面前。二皇子将骰子放入盖碗中，盖碗不断摇晃。

三秒钟后，骰子停，盖碗掀。很快，两枚骰子上的数字出现在众人面前。大骰子是五，小骰子是三。

"五十三号！"左青贤握紧拳头，"希望五十三号格子里有好东西！"

二皇子更是踌躇满志，握紧拳头，压住内心的激动，一步步走到第五十三号格子前。

三秒钟后，啪嗒一声，五十三号格子门缓缓打开——

一只初级女"阿飘"飘了出来，这是一位体形壮硕、足有两百斤的无盐女鬼，即便是灵魂状态，她也挪动得很吃力。她挪呀挪，终于飘到二皇子面前，屈膝行礼："主子……"胖女鬼一边对二皇子行礼，一边对他挤眉弄眼。

二皇子一脸……僵硬。

"扑哧——"站在一旁的风浔顿时忍不住，"哈哈哈哈哈——哎哟，我的肚子快抽过去了，哈哈哈——"

二皇子连拍死风浔的心都有了。

胖女鬼一点自知之明都没有，二皇子避开她一点，她就挪过去一点："……主人……您不要小美了吗？"二皇子面部抽搐。

"哈哈哈哈哈。"风浔笑得直捶墙。

二皇子瞪风浔："闭嘴！"

风浔："哈哈哈哈哈。"

二皇子："……"

左青贤硬着头皮开解二皇子："二殿下，这女'阿飘'也还是有用的……"

二皇子瞪着左青贤。左青贤赶紧改口道："是是是，初级女'阿飘'确实没什么用，不过……虽然长得丑，但用来探路还是可以的嘛……反正等我们出了墓葬群，女'阿飘'又不能跟来，殿下这两天就忍忍吧。"

二皇子："……"

看得出来，二皇子忍得很痛苦。

　　"你去。"二皇子瞪着左青贤。

　　左青贤输入灵气，而灵气照旧被瞅准时机的火凤鸟所截。

　　很快，左青贤的结果出来了。

　　"四十五号格子？让我来看看，第四十五号里面是什么呢？会不会是紫阳剑？"左青贤一边喃喃自语，一边将格子门打开。

　　所有人的注意力都集中在四十五号格子上。

　　门一打开，咣当！一颗巨大的火球从里面滚出来，左青贤闪避不及，差点被火球击中要害，吓得脸色都白了。

　　左青贤避开火球后，还没松一口气，火球忽然一个拐弯，再次冲向左青贤，并且是左青贤跑到哪儿它就追到哪儿。虽然在这个过程中，它的体积不断缩小，杀伤力也不断降低，但足以将左青贤逼得狼狈不堪。

　　最后，当那庞大的火球消耗殆尽时，左青贤才停住脚步，大口喘息。

　　"连灵侯境强者都被大火球追成这个鬼样子，如果是我们……"凤琉心里有些慌乱，不敢抽奖。

　　凤亦然宽慰她："那墙上不写着吗？这种邪恶火球总共才三个，只有运气极糟糕的人才会抽中。这儿有八十多个选项，我就不信我会抽中这个。"

　　凤琉一想，左青贤已经消耗掉一个，现在可能性变成四十三分之一……可能性确实很低。

　　"那好吧，我去抽。"凤琉上前一步。

　　她摇骰子的时候，心里一直祈祷：六六大顺，六六大顺，菩萨保佑，六六大顺——

　　盖碗揭开——六十六号！

　　看到两个六，凤琉双手握拳，激动得不得了。

　　"这是个好数字，不错不错，一定会有宝贝！"凤桑很替凤琉开心。

　　但是，当凤琉打开六十六号格子时，一块暗黄色的小小灵石出现在众人眼前。

　　凤琉还不信，冲上前去，一把将那石头取了出来。

　　独孤雅莫："这……真的是下品灵石？"

　　赛非落公主一脸失望："连续抽了三次，三次奖品都不好，该不会……这多宝阁根本就没有好东西吧？"

　　其他人脸上也露出疑惑之色，该不会像赛非落公主说的那样，这藏宝阁就是骗人的吧？

　　"要不然为什么我们连续抽了三次，都没有好东西？"

　　在众人看不见的地方，凤舞的嘴角微微扬起。其实，第六十六号格子里的东西确实很吉祥，就是紫阳剑！不过，有白衣少女在身侧，现在拥有绝对权限的凤舞，怎么可能眼睁睁让凤琉将紫阳剑拿走？紫阳剑可是她给风浔留的。

凤桑上前一步："我来试试吧。"

于是，所有人的目光再一次落到凤桑身上。凤桑将灵气快速注入，毫无疑问，灵气再次被火凤鸟吸收。

叮咚——当数字出来时，大家眼睛一亮："二号！"

一大一小两枚骰子，数字分别是一，所以加起来就是二。

二号格子！

凤桑快步上前，没一会儿，走到二号格子前。她深吸一口气，平复着内心的激动和忧虑。

"应该还是没有东西吧？"凤琉在心里暗暗想着。

凤舞看了一眼，摇摇头。那是一枚晋升丹，使用之后能让人瞬间晋升一颗星……在凤舞心里，凤桑并没有凤琉那么讨厌，所以决定给她这个机会。

吱呀——门打开了。

"哇！"当凤桑看到格子里的晋升丹，激动得差点跳起来！

"晋升丹？真的是晋升丹？我没看错吧？！"她就付出一成的灵气，却换来一枚晋升丹，世上再没有比这赚的事了！

其他人也纷纷侧目。

"晋升丹啊？"

"竟然是晋升丹？这回赚大了！"

"所以之前我们没有抽到，只能怪自己运气太差吧？"

"后面还有好东西，不着急，不着急。"

"这晋升丹该不会是假的吧？"凤琉和赛非落公主同时出声。

凤桑没有理会她们，担心夜长梦多，于是拿了晋升丹，靠墙而坐，直接炼化。

嗡——不过一分钟时间，凤桑便已进阶成功。

"天啊！"在场众人几乎惊呼出声。

要知道，平常大家想要晋升是何等困难？一旦有什么闪失，很容易走火入魔，谁也没想到，凤桑在晋升丹的帮助下，进阶速度竟然这样快！

"可惜了……这么好的晋升丹，竟然用在一个灵宗的身上，太可惜了。"

"后面一定还有吧，只要运气足够好！"

"我相信我的运气一定不会差！"

大家都对自己充满了信心。

接下来，凤亦然获得"阿飘"一只。

大家面色都很淡然。

左青贤更是出声道："多宝阁的系统大神是不是故意的？捧一下压几下，所以，接下来的风浔和玄奕也悬乎了。"

其他人纷纷点头，表示赞同。

413

凤舞的眼眸里却露出一抹淡淡笑意。悬了吗？有她在，怎么会悬呢？

叮咚，风浔的骰子数出来了。

"第七十四号。"

独孤雅莫："七十四号？七四七四，不是去死吗？"

赛非落公主："我怎么听着像是气死呢？"

"哈哈哈——"在场的人都哈哈大笑。

风浔脸色黑得一塌糊涂，怒气冲冲地环顾四周，冷哼一声："笑什么笑？你们信不信，我一抽就能抽中紫阳剑！"

"哈哈哈——"周围的人笑得更大声了。

"紫阳剑？那可是纵横天下无敌手，于数万人中突围而出的紫阳天君的紫阳剑呢！"

"要知道，只有吹雪剑能与之并驾齐驱！"

"我倒要看看，你是怎么抽中紫阳剑的，快啊，快将格子打开啊！"

面对咄咄逼人的众人，风浔内心有点郁闷。他不过随口一说，鬼知道会抽中什么东西……紫阳剑？怕是他运气好到逆天，才有可能抽中吧？

风浔站在格子门前，面容虔诚，双手合十，无比认真地祈祷："小舞啊小舞，你的运气一向是极好的，先借我一点可好？"

"好的。"格子门后的凤舞淡淡一笑。

可惜，风浔听不见。他祈祷完毕，两手握住格子门，啪嗒一声，打开了门。风浔紧张地闭着眼眸，不敢看里面的东西。

就在这时候，他身后的人都倒抽一口凉气。

"我的天啊！"

"不会吧？！"

"风浔，你——"

"这怎么可能？！"

……

风浔顿时心头一震，什么情况？！他下意识地睁开眼睛，看到格子里躺着的东西时，镇定如风浔，这一秒也"死机"了！

"我……我的天啊！"风浔看看那东西，再回头看看众人，差点一口血喷出来。

"这、这、这不是……"风浔生怕宝贝被人抢走，手疾眼快地将紫阳剑抓入手中，"天啊，这真的是……紫阳剑啊！"风浔惊呼连连。

赛非落公主不由得出声："喂，风浔，你是怎么抽到紫阳剑的？"

一时间，大家都好奇地看着风浔。风浔犹豫着道："真的要告诉你们吗？"

独孤雅莫："小王爷，您快说吧，我们都想知道，快说快说。"

风浔得意地道："那有什么难的？其实只要在心中默念凤舞保佑就行了，我刚才就是这么做的。"

"求凤舞保佑？"赛非落公主和独孤雅莫对视一眼，在彼此眼中看到一抹怒意。

"宁可抽不中，我也绝对不会求凤舞！"赛非落公主冷哼道。

独孤雅莫也是如此想。

风浔摊手道："哦，那随便你们呗。"

风浔后面的一个人就是玄奕。玄奕过去之前，风浔冲玄奕的背影喊着："玄奕，你也要求凤舞保佑啊，真的特别灵呢，说不定你一求，就能抽中吹雪剑呢。"

玄奕朝天翻了个白眼，信风浔才怪了。他径直走过去输入灵气，然后抽签。风浔有点急了："你不求，我替你求，小舞小舞，你可一定要保佑玄奕拿到吹雪剑啊，这吹雪剑太适合太适合他了，真的，求你了！"

一旁的赛非落公主朝风浔翻了个白眼，看风浔的眼神就像在看一个白痴。其他人也都倍感无语。

当玄奕打开格子门的时候，在场的人都倒抽了一口凉气。

他们看到一柄通体雪白的三尺长剑！

"这是……"

"我的天啊！"

"怎么会这样？"

"这怎么可能是真的？！"

"绝对不可能的！"

"世上怎会有如此巧合的事情？！"

……

在场所有人都震惊了，纷纷发出感叹之声。

玄奕本人也愣在当场，花了三秒钟才回过神来，然后偏过头，直愣愣地看着风浔。风浔："……"柜子里躺着的不是别的，就是吹雪剑！

玄奕将剑从柜子里取出，双手握住。通体雪白，锋芒毕露，寒气逼人，这剑与他的风格完全契合！玄奕欣喜万分，但脸色依旧冷淡，看不出喜怒，只有握着剑柄的手在微微颤抖。玄奕抱剑走到风浔身边，风浔一把抢过吹雪剑，啧啧出声："好剑！果真是好剑啊！"

他得意地瞥了玄奕一眼："我说吧，只要求凤舞，想抽什么就能得到什么！刚才如果不是我帮你求了凤舞，你肯定抽不中吹雪剑！"

玄奕苦笑着摇摇头，根本就不信。

"能抽中紫阳剑和吹雪剑，是你们运气逆天，难道你们还能抽中《紫阳剑谱》和《吹雪剑谱》啊？"

"风浔你别吹牛了，如果你们真抽中那两样，我向你们跪下磕头！"独孤孟溪冷笑道。

"哎哟哟，这话可是你说的，我且先记下。"

独孤孟溪冷笑道："这多宝阁又不是你家开的，我就不信你们真能抽中！"

风浔双手环胸，不无得意地道："这多宝阁肯定不是我家开的，但说不定是我家凤小舞开的呢？"

"嘁——"其他人嗤笑出声。

多宝阁深处，白衣少女玩味地看着大厅中发生的一幕幕，看着凤舞帮忙作弊，看着风浔默念凤舞保佑，看着风浔和玄奕抽中紫阳剑和吹雪剑，转头笑着对凤舞说："哎哟，这傻小子还挺好玩的，可真是智障少年欢乐多啊。"凤舞朝天翻了个白眼。

白衣少女戳戳凤舞的手臂："你说，其他人会求你保佑吗？"

凤舞："这里的所有人，除了风浔和玄奕，都跟我有仇，怎么可能求我保佑？"

白衣少女："那可不一定，且看着吧。"

多宝阁抽奖大厅。

下一个抽奖的人是明兰尔公主。

风浔很好心地提醒："明兰尔公主，提醒你一下，如果想抽中自己想要的宝贝，一定要求凤舞保佑哦。"

明兰尔公主回眸朝风浔一笑，并没有求凤舞保佑。

风浔皱眉道："你这样是抽不中的啦。"

赛非落公主用看白痴一样的目光瞪了风浔一眼："喂，你能不能闭嘴？什么叫不求凤舞保佑就抽不中好东西？你以为这多宝阁是凤舞开的？"

风浔："我有预感，这多宝阁还真就是我们家凤小舞开的呢。"

"白痴！"赛非落公主懒得跟风浔多说。

当明兰尔公主输入灵气后，火凤鸟眼眸忽然一亮，凤舞疑惑地看着它。

火凤鸟露出迷醉之色："好干净好纯粹的灵气啊，好熟悉的气息，就像圣殿的天使降临……"

"嗯？"凤舞不解地看了火凤鸟一眼，"圣殿？天使？什么意思？"

"我刚才说了这两个词？"火凤鸟一脸疑惑地看着凤舞。

凤舞看了白衣少女一眼："它刚才真说过吧？"

此刻的白衣少女则用怪异的目光盯着火凤鸟，似乎陷入了深深的思索。

抽奖大厅，明兰尔公主输完灵气开始抽奖，脸上充满自信，目光更是笃定。

赛非落公主对风浔得意地说："你放心吧，我妹妹从小到大运气就好，是上天的宠儿，得上天眷顾，抽奖这种小事……最好的东西绝对是我们明兰尔的。"

这话，明兰尔公主自己也深信不疑。

她没有告诉任何人，自己天生对宝物有敏锐的感知能力。

八十八号。

明兰尔公主盯着八十八号格子，嘴角扬起微微的弧度。她，会得到一件很好的宝物。她一步一步走近第八十八号格子。

凤舞看了一眼八十八号奖品，不愧是被上苍眷顾的明兰尔公主，一抽就抽中了好东西，那格子里不是别的，正是风浔念念不忘的《紫阳剑谱》！

如果《紫阳剑谱》当真被明兰尔公主抽走，那风浔真是哭都哭不出来了。所以，凤舞上前一步，抽出后面的板子，将《紫阳剑谱》换到了隔壁的八十七号格子里。

当凤舞看到八十七号格子里的东西时，暗暗一笑，对明兰尔公主暗中说了一句抱歉。

吱呀——明兰尔公主信心满满地拉开柜门。一只硕大的水球瞬间炸裂开来，冲明兰尔公主迎面喷去。明兰尔公主以最快的速度往后飞去，却还是被溅了几滴水珠。

"妹妹，你没事吧？！"赛非落公主赶紧冲上去，一脸关切地拉着明兰尔公主。

此刻的明兰尔公主眉头深锁，眼中满满都是难以置信之色。

"妹妹？妹妹？"赛非落公主担心妹妹受伤。

"怎么会这样？"明兰尔公主盯着敞开的八十八号格子，疑惑不解。

难道是自己的感知能力出了问题？如果真是这样，那麻烦可就大了。

"妹妹？！妹妹？！"赛非落公主很是担心。

"姐姐，我没事，别担心。"明兰尔公主摆摆手，脸色渐渐恢复红润。

赛非落公主："不就是没抽中宝贝嘛，有什么要紧，你的运气一向很好，回头我们再抽。"

明兰尔公主点点头，不想多说，她需要一点时间来思考到底哪里出了差错。

一旁的风浔嘟囔了一句："都跟你们说了，要求小舞保佑，要说小舞好话，你们偏不听，果然抽不中了吧？"

大家："……"

绝大人瞥了风浔一眼，冷笑道："是吗？我也不求凤舞，看看能不能抽中好东西。"

事实证明，有一个作弊器般的凤舞在，绝大人便是抽中了好东西，都会被凤舞当场换掉。

果然，当结果出来时——

风浔："哇哈哈哈，下品灵石？绝大人，你不是说你的运气很好吗，怎么只抽中了一块下品灵石啊？哈哈哈哈哈——"

绝大人的脸色非常难看。事实上，他最想要的便是《紫阳剑谱》。现在他的修炼进入瓶颈期，只有一剑破万法的《紫阳剑谱》能为他带来新的灵感，可是要想抽中《紫阳剑谱》何其难？

绝大人不由得看了明兰尔公主一眼。绝大人是知道明兰尔公主的本事的，进来之前，绝大人就跟明兰尔公主说好了，这次来多宝阁，明兰尔公主要帮他拿到《紫阳剑谱》，而他可以将明兰尔公主引荐给八思巴国师。

明兰尔公主对绝大人点点头，示意下次一定会抽中《紫阳剑谱》。

两个人对视不过一秒，旁人都没注意到，唯有纵观全局的凤舞看得一清二楚。

"看来这位明兰尔公主并没有她表现的那么与世无争啊。"凤舞摸着下巴，像看到猎物般微微眯起眼眸。

赛非落公主不可怕，因为她所有的底牌都用尽了，可是这位明兰尔公主给人危险的感觉，她太过神秘，也太会伪装。

绝大人之后，便只剩下赛非落公主了。

这次，风浔还是很好心地提醒："喂喂，赛非落公主，说真的啊，如果你让我家小舞保佑你，说不定真的能抽到好东西哦。"

赛非落公主朝天翻了个白眼："风浔，你就活在自己的梦里吧！"说完，赛非落公主就开始抽奖。当她打开格子门，发现里面空空如也，什么东西都没有，气得想剁手。

风浔在一旁幸灾乐祸，双手叉腰，狂笑出声："哈哈哈哈哈，我就说嘛，你不求小舞保佑，是抽不中好东西的，哈哈哈——"

赛非落公主脸都差点气歪了，恶狠狠地瞪了风浔一眼。

风浔得意地道："我就说吧？！"

赛非落公主："哼！"

除了风浔和玄奕分别拿到了紫阳剑和吹雪剑，其余人都没拿到好东西。

新的一轮开始了。

第一个上前的毫无疑问是二皇子。风浔很是得意："二皇子，要不你也求凤小舞保佑试试？"

二皇子跟凤舞之间并没有多少仇恨，他淡淡一笑，道："是吗？看你说得这么玄乎，我也求凤舞保佑试试。"

白衣少女笑眯眯地看着凤舞："给他吗？"

凤舞有点纠结。这堆人中，除了风浔和玄奕，如果真要选一个人给奖品，二皇子倒是不错的。

"给他一个三星奖品吧。"凤舞没好气地道。

当二皇子将格子门打开——

"半步神级培元丹？"二皇子说不出是高兴还是失望，"聊胜于无。"

二皇子收了东西就走。

"那是因为你不够诚心。"风浔笑眯眯地对二皇子说，"求神拜佛，心诚则灵。你心不诚，人家怎么可能保佑你？"

二皇子："谁说我的心不诚？"

风浔："你的心很诚？"

二皇子："那是自然！"

风浔似笑非笑地瞥了二皇子一眼，开口道："我们的二皇子心很诚？那我可就想不明白了，刚才我进来的时候，是谁说我们家小舞杀了左青羽，还想杀三公主的？如果三公主昏迷之前真那样说过，那我们的二皇子殿下……难道冷漠绝情到连亲情都不顾，反过来求自己的敌人保佑自己？"

风浔看似欢脱无脑、大大咧咧，关键时刻却是很靠谱的。这回他就抓住了二皇子的把柄，出言相逼。

二皇子脸色顿时一片铁青，无比难看。他死死瞪着风浔，恨不得将他撕成碎片。风浔可不怕他。二皇子是皇子不假，可怎么能跟君临渊比？所以，二皇子越是生气，风浔脸上的笑容就越是灿烂。

二皇子深吸一口气，命令自己平复情绪。该是他做出选择的时候了。一边是自己的名声，一边是左青贤的名声……二皇子自然知道该怎么选。

"本殿下什么时候说过亲耳听到凤舞是凶手了？"二皇子瞪了风浔一眼，"左青贤或许听过，但本殿下真没听过，本殿下一直持半信半疑的态度。"

风浔："哦，原来是这样，还以为我家凤舞被定罪了呢，却原来是二皇子没有亲耳听到啊。"

二皇子冷哼一声。

二皇子之后便又轮到左青贤。左青贤对紫阳剑太渴望了，恨不得拿自己所有的东西去换，当他站在格子门前时，双手合十，口中念念有词。

风浔朝左青贤喊着："喂喂，你默念是没有效果的，求人得说出口啊。"

一旁的独孤雅莫没好气地瞪了风浔一眼："左大哥怎么可能求凤舞，你不要开玩笑了！"

风浔："那可说不定，说不定他在心里默默求了呢！唉，我说真的，在心里默默求，是真没用的啊。"

"聒噪！"左青贤瞪了风浔一眼。

风浔轻哼一声，用手肘撞撞玄奕的胳膊："你说，他会不会暗暗求我们家小舞保佑啊？"

玄奕摇头道："现在应该还不至于。"

风浔："是吗？我看他的样子，很想要《紫阳剑谱》啊。"

玄奕："……"

请问，在场的人谁不想要《紫阳剑谱》？

风浔："可是，轮到我抽的时候，《紫阳剑谱》就会被我抽走了，那时候他就迟了。"

独孤雅莫实在看不下去，瞪着风浔："小王爷，请问你哪来的自信？！"

风浔："因为这多宝阁就是我家小舞开的啊。"

独孤雅莫："你怎么知道？你有证据吗？"

风浔："我现在是没有证据。"

独孤雅莫："那你还胡说？"

风浔："哦？原来这叫胡说啊？那刚才左青贤没有任何证据就说我家小舞杀了左青羽，怎么没人指责他胡说？"

独孤雅莫张了张口，想反驳，可发现自己反驳不了。

这个风浔，什么时候这么厉害了？！

凤舞看着风浔一直在努力为她洗脱罪名，说心中不动容是不可能的。

"好风浔，既然你这么偏心帮我，我自然要更偏心帮你了。"

原本凤舞还想着让风浔和玄奕吃肉，别人分走一点点汤就行，现在见风浔这么可爱，她决定就连肉带汤都给他好了。

左青贤运气是很不错，一下子就抽中第八十七号。

第八十七号格子里，正好放着《紫阳剑谱》。不过，有凤舞这个作弊器般的存在，左青贤和明兰尔公主一样，是注定得不到《紫阳剑谱》的。凤舞随便动动手指，《紫阳剑谱》便移了位置。

当左青贤打开格子时，嗖嗖嗖——三支毒箭接连朝他脸上射去，速度之快，让他几乎反应不过来。好在左青贤实力不错，快速闪避之下没有受伤。

二皇子看着左青贤："你的运气当真是……"

左青贤铁青着脸回到原来的位置。

风浔蹦蹦跳跳，很是开心："哎呀哎呀，你们怎么都这样啊？不听老人言吃亏在眼前啊！我都说一百遍了，要求小舞，要求小舞，要求小舞，结果你们呢，一个比一个倔，一个比一个硬气啊，结果咧？你们都看到了不是？"

众人："……"

"刚才二皇子不过随口一求，就得了一枚半步神级培元丹，虽然不是什么特别好的东西，但总好过被毒水喷，或者被毒箭射吧？"

众人："……"

如果说，一开始大家对风浔的话嗤之以鼻，那么经过一桩桩事实证明后，大家变得将信将疑。

左青贤之后便是凤琉。其实，凤琉很想开口求凤舞，可问题是，之前她痛骂过凤舞，抹黑过凤舞，诬蔑过凤舞，而且铿锵有力地表示，她和凤舞之仇不共戴天……这种情况下，她怎么好意思公开求凤舞保佑呢？

最终，凤琉抽了个空，格子里什么东西都没有。风浔嘲笑地看着凤琉，凤琉气得半死，却一个字都说不出来。

难道……真的只有求凤舞才有用吗？

凤琉之后是凤桑和凤亦然，这两个人跟凤舞关系也是不好的，所以，他们也不好意思公然求凤舞，所以依旧得不到好东西。

再之后，是独孤雅莫和独孤孟溪。独孤雅莫和凤舞本就是水深火热的关系，她宁愿得不到宝贝，也绝不开口求凤舞。

独孤孟溪和凤舞倒是没有仇，但和凤琉关系亲密，怎么可能当着凤琉的面……所以，这姐弟俩也没抽到好东西。

大厅内的气氛，再度凝重紧张。

"哈哈哈，终于又轮到我了！"风浔看到前面的人都没有抽中《紫阳剑谱》，悬着的一颗心慢慢放松下来。

"小舞啊，你可一定要保佑我，《紫阳剑谱》可一定要留给我啊，拜托拜托。"风浔双手合十，很大声地祈祷。

周围的人万分无语。

凤琉忍不住瞪了风浔一眼："小王爷，你可真有意思，还真以为这多宝阁是凤舞开的，奖品也是凤舞看着发放的啊？"

风浔很认真地点头："难道不是这样吗？"

凤琉："疯子！"

不仅凤琉觉得风浔是疯子，其他人也都纷纷点头。

风浔："你们才是冥顽不灵呢。"

凤琉冷笑道："如果你能抽中《紫阳剑谱》，我……我就嫁给你！"

风浔吓得差点跳起来："哎哟，可别，千万别！这样我宁可不抽中《紫阳剑谱》！"

见风浔敬而远之的样子，凤琉气得差点疯了，愤怒地跺脚："你以为我想嫁你啊！如果你真抽中了，我这颗脑袋就是你的，你想什么时候取走，就什么时候取走！"

风浔："那还差不多！"

凤琉："如果你抽不中《紫阳剑谱》呢？"

风浔瞪眼道："我怎么可能抽不中？《紫阳剑谱》本来就是我的啊。"

凤琉："呵呵，如果你抽不中呢？"

风浔："如果我抽不中……哼哼，给你一百颗下品灵石，爱赌就赌，不赌算了，反正你这颗脑袋我也没多稀罕。"

凤琉再次气得差点跺脚。

"好好好，那我就睁大眼睛看看，你是怎么拿出这一百颗下品灵石的！"

风浔开始抽奖。

这次的数字，依旧非常之不妙。

四十四号。

看到风浔的数字，在场之人不由得笑出声。

凤琉："哈哈哈，四十四，死死死，风浔你死定了！"

独孤雅莫："好倒霉的数字啊，这个数字应该是所有数字里最不好的一个吧？"

赛非落公主："我倒要看看，就凭这么倒霉的数字，你要怎么开出《紫阳剑谱》。"

风浔抓抓脑袋，说实话，现在他内心也有点发怵。

虽然他口口声声说，这多宝阁是他家小舞开的，所有的奖品都是他家小舞发放的，但他内心很清楚，这不过是他在吹牛罢了。

四十四啊……这倒霉的数字……怎么能开出《紫阳剑谱》啊？

风浔："你们这些目光短浅的人类，数字不好又怎么样？之前我抽中七十四号还摸出紫阳剑呢，这四十四号里面肯定就是《紫阳剑谱》。"

"哈哈哈——"四周是大家齐齐的嘲笑声。

可是，当风浔将格子门打开后，在场的人都倒抽了一口凉气，脸上的笑容瞬间僵在嘴角。

大家从打开的格子门往里看，发现那里分明躺着一本册子。册子……不一定是《紫阳剑谱》！大家自欺欺人地想着。

风浔将那本册子取出来，用双手举到众人面前。深蓝色的封皮上，四个描金字体闪闪发光——

《紫阳剑谱》！

"嗖——"在场的人齐齐倒抽一口凉气。

"《紫阳剑谱》！"

"哎哟！竟然真的是《紫阳剑谱》！"

"怎么可能呢？这怎么可能啊！"

"凭什么风浔想抽什么就抽到什么？"

"难道这多宝阁真是凤舞开的？"

……

在场的人都震惊了、激动了、愤怒了，纷纷表示不满。

此刻的风浔，终于从震惊中回过神来："这这这……这还真是《紫阳剑谱》？我的天！"风浔死死攥着《紫阳剑谱》，整个人都是恍惚的，"难道是因为我求凤小舞保佑，然后就……得到了？还是因为……我本是上天的宠儿？难道我家亲戚是幸运女神？难道我上辈子拯救了全世界？难道……"

凤舞看着兴奋得手舞足蹈的风浔，嘴角上扬，轻轻一笑。风浔，你为我拼尽全力，我自然也为你竭尽所能。

白衣少女看了凤舞一眼："喂喂，你也太偏心了，再这么下去，他们会怀疑的。"

凤舞看着白衣少女："怀疑又如何？难道他们不抽奖了？"

白衣少女："咱们这偏心，就不能偏得……隐晦一点吗？"

凤舞："我就是光明正大地偏心，他们能奈我何？"

白衣少女："……"她为其余人默哀。

风浔不知道，他的幸运完全是因为有凤舞在。

"哈哈哈，《紫阳剑谱》，我的《紫阳剑谱》，《紫阳剑谱》是我的哈哈哈哈——哈哈哈哈哈——"

左青贤嫉妒得脑袋都在冒青烟。连绝大人也羡慕嫉妒不已。他们甚至开始怀疑，风浔之所以得到《紫阳剑谱》，真的跟求凤舞保佑有关。

风浔拿到《紫阳剑谱》后，下一个就是玄奕。

风浔说："玄奕已经有吹雪剑了，小舞啊小舞，你就保佑玄奕拿到《吹雪剑谱》吧，拜托拜托，千万要保佑啊。"

众人："……"

不可能！

玄奕抽奖时，所有人的目光都集中在他身上，就连二皇子也眼睛一眨不眨地盯着玄奕，生怕错过一点信息。

柜门打开，里面空空如也。

"啊——"风浔惊呼一声，"怎么什么都没有？"

其他人："呼——"大家终于长长呼出一口气。刚才真是紧张坏了，有那么一瞬间，他们真的以为玄奕会拿到《吹雪剑谱》，真的以为背后是凤舞在操控。

"幸好没有，幸好没有……"

"所以说，之前都是风浔吹的，根本就不存在求凤舞就能得奖品这种事。"

"刚才我们差点被风浔误导了，真是虚惊一场——"

……

风浔看着玄奕空手而归，一脸失望，安慰玄奕道："没事，这轮不行，还有下一轮，我一定帮你拿到《吹雪剑谱》！我的运气可是很好很好的！"

大家冲风浔翻白眼，现在他们已经不相信风浔的话了！

在凤舞的操纵下，抽奖继续。其实凤舞干涉并不多，如果只是一般的奖品，凤舞并不太在意，只有涉及《吹雪剑谱》这种一定要留给玄奕的奖品，她才会将之置换。

只不过，大家的运气是真不太好，第二轮下来，拿到好东西的人还真没有。

明兰尔公主原本能拿到《吹雪剑谱》，但因为凤舞的干预，所以再次落空。

"怎么会这样？"明兰尔公主皱着眉头，对自己的能力产生了深深的怀疑。

而这一次，赛非落公主对明兰尔公主也产生了怀疑："妹妹，你不是……能分辨出宝物吗？你怎么……"赛非落公主之所以那么有自信，就是因为她相信明兰尔公主有这方面的能力。

明兰尔公主内心很是崩溃。连续两次……连续两次，她都感觉到宝物的存在，但是一打开格子门，却……

"不知道。"明兰尔公主皱着眉头，一言不发。

凤舞对明兰尔公主的能力有一丝敬佩，这位公主还真是上苍的宠儿。

"她运气再好还是不及你。"白衣少女瞥了凤舞一眼。

凤舞点点头："如果第一个见到你的人是她，你会帮她吗？"

白衣少女那双好看的柳眉微微上挑："你猜？"

凤舞脱口而出："不会。"

白衣少女："为什么？"

凤舞："你们两个……气质太像了，你不会对她有好感。"

"喂喂，你这丫头看人不要这么准，说话不要这么直好不好？"白衣少女白了凤舞一眼。

凤舞笑了笑。

连明兰尔公主都抽不中，更何况绝大人和赛非落公主。

第三轮开始。

"我放弃。"二皇子站在一旁，没有下场的意思。

因为一旦下场，就意味着他的灵气会削弱，而这里才位于墓葬群的前段。

"那我也放弃。"左青贤站在二皇子身边，和他同进退。

二皇子和左青贤放弃后，接下来就轮到凤琉了。

凤琉咬牙道："我要再试试自己的运气！"

事实再次证明，运气根本就不在她身上。

凤桑："我放弃。"

凤亦然："我放弃。"

独孤雅莫想了想，最终摇头表示："……那我，也放弃吧。"

独孤孟溪也是同样的想法。

于是，抽奖的机会再次落到风浔头上。

"喂喂，你们就这么放弃了？这里好东西那么多，你们竟然舍得放弃？一次抽奖的机会多么珍贵啊！你们简直……暴殄天物！"

大家都用复杂的目光看着风浔。

独孤雅莫："有本事你继续抽啊，要是再抽中，我和凤琉都给你磕头！"

风浔对自己的运气无比自信！

"好啊好啊，这次，我就抽一个《吹雪剑谱》给你们看！"风浔拍着胸脯表示。

白衣少女看了凤舞一眼："你还要帮他？"

凤舞笑道："为什么不？"

事实上，凤舞真是为风浔的运气默哀，如果这次不是她在背后操控，风浔一个奖品都抽不中……

格子门打开，在场众人要疯了！

"什么？！"

"这不可能！"

"绝对绝对绝对不可能！"

大家能不震惊吗？就在前一秒，风浔还拍着胸口说他要抽《吹雪剑谱》，下一秒，《吹雪剑谱》就躺在他面前的格子里！

看大家嫉妒成这样，风浔自然不会表现出什么，他一甩额前的刘海儿，不无得意地道："都跟你们说了，要求小舞保佑，要公开求小舞保佑，要大声求小舞保佑，结果你们……啧啧啧，这就是死要面子的下场，知不知道？现在你们就羡慕去吧，哈哈哈——"

风浔拿了《吹雪剑谱》就递给玄奕。

"我出一千下品灵石！"独孤孟溪的声音在风浔耳边响起，"买你手中的《吹雪剑谱》。"

风浔停住脚步，瞥了独孤孟溪一眼。

凤亦然："我出两千下品灵石！"

独孤孟溪瞪了凤亦然一眼，立马加价："我出三千下品灵石！"

凤亦然："五千！"

"一万。"一道冰冷威严的声音在众人耳边响起。

大家下意识地转头望去，发现说话的是绝大人。

风浔淡淡一笑，道："我有说过要卖吗？"说完，风浔将《吹雪剑谱》塞到玄奕手中，"拿去拿去，赶紧修炼，免得有些人想太多。"

玄奕一言不发，直接将《吹雪剑谱》塞进自己的怀里。

旁边的人看风浔就像看白痴，那可是《吹雪剑谱》，他居然随手就送出去了！

风浔之后是玄奕，这次凤舞并没有帮忙，所以玄奕……抽了个空气。

风浔："下面的还抽不抽了？"

明兰尔公主盯着风浔，目光幽冷神秘。忽然，她展颜一笑，道："风小王爷……可否帮个忙？"

"嗯？"

风浔对赛非落公主感觉不好，但对明兰尔公主印象极好，于是他扬起灿烂的笑容，屁颠儿屁颠儿地跑过去："明兰尔公主有何吩咐？但说无妨。"

明兰尔公主抿唇一笑道："风小王爷运气这般好，可否……帮我抽一次？"

多宝阁内，凤舞眉头微微蹙起。

"好呀好呀，我帮你抽！"风浔拍着胸脯保证，"跟你说，我的运气可是很好的，想抽什么就抽什么！"

多宝阁深处的凤舞朝天翻了个白眼。

一旁的白衣少女："哈哈哈，哈哈哈哈哈，这个傻小子，果然印证了那句话。"

425

凤舞："哪句话？"

白衣少女："智障少年欢乐多。"

凤舞："噗。"

白衣少女："你不生气？"

凤舞嘴角扬起一抹弧度："生气的人为什么会是我？"

很快，白衣少女就明白凤舞这句话的意思了。

风浔答应了明兰尔公主。明兰尔公主笑着问："小王爷，我们要抽哪个号码？"

风浔不解地看了明兰尔公主一眼："抽哪个号码还能自己控制？"

明兰尔公主："……"她还真能自己控制。

风浔问："公主想要什么？"

明兰尔公主看着墙上的奖品。紫阳剑、《紫阳剑谱》没有了，吹雪剑、《吹雪剑谱》没有了，剩余的奖品里，还有四个五星的宝贝，分别是：龟背图、云光宝卷、神武丹、替死符。其中以替死符最为珍贵，因为拥有这张符的人，相当于多了一条命。

"替死符吧。"明兰尔公主笑眯眯地看着风浔，"如果抽中替死符，明兰尔欠小王爷一个天大的人情。"

众人都羡慕地看着明兰尔公主，若是真能拿到替死符……

"换一个吧。"风浔却摇摇头。

明兰尔不解地看着风浔，风浔的回答有些出乎她的意料。

风浔说："替死符我肯定是要的，但不是现在。"

明兰尔公主："那是什么时候？"

风浔："轮到我自己抽的时候啊，因为那张符不能给你。"

明兰尔公主掩唇而笑："也是，那可是一条命，小王爷不舍得给也是人之常情。"

风浔皱眉道："不是给我自己。"

明兰尔公主越发好奇："那是送谁？莫不是小王爷的心上人？"

风浔眉头紧锁，原本他还觉得明兰尔公主温柔可爱，但她这样穷追不舍地逼问，让他感觉很不好。

"明兰尔公主，你还抽不抽了？"

明兰尔公主从小到大都被人捧在手心呵护，何曾被人这般不耐烦地问过？她的面子当即有些挂不住。正常情况下，这种时候，赛非落公主会站出来呵斥风浔一顿，可不知出于什么原因，赛非落公主此时竟站在原地，目光四处乱瞟，似乎没注意到眼前的尴尬。

凤舞却是眼睛一眨不眨地盯着明兰尔公主。凤舞坚信，一个人在面对突发状况的时候，来不及进入演绎状态，是最容易被看出端倪的。

最初的尴尬过去，明兰尔公主旋即反应过来，嘴角扬起微微的弧度："抽抽抽，小王爷运气这么好，我正好借借小王爷的好运呢。"说着，明兰尔公主的手有意无意扫过了风浔的手臂。

"哎哟，有意思了。"白衣少女一看明兰尔公主那小动作，顿时乐了。

风舞不解地看了白衣少女一眼。白衣少女笑着说："刚才那小公主碰了傻小子的胳膊一下，真正的目的是为转运。"

"转运？"风舞皱眉，"还有这种操作？"

白衣少女虽然不知道操作是什么意思，但能猜出风舞想表达什么。她对风舞时不时说出的这些自己没听过的词汇挺有兴趣。

白衣少女："是呢，那公主看着清纯，小手段却层出不穷，这丫头的师父绝对是能人，有意思，太有意思了。"

此刻，大家的目光都集中在风浔身上。风浔抽中的号码是二十二号。风浔得意地道："这号码不错，是我家小舞最喜欢的号码。"

风舞看到二十二号格子里的东西时，一阵无语。因为里面确实有好东西，而且，还是很好的东西——替死符。

风舞："这明兰尔公主的运气，当真……让人无话可说。"

"你不是看到她借运了吗？"白衣少女似笑非笑地道。

风舞："你的意思是，她不止跟一个人借运？"

白衣少女点头："她现在的实力还在灵侯境初阶，所以能供她借运的人并不多，等她修为提升后，可借运的人会越来越多，后果不堪设想。"

风舞："被她借走运气的人，下场如何？"

白衣少女似笑非笑地道："还能如何？轻则倒霉几年，慢慢将运气转回来；重则厄运缠身，鬼魂绕体，郁郁而亡。"

风舞皱眉道："这太容易伤及无辜了。"

白衣少女笑道："修炼这种厄运术的人，入门的第一要诀就是绝情绝性，视人命如草芥，你觉得她会不会在意伤及无辜？"

风舞："……"

白衣少女背着双手，嘴角微微扬起："我大概知道她师从何人了。"

风舞："何人？"

白衣少女道："五毒教教主，红三月。"

风舞皱眉道："这个人我没听说过。"

白衣少女："这个人也是一个传奇，现在我可没时间跟你聊这些。不过，在这墓葬群里，有一件东西能克红三月，回头我们就去找。"

风舞冷傲地道："我跟她无冤无仇……"

白衣少女用看白痴一样的目光看着风舞："你都想杀她徒弟了，还说跟她无冤无仇？你就不担心杀了小的，跑出来老的？"

凤舞无语，她什么时候说自己要杀明兰尔公主了？

白衣少女冷笑道："你挡那小公主的道了，你不杀她，她会杀你，所以你们之间必有一战，你希望自己是死的那一个吗？"

凤舞："自然不希望。不过，她为什么要杀我？没道理啊。"

就在凤舞和白衣少女说话的时候，外面传来脚步声，脚步声很是稳重，不疾不徐，听着让人异常心安。

所有人齐齐回头。

"君老大？！你怎么来了？！"第一个惊呼出声的是风浔。

来者真是君临渊。他一袭黑袍，面容俊美，五官深邃，整个人熠熠发光。他一出现，所有背景都被虚化了，所有人眼中只有他！

"哎哟——"连一向眼高于顶的白衣少女都被眼前这位绝世少年震撼了。

"这少年……"白衣少女指指凤舞。

凤舞抬着下巴，骄傲地表示："他就是君临渊。"

白衣少女："就是你喜欢的那位少年？"

凤舞硬着头皮道："没错，就是我喜欢的那位少年！"

白衣少女调侃道："哟，小丫头眼光不错嘛。这小子跟楚风笑比，虽然稍有不如，但勉强也算同一档次。"

凤舞无语望天。这位仙子小姐姐真是情人眼里出潘安，楚风笑长得虽好看，但哪里能跟君临渊比？！

"怎么，你不服气？"白衣少女冷哼。

"你觉得楚风笑最好看，我觉得君临渊最好看，没毛病吧？"

"你眼光确实不错，啧啧啧——"白衣少女的注意力被外面吸引了去，"你看看那个穿裙子的。"

凤舞看了一眼，那是凤琉。

"刚才这穿粉裙子的骂了你，你看看，她身边的那个是她的小情人吧？她看都不看她家小情人，注意力全在你家小情人的脸上，移都移不开眼睛！还有那个穿绿裙子的！看到她的脚没有？自从你家少年从门外进来，她的脚就一直在挪，现在距离你家少年只有一米远，不出意外，这丫头会故意跌进他怀里。"

凤舞一看，那是赛非落公主。

白衣少女最后指着明兰尔公主："你觉得她如何？"

凤舞看了明兰尔公主一眼，没好气道："她站在原地不动，目光也没有黏在君临渊脸上，更没有主动凑上去跟他说话，应该……对他没兴趣吧？"凤舞想了想，肯定道，"毕竟，这世上不是任何人都对君临渊有兴趣的。"

"错！大错特错！错得离谱！"白衣少女一拍凤舞脑袋，"你这丫头什么眼神啊，这都看不懂？！"

凤舞："啊？"

白衣少女双手叉腰道："以我多年驱赶莺莺燕燕的经验，你口中那位清纯圣洁的明兰尔公主，才是真正对你家少年志在必得！"

凤舞："啊？不会吧？"

白衣少女用看白痴一样的目光看着凤舞："真没看出来？"

凤舞："真没有……"

白衣少女白了凤舞一眼，说："你仔细看她站的位置，刚才她是这个位置吗？"

凤舞摇头道："刚才明兰尔公主是侧着身子对着门口的。"

白衣少女："那么现在呢？"

凤舞："六十五度角对着门口。"

白衣少女点头，肯定地告诉凤舞："这是最能展现她美貌的角度，就是这个角度，她是故意的，并且你注意看——她站的地方正好逆光，阳光从她身后穿透而来，照得她整个人非常耀眼，不像其他几个傻丫头。你注意看其他几个丫头的眼睛。"

凤舞："她们的眼睛半眯着。"

"明兰尔公主呢？"

"明兰尔公主的眼睛……看起来清润有神，像是被灵水浸过，可刚才她还没有——"

白衣少女得意地一笑，道："刚才她趁着宽大的衣摆甩过之际，给自己的眼睛点了药水。你看，这么短短三秒钟时间，别人只顾着震惊，她却已经考虑到这些，并且付诸行动了。这样的女人，你说可怕不可怕？你说她对你家少年是不是志在必得？"

凤舞："……"好在她对君临渊并没有……

"你是怎么注意到的？"凤舞好奇地问。

白衣少女双手环臂，无比得意地道："我是谁呀？这丫头跟我以前那么像，她撅一撅屁股，我就知道她想干什么。"

凤舞："喀喀——"

白衣少女瞥了凤舞一眼，目光变得凝重："丫头，你看着聪明，但内心柔软，她看着柔软，实则内心狠毒，对上她，你未必能赢，可以说，你输的概率很大。"

凤舞握紧拳头。

白衣少女："她既然看中了君临渊，你们便是天然的情敌，这是一场你死我亡的战争。"

凤舞很想说自己并不喜欢君临渊……

唉，凤舞在内心深深叹了口气。

"君老大，君老大，你怎么来啦？你的实力太强了，怎么能进墓葬群？"风浔问出了所有人心中的疑惑。

大家也纷纷看着君临渊。君临渊瞥了风浔一眼，转移话题："可抽完了？"

"没有没有！"风浔的注意力顿时集中到抽奖台上。

"刚才我正在帮明兰尔公主抽，是二十二号，嘿嘿，君老大你可不知道，今天我的运气很好！"风浔献宝似的将紫阳剑和《紫阳剑谱》递到君临渊面前，又将胸口拍得啪啪响，"都是我抽的，都是我一个人抽的！还有这个！"风浔从玄奕衣袖里掏出《吹雪剑谱》给君临渊，"这本剑谱也是我抽的！"

风浔一副你快夸我的表情。

君临渊瞥了他一眼，冷冷淡淡地说了一个字："哦。"

风浔却热情不减，"我现在抽到二十二号啦！你等着吧，这次肯定还是好东西，对吧，明兰尔公主？"

明兰尔公主往前走了几步，距离君临渊只有一米之远，眼眸清澈纯真，她并没有跟君临渊说话，更没有想要介绍自己的意思，甚至有意无意地在忽视君临渊。

"小王爷说得对，这次肯定是好东西，明兰尔谢过小王爷。"

草原上的女儿本没有那么多繁文缛节，但明兰尔公主遵循君武帝国的礼仪，半蹲着行了致谢礼。

风浔很是开心地道："哈哈哈，看我的！"说着，他大摇大摆地上去，自信满满地拉开格子。

一道浓烟从格子里喷出，速度之快，烟雾之浓烈，呛得人眼泪都下来了。风浔反应再快，也快不过喷射而出的浓烟。

"喀喀，喀喀——"风浔快速往后退去，眼睛差点被伤到。

退出数十米之远，风浔才停住脚步，长长吐出一口浊气。他心有余悸地长叹一声："好险好险好险啊，差点就被喷到了，这气体有毒啊！哎呀，如果不是退得快，我这眼睛都要瞎了啊！"

独孤雅莫反应过来后，出言揶揄："小王爷不是拍胸脯表示，这次一定会抽到宝贝吗？怎么就抽到毒烟了呢？而且自己还差点被伤到？"

风浔面上一阵赧然，确实，刚才牛皮吹得有些过了，不过，他总是能为自己找到理由的。

"一、这不是我自己抽奖，代表不了我真正的运气；二，好运气需要积蓄，所以我得缓上一缓。请问，有问题吗？"

独孤雅莫轻哼一声，无从辩驳。

风浔对明兰尔公主摊手道："抱歉了，明兰尔公主，没有帮你抽到好东西。"

明兰尔公主脸上满是关切之情，她连连摇头道："小王爷言重了，抽中了奖品，便是锦上添花，可哪有你的健康重要？切勿本末倒置才好。"明兰尔公主说完，用眼角余光瞄了瞄身旁的绝世少年，少年的目光从始至终都没有落到她身上，唉，有点沮丧呢，不过不着急。明兰尔公主微微握住拳头。

明兰尔公主之后便轮到绝大人。

"唉，人比人，真是要气死人的。"白衣少女感叹连连。

凤舞疑惑地看了她一眼。白衣少女："你知道吗，刚才你口中那位绝大人看着还像模像样的，长相俊美，气质冰冷，气场强大，实力也算年轻人中的佼佼者了。可是人最怕比较了。你家那少年一来，往那随便一站，气场一开，立马就成了全场中心，目光汇聚的焦点，有些人啊，从出生起就是让人嫉妒到自惭形秽的。别说那绝大人了，你看那位二皇子，原本看着挺不错的吧？一副养尊处优上位者的姿态，现在可好，他就只敢暗中恨恨瞪君临渊，连站在君临渊面前的勇气都没有。啧啧啧——"白衣少女摇头苦笑，"差别啊，这就是天与地、云和泥的差别。"

凤舞原本并不觉得君临渊有多出众，但是经过白衣少女这么一对比、一夸奖，当她再看君临渊时就发现，咦，怎么越看他越觉得好看？

"他哪儿有你说的那么好？"凤舞才不会承认。

白衣少女斜睨着凤舞，凤舞偏过头，不与她对视。

绝大人再次败兴而归，赛非落公主也依旧没有抽中。

"这一轮又结束了！"风浔跃跃欲试，很快就有了第二次机会。

"结束了？"君殿下站出来道。

风浔啊了一声，满眼惊奇地问："不会吧？君老大，你也要抽奖？"

君临渊从始至终都盯着墙壁，似乎对那些奖品有兴趣。

"为什么不？"君殿下瞥了风浔一眼。

风浔呃了一声，道："我还以为，这里的东西，君老大你都不感兴趣呢，你都用不上啊。"

君临渊轻哼一声，道："确实不感兴趣。"

风浔："……"

君殿下习惯说话说半句，他并没有接风浔的话，而是径直走过去输送灵力。

当君临渊用右掌贴着管道，将灵气输送进去时，眉头微微蹙起。

"收手。"白衣少女提醒火凤鸟。

火凤鸟赶紧缩回凤舞肩膀上。

"凤小舞，你到底找了个怎样的妖孽啊？"白衣少女用很复杂、很怪异的目光看着凤舞。

凤舞一脸蒙："啊？"

白衣少女："如果不想被发现，快退后。"

"哦。"凤舞赶紧后退几步。

白衣少女："你知不知道你家君临渊有多厉害？"

凤舞："他、他又干了什么？"

白衣少女："他根本没有输送灵气进管道，而是用神识将所有格子都探了一遍，也就是说，哪个格子里有什么，他都知道了！"

凤舞瞪大眼睛，道："怎么会这样？不是说格子被结界隔离了吗？"

白衣少女哭丧着脸道："对啊，确实被结界隔开了，不然你做的那些小动作，怎么可能不被发现？可是，谁会想到你家少年这么厉害？他居然能绕过结界。在不破坏结界的情况下，他能绕开，你知道这说明什么吗？！"

凤舞："说明……什么？"

白衣少女："这说明他现在的修为比布置结界的人还强，对了，他现在几岁？"

"十六？"凤舞有些不确定。

白衣少女瞪着凤舞。凤舞："呃……这结界谁布置的？"

白衣少女再次凶神恶煞地瞪着凤舞。

凤舞何等冰雪聪明？

"您布置的啊？"凤舞怯生生地问。

白衣少女："哼！"

凤舞突然反应过来："咦，不对啊！您刚才说，只有实力比布置结界的人强才能绕过去，岂不是说……岂不是说？！"

这一回，凤舞是真的震惊了，睁大双眸，死死瞪着白衣少女！

她喃喃自语："怎么可能呢？仙子小姐姐，君临渊现在才几岁啊，他怎么可能……不可能，一定是哪里弄错了。"

"不然你以为他凭什么能进来？"白衣少女瞥了凤舞一眼。

凤舞："啊？"

白衣少女："灵王境以下的人才有资格进来，你说他一个灵王境以上的人，凭什么进来？"

凤舞："……凭什么？"

白衣少女："墓葬群有一个规则，灵王境的人想进来也可以，唯一的办法是打败其中一个鬼王。"

凤舞睁大眼睛，瞪着白衣少女。白衣少女认真地冲凤舞点头。

凤舞："疯了疯了……真的是疯了，君临渊，他的实力怎么……之前他也没这么厉害啊。我记得他消失了一小段时间，说是晋升去了，可是……这才多久不见，他的修为怎么就能逆天了呢？！现在他才十六岁，以后——"

白衣少女盯着凤舞，冷哼一声："你还夸？"

凤舞："啊？"

白衣少女："你家的人你自己偷着乐就行了，还夸上了？你就不怕别人眼红嫉妒吗？！"

凤舞："喀喀……"她和君临渊，还真的不是大家想的那层关系。

白衣少女仰着下巴道："哼，算你家的厉害那么一点点，行了吧？！"

凤舞抿唇偷笑。而因为君临渊实在厉害，所以凤舞一动都不敢动。

"哇，君殿下的数字出来了！"

"几号几号？"

"五号。"

"君老大，我帮你看看五号里面是什么！"风浔最是开心，赶紧跑上前去。

君临渊双手交负在身后，雍容尊贵。

"哇——"风浔将格子门打开后，自己先惊呼起来，而后像捧稀世珍宝一样将里面的东西捧出来。

"替死符！居然是替死符！"风浔激动得差点手舞足蹈，"君老大，你可真厉害！佩服死你啦！"

君殿下瞥了风浔一眼。

"君老大君老大，可不可以求您一件事？"风浔冲到君临渊身边。

"说。"君殿下言简意赅地道。

"这……替死符能不能送给我啊？"风浔小心翼翼地问。

君殿下皱眉。

不等君殿下拒绝，风浔右手高举，大声喊着："君老大，我是有理由的！"

"说。"君殿下道。

风浔大声道："这替死符我肯定不是给自己求的，我修为这么厉害，地位也不差，平时谁敢欺负我？所以我要这替死符干吗？"

"说重点。"见风浔一通废话，君殿下无语。

"哦哦哦，重点就是，找想把替死符送给小舞。"风浔笑容明朗，异常开心。

一时间，在场很多人都瞪大了眼睛。替死符能换一条命，而风浔居然是为凤舞求的？

凤琉、凤桑、独孤雅莫、赛非落公主等几个人脸色异常难看，眼眸里更是迸射出嫉妒之色。

"啊哟，这傻小子对你不错嘛，原来求替死符是为了送你啊。"白衣少女调侃地瞥了凤舞一眼。

凤舞无语地望天："那是我的干哥哥。"

白衣少女："干哥哥干妹妹什么的，青梅竹马，亲上加亲，岂不是更好？"

凤舞："喂喂——"

白衣少女："好啦好啦，不打趣你了，不过说真的，如果这世上没有君临渊，那少年风浔也是不错的选择。风浔的光，比其他人亮很多，当然，跟君临渊还是没法比的。小丫头啊，君临渊这条路虽耀眼，可荆棘丛生、危机重重，他是全天下九成以上少女的梦中情郎，也就是说，你这是在与全世界为敌啊！"

凤舞在心里暗暗庆幸，幸好，她和君临渊并不是大家想的那种关系，但是为什么当她这么跟自己说的时候，心里隐隐有点空落落的感觉呢？

奇怪了，凤舞皱着眉，摸摸胸口。

此刻，风浔却不知道周围的姑娘们变了脸色，他抓抓脑袋，有些不好意思地对君临渊说："君老大，你也知道小舞那丫头，修为那叫一个渣。"

凤舞："……"

其他少女都笑了。

风浔："修为渣就算了，她运气还不好，到处闯祸，时不时就被人追杀，好几次小命都快没了，这替死符给她再合适不过。"

君临渊："好几次……小命都快没了？"

风浔长叹一声，道："可不是吗？就拿咱们这里的人来说，这位左青贤大人，他一口咬定小舞杀了左青羽，伤了三公主，口口声声要小舞偿命呢。"

君临渊眼眸半睐着，深邃而黑暗，没人知道他那幽冷神秘的双眸中蕴含着怎样的意思。

左青贤被君临渊目光一扫，只觉得脊背发寒。

赛非落公主下意识地往明兰尔公主身后缩。要说追杀凤舞，她家大哥才是真的下死手，派出一个又一个灵侯境杀手。

这个君临渊太可怕，如果他真要帮凤舞出头，那自己……想到这儿，赛非落公主更是缩了缩脖子，凝神屏息，不敢发出一点声音。

"所以君老大，我可不可以把这替死符送给'舞小渣'啊？"

"舞小渣"？凤舞嘴角微抽，她什么时候成"舞小渣"啦？

"君老大，君老大？可不可以？"风浔可怜兮兮地瞅着君临渊。

君殿下傲然而立："嗯！"

风浔高兴坏了，嘿嘿直笑："如果'舞小渣'知道我送她替死符，一定会很高兴。"

君殿下杀气腾腾的目光，飞刀似的朝风浔射过去。

"君老大，你去哪里？"风浔见君临渊转身就走，忙出声询问。

君临渊忽然停住脚步。风浔满心以为君老大要同他说话，君临渊冰冷如利刃的目光却射向了左青贤。左青贤只觉得全身汗毛都倒竖起来，不过君临渊什么话都没说，抬脚便走了。

君临渊气场太强大，他一走，独孤孟溪第一个靠墙滑坐在地上。独孤孟溪抹去额头上的汗水："君殿下太可怕了。"

"嘿嘿，你们还抽吗？"风浔还在认真地抽奖。

其他人都有一种身体被掏空的感觉。

"你们都放弃？好好，我一个人抽。"风浔笑嘻嘻地上前一步，对管道内输入灵气。

很快，一个数字蹦了出来。

二十四号。

明兰尔公主盯着第二十四号格子，她刚才已经将风浔的好运气转走了，所以，这次他不至于还能拿到好东西吧？

当风浔将格子打开的时候，明兰尔公主绝望了。

"龟背图！"风浔高高兴兴地拿了图回来。

他一边抱着龟背图，一边对玄奕说："哈哈哈，我还以为我的运气用光了呢，没想到还能抽到好东西！话说，我该不会真是幸运女神的私生子吧？"

玄奕感到奇怪，不过他一向是"面瘫脸"，并没有表现出太多的疑惑。

真正疑惑的是明兰尔公主。她紧紧盯着风浔，不应该啊，按说她已经从风浔那儿将好运转走了。

风浔："你们都不抽是吧？既然你们放弃了，那我继续——"

"我来吧。"明兰尔公主眼眸含笑，温柔地对风浔点点头，走上前去，"我来试试运气。"

风浔看着明兰尔公主，不解地道："他们不都说明兰尔公主是草原上最幸运的女孩吗，可是今天一看，有些名不副实啊。"

明兰尔公主面色一凝，很快反应过来，对风浔笑道："小王爷真爱开玩笑，我哪里运气好？都是谣传罢了。"

明兰尔公主在心里暗想，若将厄运转给风浔，她的好运确实就该来了。她看着风浔，淡淡一笑，开口道："小王爷，我们来打个赌如何？"

风浔是好玩之人，一下子被这话吸引："怎么赌？"

明兰尔公主："如果这次我能抽到五星宝物，小王爷这龟背图就归我可好？"

风浔挑眉道："如果你这次能抽到五星宝物，不，四星就好，但凡你抽到四星，我这龟背图就归你了。"

明兰尔公主想要龟背图，因为她知道，这龟背图里藏有一张图纸。

"这个傻小子。"多宝阁内，白衣少女没好气地瞪了风浔一眼，"这龟背图中藏着当初本仙子亲手放进去的一张地图。"

凤舞好奇地问："什么地图？"

白衣少女不以为然道："整个墓葬群的地图，我还在上面用红笔标注了哪里有宝物、宝物的等级、过关难度等等。"

凤舞瞪着白衣少女。白衣少女："当初我可是花了一个下午的时间去画，很费力呢！"

凤舞："如果被明兰尔公主拿到……"

白衣少女瞥了凤舞一眼："你想不想听实话？"

凤舞："说。"

白衣少女："如果没有你捣乱……以明兰尔公主那一手转运的技巧，这里大半的

宝物都会被她拿走。"

凤舞点点头，道："所以，龟背图绝对不能被她拿到。"

明兰尔公主看着风浔，笑着点头："那一言为定。"

风浔笑容明朗地道："好呢。"

凤舞却恨不得将风浔一巴掌拍飞。她怎么可能让明兰尔公主抽到好东西呢？所以当明兰尔公主打开格子门——

里面依旧空空如也。

明兰尔公主愣在当场，一句话都说不出来。不应该……她已经吸收了风浔的好运气，并且将厄运转渡给他了，凭什么她的运气还是这么差？

风浔一脸同情地看着明兰尔公主："唉，你这运气，都不知道怎么说你才好了。"

明兰尔公主一脸难过："……"

风浔拍拍她的肩，忍不住安慰她："好啦好啦，不难过，咱们的赌约还是有效的。"

泫然欲泣的明兰尔公主抬起头，眼巴巴地看着风浔。风浔只觉得英雄气概大涨，拍拍胸膛，很是自信道："如果你赢了，这龟背图就是你的；如果你输了，就……只用给我笑一个，怎么样？"

"噗——"前一秒还泫然欲泣的明兰尔公主，这一刻被风浔逗乐，扑哧一声笑出来。

风浔卷起袖子："看我的！"

就在风浔准备抽奖的时候，凤舞出手了。这次她倒不是帮风浔，而是将格子里所有的好东西都收进了自己的空间。

只不过眨眼间，所有的好东西都"没有"了。白衣少女看着凤舞，火凤鸟也看着凤舞。

凤舞："走吧。"

白衣少女："啊，不是，你这是自己全给收走了？"

凤舞冷笑一声："那不然留下来给风小王爷讨好小姑娘？"

白衣少女："这话我怎么听着……怨气那么重呢？"

凤舞能没有怨气吗？她对风浔那么好，结果这臭小子居然拿龟背图去讨好心思不单纯的明兰尔公主。

"他就是个傻子！哼，走！"凤舞拿走了所有的好东西，转身就走。

白衣少女和火凤鸟对视一眼，都无奈地摊手。

不过，白衣少女看到火凤鸟的时候，不由得眼眸一亮："你——你——"

火凤鸟原本漆黑的眼眸里浮现一抹金黄，色泽耀眼，咄咄逼人，犀利如剑锋出鞘。便是白衣少女，心跳也随之漏了一拍，一种对上位者的敬畏自她心里浮现。

凤舞走在最前面，什么也没看见，但白衣少女看得清清楚楚。

"你……您……您是……"那一闪而过的金黄色光芒，让白衣少女忌惮不已。

刚才吸收了灵气，火凤鸟晋升一阶，有些遗忘的片段又出现在脑海。至少，它记起了自己的名字——彩凤鸟。

"这抹金光，不就是当年彩凤大爷……"

"闭嘴！"彩凤鸟的目光犀利而冰冷，那股白衣少女无比熟悉的威严笼罩在她头顶。

白衣少女垂下脑袋，面沉如水，内心却似起了惊涛骇浪。彩凤鸟……它居然真的是当年那位彩凤大爷！白衣少女记得，楚风笑有一位天下无敌的师父，那位主宰大陆的神秘师父身边有一只性情冷傲的彩凤鸟。

当年她见彩凤鸟好看，不过说了一句话，就被彩凤大神罚去凤凰山黑水潭思过三年。那三年她生不如死，每一秒都恨不得自杀了断，所以对彩凤大神的惧怕是深入骨髓的。

当时楚风笑也不帮她，还跟她说，彩凤大神代表的是他师父的脸面，冒犯彩凤大神就是冒犯他师父。楚风笑有他的原则：凡是师父说的，一定是对的；凡是师父让做的，死也要完成。

白衣少女只觉得头疼。当年那只陨落的彩凤大神，居然跟在凤舞这丫头身边，说明什么？

"您——"白衣少女膝盖有些软。

彩凤鸟横了她一眼："什么都不必说，做你自己！"

白衣少女眼中浮现一抹畏惧，点点头，内心却抱怨不已。该怎么做她自己啊？在这位大神面前，她就是小女孩……

白衣少女很想问，当年那位绝世白衣神祇现如今到底如何了，虽然她一直强调楚风笑是多么惊才绝艳，但和那位白衣神祇比起来，楚风笑也只能在他身边当侍从吧？

凤舞走着走着，突然发现气氛有些不对，猛地回头："仙子姐姐怎么了，看着脸色不太好？"

"没事没事，我没事，我能有什么事啊？呵呵呵——"白衣少女赶紧摆手。

凤舞关切地说："你是不是为了帮我，鬼气消耗太多，伤了根基？我传一些灵气给你吧？"

若是之前，白衣少女自然求之不得，凤舞的灵气纯粹而浓郁，对白衣少女来说，确实是大补之物，可是现在——白衣少女偷偷瞄了彩凤大神一眼。

彩凤鸟嘴角浮现一抹嘲讽的冷笑。白衣少女心脏抽了一下，赶紧冲凤舞摆手："不用不用不用，哪里需要这个啊？不需要不需要！"

凤舞疑惑地看了白衣少女一眼："你到底怎么了？"

白衣少女："我这么强，谁打得过我？我能怎么呀？话说，你还要不要那柄星陨

剑了？"

"啊！"凤舞顿时反应过来。

之前刚进墓葬群的时候，在白衣少女的带领下，凤舞将她的星陨剑放在那儿吸收灵气，进行升级。之后忙秋灵的事、忙抽奖的事，她都快忘记星陨剑了。

"可是现在折返回去，会不会太麻烦？"凤舞有些为难地问。

要知道，白衣少女的脾气可不好，凤舞要她帮忙，还得求着她哄着她。

此时，白衣少女态度好得过分："不麻烦不麻烦，怎么会麻烦呢？你要是嫌麻烦，我带你走小路。"

凤舞满眼稀奇地看着白衣少女。不对啊，现在的白衣少女跟之前判若两人，就好像鬼上身似的？不过不管她怎么问，白衣少女都不会告诉她真相。

彩凤鸟傲慢地瞥了白衣少女一眼，在心里暗暗冷哼，这白衣小女娃现在只知道它跟随凤舞丫头，若她知道，凤舞丫头就是当年的……还不疯掉啊？当然，这么大的秘密，彩凤鸟肯定是不会透露出去的。

一路上，白衣少女的态度可以说十分热情。

"走这边，这边是一条近路，很容易就能过去。"

"凤舞姑娘，看这墙上的壁画，每隔一段时间就会出现一次，随缘出现。"

"可别小看这些壁画，若是学会了上面的东西，对付后面的超级傀儡兵可是有大用的。"

凤舞不由得多看了白衣少女一眼，就算她再迟钝，这会儿也都看出来了，白衣少女是在讨好她呢。不对啊，这位仙子是中古王朝的公主，实力又是人族巅峰级别，需要讨好自己吗？

"你该不会做了什么对不起我的事情吧？"凤舞狐疑地看着白衣少女，心里有些不安。

"什么话！"白衣少女没好气道，"我也想你拿到神源之种好吗？"

凤舞："为什么？"

白衣少女："因为你是我带出来的人啊，到时候我不就可以在那两个家伙面前炫耀了？嘿嘿。"

凤舞："仅仅因为这样？"

白衣少女："再加上楚风笑的关系，我不帮你帮谁？话说，你到底要不要修炼这套《地藏幽典》功法？这可是一套群攻技能。"

凤舞眼睛一亮，她之前学的都是单打独斗的技能，以个人战斗居多，眼下学会群攻技能的话，将来就算被人围攻，她也能突出重围，逃之天天。

想到这儿，凤舞一脸认真地点头："学！"

第十六章

博学多识

白衣少女一挥手，原本飘然闪现的壁画似乎一下子停住了。凤舞来不及多想，当即盘腿而坐，双眸紧盯着《地藏幽典》。

凤舞身后的白衣少女邀功般看了彩凤仙尊一眼。彩凤鸟一副上位者的姿态，傲慢地点点头。白衣少女像是得到了大神认可，高兴得不得了。

《地藏幽典》不好懂，特别是那上面那些奇怪的梵文，普通人是看不懂的。

事实上，当凤舞仔细看那上面的文字时，竟然念得顺畅无比。

"她……她居然懂这种古老的文字？"白衣少女惊讶地看着凤舞。要知道，她自己看得都是一知半解。

彩凤鸟瞥了白衣少女一眼，没好气道："那是自然，她从小学了多少东西，你连想都想不到。"

白衣少女感慨道："有仙尊您在，凤舞姑娘还有什么学不会的？这丫头真是超级幸运啊。"

彩凤鸟瞥了白衣少女一眼，在心里嘀咕，舞丫头的那些技能也不是它教的，若是让这白衣少女知道那是自家主人亲自传授，她还不震撼得晕过去啊？不过，那样就等于暴露自家主子的行踪了。

彩凤鸟表情冰冷，既不承认也不否认。白衣少女却以为自己说对了，对凤舞羡慕不已。

凤舞闭上眼睛，周身金光乍现，金黄色的光点宛若调皮的小精灵，在她身边跳舞。凤舞手指前方，忽然一喝："大地裂！"

凤舞前方三丈之远的地面上，出现了一个十平方米的圆，内部的砖石碎裂成渣。白衣少女惊呼一声："第一招大地裂，她居然练成了？！"

白衣少女之所以惊讶，是因为《地藏幽典》是土元素功法，第一招能制造广阔的范围伤害，想当初她练的时候，光是第一招就练了三年！

火凤鸟冷傲地瞥了白衣少女一眼。也不看看是谁，它家小舞的修炼速度能不快吗？她可是小舞。

白衣少女道："第一招是入门招式，还算简单，但是第二招'大地崩'，难度就大了，没有个三五年的积累，她是不可能修炼成功的，所以得等下次墓葬群开启——"

"轰隆隆——"一道剧烈的声音响起。

白衣少女下意识地望去，只一眼，眼珠子都差点瞪出来。

"大地崩？！不是吧？！凤舞这丫头，她、她、她……她已经修炼到第二招？！这怎么可能？！她之前是不是私下修炼过？"白衣少女用震惊的目光看着彩凤鸟。

彩凤仙尊双手交叉："如果她修炼过，你会看不出来？！"

白衣少女一想也是，只有修炼过《地藏幽典》的人才知道，一旦掌握《地藏幽典》的精髓，全身会被金光萦绕，连头发也会变成棕黄色，眼睛也不例外。待掌握《地藏幽典》的灵气运行后，容貌甚至是可控的。

"没想到她一口气就能修炼到第二招，厉害厉害，让人佩服，不过说到底，还是彩凤仙尊您眼光独到啊。"

彩凤鸟得意地道："我们家小舞的厉害，你还不知道，哼哼！"

白衣少女心中好奇，这丫头还有什么潜能没有表现出来？

砰！剧烈的响动传来。这声音，这灵气，这……白衣少女只觉难以置信，死死瞪着凤舞，眼珠子都快瞪出来了。

"第三招大地控？！她居然掌握了第三招？！"白衣少女难以置信地瞪着凤舞，此刻的她已经完全说不出别的了，"她……她……她……"

白衣少女指着凤舞。她自己修炼第三招时，足足用了十年时间，而且当年她的天赋还是公认的好！

彩凤鸟得意地瞥了白衣少女一眼："那是，也不看看是谁的徒弟。"

白衣少女看到彩凤鸟冷傲的模样，在心里暗暗冷哼，夸奖徒弟还不忘带上自己，这位彩凤仙尊还真是……

事实上，白衣少女却是猜错了，凤舞的师父自然不是彩凤仙尊，而是彩凤仙尊那至高无上的主子……

"这次你做得不错。"彩凤鸟瞥了白衣少女一眼。

得到彩凤鸟的夸赞，白衣少女高兴得不得了，眼睛都笑弯了。

白衣少女难掩激动之色，邀功般得意地道："这第三招大地控，是一个控制行为的技能，但凡在技能有效范围内的敌人，在零点零一秒内都完全不能动。"

彩凤鸟点点头："后面还有七招。"

白衣少女点点头："剩下的七招记录，不在这座墓葬群里呢。"

"那在何处？"彩凤鸟皱眉道。

白衣少女道："就在墓葬群内，由另外两位鬼王掌控……"

彩凤鸟皱眉。要它现在去对付两个鬼王，它可打不过。

就在这时，凤舞终于睁开双眸。

"终于练到第三招了。"凤舞伸伸懒腰，"我有预感，这第三招会很好用，可惜了，这里只有三招，不然的话——"

白衣少女用极其复杂怪异的目光瞪着凤舞。

凤舞懒腰伸到一半就不由得停住了，一脸疑惑地道："仙子姐姐，你怎么瞪着我？我说错了什么？"

白衣少女深吸一口气，转过头去。她不想说话！

凤舞："怎么啦？为什么仙子姐姐从刚才开始就怪怪的？"

白衣少女瞪着凤舞："你才怪怪的呢！"

凤舞一脸无辜。白衣少女瞪着凤舞："你知不知道你有多可恶！居然一口气修炼了三招！你你你——简直气死人了！"

凤舞越发疑惑："我……我怎么了？"

白衣少女："你太讨厌了，你知不知道？你知道我是怎么修炼《地藏幽典》的吗？你知道我用了多少时间，才修炼到第三招控制技能吗？十年啊！我用了整整十年的时间，结果你呢！你居然……居然用了三个时辰！凤舞，你还是人吗？！你简直就是妖孽，你知道吗？！"白衣少女一边逼近，凤舞一边后退。

白衣少女气得眼睛都红了！

凤舞："呃……"她能说什么呢？

"快说，你是怎么修炼的？！"白衣少女逼问。

凤舞："我……我也不知道啊，就是在修炼《地藏幽典》的时候，仿佛每一句话我都是懂的，仿佛每一个招式我都是会的，甚至……"

"甚至什么？！"白衣少女逼问。

凤舞："甚至我有一种错觉，好像这部《地藏幽典》就是我创造的。"

"哈哈哈哈哈——"白衣少女一只手捂着肚子，一只手扶着墙壁，开始狂笑。

她没有注意到，彩凤鸟看着凤舞的目光里隐着一抹神秘复杂的光芒。

凤舞也没有注意到彩凤鸟的异样神色。她似乎感觉自己这句话说得太满，有些不好意思地抓抓脑袋："呃……我胡说八道的啦，仙子姐姐，你不要笑成这样，我会很尴尬的。"

就在这时，外面传来一阵脚步声。凤舞耳力好，一下子分辨出来者是谁。

441

有风浔、玄奕、明兰尔公主，还有绝大人和塞纳尔公主，这五个人怎么走到一起了？

就在凤舞皱眉的时候，风浔的声音响起。

"明兰尔公主——"风浔笑嘻嘻地说，"我说了会把龟背图送你，就一定会送你，我可不是言而无信的人。"

凤舞听到风浔的声音，当即皱眉。

"哟，这小子竟然将龟背图给那小丫头了。"白衣少女嘴角扬起一抹笑，"这下那丫头可以按图索骥，收获满满了。"

凤舞脸上却浮现一抹阴霾之色。

白衣少女似乎还嫌凤舞不够生气，又添了一句："那丫头和你还是情敌。"

"不是。"凤舞一口否决，"我和君临渊没有任何关系。"

"哟哟哟，小丫头这是吃醋了呢？这空气里是什么味？好酸酸呀。"

凤舞："……"现在她是真的解释不清楚，不过，风浔真是气死她了！她临走之前做好了万全准备，让他赢，让明兰尔公主输，谁知风浔居然……凤舞气得握拳。

就在这时，她耳边又传来他们的对话。

明兰尔公主似乎和风浔并排在走，温声细语，很是好听。

风浔不由得道："明兰尔公主的声音跟一个人好像啊。"

明兰尔公主好奇地问："跟谁？"

"凤小舞，就是我的妹妹。"风浔眼含欣赏地看了明兰尔公主一眼，"你们一样清纯，一样善良，一样无邪，只不过你更静一些，那丫头嘴皮子利索，更活泼一些。"

明兰尔听风浔提起凤舞，眸中浮现一抹晦暗不明的寒芒，不过她掩饰得太好，风浔并没有注意到。

这道别有深意的目光，却逃不过凤舞的双眼。

明兰尔公主装作不经意地提起一件事："之前听婢女谈论，凤舞姑娘似乎和君殿下……"

这个话题风浔喜欢，他正缺一个人好好说道说道这件事，既然明兰尔公主问起，他再高兴不过。

"哎，这事你问我算是问对人了！除了我，其他人还真没这么清楚！"

明兰尔公主眉毛微微上扬，目光显得清澈无辜："是吗？"

风浔得意："那是自然！外面都是怎么传的？"

明兰尔公主欲言又止地道："外面都在传，君殿下只当凤舞姑娘……是暖床的小丫鬟……当时我还训斥了她们，不许她们胡说。"

风浔哈哈一笑，道："果然是这样传的？我就知道，君老大那性子一定会坑死凤小舞的。"

明兰尔公主忽然有一种很不好的预感，面色一僵，但她反应极快，双眸依旧清澈，带着几分少女特有的好奇："所以，事实不是这样的？"

风浔双手交负于身后，骄傲道："当然！事实完全相反！"

明兰尔公主："……"

其他人也都看着风浔，连绝大人也略带好奇地看了过来。被这么多人注视着，风浔觉得异常满足，吊足了大家的胃口后，得意地道："君老大对凤舞呀，其实并不像表面上那么居高临下、颐指气使，事实上——"

所有人都看着风浔。

风浔："事实上，君老大是喜欢凤小舞的！"

明兰尔公主的脸色瞬间僵硬。风浔并没有注意到，继续道："可是我们君殿下冷傲得很，怎么可能承认自己喜欢凤小舞呢？所以别人在场的时候，他对凤小舞可凶呢。"

明兰尔公主藏在衣袖中的手紧握成拳，指甲几乎掐进肉里。她咬着下唇，几乎咬出血来。

胡扯！凤舞无语地瞪着风浔，什么叫君临渊其实是喜欢她的？什么叫君临渊只是在外人面前对她凶？她和君临渊独处的时候，他对她凶得不得了好吗？

白衣少女颇有兴味地瞥了凤舞一眼。凤舞顿觉无语地道："你别乱想啊，事情不是风浔说的那样。"白衣少女只笑笑，不说话。

墙壁上的《地藏幽典》还在一幅幅演示，她的第三招也还在稳固中，因此她还不能起身离开。

让凤舞好奇的是，为什么风浔他们就是进不来？凤舞这么想，也就这么问了。

白衣少女用怪异的目光看着凤舞。凤舞："难道我说错了？"

白衣少女："你不会真以为这里很容易就进来吧？《地藏幽典》这样的绝世功法，是你运气好白捡到的？"

凤舞确实好奇，她现在比任何人都知道《地藏幽典》的破坏性有多大，也比任何人都清楚《地藏幽典》是多么稀罕的一部功法。

"得到这部功法好像真的一点都不难，我路过的时候看到了，于是席地而坐，开始修炼……难道不是这样吗？难道不是我运气好吗？"

白衣少女看看凤舞，又转头看看彩凤仙尊。

如果不是为了讨好彩凤仙尊，自己会将《地藏幽典》这样的绝世功法贡献出来？说什么随便路过，坐下修炼？这丫头想得未免太美了吧？

当然，这些话白衣少女是不能说的。

"是你运气好，这世上还有比你运气更好的人吗？"白衣少女无奈地叹了口气，直直地看着凤舞，"因为你运气好，所以你随便就能找到墓葬群的隐藏副本，不费吹灰之力就得到了《地藏幽典》的认可，并且——"

话说到这儿了，凤舞还有什么不明白的？难怪风浔他们在外面徘徊来徘徊去，就是进不来。

此刻，正在到处寻路的风浔等人还在聊着。明兰尔公主看着风浔："所以……君殿下真的很喜欢凤舞吗？"想了想，她又道，"不过也是，凤舞长得那样好看。"

风浔："那是自然，你可不能被别人误导，生出觊觎之心……咦，明兰尔公主，你该不会对我家君老大感兴趣吧？"

"噗——"白衣少女看到明兰尔公主那僵硬的笑容，狂笑出声，"哎哟，乐死我了，怎么有这么可爱的少年呢？哈哈哈哈哈——"

凤舞满头黑线，抬手揉揉额头。

明兰尔公主深吸一口气，终于让自己看起来正常些。

"当然不会，我怎么会喜欢……怎么会喜欢君殿下呢？小王爷真爱说笑，呵呵呵——"明兰尔公主笑得比哭还难看。

白衣少女："其实干干脆脆明明白白承认了多好？非要演戏装不喜欢，虚伪！"

风浔高兴道："哇，原来你真的不喜欢君老大啊？哈哈哈，好，好！终于遇见一个不喜欢君老大的少女了，太开心了！"风浔拍着明兰尔公主的肩头，"就冲这点，以后你就是我哥们儿啦，有什么事我肯定罩着你！"

明兰尔公主连哭都哭不出来，赶紧转移话题："隐藏的门找到了吗？"

风浔的注意力一下子就被拉回去，很是无奈地摇头长叹一声："不愧是传说中的隐藏副本，想找到门进去真难。"

明兰尔公主闭上眼睛，回忆师父说过的话。

犹记师父离开之前，很严肃地告诉她，这次进入秘境，务必要拿到《地藏幽典》。并且，师父还给她留下了一份关于《地藏幽典》的线索笔记。师父多年来致力于寻找《地藏幽典》，可一直没有成功，由此可见，《地藏幽典》的功法有多可怕！

她记得师父曾说，《地藏幽典》的珍贵程度不亚于神源之种。这也是明兰尔公主看风浔抽到《紫阳剑谱》和《吹雪剑谱》时不眼红的原因。和《地藏幽典》比起来，《紫阳剑谱》和《吹雪剑谱》不够看了。

明兰尔公主闭上眼睛，脑海里浮现出师父的那本笔记，忽然，她眼前一亮。

"有了！"

所有人都看着明兰尔公主。

明兰尔公主走到墙壁前，手指在墙壁上轻点一下、两下、三下……当明兰尔公主的手指有韵律地在墙壁上轻点了九下后，吱呀——挡在他们面前的这面墙，从中间开始缓缓往两边移开，露出一扇仅容一人通过的小门。

所有人都用赞赏的目光看着明兰尔公主，出声夸赞。

明兰尔公主的表情依旧清纯而无辜，她谦卑地连连摆手，表示自己也没有做什么。

在别人没看到的地方，明兰尔公主眸中浮现出一抹阴戾的笑意。

她为什么要冒着《地藏幽典》被抢走的风险，将风浔他们都带进来？那是因为师父的笔记上说，要开启这个隐藏副本，需要连过九关，而每一关都危机四伏、困难重重。这些人都是她拉来当挡箭牌的，只可惜他们以为是在共同寻宝。

"他们是在闯关吗？"凤舞抬头疑惑地看着白衣少女。

白衣少女理所当然地点头："那是当然。"

凤舞："但是我直接进来了？"

白衣少女道："我能直接带你进来，为什么还要去闯那些关卡？不是浪费时间吗？"

凤舞一想也是，只不过……

"这样不会显得我运气太好了吗？不会是特殊待遇吗？"凤舞问。

白衣少女看了彩凤鸟一眼，嘀咕一句："你的运气什么时候不好过了？你的待遇什么时候不特殊过了？"

白衣少女声音太轻，凤舞没有听明白。

"什么？"她好奇地问。

白衣少女没好气地瞥了凤舞一眼："不想跟你这个被幸运女神眷顾的丫头说话。"

凤舞："喀喀。"

"找找吧，《地藏幽典》的第二篇线索就在这里，找到了我们就离开。"白衣少女提示凤舞。

凤舞知道，刚才她学的仅仅是第一篇，而第二篇藏在墓葬群里，线索就在眼前。

"那明兰尔公主一定要找到《地藏幽典》，怕是她师父吩咐的。"白衣少女加了一句。

"哦？"凤舞好奇地问。

白衣少女点头道："《地藏幽典》算是中土元素功法里最强的功法，特别是从第三招大地控开始。红三月那女人便是土元素法师，如果这本秘籍在她手中，她的修为肯定能更上一层楼。"

"您之前不是说，红三月是现在大陆上有数的强者之一？"

"当年我们都还在的时候，红三月已经能排进大陆百名强者，这么些年过去，我们老的老，伤的伤，散的散，如果她一直在，排名应该很靠前，至少前二十吧。"

"那也是很厉害了！"

要知道，这块大陆上可不仅仅有君武帝国和塞纳尔王国。

白衣少女质问凤舞："可不是吗，连红三月这等成名已久的修炼者都对《地藏幽典》虎视眈眈，你说这东西珍不珍贵？"

凤舞："喀喀，珍贵，当然珍贵。"

之前因为得来太容易，凤舞还不觉得这功法有多厉害，现在被白衣少女这么一讲，她终于意识到它的珍贵。

白衣少女冷傲道："你若是将这功法献给你们君武帝国的帝王，至少能换个王当一当，不是没有实权的王，而是坐拥几十座城池的那种。"

"就凭这功法？"

白衣少女傲然道："就凭这功法的第一篇，你就能换来这等待遇。"

凤舞睁大眼睛。红三月要《地藏幽典》，她还没什么概念，但是白衣少女拿君武帝国的王位和城池来比喻，凤舞一下就明白这本功法有多重要了。

"仙子小姐姐……"凤舞感动得不得了。

被凤舞盯着，白衣少女顿觉不自在："快找线索，快找。"

"哦。"凤舞点点头。她决定，如果有机会遇见三师兄楚风笑，一定要替白衣少女美言几句，嗯，握拳！

凤舞开始环顾四周，寻找《地藏幽典》第二篇功法的线索。

这是一座白玉石砌成的石拱桥，她和白衣少女正在拱桥中央。两座桥头分别立着一座石狮子，石狮子雕刻得栩栩如生，每一根毛都精雕细琢。桥下莲叶田田，满眼的绿色，一眼看不见河底的水，只闻淙淙的流水声。

"你右首边桥头往下数第三块砖头笔直对过去，第七片莲叶底下。"一道声音响起。

凤舞："啊？"她抬头看看彩凤鸟。

"去拿啊。"彩凤鸟两只爪子环胸，抬着下巴。

"真的吗？"凤舞有些怀疑地看了彩凤鸟一眼。

白衣少女看看彩凤鸟，再看看凤舞，无语地别过脸去。这位凤小舞姑娘是天生自带作弊器吗？有彩凤仙尊跟着她，还有什么事不成的？彩凤仙尊也真是的，对别人凶神恶煞，对这小丫头却要多偏心就多偏心。

"是不是真的啊？"凤舞看了彩凤鸟一眼，"你这么快就找出来了？我怎么一点线索都没有？"

白衣少女推了凤舞一把："快去快去，彩凤仙——"

彩凤鸟瞪了白衣少女一眼。

"喀喀——"白衣少女急忙掩饰自己的口误，"彩凤鸟先前不是说了吗，你右首边桥头往下数第三块砖头笔直对过去，第七片莲叶底下啊！"

凤舞对白衣少女笑道："我家这只破鸟怎么会懂？估计是胡说的。"

我家这只破鸟？她居然说彩凤仙尊是只破鸟？！她、她、她……白衣少女瞪大双眸，用匪夷所思的目光瞪着凤舞。

凤舞疑惑不解地道："怎么了？"

白衣少女看着她，至高无上的彩凤仙尊被说成一只破鸟，居然不生气吗？！

彩凤鸟瞥了凤舞一眼，不说话。它怎么生气？这丫头是它家主人掌心的宝好吗？

见白衣少女傻愣在那儿，略显尴尬的彩凤鸟直接将气撒白衣少女身上。它怒斥一声："还不过去将那片莲叶给采了？"这声音，威严中带着上位者的浓浓威压。

凤舞吓了一跳，她见白衣少女愣在那儿，以为她被彩凤鸟气到了，于是第一反应就是跟白衣少女道歉："仙子小姐姐，你别生气啊，我家这只破鸟不知道为什么脾气突然变得暴虐，它不是故意凶你，你看在我的面子上，别杀它啊……"

白衣少女将视线转到凤舞身上，那目光……意味极其复杂。杀彩凤仙尊？这丫头说话能不能别这么搞笑啊！那位可是彩凤仙尊，请问，她该怎么杀？

凤舞看着长长呼出一口气的白衣少女，以为她被自己说服，于是抬手将彩凤鸟拎在手里。

白衣少女瞳孔紧缩。凤舞这丫头居然……她居然直接拎着彩凤仙尊的后颈，就像拎一只灵宠……凤舞会被彩凤仙尊一巴掌拍死吧？！

然而，让白衣少女万万没想到的是，彩凤仙尊在她面前凶神恶煞，可是被凤舞拎着后颈后什么表示也没有，竟然……竟然就这么被拎着？！这世界是疯了吗？！还是说，这彩凤仙尊不是真的？

"你这是想死？！"一股独属于彩凤仙尊的威压从它身上散发出来。

这股灵气其实并不强，因为彩凤仙尊现在的实力比凤舞还不如。

"我去我去，我这就去。"白衣少女速度快得很，嗖的一下就冲下池子，眨眼间就手捧莲花回来了。

凤舞睁大眼睛瞪着白衣少女。

莲叶宽大，宛若碧绿色的伞。

"给你。"白衣少女对凤舞的态度和善了许多。

"您真没生气？"凤舞有些不相信地再次确认。

白衣少女瞥了凤舞一眼："生气？在你眼里我的度量这么小？"

凤舞："好吧……"既然白衣少女这般说，凤舞就没有再将心思放她身上，而是将全部注意力放在手中的莲叶上。

"呀，这是一块地图。"凤舞从莲叶的经络上看出了端倪，"上面显示，《地藏幽典》第二篇在第三进天宇殿。我们去天宇殿，不过去之前，要先将星陨剑拿回来。"

白衣少女现在自然是凤舞说什么就是什么。

当凤舞她们回到原先的地方，当凤舞看到那柄熠熠生辉、光华耀眼的星陨剑时，眼眸闪闪发亮。

"我没看错吧？它已经进化成二星圣兵器了？！"要知道，她之前将星陨剑放进来的时候，它才是四星圣兵器啊！

圣兵器共分五星，五星为最低，一星为最佳。一星圣兵器再往上晋升，就是五星

神兵器。凤舞难以置信地看着这柄光华流转的星陨剑，发出连连的感叹。

"才二星圣兵器？这晋升也太慢了吧？"白衣少女上前一步，却见她手指微弹，一抹光晕从她食指弹射而出。

咻！整个空间仿佛在这一刻炸裂。

关键时刻，白衣少女拽了凤舞一把，凤舞被她拽到安全区域。

凤舞抬眼望去，却见眼前一片光华，灵气暴涌，流光溢彩，仿佛颗颗星辰在眼前闪烁。这一刻，便是心态再沉稳，她也淡然不了。

"一星圣兵器？！"凤舞睁大眼睛，用难以置信的目光瞪着眼前这一幕，"我没有看错吧？真的是一星圣兵器？仙子小姐姐，是我眼睛瞎了？"

凤舞用力揉揉眼睛。

要知道兵器总等级不多，所以每进一阶都难如登天。

"这……不会是哪里弄错了吧？这晋升也太快了吧？！"凤舞一步步走过去，定定站在星陨剑面前，转头问白衣少女。

白衣少女朝天翻了个白眼。得了便宜就偷着乐吧，还问出来？

凤舞怪异地看了白衣少女一眼，总觉得……如果是之前的白衣少女，是不会帮星陨剑从二星晋升到一星的。到底……是什么让她变化如此之大呢？

"哟，有趣了。"白衣少女忽然一笑。

凤舞不解地看了白衣少女一眼："那位明兰尔公主不愧是你的劲敌，她竟然过到第五关了。"

"过关那么容易？"凤舞皱眉道。

白衣少女冷笑道："之前红三月都闯不进去，她能那么容易闯到第五关？唯一的原因就是，红三月将闯关攻略告诉她了。"

凤舞："原来明兰尔公主是有备而来啊。"

白衣少女双手交负在身后，笑着点头："如果她知道，自己费尽心机寻找的《地藏幽典》被你拿走了，而且你还练完了第一篇，非杀了你不可。"

凤舞摊手道："那正好可以拿她来试试《地藏幽典》的威力。"

白衣少女笑道："走吧，去找第二篇。"

有白衣少女这个作弊器般的存在，凤舞在这座墓葬群几乎可以横着走，而对其他人来说，这里危机四伏、困难重重，每踏出一步都无比危险。

星陨剑是在第一进的殿宇吸收灵魂，而《地藏幽典》是在第三进天宇殿。

从第一进到第三进，若是别人，自然攻略难度极大，因为整座墓葬群的阵法每时每刻都在变化，就算有地图，想顺着原来的路走也是难如登天。

这次凤舞到第三进，依旧走了捷径。

"哟，不错嘛。"当白衣少女带着凤舞回到隐藏副本所在的房间时，眼眸一亮，"他们居然进到第八关了。"

凤舞挑眉道："那岂不是很快就能进来了？"

白衣少女眸中浮现一抹兴味："是的，一共有九关，说实话，本仙子现在对明兰尔公主突然有点感兴趣。"

凤舞眉宇微皱，看着白衣少女。

白衣少女挑眉道："这九关一关比一关难，就算红三月给了她闯关攻略，要在这么短的时间内一关关闯进来，需要的灵力和智力都非同小可。可是短短数个时辰，她就带领这群人进到第八关了，怎么，你不服气？"白衣少女瞥了凤舞一眼，"就凭她能笼络那位叫风浔的傻小子，就凭她能让你们口中的绝大人帮她，足以看出她的本事。"

凤舞内心有些不甘。

白衣少女瞥了凤舞一眼，眼神无比犀利。之后，她紧紧地盯着凤舞："凤舞，你知道修炼者最应该修的是什么？"

凤舞："努力！"

"错！"白衣少女盯着凤舞，目光冰冷，"再说！"

凤舞抿唇。白衣少女盯着凤舞，怒斥道："修炼者最应该修的是心，凤舞，你开始不服气了，准确地说，是你嫉妒了！"

凤舞抬头看着白衣少女，想辩解，却再度垂下脑袋。不得不承认，白衣少女说对了，她确实不甘心，其实她有信心，如果她也老老实实去闯关，未必就比明兰尔公主慢。

"承认别人厉害是一件很难的事，但一旦做到，你的心境才算真正进入灵侯境，不然，就算你得到神源之种，也仅仅是个表面上的灵侯境修炼者罢了！"白衣少女很是生气。

"难道灵侯境的人都心如镜湖，不嫉妒，不怨怼吗？"凤舞问。

白衣少女冷笑道："问得好，别人是别人，你是你！"

凤舞："为什么？"

白衣少女："别人的目标是成为大陆巅峰者的一员，可你的目标是大陆修炼者金字塔的顶端！没有一颗坚定的心，没有豁达的心胸，你会被你的心魔困死！如果你是这样的凤舞，那什么《地藏幽典》，什么魅惑之心，什么神源之种，你都别想了，因为那些东西对你来说反而有害无益！你现在立即给我滚出去！"说完，白衣少女拂袖就走。

性格暴烈的她，这时候可不管彩凤仙尊会不会生气，她生起气来像疾风骤雨。

彩凤鸟想说话，最终欲言又止，有一种不太好的预感。

此刻的凤舞滑坐在地，蹲在墙角，双头抱头，脑子一片混乱。她承认，自己确实不服白衣少女夸明兰尔公主。嫉妒？凤舞摇头，她怎么可能嫉妒明兰尔公主？她身上有什么东西是需要自己去嫉妒的？凤舞不知为何，脑海里浮现君临渊的身影。

"她喜欢君临渊。"

"她看似对君临渊不在意，但每一个瞬间都在展示最完美的自己。"

"她在以退为进，她在不经意地靠近，她就像隐藏在暗处的毒蛇，但凡给她一点点机会，她就会死死抓住！特别是在君临渊相关的事情上。"

"这样的她，是非常可怕的敌人。"

……

凤舞脑海里浮现白衣少女说过的话……难道说，她在嫉妒明兰尔公主喜欢君临渊这件事？不不不，绝不可能！凤舞一拍脑袋，绝对不承认自己喜欢君临渊。

"她胡说八道，影响你的情绪，我去骂她！"彩凤鸟见凤舞抱着脑袋一脸沉郁的样子，气得挥翅膀。

凤舞却一把拎住彩凤鸟，用另一只手没好气地戳了戳彩凤鸟的额头。

"你呀，真是不知天高地厚。"凤舞嗔了彩凤鸟一句，"你到底有没有看清楚现实啊？你只是一只小小的灵尊境灵宠，白衣少女一根手指就能碾死你，你知不知道？！"

彩凤鸟瞠目结舌地看着凤舞。凤舞抱着彩凤鸟，长叹一口气："以后收敛点，知道吗？仙子小姐姐脾气暴烈，你又不是不知道。你现在没事，是因为她不跟你计较，但你觉得她是心胸豁达之人吗？回头若是真惹恼了她，小心她吹口气就把你吹飞了。"

彩凤鸟用看白痴一样的目光看着凤舞，在内心长长叹了口气。

"不过仙子小姐姐有一点说得没错，在笼络人心这一点上，我的确比不上明兰尔公主。而且直到现在，她都还没真正出手，没人知道她的实力究竟如何。"凤舞眸中浮现一抹警惕之色，"还是太祖说得好，在战略上要藐视敌人，在战术上要重视敌人！"凤舞握拳。

白衣少女不知道什么时候回到凤舞面前，皱眉瞪着凤舞："这都什么乱七八糟的话？每个字我都认识，但连在一起我怎么听不懂？你确定是太祖说的？哪个太祖？"

凤舞："咯咯——"

她所谓的太祖，是地球上的那个，白衣少女当然不知道。

凤舞："这句话翻译过来就是：在全局层面上，要树立必胜的信念；在作战部署上，应该小心谨慎，不能轻敌。"

白衣少女盯着凤舞，眼眸闪闪发光。

"不错嘛！"白衣少女大力拍了凤舞的肩头一下，"这么短的时间，你不仅领悟透了，还提出了解决方法。凤舞，你这丫头的思想境界非一般人可比！只不过，人有七情六欲，光是情之一字，我到现在都悟不透，又如何要求你这个灵尊境的孩子心胸豁达？我刚才真是疯了！"白衣少女拍拍脑袋。

对白衣少女来说，刚才的一切不过是小小一段插曲，但是对凤舞来说，犹如当头棒喝，让她的思想境界在不知不觉中又提高了一些。

天宇殿。

凤舞还没进到天宇殿，在距离殿宇数里的地方，忽然听到一道尖锐的呼救声。

这声音？！凤舞心头猛然一跳，因为她听出来是谁了！朝歌！是段朝歌！凤舞脸色瞬间大变。之前听秋灵说，绝大人是后来才进的，条件便是用两个处子的血液浇一浇铜门门环。

"我忘记朝歌了。"凤舞懊恼地重重拍打自己的脑袋，声音沉痛，"我忙来忙去，怎么就把朝歌给忘记了？"

"东北方向一百米，假山内十米。"白衣少女见凤舞懊恼成这样，出声提醒她。

白衣少女话音未落，凤舞已经飞奔而去。

假山内——

"放开我！左青贤你这个禽兽！放开我！"

段朝歌双手被反剪在身后，一个男人趴在她身上，哗啦一声，扯碎她的衣衫。

"你这个贱人！被绝大人关了这么久，以为自己还是处子之身吗？！呵！"左青贤露出狰狞邪恶的冷笑。

段朝歌气得脸都快歪了，朝左青贤怒斥道："绝大人没有碰我！"

左青贤："绝大人没有碰你吗？那正好，今天我还能玩个处子！"

段朝歌："左青贤！我要杀了你！"

左青贤一挥手，段朝歌的外衫便被彻底撕碎，只剩下薄薄的中衣。段朝歌不断挣扎，左青贤直接一巴掌抽过去。啪！段朝歌的左边脸颊浮现一道清晰的五指印。

左青贤冷笑一声，道："要怪就怪你最好的朋友吧！"

"小舞？你把小舞怎么了？！"段朝歌愤怒地瞪着左青贤。

左青贤眸中浮现一抹狰狞之色："凤舞杀了青羽，你以为我会这么容易放过她吗？！"

"什么？！"段朝歌惊呼一声，"左青羽死了？小舞杀了左青羽？左青羽一定做了极坏的事，小舞才会杀她！"

左青贤扭曲着面容道："不管发生了什么，现在我先奸杀你，补点利息，回头再将这套用在凤舞身上！你放心，你们姐妹很快就会在地府相会了。"

"你如何确定是小舞做的？你亲眼所见吗？！"

"不需要亲眼所见！反正就是她！"

"你怎么可以这样？如果不是小舞呢？！"

"不管是不是她，我妹妹的死，必须有人付出代价！"

"左青贤，你根本不讲道理！"

左青贤狰狞地冷笑道："这个世界，什么时候对弱者讲过道理？"

段朝歌愣在那里。左青贤手臂一动，准备俯身而下，压在段朝歌身上。

噗——

一道凌厉的剑意从左青贤身后袭去，直取他脑后死穴。左青贤只觉心头一震，死亡的气息瞬间将他包裹起来。他身形一动，以最快的速度往一旁闪开。

扑哧——凤舞的剑贴着左青贤的头皮擦过。一束青丝散落在地，而左青贤则回过身去。

"小舞！"段朝歌激动地看着凤舞。

"凤舞？！"左青贤眸中浮现一抹冰冷的寒意，"踏破铁鞋无觅处，得来全不费工夫！我一直在找你，没想到你却自己送上门来！"左青贤盯着凤舞，冷嗤一声，"今天运气当真是好极了！"

凤舞面容紧绷，手中星陨剑直指左青贤。她没有说一句废话，提剑就杀。

左青贤的嘴角冷冰冰地勾起："凤舞，你一个小小的灵尊境，也敢来杀我？！"

左青贤反手一掌击向凤舞，那股可怕的力量从他手心倾泻而出，朝凤舞迎面而去。砰！狂暴的掌力和耀眼的剑芒在半空疯狂对撞。左青贤后退一步，凤舞噔噔噔往后退开十多步。哐当！凤舞后背砸在墙壁上。

左青贤睁大眼睛，难以置信地瞪着眼前这一幕。怎么可能？他堂堂灵侯境，正面对上一个小小的灵尊境，竟然没有一巴掌将对方拍死？

"看剑！"这位小小的灵尊境修炼者，居然挥舞着剑冲过来。

当左青贤看到凤舞手里的星陨剑时，眼眸一亮。

"一星圣兵器？！"左青贤盯着凤舞手中的剑，目光中有一抹惊艳之色。

凤舞依旧紧绷着脸，没有说话，宛若杀神临世，浑身透着浓浓的怒气。

"没想到你手里居然有一星圣兵器。"左青贤面色一僵。他突然记起来，凤舞的这柄剑是五星圣兵器，怎么突然之间变成了一星圣兵器？

"你这剑是有剑灵的成长型灵剑？！"

凤舞没有说话，挥剑就朝左青贤刺去。

"好好好，好你个凤舞，原来手中竟握着这样的宝贝！你一个小小的灵尊境，何德何能，竟有资格拥有一星圣灵剑？！与其把它浪费在你手中，不如由我接手！"左青贤眼中露出贪婪之色。

凤舞的杀气越发浓烈。砰！左青贤的掌风和凤舞的星陨剑剑芒再次在半空撞击。好可怕的力量！左青贤往后倒退两步，而凤舞再次噔噔噔后退，发出重重一道响声，整个人再次撞向墙壁。

噗！一口鲜血从凤舞口中喷出。左青贤那一掌击在她的胸腔，几乎将她的肋骨打断。

"小舞——"段朝歌吓得飞扑上去，赶紧扶着凤舞。

此刻的凤舞，注意力不在段朝歌身上，只想杀死左青贤。左青贤嘲弄地瞥了凤舞一眼："小丫头，和我比，你差得太远了。"

凤舞推开段朝歌，艰难地站起身。两次被击飞，凤舞连站都有些站不住。凤舞从始至终都狠狠盯着左青贤，抬手抹了抹嘴角，手心一片殷红血迹。

"杀！"凤舞双手握紧星陨剑，"星陨剑第一招！剑雨出尘！"

左青贤嘴角的嘲弄越发浓烈："就凭你，也敢跟我战？小小蝼蚁，不自量力！"

凤舞双手高举星陨剑，不要命地朝左青贤冲去。左青贤身形一动，一个交错，人已经出现在凤舞身后。

"大地裂！"凤舞怒喝一声。她以星陨剑第一招剑雨出尘，配合《地藏幽典》第一招大地裂，剑势一个从天上来，一个从地面裂，两者融合在一起，宛如双剑合璧。

左青贤没意识到凤舞有此一招，一个不小心，脚底踉跄，收势不住，几乎要往凤舞的剑圈撞去。危急时刻，左青贤左脚用力一踩地面，身形诡异地扭转，以难以预料的身法冲出剑圈，避开了凤舞这突如其来的杀招。他眼中充满难以置信之色，不可能啊！凤舞充其量不过灵尊七星境，而他是灵侯三星境，凤舞的实力差他太多，按照常理推断，凤舞只能防御，绝不会有进攻的机会。

可是现在，凤舞不但有进攻的机会，甚至还差一点点就伤到他，尽管自己只出了三分力。想到这儿，左青贤狞笑一声："凤舞，你以为你真的能伤到我吗？刚才的我，不过只出了三分力！"

凤舞黑色的眸子杀意涌动，身上的伤似乎没有给她的行动造成阻滞。她没说废话，直接将星陨剑的剑尖再次指向左青贤。

"星陨剑第二招，影月龙舞！"使出这招的时候，凤舞本能地配上了刚学会的《地藏幽典》第二招——大地崩。

左青贤这次有了防备，当凤舞鬼魅般的身影来到他身后时，他的右掌猛地擒住凤舞纤细如柳的腰肢。这次，左青贤用了四分力。凤舞全身仿佛被禁锢，想抬一根手指都没有力气。左青贤狰狞地冷笑，一把拎起凤舞，将她的脑袋狠狠撞向墙面。砰！那一刻，凤舞以为自己的脑袋要撞成肉酱。

"小舞！"段朝歌惊呼一声，急得抢起一旁的木棍，狠狠朝左青贤击去。

左青贤挥手，木棍顿时化为木屑，散落在半空。

段朝歌怔了怔，下一秒，迅速扑向左青贤，抱住他的大腿，狠狠一口咬下去。左青贤疼得皱眉，抬手一掌朝段朝歌击去。砰！可怜的段朝歌身子撞到墙壁，再从墙壁上滑落到地面。她大口大口喷血，想挣扎着站起来，却没有力气动一动……她侧躺着，面朝凤舞，胸口剧烈起伏，眼中透出极度的不甘和对凤舞的关心。

砰！砰！砰！

凤舞只觉自己的脑壳被狠狠撞击，鲜血从额头上流下，流进眼睛里，血液刺激着眼球，泪水滚滚而落……好痛……头晕眼花，眼前阵阵发黑。

左青贤一边撞，一边狰狞地冷笑道："你居然敢去勾引君临渊？！难道你不知道，君临渊是我们家青鸾的吗？！"

"你千不该万不该让君临渊对你动心！

"五年前我没杀你，是因为当时君临渊对你不在意！

"五年后的现在，你必须死！

"如果有来世，你就祈祷下辈子投胎不要遇见青鸾吧！

"去死吧！"

左青贤双手猛用力，抓住凤舞，将凤舞的脑袋砸向墙壁。这一次，他用了十分的力道。一旦撞上墙壁，凤舞必死！

白衣少女终于坐不住了。之前凤舞说不要她帮忙，她才安然站在一旁当观众，现在凤舞有了生命危险，她还如何坐得住？！砰！白衣少女从他身后展开袭击，重重一拳打在左青贤的后背。左青贤当即喷出一口鲜血，下意识地松开凤舞。满头满脸都是鲜血的凤舞，直接掉在地上。若是平时，这样的高度摔下去，凤舞一点事都不会有。现在的她何等脆弱？这样的高度，几乎将她摔晕过去。

凤舞躺在地上，嘴角不断涌出鲜血，侧头朝左青贤望去——

此刻的左青贤，满眼都是惊恐之色。他双眸警惕，充满戒备地环顾四周："谁？！出来！给我出来！"

白衣少女是"阿飘"状的，想现身就现身，想隐身就隐身，左青贤捕捉不到她的身影。不管左青贤怎么喊，白衣少女都没有现身。她越是如此，左青贤眼中的惊恐就越是浓烈。

白衣少女气得不得了，忍不住训斥凤舞："你是白痴吗？都伤成什么样了，居然还阻止我出手？！"

凤舞很坚定地道："我来杀！"

白衣少女气得跳起来，很想拍死凤舞："你是猪吗？都伤成这个样子了，还杀他？你能杀吗？你拿什么来杀？！"

凤舞没有多余的话，只有三个字："我来杀！"

白衣少女气得找彩凤鸟评理："您来评评理，您说她能怎么杀？她不是找死吗？！"连她自己都没意识到，经过几日的相处，她已经真心认可凤舞、关心凤舞了。

彩凤鸟眼眸半眯着，明显也在隐忍怒火，那是对左青贤的怒火。它如珠如宝护着长大的小丫头刚才被他抓着，用脑袋去撞墙……别说杀左青贤，它恨不得喷出火焰，将整个左家烧成灰烬，但想到主人的告诫，脾气火暴的彩凤鸟硬生生将怒气咽下去，对白衣少女道："由着她吧。"

白衣少女难以置信地瞪大眼睛："您……"

"这是她自己的劫数，是她要走的路。"彩凤鸟沉痛地闭上眼睛，学着牧九州当年的语气，"若是我们强行干预，她以后的路将会更加难走。"

白衣少女不懂："这是为什么？"

"因为……"凤舞的命是它家主人瞒天过海，跟上苍偷来的啊。当然，这个秘密，彩凤鸟是不可能告诉白衣少女的。

"除非她真的要死，否则，让她自己来。"彩凤鸟硬生生说完，硬是心狠地别过脸去。

彩凤鸟和白衣少女的对话是在凤舞的识海里完成的，因此左青贤根本不知道发生了什么事。此刻的他，依旧警惕地盯着周围，生怕那股可怕的力量会再次出现。

躺在地上的凤舞，忽然嘴角微勾，笑了起来。

"喀喀，喀喀咳，喀喀喀喀——"凤舞抑制不住地大声咳嗽。

左青贤皱眉，用嗜血冷厉的眸子盯着凤舞。

凤舞好久才抑制住咳嗽，看着左青贤，笑意浓烈："左青贤，你现在害怕了吧？"

左青贤死死盯着凤舞，右手握着她的星陨剑，冷笑道："它叫星陨剑是吗？星陨剑在你手中太浪费了，直到今日，它才算找到明主。你放心，我一定会用它屠尽天下生灵！"

凤舞全身无力地道："难道你不好奇，为何……喀喀……为何星陨剑成长速度会这样快吗？"

左青贤眼眸微眯。

凤舞声音渐渐轻了下去："难道你不想知道，刚才是谁对你出手吗？"

左青贤确实很好奇。

凤舞："人之将死，其言也善，如果你想知道，我也不是不可以告诉你，只要你答应我……等我死后，放过朝歌。"

左青贤瞥了墙角的段朝歌一眼。此刻的朝歌亦是血肉模糊，泪水滚滚而落，冲凤舞拼命摇头："小舞……小舞……小舞……"

"好，如果你告诉我真相，我可以不杀段朝歌！"左青贤答应。

凤舞再提要求："我死后，你们左家不许动我家人，否则……我死也不会告诉你。"凤舞声音越来越低，意识越来越模糊。

左青贤快步走到凤舞身边，半蹲下来："好，我不对他们出手！"

凤舞点点头："既然你如此说，我就相信你……刚才对你出手的是……"凤舞气息微弱，声音很低。

"是什么？"左青贤弯下腰，将耳朵贴近凤舞唇边，想要听得清楚一些。

"对你出手的是——"

凤舞刚才凝聚起来的所有灵气都在这一刻爆发。

《地藏幽典》第三招——大地控！

星陨剑第三招——雷音魂断！

就在左青贤放松警惕的时候，凤舞陡然掏出一柄锋利的匕首，抬起手臂，将匕首狠狠扎入左青贤的后颈处。这一招，比的就是速度！等左青贤反应过来，想对凤舞展

开报复时，凤舞已经用大地控控住了左青贤零点零一秒，她自己则趁此机会就地一滚，滚出左青贤身边三丈之远。鲜血如泉水般从左青贤的后颈往上喷，左青贤左手捂住伤口，脑子一片空白。

凤舞看着手中的匕首，再看看后颈不断喷血的左青贤，意识渐渐恢复过来。左青贤恶狠狠地盯了凤舞一眼，身子一歪，终于倒在地上，彻底闭上双眼。

"小舞——"段朝歌看到凤舞，艰难地想要爬过去。

凤舞摇摇晃晃地朝段朝歌走去，从怀里掏出药剂，直接往段朝歌嘴里塞。原本出气多入气少的段朝歌，服下凝血药剂后，终于恢复了一些体力。

呼——松懈下来的凤舞只觉全身散了架一样，坐都坐不住。骨头痛，肌肉也痛，最痛的还是脑袋。凤舞摸摸自己的额头，那里有个碗口般大小的伤口，疼得她眼泪在眼眶里打转。

"咝——"凤舞倒抽一口凉气。现在她伤得这么重，如果不及时处理，很有可能造成永久性的创伤。帮朝歌处理好伤口后，凤舞双腿盘坐在地上，几乎瞬间进入修炼状态。

一旁的白衣少女目瞪口呆，看看凤舞，再看看彩凤仙尊："她……她……她刚才将段朝歌的伤治疗得七七八八了？"白衣少女满眼匪夷所思。

彩凤鸟心疼地看了血肉模糊的凤舞一眼。如果主人知道他的小丫头伤成这副模样，得心疼成什么样？

"她本来就是皇级炼药师，治疗这种外伤，难道不是手到擒来吗？"彩凤鸟没好气地瞥了白衣少女一眼。

白衣少女不是一般人，而是出身尊贵的中古王朝公主，是见过大世面的大陆高手，可是……彩凤鸟这轻描淡写的一句话还是彻底惊到了她。

"皇级炼药师？！就她？！这个十三四岁的小丫头？！"白衣少女瞪大眼睛，那双难以置信的目光死死瞪着彩凤鸟！

彩凤鸟瞥了白衣少女一眼："有什么好奇怪的？"

有什么好奇怪的？当然奇怪啊！这又不是初级炼药师，中级炼药师的……这是皇级炼药师啊！试问，大陆上有几个皇级炼药师？！现在这小丫头小小年纪就已经是皇级，那等她成长起来，未来，未来……

白衣少女所有的震惊最终化为一句感叹："她的未来，该是怎样的光芒璀璨啊……"

彩凤鸟在心里暗想，那还用说吗？也不问问这丫头是谁亲手教出来的。

或许……这丫头只是半步皇级吧？彩凤仙尊的话讲得夸张了些吧？白衣少女在心里自欺欺人地想。她也是炼药师，只不过学了这么多年，只是大师级的。如果凤舞真是皇级炼药师，段朝歌这种伤一个时辰就会痊愈，而如果段朝歌的伤在一个时辰之内愈合不了，只能证明彩凤仙尊吹牛了……

一刻钟，两刻钟，三刻钟……

白衣少女无比认真地盯着段朝歌，想证明彩凤仙尊是在吹牛。

就在最后一刻钟，原本双眸紧闭的段朝歌，忽然从昏迷状态中苏醒，原本涣散无神的瞳仁清润无比，仿佛在灵水中浸润过。

这不可能！事实狠狠扇了白衣少女一巴掌。

彩凤鸟没好气地瞥了白衣少女一眼。白衣少女回过神，讪讪一笑，道："她还真是……皇级炼药师？"

彩凤鸟差点翻白眼："也不想想她是谁教出来的，怎么可能不是皇级炼药师？"

白衣少女："……"她从来没有听说彩凤仙尊是很厉害的炼药师，反倒是它的主人，那位不可说的大神……那位才是真正的神级炼药师。不过，那个名字白衣少女连提都不敢提，似乎提一下便是亵渎。

就在这时候，运行功法长达三个周天的凤舞也缓缓睁开双眼。凤舞原本满头满脸都是血渍，看上去血肉模糊，随着功法的运转，凝结的血块混合着血痂开始掉落。皇级炼药师不愧是皇级炼药师，药剂一出，效果立竿见影。伤口上已经长出淡粉色的嫩肉，看上去暂时与周围的肌肤有点色差。

"小舞——"见凤舞从修炼中苏醒，段朝歌心中一喜，忙站起来朝凤舞冲去。

虽然伤口长好了几分，但她毕竟受伤过重，全身无力，站起来的时候差点跌倒。

"小心。"凤舞扶住她的右臂。

"小舞，呜呜呜，呜呜呜——"段朝歌看到凤舞，这才开始后怕，呜呜哭出声。

段朝歌："小舞，幸好你来了，不然我就只有死路一条了，呜呜呜——"

凤舞没好气地拍拍她的脑袋："什么叫如果我不来你就死路一条？段朝歌，你要记住一句话！"

泪眼蒙眬的段朝歌："啊？"

凤舞："失节是小，保命是大，人死了就什么都没了，留得青山在，不愁没柴烧，懂？"

段朝歌傻愣愣地看着凤舞，不知道该作何反应。

凤舞："我的意思是，以后无论发生什么事，无论受到怎样的羞辱和委屈，你都要活着等我去救你，记住了吗？"

"嗯！"段朝歌认真点头，"小舞，你现在的修为是不是很厉害？"朝歌突然想起一件事，"左青贤那王八蛋的实力可是灵侯境啊！"

凤舞好奇地问："你怎么知道他是灵侯境？"

段朝歌："当时他进阶灵侯境的时候，左家敲锣打鼓满帝都炫耀，流水席足足摆了三天三夜呢！"

凤舞："原来如此。"

段朝歌："这几年过去，左青贤至少也是灵侯境三星了，小舞……你居然杀了

他，那你现在的实力……"

凤舞苦笑道："我现在只有灵尊境七星。"

段朝歌难以置信地道："这不可能！你杀了他……"越一级杀人都难如登天，更何况凤舞越了这么多级。

凤舞讥诮一笑，道："那是因为左青贤太轻敌了，我跟他演戏，他居然信了，放松了警惕，这才让我有了可乘之机，将匕首刺入他的死穴，若是换作其他人，别说杀，我连对方的防御都破不了。"

段朝歌想到之前的情形，确实如此。

"小舞，你已经很厉害了，你的晋升速度简直跟飞似的。"段朝歌双眸宛若星辰，闪闪发亮，"从北境城到帝都才过了半年，你已经从灵师一星到灵宗一星，从灵宗一星到灵尊七星！而我……"段朝歌想到自己，垂下脑袋，"我到现在还只是灵宗八星……我们的距离越来越大，我快追不上你了。以后……以后会不会连看都看不见你了啊……"

段朝歌哇的一声哭出来，越哭越伤心，整个人都快崩溃了。

凤舞："……"

白衣少女被吵得头疼："这丫头的声音也太嘹亮了吧？再哭下去，石板都要塌下来了。"

凤舞苦笑道："她心中苦闷，哭出来也好，能解解压，只不过她担心的问题……也正是我担心的。"

凤舞晋升的速度太快了，她身边的人却跟不上，这就很尴尬了。

忽然，凤舞眼睛一亮，盯着白衣少女。白衣少女被凤舞盯得心里有些发毛："喂喂，你这小丫头又要打什么鬼主意啊？"

凤舞嘿嘿一笑："仙子小姐姐是最好的小姐姐对不对？仙子小姐姐最喜欢小舞了对不对？仙子姐姐——"

"喂喂，你这小丫头——"白衣少女小姐姐没好气地戳戳凤舞的额头，"你这是在跟我撒娇啊。"

凤舞一点都不否认："是呀是呀，我就是在跟仙子小姐姐撒娇，好不好嘛，仙子小姐姐——"凤舞一边说，一边抓着白衣少女宽大的衣袖晃来晃去。

白衣少女简直无语。她又不是男人！这鬼丫头跟她撒什么娇！不过，她心里还是蛮受用的。

白衣少女瞥了凤舞一眼："你说说你想干吗？"

凤舞这回一点都不绕弯子，指着段朝歌对白衣少女说："仙子小姐姐，刚才你也看到了，朝歌差点被人欺负。"

白衣少女戳戳凤舞光洁饱满的额头："你报仇可是够快的。"

凤舞冷傲地说："那可不？有仇我当场就报，从不过期。"

这倒是真的，白衣少女点点头。凤舞拉着白衣少女的手："仙子小姐姐，如果你不帮忙，朝歌以后还会被人欺负。仙子小姐姐——"

白衣少女无语地道："你倒是将这责任往我身上推了，关我什么事啊？"

凤舞的声音绵软极了："不是有句话说得好吗，能者多劳，谁让整个墓葬群都是仙子小姐姐您的呢？刚才您手指稍微点下来，风浔和玄奕就得了那么好的东西，秋灵正在修炼，我的人里只有朝歌凄凄惨惨戚戚，唉……"

"好了好了。"白衣少女没好气地戳戳凤舞白皙饱满的脸蛋："你想让她学什么？"

凤舞眼眸大亮："朝歌以前学习的是《朝凤圣录》，是我根据她的修为创造出来的一种功法，但是这门功法对现在的她来说已经不够用了，所以仙子姐姐，您能教她更厉害的剑法吗？当然，如果有配套的步法就再好不过。哦对了，还有武器，如果我们能给朝歌找一件适合她的武器……"

凤舞越说越兴奋，白衣少女依旧要翻白眼。

"停停停——"白衣少女瞥了凤舞一眼，不耐烦道，"你怎么这么多要求？"

凤舞撒娇地看着白衣少女，眼睛黑白分明，清澈如水，让人心都要化了。白衣少女无论如何都不会想到，自己会被一个小丫头萌到。

"好啦，好啦。"白衣少女娇嗔地瞪了凤舞一眼，"我倒是知道有个地方确实藏有一套功法，从剑法到步法再到武器，都有。"

凤舞紧紧地盯着白衣少女。

"小舞，我才不要学别人的功法，我只学你的！"段朝歌拉着凤舞的衣袖。

凤舞捂住她的嘴巴："别说话！"

段朝歌低垂着脑袋，用脚尖踢着一块小石子："……哦。"

凤舞对白衣少女干笑道："我妹妹不懂事，乱说话，仙子姐姐不要介意，她没见过外面的世面，所以不知道天有多高、地有多厚、外面的强者有多厉害。"

白衣少女却说："你小小年纪便能创出《朝凤圣录》，很是了不起，只不过这功法只能支撑她修炼到灵宗境，到了灵尊境，它就不够用了，而你又忙于自己的修炼，哪里还照顾得到她？你可听过花非花？"白衣少女忽然问了一句。

凤舞眼眸一动："您说的，该不会是当年那位拦街杀人的花非花大小姐吧？！"

白衣少女颇感意外地看了凤舞一眼："你居然听过？"

凤舞点头道："是的，花非花，花情族大小姐，红衣翩然，以绝情花纵横天下。她和连三月并称为江湖双绝花，修为难分伯仲。据说，当年她的侍女被君武帝国的护卫队长奸杀，而当年的君武帝还是太子。在君武帝出行长安时，近百名护卫中，她翩然而落，当街质问还是太子的君武帝，奸杀者当如何？君武帝被质问得下不来台，失了颜面，恼羞成怒，让人将花非花捉拿。花非花怒，手中那朵绝情花在半空绽放，别看是小小一朵，当它绽放的时候，会无限延伸，遮天蔽日，几乎将帝都大半边天空都

遮蔽。据说，这是花非花的大招，叫花绝天下。每一片花瓣都是暗器，眨眼的工夫，便让君武太子身后的人全倒下去，只留君武太子和他得力的右臂——孟翎。花非花又盯着君武太子问，奸杀者当如何？"凤舞越说越兴奋，看着白衣少女道，"当时的君武太子真被吓到了，也真被气到了，花非花第三次逼问：奸杀者当如何？！那成片的花瓣都围绕在君武太子周身，似乎只要他反对，小命就没了。据说君武太子恼羞成怒却又无可奈何，只能硬着头皮说了一句，奸杀者，偿命！话音刚落，那成片的花瓣便飞至孟翎周身，将孟翎凌迟至死！"凤舞眼中有星芒闪动，感叹连连，"二十年前，花非花前辈的实力便已恐怖至斯！"

"你觉得她最恐怖的地方在哪里？"白衣少女问凤舞。

凤舞握紧拳头，兴奋得难以名状："是她的勇气！面对皇权不退缩、一腔孤勇当街质问未来帝国陛下的勇气！"凤舞脑海里都是一幅幅激动人心的画面，"让我心向往之！"

白衣少女点点头，道："你可知，花非花的修为出自何处？"

凤舞看着白衣少女，忽然眼眸一亮："该不会是……该不会是……"

"你猜得没错。"白衣少女点头。

凤舞哇了一声："仙子小姐姐，你好厉害！你你你……请看我崇拜的眼神！"

段朝歌听得一脸茫然。

凤舞拉了段朝歌一把，激动道："还不快喊师祖姐姐！"

师祖……姐姐？段朝歌一脸蒙，这、这都什么跟什么？

凤舞朝段朝歌使眼色。段朝歌很听凤舞的话，当即跪下，给白衣少女磕头，喊着师祖姐姐。

白衣少女："……"她看看段朝歌，有些不太情愿，因为她觉得这女孩有些笨，但"师祖姐姐"四个字听起来还是挺好的。

白衣少女看了段朝歌一眼，没好气地道："说实话，现在你的资质，嗯……还不到做我徒弟的程度，想让我亲自出手教你，想都不要想。"

段朝歌一脸茫然地看着凤舞。凤舞笑着说："那是自然，现在让仙子小姐姐教她，不是大材小用吗？完全没这个必要。"

白衣少女这才点头道："花非花死后的魂魄也被镇压在这座墓葬群中，当年我对她有指点之恩，她一直想喊我师父，而直到她死，我都没让她喊。"

直到此刻，段朝歌才知道这位漂亮的白衣少女竟如此厉害。

"我、我、我……"段朝歌瞠目结舌，不知道该如何反应，转头求救般看着凤舞。

凤舞对朝歌点点头，便是一切有她。

凤舞诚恳地看着白衣少女："仙子小姐姐，花非花前辈那里，还请您多多费心。"

白衣少女没好气地道："我能不费心吗？"彩凤仙尊还在那儿盯着她呢。

凤舞茫然不解地看着白衣少女。白衣少女摆摆手："好啦好啦，既然你一心为这丫头，如果不将这丫头的事处理好，解除你的后顾之忧，你哪有心思静下来修炼？花非花那边有点麻烦，需要我亲自过去一趟，至于你——"白衣少女看了看时间，对凤舞道，"你现在丹田太弱，在没有巩固好的情况下，贸然继承神源之种于你则是灭顶之灾，所以你现在最应该做的就是去巩固丹田。天宇殿内不仅有《地藏幽典》第二篇，还有一个不为人知的地方，你过来。"

凤舞眼眸一亮，屁颠儿屁颠儿地过去。

白衣少女在凤舞耳边低低说了一句话，问："可记住了？"

"嗯！"凤舞激动地握拳。

白衣少女瞪着凤舞："我带这丫头过去，短则数个时辰，长则……数日，这段时间你自己撑住，别给我死了！"

"嗯嗯，就知道仙子姐姐是关心我的。"凤舞笑容灿烂。

白衣少女瞥了凤舞一眼。原本凤舞死不死跟她也没关系，但若现在死了，以彩凤仙尊那不讲理的性子，非把这个黑锅甩她脑袋上不可。不过，她似乎真有点不舍得这丫头死。

当然这话，冷傲的白衣少女是不可能说出口的。下一瞬间，她拎起段朝歌，像拎一只小鸡仔，瞬间没了踪影。

凤舞内心忽然觉得孤寂。

"离开墓葬群后，我也见不到她了吧。"凤舞感叹道。

"你可以将她带走。"一道理所当然的声音在凤舞耳边响起。

凤舞扭头一看，发现是彩凤鸟。凤舞揉揉彩凤鸟，兀自往前走。

"喂喂，凤小舞，我是说真的，你可以将她带走！"彩凤鸟见凤舞忽略它的意见，顿时急了，扑棱着翅膀，试图引起凤舞的注意。

凤舞无语地瞥了它一眼，只用两个字评价："天真！"

彩凤鸟难以置信地瞪着她。

"你你你你居然说我天真？！"彩凤鸟快气疯了。

凤舞再次瞥了它一眼，完全忽略它的意见。

"喂喂，凤小舞，凤小舞，你这是什么表情？我在跟你说话呢！"彩凤鸟气得一屁股坐在凤舞的肩膀上，拿爪子去挠凤舞的脸。

凤舞很是无语地道："好啦好啦，我听见你在说话啊，别闹。"

别闹？听听这语气，不是嫌弃它无理取闹是什么？彩凤鸟好生气！

彩凤鸟戳戳凤舞的脑袋："喂，凤小舞，难道你没发现吗，我可是很厉害很厉害的！"

凤舞目光平静地看了它一眼，似乎在说，请开始你的表演。

彩凤鸟双爪叉腰，抬着下巴，彩色的尾巴也高高翘起："哼！难道你没发现，你

461

敬畏的白衣少女很怕我吗？"

凤舞像看白痴一样看着彩凤鸟。彩凤鸟顿时不高兴了，抬脚踢踢凤舞的脖子："喂喂，你这是什么表情？"

凤舞长长地叹了口气："我真的在想事情，你别闹行不行？"

彩凤鸟瞪着凤舞："我可是堂堂彩凤仙尊！很厉害很厉害，整个大陆都——"

"好好好，你是彩凤仙尊，你是很厉害很厉害，你是被整个大陆景仰的存在，你是全人类都要跪拜的强者……"

彩凤鸟："……"虽然这是事实，可被凤舞这么一说，好像它在吹牛，好不爽啊。

不管这个了！彩凤鸟再次跟凤舞强调："其实你真的可以将白衣少女带走，这丫头虽然脾气差了些，修为也马马虎虎，但以你现阶段的实力，她对你还是稍微有点用处的。"

凤舞用很复杂的目光看着彩凤鸟，脾气差了些？修为马马虎虎？对她稍微有点用处？那可是白衣少女！在这只小破鸟眼中，她的修为居然只是马马虎虎？

彩凤鸟继续道："就算她实力稍微比你好一点，你想啊，你不是担心家里的美人娘亲，还有你弟弟的安危吗？"凤舞点头。

"只要将白衣少女带回去，你不就可以让她帮你守护家人了吗？到时候，你不就可以无忧无虑地开启你的修罗之旅了吗？"彩凤鸟越说越兴奋，"而不是像现在这样无时无刻不牵挂着家人，反而内心难静。"

凤舞万分赞同彩凤鸟的话，无奈地看着它道："可是，要怎样做才能将白衣少女带走？她可不是一般人，肯跟咱们走吗？"

彩凤鸟一脸傲然，摆手道："放心，这事交给我。"

凤舞无语翻白眼，她是不相信彩凤鸟能办成这件事的。

哼！彩凤鸟在心里冷哼一声。这次，它一定要让凤小舞大开眼界，对它崇拜得五体投地。

"走走走，去天宇殿。"

凤舞虽然无比期盼将白衣少女带走，但她知道，此事成功的可能性连万分之一都没有。

凤舞站在天宇殿前，心中感慨万千。

好广阔的殿宇。一如它的名字，气势恢宏，宛若洪荒宇宙。殿宇上方呈尖塔状，耸入云霄。那似乎历经了数不清岁月的青铜门在凤舞面前缓缓朝两边打开。

门高百丈，而凤舞渺小如尘埃。

凤舞是第一个来到天宇殿的人，地上布满细细的尘埃，没有别人的脚印。之前在墓葬群的时候，凤舞习惯了白衣少女从旁指点，从这一刻开始，她只能靠自己。凤舞握紧拳头，缓缓睁开眼睛，眸子如一泓清泉，灵动而清润。

白玉石铺就的广场宽广无比。

凤舞目光扫过，将周围的一切记在脑海。

刚才白衣少女告诉过凤舞，天宇殿里机遇多多，宝贝数不尽，同时也最危险。任何人踏错一步，极有可能成为墓葬群里的又一条鬼魂。

凤舞目光从广场上扫过，很快，嘴角扬起一抹微微的弧度。

果然，从她进门的第一步开始，便已入阵法。好在凤舞懂得灵阵法，而且是很厉害的灵阵师，否则在这阵法面前，她寸步难行。经过一番推演，凤舞脚步轻点，蜻蜓点水般从广场上飞过。

就在凤舞行至一半的时候，一道身影出现在门口。凤舞回头望去，当即皱起眉头，对方在最初的震惊后，旋即眼中浮现杀机。来者不是别人，正是绝大人。

凤舞脑海里浮现秋灵之前说过的话：

绝大人带着她和朝歌进入墓葬群。

绝大人和塞非落公主有说有笑，然后塞非落公主告诉了绝大人一件事，绝大人听了，提剑就要杀她和朝歌。

能让绝大人瞬间改变态度的只有一件事，就是猫九的死亡！也就是说，现在绝大人已经知道是她杀了猫九。如果他知道她还在自己面前扮演过猫九，会恼羞成怒吧？

凤舞来不及做出反应，绝大人已经直逼凤舞，将长剑掷向凤舞。出乎绝大人意料的是，长剑在半空转了一个圈，再度回到他手中。绝大人的眉头深深皱起。

"这是一个阵法，想杀我，你得先靠近我。"凤舞笑眯眯地朝绝大人招手。

杀猫九，她没有一丝愧疚。谁让猫九先对她出手？她没有十倍奉还已经是仁慈！

绝大人用嗜血的双眸狠狠盯着凤舞，宛若鹰隼，暴戾阴狠。

仇人相见，分外眼红。

凤舞原本以为，绝大人在盛怒之下没办法破解阵法，出乎她意料的是，绝大人竟然冷静得很，时而闭上眼睛，时而念念有词，时而往前三五步，时而停止不动。凤舞在内心惊呼一声，看着绝大人破解阵法的样子，凤舞眉头深深皱起。难怪之前明兰尔公主破解阵法的速度那么快，原来是有绝大人这样的帮手。

两人之间原本隔着五百步的距离，但因绝大人破解阵法粗暴又高效，双方的距离越来越短。

四百步。

三百步。

两百步。

凤舞心头一惊，好快的速度。

"快破阵！"彩凤鸟对凤舞当头棒喝，"你现在还没有拿到神源之种，他的实力远胜于你！他可是比左青贤还厉害得多的，现在白衣少女又不在，你若是被他捉到，死定了！"

凤舞也知道，现在于她来说，最重要的就是破阵，可是……

"按照君武帝的标准来算，这是四级阵法。"彩凤鸟对凤舞道，"你的阵法研究刚好到四级，破阵速度不如他也是可以理解的。"

凤舞快哭了："你现在说话老气横秋的，比美人师父还像师父，喂喂，小彩凤，你这倚老卖老的戏什么时候演完啊？"

演？彩凤鸟瞥了凤舞一眼，这是本能反应好不好？它可是很厉害的彩凤仙尊……呃，至少曾经是！

"都是因为你！"彩凤鸟瞥了凤舞一眼。

凤舞一脸茫然："我怎么了？"

彩凤鸟冷傲地双手环胸，如果不是为了这丫头，它需要从一只小破鸟开始修炼吗？它可是堂堂彩凤仙尊！

"他距离你只有五十步了。"彩凤鸟提醒凤舞。

凤舞回头一看，还真是——

绝大人破阵的速度快得令人发指，凤舞敢肯定，如果她静止不动，再过两分钟，绝大人就能杀到她面前！凤舞对上绝大人的眼睛。那是一双怎样的眼睛？嗜血，疯狂，愤怒，杀气腾腾！

"东方甲乙木对卯，伤门对震四青龙；西方庚辛金对酉，惊门对兑二白虎……"彩凤鸟口中念念有词。

凤舞原本破阵速度比绝大人慢许多，听彩凤鸟这么一提醒，当即照做。

原本双方已经只有十步之距，只要再近一点，绝大人的剑就能刺到凤舞后背。

关键时刻，彩凤鸟念出了口诀。凤舞最大的优点就是领悟快。她一边领悟口诀，一边快速学以致用。

"这是五级灵阵法的口诀？！"凤舞一边学一边道。

彩凤鸟冰冷地嗯了两声。

凤舞惊呼："你怎么会知道五级灵阵法口诀？你不是一只什么都不懂的鸟吗？"

"以后叫我彩凤大爷！"彩凤鸟冷傲极了。

凤舞："呵呵呵——"

不过说实话，五级灵阵法口诀一出，凤舞顿觉自己破阵的速度比绝大人快，甚至快到让他绝望。

凤舞回头一看，果然双方再次拉开距离。十步，二十步，三十步……只一会儿就拉开到五十步！凤舞松了口气，看来，绝大人想追上她暂时是不可能了，还好还好。

就在这时候，彩凤鸟无情地告诉凤舞："前面很快就是天宇殿，若没有阵法可破，你瞬间就会被他抓住！"

凤舞也想到了这一点，眉头深深皱起。这个绝大人的实力比左青贤只强不弱，因此绝对不能给绝大人近她身的机会。

第十七章
神殿探秘

"我们必须快速找到神源之种。"彩凤鸟的声音中带了一丝懊恼，跺脚道，"只怪我现在实力太弱，要不然，别说这个姓绝的，他背后的师父我也能一脚将他踩成肉饼，哼哼！"它一定要快速修炼，不能再这么憋屈了！

"白衣阿莲也不知道跑哪儿去了，现在是关键时刻，她居然不在！"彩凤鸟将锅甩给白衣少女。

凤舞没好气地道："她能帮我们一段时间，已是仁至义尽，更何况她也没有偷懒，而是为朝歌找师父去了。"

彩凤鸟："段朝歌最碍事！"

凤舞目光变得无比严肃："你说什么？！"

彩凤鸟看了凤舞一眼，低下头去，没再说话。

凤舞将彩凤鸟拎到身前，认真告诫它："我知道你有魔兽自私的本性，也知道你是为我好而不顾其他人，我感激你对我的好，但希望你能明白，我并不仅仅是一个人，我有亲人，有朋友，有守护，也有牵挂。我想变得更强，想站得更高，只有强者才拥有选择权，才能保护自己在乎的人。"

"哼！"彩凤鸟依旧冷傲，生气地别过脸去。

见彩凤鸟别扭的样子，凤舞也意识到自己激动之下将话说重了。

她咳了两声："好啦好啦，我知道你都是为我好，你别生气，我们先进天宇殿，好不好？"

彩凤鸟委屈得泪水啪嗒啪嗒往下掉，冷哼了一声，冲进空间，抱着凤舞的美人师

父哇哇哭去了。

满头黑线的凤舞："……"

啪嗒！她忽然听到身边传来激烈的撞击声，回头一看，发现是绝大人。他竟然以身体强行挣脱阵法的禁锢，撕裂空间之壁，硬生生朝凤舞飞来。

不好！凤舞心头一凛，迅速往边上移了一下，同时吼出一句："大地裂！大地崩！大地控！"

原本朝凤舞而来的飞剑，从她手臂擦过。凤舞的左手衣袖瞬间被划破，一道血痕在白皙如玉的手肘出现。好在因为阵法，飞剑没能伤到凤舞的要害。

好厉害的绝大人！凤舞的心像被一只手握住，全身处于备战状态。

前方出现了九扇门。整个天宇殿内部呈九宫格构造，也就是说，天宇殿共有九座分殿，分别代表九种不同的运气，传说中的两大鬼王就在天宇殿内。如果运气不好，一头撞进鬼王所在的宫殿，岂不是找死？

凤舞嘴角扬起微微的弧度。白衣少女离开的时候，已经告诉了她天宇殿的秘密，也就是两大鬼王所在的殿宇。殿外一共有九块牌子，是打开分殿的钥匙。

凤舞来不及多想，一掌拍向三号牌子。

扑哧！凤舞宛若一道白光，瞬间被传送到三号分殿。

当绝大人到达的时候，看到的是空无一人的殿宇，以及毫无动静的数字牌。

"那丫头去了哪座分殿？"绝大人想看出个所以然来。

就在这时，他身后传来脚步声，原来是风浔他们来了。

风浔、玄奕、赛非落公主和明兰尔公主，循着他之前的脚印结伴而来。

"绝大人——"明兰尔公主看到绝大人，意识到他情绪不对，当即轻柔地问："绝大人怎么一副遇见生死仇敌的表情？可是发生了什么事情？"

绝大人点点头。

明兰尔公主："呀，是谁？"

风浔拍着胸口，大大咧咧地道："既然我们是一路的，那你的敌人就是我风浔的敌人。阿绝，快说，你的敌人是谁，我们帮你报仇！"

绝大人用看白痴一样的目光看着风浔，别过脸去。风浔拍着绝大人的肩膀，道："喂喂，阿绝，我拿你当朋友，你的敌人就是我的敌人，我——"

绝大人阴毒地盯着风浔："我的敌人就是你的敌人？"

风浔眨着眼睛道："对啊对啊，你的敌人就是我风浔的敌人！"

绝大人冷冰冰地道："那你去杀了凤舞。"

风浔震惊地道："啊？"

明兰尔公主惊呼出声："绝师兄，您的意思是说……您的生死仇敌是凤舞？"

赛非落公主激动地握紧拳头。她一直想杀凤舞而不得，如今凤舞得罪了绝大人，哈哈哈，凤舞啊凤舞，你的死期将至啊！

听了这话，风浔瞬间皱眉，转过头去。

"所以，刚才你在追杀小舞？"风浔的眸子宛似有寒霜笼罩。

绝大人盯着风浔，一言不发。

不辩解，便是默认。风浔气得全身发抖，没有多余的话，直接从后背抽出紫阳剑，剑尖指向绝大人："战斗吧！"

明兰尔公主微微蹙眉。她很清楚风浔和君临渊的关系，他们是从小一起长大的兄弟，她要得到君临渊，必须先攻略风浔。

"小王爷，不可——"明兰尔公主拉住风浔，"有话好好说，绝师兄未必是这个意思。再者，绝师兄既如此说，一定是因为凤舞有得罪绝师兄的地方，不然绝师兄不会无缘无故要杀她。"明兰尔公主温言软语地劝着。

可是，之前对明兰尔公主态度很好的风浔，此刻冷冷一笑，抬手将明兰尔公主推开。

明兰尔公主抓住风浔的衣袖："风浔……一定是凤舞有错……"

风浔怒斥："小舞不会有错！如果真的有错，也是别人有错在先！"

明兰尔公主气得浑身发抖。世上怎么会有这么蛮不讲理的人！

风浔死死盯着绝大人："凤舞有君老大守护，你敢动她一根毫毛，你、你的家人、你身后的师门、你的九族，都等着掉脑袋吧！"

绝大人冷笑一声，道："你可知我师父是谁？也敢妄下断言！"

风浔："我管你师父是谁，总之，你若敢动凤舞，所有跟你相关的人都等着去死吧！"

绝大人："君殿下或许真的在意凤舞，但他会因为暖床小丫头而得罪一位大陆上的超级强者？！你太高看你家君老大了！"

风浔怒斥："你是白痴吗？！谁跟你说小舞只是暖床丫头？小舞是他的未婚妻！"

此话一出，宛若惊雷炸响当场。

明兰尔公主面色惨白，嘴唇毫无血色。

未、婚、妻？！绝大人死死盯着风浔。不得不说，风浔的话真的威胁到他了。

"不是退婚了吗？"明兰尔公主脱口而出。

风浔冷哼一声，道："世人都以为当年凤舞变成废小舞时，君老大退婚了。哼哼，你们未免太小看君老大了吧？他会因为此等小事退婚？！简直可笑！"

没人注意到明兰尔公主攥紧的拳头和咬紧的下唇。

赛非落公主急声道："所以，君殿下一直都没有退亲？所以，君殿下一直是有婚约在身的？所以，凤舞这五年来一直都是君殿下未过门的妻子？"

风浔得意地道："那是自然！不然君老大为何对凤舞那般维护？这些年我见过的疯女人多了去了，不过——"风浔赞了明兰尔公主一句，"不过这么多姑娘中，只有

467

明兰尔公主你是最特别的。别人都狂蜂浪蝶般朝君老大扑去，唯独你，"风浔看着明兰尔公主，赞赏地点点头，"唯独你没有喜欢君老大。"

这话……是夸奖吗？明兰尔想笑都笑不出来。如果说，之前她有三分想杀凤舞，那么现在至少有十二分，而且是迫不及待。

"她在哪儿？"风浔的注意力又回到绝大人身上。

绝大人冷哼一声，握剑退开一步："你先进去。"他要风浔先选择进入哪座分殿。

风浔急着找凤舞，正要第一个选，玄奕用手肘撞撞他的胳膊，冲他使了个眼色。风浔和玄奕是从小一起长大的，无比默契，玄奕一个眼神风浔便懂了。却见他气呼呼地瞪了绝大人一眼，抱剑站在那儿不动。

明兰尔公主佯装不懂："小王爷，您为何不选？"

风浔冷哼一声，道："我要等你们绝大人选了之后再选！"

明兰尔公主的心脏一缩，有种很不好的预感："为何？"

"呵呵，很简单！"风浔双手抱剑，似笑非笑地瞥了绝大人一眼，"他不是要杀凤小舞吗？那我就跟在他身边，看他怎么杀凤小舞！"这是在没有找到凤舞的情况下，阻止绝大人杀凤舞的最好办法。

明兰尔公主原本想趁风浔进去后，再和绝大人密谋杀凤舞的事，现在看来……此举行不通了。明兰尔公主的嘴角浮现一抹冷笑。

绝大人被风浔和玄奕盯着，寸步难行。这两个人万万没想到，明兰尔公主也是要杀凤舞的。却见她抿唇一笑，道："那好吧，小王爷和小侯爷陪着绝师兄，我可不陪你们在这儿耗了。"明兰尔公主一边说，一边朝绝大人使了个眼色。

绝大人盯着三号牌子，明兰尔公主懂了。

绝大人刚才站着不动，就是在推测凤舞究竟进了哪座分殿，而三号牌子的光芒稍微减弱了一分，这用肉眼无法分辨，却可以凭借灵气感知。

明兰尔公主脸上浮现出一抹淡淡的笑容："那我就随便选一个分殿进去，唉，也不知道我这次的运气好不好。"

下一秒，明兰尔公主已经进了三号分殿。

"妹妹等等我，我也去！"赛非落公主一直在察言观色。她和明兰尔公主从小一起长大，被明兰尔公主的纯洁无辜坑过无数次，能不警惕吗？刚才她就在观察这位最擅长伪装的妹妹，果然发现她和绝大人眉来眼去！明兰尔要杀凤舞，这么精彩的画面，她岂能错过？

风浔盯着绝大人似笑非笑地道："绝大人要进哪一处？反正无论进哪一处，我们都陪你就是了。"

绝大人在心里暗想，明兰尔公主乃是灵侯境，而凤舞不过灵尊境七星，就算她再聪明，最多也只能越一星。

“哟，好热闹呢。”一道声音在众人耳边响起。

风浔回头一看，当即皱眉。来者不是别人，正是二皇子，而且二皇子并不是一个人前来。如果风舞在，一定会惊讶得跳起来，二皇子身边站着的那个人，不是别人，正是左青贤！左青贤不是已经被风舞杀死了吗？！为何会站在二皇子身边？！此刻的他除了脸色有些苍白，目光更显阴戾嗜血，并没有其他不同之处。

绝大人盯着风浔，嘴角微微上扬。二皇子和君临渊天然不对盘，而风浔，板上钉钉是君临渊的人。敌人的敌人就是朋友，看来，他可以跟二皇子合作一回了。

“二皇子殿下。”绝大人难得主动跟二皇子打招呼。

二皇子惊讶地看了绝大人一眼，这位孤高冷傲的绝大人从出现开始就没理会过他，现在居然主动示好？他再一看风浔和绝大人的站位，顿时什么都明白了。有意思，有意思……

而此刻——

风舞进入三号分殿后，第一反应就是往前冲。白衣少女说过，入三号殿宇九百九十步，左起第三个房间里面便有她需要的东西。

吱呀——风舞推门而入，入眼是一片金灿灿的亮光。那光芒全是能巩固丹田的纯白灵气，风舞现在最缺的就是这个，如何能不喜？

等绝大人找到这里来还需要一段时间，风舞当即盘腿而坐，闭上眼睛，凝神静气，将外界的干扰全部排除，很快进入天人合一的修炼状态。

此刻，风舞周围的这些光点随着她的每一次呼吸，井然有序地进入她体内。风舞内心激动，将吸收的光芒输送到经络之中。点点光芒萦绕在丹田周围，又在丹田之力的作用下迅速成形，使得丹田以肉眼可见的速度加固。而房间内的光点，同样以肉眼可见的速度消失。

如果说，一开始光点含量为百分之百，那么随着时间的推移，光点含量越来越少，越来越少。

百分之八十。

百分之五十。

百分之三十。

……

当空气中的光点只剩下百分之十的时候，风舞体内的丹田已经加固到让她自己都惊讶的地步。机会难得，这剩下的百分之十，风舞不愿放过，因为她未必再有这样的机会。风舞静静地盘坐，静心吸收着光点。

百分之八。

百分之五。

百分之三。

就在这时，风舞眼眸忽然动了一下。敌袭！风舞握紧手中的鬼皇印章，看了一眼

不远处封闭的柜子，嘴角扬起微微的弧度。这些她吸收入体的光点来自何处，凤舞算是想明白了。

就在这时——砰！门应声而开。站在最前面的是塞纳尔公主，而她身后是那位白莲花一般纯洁的明兰尔公主。

"凤舞！果然是你！"塞非落公主看到落单的凤舞，激动得全身都在颤抖。她等这一刻等了多久？！

"你在吸收丹田之芒？"明兰尔公主目光冰冷地盯着凤舞，随即环顾四周，看到那些星星点点时，眼眸瞬间变成猩红色。这些光芒俗称丹田之芒，在外界，丹田之芒何其珍贵？！而现在，凤舞居然坐在这儿吸收，也不知道吸收了多少！

看到空气中悬浮的丹田之芒，明兰尔公主右手一挥，顿时，所有丹田之芒都往她身体里涌去。就在明兰尔公主用心吸收丹田之芒的时候，赛非落公主已经傲然走到凤舞面前。她双手环臂，居高临下，嘲讽地盯着凤舞，眼眸上挑，分外傲慢。

"哟，这不是传说中的凤舞郡主吗？怎么，终于落单了？"赛非落公主的声音充满嘲讽。

凤舞面色平静，目光更是无波无澜、从容淡定。

"都到这时候了，你居然还如此淡定？"赛非落公主半蹲在凤舞面前，看向凤舞的目光就像在看一个死人。

凤舞没有理会她。

"凤舞，你到这时候了还如此傲慢？"赛非落公主盯着凤舞，"难道你真是君临渊的未婚妻？"

凤舞皱眉盯着赛非落公主："胡说！"

赛非落公主冷笑道："事到如今，你还瞒着我们？凤舞，你可真够虚伪的，怎么，怕我们抢走君殿下？"

凤舞懒得理会赛非落公主。赛非落公主推了凤舞一把："你这是什么表情？懒得理会我？是啊，堂堂君殿下的未婚妻，未来的太子妃，怎么会看上我们呢？嗯？"

凤舞皱眉道："跟你说了，我不是！"

"你不是，那谁是？"赛非落公主露出狰狞之色，"风浔亲口说的，玄奕也没有反对，你说，他们两个同时在说谎吗？"

凤舞眉头皱得更深："我们退过婚——"

不等凤舞说话，赛非落公主再一次狠狠推了凤舞一把："风浔说，你们退婚根本没有退成功！你，凤舞，现在依旧是君临渊未过门的妻子！"

凤舞瞪着赛非落公主。赛非落公主看着凤舞，啧啧摇头，回头对明兰尔公主说："妹妹你瞧瞧这张脸，多会演啊，就好像她真的完全不知道这件事。"

凤舞："我真的不知道。"

"噗——"赛非落公主嘲讽地瞥了凤舞一眼，长叹一口气，"凤舞，说实话，你身上有我很喜欢的东西，你聪明漂亮、诡计多端，可你知道我最讨厌你什么吗？我最讨厌你的虚伪！"赛非落公主指着凤舞，怒骂道，"我讨厌你明明知道自己和君殿下的关系，却什么都不说！我讨厌你明明身份尊贵，却不告诉任何人！我讨厌你的虚伪！如果你一开始就表明你和君殿下的关系，我怎么敢冒着和君殿下为敌的危险对你下手？你太会隐藏、太会演戏了，所以，等你死了之后，不要怪我，要怪就怪你自己扮猪吃老虎，结果，还真成了那只猪！"

无辜的凤舞："……你才是猪。"

"现在是讨论谁是猪的问题的时候吗？"赛非落公主冲凤舞翻白眼，"你要死了，你知不知道？"

凤舞一脸无辜地看着赛非落公主，摇头道："不知道。"

赛非落公主一脸冷笑。她指着明兰尔公主，道："我不杀你，也杀不了你，但你的性命从这一刻起，由她做主。"

凤舞的目光落到明兰尔公主身上。此刻，明兰尔公主已经吸收完凤舞剩下的最后一点丹田之芒。她双手交负于身后，傲然挺立，居高临下地盯着凤舞，眼睛更是充满猩红色的恨意。

"我不喜杀生。"明兰尔公主嫌弃道，"所以，你自己了结吧。"

铮——一柄匕首被丢到凤舞面前。傲慢如明兰尔公主，连看都懒得看凤舞一眼，分明没有将凤舞视为有资格和她决斗的对手。

凤舞盯着明兰尔公主，眼眸半眯起来。

塞非落公主吃过凤舞几次亏，现在学聪明了，后退几步，直退到门口。这是凤舞和明兰尔公主之间的战斗，她只用守住门口即可。

"你不愿意自己动手？"明兰尔公主用眼角余光瞥了凤舞一眼。

凤舞冷笑。明兰尔公主似乎想不通："你自己动手还能留一具全尸，一旦我动手，你就死无全尸，你不懂吗？"凤舞继续冷笑。

明兰尔公主轻蔑地瞥了凤舞一眼，道："你呀，为何非要逼我杀生呢？"明兰尔公主看着自己白皙的素手，有些烦恼地自言自语，"以后君殿下牵着它的时候，会不会嫌它沾染了血腥？也罢，我如果不杀你，如何能光明正大牵他的手？"明兰尔公主似乎说服了自己，看着凤舞，甚至连武器都没有祭出。她竟然轻敌到这种地步。

"去吧。"明兰尔公主对准凤舞轻飘飘地送出一掌。那一掌，看似绵软如云团，却蕴含了灵侯境强者的五分灵力。

凤舞噔噔噔后退——

明兰尔公主嘴角扬起嘲讽的嗜血冷笑。就这样的水准，也敢跟她争？明兰尔公主根本不需要回头看就知道，凤舞这回必死。她对一旁的塞非落公主摇头道："听说君武帝国有一位左青鸾，天赋卓绝，是人间绝色，她倒是有成为我情敌的分量，至于眼前这个……蝼蚁而已。"

赛非落公主惊呼一声："呀——"

"嗯？"明兰尔公主不解，下意识地回头，这一看，倨傲的明兰尔公主深深皱眉。

"阿飘"，好多"阿飘"从打开的柜子里飞出来。一只，两只，三只……放眼望去，至少有上千只之多，而且这些"阿飘"都拥有灵尊境的实力。

凤舞没有离开，依旧站在原地，嘴角微微上扬，带着灿烂明朗的笑容。成百上千的"阿飘"从她两旁飞过，战意浓浓地朝明兰尔公主袭去。

"雕虫小技尔。"明兰尔公主一挥手，一道掌风朝"阿飘"们扫去。

砰砰砰！五只"阿飘"瞬间被明兰尔公主拍死在地上。"阿飘"们悍不畏死，继续围堵明兰尔公主。明兰尔公主冷笑道："你们都不怕死？很好！那就都去死吧！"明兰尔公主根本没有急着杀凤舞，在她眼中，凤舞就是一个死人，根本不可能逃出她的手心。

"凤舞，睁大你的眼睛看看，我明兰尔杀灵尊境如杀蝼蚁！"明兰尔公主故意在凤舞面前炫耀。

砰砰砰砰！成百上千只"阿飘"被明兰尔公主拍飞、碾死，化为光点消失在空气中……

所有的"阿飘"都消失后，又只剩下凤舞。明兰尔公主转过头，目光傲慢地从凤舞脸上扫过，嘲讽地冷笑道："凤舞，你就这点雕虫小技可用吗？"

凤舞笑道："高明点的手段，怕明兰尔公主承受不住。"

明兰尔公主嗤笑一声，道："是你黔驴技穷了吧？"

凤舞："难道明兰尔公主没发现，刚才那些'阿飘'都是女鬼吗？"

明兰尔公主不解地看着凤舞。凤舞忽地冲她一笑，开口道："那么，男'阿飘'们去哪里了呢？"

明兰尔公主似乎想到什么，睁大眼睛瞪着凤舞。

"下面，有请我们的男'阿飘'上场，他们会好好跟明兰尔公主促膝长谈的。"凤舞的笑容明媚无害。

当那些男"阿飘"进来的时候，明兰尔公主有些震惊了。他们看她的目光，充满最原始的欲望。

"凤舞，你！"明兰尔公主大怒。

被那些"阿飘"盯着，明兰尔公主感觉自己像被剥光了衣服，难受得不得了。不过，她已经没有时间责怪凤舞。

"滚开！滚开滚开滚开！"明兰尔公主愤怒地挥着拳头，甚至不敢睁开眼睛。这些色眯眯的男鬼，都没穿衣服。

"凤舞！我要杀了你！"一向波澜不惊的明兰尔公主终于爆发了。

可是，凤舞怎么可能乖乖留在原地让她杀？就在明兰尔公主发怒的时候，凤舞已经偷偷从后门溜走了。

好险！凤舞在心里想。如果不是关键时刻发现了藏在后面库房里的"阿飘"，如果不是她手里有鬼王令，现在的她已经死了。

塞纳尔公主不是没发现，但也被这些色鬼缠住了，哪里还有空去管凤舞？

"全部给我净化！"明兰尔公主脸色异常难看，终于被凤舞逼出一直隐藏的大招。

净化术一出，整个空间仿佛被白雪覆盖，等白茫茫的雪花散去，"阿飘"们已经化为虚无，而她眼前也失去了凤舞的身影。明兰尔公主黑着脸，目光阴晴不定。只要她一闭上眼，脑海里便是那些男人的目光和光裸的身体……明兰尔公主只觉恶心得想吐！

"凤舞！我要杀了你！"明兰尔公主只觉境界之海波涛起伏，她要很努力才能把它压下去，"我果然小看你了！"她喃喃自语，恨意满满，"你居然知道用什么办法对付我！"明兰尔公主修炼的是净化术和厄运术，最忌讳污秽的东西，一旦精神受扰，不论净化术还是厄运术都会出大问题。

"妹妹，你没事吧？"等所有的"阿飘"都消失后，塞非落公主才从角落里走出来。

明兰尔公主看着塞非落公主，关键时刻她一点用都没有，要她何用？！

被明兰尔公主愤怒地盯着，塞非落公主的心一阵紧缩。她赶紧挤出一抹勉强的笑意，道："妹妹，这个凤舞太可恶了！没想到都这样了，她还能逃走！"

"她居然能操控'阿飘'！到底是为什么？！"明兰尔公主想不明白。

塞非落公主知道，凤舞手上有鬼王令，所以才能操控"阿飘"。让她绝望的是，鬼王令居然还是她自己送给凤舞的！每次只要想到这点，塞非落公主就悔得肠子都青了。

"你知道什么？"明兰尔公主盯着自家姐姐。

"啊？"原本想告诉明兰尔公主真相的塞非落公主，注意到自家妹妹的态度后，忽然开始装傻。她是讨厌凤舞，可也讨厌明兰尔公主。一旦说出是自己错把鬼王令给了凤舞，明兰尔公主会当场掐死她，所以不可说也不能说。

"好奇怪，凤舞明明修为不怎么样，怎么就能控制这些鬼魂？"塞非落公主发出一声感叹。

没用的东西！明兰尔公主瞪着自家姐姐，不再理会她。之后她宛若鬼魅一般飘出去，快若流星，朝凤舞疾驰而去。

当凤舞跑到一条长长的走廊上时，一回头，见明兰尔公主就在她身后一千米远的地方。

砰！凤舞随手推开房间的门。

希望自己运气好，能碰到厉害的"阿飘"！凤舞在心里暗暗祈祷。

当她推开门后，发现一屋子身穿黑色铠甲、手执长刀的"阿飘"！凤舞心头大喜。这些"阿飘"一看就训练有素，实力强横，要抵挡一个明兰尔公主绰绰有余。凤舞嘿嘿一笑，取出鬼皇印章，直接往一个"阿飘"战士的脑门上盖戳。当凤舞盖第一个"阿飘"战士时，"阿飘"战士竟然抬头，茫然不解地看了凤舞一眼。当凤舞盖第二个"阿飘"战士时，这个"阿飘"战士同样也抬头用茫然不解的目光瞥了凤舞一眼，似乎觉得凤舞是……白痴？

原本准备按顺序朝他们脑门上盖章的凤舞，忽然心头一凛，意识到不对劲。她猛地站定，盯着第一个"阿飘"战士，命令他："你，打自己脑袋！"

第一个"阿飘"战士站着没动，看凤舞就像在看神经病。凤舞低头看看自己手里的鬼王令，再看看这些"阿飘"，不对啊，他们怎么不听命令？！

"你们、你们为什么不听我命令？我手里的鬼王令对你们没用吗？"凤舞茫然不解，有些苦恼地抓抓头发。

"你是猪吗？"一道幽冷的声音从第一排最中间的那位"阿飘"战士口中发出。

凤舞注意到，这个"阿飘"战士穿着将军铠甲，而其余"阿飘"却穿着战士铠甲。凤舞看着他："……"

这位"阿飘"将军看凤舞的目光就像在看白痴："可怜的人类，反正你要死了，告诉你也无妨。"

凤舞："……"

"阿飘"将军："你手里的鬼王令只能命令白衣军团，而我们是墨袍军团。"

这里还有白衣军团和墨袍军团之分？她低头看着自己手里的鬼王令。确实，另外两大鬼王还没有认可她，她这枚鬼王令对其他军团是无效的。凤舞现在尴尬了，不知道自己是不是应该退出，甚至此刻她真能退出这个房间吗？

哐当！原本被凤舞关上的厚重青铜门，被明兰尔公主一脚踹飞，直直砸到"阿飘"将军面前。"阿飘"将军大怒，这是对方对他最大的冒犯。

门框后面，是明兰尔公主愤怒而杀气腾腾的脸。不过，当明兰尔公主看到这些"阿飘"战士，明显怔在原地。她下意识地以为这些"阿飘"战士是凤舞召来的打手。

电光石火间，凤舞的反应也很快："救我！"凤舞朝明兰尔公主冲去。

明兰尔公主不知道凤舞在演哪一出，还没等她反应过来，这支墨袍"阿飘"军团瞬间将明兰尔公主包围。砰砰砰！双方立刻交战。

明兰尔公主冰雪聪明，明白凤舞是在利用她。

"凤舞，你给我站住！"明兰尔公主恨不得将凤舞抓起来。但她哪里还能捉到凤舞？一看情况不对，凤舞早就跑到让人看不见的角落去了。

明兰尔公主试图跟"阿飘"将军讲道理，无奈"阿飘"将军早就认定她是敌人，怎么可能放过她？一时间，血雾在偌大的空间弥漫开来。

他们战成一团，凤舞呢？凤舞的第一反应就是跑，离明兰尔公主越远越好，但是前面的门被明兰尔公主堵着，跑过去就是找死，而自己后面没有门，只有坚固无比的墙。好在那些"阿飘"战士前仆后继地朝明兰尔公主拥去，都忽略了她的存在。凤舞缩成一团藏在角落里，脑子快速转动着。

"大净化术！"明兰尔公主再次动用她的大招。

大净化术效果非常明显，一招下来，几十名"阿飘"战士化为齑粉消失在空气中。不过，杀伤力大的招数，灵气耗损也快，明兰尔公主用了两次大净化术后，脸色惨白，灵气只剩下五成不到。可是，"阿飘"战士还有不少，一旦明兰尔公主停下来，他们就会像蚂蚁一样蜂拥而上。

明兰尔公主只能继续用大招。

"大净化术！"

"大净化术！"

"大净化术！"

明兰尔公主每用一次，脸色就苍白一分。凤舞见明兰尔公主灵力被消耗，心中暗喜，但看着"阿飘"战士不断倒下，心里也暗暗着急。自己必须找到出路！

凤舞把注意力放在坚硬如铁的墙壁上，将灵识散发出去，忽然觉得脑壳一疼，似乎被人重重砸了一拳头。

凤舞找到了墙上的怪异之处。这一处看上去跟周围相同，手摸上去时触感也无异，但确实有问题。凤舞用力摁下去，发现自己灵力不足，摁不进去。也就是说，她知道门在这里，却因为灵力没有达到灵侯境，所以进不去。

"里面有宝贝！"彩凤鸟突然探出脑袋，对凤舞说了一句。

凤舞心中隐隐有类似的感觉，下意识地释放出土元素。

"真的是《地藏幽典》。"凤舞激动地抓住彩凤鸟，"白衣少女说《地藏幽典》在天宇殿，没想到藏在这里面，稍不注意就错过了。"凤舞看着彩凤鸟。

彩凤鸟无奈摊手，道："我身上也没有灵侯境的气啊！"说罢，凤舞和彩凤鸟齐齐望向明兰尔公主。

墨袍军团的"阿飘"将军是鬼魂，姑且不论。现场唯一能打开这扇门的，只有明兰尔公主。若是请明兰尔公主帮忙打开这门，她点头同意的概率有多大？凤舞在心里暗暗摇头，别说同意，明兰尔公主绝对会先杀了她，因此只能用技巧说服！

"你想杀我，还是为了君临渊？呵呵，可惜得很，君临渊喜欢的人是我！无论你费尽心机还是用尽手段，君临渊都不可能喜欢你！"凤舞知道明兰尔公主最在意什么，就拿她最在意的东西刺激她。

果然，凤舞此话一出，原本正在释放大净化术对付"阿飘"将军的明兰尔公主，注意力瞬间转移到凤舞身上。一记刚猛的掌力从明兰尔公主手中朝凤舞射去，蕴含着令人心悸的威压，仿佛眼下的整个空间也被震得微微颤抖。

"还敢嚣张！""阿飘"将军一挥手，一巴掌拍向明兰尔公主的肩头。明兰尔公主被拍得往后倒飞出去。

凤舞眼睁睁盯着明兰尔公主冲自己送来的那一掌，在关键时刻迅速闪开，那蕴含着灵侯境灵力的一掌，刚好重重拍在凤舞原本站立的地方！

那里有开关！在明兰尔公主的"帮助"下，那扇门缓缓朝两边移开。

明兰尔公主撞到墙上，接着滚落在地，痛得全身冷汗直冒。凤舞却兴高采烈地冲明兰尔公主挥手："多谢公主殿下帮我开门。"说完，凤舞身形一动，快速闪入门中。明兰尔公主看得目瞪口呆。

"那是灵侯境之门，只有用灵侯境的灵力才能打开。"这位"阿飘"将军明显是个啰唆鬼，见明兰尔公主愣在那儿，开始一板一眼地解释。

明兰尔公主看着自己的右手，也就是说，刚才自己非但没有打她一掌，还硬生生将她送进去了？！让她懊恼的是，里面明显传来宝物的气息……

"那里是——"明兰尔公主的心猛地一震，那股熟悉的气息……一定是《地藏幽典》！那是土元素法师梦寐以求的功法！

"啊——"明兰尔公主来不及多想，就要往大开的门里冲。

"阿飘"将军一挥手，将明兰尔公主的胳膊拽住。明兰尔公主气得大吼："你是聋子吗？刚才没听见？我和那丫头不是一伙的！她是我的敌人！"

"阿飘"将军依旧拽着明兰尔公主不撒手。明兰尔公主气得快跺脚了，那里面可有她梦寐以求的《地藏幽典》，第一篇已经被人捷足先登，第二篇她是一定要拿到手的，不然师父非杀了她不可。无论她怎么挣扎，"阿飘"将军就是不松手。

"喂！刚才那丫头冲进去拿宝物了，难道你不在意吗？"明兰尔公主挑拨道。

谁知，"阿飘"将军摇头道："反正有人会取走，是被她取走，还是被你取走，没有区别。"

明兰尔公主："那你放开我，我去将那宝物取走。"

"阿飘"将军斩钉截铁道："不行！"

明兰尔公主："为什么不行？！"

"阿飘"将军："你来跟我打。"

明兰尔公主："等我拿到东西，再跟你打可好？"

"阿飘"将军皱眉，一脸不容商量的表情："你跟我打！"

明兰尔公主："你找凤舞跟你打去，我还有事情要做！"

"阿飘"将军冷哼："不！你跟我打！"

明兰尔公主气得想甩开"阿飘"将军："我没有时间，不跟你打，你快放开我！"

好不容易，明兰尔公主终于挣脱"阿飘"将军的禁锢，几乎宛若游鱼般往门口冲，但是——

"阿飘"将军竟然拦腰将她抱住。

明兰尔公主："放开我！"

"阿飘"将军将明兰尔公主丢在地上，明兰尔公主爬起来就要往里冲。"阿飘"将军再次手疾眼快地将明兰尔公主抓回丢在地上，明兰尔公主又爬起来……如此反复几次，明兰尔公主绝望了！她灵力透支，脸色惨白，额头上布满细密的汗珠："为什么非要盯着我，为什么不盯着凤舞，为什么？为什么？！"

谁知，"阿飘"将军居然一板一眼地回答："她的实力太弱了，你的实力刚刚好！本将军一出手，她就会被拍死，有什么好打的？但你不一样。虽然你稍逊于本将军，但还算过关，所以，你来跟我打。"解释完毕后，阿飘将军就不再怜香惜玉了，将明兰尔公主拽回来，朝地上重重一摔，怒道，"再来！"

他到现在都以为自己是在跟他玩吗？！明兰尔公主气得快爆炸了。可是，"阿飘"将军实力比她强，脾气又无比固执，她一点办法都没有，只能一次次被当成沙包。

赛非落公主原本跟在明兰尔公主身后，看到她摔得这么惨，头也不回转身就走……

于是，凤舞顺利拿到了《地藏幽典》第二篇。

看着墙上那一帧帧画面，凤舞当即盘腿坐下，盯着墙上的画，一幅一幅修炼。

《地藏幽典》第四招：大地控＋眩晕！

第五招：大地控＋减速！

第六招：大地控＋定身！

凤舞越学越觉得心惊，这可是好东西！只要自己对着敌人放出大地控这一招，再加上眩晕、减速、定身等招数，同等级之下，谁还打得过她？！凤舞激动得快跳起来。一定要加紧修炼这三招，之后墙上的地藏功法会消失，到那时，就算明兰尔公主闯进来想学也学不到了！冷静，冷静，凤舞深吸一口气，凝神静气，瞬间进入忘我的境界。

一道道灵力在她体内涌动着。

第四招：大地控＋眩晕！成！

第五招：大地控＋减速！成！

第六招：大地控＋定身！成！

凤舞发出一声感叹，下意识地查看丹田。她的丹田固若金汤，不仅坚固，还比之前大了数倍有余。只不过，偌大的丹田内灵液空空。

凤舞眉头微蹙，之前白衣少女告诉她，得到神源之种后，想要快速晋升，必须做好准备。所谓的准备就是，第一点，丹田要足够大且坚固；第二点，丹田内的灵液几乎满溢。凤舞知道，现在的她最需要寻找并补充灵气。可是，偌大的墓葬群，她该去哪里寻找灵气？

"主殿宇。"彩凤鸟告诉凤舞，"在我的记忆中，这样的墓葬群，阵眼一般都被设在主殿宇，而阵眼所在之地，便是灵气最浓郁之地！"

"那就去主殿宇。"凤舞握紧拳头，"我们必须让丹田里的灵气充盈起来，不然拿到神源之种也无法进阶。更何况——"凤舞看了看自己手中的鬼王令，"白衣少女的鬼火已经点燃了，现在就差墨袍鬼王和绿巾鬼王了。"

凤舞摊开手，一张地图出现在她手中。

火凤鸟瞪着凤舞："你手里的地图哪来的？！"

凤舞得意地一笑，开口道："当然是从明兰尔公主怀里取来的啊。"

这地图出自龟背图，而龟背图则是在多宝阁的时候，凤舞让风浔抽中的。明兰尔公主到现在都不知道，自己好不容易从风浔手里骗过来的地图，已经回到凤舞手里。

凤舞展开地图，整个墓葬群的地形全出现在上面。她看的是天宇殿这一块。天宇殿一共分为九块，呈九宫格状分布，最中间的五号是主殿宇，而其余一二三四六七八九都是分殿。

"一般来说，从分殿进入主殿是不可能的事，但是——"凤舞看着地图，嘴角扬起一抹弧度，"偏偏藏着《地藏幽典》的这面墙便是进入主殿宇的入口。"

嗖嗖嗖——一道破空声从凤舞身后传来，不好，明兰尔公主来了！

"大地崩，给我破——"凤舞将身上所有的灵气都集中到墙上那一幅幅画卷上，画卷以肉眼可见的速度被毁。

当明兰尔公主终于摆脱"阿飘"将军的纠缠冲进来时，看到的就是被毁掉了三分之二的画卷。

"《地藏幽典》！"明兰尔公主看着被毁的画卷，呆怔当场，整个人处于极度愤怒的状态。她终于反应过来，死死瞪着凤舞，"你给我去死！"明兰尔公主疯狂地对凤舞出手，金色的光芒从指尖倾泻而出，天地仿佛因为这一招而躁动。

不好！

"大地控，眩晕！减速！定身！"凤舞连续使出三个大招。她的实力远不如明兰尔公主，但这三招正好能克明兰尔公主，让后者被定住了一秒钟。

一秒钟对凤舞而言已经很好，下一秒，她蹿进《地藏幽典》的壁画之内。果然，壁画后是一条长长的甬道，凤舞抱着头，一个打滚冲进去，顺着甬道快速往前奔跑。

一秒后，明兰尔公主终于反应过来，看着焚烧的壁画，气得额上青筋直跳。凤舞……凤舞！我还真是轻视了你，让你逃过一劫，以后，你再没有这样的机会了！

明兰尔公主没有急着追凤舞，而是忙着抢救壁画。当她将这些壁画抢救下来，发现每一幅画只剩下四分之一不到。别人烧画，要么从左下角开始点燃，要么从右下角开始点燃，凤舞却不这样做，她是让火焰从中间开始燃起。因此，剩下的四分之一壁画，只残留着边缘的几笔，绝大多数地方都是留白！

"凤舞！我要杀了你！"明兰尔公主整个人都要疯了。她为了救壁画而放弃去追杀凤舞，结果，这些壁画一点用都没有。《地藏幽典》被毁，她要怎么跟师父交代？明兰尔公主急得直跺脚。

忽然，她心头猛地一动，凤舞刚才对她使的招数，不就是《地藏幽典》里的吗？也就是说，凤舞已经学了这套功法？！想到这儿，明兰尔公主差点吐血。她费尽心机想要得到的《地藏幽典》，被凤舞一点苦头没吃地得到了？

明兰尔公主眸中浮现一抹阴毒的笑意："凤舞，你不是学会了《地藏幽典》吗？那就给我吐出来吧！"想到这里，明兰尔公主迅速蹿进壁画后的墙壁，这里正是通往主殿宇的道路。

此时，她发现面前是一个十字路口，现在她是该往前还是后，该往左还是右？明兰尔公主准备从怀里掏出地图来仔细辨认一下，当她的手往怀里掏去时，整个人如遭雷击！没有？不可能啊！明兰尔公主摸了自己的怀里、衣袖，甚至所有能够藏东西的地方……可是，都没有！

"我的地图呢？"明兰尔公主有点慌了。她很努力地回忆。她记得自己在怀里藏了地图，不可能把它弄丢，那么唯一的可能性是她和凤舞交手时，地图被凤舞偷走了？至此，明兰尔公主对凤舞的重视程度又升了一个等级。

凤舞跳进壁画后，按照地图所示直奔中央主殿。主殿有个很好听的名字，中央星河大殿。

凤舞徒手撕裂薄薄一层的灵气屏障，从分殿跳进中央星河大殿。

"谁？！"一道惊呼声在凤舞耳边响起。

凤舞瞪大眼睛，死死盯着眼前的人，这个人也正盯着她。

"凤舞！"

"左青贤！"

两人都在彼此眼中看到了仇恨。

"你不是死了吗？"凤舞瞪着左青贤，眼眸半眯起来。她记得很清楚，左青贤是被自己用匕首插入后颈，硬生生捅死的，可是为什么左青贤会出现在她面前？

左青贤也瞪着凤舞："你恨不得我死对吧？哈哈哈，凤舞啊凤舞，你怎么都没想到，我会有一张替死符吧！"左青贤死死地瞪着凤舞，"既然你杀不死我，那么接下来，你就给我去死吧！"说着，左青贤抽出长剑，一道道灵气瞬时萦绕在长剑周围，铺天盖地朝凤舞涌去。

凤舞懊恼极了，当时她就该将左青贤的身体一并毁了才对，如此一来，即便他有替死符，也活不过来。

轰隆隆！左青贤对凤舞恨极了，剑上淡紫色的流光汇聚成庞大的灵气，滔天巨浪一般涌动着。

"去死吧！"左青贤根本不给凤舞任何机会，直接祭出杀招。

凤舞想逃，但左青贤一开始就猜到她会这么做，于是布下一张密不透风的剑网，凤舞被网在其中，寸步难行。凤舞眉头紧紧皱起，既然逃不过，只好硬拼。

"大地控！控！"凤舞集中全部的灵力，接连不断使出《地藏幽典》的前六招。

"星陨剑法！御！"

"凤凰舞步！动！"

……

自己能不能抵御住，就看这一次了！

左青贤发出轻蔑的冷笑声："渺小如蝼蚁，也敢在我面前蹦跶？去死吧！"

凤舞眼睁睁看着那柄宛若毒蛇的长剑朝自己的咽喉而来，越来越近。三寸，两寸，一寸……凤舞无力抵抗，只能看着长剑越来越近。

"呵呵，临近死亡的感觉如何？"左青贤嘲笑地瞥了凤舞一眼。事实上，他轻敌了。如果他要杀凤舞，只需要将长剑往凤舞咽喉处一刺，凤舞立刻就会死。

就在这时，长剑从左青贤身后刺入，速度快如闪电，连左青贤自己都没有反应过来。左青贤回头，见少年面容明朗，那双眼睛黑白分明，大而闪亮。惯常爱笑的他，此刻面容紧绷，目光凝重。

"风……浔……"左青贤难以置信地瞪着风浔。他怎么都没想到风浔会杀他！他怎么都没想到风浔敢杀他！

"你——"左青贤和二皇子齐齐出声。

风浔手握紫阳剑，又猛地拔剑而出："紫阳剑还未饮血，你，左青贤，主动送人头，非常好。"风浔盯着左青贤，目光冷然，杀意不减。

紫阳剑锋利无比，左青贤胸上的伤口宛若盛开的曼陀罗。

"你为什么要杀我？"左青贤难以置信地瞪着风浔。

"这还需要解释吗？要怪就怪你要杀凤小舞。"风浔用看白痴一样的目光看着左青贤，"你知道凤小舞是谁吗？"

"谁？"

"她是我妹妹！"风浔盯着左青贤，目光冰冷。

"你不怕左家报复吗？！"左青贤捂着胸口。

风浔说得斩钉截铁："报复不报复是以后的事，但你想杀我家小舞，呵呵，我就先杀你！"

左青贤想不明白，风浔凭什么会为凤舞出生入死，甚至不惜惹怒左家！

明兰尔公主刚一出现，就看到往后倒下的左青贤："啊——"明兰尔公主似乎惊慌失措，一副被吓到的样子，"这、这是怎么回事？左、左公子，他……"明兰尔公主面上显得很害怕，眼角余光却始终在打量四周。

左青贤右手握剑，倒下去的时候满脸不甘。风浔右手握紫阳剑，剑尖正往下滴血。

明兰尔公主还有什么不明白的？分明是风浔杀了左青贤。

凤舞看到明兰尔公主，眼眸半眯起来。明兰尔公主盯着凤舞，眼眸同样半眯起来。两人犹如黑暗丛林中相遇的猎人，都对彼此端起了猎枪。

二皇子也对上了风浔。

战斗，似乎一触即发。

就在这关键的时刻，一串平稳的脚步声由远而近。当少年出现在众人面前时，战局立即发生改变。来者是君临渊！

"君老大！"看到君临渊出现，原本神色凝重、处于警戒状态的风浔，激动地朝君临渊冲去。

"君老大，我把左青贤杀了！"

就在风浔不知道该怎么处理的时候，君临渊如救世主一样出现了。

"君老大，君老大！"风浔活蹦乱跳地冲上去，对君临渊大声说，"我杀了左青贤，现在怎么办？"

君临渊身边永远跟着那位神秘的封管家。

君临渊刚一站定，封管家就不知道从哪里变出一把紫檀木太师椅，往君临渊身后一放。

君殿下落座，封管家将准备好的温热帕子递上来。君殿下接过帕子，慢条斯理地擦拭着每一根手指。他的手指骨节匀称，白皙如玉。从始至终，君临渊就没有看其他人一眼，完完全全目中无人。

雍容华贵的君殿下，旁若无人地擦完手，面无表情地将帕子丢给封管家，这才抬起如墨般深邃的眸。他环顾四周，目光从一张又一张脸上扫过。被他沉凝的鹰眸盯着，没人敢跟他对视。赛非落公主不敢，明兰尔公主不敢，甚至一直公然叫板君临渊的二皇子都承受不住这睥睨的霸道冷视。

嗜血邪佞，生人勿近，好可怕的气场！君临渊一来，大家大气都不敢出，哪里还敢说话？

"你杀了他？"君殿下倨傲如帝王，一开口，周围的空气都降至冰点。

风浔从小跟君临渊一起长大，早就习惯了他的气场，所以没有被影响。

"我本来也不想招惹这个敌人，可是左青贤太过分了，他居然想杀小舞！"风浔很生气地跟君老大告状，"如果我迟来一步，左青贤那剑就要扎进小舞的脖子了，你现在见到的就不是活蹦乱跳的凤小舞，而是倒在地上的凤小舞了！所以君老大，你说这左青贤该不该杀？！"

所有人的视线都集中在君临渊身上。大家想知道君临渊如何回答，特别是明兰尔公主，她看似不在意，但所有的注意力都集中在君临渊身上。

君临渊还没说话，跟着他进来的一个人便发出一道惊呼声："哇！"

来人是七皇子！七皇子自从进了墓葬群，一直没有跟大家在一起。后来他遇见君

481

临渊，毅然决然当了君临渊的小尾巴。他跟在君临渊身边，一直是安安静静的，直到看到凤舞："哇啊啊啊啊——"七皇子忽然从君临渊身后跳出来，指着凤舞乱叫，却一个字都说不出来，显然他太激动了。

凤舞看到七皇子，只觉得一阵头痛。什么时候遇见他不好，偏偏这时候……唉，头痛。

凤舞正苦恼的时候，七皇子却指着凤舞，对君临渊哇哇大叫："大哥！大哥！就是她！就是她啊啊啊！就是她啊！"

风浔无语地看着七皇子："什么就是她？我们家小舞怎么了？"

风浔没有反应过来，不代表聪明绝顶的君殿下没有意识到。君殿下那双深邃的眸沉了下来。七皇子并没有注意到，仍旧指着凤舞，很激动地对君临渊说："大哥！我看中的女人就是她！这辈子我非她不娶！"

在场的人，目光嗖嗖嗖都射向凤舞。

此刻，凤琥几人正在门外，听到这个超级大八卦，嗖嗖嗖地冲进来。

"什、什么？七皇子刚才在说什么？"

"他喜欢凤舞？而且非她不娶？"

"七皇子什么时候认识凤舞的，从什么时候开始他们的关系进展到这种程度了？！"

"不是说，凤舞是君殿下的暖床丫头吗？"

"不是说，君殿下在意这丫头吗？"

一时间，众人议论纷纷。

明兰尔公主眸中浮现一抹阴诡的亮光。

七皇子完全沉浸在自己的激动中，根本听不到别人的议论，一个箭步冲上去，抬手就抓着凤舞的手，单膝跪下，激动兴奋地道："我的女神大人，你愿意嫁我为妻吗？"

赛非落公主捂住嘴，不让自己尖叫出声。

可怕！

"原来凤舞和七皇子……真的是情投意合。"

这么好一个落井下石的机会，大家怎会错过？于是个个儿添油加醋地议论着。

凤舞感觉，一道灼热得几乎将她焚烧的目光落在她身上。那道目光太恐怖了，嗜血、邪佞、桀骜、凌厉！凤舞心脏剧烈紧缩，下意识地要将七皇子的手甩开。

"你你你你赶紧放开我！"

可是，七皇子好不容易才找到自己的女神，哪里舍得放开？他拽着凤舞，深情款款地表达着内心的情意："先前怪我，都怪我，如果早知道凤舞就是你，我早就去找你了，又怎会让你孤单这么久？以后我会保护你、爱护你、呵护你，不让任何人欺负你！所以凤舞姑娘，你愿意嫁给我吗？"七皇子的眸中如有闪耀的星辉，态度真诚而恳切。

这可是一国皇子当场求婚啊，若是换作其他姑娘，怕是已经高兴到疯狂了。

"我不愿意，你赶紧放开我！"凤舞恨不得将自己的手拽回来。

七皇子握得很紧，凤舞怎么收都收不回来，快急死了。

"为什么啊……"七皇子穷追不舍，眼中更是充满疑惑，"论身份，我是帝国皇子；论地位，我是君临渊最喜爱的弟弟；论身价，我有一整座王府，名下有三座城池作为封地；论忠诚，我没有丫鬟通房侍妾；论……我找遍了全世界才找到你，为什么你不要我？"七皇子越说越伤心，越说越难过。从来都是乐天派的七皇子，此时伤心得眼睛都湿润了。

凤舞惊讶。她根本什么都没有做好吗？现在弄得她多冤枉啊？！

还不等凤舞辩解，一旁的赛非落公主不经意地说了一句："我怎么听说，凤舞姑娘是君殿下的未婚妻啊？"

一时间，所有的目光都集中到赛非落公主身上。赛非落公主立马指着风浔道："这话可不是我说的，是风小王爷亲口说的，对不对？"

一时间，所有人的目光再次集中到风浔身上。风浔抓抓脑袋。现在的情况有些复杂。他还一脸蒙呢，没想到七皇子口口声声要找的女神竟然是凤舞！

"小王爷……您是在开玩笑吧？凤舞不是早就被君殿下退婚了吗？"凤琉紧张地盯着风浔。她接受不了这件事！

凤亦然道："我家五妹妹当初确实和君殿下定过亲，可后来他们退亲了，小王爷大概没说清楚这件事，以至于赛非落公主误会了？"

赛非落公主摇头，很认真地道："不是呀，风小王爷说得很清楚，当初凤舞和君殿下根本没有退婚成功。小王爷，我说得对吗？"

风浔见他们扯来扯去，顿时不耐烦地道："……是没退婚成功，凤小舞还是君老大的未婚妻，怎样，你们有意见？"

此言一出，顿时全场哗然，凤舞自己也震惊了。她瞪了风浔一眼："你不要乱说！"

风浔拍拍凤舞的肩头，很认真地告诉她这个事实："当初你们没有退婚成功。"

凤舞："退成功了！"

风浔："那么请问，你们家将当初送给君殿下的信物拿回去了吗？"

凤舞看着君临渊道："你不是说，那块墨玉不知道被你丢哪里去了吗？"

君殿下手里的信物……竟没有被退回凤族？！一时间，所有人都看着君殿下。

君临渊的目光强势而霸道，凌厉而暴戾。

在所有人期待的目光中，君殿下起身。封管家恭恭敬敬站在那儿，低垂着脑袋，心里却替君临渊着急。我的殿下，这可是很好的表现机会，你要抓住啊！

君临渊沉稳地走到凤舞面前，站在她身前，居高临下地盯着她。他神色冷峻，目

光冷漠，容颜宛若寒冰雕刻的一般，不怒自威，让人不敢直视，却有着致命的吸引力。凤舞张了张嘴。

七皇子茫然而纠结。

就在这时，君殿下瞪了凤舞一眼，留下一句话："你，让我失望了。"说完，他转身就走。那倨傲决然的姿态，冷厉淡漠的态度，让在场所有人都不敢出声。

看着自家殿下离开的身影，封管家很无奈。他家殿下，这时候就应该强势果断地表达对舞丫头的占有欲，还走什么走？这一走，不是给了七皇子机会吗？可封管家又不能出声提醒，因为他们家殿下太冷傲了，要他往东，他是绝对要往西的！

封管家抱歉地看了凤舞一眼，对她点点头，随后便追随着君临渊离开了。

君临渊一走，封管家一离开，现场就热闹了。赛非落公主是第一个反应过来的。她跟凤舞不对盘，第一个攻击凤舞："哟哟哟——某人这是往自己脸上贴金呢？非要说还没有退亲？事实上，人家君殿下可不认你这未婚妻呢！"

凤琉长长地松了一口气："我就说嘛，五年前就退婚退干净了，凤舞怎么可能到现在还是未来的太子妃呢？你们偏不信我！"

凤舞的眉头深深皱起。退婚了吗？还是没有退婚？真希望已经退婚了，否则，现在的她还要费尽心思去想怎样退婚，那就麻烦大了。

就在这时，凤舞脑子里响起叮的一声："任务七，冬猎之地，让君临渊的怒气值达到一百，已完成！"

什么？！原本想说话的凤舞，被这消息惊得差点跳起来。凤舞一直记得她在君临渊身上有个桃花十二劫的任务，只有当她完成这个任务，她家美人师父才会第二次苏醒。桃花十二劫任务，凤舞已经做到任务七，但一直卡在这儿，进展很不顺利。任务七是要君临渊的怒气值达到一百，鬼知道君临渊的怒气值要怎么才能达到一百。

凤舞试过无数次惹君临渊生气，让她崩溃的是，每次只能挑起君临渊一点点的怒气，甚至非但不生气，反而还高兴起来，让凤舞差点被气死。

现在，君临渊的怒气值达到一百了？怎么可能？！可脑海里传来的声音不会欺骗她。

任务七，冬猎之地，让君临渊的怒气值达到一百，已完成！

这到底是怎么回事？刚才也没发生什么事吧，凤舞抓抓脑袋，百思不得其解。

"叮，任务八：让君临渊正面承认你们的婚约。"凤舞脑海里传来这句话，听得她死死瞪着前方。

前方被她瞪着的正是赛非落公主，被凤舞这么威严地一瞪，赛非落公主的心一阵紧缩，整个人差点跳起来。凤舞却没有心思管赛非落公主说了什么，此刻她所有的注意力都在脑海里那句话上——

任务八：让君临渊正面承认你们的婚约。

承认你们的婚约，这句话的意思是说，她和君临渊确实保有这样的婚约？！凤舞整个人都是蒙的。

“小舞，小舞？”风浔着急地摇晃她的肩。

凤舞瞪着风浔，一副被雷劈了的表情。她愣愣地开口：“你告诉我……我和君临渊的婚约……真的没有作废吗？”

风浔很高兴地点头道：“对啊，小舞别怕，你可是未来的太子妃，那左青贤杀了便杀了，谁敢得罪你！”

“我不相信！”一旁的七皇子从震惊中回过神来，发出愤怒的叫喊，瞪着凤舞，“我不相信！”

凤舞差点翻白眼：“我和君临渊的事与你无关。”

七皇子扶住凤舞的双肩，激动而郑重地说：“大皇兄根本就不喜欢你，他喜欢的是左青鸾！小舞你放心，这婚约我帮你退！你等我！”说完，七皇子大义凛然地往外冲，要找他的大皇兄说理。

原本凤琉他们已经被风浔说服得差不多了，七皇子此话一出，大家都想起来一件事。君殿下喜欢的是天才少女左青鸾。皇家要娶的也是碧云宫那位冰清玉洁的圣女左青鸾。

“凤舞，你就不要妄想了！君殿下最多就是收你当暖床丫头，你还指望当未来的太子妃？你连给左青鸾提鞋都不配！”独孤雅莫冷笑出声。

凤舞直接翻白眼：“我又不想嫁给君临渊。”

“呵呵——”凤舞此话一出，在场的姑娘就没有一个信的。

“凤舞，你可知道，左青鸾现在是什么实力？进墓葬群之前我刚收到消息——”独孤雅莫盯着凤舞，目光狰狞阴狠，“左青鸾已经是灵侯境巅峰了！”

凤琉睁大眼睛：“灵侯境巅峰？那岂不是有绝大人那般的实力？！”

独孤雅莫冷笑道：“怕是比绝大人还要强上一些。”

凤琉：“啊……那凤舞岂不是被左大小姐远远甩在身后了？”

独孤雅莫轻蔑地瞥了凤舞一眼：“何止是被远远甩在身后，咱们这位凤舞姑娘，怕是连给青鸾提鞋都不配啊！”

“你说够了没有！”风浔冲独孤雅莫凶狠地道，“别以为我风浔不打女人，你敢再挤对小舞，我掐死你，你信不信？”

“你——”独孤雅莫瞪着风浔。

风浔冷笑道：“左青贤我都敢杀，你觉得我会不敢掐死你？”

“你——”这次独孤雅莫依旧很生气，可确实不敢再招惹风浔了。

“你这个疯子！”独孤雅莫握紧拳头，目光扫过地上的左青贤，冷哼一声，“你等着，听说青鸾快下山了，等她回来，我看你怎么跟她交代！”

“左青鸾要回来了？”一直沉默的凤桑忽然插了一句。

“嗯！”独孤雅莫骄傲道，“据我所知，青鸾已经闭关完了，正在大陆上历练，

短则数月，迟则半年，她必会抵达帝都。"

"为何？"凤桑追问，"为何半年内她必到帝都？"

"因为——"独孤雅莫看着凤桑，忽然一笑，"一个秘密。"

独孤雅莫不愿意说出来，大家虽然好奇，却也不好逼问。

独孤雅莫嘲讽地瞥了凤舞一眼："到时候，你就会知道什么叫天地之差、云泥之别、自惭形秽，哼！"

凤舞眉头深深皱起。左青鸾，她已经修炼到灵侯境巅峰了？并且半年内，她就要回来了？凤舞藏在衣袖中的手紧握成拳，一股想要变强的渴望在体内油然而生，让全身的血液几乎沸腾起来。左青鸾，她宿命的敌人，她一定要当着天下人的面，亲自将她踹进尘埃！

"小舞——"风浔有些担忧地看着凤舞，"你没事吧？"凤舞摇摇头。

"你好像很累的样子？"风浔搀扶着凤舞。

凤舞无语。和白衣少女分开后，她先和左青贤一番生死决斗，然后被绝大人追杀，再被明兰尔公主追杀，最后被复活的左青贤追杀……刚才又来了个七皇子，而君临渊不知道突然在生哪门子的气……凤舞只觉得自己倒霉透顶。

"我没事。"凤舞连说话的力气都没有，这一天下来，身心俱疲。

风浔拍拍凤舞的肩。

不远处，传来独孤雅莫和凤琉的低语声："她一定是听到青鸾要下山，害怕了。"

凤琉："能不怕吗？青鸾姐姐一来，她还算什么？"

"呵呵，且看她能嚣张到几时。"

"真希望青鸾姐姐早点回帝都。"

风浔气得想打人："如果再让我听到有人背后说小舞坏话，我这紫阳剑可不是吃素的！"

风浔将紫阳剑朝前方的人形雕塑劈去，瞬间，那些人形雕塑被劈成两半，应声朝两边倒下。

凤琉："……"

独孤雅莫："……"

她们低垂着脑袋，咬着后槽牙，不敢多说一个字。

"哼！"风浔冷笑一声，都是欺软怕硬的主。

"我们走，不要跟他们一起。"风浔拉着凤舞就要离开。

就在这时，原本敞开的殿门发出诡异的声音，所有人下意识地回头。

"不好！"风浔拉着凤舞就要冲出去，但为时已晚，刚冲到门口，门便紧紧闭上。

风浔手中的紫阳剑差点被夹住！

"怎么回事？"风浔气得用剑戳门。

"怎么会突然之间大门紧闭？有人触动了机关吗？"凤舞皱眉。

"你们快看那雕塑的脸！原先没这么笑吧？"二皇子忽然发出惊呼声。

一时间，所有人纷纷看着被风浔无意中劈成两半的雕塑。

原本闭着眼睛板着脸的严肃和尚，此刻眼尾上翘，嘴角上扬，竟笑出了一副诡异的模样。

这……

"他笑得好诡异。"

"他笑得好奸诈！"

每个人的理解都不一样，可以确定的是，这位看上去慈眉善目的老和尚……现在看着可一点都不慈祥。

"怎么回事？为什么我感觉整个空间的光线都变暗了？"

"你不是一个人！我也感觉光线昏暗了许多。"

"对了，你们有没有感觉四周的空气凉飕飕的？"

"不仅凉飕飕，而且……有一种渗透进身体的阴森寒意。"

"我的脊背有些发寒……"

"我的脚有些软……"

"天啊，这是怎么回事？我们遇到了什么？"

……

一时间，在场诸人都用谴责的目光瞪着风浔，如果不是风浔劈裂雕塑，他们怎么会被困于此地？

风浔也看不明白眼前的形势。

"小舞别怕，有我在！"风浔将胸膛拍得砰砰响，"我一定会保护好你，你放心！"

凤舞在心里长长叹了一口气。风浔……真是她宿命中的克星。

此刻，四周已经全部黑下来，伸手不见五指，谁也看不见谁的脸。风浔紧紧拽着凤舞，生怕她走丢了。凤舞："……"

"你在干什么？"凤舞发现自己腰上被套上绳子，不解地看着风浔。

风浔很是得意："为了避免你走丢啊，我用绳子系住你的腰，将你系在我的裤腰带上，怎么样？我聪不聪明？"

凤舞瞪着风浔："你——"

黑暗中，风浔的眼睛闪闪发亮，似乎在说，快夸我，快夸我。

凤舞："……幼稚。"

风浔："我是为了保护你！"

凤舞："难看死了，快解开啦。"

风浔一口否决道："那可不行，解开了，你要是在黑暗中被人杀了怎么办？到时候君老大还不杀了我？我可不能冒这么大的风险。"

凤舞："……"

其他的人都在心中暗暗冷笑。君殿下要是真如风浔说的那样在意凤舞，又怎么会丢下她独自离开？

"啊——"就在这时候，黑暗中忽然传来惊呼。

"凤琥？凤琥是你吗？你怎么了？"

"有人抓我的脚！啊啊啊啊——"凤琥爆发出尖锐的惨叫，"啊，踹不开，它在抓我的裙子，啊啊啊啊救命啊！"

凤琥附近也传来一道惨叫。

"啊——它把我的鞋子吃掉了，现在在啃我的脚丫，啊啊啊，救命！"这是独孤雅莫的声音。

一时间，惨叫声此起彼伏，现场一片惊慌失措。

凤舞的眉头蹙起，她感觉这是有人在故意吓唬他们，因为惨叫的只有女人，而没有男人。

"她们有那么惨吗？为什么没人来抓我，也没人来啃我的脚丫啊？她们是不是在演啊？"凤舞身边的风浔嘀咕了一句。

凤舞摇头："并不是。"

"嗯？"风浔不解地看着凤舞。

凤舞说："他们没有攻击你对吧？"

风浔："对啊对啊。"

凤舞："所以，如果我没有猜错，他们是专门在吓唬女孩子。"

"专门吓唬女孩子？为什么？"

凤舞无奈地挠挠脑袋："如果我没猜错，他们就是一群男'阿飘'……俗称，色鬼。"

风浔："噗——不是呀，这墓葬群里还有色鬼？以往的资料上可没有这种记录。"

凤舞抓抓脑袋，要怎么告诉风浔，这群色鬼是她之前用来对付明兰尔公主的，然后他们自己学会了这一招？唉，真是说不出口。

凤舞一挥手，一个个小火球在她手中出现，悬浮在半空。随着小火球不断上升，原本漆黑一片的大厅瞬间变得亮堂，也因此，大家能清楚看见身边的人了。

"啊——"一道凄厉的惨叫响起，是凤琥，"啊啊啊，鬼啊！鬼啊！"她身后是一只中年色鬼，正伸出黏腻的长舌，在她耳边蹭来蹭去。

"啊啊啊啊——"凤琥吓得全身颤抖，整个人蹦蹦跳跳，灵魂快出窍了。

"雕虫小技。"明兰尔公主白皙如玉的脸上浮现一抹冷笑，旋即手指一动，一把

488

黄豆出现在掌心。

"都去死吧！"

咻咻咻——

明兰尔公主将黄豆撒出去，顿时周围传来阵阵惨叫声。每颗黄豆都命中一个色鬼，而且，明兰尔公主专射他们的鼻尖。当一颗黄豆射入一只色鬼的鼻尖后，这只色鬼就定格在原地，随即化为一道青烟，消失在空气中。原来，这才是他们的命门所在！

三分钟后，所有的色鬼被明兰尔公主一人杀灭。

"哇——"独孤雅莫第一个反应过来，看着明兰尔公主，眼中充满感激之情，"明兰尔公主好厉害！如果不是你，我们这回……真的惨了。"

凤琉也终于安静下来，反应过来后，对明兰尔公主充满感激和崇拜之情。明兰尔公主回以微微的笑容，一点傲慢的架子都没有。凤琉看她如此，更喜欢她了。

"明兰尔公主怎么会知道，这些色鬼的命门在鼻尖？"

凤琉这一问，顿时，所有人的目光都集中在明兰尔公主身上。明兰尔公主抿唇一笑，看了凤舞一眼，眼中有几分隐藏不住的得意。

明兰尔公主状似无意地道："说起来，还要感谢凤舞郡主呢。"

"为什么要感谢她？"独孤雅莫和凤琉异口同声地问。

明兰尔公主状似不经意道："之前，凤舞郡主和我开玩笑，故意弄了一堆色鬼捉弄我，我被那群色鬼包围，差点就出不来了，好在最后关头，我找到了这个窍门，否则……"明兰尔公主说得轻描淡写，话中的信息量却无比惊人。

"什么？凤舞居然跟你开这种玩笑？"

"这哪里是开玩笑？她这是要害死你！"

"那些色鬼多恶心，被他们包围起来，简直……天啊！凤舞怎么这么恶毒！"

"好在明兰尔公主找到了窍门，若是当时她没能出来呢？"

"凤舞，你是存心的吧？"

"凤舞，你到底想对明兰尔公主做什么？！"

……

凤舞似笑非笑地看着明兰尔公主："那么，请问我为什么要开这种玩笑？明兰尔公主不准备说说前因后果吗？"

大家原本以为凤舞会否认，没想到她一开口就承认了。

凤琉瞪着凤舞："凤舞，你承认了！你承认自己对明兰尔公主使了坏心！你怎么能这么坏！"

独孤雅莫也指着凤舞："你这个人简直太可怕了，怎么能做出这种事？你还是不是人啊你！"

凤舞从始至终仿佛没有听见凤琉和独孤雅莫的话，只是紧紧盯着明兰尔公主。明

489

兰尔公主最擅长的便是伪装，怎么可能在众人面前暴露本性呢？她无比委屈地说："我也想问一句，凤舞郡主为何要害我？"

被明兰尔公主这般指责，凤舞顿时陷入舆论的旋涡。

置身事外的二皇子，手中摇着扇子，似笑非笑地看着眼前这一幕。好玩，好玩极了。他倒要看看，这般境况之下，凤舞会如何脱身。

明兰尔公主委屈巴巴地看着凤舞："凤舞郡主，难道就因为我夸了君殿下一句，你就要害死我吗？可是，君殿下本就卓尔不群，我夸他不是很正常吗？"

凤琉她们跟着点头，君殿下那么优秀，不夸他才是不正常吧？

明兰尔公主指着凤舞："是，风小王爷说过，您是君殿下的未婚妻，是未来的太子妃，更是未来的君武帝国皇后，本该在未来母仪天下的您，连别人夸一句君殿下都容不下？"明兰尔公主哭得梨花带雨，很是可怜。

凤琉冷笑一声，开口道："明兰尔公主，你说对了一半！"

所有人都看着凤琉。凤琉盯着凤舞，目光宛若毒蛇般冷厉："公主你是夸了君殿下一句，她却将你当成了情敌！你身份比她高贵，修为比她厉害，师门比她强大，性格更是好她百倍……你哪儿都比她好，她不嫉妒你，嫉妒谁？她害怕君殿下被你抢了，所以想害死你，这就是她对你下死手的动机！凤舞，我说得对不对？！"

凤舞的内心很是崩溃……她扪心自问，对君临渊真的真的并没有那种喜欢啊！为什么所有人都以为她对君临渊喜欢得不行呢？还以为她为了君临渊要杀明兰尔公主？

凤舞盯着凤琉："……不对。"

凤琉嗤笑一声，开口道："我就知道你会否认，可是凤舞，你是什么心思，我们所有人都知道得一清二楚！"

凤舞长叹一口气。明兰尔公主步步为营，利用凤琉为自己制造舆论压力，而她自己则扮演白莲花……这世上哪有这么好的事？

凤舞看着明兰尔公主，忽然笑了："明兰尔公主，刚才你口口声声说，你仅仅是夸了君殿下，是吗？"

明兰尔公主盯着凤舞，依旧泫然欲泣，委屈地道："是啊，我不过夸了君殿下一句，你又何必如此小题大做？"

凤舞环顾四周，凤琉、独孤雅莫、赛非落公主……个个儿都喜欢君临渊，所以——

"难道明兰尔公主不喜欢君殿下吗？"

明兰尔公主愣住，没想到凤舞居然如此直接。她这是在逼自己，是以己之矛攻己之盾！

凤琉她们的目光都集中到明兰尔公主身上。明兰尔公主咬住下唇，恨不得将凤舞一巴掌拍死。

凤舞笑眯眯地看着明兰尔公主，重复道："明兰尔公主，你一点都不喜欢君临渊吗？你就从来没有想过要拥有这个天神般的绝世少年吗？告诉我，有，还是没有？！"

面对凤舞咄咄逼人的发问，明兰尔公主握紧拳头。如果她说没有，凤舞一定会逼她起誓，那以后她就真的没有任何机会了。如果她说有，那岂不是自打嘴巴？

凤舞可不管二皇子怎么惊讶，她只是盯着明兰尔公主："明兰尔公主……你不会真的喜欢君殿下吧？"

凤琥皱眉。

"没有！"明兰尔公主一口咬定，"君殿下确实天纵之才，可天下男子又不是只有他一个，我明兰尔为何一定喜欢他？！倒是凤舞你，是不是君殿下的未婚妻还两说，就乱吃飞醋——"

明兰尔公主恨不得赶紧转移话题，凤舞却笑眯眯地看着她："你是真不喜欢君殿下，还是故意这么说的？"

"自然是真不喜欢！"

"哦？真不喜欢？那既然这样，明兰尔公主不如起个誓吧，你发誓，这辈子都不会喜欢君临渊，如果有朝一日你嫁给君临渊，你、连同整个塞纳尔草原，都将遭天打雷劈，化为灰烬。来，你对着天上的神明发誓。"

明兰尔公主愤怒地瞪着凤舞："我为什么要发誓！"

凤舞："你不是想证明自己不喜欢君临渊吗？不是指责我乱吃飞醋吗？你发了誓，我就承认我乱吃飞醋，如何？"

明兰尔公主死死瞪着凤舞，凤舞也不甘示弱地瞪回她。

一时间，气氛剑拔弩张，战斗似乎一触即发。

啪啪啪！之前被凤舞扔到半空的火球，忽然消失。原本明亮的大殿又陷入黑暗，伸手不见五指。

"怎么回事？"

"又是怎么了？"

"该不会又有什么色鬼吧？"

凤琥、独孤雅莫等处于神经紧绷的状态。

明兰尔公主反倒松了口气，这个凤舞看似柔弱，可认真起来气场也太强大了。

啪啪啪，一道鼓掌声响起，并且伴随着戏谑的笑声："不错，不错，精彩，很是精彩。"

声音仿佛在众人头顶响起，又似乎穿过每个人的耳膜，在大家的识海中回荡。

"谁？！"

"你是谁？！"

"有本事出来啊！不要装神弄鬼！"

大家的眼神充满戒备、警惕、紧张、焦虑……还有惶恐。

"哈哈哈，我是谁？"殿宇穹顶上，忽然浮现一张硕大无比的脸庞。

"啊——"大家被这突如其来的大脸吓了一跳。

明兰尔公主惊呼一声："您该不会是……传说中的墨袍鬼王陛下吧？"

"墨袍鬼王陛下？岂不是三大鬼王之一？！"凤舞握紧拳头。

"哈哈哈——你们这些年轻人个个儿都想得到神源之种，可神源之种是那么好得的吗？"穹顶上，那张大脸露出狰狞而得意的笑容。

众人都握紧拳头，仰头看着这位狂笑不止的墨袍鬼王。

"但是呢，神源之种是存在的，而你们每一个人也都有机会得到。"顿了顿，墨袍鬼王的目光从众人脸上扫过，那目光阴冷、邪气、诡异、阴鸷。

不知为何，凤舞突然有一种感觉，这位墨袍鬼王看向她时，她像是被一只强大无比的手扼住了心脏！她能明显察觉墨袍鬼王对她的戏谑和敌意。

不好！凤舞在心里暗暗嘀咕了一声。

果然，墨袍鬼王冷笑一声："想得到神源之种，不是一件容易的事，在那之前，你们需要得到三位鬼王的认可！否则，再厉害也没用！而我，就是三大鬼王之一的墨袍鬼王！你们想得到我的认可，很简单！天宇殿一共七层，这里是第一层，你们要做的就是从第一层爬到第七层。"

人群中不知道谁嘀咕了一声："从第一层爬到第七层，这不是很简单吗？"

"哈哈哈哈哈——蠢货！"墨袍鬼王冷笑连连，"等你们真正往上爬就会知道，这是不是一件简单的事！"

是吗？二皇子望向右侧，那里有一座楼梯，直通楼上。

"咯咯咯——"墨袍鬼王忽然发出诡异的冷笑，听得众人内心一阵胆战心惊，毛骨悚然。

大家下意识地望向墨袍鬼王。墨袍鬼王的目光从众人脸上一一扫过，忽然说："你们这里一共有十四个人，而那条楼梯，只容七个人通过。"

"你这话什么意思？！"风浔听出了他话中的不怀好意，当即眼眸半眯起来。

这年轻人对危险的感知还是蛮强的！墨袍鬼王看了风浔一眼，似笑非笑地道："这话的意思是，你们中会有一个人被选作队长，而队长有权力挑选他的六名队员。"

你觉得我会让你们自相残杀吗？不，我只会让你们尝到被放弃的滋味。墨袍鬼王盯着风浔，目光得意。

墨袍鬼王此话一出，在场很多人都慌了。十四选七……也就是说，这一下子就得去掉七个人？！

"那么，不被选中的七个人，会如何？"凤亦然握紧拳头，咬着牙问。他们凤族几个人，都很危险。

凤亦然的话，就是大家想问的。于是，几乎所有人都抬起头，紧张而惶恐地看着墨袍鬼王。

"不被选中会如何？哈哈哈——"墨袍鬼王似乎想起了很好玩的事，说，"不被选中的人很大概率……会死。"

会死？！在场众人眼珠子都瞪圆了。他们原本想着，就算不被选中，最多就是得不到神源之种，却没想到，居然有死亡的可能，而且是很大概率？！

"哎哟哟，你们这些小孩子急什么？本王不是说了吗？很大概率，意思就是说，也有可能死不了嘛。"

这墨袍鬼王看起来威严强势、鬼气森森，给人的感觉却有些……娘气？但是，大家都没有注意到这一点，因为死亡像阴影一样笼罩在他们头顶，好像死神随时会带走他们。

"什么叫很大概率会死？"

"为什么会死？"

"规则到底是怎样的？"

"鬼王陛下，要怎样我才能不死？"

凤亦然、凤琉、独孤雅莫等个个儿惊呼出声，大声问道。

若是换作另一位高贵冷艳的鬼王大人，这会儿肯定不耐烦了，但是眼前这位鬼王……似乎很久没有跟人说话，话还挺多的。

"规则嘛，其实很简单的。"鬼王大人像人类那般得意地道，"你们中的那位队长选出六个人，组成七人队伍，就可以顺着那楼梯一路过关斩将，登上云梯，直达终点。当然啦当然啦，所谓的过关斩将，肯定还是需要动点脑子的嘛，对不对？"鬼王大人那双邪魅的眼睛眨呀眨，看起来无比诡异。

"剩下的七个人可以选择等死，也可以组成另一支小队，这支小队我都给你们命好名啦，就叫'绝地求生小队'！"

"这绝地求生小队是干吗的呢？"凤亦然有很强的预感，他一定会被踢到绝地求生小队中。

墨袍鬼王阴诡地冷笑道："干吗？当然是挑战正选小队啊。"

挑战正选小队？

墨袍鬼王见大家脸上都是似懂非懂的表情，嫌弃极了："愚蠢的人类，不给你们看实景，你们果然一点概念都没有，蠢死了。"

说话间，却见墨袍鬼王那宽大的袖袍猛地一挥，整座天宇殿一阵晃动，众人几乎站立不住，纷纷寻找支点，撑住自己的身体。

晃动过后，众人看到眼前的一幕，神情震动。这是怎样的画面？！只见偌大的天宇殿被凭空劈成两半。如果说，将这两边分别称为正选殿和求生殿，那么除非走到顶层，否则别想通过。

大家紧张地看着墨袍鬼王。墨袍鬼王哼了一声，冷傲道："这不是很明显了？当

你们分出正选小队和绝地求生小队，正选小队走正选殿，求生小队走求生殿。"

"这两支队伍……有区别吗？"凤亦然紧张地问。

"当然有区别。"墨袍鬼王毫不掩饰，坦然地说，"什么叫正选小队？顾名思义，就是一支内定队伍，同样是从一层到七层，正选小队的难度相当于困难级，而绝地求生小队……"墨袍鬼王故意卖关子。

凤亦然急声问："那绝地求生小队呢？难度等级如何？"

墨袍鬼王笑道："绝对求生小队的难度等级，至少是地狱级。"

"凭什么？！"凤亦然顿时急了，"被放弃的小队本来实力就弱，凭什么难度还是地狱级，这不是硬要这支小队去死吗？"

"哎哟，你答对了，可惜没有奖励。"墨袍鬼王很是得意。

众人无比震惊地看着墨袍鬼王。墨袍鬼王无耻地说："为什么这支小队会被称为绝地求生小队呢？就因为这支小队面对的，是一个不可能完成的任务。"

十四选七，相当于二选一，百分之五十的可能性，被选中的概率好低。

墨袍鬼王看着众人神色慌乱的脸，笑容就没收起来过。

"那绝地求生小队的成功率……有多少？"凤亦然忐忑不安地问。

墨袍鬼王还真跟凤亦然聊上了，摸着下巴，状似思考，过了一会儿才慢吞吞地说："这么多年来……好像，绝地求生小队从没成功过呢。"

咝——在场众人都倒抽一口凉气。

"什么？！"

"从来没有成功过？！"

"这叫什么大概率死亡？分明就是全军覆没嘛！"

"也就是说，一旦没有被选入正选小队，不仅神源之种没有希望，并且……还要死，啊——"

在场很多人都慌了，怎么办？怎么办？这可怎么办啊？！

赛非落公主等人急得不得了。

"尊贵的鬼王陛下，请问正选小队的队长是谁？"明兰尔公主依旧笑容温和，似乎墨袍鬼王说的这些话，对她没有任何影响。

墨袍鬼王看着明兰尔公主，表情如天神般高高在上，不过态度似乎和缓许多："正选队长该选谁，没有明确的标准，全看本王心情，本王看谁顺眼，这正选队长就是谁。"

大家正想方设法讨好墨袍鬼王，忽然，墨袍鬼王说："刚才你这丫头以一人之力力挽狂澜，杀了我一支小墨军团，不错不错，值得嘉奖。你长得好看，性格讨喜，修为不低，医术也不差，哟，你这丫头真是个小宝贝呢。得了，这正选队长之位就给你了。"

墨袍鬼王说完，一道明亮的光束从天而降，投到明兰尔公主身上。她的额上当即多了一道亮着光的抹额，上书：正选队长。

这么快……就选出正选队长了？！一时间，所有人都看着墨袍鬼王，又转头看着明兰尔公主。

看着大家惊疑不定的神色，墨袍鬼王觉得好玩极了，哈哈狂笑道："接下来就是你们的游戏时间，孩子们，玩得开心哦。"

咻的一声，穹顶上那张硕大的脸瞬间消失不见。四周终于变得亮堂起来。在明亮的光线下，所有人的表情一览无遗。

"妹妹——"赛非落公主反应何其快，不等明兰尔公主出声，已经一个箭步冲过去，一把拉住明兰尔公主的手，难掩激动之色，"妹妹！妹妹！恭喜恭喜啊！我就知道，这所有人里你是最杰出的一个，正选队长之位非你莫属，没想到我猜对了！"赛非落公主一边握住明兰尔公主的手，一边冲她眨眼睛：我是你的亲姐姐啊，你会选我对不对？！赛非落公主很笃定，如果明兰尔公主还想保持她清纯善良的公主形象，就必须选自己！

果然，明兰尔公主略显羞涩地道："我……我怎么就成正选队长了呢？我……我什么都不懂啊。"

这一刻，大家都反应过来，明兰尔公主是正选队长。墨袍鬼王说了，选谁进入正选小队，全是这位队长说了算。

凤琉当即跨过去一步，对明兰尔公主急声说："明兰尔公主，选我选我！我一直都是站你这边的，我一定会好好表现！"

明兰尔公主还没说话，独孤雅莫也一个箭步冲上去："明兰尔公主，明兰尔公主，选我，选我啊！你要什么我都可以给你，请你一定一定要选我！"

……

一时间，在场不少人围在明兰尔公主身边，发出恳求之声。明兰尔公主很是羞涩腼腆，摆手道："这个正选队长的位子……不应该是我，我、我受之有愧啊。"

凤琉："怎么不是你呢？你是我们之中最漂亮、最可爱、最善良的女孩子。"

独孤雅莫："对啊，明兰尔公主不仅漂亮可爱善良，而且实力也是最强的，墨袍鬼王不是说了嘛，你一个人救了我们所有人啊。"

"不是的不是的……"明兰尔公主略带慌张地摆手，"不应该是我的……这个正选队长之位，我应该让出来的……"

让出来？！凤琉和独孤雅莫顿时眼前一亮："明兰尔公主想要让给谁？！"

明兰尔公主忐忑地看了凤舞一眼，苦笑道："这个位子……应该是凤舞郡主来坐才是啊。"

凤琉和独孤雅莫顿时急了。

凤舞眉头微微蹙起，得了便宜还卖乖，这位明兰尔公主好生有意思。

凤浔的眉头也深深皱起，虽然不明白自己为什么会蹙眉，但就是下意识地觉得，

明兰尔公主说的话有问题！

凤琉："明兰尔公主凭什么要让位给凤舞啊，凭什么啊？！"

明兰尔公主惴惴不安地道："……因为……因为凤舞郡主是君殿下的未婚妻，这说明君殿下认可了她，她才是本场最优秀的女孩子……不，应该说，她是全天下最优秀的女孩子……这正选队长之位，理所应当是她的。"

凤舞似笑非笑地看着明兰尔公主。这位公主厉害了，刚才自己被她喷了一通，现在她立刻就报复回来。

凤琉和独孤雅莫一个劲儿地讨好明兰尔公主："你才是最好的，你才是最棒的，只有你最适合君殿下，未来的太子妃应该是你，凤舞算什么，君殿下从始至终都没有承认她呢……"

一时间，四周都是贬低凤舞和吹捧明兰尔公主的声音。

风浔忽然一拍脑袋，终于想明白为什么他会不高兴了。明兰尔公主，原来你是这种人，亏我之前还以为你是小白兔！哼，虚伪！

风浔气势汹汹地瞪着明兰尔公主："你们说够了没有？！"

他一开口，四周顿时寂静无声。

只见他冷笑道："这正选队长之位，既然被墨袍鬼王给了你，自然就是你的，你也别矫揉造作，故意恶心我们凤小舞了！别以为你的心思我风浔看不出来！"

明兰尔公主内心咯噔了一下，不好！刚才自己做得太露骨，得意也太外露，风浔怀疑她了。她的最终目标是君临渊，要得到君临渊，必须先将风浔拿下。想到这儿，明兰尔公主苦笑一声："小王爷误会了，我真的不是这个意思，而是真心想将这个位子让给凤舞郡主……"

风浔皱眉，正要说话，明兰尔公主放软了声音，哄着风浔道："好好好，既然小王爷不高兴，那话我不说了，可好？这个正选队长虽然受之有愧，可如果我再推辞下去，小王爷都要误会了，所以——我还是坐了吧。"大家纷纷点头。

明兰尔公主一脸为难之色："可是，这六个名额确实非常难选，如果我没有选到你们……请大家千万不要怪我，这绝非我所愿。"

见明兰尔公主为难成这样，大家纷纷表示理解，继而眼巴巴地看着她。明兰尔公主苦笑道："这第一个名额毫无疑问，是我的姐姐赛非落公主，希望大家不要怪我。"

"不怪不怪。"

一共有六个名额，留出一个给自己的亲姐姐，这不是理所当然的吗？

"第二个名额……"明兰尔公主很是为难地环顾四周，目光定格在绝大人身上，"绝大人修为高深，和我又是很好的朋友，所以绝大人我是不能不选的。"

绝大人确实很厉害，大家虽然心有不甘，但也忍住了。

名额只剩下四个，凤琉她们开始急了。

明兰尔公主目光落到二皇子身上，笑道："二皇子殿下身份尊贵，修为更厉害，不知可否加入我这支正选队伍？"

一时间，所有人都看着二皇子殿下。二皇子嘴角微微上扬。其实，二皇子一直以为自己是除君临渊之外最惊才绝艳的少年，墨袍鬼王也会选他做小队长，没想到到头来被明兰尔公主捷足先登。能走上活路，谁愿意死呢？

二皇子压下心中的不满，对明兰尔公主略一点头。这便是答应了。

一时间，人群有些躁动。不过七个名额，这就已经去了四个，只剩下最珍贵的三个名额。明兰尔公主会给谁？

明兰尔公主忽然一笑，目光落到凤舞身上："凤舞姑娘，你可愿意进入我的正选小队？"

在场很多人都倒抽一口凉气。明兰尔公主这是怎么了？她为什么要选凤舞？让凤舞就这样走上绝路，无声无息死掉，不好吗？！

凤琉和独孤雅莫都用难以置信的目光看着明兰尔公主。明兰尔公主那双看似纯净的眼睛，正一眨不眨凝视着凤舞。凤舞敛眸含笑，同样注视着明兰尔公主。两人之间，似乎火花四溅。

四周的空气仿佛因为她们的气场而凝固，所有人噤声不语，看着眼前的两人。

明兰尔公主很是得意。你凤舞不是暗害我吗，不是咄咄逼人吗，现在我给你这条活路，你走是不走？若是走了，就是你不知羞耻，为苟活于世，连脸面都不要。若是不走，就是你自己选择去死，与我没有一点关系。

明兰尔公主笑靥如花。

凤舞盯着明兰尔公主，笑容越来越深。

"如果我说不呢？"凤舞慢悠悠地开口。

明兰尔公主一脸惊讶，很是诚恳地劝道："凤舞郡主，刚才墨袍鬼王说了，只有走正选小队这条路才是活路，你怎么偏偏要走死路？不行的，你——"

凤舞淡淡一笑，道："多谢明兰尔公主的好意，究竟哪条路是活路，现在还不知道呢。"

明兰尔公主状似不解地看着凤舞："什么意思？"

凤舞笑容明媚，无比自信地道："哪条路是活路，我凤舞说了算。"

此刻的凤舞衣袂翩翩，发丝轻扬，宛若女神下凡，散发出无比明亮耀眼的光芒。那是自信之光。

所有人的目光都集中到了她身上。

很好！明兰尔公主心中暗喜，面上却故作遗憾："……既然这是凤舞郡主的选择，那我自然尊重。"

凤琉和凤亦然等都在心中暗骂凤舞是傻子。哪有人放着好好的活路不走，偏走死路？

"死要面子活受罪，不过也好，这样我们才有机会。"凤琉和独孤雅莫彼此笑着道。

这话凤舞听见了，不过只当耳边风。

明兰尔公主心中暗喜，这位墨袍鬼王当真是她的福星，她可以乘机让凤舞和风浔之间产生裂痕，多好的机会啊。

明兰尔公主看着风浔，笑容诚恳地道："小王爷可愿到正选小队来？"

风小王爷怎么可能不来呢？正常人都会选活路的。更何况，这是一个一路上故意讨好她的小王爷，明兰尔公主有这个自信。

风浔的回答却像狠狠扇了明兰尔公主一巴掌。

"我为什么要到你的队伍中去？"风浔一点面子都不给，冷笑出声，"小舞到哪儿，我风浔就到哪儿！"

明兰尔公主僵在当场。凤舞拒绝，她是可以料到的，但是风浔……怎么可能拒绝？明兰尔公主脸上的笑僵在嘴角。

风浔却完全不管她的心情如何，自顾站在凤舞身边："我们这边是绝地求生小队，想来的尽管来！大家要相信，我们一定能带领你们走出天宇殿，获得最终胜利！"

众人："……"

明兰尔公主嘴角微抽。好一个风浔，这么向着凤舞！她心中暗恨，藏在衣袖中的手紧握成拳。不过，既然风浔你要找死，那就陪凤舞一起死吧，君临渊的朋友又不止你一个。

"玄小侯爷——"明兰尔公主对玄奕展颜一笑。

然而，还没等她问出口，双手环臂抱剑的玄奕看都没有看她一眼，径自走到风浔身后，成为绝地求生小队的一员。

明兰尔公主脸上的笑再次僵硬在嘴角。如果说风浔抽的是她的左脸，那玄奕抽的就是右脸了。明兰尔公主气得快疯了。君临渊这一左一右两个发小，怎的如此惹人厌烦！难道没有你们，我明兰尔就没人可用了吗？！

"七皇子……"明兰尔公主就不信没人想要活命。

七皇子从始至终都是蒙的。自从知道凤舞和君临渊关系匪浅后，七皇子就处于茫然状态，到现在还没反应过来。明兰尔公主这一喊，顿时将七皇子给喊醒了。

"啊？你说什么？"七皇子一脸不解地看着明兰尔公主。

明兰尔公主："……"又是一位君武帝国的皇子，还是君临渊的跟班，自己能讨好他自然是须尽量讨好的。

明兰尔公主笑着再次询问："七皇子可要到我们正选小队来？"

七皇子疑惑地看了明兰尔公主一眼，没有回答她，反而问："凤舞呢，我的女神凤舞也在正选小队吗？"明兰尔公主的表情顿时僵了。

凤琉为了保住一个珍贵的名额，当即道："不呢，凤舞放弃进入正选小队，她进的是绝地求生小队。"

七皇子可不管什么绝地求生不绝地求生，当即正色道："我的女神大人在哪里，我就在哪里！绝地求生小队呢？"

七皇子抬头一看，发现凤舞、风浔他们站在一起，当即屁颠儿屁颠儿跑过去，在他们队伍的末尾立正站好。

明兰尔公主的脸色一片铁青，如果仅仅是风浔一个人打她脸就算了，可是，玄奕和七皇子也接二连三地打她的脸，即便明兰尔公主再会伪装，此刻面上都有些挂不住。

二皇子瞪着七皇子，脸色同样难看。这位可是他同父同母的亲弟弟，跑去跟着君临渊、凤舞是几个意思？

"小七，过来！"二皇子冲七皇子发威道。

七皇子当即摇头："不要，不要，我就要站这里。"

二皇子咬牙切齿："你是白痴吗？那是一条死路，你知不知道？正选小队才是活路！"

七皇子一脸疑惑地道："啊？什么？"

明兰尔公主极力争取七皇子，耐心地说："刚才墨袍鬼王说了，正选小队的过关难度相当于困难级，而绝地求生小队的相当于地狱级。七皇子殿下，您身份贵重，可不能冒这样的风险，快过来这边吧。"

"原来是这样啊。"七皇子呼出一口气。

明兰尔公主点点头，露出笑容，看来，七皇子很快就要来她这边了。

然而，还没等明兰尔公主脸上的笑容完全展现，七皇子就双手叉腰，无比自信地昂着下巴，傲然道："你都不知道我女神大人多厉害！有她在，怕什么地狱级？就是死亡级，我女神大人也一样给破了！"

啪，明兰尔公主像是当众被抽了一巴掌，有些下不来台。她看着二皇子，二皇子心里也很气，恨不得将七皇子拎过去狠狠抽一顿。

明兰尔公主见二皇子对七皇子无可奈何，内心的愤怒越发难以抑制。好你个凤舞，难怪有恃无恐，原来有这么多人给你做后盾！明兰尔公主因为生气，胸口剧烈起伏。

现在正选小队里有明兰尔公主、赛非落公主、绝大人、二皇子。

凤舞的绝地求生小队里有凤舞、风浔、玄奕、七皇子。

光从实力上讲，凤舞这边未必会输。

"还剩下三个名额。"明兰尔公主环顾四周，算计什么似的半眯起眼睛。

现在剩下的人有：凤琉、凤亦然、凤桑、独孤雅莫、独孤孟溪，还有一个昏迷不醒的三公主。

这六个人，明兰尔公主一个都看不上，但是为了恶心凤舞，她笑着说："三公主一路昏迷着，不如让二皇子殿下继续带着她，至于剩下的两个名额……"明兰尔公主笑道，"凤琉，你们和凤舞郡主是亲生兄弟姐妹，自然希望跟她一起对不对？那么，独孤雅莫、独孤孟溪，你们两位就跟着我吧。"

明兰尔公主此言一出，凤琉整个人都感觉不好了，什么叫他们和凤舞是亲生兄弟姐妹，所以希望能在一起啊？她之前把话说得那么明显，明兰尔公主没看见吗？

"明兰尔公主，我——"

凤琉正要说话，独孤雅莫早已拉着独孤孟溪上前，对明兰尔公主表示感谢："我们一定会拼尽力气，帮您登上云梯。我独孤家族……对明兰尔公主表示感谢。"

"明兰尔公主，明兰尔公主——"凤琉冲上去，用力拽住明兰尔公主的手，整个人处于崩溃状态，急声道，"明兰尔公主，我也想跟你一起，我跟凤舞一点都不亲，我们都决裂了，求求你，选我啊，选我啊！"

明兰尔公主一脸为难之色："可已经没有名额了……我……我也没办法……"

"孟溪，孟溪，救我，求你救救我——"凤琉抓住独孤孟溪的手，整个人都快趴到他身上了。

独孤孟溪很是为难。凤琉是他心爱的女人，他怎么忍心……

"姐——"独孤孟溪习惯性地求助于他的姐姐。

独孤雅莫顿时怒了："独孤孟溪，你敢让出你自己的位子试试！"

独孤雅莫冰冷地瞪了独孤孟溪一眼。

独孤孟溪："……"他从来没有想过让出自己的名额，只是觉得姐姐……

独孤雅莫并不知道独孤孟溪此刻内心的想法，如果知道，她恐怕会晕过去。

独孤雅莫对凤琉道："凤琉，你爱不爱孟溪？"

"爱，爱，爱，我爱他如生命！"凤琉急声道。

独孤雅莫："既然你爱他，那为什么还要为难他？他只有一个名额，让给你的话，他自己会死。凤琉啊，既然你爱他，就请你放过他，好不好？算我求你。"

凤琉愣在当场："……"她成全独孤孟溪，谁来成全她？

一把匕首从她衣袖中闪出，哗的一声，凤琉划破了自己的手腕。

"啊！琉儿——"独孤孟溪冲过去，一把抱住凤琉，快哭出来了，"琉儿，你怎么这么傻？琉儿……"

"孟溪，我不愿意和你分开，绝地求生小队里有小王爷和小侯爷，还有七皇子，未必会输，我留在这一队没什么不可以，但是……如果我和你分开在两支队伍，我们一个赢了一个就必然会输……我只求和你同生共死，只求和你在同一支队伍，孟溪，哇——"凤琉的泪水哗哗地往下流。

凤舞看着凤琉，嘴角微微扬起。这个凤琉说话前后矛盾，也就独孤孟溪会被她骗得团团转。

果然，独孤孟溪转过头，眼泪汪汪地看着独孤雅莫："姐，姐，你成全我们好不好？你把名额让给琉儿好不好？！"独孤孟溪抱着凤琉跪在独孤雅莫面前，哭得全身颤抖，"三姐姐，求求你，你把名额让给琉儿好不好？求求你了，求求你了……"

独孤雅莫："……"

什么叫作万箭穿心，大概就是眼前这样了。凤舞替独孤雅莫心寒，她心心念念护着的亲弟弟，却为了别的女人让她去死！

"独孤孟溪，你——"独孤雅莫死死瞪着独孤孟溪，气得一句话都说不出来。

明兰尔公主看着眼前这一幕，眼睛里浮现一抹不被人察觉的寒意。她喜欢看的，就是这种人性的扭曲、道德的沦丧，真是精彩。

就在这时，地面出现一道细细的裂缝。绝大人眉头皱起，半眯着眼睛，冷声提醒："时间不多了。"

明兰尔公主点点头，对凤琉道："既然你不想跟凤舞一组，我这边肯定会接纳你，但因为名额有限……这样吧，你和独孤雅莫抽签，谁抽中了谁就过来。"

不等她们回答，明兰尔公主便看了赛非落公主一眼。这种杂事她自然不做，免得拉低身份。赛非落公主会意，背过身，很快做出长短不一的竹签，对独孤雅莫和凤琉道："你们两个来抽签吧，抽到长签的那人，可以来我们队伍。"

虽然只是一次抽签，但对她们来说，无异于生死抉择。

独孤雅莫踌躇不已，心中犹豫。

凤琉和独孤孟溪对视一眼，一个箭步上前。

"姐，我帮你抽。"独孤孟溪已经出手。

"别，我自己来——"

独孤雅莫出声的时候，独孤孟溪已经替她抽好了。

"来吧，看谁抽中了活签。"赛非落公主很是好奇。

"姐姐，这是你的签。"独孤孟溪走近独孤雅莫。

当凤琉和独孤雅莫的签放在一起的时候，谁长谁短，一目了然。

长的是凤琉，短的是独孤雅莫。

"啊——"独孤雅莫尖锐的声音几乎刺破云霄。

她难以置信地看着手中明显短了一截的签，整个人像被雷劈了一样。这不就意味着，她只能去绝地求生小队吗？

"哈哈哈，哈哈哈哈哈——"凤琉激动得差点跳起来，她抽中了，抽中了长签！

"我抽中了活签，哈哈哈——孟溪，我抽中了活签，我们能在一起了！就算死，我们也能死在一起！"

"嗯！"独孤孟溪抱着凤琉，激动得难以自已。

独孤雅莫呆呆地看着短了一截的签，那里有明显被折断的痕迹："是你！是你将我的签折断了对不对？！是你！是你动了手脚！"

501

独孤孟溪一脸茫然地道："三姐，我没有啊！"

独孤雅莫冲上去就要打独孤孟溪："我打死你个浑蛋！你为了外面的女人，要害死你亲姐姐！枉我从小到大处处护着你，你居然这样对我，你这个畜生！畜生！畜生！"

独孤孟溪却一脸坦荡地道："姐，你怎么能这样？我真没有动手脚。"

精神崩溃的独孤雅莫不会听他的解释，指着独孤孟溪破口大骂，恨不得咬他的肉、喝他的血。这对刚才还相亲相爱的姐弟，现在如同生死仇人。

赛非落公主和明兰尔公主对视一眼，都在彼此眼中看到了一抹得意之色。

凤舞看着明兰尔公主，眼睛半眯起来。这位公主如白衣少女所说，内心充满邪恶，绝对不是好对付的人。

"好了，闹什么闹，吵死了。"赛非落公主瞪了他们一眼，"最终结果已经出来，你们就不要吵了。"

"作弊！他们作弊！"独孤雅莫还不死心，撕心裂肺地喊着。

赛非落公主没好气地说："你亲眼看到他们作弊了吗？有证据吗？"

独孤雅莫："我……"

赛非落公主："没有证据就是诬蔑，独孤姑娘，你——"赛非落公主看看凤舞，忽地笑起来，"你看看，你们这边阵容还是很强的，风小王爷、玄小侯爷、七皇子殿下，一共三个灵侯境修炼者呢，比我们也不差了，说不定，你们这支绝地求生小队才是赢的那支，哈哈哈——"

独孤雅莫快哭了："怎么可能？绝地求生小队从来没有赢过！"

赛非落公主："说不定你们会成为有史以来第一支成功的绝地求生小队，这种事谁知道呢？哈哈哈哈哈——"

"明兰尔公主，明兰尔公主——"独孤雅莫还想求助明兰尔公主，可是明兰尔公主只给她一个爱莫能助的表情。

就在这时候，咔嚓咔嚓，殿宇中央，一道墙突兀地出现，随后，唰的一声冲向半空。等大家反应过来，两支队伍之间已经出现一道漆黑的墙壁，将他们彻底隔绝。四周一下子寂静。

第十八章
一场恶战

"哎呀，讨厌的人终于走了，开心开心——"风浔大笑起来。

凤舞仔细倾听对面的动静，刚才她已经试过，即便很努力，也听不见隔壁的呼吸，那边好像没有人。

风浔却不知道凤舞观察得这么仔细，仍旧开心地道："小舞小舞，那些讨厌的人都走了，只剩下我们了呢，开心不？"

凤舞无语地看着风浔："你看起来是真的一点压力都没有。"

风浔不解地看着凤舞："什么压力？"

凤舞："没有压力就好。"

"怎么会没有压力？！"独孤雅莫冲出来，指着凤舞大骂，"难道你没听墨袍鬼王说吗？这支队伍叫绝地求生小队，是被放弃的小队，我们都会死的！"

凤舞无语地看着她。

独孤雅莫一再强调道："我们会死，我们真的会死！真的真的会死！"

凤舞看都没看独孤雅莫，这个人已经被她弟弟逼得崩溃了。

风浔没好气地瞥了独孤雅莫一眼："你会不会死我不知道，但我们几个不会死。"

独孤雅莫不解地看着风浔："为什么小王爷如此自信？"

风浔理所当然道："因为我们有小舞啊！"

"凤舞？"独孤雅莫不解地看着风浔，"这话什么意思？难道凤舞还能救我们不成？"

风浔用看白痴的目光看着独孤雅莫："那是自然，你都不知道小舞有多厉害。还记得我在多宝阁抽奖的事吗？当时小舞不在，我在心里默念小舞保佑，结果你都看到了，我那个运气好得啊！"风浔无比得意，"你还记得我抽中了什么吧？"

独孤雅莫："紫阳剑，《紫阳剑谱》，《吹雪剑谱》，《替死符》……"

风浔得意地道："可不是？我仅仅在心里默念小舞保佑，运气就那么好，现在小舞活生生站在我们面前，我们还能运气不好？"说到这儿，风浔轻蔑地瞥了独孤雅莫一眼，"我们这支队伍才是必胜的，你只要坚信这点就可以了，其他的不要多想。"

独孤雅莫内心苦笑。还坚定信念呢，叫她怎么坚定？这是必输的局好吗！

独孤雅莫靠在墙上，整个人很颓废，一点求生的欲望都没有。

风浔正想说话，凤舞却对他摇头："你很闲吗？还有时间跟人聊天？难道你不知道，我们破阵闯关的时间只有对方的一半吗？"

"啊，对哦——"风浔一拍脑袋，赶紧找楼梯去了。

凤舞心里很清楚，明兰尔公主那边的楼梯是明明白白放那儿的，根本不需要找，而他们这支绝地求生小队，首先就需要到处找向上的楼梯。

这支队伍里，只有她、风浔、玄奕能派上用场，至于七皇子，他不捣乱凤舞就已经很高兴了。剩下的独孤雅莫、凤桑、凤亦然三人，凤舞直接忽略不计。

"啊！"就在这时，一道惨烈的叫声传来。

凤舞皱着眉回头一看，发现凤桑站在墙边，头顶有一柄明晃晃的刀。那是一柄薄薄的飞刀，刀片长三寸，铁片在暗淡的光线中发出寒光。

哪来的刀刃？凤舞眉头微微蹙起，心中忽然有不太好的预感。

此刻，风浔他们已经跑回来了："小舞，都找遍了，没有上去的楼梯。"

凤舞望向玄奕，一向沉默的玄奕也摇摇头。

凤舞望向七皇子。七皇子摇头道："没有，没有，完全没有，女神大人，你说会不会咱们这一层根本就没有上去的楼梯？"

凤舞还没说话，一旁的凤亦然便开口了："别找了，根本不可能找到。"

凤亦然颓然靠在墙边，脸上尽是绝望，整个人也很颓废。所有人都望向他。凤亦然苦笑道："难道你们没发现？整座天宇殿裂成两半，带楼梯的那一半被分给了正选小队，那支队伍天然有往上的天梯，而我们这边根本就什么都没有，要怎么无中生有？"

凤亦然此话一出，顿时全场寂静。原本就没有，要怎么无中生有？

"难道我们真的只有死路一条？"风浔皱眉道。

凤桑苦笑道："从被丢弃到这支小队开始，我们不就已经知道自己是死路一条了吗？"

"所以，你们就认命了？"凤舞目光淡淡地道。

独孤雅莫冷笑道："不认命又能如何？难道你真能救我们出去？"

504

风浔瞪着独孤雅莫："怎么跟小舞说话呢？"

独孤雅莫整个人呈半疯癫状态，她狂傲地盯着风小王爷道："怎么说话？命都要没了，我还管其他的干吗？"

"谁说我们就要死了？"凤舞的神色从始至终都淡定从容，平静无波。

"哈哈哈，你能带我们活着出去？不要告诉我，你还存着这样的妄念！"独孤雅莫狂笑出声。

"如果我可以带你活着走出去呢？"凤舞淡淡瞥了她一眼。

"如果你能带我活着走出去——"独孤雅莫用匕首狠狠在手腕上划出一道伤口，鲜血飞溅。

凤桑下意识地皱眉。

独孤雅莫死死盯着凤舞，凑近她耳边，压低声音，一字一顿道："如果你能带我活着走出去，那么，我独孤雅莫用自己的性命起誓，这条命以后就送给你！"

凤舞："好。"

"对了，小舞。"风浔一拍脑袋，将一样东西递给凤舞，"送你。"

那是一只小小的锦盒，看着很简陋。

"猜猜里面是什么，嘿嘿。"风浔很得意。

凤舞瞥了他一眼，道："替死符？"

"啊？"风浔像是见鬼一样，"你你你……你怎么知道的？难道你还能透过盒子看到里面的东西？"

凤舞打开一看，还真是替死符。

她笑着收起来，拍拍风浔的手臂："我帮你抽到的，怎么会不知道？"

"你帮我抽到的？你当时根本不在场吧，不过当时多亏你保佑，我那运气真的是……"

风浔的话还没说完，忽然，一把飞刀朝凤舞迎面而来，刀如寒芒，快如弩箭。

"小心！"风浔挡在凤舞面前，用两根手指夹住薄薄的飞刀。

"有人放暗器？"风浔眉头紧紧皱起。

"给我看看。"凤舞从风浔手里接过那不足三寸的飞刀，拿在手中细细摩挲。

从飞刀的材质、锋利度、飞射速度……凤舞越分析，脸色越不好。

"小舞，怎么了？"风浔下意识地感觉不对劲。

"看来，我们将面临真正的考验了，所有人准备——"凤舞冷喝一声。

"小舞？"风浔等不解地看着凤舞。

凤舞说："这飞刀不是被人射出来的，如果我没记错，应该是机关，而且这仅仅是跟我们打个招呼的程度，真正的战斗还没开始。"

"哈哈哈，哈哈哈哈哈——"狂放不羁的笑声从上空传来。

所有人下意识地望向头顶，果然，那位邪佞嗜血的墨袍鬼王正在狂妄地大笑。

"小丫头，你说得不错，这仅仅是跟你们打个小小的招呼罢了。"

"墨袍鬼王？！"众人异口同声。

墨袍鬼王盯着凤舞，目光诡异，带着操纵者的戏谑。

"现在你们有资格问一个问题，快问吧。"墨袍鬼王得意道。

"我还可不可以去正——"凤桑的话还没说完，就被凤舞捂住了嘴。如果真让凤桑问出口，那这个资格就等于作废了。

好在风浔聪明，当即问："要如何才能找到往上的阶梯？"

"哈哈哈，你这小子不错，一问就问到了点子上。"墨袍鬼王大笑，"这个问题很简单，你们打败每一层的大boss（首领），向上的阶梯会自动出现。附赠你们一个答案，隔壁的正选小队可不需要打败大boss哦，他们只要找机会冲上云梯就行，哈哈哈哈哈——"

墨袍鬼王明显是个看热闹的家伙，说完得意地离去，可苦了凤舞这些人。

"大boss是什么？"

"应该类似于守关的关主？"

"隔壁时间比我们长一倍，而且只需要借机冲上云梯就行。"

忽然，一道恐怖的破空声传来。

"不好！飞刀！"风浔惊呼一声，抬手就将凤舞拽到自己身后。

暗淡的光线中，刀光剑影，凶险极了，若是不小心被刀片刺中，后果不堪设想。

"啊——好痛！"一道惨叫声传来。

是凤桑的声音，她一定受伤了。

"啊！我被射中了！"独孤雅莫也爆发出一道惨叫。

风浔护着凤舞，将手中紫阳剑舞得密不透风，将他自己和凤舞很好地保护起来。他万分庆幸地说："小舞，真是托你的福。"

凤舞不解地看着他。风浔："我抽空修炼了两招，可是有大用的，你看，剑被我舞得密不透风，一片飞刀也进不来，嘿嘿。"

风浔很是得意，凤舞却没有那么轻松。她记得很清楚，墨袍鬼王一再强调，他们这支小队的破关时间只有正选小队的一半。如果他们在规定时间内破不了关，去不了第二层，等待他们的会是什么？死亡吗？若在墓葬群里死了，就是真的死了吧？左青羽如此，三公主亦是如此。凤舞不想死，自己还有很多很多事没有做，怎么舍得失去这条命？

等凤舞回过神来，发现风浔抵挡飞刀已经有些吃力。凤舞抬头一看，眉头当即深深皱起。如果说，一开始空中只有一百片飞刀四处飞射，那么现在至少有一万片了！那密密麻麻的飞刀凌厉无比，呼啸作响。

风浔原本还能跟她谈笑风生，现在面容紧绷，额头上渗出一层细密的汗珠。凤亦然、凤桑、独孤雅莫都躲在凤舞身后，也就是风浔身后的身后。他一个人正承受着莫大的压力。

风浔、玄奕、七皇子都使出毕生绝学，将手中长剑舞得密不透风，慢慢聚到一起。

"还承受得住吗？"被护在三角形保护圈内的凤舞，看到风浔手臂上被飞刀划出的血痕，心疼地问。

风浔苦笑道："幸好有紫阳剑，若是换成其他剑，这会儿早就废了。小舞，我最多还能支撑一分钟，再多就撑不住了。"

一分钟……凤舞眉头蹙起，大脑快速转动。

"最多一分钟？风浔，你这话是什么意思？什么叫最多一分钟？一分钟之后呢？"

"你的意思是，我们最多只能再活一分钟吗？"

"刚才凤舞不是大言不惭地说，可以带我们活着走出去吗？现在连第一关都过不去？"

风浔心中有气，这些人被他保护着，居然反过来责备他，简直岂有此理！

风浔故意侧身，咻！一片飞刀直接射向风浔的一侧。

"啊！"凤桑捂着右臂惨叫一声。

风浔冷笑连连道："我现在没嘴跟你们吵架，但你们放心，有仇我风浔一定当场就报。"

凤桑想说什么，但想到风浔的威胁，顿时敢怒不敢言，只能恨恨地咬着下唇。

风浔这一招有奇效。那成千上万的飞刀忽然轻飘飘地落于地面，静止不动。

风浔瞪大眼睛，道："所以，这些飞刀是主动认输了？我们过关了吗？"

凤舞皱眉道："它们占据上风，为何要主动认输？"

风浔歪着脑袋想了想，道："会不会是……我们撑过了一个时间点，鬼王让我们过关了？"

凤舞无语地看着风浔。

这名墨袍鬼王做事明显是情绪主导型，他想怎么玩就怎么玩，但很可惜……这支绝地求生小队不是他的宠儿，隔壁那支才是。所以，墨袍鬼王是不可能这么轻易就放过他们的。

"警惕！"凤舞盯着风浔，"如果我没猜错，这场战斗才刚刚开始。"

"哈哈哈哈哈——"一道狂笑声从穹顶传来，果然又是那位看热闹的鬼王大人。

"小丫头，眼光不错，这才仅仅是开始，哈哈哈——刚才的只是困难级别，现在我们跳到地狱难度，哈哈哈哈哈——"

凤舞皱眉，很不喜欢鬼王大人那轻慢戏谑的态度，就好像自己这边出生入死，却仅仅是他手中的玩具而已。该死的墨袍鬼王！凤舞握紧拳头，一定要找个机会，一拳砸在他鼻子上。

"我知道你们很想打死我，不是没机会的，只要你们能登上七层塔！只可惜，你们要死在第一层了，哈哈哈——"墨袍鬼王一挥手，地上那些原本静止不动的飞刀，忽然发出咔嚓咔嚓的声音。

"不好！"风浔惊呼一声，"那些飞刀黏在一起了！"风浔转头大声对凤舞说，"你看，那些散落在地的单片飞刀原本是单兵作战，现在黏在一起，变成了飞剑！"

飞剑的威力，自然比之前强大无数倍。

风浔脸色惨白，凤亦然他们更是吓得全身颤抖。

"完了完了，我们这回死定了！"

"原本以为还能挣扎一下，没想到就要死在第一层。"

"凤舞除了说大话，还能干什么？"

……

人之将死，自然什么都不管不顾，凤桑等纷纷口出恶言。

此刻的凤舞在做什么呢？她皱着眉头，陷入冥思苦想。她眼眸半眯，直视前方，一动不动，努力捕捉刚才那一闪而过的灵感。有那么短短一瞬，凤舞像是捕捉到什么，但是那灵感闪得太快，等凤舞回过神来，灵感已经消失无踪。

怦，怦，怦——剧烈的心脏跳动声在众人耳边响起。

"那是什么？"

众人循着声源望去，却见他们身后有一颗鲜红的心脏，只有婴儿的拳头般大小，跳动得坚强有力。

"这里什么时候突然多了一颗心脏？之前好像并没有吧？"

"而且你们听这心脏，跳得很有力。"

"啊，你们难道没有发现，这颗心脏在膨胀吗？"

"是的，刚才还只有婴儿拳头般大小，现在已经有成年人拳头般大小了。"

"而且它还在以肉眼可见的速度变大！"

"为什么我有很不好的预感？我觉得这心脏……会爆炸……"

……

凤舞比他们先一步想明白。

"如果我没猜错，这是计时器。"凤舞深吸一口气，"当这颗心脏爆炸，就是这一关时间耗尽之时。"

风浔："所以，如果心脏爆炸……"

凤舞："就等于我们失败。"而失败的后果……

大家看着这颗不断膨胀的心脏，瞳孔一阵紧缩。这哪里是蓬勃的生命力？分明是催他们去死的催命符啊！

地上的刀片，已经集结完毕，变成长剑。咻！一道剑风袭来，威力比之前的刀片强了何止数倍！风浔的手臂被划出一道狭长的伤口，深可见骨。

独孤雅莫一看风浔被伤成这个样子，顿时心中充满绝望。完了完了，这次是真的必死无疑。凤琉，我做鬼也不会放过你。

咻咻咻——随着威力巨大的刀片来袭，风浔身上的伤越来越多。不仅风浔受伤，玄奕和七皇子也多处受伤。独孤雅莫、凤亦然、凤桑身上也被刀片划过，鲜血染红了大片的衣衫。

凤桑嫉妒地瞪着凤舞。只有凤舞被风浔、玄奕、七皇子护在身后，因此毫发无伤。她不仅没有受伤，而且没有出一分力。

凤桑怒吼出声："凤舞，你打算被人保护到什么时候？！你不是嘴上说得很厉害吗？！还自信满满地说要带我们出去，结果呢，你就只会躲在别人身后被保护吗？简直无耻！"

独孤雅莫看了凤舞一眼，冷笑一声："凤舞不从来都是如此大言不惭的吗？难道你还指望她能操控这些刀片不成？"

凤桑和独孤雅莫你一言我一语地数落凤舞。凤舞听到独孤雅莫一句话，陷入深深的沉思。操控这些刀片……操控这些刀片……

风浔脸上有刀片划过，鲜血四溅，不过他眉头都不皱一下，转头盯着墙壁上挂着的那枚被凤舞称为计时器的心脏。此刻，这枚鲜活的心脏已经膨胀到饭碗那么大，而且上面的血管清晰可见。心脏壁变得越来越薄，仿佛下一秒就会爆炸。

这下子，风浔真的有些急了，转头去看凤舞，却发现凤舞咬着下唇，神色凝重，还在冥思苦想。小舞啊小舞……这次真的要靠你了，我们快撑不住了……

一道灵光从凤舞脑中闪过，而这　次，她也结结实实抓住了！

"我想到了！"凤舞激动地拉着风浔，"我想到办法了，风浔，快将那盒精磁玄铁给我！"

"精磁玄铁？"风浔不解地看了凤舞一眼，"你怎么知道我身上有精磁玄铁？"

精磁玄铁是风浔在多宝阁里抽奖抽到的，并不算五星级的宝贝，仅仅是四星级，当时他也不知道它有什么用，就随便揣进兜里。

凤舞："我让你抽中的，我怎么会不知道？快给我。"

风浔苦笑道："我说你保佑我，你还真信啊，凤小舞，你真是太可爱啦。"

凤舞："精磁玄铁。"

现在情况紧急，凤舞哪有时间跟风浔争论之前多宝阁里的事？

"精磁玄铁……精磁玄铁……"风浔拍着脑袋冥思苦想，"啊，这玩意儿我确实抽中了，但是太重，我又不知道有什么用，所以——"

凤舞瞪着风浔，道："不要告诉我，你把它给丢了？！"

风浔："丢了？喀喀，我记得当时随手将那东西往台桌上一放……然后，就没拿走。"

凤舞瞪着风浔，连拍死他的心都有了！

"你居然没有将精磁玄铁带过来？风浔，你是猪吗？！"凤舞快气死了，"精磁玄铁是破这个局的关键，你居然给丢了！"

风浔："啊？"

凤舞气得想咬人。

"你们说的……是这块黑乎乎的石头吗？"他们身后传来一道不确定的声音。

那是独孤雅莫。

独孤雅莫将木盒子打开，露出里面黑乎乎的石头："是这块吗？"

"就是这块。"风浔皱眉，"精磁玄铁怎么会在你手里？"

独孤雅莫："小王爷您带不动那么多宝贝，将它丢了，我也没抽到东西，于是把它捡回来了。不管是不是好东西，好歹也算没有白去一趟不是？"

凤舞看了独孤雅莫一眼，点点头："这件事记你一功。"

独孤雅莫不解地看着凤舞："……真的假的？就这黑乎乎的破石头，能破阵？凤舞你该不是在做梦吧？"

不只独孤雅莫这么说，其他人也都用怪异的目光看着凤舞。

凤舞没有多余的话，只对风浔说："再多撑一分钟，能够做到？"

"能！"风浔一抹脸上的血痕，"别说一分钟，只要你能破阵，两分钟都行！"

凤舞点点头，拿到精磁玄铁后，蹲在地上开始研究。

独孤雅莫看了凤舞一眼，苦笑着摇摇头。她还真不信精磁玄铁能破阵，这未免太荒谬了。

咔嚓，凤舞将整块精磁玄铁捏爆，黑色的颗粒出现在白色纸张上，凤舞嘴角勾起一抹弧度。

"风浔，我需要在这些飞剑当中穿行三十秒，你可有办法？"将黑色颗粒分离出来后，凤舞问。

风浔和玄奕对视一眼："紫阳剑和吹雪剑结合，能坚持二十秒。"

"二十秒……"凤舞沉吟少顷，点头道，"也可以。那就开始吧。"

很快，风浔眼前便失去了凤舞的身影。

"快，将那些飞剑都吸引过来！凤亦然，你们几个再敢躲在后面试试！"风浔朝他们怒斥，"信不信我将你们拎出来当肉盾？！"

凤亦然几个想躲也没的躲，只能从角落里磨磨蹭蹭地走出来，参与这场凶险万分的战斗。

咻咻咻——凤舞在一块空地上跑着，一会儿走S形，一会儿走B形，没人知道她在做什么。

凤亦然心中充满怨念。

咻——凤亦然中了一刀，口中发出惨叫。

咻——凤桑胸口中了一刀。

咻——独孤雅莫腿上中了一刀。

一道道破空声传来，每一刀都必然伴随着惨叫。

别说凤亦然他们了，便是七皇子胸口也中了一刀，不过好在是右胸。

这个凤舞到底在干什么！凤亦然几个心中充满怒火。

风浔也快坚持不住了，前胸后背，大腿小腿……已经被插了十几支飞刀，可他一直咬牙坚持。就在他因为失血过多，眼前阵阵眩晕，几乎看不清楚时，凤舞站在空旷的地上，对这些飞刀发出挑衅："有本事你们来杀我啊！欺负他们算什么？我才是队长好吗？来追杀我啊——"

成千上万的飞刀似乎有生命，听到凤舞的话，忽然掉转方向，朝凤舞射去，释放出凌厉的杀气。

"不好！"

"小舞！"

"女神大人！"

那么多飞刀，那么多杀伐之气，震得整个空间嗡嗡作响，凤舞会怎么样？她会被万箭穿心而死的！

"小舞！"风浔眼泪都快掉下来了，"小舞！你不能这样啊！你死了，我怎么跟君老大交代啊！呜呜呜——"

凤亦然等人目瞪口呆，凤舞居然以一人之力，将所有的飞刀都吸走了？她、她居然这样伟大？

独孤雅莫心中莫名有些愧疚。刚才自己骂凤舞骂得那么狠，骂她自私，骂她被保护，骂她……可怎么都没想到，凤舞居然会选择这么决绝的方式来保护大家。

我错了……我原本就没指望你能带我们出去，只是将气撒到你身上而已，凤舞……

"咦，你们怎么哭啦？"就在大家以为凤舞慷慨赴死而心思各异时，凤舞清丽动人的脸浮现在众人面前，笑呵呵地跟大家打招呼。

"哈？"

"凤舞？"

"你还活着？"

"你没有死吗？"

"你不是已经死了吗？"

"哇呜，小舞啊啊啊——"反应最激烈的莫过于风浔，他抱着凤舞哇哇大哭，快喘不过气来，"小舞你没有死啊，呜呜呜，你居然没死，太好了，哇哇哇啊啊啊——"

风浔激动得乱喊乱叫乱跳，哪里还有一点世家公子的稳重？

凤舞拍拍他的脑袋，一脸不解地道："为什么我要死？你们怎么都以为我死了？

我看起来是那么短命的人吗？"

"可是你刚才为了救我们，慷慨赴死了啊！"风浔眼泪都没擦干净，对凤舞控诉，"你个笨丫头，谁教你这么做的？以后再不许做这种事了，知不知道？！"

凤舞："……"她是会为救别人而慷慨赴死的人吗？她可是很惜命的好吗？

"咦，那些飞刀呢，都哪儿去了？"独孤雅莫第一个发现不对劲。

很快，其他人也都反应过来。他们都在这里磨蹭半天了，可飞刀再没有在空中乱舞，这是怎么回事？

"咦，在那儿呢，你们看墙壁上！"凤桑大声提醒。

一时间，所有人的目光都集中到那块雪白的墙壁上。亮锃锃的飞刀像是粘了墙壁上，发出嗡嗡嗡的声音，但似乎有一股无形的力量在牵扯它们。

"这……这些飞刀，怎么都贴在墙壁上了？这是怎么回事？"风浔替大家问凤舞，"小舞，该不会是你做的吧？还有，这是什么形状？看起来好怪异啊。"

凤舞笑了，那是什么形状？

"那是我骂飞刀主人的话。"凤舞双手交负在身后，得意地道。

"那两个怪异的图案，是骂人的吗？"风浔更好奇了。

凤舞的嘴角微微勾起一抹弧度。

那些飞刀一个被她摆成S形，一个被她摆成B形，在凤舞原本所在的二十一世纪的地球，这就是一个骂人的词，人人都懂，可是在这个世界……大概只有她一个人懂。

"骂什么不重要，重要的是，心里这口闷气算是出了。"凤舞长长呼出一口气。

"小舞，你是怎么做到的？"风浔不再纠结图案为何，注意力全放在凤舞是如何做到的。

"精磁玄铁啊。"凤舞理所当然道，"精磁玄铁里蕴含着相反的两道磁极，一边是吸玄铁，一边是排斥玄铁。所以，当这正负两极的磁粉混在一起时，对刀片没有作用，当正负两种磁粉分离的时候，就很容易分辨出哪边是正，哪边是负，哪边是吸铁，哪边是排斥了。运气很好的是，这里面大部分的磁石都是能吸铁的。"凤舞淡淡笑了一下，"所以，当我在墙壁上、地面上、穹顶上……尽可能多地撒上磁粉，它们就会将飞刀吸引过去，最后成了你们现在看到的样子。"

风浔："听不太懂。"

独孤雅莫也看着凤舞摇头："太深奥了，完全听不懂，你这到底是在讲什么？"

凤舞笑着拍拍独孤雅莫的肩膀："听不懂没关系，你只需要知道我们赢了就可以了。"

独孤雅莫僵硬在原地。凤舞居然拍她肩膀？凤舞……居然跟她有肢体接触……她是不是应该将凤舞推开？可是难得凤舞主动示好，自己如果推开她，岂不是很不好？独孤雅莫纠结了……

"啊，心脏！"这时候，大家终于意识到一个问题，心脏壁已经很薄，怕是再多一秒就要破裂！

"呼——"大家长长呼出一口气。

"这第一关算是有惊无险地过了吧？"凤桑下意识地问凤舞。

不知不觉中，大家已经将凤舞当成主心骨。

咔嚓咔嚓——一道云梯从天而降，落到众人面前。

凤舞嘴角微微上扬："没错，这一关我们算是有惊无险地过了。"

"哇啊啊啊——"大家脸上浮现无比激动的笑容。

独孤雅莫没有参与这份热闹，只是偷偷打量着凤舞。

"第二层，出发！"

凤舞走在队伍最前面，身后跟着风浔、玄奕、七皇子，然后是凤亦然、凤桑、独孤雅莫。独孤雅莫对凤舞的印象有所好转，但凤亦然和凤桑从始至终都没有改变过对凤舞的看法。讨厌一个人，需要理由吗？

"小舞，你觉得第二层会是什么？"风浔好奇地问。

凤舞："第一层是飞刀，飞刀属金，那么第二层可能是木属性，以此类推，往后每一关的元素大概就知道了。"

"扑哧——"凤桑忽地笑出声。

风浔皱眉道："你笑什么？"

凤桑掩唇笑道："我笑有的人什么都不懂，全靠猜，说得好像完全确定了一样，简直是……让人佩服得不得了呢。"

风浔皱眉。凤桑这话听得他很不舒服。

不过，没等风浔说话，他们已经来到第二层。直到进入第二层，他们才明白墨袍鬼王口中的一层一世界是怎么回事。

第二层放眼望去，满目苍翠，让人心旷神怡。地上是碧绿的草丛，而最引人注目的是那棵树。那是一棵怎样的树？十人合抱都抱不住的树干，枝干分叉，无限延伸。

凤舞目测，光是枝丫的横向长度就近千米。至于高度，更是千丈之上，高耸入云。四周除了草地和这棵树外，什么都没有。鸟语花香？蝉虫地鸣？飞禽走兽？全都不见踪影。

"好浓郁的木元素属性。"风浔从那棵庞大无比的古树上收回目光，慢悠悠地瞥了凤桑一眼。

就在前一秒，凤桑的话还历历在目，现在二层呈现的世界，却结结实实打了凤桑的脸。这不是木元素又是什么？

凤桑："……"

风浔歪着脑袋，还是想不明白这一关到底要做什么。

怦，怦，怦——熟悉的声音响起。风浔的心脏猛地一抽。他下意识地瞪大眼睛，

513

寻找传出声音的地方。

"在那里！"独孤雅莫第一个找到声源地。

巨大古树的一条枝干下方，挂着一颗鲜活的心脏。心脏初看很小，宛若婴儿的拳头。在场的人都倒抽了一口凉气，眼看那颗心脏剧烈跳动着，以肉眼可见的速度膨胀，风浔的脸色瞬间变得非常难看，下意识地问凤舞："小舞，你看出端倪来了吗？这一关我们要做什么？"

就这样一棵巨大的古树，一地的草坪……没有题目，怎么答题？大家都是蒙的。别说风浔，便是凤舞自己也很蒙。凤舞皱眉，实话实说："不知道。"

顿时，大家的脸色都有些发白，如果连凤舞都不知道……

"你怎么能不知道呢？！"独孤雅莫瞪着凤舞。

凤舞不解地看着独孤雅莫："为什么我一定会知道？"

独孤雅莫："你不是我们的队长吗？队长不是无所不能的吗？就算不知道……难道你就不能骗骗我们吗？"

凤舞用看白痴一样的目光看着独孤雅莫："抱歉，我的年纪比你们所有人都小，我不负责宠你们。"独孤雅莫顿时被噎住，僵硬当场。

直到这一刻，大家才终于意识到一个问题，确实凤舞的年纪最小，而且这中间，她的修为还废了五年。

一时间，所有人沉默了。四周的空气一度压抑得人透不过气，近乎凝滞。那颗扰人心绪的心脏不以人的意志为转移，发出怦怦怦的声音。

"哈哈哈——"一道熟悉的诡异笑声浮现在众人脑海。

"墨袍鬼王！"

原本大家对墨袍鬼王敬而远之，但现在听到这声音，竟然莫名觉得亲近。

瓦蓝色的半空，那张庞大无比的脸浮现在众人面前。

"愚蠢的年轻人，如果我不告诉你们，你们就只能干耗，等待着心脏爆炸，然后你们所有人……哈哈哈，都会被埋葬，尸骨无存，哈哈哈，这画面竟让人无比期待。"

大家的目光瞬间黯淡，鬼王喜怒无常，阴晴不定，他会做出什么事，还真没人能想到。而且，这位的气场太强大，放声狂笑的时候，四周的空气发出扭曲撕裂的声音，众人只觉耳膜刺痛、气血翻涌。

"你不会。"凤舞勇敢地站出来。

原本放声狂笑的鬼王，用阴诡暴戾的目光盯着凤舞，眼神凌厉，深不见底。

一时间，四周寂静无声。

风浔替凤舞捏了一把冷汗。这里是墨袍鬼王的地盘，生杀予夺由他掌控，凤舞这样说话，太过冒险。

果然，墨袍鬼王的注意力落到凤舞身上。

"你说什么？"墨袍鬼王眼眸半眯起来，周围的气压被压得很低。

凤舞淡淡一笑，道："我说，你不会。"

咻！一道黑影掠过，等众人仔细看时，却发现凤舞已经被墨袍鬼王拽去了。可怜的凤舞被墨袍鬼王拎在半空，鬼王那只强大的手正扼住她的脖子。

死亡，有可能在下一秒来临！

"小舞！"风浔被吓了一跳，瞳孔紧缩，心脏快速跳动。

风浔、玄奕还有七皇子，握紧了手中剑，仿佛下一刻就要冲上去。背对着他们的凤舞却比了一个暂停的手势。风浔咬了咬牙，阻止大家："且先等等！"

墨袍鬼王根本没有将风浔放在眼里，他用那双森冷的眸子盯着凤舞，一字一顿地道："为何？"

凤舞："因为您不是一个墨守成规之人，你生性好玩，最喜看戏，与其说您期待正选小队会赢，倒不如说，您只是习惯性地认为他们会赢罢了。"不等墨袍鬼王发话，凤舞又快速说道，"可是，这种看前面就知道后面剧情的剧本，很有意思吗？这么多年下来，鬼王大人难道没有看腻吗？"

墨袍鬼王原本想随手扭断凤舞那纤细白皙的颈项，但是听她这么一说，手微微顿住。

凤舞加快语速，如倒豆子般道："绝地求生，顾名思义就是在绝境中求生存，打一场荣耀之战，将不可能变成可能，将不成功变成成功，这样的剧本，鬼王陛下这么多年还从未见过吧？"凤舞双目一眨不眨地盯着墨袍鬼王，她赌的就是他好看戏的性情！

四周一片寂静……

风浔等紧张地盯着墨袍鬼王的手，时刻担心墨袍鬼王捏死凤舞，而凤舞则盯着墨袍鬼王。

墨袍鬼王眉头紧锁。凤舞的心猛地揪起来。

"哈哈哈，哈哈哈哈哈——"墨袍鬼王忽然爆发出一阵狂笑。

凤舞的心终于放下了一半，她大约赌对了。果然，原本掐着她咽喉的墨袍鬼王，抬手拍拍她纤弱的肩膀，笑声连连："小丫头，没想到你还有说故事的天赋，不错不错。原本想捏死你的，你知道为什么吗？"墨袍鬼王盯着凤舞。

凤舞："……因为我和白衣少女认识。"

墨袍鬼王又深深盯了凤舞一眼；"没错，因为你得到了她的认可，所以本王天然讨厌你！"他继续哈哈大笑，将凤舞纤细的手臂拍得砰砰响，"哈哈哈，不过你这丫头确实有点意思，难怪她对你另眼相待。不错不错，你说的话，本王觉得可以一试。"墨袍鬼王的目光此刻多了一抹欣赏，盯着凤舞，他慢悠悠地说，"这第二关的题目很简单，从一百万片四叶花中，找出一朵三叶花——"墨袍鬼王指着树下那颗碗口般大小的心脏，"在它爆炸之前。如果你能找到，下一关，本王依旧告诉你

题目。"

　　说着，墨袍鬼王像揉女儿的脑袋一般，用力揉揉凤舞头顶的发丝，旋即消失不见。

　　"墨袍鬼王……就这样放过凤舞了？"

　　"墨袍鬼王……就这样告诉凤舞题目了？"

　　"墨袍鬼王……离开的时候还揉了凤舞的脑袋？"

　　凤亦然、凤桑还有独孤雅莫你看看我，我看看你，一时间说不出话来。

　　凤浔终于反应过来，看着从半空飘的凤舞，激动地一把拽住她的手："小舞小舞，墨袍鬼王是不是在帮我们？！"

　　凤舞却没这么乐观，摇头道："如果我没猜错，没有任务提示，这应该是死亡级难度，而地狱级难度，应该会有任务提示。"

　　凤浔瞪大眼睛，很生气："你的意思是说，之前墨袍鬼王在坑我们？"

　　凤舞摊手："就算他真的坑我们，你有办法吗？"

　　凤浔："……"

　　这里是墨袍鬼王的地盘，一切都是他说了算，凤浔还真一点办法都没有。

　　"好在，现在的他至少站在中立的位置，给了我们机会。"凤舞认真地道。

　　独孤雅莫："哪里公平了？我们还是地狱级难度，还是时间少一半啊……"

　　凤舞淡淡一笑，道："便是地狱级难度，便是时间少一半，我们也可以完成。"

　　独孤雅莫却不信："从一百万朵四叶花里，找出一朵三叶花，请问怎么找？"

　　独孤雅莫这话一出，大家都沉默了。是啊，一百万分之一，要怎么找？

　　凤浔皱眉道："不管怎样，我们都得找！还愣着干什么，找啊！"

　　凤浔见凤舞摸着下巴陷入思考，当即吩咐下去："我负责东边，玄奕负责西边，七皇子从南边找，至于北边，凤亦然你们三个好好找！"

　　凤浔的话还是很有分量的，大家见凤舞没有反对，于是纷纷开始寻找。

　　凤舞摸着下巴，陷入深深的沉思："要在一刻钟内找到，这难度……"

　　三分钟后，第一个放弃的是凤亦然。凤亦然跑到凤舞面前，死死盯着她，坚定摇头："不可能，我做不到。"

　　"心脏会在十二分钟后爆炸。"凤舞淡淡地说。

　　凤亦然一听，更加绝望。

　　"就是说，我最多只能查看数千朵花，一万朵是绝对检查不过来的！"凤亦然烦躁得双手插进了头发里，歇斯底里地吼着，"怎么办？现在要怎么办？"

　　凤桑看到凤亦然放弃，便也放弃似的快步跑过来。她盯着凤舞，无比认真地道："做不到的，我们必须想其他办法，不然一定会被炸死！"

　　忽然，凤亦然抬头，目光熠熠生辉，看得人心里发毛。

　　"小舞！"凤亦然拽住凤舞的手，"小舞，墨袍鬼王不是很欣赏你吗？他夸过你，对不对？他还揉你脑袋呢，那态度多亲昵啊，对不对？"

"凤亦然，你什么意思？！"

风浔看到这边吵闹，当即放下手里的活快速赶来，一把将凤亦然推开。

凤亦然理所当然地道："我只是在求小舞！既然鬼王陛下对小舞印象那么好，那么，让她去求鬼王陛下，鬼王陛下一定会放过我们，对不对？对不对？"

凤亦然像是抓住救命稻草，激动得全身颤抖。

"神经病！"风浔气得一脚将凤亦然踹飞。

凤亦然倒飞出去，很快跌跌撞撞地回来，冲着风浔嘶吼："这根本是不可能完成的任务，那不然你给出办法啊！我们都会死的！我们全部人，都会死！"凤亦然指着凤舞，"既然她能做，为什么不去做？！"

"你是白痴吗？！"风浔气得又一脚踹向凤亦然，"她要怎么做？"

凤亦然："鬼王陛下明显对她有兴趣，只要她……"

风浔差点被气坏，这人还是凤舞的哥哥，居然说出这种话？

"你给我去死！"风浔对着凤亦然一阵拳打脚踢。

"啊，饶了我……饶了我……"凤亦然被揍得口喷鲜血。

"大哥，大哥你怎么样？"凤桑急了，扑上去挡在哥哥面前。

凤舞皱眉，对风浔说："这个人留着还有用，别杀了。你现在立刻去检查那些花，能检查多少是多少，剩下的我来想办法。"

"哼！"风浔狠狠踹了凤亦然一脚，"先留着你一条狗命！"

想到这儿，风浔快速跑走。

第十九章

伏脉千里

　　时间一分一秒地过去，可是，大家的进度实在太慢……风浔时不时回头看凤舞，只剩下最后三分钟，小舞还支着手，在大树底下走来走去……她，真的能想出办法吗？

　　很快，时间只剩最后一分钟。怎么办？这三个字明晃晃挂在每个人脸上。

　　"小舞……"大家已经搜寻不下去，人也是晕乎乎的。

　　"心脏快要爆炸了。"

　　"难道我们这次真的要死了？"

　　大家眼中露出颓然之色。

　　七皇子心存侥幸："心脏爆炸……我们不一定会死吧？说不定……只是鬼王吓唬我们呢？"

　　"哈哈哈——"就在这时，那张大家熟悉的人脸再次浮现在半空。

　　"吓唬你们？你们还真会搞笑。"墨袍鬼王冷笑不断，"你们就睁大眼睛好好看看，什么叫爆炸冲击波吧——"说罢，墨袍鬼王一挥手，瞬间一道白光闪过，眼看心脏就要爆炸。

　　大家的脸都白了。

　　"慢！"关键时刻，凤舞站出来喊停，"还有最后一分钟，我们还没有失败，所以，请先暂停！"凤舞目光严肃地盯着墨袍鬼王。

　　"既然对您来说这是一场游戏，那么，请您尊重您制定的游戏规则。"凤舞目光冷然，一眨不眨地盯着墨袍鬼王。

墨袍鬼王冷冰冰地盯着凤舞："你在威胁我？"

凤舞："不，我只是在提醒您。"

墨袍鬼王恶狠狠瞪着凤舞。

凤舞："眼下又过去了二十秒，如果鬼王陛下是用这种方式拖延，从而让隔壁正选小队赢，那我无话可说。"

虽然墨袍鬼王气场强大，实力更是深不可测，可是凤舞不惧。她的黑眸从始至终清亮幽深，坚定有力。

墨袍鬼王被凤舞将了一军，冷笑道："好，最后四十秒，看你们如何逆袭，反败为胜！"

如何成功逆袭？风浔一群人都看着凤舞。

风浔苦笑，就算争取到了最后四十秒又如何？四十秒能干什么？该失败不还是要失败吗？

凤舞嘴角勾起一抹弧度，就在刚刚，她想到了一个妙招！

"我知道如何辨别四叶花还是三叶花，不多，我只要三十秒就够了。"凤舞对墨袍鬼王淡淡一笑，旋即走到庞大无比的古树前。

三十秒？不仅墨袍鬼王不相信，其余人也不相信。

凤舞径直走到古树前，白皙如玉的手掌贴在树干上。

"她是在用灵识查探吗？"独孤雅莫皱眉，"这办法我试过，没有用啊。"

风浔点头。确实，他也用灵识扫视过，可是效率并不高，如果凤舞想在三十秒内完成对这么多花的辨别，是不可能的。

"她就是在吹牛！"凤桑冷哼一声，"都最后三十秒了，还在吹牛！她这个人怎么这么爱吹？"

风浔瞪着凤桑，道："闭嘴！小舞会成功的！"

凤桑不甘示弱地道："那么，请问她如何完成？靠灵识辨别吗？"

风浔顿时被噎住了："……"

墨袍鬼王瞥了凤桑一眼，得意地道："那时候你们就会变成'阿飘'。"

"啊！我不要我不要！我不要变成'阿飘'！"

胆小的凤桑和独孤雅莫瑟瑟发抖，哭泣不绝。

"我不要失去肉体……"

"我不要活在这暗无天日的地方……"

"我不要……"

可是，如果失败，这就是他们的结局。风浔握紧拳头，紧紧盯着凤舞的背影，这是他们最后的希望。

风浔："小舞，你可以的！你一定可以！"

七皇子眼巴巴地看着凤舞："女神大人！你一定会带领我们出去的，对不对？你

这么聪明，除了大哥，你是我见过最聪明的人了！"

就连玄奕此刻也凝神屏息，一眨不眨地盯着凤舞。

二十秒。

十秒。

……

心脏不断膨胀着，一次又一次剧烈跳动。

眼看心脏壁薄得近乎透明，凤桑也好，独孤雅莫也罢，都抱着身子蹲下去，呜咽地哭着。

会死的，会死的，会死的……

不想死，不想死，不想死……

独孤雅莫："如果能安然度过这一次，我……我以后一定不会为难凤舞。"

凤桑："如果能安然度过这一次，我一定……好好修炼，不怕任何苦难，一定要好好修炼！"

八秒、七秒、六秒。

这时候，连风浔的心都开始抖了。

五秒、四秒、三秒。

七皇子绝望了，口中喃喃自语："来不及了吗？我们真的要死了吗？"

忽然，凤舞身形一动，整个人宛若灵活的狸猫，蹿进古树里。

"凤舞呢？"

"她怎么突然不见了？"

"她跑哪儿去了？"

"哈哈哈，要爆炸了，最后三秒，三、二——"

墨袍鬼王脸上浮现一抹戏谑的冷笑，就在他即将宣布心脏爆炸时，就在所有人都陷入深深的绝望时，一身红裙的凤舞从天而降，翩然落地，右手心躺着一朵淡粉色的三叶花，摇曳生姿，翩然如精灵。

墨袍鬼王的声音戛然而止，像是被人狠狠抽了一巴掌，僵立当场。

"就是这朵三叶花？"凤舞站在墨袍鬼王面前，笑容依旧。

墨袍鬼王："……你找到了？"

凤舞点头道："如果这就是您要的三叶花。"看墨袍鬼王那震惊的神色，凤舞就知道，自己一定找对了。

"是它。"墨袍鬼王自凤舞手中接过三叶花，端详三秒，转而盯着凤舞，眼睛半眯起来，"你是如何做到的？"

不仅墨袍鬼王好奇，其他人也同样好奇。

"对啊，小舞，你是怎么做到的？"风浔惊喜万分。

凤桑和独孤雅莫相拥而泣，闻言转过头，竖起耳朵听着。

凤舞淡淡一笑，开口道："不就是用灵识识别吗？"

"不对！"凤桑反对道，"我们又不是没有用灵识识别过，但事实证明，灵识识别没有那么快，也没有那么全，加上灵识很快就会透支，这个法子是不可能的。"

凤舞笑："你们忘了我的职业吗？"

"什么职业？"

"炼药师啊。"凤舞摊手，笑道，"炼药师本就擅长和植物精灵沟通，我不仅用灵识识别，还用灵识诊断。"

"诊断？"大家震惊地瞪着凤舞。

凤舞淡淡一笑，道："就是诊断，既然四叶花是正常的花，那么唯一的那朵三叶花是不是产生过异变？既然是异变，就不是无迹可寻的，于是我就找出了一块病变区域。"凤舞指着东北方向的枝干，"病变发生在那条枝干上，那么，其他所有的区域都可以排除。"

还可以这样？！这样的切入点，他们还真的没想过！

别说独孤雅莫和风浔等人，便是墨袍鬼王都是第一次听说这样的切入点，感觉耳目一新，睁大眼睛认真看着凤舞。

凤舞神色依旧："确定了这条枝干，就可以排除其余区域，所以，我把所有的注意力都放在这里。

"但是这条枝干太长了，若是从头到尾扫描一遍，时间上肯定来不及。"

凤舞淡淡一笑，道："我和草木精灵沟通了，它告诉我三叶花的位置，我帮它治疗病变。"

"你能跟草木精灵沟通？"墨袍鬼王惊奇地看着凤舞。

凤舞笑道："那是自然。"

所有人都惊讶地看着凤舞，凤舞却没有过多言语。

事实上，她的识海里有一张底牌，那就是桃花小精灵。桃花小精灵给她发布十二桃花劫的任务，最近因为任务难度越来越高，桃花小精灵怕被凤舞责骂，便躲藏起来了。凤舞平时也不管她，刚才才随手将她拎了出来。

凤舞笑眯眯地看着墨袍鬼王："这一关，我可算过了？"

墨袍鬼王盯着凤舞，目光犀利而幽冷。他以为这小丫头说要带领绝地求生小队赢得胜利只是随口说说，没想到这丫头居然连过两关，而且每一次都让人侧目。这样的小丫头，确实让人惊喜。

"你真想赢？"墨袍鬼王盯着凤舞。

凤舞也目光幽冷地盯着他。

墨袍鬼王的眼眸半眯起来，他还从没见过有人在他面前如此坦然自若，这丫头……

"这份从容淡定，正选小队那丫头都不如你。"墨袍鬼王忽地笑起来，"有意

521

思，真有意思。"

"我想活着。"凤舞认认真真地说。

"好。"墨袍鬼王盯着凤舞，能清晰感觉到这丫头散发出来的勃勃生机，还有那强大的求生欲。

他望向远方，似乎陷入深深的缅怀之中："当年，我要是有如此强烈的求生欲，又何至于……也罢！"墨袍鬼王瞥了凤舞一眼，"你们去吧，只要过了第三关，我就告诉你一个秘密。"说完，墨袍鬼王的脸渐渐在众人眼前消失，与此同时，一架云梯落地。

"哇！云梯——"

"我们这是通过第二层了吗？太棒了！"

"我们活下来了，呜呜，幸好有凤舞！"

风浔瞪了凤桑和独孤雅莫一眼："都跟你们说了，有小舞在，一定有办法，现在你们服气了吧？"

凤桑："……我又没说她不行。"

独孤雅莫："就是，我们只是担心……"

凤桑和独孤雅莫对视一眼，凤舞两次力挽狂澜，以后确实不能再质疑她了。

"走走走，大家去第三层，哈哈哈，只要能一口气通到第七层，我们的性命就保住啦。"风浔很是开心。

凤舞正想随手将那朵三叶花扔了。

"喂喂喂，你在做什么？！"桃花小精灵盯着凤舞，没好气地说，"这可是好东西，你怎么能丢了呢？！"

凤舞疑惑地看着桃花小精灵："这不是一株变异的花吗？"

桃花小精灵："那你说异火好不好？"

凤舞："当然好了。"

桃花小精灵："那变异的花好不好呢？"

凤舞："……难道也是好的？"

"你知道那古树是用什么传承后代的吗？"

"什么？"

"它没有种子，靠的就是花！"

"那上百万朵花——"

桃花小精灵无语地看着凤舞："只有这朵三叶变异花才是种子，其余的都是普通的花。这一点连那位墨袍鬼王都不知道，你赶紧将它种进空间，免得它死掉了。"

凤舞："可是种下它，有好处吗？"

桃花小精灵用看神经病的目光看着凤舞。

凤舞："干吗这么看着我？"

桃花小精灵："你还想不想要你家美人师父复活了？"

凤舞："当然想啊，我做梦都想！如果我的性命可以换回美人师父的性命，我一定义不容辞！"

桃花小精灵："那你可知，这古树有什么特点？"

凤舞："特点？这类树种在大陆上几乎灭绝，仔细想来，《大陆奇闻录》里有过只言片语的记载，对了！"凤舞眼眸忽然一亮，"延年益寿！我记起来了，古树有太乙木之灵，有延年益寿的功效！"

桃花小精灵点头："没错，就是延年益寿。你家美人师父常年昏迷不醒，身体虚弱，若是有古树为他源源不断地提供太乙木之灵……"

"种！现在就种！"凤舞激动坏了。只要是对美人师父有好处的，她拼了命都想去夺回来。

一直没有出声的彩凤鸟也难掩激动："我之前一直不知道大陆会有这种古树，这次当真是踏破铁鞋无觅处，得来全不费工夫了！"

就在这时，踏上云梯的风浔回过头来看着凤舞："小舞，快走呀，我们时间不多了。"

"好的！我马上来！"凤舞对风浔摆摆手，旋即问桃花小精灵，"把这三叶花种下去就可以了吗？"

"怎么可能？！"桃花小精灵没好气地瞥了凤舞一眼，"种植条件可苛刻啦，不然别人怎么会将它称为最后的续命之章呢？"

凤舞："那要什么条件？"

"要水龙珠、火龙珠为其筑基，由大地之精源源不断提供能量。有太乙木之灵的支撑，下次你家美人师父苏醒后，待的时间就会比之前长很多……"

"干！"凤舞握紧拳头，"必须干！"

"可是水龙珠、火龙珠，还有大地之精，又都是什么东西？"凤舞不解。

"若是在别处我还不知道，但这里既然属木，上面的几层恐怕会有水龙珠、火龙珠，还有大地之精。"

彩凤鸟激动地看着凤舞："后面几关你一定要过，而且要得到这几样东西！"

凤舞："好！如果没有，我就逼墨袍鬼王将这些东西给我吐出来。"

只要一想到美人师父能长久保持清醒状态，只要美人师父能陪伴在她左右，凤舞就不惧任何事！

"小舞？小舞——"风浔急了，一个劲地喊她。

凤舞："来啦——"

第三层。

场景一转，所有人都觉得眼前一阵眩晕，等回过神，发现自己置身于一处长滩。

瓦蓝色的天空，湛蓝色的海水。一望无际的海岸线，椰香阵阵。

凤舞瞪大眼睛，这分明就是海滩，该不会她是来度假了吧？如果海岸再多几张躺椅，多几柄遮阳伞，还真跟度假没区别了。

"我们被传送到海岸来了？"独孤雅莫一脸惊奇地道。

凤桑看着凤舞道："之前你说这是按照金木水火土排序的，前面两层分别是金和木，现在是水……还真是被你说中了啊！"

"这一关，我们要做什么？"风浔好奇地左看看右看看。

吼！一道恐怖的怒吼声从大海传来，海岸上的人都吓了一跳。

数百米长的海龙突兀地横在所有人面前，居高临下，那双眸子犀利幽冷，不带一丝感情，让四周的温度降至冰点。

一道人影从天而降，落在海龙身上。

等大家看清楚这张脸，顿时松了一口气。

"墨袍鬼王来了！"

"小丫头，你还真敢来这个世界啊，我敢打赌，这个小世界内，你输定了！"墨袍鬼王和凤舞是吵出来的交情。

一开始，墨袍鬼王对凤舞是冷漠不屑甚至颇含敌意的，他知道凤舞是白衣少女的人，可是经过前面两关，墨袍鬼王对凤舞的印象发生了明显的转变，就连他自己都没发现，他出现的频率越来越高了。

"不，我会赢。"凤舞从始至终都自信满满。

"哈哈哈，本王就喜欢你这样的，很好！"墨袍鬼王说，"第三层的任务很简单，你们看到这小家伙没？"

墨袍鬼王指着数百米长的大海龙。

"这小家伙不方便杀生，可胃口又好，怎么办呢？"墨袍鬼王笑眯眯地看着他们，"今天就用你们来喂它吧。"

凤舞："怎么才算喂饱？"

墨袍鬼王笑眯眯地看着凤舞："当然是直到它不想吃为止啊。"

凤舞："多少时间之内？"

墨袍鬼王："跟之前的小世界一样啊。"

凤舞；"……它什么都吃，是吧？"

墨袍鬼王摸着下巴笑道："那可不是，说起来，我家这小龙龙最是挑嘴了，对不对？"

墨袍鬼王拍拍海龙的脑袋。

海龙蹭了蹭墨袍鬼王，似乎在撒娇。

凤舞："……它爱吃什么？"

墨袍鬼王指着眼前一望无际的大海："海产品基本都能吃，只不过那些带壳的，你们得去了壳再喂它吃哦，这小家伙最近胃不好，吃不得任何残渣。"

凤舞："那些贝壳类的，里面的肉很少。"

墨袍鬼王戏谑地看着凤舞："我相信你可以做到，可爱的小姑娘。"

凤舞："也不是不可能，只要你答应我一个条件。"

也不是不可能？！风浔他们都用怪异的目光看着凤舞。

墨袍鬼王略带好奇地看着凤舞："什么条件？"

"水龙珠。"凤舞理所当然地道，"没有水龙珠，我们没办法下海捕捞大量的海产品，这个任务根本完不成，如果我们完不成任务，会死，但是——"凤舞笑眯眯地看着那条海龙，"这条怀孕即将生产的海龙，只怕接下来的日子也没那么好过了。"

海龙凶狠地瞪着凤舞，墨袍鬼王的眼眸也半眯起来。

风浔几个都瞪大眼睛，一眨不眨地看着凤舞。

"这条海龙怀孕了？"

"它是准备生产？"

"那它岂不是需要很多海产品？"

"我听说，海龙有一个特性，可以一次吃下很多东西，随着时间的流逝慢慢消化……"

"也就是说……我们要填的是一个无底洞？！"

一时间，所有人都瞪目结舌。

唯有凤舞依旧笑眯眯地看着海龙："如果有水龙珠，我可以答应你，将你所需要的食物准备好。"

海龙盯着凤舞，它确实有水龙珠，但那是它生命的精华，怎么可能随手给人？

凤舞笑道："如果我们失败，水龙珠不还是你的？"凤舞转而看着墨袍鬼王，"您觉得如何？"

若是之前，墨袍鬼王哪里会理会凤舞，恐怕凤舞连跟他说话的资格都没有。经过这两次接触，墨袍鬼王倒是对凤舞的印象有点改观。他拍拍海龙的脑袋，道："给她。"

海龙震惊地看着它家主人！主人……这是在偏心吗？！

"主人……"海龙正要说话，墨袍鬼王凌厉地盯着它。海龙很清楚，自家主人最容不得被拒。

虽然万分不舍，但海龙还是咬牙，从口中吐出晶莹剔透的水龙珠射向凤舞。凤舞反手抓住，握在掌心。

墨袍鬼王提醒道："小丫头，若是完不成，不仅水龙珠得还回来，你们都要死！"

凤舞点头道："我知道啊。"

海龙瞪了凤舞一眼，拍拍自己的肚子，旋即和墨袍鬼王一道离去。

他们一走，风浔几个立即围上来。风浔哭丧着脸道："小舞小舞，这是根本不可

能完成的任务，你怎么能答应那鬼王？"

独孤雅莫也接口道："那海龙如果没有怀孕，我们努努力，填了也就填了，可它是怀孕状态啊！"

凤亦然："凤舞你可知道，怀孕的海龙是最能吃的，被称为吞噬海兽！"

凤桑："刚才夸你几句，你就得意忘形了吗？我们根本喂不饱怀孕的海龙！根本不可能！"

七皇子也哭丧着脸："而且他们要求多高啊，还得是去壳剩肉的，美得他们！"

凤桑："谁接下的任务，谁自己去完成，反正我是不参与的。"

凤舞目光从凤桑脸上扫过："谁接下的谁完成？你不参与？那好啊，你去跟鬼王陛下说，你要做别的任务，你去说。"

凤桑不吭声。墨袍鬼王陛下出现的时候，她连看都不敢看，哪里敢去找人家理论？她又不想死。

凤舞瞥了他们一眼："你们以为这是墨袍鬼王临时给出的任务吗？"凤舞冷笑，"并不是！事实上，所有的任务，历代绝地求生小队都经历过，也就是说，这就好像一张试卷，每一届考的都是同一张卷子，你们居然天真地以为可以换试卷？你们是谁？墨袍鬼王陛下又是谁？你们还能对任务挑三拣四不成？！"

众人："……"

云端之上，墨袍鬼王骑在海龙背上，很是惬意："这丫头不错吧？"墨袍鬼王笑眯眯地问海龙。

海龙咬牙："……"不错个屁！

"呵呵呵，确实还不错。"

墨袍鬼王："这丫头很有意思，她聪明睿智，古灵精怪，会从别人意想不到的角度切入，然后解决问题，而且她审时度势，看问题比任何人都全面，偏偏年纪还这么小，很有趣对不对？"

海龙咬着后槽牙："……"有趣个屁！敢来跟它争宠的，一律乱棒打死！

"呵呵呵，很有趣，非常有趣。"

墨袍鬼王得意地道："如果她真能带领绝地求生小队赢得胜利……哇，那就精彩了！走走，咱们看看正选小队去。"

"如果努力，我们还有一丝希望，如果不努力，就坐着等死吧！"凤舞一点都不客气。

于是，大家打算出海。

那是一艘百米长的渔船，上了渔船，众人面面相觑。看着他们生无可恋的脸，凤舞顿时无奈："你们能捉多少是多少，剩下的我来补齐，可以吧？"

所有人都用难以置信的目光看着凤舞。

凤桑："补齐？你拿什么来补？"

独孤雅莫却一脸惊喜地拉着凤舞："你有办法了对不对？凤舞，你一定有办法了对不对？！"凤舞没有说话。

独孤雅莫却激动地对凤桑说："你忘了吗？前面两关也是这样，她从来都是胜券在握，事实上，她真的有底牌！所以这一次——"独孤雅莫笑嘻嘻地看着凤舞，"我就知道你是最厉害的！我相信你！"

凤舞："……"

独孤雅莫："我修炼的是水元素，水性好，我先下去给大家打头阵！"说着，独孤雅莫一个漂亮的后空翻，落入茫茫大海之中。

凤桑狐疑地看着凤舞。

凤舞："别看了，就算我有底牌，也不会告诉你。"

凤桑惊奇地道："所以，独孤雅莫说对了？你真的有底牌？！"如果是这样，大家都不用死了！

凤舞摊手，不置可否。

凤桑："是你说的，我们只需要尽可能地捕捞，其余的都由你补齐哦！"说完，凤桑也一个翻身落入大海之中。

风浔看着凤舞，欲言又止。火元素属性的他，对大海有着天然的敬畏。

"小舞，你真的……"

不等风浔问出口，凤舞就笑道："山人自有妙计，你信我就好，你可信我？"

"信信信——"七皇子不知道从哪里钻出来，拍着凤舞的肩膀，"不管你做什么，我都信你！"

风浔半眯着眼，犀利地盯着七皇子。七皇子被风浔盯得心里发毛，还没等他发问，已经被风浔反手拎着往外走："喂喂，风浔你干吗？"

"你给我过来！"风浔拎着七皇子走到一边。

七皇子一脸无辜地看着风浔。

风浔："你是不是对凤小舞有意思？"

七皇子猛点头道："当然，她可是我的女神大人！我非她不娶的！"

风浔："现在知道君老大和凤舞的关系后，你还非她不娶？"

七皇子一脸无辜地道："君老大和凤舞姑娘……真是你说的那种关系？我看着怎么不像？"

风浔："怎么不像了？"

七皇子："你看，之前大家提到这个问题的时候，君老大说，凤舞你太让我失望了。他并没有承认他和凤舞姑娘之间的关系啊。"

风浔："……"

七皇子："不承认就是否认，也就是说，现在凤舞姑娘是单身，窈窕淑女君子好逑，为什么我不能追求她？"

风浔握紧拳头。要怪还真的只能怪君老大，谁让他关键时刻装冷傲，死要面子，给了七皇子遐想的机会。

"他们就是那种关系，反正，不许你喜欢我家小舞！"

"凭什么？"

"就凭她是我妹妹！"

七皇子忽然眉头一挑："喂喂，未来的大舅子，能说句真心话不？"

风浔瞪着七皇子："什么未来的大舅子？瞎喊什么呢？"

七皇子压低声音："如果……如果我这一辈子只娶妻，不纳妾，不通房，不要丫鬟，从生到死只爱凤舞姑娘一个，你愿意将她嫁给我吗？"

风浔："……"说实话，有点心动。

七皇子："君老大多受欢迎啊？走到哪儿就被人喜欢到哪儿，左青鸾什么的咱不说，就只提那位明兰尔公主。"七皇子压低声音，"明兰尔公主表面上一副清澈无辜冰清玉洁不喜欢君老大的样子，但她的行为模式显示，她就是在嫉妒凤舞啊，对不对？"

风浔想了想，点点头。

七皇子："你看，君老大走到哪，麻烦就出现在哪儿，而且这些麻烦都冲着凤小舞去，这才是开始呢，这要是一辈子，小舞得多累啊。"

风浔无力反驳。

七皇子继续道："可是你看我，我可以跟你发誓，这辈子我只要凤小舞一个，如果敢花心，你把我这儿剁了！"

七皇子指着他的隐私部位。

风浔："喀喀。"

七皇子伸出两根手指发誓："而且，我王府的管家权、财产权全部上缴，她嫁进来就是大神，我是她手下，任凭差遣。"

风浔咬着下唇："……"怎么越听越心动了呢？

七皇子又添了一把火："若是君老大做了对不起凤小舞的事，你自问能替她讨回公道？不能够吧？可是我能啊！你看，现在你想拽我就拽我，回头你想揍我也随时可以揍我，风三哥，你实力比我强，我要是对不起凤小舞，你随时可以管教我，可是君老大那边就……"

风浔瞪着七皇子："……"

七皇子："所以，未来的大舅子，你会帮我对不对？"

"对你个头！"风浔没好气地拍了七皇子一脑袋，"尽想着挖你哥的墙脚，你就不怕死啊！"

七皇子捂着额头，嘟囔了一句："那我哥又不喜欢凤小舞。"

不喜欢？！风浔没好气地瞪了七皇子一眼，如果不喜欢，君老大会做出那些反常的事？

"他只是喜欢得不怎么明显。"风浔说了大实话。

"风浔，七皇子，你们在嘀咕什么？我们时间不多了。"凤舞没好气地看着他们。

这两个人都是火元素的修炼者，不方便下海，所以凤舞准备了三根钓竿，连玄奕的一起。

"来了来了——"风浔屁颠儿屁颠儿地跑过来，看到甲板上架着的三支竹竿，"咦，这不是钓鱼竿吗？"

凤舞："是啊，你们不能下海捕捞，就在这儿钓鱼算了。"

"喀喀——"风浔摸着下巴干咳。

凤舞："你这是什么表情？"

七皇子："哈哈哈，风三哥自小跟水就不亲，那些鱼虾蟹贝都躲着他走，他从小到大就没钓起过一条鱼呢，所以呀，你这鱼竿白做了。"

风浔瞪了七皇子一眼："你就能钓到鱼了？"

玄奕："闭嘴。"

凤舞："你们仨真的都这么菜啊？"

风浔、玄奕喀喀两声，七皇子得意地道："我可是钓鱼小能手，厉害着呢，嘿嘿。"

凤舞递过去一根鱼竿："那你去那边钓。"

七皇子深情款款地凝视着凤舞："女神大人，如果我钓得多……你会不会对我好一点儿？"

凤舞回头朝七皇子翻白眼。

七皇子："好好好，我不说话，这就干活去。"

七皇子一走，风浔皱眉道："这老七油嘴滑舌，不学好。"

凤舞点头道："确实。"

风浔一边整理鱼竿，一边瞅了凤舞一眼。

凤舞："有事？"

风浔咬着下唇，欲言又止。

凤舞："有话就说，憋着不难受？更何况，如果我们输了，以后你都没机会说了。"

风浔一想也是："那我真问了啊。"

凤舞将调好的鱼饵放好，把鱼线甩进海里，头也不回地说："问。"

风浔："你说实话，你喜不喜欢君老大？"

凤舞手一抖，钓鱼竿差点掉进海里去。她回过头，用很怪异的目光看着风浔。

风浔："你这是什么表情？那我换一种问法，如果君老大和君小七让你选，你会

选谁？"

凤舞继续用无比怪异的目光看着风浔，一种风浔莫不是疯了吧的表情。

风浔："确实，我怎么能问出这问题？君老大明显优秀太多，君小七怎么比得了？所以，你怎么可能选君小七呢？"其实风浔倒是觉得，君小七说得很不错。

凤舞："谁说我一定会选君临渊？"

风浔："啊？所以你居然会选君小七？"

凤舞无语地望天："凭什么我一定要选君家人？"

风浔："……什么意思？"

凤舞："难道我不能喜欢别人吗？凭什么就要在君家这棵树上吊死？"

风浔猛地惊站起来，道："凤小舞，你你你……你该不会喜欢上别人了吧？你你你你该不会是变心了吧？君老大那么喜欢你……"

凤舞："什么话啊，君临渊什么时候喜欢我？如果他真的喜欢，当时还会不承认婚约，让我被所有人耻笑吗？"

风浔："那是因为他的性格……"

凤舞："不管他喜不喜欢我，现在都不重要，我突然发现……自己已经有喜欢的人了。"

"什么？！"风浔猛地站起来，一双眼睛死死瞪着凤舞，"你、说、什、么？！"

凤舞冲风浔嘿嘿一笑，旋即往船外一冲，宛若游鱼落入海里，没有溅起一点水花。

风浔急了，按凤舞的说法，似乎她喜欢的人不是君老大啊！不是君老大，那会是谁？难道是御冥夜？不是吧？除了御冥夜，难道是——

"难道是七皇子？！"风浔惊得脸都白了。

一旁钓鱼的七皇子闻言，屁颠儿屁颠儿跑过来，惊奇地看着风浔："咋了咋了？"

风浔上上下下打量着七皇子，摇摇头。不可能，就七皇子这样子，怎么跟绝世天下的君老大比？凤舞怎么可能舍君老大而选七皇子？这不是傻子吗？风浔百思不得其解。

此刻的凤舞已经深入海底。这片海洋世界里，海底资源跟凤舞原先所在的地球世界相比有些相似，但不是完全相同。凤舞原先的那个世界，鱼类资源异常丰富，除此之外，还有虾蟹贝之类的海洋物种，但这里并不是。凤舞下来之后，并没有看到一条鱼，虾蟹贝等海洋资源倒是不少。只不过，凤舞在内心苦笑，风浔他们是注定钓不到鱼了。

就在这时，凤桑和独孤雅莫浮出海面，是拽着凤舞一起上来的。凤舞不愿意，但这两人异常执着。

"凤舞，我知道你很聪明。"独孤雅莫不得不承认凤舞的实力，"你告诉我，那条海龙要吃饱，需要多少斤食物？"

凤桑也一脸认真地看着她。

凤舞心里早就计算过，独孤雅莫一问，她便说："如果是没有怀孕的海龙，十万斤能填饱它的肚子，可它怀孕了……需要五十万斤。"

"五十万斤？！"众人从海里爬到船上后，听到这个消息，差点脚下一滑再次摔进海里。

风浔瞪着凤舞："需要这么多？"

凤舞点头："这仅是最低标准。"

风浔："如果是这样……我们捕鱼吧。如果能捕到鲨鱼，想来喂饱海龙也不是难事，我记得鲨鱼用血就可以吸引？可以用我的血——"风浔一边说一边挽起袖子，露出强劲有力的手臂。

凤桑和独孤雅莫都用怪异的目光看着风浔。风浔道："我是认真的！我从小就是喝补药吃补品长大的，我的血香着呢，肯定能吸引鲨鱼的，不信你们瞧着好了——"

风浔正要拿匕首在自己手腕上划，然而，凤舞制止了他。凤舞摇头道："算了，没用的。"

风浔："怎么会没用，我的血——"

"鲨鱼！"独孤雅莫忍不住了，看着风浔，指着海面悲愤地道，"这海里根本就没有鱼！"

风浔被逗笑了："你在开什么玩笑？这是海，海里怎么会没有鱼？没有鱼的海，还能称为海吗？"

凤桑正要说话，凤舞却摇摇头，看着风浔，无比认真地道："海里确实没有鱼。"

风浔："……"

玄奕："……"

七皇子："……"

风浔："那……"

"也没有大型海产资源，只有虾蟹贝。"凤舞长叹一声，"个头儿不会太小，也不会太大，但你们还记得之前鬼王大人那番话吗？"

所有人都看着凤舞。

凤舞："我现在算是明白鬼王大人之前那句话的意思了，他说海龙只要剥好的肉，而不要带壳的。壳多重啊，没有了壳，蟹肉贝肉得多轻啊？"

"五十万斤？"独孤雅莫哭丧着脸看着凤舞，"这怎么可能做到？！"她掰着手指头数，"我们闭气比常人久，但最多三分钟就得上来换一次气，这三分钟能捡到多少东西？"

独孤雅莫从后背解下一只麻袋，拎起麻袋底部倒出一堆螃蟹贝壳，确实没有鱼类，连手指般大小的鱼苗都没有。

看着这些虾蟹贝，所有人都沉默了。

独孤雅莫看着凤舞，摇头道："不可能，这是不可能完成的任务，我们做不到……"

凤桑眼圈都红了："如果有机会，为了活下去，我们拼了命也会努力，但现在的问题是，十五分钟内，我们怎么可能捕到五十万斤去壳的肉？怎么可能！"

凤亦然无语看苍天："我们那么努力，那么幸运地从第一层到第二层，从第二层到第三层……可是，这次墨袍鬼王分明就是故意的！这里没有那么多鱼虾蟹，怎么捕捞？"

七皇子抓抓头发，道："总有办法吧？"

凤亦然："没有的，七皇子，我们一点办法都没有，根本就来不及……或者，您有办法？"

七皇子："……"他还真的没有办法。

风浔一脸遗憾地道："可惜我们不是水元素修炼者，如果我们也能下海，速度就能快很多。"

凤舞却淡淡一笑，摊开她的右手，道："你们忘记这个了吗？"

所有人都朝凤舞右手望去，却见一颗鸽子蛋大小、散发着耀眼光芒的珠子躺在凤舞右手心。

"水龙珠！"七皇子惊呼一声。

凤舞点点头，道："这就是之前我从海龙那里借来的水龙珠，来看看这颗水龙珠怎么用吧，给我破——"凤舞将灵气逼入水龙珠，原本灵气盎然的水龙珠瞬间光芒大亮，绽放出无比耀眼的光华。

凤舞大喝一声："破海！"

随着凤舞的大喝，一道凌厉的罡风从水龙珠内暴射而出，朝海平面劈裂而去。这道罡风宛若无比刚猛的利剑，从天而降，将整片海域劈成两半。

"开！"凤舞又是一声怒吼。原本如刀锋一样插入海底的罡气，瞬间将海水从中间往两边推开。一寸，两寸，三寸——

"我的天啊！"在场的人看到眼前这一幕，震惊无比，只觉匪夷所思。

独孤雅莫更是双手捂唇，难以置信地看着这一幕。

一米，两米，三米——

很快，海水就被分开十米，好像有一道看不见的屏障隔着两边的海水，无数虾蟹贝壳裸露出来，出现在所有人面前。

凤舞："水龙珠支持不了太久，大家快下去捡吧。"

"哇——"风浔惊呼一声，眼睛瞪大。

小舞从跟海龙借水龙珠开始，就想到了这点吗？当真是……让人不得不敬佩。

"你和君老大好像，都是走一步已经想到后面四五六七步，真是深谋远虑。"风浔赞赏地拍拍凤舞的肩，下一秒，第一个跳进干涸的海底。这水龙珠真厉害，说排空海水就真的完完全全排空，海底都是干的。

看到风浔跳下去，玄奕二话不说也跟着跳了下去。

七皇子看着凤舞，兴奋地握拳道："不愧是我的女神大人，就是厉害。你放心，这辈子我是不会放弃你的！"

"你还是……"放弃我吧。还没等凤舞将这四个字说出口，七皇子已经纵身一跃，跳进海底了。

独孤雅莫看着凤舞，想说一句感谢的话，但毕竟一直都是与凤舞为敌的，突然间夸她……那自己多没面子。想到这儿，独孤雅莫故意板着脸，看也没看凤舞，纵身往海底跳。

凤桑和独孤雅莫是同样的心思，凤亦然同样如此。

三道身影先后跳进海底，甲板上只剩下凤舞一人。凤舞摸摸鼻子："……"

海底，所有人都在忙碌着，确实需要一个人在甲板上做辅助性工作。比如说，风浔现在就遇到了困难。海底的虾蟹贝是真的多，岩石上、珊瑚里都是，而他们需要做的，就是抓住这些往麻袋里塞。大家的手速快到可怕，宛若残影。

风浔回头一看，身后一排麻袋，至少十几个，如何把这些东西往船上运输是个问题。海底说深不深，说浅不浅，距离甲板有五百米。

"飞上去是个大工程！之前有海水还好，现在没有海水……咱们怎么上去？"风浔抓抓脑袋。

七皇子："旁边不就有海水吗？顺着那海水游上去不就行了吗？"

风浔瞪了七皇子一眼："是你个头，这海水被排开，证明那里有无形的屏障隔着，我们根本过不去。"七皇子一想也是。

风浔一拍脑袋："我记得甲板上有绳索。"

大家都看着风浔。风浔难掩激动之色："凤小舞不是没有下来吗？这时候，如果她够聪明，应该将绳索放下来，然后我们将麻袋一只只系上去，凤小舞再将这些麻袋拉上去，将海鲜倒在甲板上，再用绳子将空的麻袋放下来——"风浔越说越激动，双手紧握成拳，"是的！就应该是这样，如果凤舞够聪明！"

就在这时，七皇子指着头顶惊呼："啊！你们快看！"

所有人都望向七皇子所指的方向。然后，他们看到一道巨大的黑影覆盖在头顶。空间剧烈扭曲，空气剧烈震荡，好像有人开着巨轮往这边飞驰而来。

"天啊！是凤舞！是凤舞开着船从半空冲下来了！"独孤雅莫难以置信地看着。

砰！巨轮轰然砸落，引得空气一阵震荡，偌大的海底被砸出一个深坑。好在风浔他们跑得快，不然都被埋进去了。四周一阵尘土飞扬。

"小舞——"风浔反应最快，一个箭步冲上去，"小舞，你没事吧？"

"喀喀咳——"凤舞从灰尘中走出来，摆摆手，"没事没事，有点血气翻涌，不过很快就没事了。"

风浔一脸惊讶地道："你怎么下来了？"

凤舞："我这不是担心你们采集到了海鲜却运不上去吗？就把船开下来了。"

一旁的独孤雅莫急得直跺脚："凤舞！你知不知道你犯了一个多大的错误！"

凤舞不解地看着她："我怎么了？"

独孤雅莫："你呀你！虽然很好心地将船开下来了，可有没有想过一个问题，回头咱们怎么开上去啊！"

一时间，所有人都看着凤舞。是啊，等装满海鲜后，凤舞要怎么把船开上去？

"这是绝路啊！"一旁的风浔急坏了，"小舞啊小舞，你真是聪明一世，糊涂一时！我们都已经想好了，到时候你从上面放一根绳子，我们将麻袋系上去，你就将麻袋往上拉！"

周围其他人都赞同风浔的话，猛点头。

凤舞用很怪异的目光看着他们，抿着唇角，没好气地说："可是，难道你们没听过一个成语吗？"

"什么？"

凤舞："水涨船高。"

"啊啊啊啊啊——"风浔第一个反应过来，双手抱着脑袋狂叫出声，"我我我……我是猪吗？！啊啊啊——我就是猪啊！"

其他人也都反应过来了，特别是第一个提出疑问的独孤雅莫。她一拍脑袋，道："啊——我真的是猪啊！这样简单的问题居然没想到！"

其他人此刻也想明白了，一时间，大家都对自己的智商产生了怀疑。

"喀喀——"凤舞轻咳一声，催促道，"还不赶紧干活儿？时间很多吗？"

对哦！大家都反应过来，现在他们最缺的就是时间，居然还有心思想东想西？

"快快快！"风浔大手一挥，"所有人都去干活儿！"

好在凤舞已经将船开下来，所以不用担心搬运的问题。

凤舞一拍脑袋。捡海鲜是很快，但如果她没记错的话，海龙要的是壳里的海鲜肉，而不是带着壳的海鲜。于是，凤舞手一挥，一只彩凤鸟从她的空间里被揪出来。除了彩凤鸟，出来的还有一只可爱的小老虎，小名为凤土土的小家伙。

站在甲板上的凤舞指挥它们："你们来把壳剥了。"

凤土土还没反应过来，彩凤鸟已经第一个反抗，它瞪着凤舞道："凭什么？！"它现在觉醒了部分记忆，自己可是彩凤仙尊转世，凭什么凤舞要让它来做这种女工的事！好丢人的好吗！

凤土土终于反应过来，一听凤舞吩咐，立刻屁颠屁颠跑过去，两只小腿往地上一盘，直接坐下。

小老虎手劲大，它捏住一只贝壳，咔嚓一下，壳全碎了，只剩下里面的肉。小老虎用询问的目光看着凤舞，意思是：是这样吗？

"嗯嗯。"凤舞揉揉小老虎毛茸茸的脑袋，"就是这样，我家小土真棒。"

"哎呀——"小老虎被凤舞夸赞，脸颊粉红粉红的，眼睛发光。

一旁的彩凤鸟重重哼了一声，气得一跺脚，两只爪子环胸，下巴抬起，四十五度角仰望天空，表示它很生气。

凤舞用力揉揉彩凤鸟的脑袋，被她这么一揉，彩凤鸟好不容易营造出来的形象一下子绷不住了。凤舞一拍彩凤鸟的脑门："赶紧给我干活儿！有什么事等这次任务结束再说。"说着，凤舞丢下彩凤鸟就离开了。

彩凤鸟："……"凤舞居然不安慰它，哼！但一想到现在的状况，彩凤鸟内心也很明白，现在最重要的就是剥贝壳虾蟹。好在彩凤鸟是鸟，一双爪子锋利无比，只需要用爪子一勾，壳就没了。

凤舞的两只灵宠就像女工一样盘腿坐在地上，一个用蛮力，一个用巧劲，快速剥壳。

正在忙碌的独孤雅莫忽然一拍脑袋："啊！"

所有人都看着她，这么一惊一乍，很吓人的好不好？

"剥壳！剥壳啊！"独孤雅莫惊呼一声，"墨袍鬼王陛下不是说了吗，给海龙准备的得是去了壳的！"

所有人都反应过来。

"我去把那些海鲜的壳去掉！"独孤雅莫说完就走。

"我和你一起去！"凤桑跟在独孤雅莫身后。

当她们来到甲板上的时候，却看到难以置信的一幕。

"这……这是……哪里来的灵宠？"独孤雅莫难以置信地看着眼前这幅画面。

却见眼前两只小灵宠，一只是彩凤鸟，一只是小老虎。这两只平时都是暴烈性子，此刻却乖得不得了，盘腿坐在地上，专心致志地剥壳，那模样看着……简直乖巧极了。

"这是谁家的灵宠啊？"独孤雅莫惊艳，"看着实力相当不错啊，至少比你我的强多了！"

"又乖巧又强大，既可以观赏用，又可以派上战场，实在是太棒了，你知道是谁的吗？该不会是七皇子的吧？"独孤雅莫一脸羡慕。

凤桑转头就走。

"喂喂，凤桑你走什么？还没回答我呢！"独孤雅莫追在她身后。

凤桑回头瞪了独孤雅莫一眼，没说话。

独孤雅莫眼眸一亮："你知道是谁的？"

凤桑："你不要说了！"

独孤雅莫："为什么不能说？这两只灵宠是真的厉害啊，那只小老虎看着很可爱，可如果仔细看，会发现它身上流淌着灵尊境的灵气呢！还有那只彩凤鸟，若是它能涅槃，以后可是血脉纯粹的凤凰啊。凤凰和老虎天生不对盘，可现在它们居然相对剥虾……这要是被别人看到，得多吓人啊，也不知道是谁……"

凤桑："凤舞！"

独孤雅莫环顾四周，开口道："凤舞不在啊。"

凤桑深吸一口气，用看白痴一样的目光看着独孤雅莫："我说，灵宠是凤舞的！"

独孤雅莫震惊地瞪着凤桑。凤桑有一种报复的快感。她冷冷一笑，道："是的！没错！你刚才夸了半天的人，就是凤舞！"

独孤雅莫："……"

凤桑瞥了独孤雅莫一眼，转头走掉。

独孤雅莫咬着下唇，心里各种情绪交织。凤舞……原来那个无敌幸运的人是凤舞！独孤雅莫在口中喃喃自语。忽然，独孤雅莫的心脏一阵紧缩。她想到了一个问题。若是以前，她知道对方是凤舞，一定会眼红嫉妒不甘心不服气怒火中烧恨得牙痒痒，但是现在，她居然没有这种感觉。

这意味着什么？难道自己和凤舞化敌为友，所以不再嫉恨她？独孤雅莫摇摇头，她和凤舞虽然没再针锋相对，但也绝对不是朋友。或者这意味着，由于差距太大，难以望其项背，她没办法再当凤舞是竞争对手，连眼红嫉妒的情绪都消失了？

独孤雅莫的第一反应是否定，才不可能呢！但是，她的内心明明白白告诉她，独孤雅莫，第二个可能才是真相啊。

"不！"独孤雅莫痛苦地抱着脑袋。她承认在第一层、第二层时是凤舞另辟蹊径，力挽狂澜救了大家，可要她承认，现在她连当凤舞对手的资格都没有，这是何等痛苦的事？独孤雅莫痛苦地沉默着……

"只剩下最后三分钟了！"风浔看到眼下的情况，心中充满绝望。

他们确实捡了很多虾蟹贝，可总共需要五十万斤啊！怎么办？

"还有最后两分钟！"

"最后一分钟。"

"最后三十秒。"

大家脸上的绝望越来越明显，颓然弥漫在每个人眼中。

就在这时，得逞的狂笑声在众人耳边响起，一听这声音，所有人都越发绝望。来者不是别人，正是给他们布下完成不了任务的鬼王陛下。

"哈哈哈，小朋友们，可完成任务了？"鬼王陛下那张几乎占据大半边天空的脸浮现在半空，笑得似乎整张脸都在抽搐。

完了完了完了……风浔心在发抖。

"哟，不错嘛，还知道排山倒海？"鬼王陛下看着那被排空的一片海域，笑得得意，"所以，你们这是完成任务了？"

所有人沉默，沉默……

鬼王陛下咻的一声从半空下来，身下骑着的正是那只怀孕的海龙。他往下方一看，问海龙："这些，可够你食用？"

海龙眉头紧蹙，直接摇头道："不够！"

"不够？"鬼王陛下沉吟着。

海龙理所当然地道："这里看着有十万斤肉，若是放在平时，也算饱餐一顿了，但现在不一样，我要繁衍后代，这些肉只达到我五分之一的食量。"

鬼王陛下居高临下地看着凤舞："小丫头，听到没有，不够哦。"

凤舞咬着下唇。

一时间，四周的空气无比沉默。

嘀嗒，嘀嗒——时间一分一秒过去，所有人的心都高高提起。这心脏……是要爆炸了吗？他们会怎么样，会被原地炸死吗？

就在众人浮想联翩的时候，鬼王陛下却忽然一抬手，那原本要爆炸的心脏，在最后一秒被掐住。风浔等看着鬼王陛下，心脏紧缩，身子抑制不住地颤抖。

"小丫头，第三层的任务你们没有完成，你认还是不认？"鬼王陛下一副胜券在握的样子。

此刻，鬼王陛下的内心也很复杂，既希望眼前这红裙小姑娘赢，又希望她输。希望她赢，是因为她之前说的话打动了他，绝地求生，她的剧本确实很吸引人；希望她输，是因为这丫头表现得太自信，过分自信就是傲慢，鬼王陛下觉得，自己怎么可能输给这丫头？

鬼王得意扬扬地看着凤舞，他倒要看看，这丫头最后能怎么办。

风浔几个内心焦虑极了，怎么办怎么办，现在怎么办？他们的心狂跳着。五十万斤的任务，他们只完成了十万斤，仅仅完成了五分之一。

独孤雅莫看着凤桑，凤桑看着独孤雅莫，两个人心中都充满了绝望。

"哈哈哈，所以你承认你们输了，对不对？"鬼王陛下道。

没有人说话。

鬼王陛下哈哈大笑，看着凤舞，眼中浮现一抹遗憾："唉。"他叹气，"心比天高的小丫头片子，谁让你命比纸薄呢？输了就是输了，所以，你们都给我去死吧！"说到后半句，鬼王陛下已经怒吼出声。

就在他准备捏爆手里的心脏时，凤舞忽然出声："且慢!"

一瞬间，所有人的目光都集中在凤舞身上。

鬼王陛下也皱眉看着凤舞。

凤舞淡定地一笑，开口道："谁说我们输了？"

这是？鬼王陛下盯着凤舞，双眼一眨不眨，目光中闪过一丝疑惑。

不等鬼王陛下发问，凤舞已经说话："谁说我们输了？"

"哈哈哈，小丫头，现在狡辩可来不及了！"鬼王陛下一阵冷笑，觉得凤舞在苟延残喘。

凤舞没有多余的话，只盯着海龙问："你只需要五十万斤的肉，是吧？"

海龙盯着凤舞，一字一顿地说："五十万斤，一斤都不能少！"

凤舞笑着问："鱼虾蟹肉都可以？"

海龙诡异地冷笑道："是啊，鱼虾蟹肉都可以，可你有鱼吗？"

所有人都心塞，这鬼地方是真的没有鱼啊。

凤舞状似无意地问了一句："鱼也可以？"

海龙盯着凤舞，诡异地冷笑道："鱼当然可以，只要你能变出鱼来。"

凤舞忽然一笑，道："好的。"

好什么好？难道她真以为自己能变出鱼来不成？

就在大家都无语地看着凤舞时，就在鬼王陛下失望地看着凤舞，下一秒即将捏爆心脏时，咻！一道清晰的声音传来，一道道黑影从天而降！

看着这些从天而降的鱼，所有人都蒙了。

他们用极其难以置信的目光，无比震惊地瞪着眼前这一幕，继而转头看着凤舞："……"

风浔："……"

独孤雅莫："……"

凤桑："……"

海龙："……"

就连见过大世面的鬼王陛下，此刻都用怪异的目光看着凤舞："……"

凤舞笑眯眯地看着鬼王大人："……这些鱼，可行？"

鱼，哪来的鱼？所有人眼神呆滞，久久没有回神。

"哪儿来的鱼啊？"

"这些鱼是从哪里变出来的？"

"凤舞是怎么做到的？"

别说大家震惊，就连一直自信傲慢的鬼王陛下，此刻都无比震惊。

"你是怎么做到的？"鬼王陛下瞪着凤舞。

凤舞："啊？这件事很难吗？"

大家一听凤舞这么说，都快哭了。

见大家激动成这样，凤舞很好心地解释："哦，你们说的是这些月亮鱼吗？"凤舞晃了晃手上的戒指，对风浔说，"这鱼还是你帮忙抓的，你忘啦？"

"啊？啊啊啊啊！"风浔一拍自己的脑袋。他终于想起来了，确实有这么一回事，这还是当初大家去塞纳尔草原的路上，凤舞找了一个地方洗澡……

"哎呀，我真的是猪头！"风浔再一次重重地拍了自己的脑袋一下。他觉得自己真是一头猪。他怎么能把这件事给忘得一干二净呢？难怪凤舞这丫头一开始就有恃无恐、底气十足，原来他们真的有底牌。

"小舞小舞，你真的太厉害了，什么叫伏脉千里，你这就是啊！"风浔难掩激动之色，整个人都因兴奋而颤抖，凤舞简直太聪明了，完完全全是第二个君临渊。

凤舞摆手道："我当时也没想这么远，只觉得这些月亮鱼营养价值高，而塞纳尔草原远离内陆，鱼鲜肯定少，就捕捞了一些，想着去草原上换点零花钱。结果来了之后才知道，原来还有这么多事儿，一件接一件，忙得脚不沾地，就把这鱼给忘了。如果不是这次海龙需要食物，我压根儿就想不起这些月亮鱼。"

风浔沉默了。独孤雅莫沉默了。所有人都沉默了，不知道该说什么。

凤舞笑眯眯地看着海龙："怎么样？我这月亮鱼的营养价值还是挺高的吧？"月亮鱼的营养价值可是经过君临渊鉴定的，如假包换，童叟无欺。

海龙闻着那从甲板上升腾而起的灵气就知道，月亮鱼名不虚传。这简直是意外之喜啊！于是，海龙转头看着鬼王陛下，眼睛里有深深的渴求。如果能吃下这批月亮鱼，那么它生出来的海龙宝宝……简直让人期待啊！可是，它家鬼王陛下阴晴不定，喜怒无常，高深莫测，没人知道他在想什么，没人知道他会赞同还是拒绝。

风浔等人此刻已经反应过来，高兴坏了。啊啊啊啊啊啊！这第三关大家可以活下去了！太棒了！

一瞬间，大家都朝凤舞冲去，抬起她往半空抛。

"小舞好棒啊！"

"小舞是最厉害的！"

"小舞怎么这么聪明呢！"

"小舞，你的运气怎么能这么好呢！"

别说风浔、玄奕和七皇子，便是独孤雅莫、凤桑她们也激动不已，似乎已经忘了和凤舞之间的仇恨。所有人都在欢呼、雀跃。

此刻，鬼王陛下内心同样纠结，真没想到这丫头还能绝地逢生，逆转翻盘。不过如果自己就这么放过她，岂不是显得很没面子？既然她这么聪明，那不如再玩一玩？想到这儿，鬼王陛下笑眯眯地看着凤舞，淡淡地说："月亮鱼虽然营养价值高，但如果我没记错的话，这不是海鱼吧？"

兴奋的大家忽然安静下来，怔怔地看着鬼王陛下。他这句话是什么意思？

鬼王陛下笑眯眯地盯着凤舞："这应该是河鱼吧？"

凤舞："难道河鱼就不行吗？"

鬼王陛下笑眯眯地看着凤舞，笑眯眯地拒绝："不好意思，真的不行。"

此言一出，所有人的脸色都变了。河鱼不算，也就是说月亮鱼没有办法替代海鲜？

海龙焦灼地看着鬼王陛下，它要月亮鱼啊！对它来说，这些月亮鱼可比海鲜珍贵多了。鬼王陛下却看都没看海龙一眼，只盯着凤舞，诡异地笑着，就想知道这个傲慢倔强的小丫头还有什么对策。

凤舞淡淡一笑，开口道："真的不行？"

鬼王陛下："真的不行。"

凤舞："真的不能通融？"

鬼王陛下笑道："真的不能通融哦。"

凤舞："那么请问，什么叫海鱼呢？"

鬼王陛下得意扬扬地道："这还用问吗？在海里游的鱼才叫海鱼啊。"

下一秒，却见凤舞衣袖一翻，那原本散落在甲板上的月亮鱼，以肉眼可见的速度落进不远处的海里。

凤舞速度太快，快得所有人都反应不过来。等他们反应过来后，独孤雅莫第一个尖叫出声："凤舞！你在做什么？！"

风浔也惊呼一声："小舞！"

鬼王陛下盯着凤舞，惊疑不定，眉头微微蹙起，总觉得凤舞这么做一定是有缘由的。

凤桑惊叫出声："凤舞！你是疯了吗？！怎么可以这样做！你这个疯子！"

凤舞却什么话都没说，反手又是一翻衣袖。哗啦啦——原本倒入海里的月亮鱼，再次被丢上甲板。

"现在它们都是海鱼了。"凤舞笑眯眯地看着鬼王陛下，"它们都在海里游过了呢。"

鬼王陛下："……"

其他人："……"

凤舞双手交负在身后，笑眯眯地看着鬼王陛下："现在，可行？"

可行？鬼王陛下瞪着凤舞，久久没有说话。他是真的没想到，这丫头这么机灵，居然藏了一大堆鱼在储物空间……储物空间是何等珍贵的东西？她居然用来装鱼？！他瞥了凤舞一眼："你这鬼丫头是真的很机灵啊。"

凤舞双手抱拳："过奖过奖！"

鬼王陛下没好气地一挥衣袖："若是本王说不行，怕你也是不服气的。"

风浔等齐齐点头。

"既如此，这第三关就算你们通过。"

如果说鬼王陛下一开始对凤舞完全不抱希望，那么现在至少抱了三成希望。如果她真的翻盘，那就有意思了。不知不觉中，凤舞曾经说过的话像一颗种子，扎根在鬼王陛下心间，慢慢生根发芽……

第二十章

胜利之战

　　眼看鬼王陛下即将消失，凤舞说："这水龙珠可否送我？"

　　鬼王陛下死死地瞪着凤舞，双眸犀利冰冷。这鬼丫头……难道知道了什么？

　　一旁的海龙大声反对："不可以！将水龙珠还给我！"

　　凤舞知道，海龙只不过是鬼王陛下的契约兽，没有决定权。于是，她看着鬼王陛下，用撒娇的语气说："不管，我付出这么多月亮鱼，怎么说都应该得到一点回报吧？这水龙珠我要了，哼！"

　　鬼王陛下无语地看着凤舞。对付仇人他最是得心应手，可面对一个娇滴滴的小姑娘，而且还是自己越看越顺眼的小丫头，他还真不知道怎么处理。

　　"水龙珠是用我的生命精华所孕育，不能——"

　　然而，海龙的话还没说完，鬼王陛下转头就瞪了它一眼："你一生又不止孕育一颗水龙珠。"

　　海龙："主人，我……"

　　鬼王陛下没好气地摆摆手，道："很快你就能孕育出小生命，它比水龙珠更重要吧？"

　　海龙："可是……"

　　"你还有完没完？人家给你那么多月亮鱼，你还真想白拿啊？贪心不足！"

　　鬼王陛下是个做事全凭喜好的主观主义者，现在见凤舞连过三关，而且一关比一关精彩，对这丫头的印象提升不少。既然如此，给她一点东西又何妨？可他哪里知道，他这脾气已经被凤舞摸透了。

海龙没有办法，只好放弃反抗。

鬼王陛下和海龙渐渐在半空消失。

"哇！"风浔是第一个反应过来的，朝凤舞冲去。

其他人也都冲过来，抬着凤舞就朝半空中抛。凤舞被逗乐了："喂喂，你们干吗？"

风浔激动万分地道："凤小舞，你太厉害了！你说你怎么这么聪明呢！更恐怖的是，你居然让鬼王陛下将水龙珠给了你！更更恐怖的是，水龙珠竟然真的被你拿到手了！"

别说风浔，其他人都激动得不得了。相对而言，凤舞才是最淡定的那个。

独孤雅莫看着凤舞，脸上不由自主地露出一抹微笑。

凤桑不知何时站在她旁边，不无感慨地说道："有些人，真是天生的好运气。"

独孤雅莫心中一紧，偏头看了凤桑一眼："你的意思是说，凤舞取得的成绩，全是因为运气吗？"

"难道不是吗？"凤桑脱口而出。

独孤雅莫侧头看着凤桑，发现凤桑盯着凤舞，眼睛里流露出浓浓的嫉妒之色。这一瞬间，独孤雅莫突然觉得凤桑面目可憎。

面目可憎？意识到这点后，独孤雅莫心脏狂跳，难以置信。之前的自己跟凤桑一样，眼红凤舞，嫉妒凤舞，自欺欺人地觉得凤舞得到的一切都是因为她运气好，因为如果不这样想，就等于承认自己实力不如她。可事实上，凤舞如果仅仅靠运气，又怎么可能走到现在这一步？

独孤雅莫突然发现，自己开始正视凤舞了，这说明什么？又代表什么？独孤雅莫有点茫然。

"你怎么了？"凤桑回头，不解地看着独孤雅莫。

独孤雅莫摇摇头，总觉得自己的心境变了。

而那边，凤舞笑着说："这才第三关，我们后面还有四关要闯，等我们走到第七层，超过正选小队，夺得冠军再庆祝吧。"

凤舞此话一出，原本的欢声笑语都停了下来。超过正选小队，拿到冠军？这不是在做梦吧？

"你们不相信吗？"凤舞笑看着他们，"可我一直都心怀希望，信念坚定啊。"

风浔握拳道："好！我们要超过正选小队，拿到冠军，让他们吃屎去！哈哈哈——"

其他人也都激动起来，唯独凤桑和凤亦然对视一眼，在彼此眼中看到一抹蔑视之色。

超过正选小队？凤舞真是被短暂的胜利冲昏了脑袋。

"也不知道正选小队现在去到第几层了呢，他们是困难模式，难度比我们低多了。"

"他们该不会……已经上去很多层了吧？"

就在这时，风浔惊呼一声："你们看，原本围绕在我们周围的雾霾散去了！"

"哇！我能看到对面朦胧的灯火了！"

"对面的灯火……第一层亮着，第二层亮着，第三层……直到第五层！呀，这是什么意思？快看我们这边，只亮到第三层。"

独孤雅莫心头一动："该不会……这灯火是信号吧？我们破关到第几层，灯就自动点到第几层？"

所有人都紧紧盯着她，她的心猛地一跳。独孤雅莫疑惑地看着大家："你们干吗这么看着我？"

风浔："我怎么觉得，你的话好像是真的？"

七皇子也跟着点头："我也觉得独孤雅莫的话有几分道理。"

独孤雅莫："如果我的话是真的，那岂不是说，隔壁正选小队已经上到第五层了？我倒宁愿我自己说的话不是真的。"

独孤雅莫忽然眼前一花，看到一个熟悉的人影出现在隔壁那半座殿宇上。

"那不是凤琉吗？"双方相距并不是很远，她连对方的表情都看得一清二楚。

独孤雅莫发现了凤琉，与此同时，凤琉也发现了她。

凤琉拉了身旁的赛非落公主一把，笑容灿烂地道："赛非落公主、赛非落公主，快看那边，那边就是所谓的绝地求生小队。"

别说赛非落公主，此刻正往上走的所有人都转过头，用充满优越感的目光看着不到一百米的对面楼层。

赛非落公主："呀，他们的灯笼才点到第三层？"

凤琉故作忧愁地道："怎么回事呢，这都过了这么久了，他们还在第三层啊？"

赛非落公主："看样子，他们已经往第四层走了。"

凤琉："第四层？哎哟，好厉害好厉害哦，我们这是要去第六层了呢。"

明兰尔公主看着对面亮起的烛火，脸上浮现一抹冰冷笑意。凤舞，你明知是死，为何还要挣扎？

"不过——"二皇子说了一句大实话，"他们走的是地狱模式，真的没想到已经到第四层了，原本我以为他们还在最底层徘徊。"

一向沉默的绝大人也淡淡开口："确实，第四层和我们不过一层之距，大家不要掉以轻心。"

被他们两人一说，明兰尔公主几人脸色都变得很难看。

赛非落公主一看明兰尔公主的脸色，旋即笑道："我们这边是妹妹带领得好，隔壁那支小队带队的不可能是凤舞。"

凤琉："怎么可能是凤舞？凤舞实力那么弱，又觉得自己牛得不得了，如果是她带领，他们那支队伍现在还在底层徘徊呢，依我看，他们带队的不是风浔就是玄奕。"

赛非落公主点头："那是绝对的，怎么可能是凤舞呢？"

听她们如此说，明兰尔公主的脸色才渐渐好看起来，面色淡淡地说："我们的目光是向上，而不是往下，很快，我们就能到顶了。"

大家一听纷纷点头。

此刻，绝地求生小队——

凤桑一脸失望地看着对方："我刚刚跟他们打招呼，他们都没反应，难道是没看见？"

独孤雅莫无语地看了凤桑一眼："你是真傻还是假傻？我们都能看见，凭什么他们就看不见？他们分明就是不想理我们好吗？！"

凤桑："……"

独孤雅莫不无担忧地道："他们现在已经到第六层了，而第六层上去就是顶层……我们很难追上。"

凤桑更是沮丧地道："不是很难追上，是根本就追不上！"

独孤雅莫凶巴巴地瞪着凤桑："我们有凤舞！"

凤桑："可是对面有明兰尔公主。"

独孤雅莫死死瞪着凤桑："凤桑，你到底是不是我们这边的！"

大家都用看小贼一样的目光看着凤桑。凤桑不敢当面反驳独孤雅莫，还是倔强地嘀咕："如果凤舞比明兰尔公主厉害，我们怎么会现在才到第四层？"

独孤雅莫挥拳就要教训凤桑，凤桑反瞪着她："独孤雅莫，你是被凤舞收买了吗？你没发现，你现在处处都站在凤舞那边吗？！"

独孤雅莫忽然怔在原地，她竟真的如此？

凤舞无语地看着她们，示意风浔让她们闭嘴。这种无畏的争吵，除了浪费时间，还能有什么用？

风浔一开口，她们果然不再吵架。

第四层——

凤舞现在摸清规律了，按照金木水火土的原则，第一层是金，第二层是木，第三层是水，那么第四层必然是火。

当众人走到第四层的时候，发现果然是一个火的世界。

火，大火。

半空中的火云，地面上的火焰……温度高得吓人，一般人根本靠近不了。

凤桑一看，心里彻底绝望。她咬着下唇，没好气地开口："原本还想着这一关是不是能好过一点，这样我们就能跟正选小队拉近距离。可是这一关这么难……比之前三关都难，我们要怎么办？难道真的要死在这儿吗？"

一时间，很多人都感到绝望。唯独凤舞从始至终泰然自若，不被外界所影响。她盯着不远处的漫天大火，陷入了沉思。

时间一秒一秒过去。凤桑急了，上去就要拽凤舞，独孤雅莫却一直盯着她，见她如此，独孤雅莫一把拽住凤桑："你要做什么？！"

"你放开我，我要问一问凤舞！"凤桑气呼呼地瞪着独孤雅莫，"时间那么紧迫，那颗心脏都快过半了，结果凤舞还神佛一样坐在那儿，她到底在想什么！"

独孤雅莫自然也注意到了凤舞的举动。

事实上，此刻谁不关注凤舞？大家能毫发无伤地走到第四层，谁不是靠着凤舞的聪明机智？

"你是疯了吗？！"独孤雅莫一巴掌拍在凤桑的脑门上，"凤舞正在想对策，等她想明白了，就能带领我们继续往前走。"

凤桑瞪着独孤雅莫："你确定她一定能想出对策？你确定她一定能带领我们继续往前走？"

独孤雅莫："……不确定啊。"

凤桑："那你还……"

独孤雅莫用看神经病一样的目光看着凤桑："你脑子没毛病吧？谁规定凤舞一定要带领我们走向胜利？她有什么义务一定要让我们赢？说简单通俗点，现在是我们在抱凤舞的大腿，她帮我们是情分，不帮是本分，哪里有你这样理直气壮要人家保护你的？你是谁啊？皇帝的女儿都没这么理所当然！"

凤桑被噎得一句话都说不出来，死死瞪着独孤雅莫。

她也意识到自己太冲动，越是濒临死亡，心里越慌，越慌就越气急败坏。

"独孤雅莫，你真是变了！你现在处处为凤舞说话，就是凤舞的一个小跟班！"凤桑直接挑拨上了。

若是之前的独孤雅莫，这回肯定暴跳如雷，但现在经历过亲弟弟的背叛后，她已经清醒过来。她冷笑道："凤舞这样聪明睿智，洞察世事，当她的小跟班我还很骄傲呢，怎样？"

凤桑颤抖地指着独孤雅莫："你、你……"

"你们快别吵了，看凤舞——"风亦然提醒道。

却见凤舞一步一步往火焰中心走去。

"凤舞不会被灼伤吗？"

虽然她是火元素属性，但这些天火地火强大极了，便是风淏他们都不敢轻易上前，可凤舞进去了，而且还毫发无伤？这是怎么回事？

他们不知道，凤舞的两只灵宠，一只火凤凰，一只小虎崽，都是火属性的，当凤舞一路往前走的时候，这两只灵宠一只在凤舞左肩，一只在右肩，正疯狂吸收着火焰。这是最纯粹的异火之力，对他们来说，就是大补中的大补，每吸一口，实力就噌噌噌往上涨。

彩凤鸟和小虎崽激动得全身颤抖。灵尊七星，灵尊八星，灵尊九星……如果风淏他们看到，一定会嫉妒到疯的！

凤舞一路赤脚走到中央，悄然而立，衣袂翩然，远远望去，宛若火神之女。

众人看到沐浴在火海中的凤舞，久久不能回神。

"凤舞她……她怎么能在火海中随意行走呢？她到底是怎么做到的？！"

"难道你们没有发现吗？刚才她一路行走，前方自动分出一条没有火焰的路，她就是这样走到中央的。"

"自动分出一条路？怎么会？"

风浔和玄奕看得真切明白，分明就是凤舞的两只灵宠在帮她开路，不过他们并不想说出来。他们对凤桑和凤亦然一直抱有防备之心。

此刻的凤舞，已经进入玄妙的境界。她知道，偌大的四层空间就是一张八卦阵图，阴和阳，水和火，一边黑一边白……五行八卦阵图在她的脑海里盘旋。

忽然，凤舞盘腿而坐，当场修炼起来。

"修炼？！"凤桑整个人都感到不对劲儿，难以置信地瞪着眼前这一幕。她怎么都没想到，凤舞居然会坐在火海里修炼……

"她到底知不知道自己在做什么？！"凤桑指着凤舞，瞪着众人，"如果我没看错，凤舞在修炼吧？她居然坐在火海里修炼？！什么时候修炼不好，偏偏这个时候？难道她都不着急吗？！难道她不知道，我们急得像热锅上的蚂蚁吗？！"凤桑一边说一边瞪着独孤雅莫。

独孤雅莫这回真不知道怎么帮凤舞辩解，就连她自己，此刻对凤舞也有了一点怀疑。

风浔瞪着凤桑："小舞有感悟了，要修炼就修炼，关你什么事？有本事你别抱小舞的大腿啊，你自己找路上去啊，去啊！"

凤桑："……"

风浔："谁拦着你了？你去啊，赶紧的啊！还有其他人，想走的赶紧走！相信小舞的，肯在这里等着的，就别废话！"

就在风浔说出这番话的时候，他们脚下突然延伸出一条走廊，而那条走廊通向另外一座建筑。走廊上还显出一行字：起分歧的队伍，可以选择自己解散。

风浔一看，顿时来劲，哈哈大笑，指着凤桑："看到没有？这是鬼王陛下的意思！你不是对凤小舞很不服气吗？走啊，往这边走啊！快点上去啊！"说着，风浔还推了她一把。

凤桑："……"她脸色都变了，两只脚就跟长在地上似的，一动都不敢动，生怕风浔真的会将她硬生生拽到那条通道上去。

别说凤桑不敢，就连此刻的凤亦然都安静得很。

四周一阵难得的沉默。

凤舞并不知道他们正在争执，此刻她确实在修炼。不过，她炼的不是灵气，而是大招！凤舞本就擅长操控火元素，而在她一路上朝火源中心走的时候，从火焰中感悟到了地火。

当火元素和《地藏幽典》融成一体的时候，会发生怎样的化学反应呢？！凤舞很期待，也知道一定要快！

凤舞无语地发现，她的两只灵宠，此时吸收火源的速度太快了。

凤舞清楚地知道，她的时间并不多。心脏就快爆炸了，她得利用周围的地火，以最快的速度修炼"大地火"这个大招。

凤舞的"地藏幽典"已经修炼到第六招群攻技能"大地控"，且修炼得炉火纯青。现在她要做的，就是将大地控和火元素融成一体。

时间一分一秒过去，风浔他们越发焦灼。

就在这时，凤舞暴喝一声："大地火，成！"原本熊熊燃烧的火焰竟然全被凤舞控住，一动不动。

所有人都用震惊的目光看着凤舞。如此广阔的大地，凤舞居然能将其控住？她说不动，这些大地火就不动了？这未免也太可怕了吧！

就在这时，凤舞又道："大地火，灭！"

咻——整片大地，偌大的空间，原本熊熊燃烧的火焰，竟然全部熄灭！地上除了焚烧后的焦炭冒着青烟，什么都没有。

小虎仔还没吃饱，一脸蒙地看着凤舞。

彩凤鸟也一脸蒙地看着凤舞。

风浔他们也都用难以置信的目光看着凤舞。

凤舞的嘴角扬起微微的弧度："大地火，燃！"

原本已经熄灭的大地火，竟然嗖的一声重新燃起，并且以肉眼可见的速度往四周蔓延。

彩凤鸟和小虎仔无语地看着自家主人，她确定不是在玩火吗？

凤舞又喝一声："大地火，收！"

随着凤舞的怒喝，熊熊燃烧的火焰都被凤舞收进储物空间。

众人第一次见识到火焰还能被收进去。不过，储物空间对他们来说，确实是遥不可及的东西。

"走吧。"凤舞站起来，看了队友们一眼。

风浔一脸惊喜地道："走？"

凤舞理所当然地看着他："你们不是要上去吗？"

风浔一脸震惊地道："这、这、这就破关啦？"

凤舞："火焰都没了，难道不是破了？看，楼梯就在那边。"说着，凤舞率先往前走去。

大家上到第五层的时候，不由得偏头看着隔壁。

他们还在第六层作战。

"我们和正选小队的差距拉近了呢。"独孤雅莫握紧拳头，得意地对凤桑说。

凤桑在心里暗暗冷笑，差距拉近了又如何？凤舞真的能赢？

独孤雅莫瞥了凤桑一眼，不无得意地道："说不定我们真的能赢了正选小队！"

凤桑无语地瞥了独孤雅莫一眼，不屑跟她说话。

而风浔等人信心十足，众志成城，恨不得自己的队伍立刻超过正选小队。

"呀，你们看——"赛非落公主偏头一看，看到走向第五层的绝地求生小队。

"他们走到第五层了！刚才不是才从第三层走到第四层吗？这是……第四层已经过了？"

赛非落公主一说，其余人也都往这边看过来。

确实如赛非落公主所言，这支绝地求生小队已经通过了第四层，到达第五层。

"这么快？"二皇子的眼眸半眯起来，有一种强烈的危机感。

绝大人也皱起眉头。

反倒是赛非落公主不以为然道："不就是到达第五层吗？难道第五层很好过吗？要知道，我们为了过第五层，耗费了多少精力和灵气，你们还个个儿都身上带伤，他们这支被淘汰的小队，还能比我们厉害不成？"

凤琉看了明兰尔公主一眼，见她脸色忽明忽暗，晦暗不明，忙附和道："可不是嘛，难道那支小队真的会比我们厉害？我们可是有明兰尔公主一路带领着呢。"

明兰尔公主眉头微蹙，说了一句："大家加快速度！"

第六层是黑暗元素，大家对付起来还是很吃力的。

凤琉看了明兰尔公主一眼，心中一凛，敏锐地感觉出明兰尔公主心情不好。莫非……明兰尔公主也产生了危机意识？不会吧？

凤舞这边，大家高高兴兴地到了第五层。按照金木水火土的原则，第五层是土元素。

当凤舞等到达第五层的时候，凤桑第一个尖叫出声："啊——"

原来第五层的整个地面会随机出现一个又一个土包尖锥，而且还都是活的，就像被打的地鼠一样，从这边钻进去，又从另外一边钻出来，让人防不胜防。

刚才凤桑之所以尖叫，是因为那尖锥一下子从地上蹿起，将她的脚底板扎了个洞，鲜血顿时冒了出来。

"啊——"继凤桑之后，独孤雅莫的脚底板也被扎了，只不过她闪避得快，没有被扎透，但鲜血还是如珠般往外冒。

"好可怕！"

"这些尖锥一下子缩进去，一下子冒出来，简直让人防不胜防！"

"我想走，我不要留在这里，我要离开，呜呜呜——"

"哭什么？我们现在已经进来了，这里是你想离开就能离开的吗？"

"整片大地都被尖锥布满，根本走不出去，也没有什么地方是安全的。现在大家能做的，就是提高警惕，注意脚下！"

"啊！我站着不动，那尖锥直接从我脚底穿上来了！怎么办？！"

慌了……整个绝地求生小队的小伙伴现在都慌了。

怎么办？走也不行，站在原地也不行。跑也不行，不跑也不行。时不时就有尖锥从地底冒出来，毫无规律可言，简直防不胜防。

"这尖锥是活的！"

"它们太灵活了！"

"正选小队已经通过了，也不知道他们用的什么方法……"

就在大家紧张兮兮的时候，凤舞使出一个大招："大地火！"

大地火一出，顿时那些尖锐的土锥仿佛被人控住，动都动不了。

"破！"凤舞又是一声暴喝。

整个空间仿佛被一股恐怖的土之力包围。

所有人都惊讶地发现，地上那宛若地鼠的尖锥被凤舞以摧枯拉朽之势扫荡一空，化为一地齑粉。

大家抬头，用无比震惊的目光看着凤舞。

"这、这、这么强啊？"独孤雅莫惊呼一声。

凤桑也紧紧闭上嘴巴，一句话都说不出来。

凤浔："小舞，你这一招……"

大地火一出，那些尖锥全被控住，同时被烈火烧成齑粉，这要是放在人身上……不知道会厉害到什么地步啊！

面对众人震惊的目光，凤舞反倒显得淡定从容。她淡淡一笑，道："出发，第六层。"

以凤舞为首，这支绝地求生小队势如破竹，快步冲向第六层。

而此刻，正选小队那边也还在第六层。

"明兰尔公主！明兰尔公主！"凤琉帮不上什么忙，只好一直关注对面的情况。当绝地求生小队点亮第五层的时候，她慌了。

"明兰尔公主！你们快看！隔壁已经通过第五层了！他们正前往第六层！！"

"怎么可能那么快？刚才他们还在第四……"赛非落公主话音未落，就被打脸。

他们眼睁睁地看着对方来到了第六层。

赛非落公主："不是吧！他们居然真的……这速度也太快了！我们会不会被追上？"

到了这时，大家心里都有了危机感。

"没想到凤浔还有这一手，我以前倒是小瞧他了。"二皇子眼眸半眯起来。

"毕竟是君临渊的左膀右臂，能弱吗？"

"我们现在讨论的重点不应该是凤浔，而应该是怎么将他们远远甩开吧！"

"都给我闭嘴！"原本清纯无辜的明兰尔公主，此刻面容如凝结的冰霜，难看至极。

大家都用怪异的目光看着明兰尔公主。她现在看起来阴鸷而狠辣，气场无比强大，再不是之前那个纯净善良、惹人怜爱的小姑娘了。

"你们以为靠我一个人就行吗？我又不是神仙！"

"想赢的话，就集中全力攻克难关！"

"对面的人齐心协力，你们却在这里说风凉话，如果输了，你们都以死谢罪吧！"明兰尔公主这话说得明显没那么自信，连伪善的面具都没有精力戴了。

凤琉她们几个对视一眼，心里莫名开始慌乱。

凤舞所在的绝地求生小队，此刻已经来到第六关。

第六关，是黑暗元素属性。

"对面的正选小队在第六层，我们也在第六层，这说明我们有希望了啊！"独孤雅莫激动得手舞足蹈，"我们有很大概率赢过对方，对不对？！"

所有人都用期待的目光看着凤舞，凤舞却冷静地摇头。

"为什么……"

"如果第六层是黑暗属性，那么第七层就是光明属性，明兰尔公主不擅长第六层，但对第七层却是信手拈来，所以——"

风浔握拳："一旦他们进入第七层，我们想追就难了！所以这第六层，我们一定要快！"

所有人都用期待的目光看着凤舞。

黑暗属性啊……凤舞抓抓脑袋，她也有点抓瞎。

就在这时候，七皇子站了出来，瞥了众人一眼，得意扬扬地道："不就是黑暗属性嘛，眼前这群亡灵暗杀小队看起来很恐怖，不过一旦被净化，就什么都不是了。"说话间，七皇子衣袖一甩，一只手指长度的白玉瓷瓶飞到半空，那不可匹敌的气势竟和君临渊有些相似。

白色光芒闪耀，星星点点地没入亡灵小队体内。

众人惊奇地发现，这些亡灵队员竟然以肉眼可见的速度倒下去。

"那白色瓷瓶里到底是什么？"

看着大家闯第六关瞬间成功，所有人都用无比震惊的目光看着七皇子。

大家原本以为这一关要很辛苦才能闯过去，可七皇子一出手，亡灵小队全灭，这速度……

七皇子得意扬扬地道："这瓶净化圣光可是太子哥哥给我的生辰礼物，好了，现在用完了，什么都没有啦。"

"虽然是一次性消耗品，但这东西的威力也太猛了吧？"独孤雅莫眸中浮现一抹心动之色。

君临渊，便是他人不在，光芒却无所不在。

"那是，那可是我太子哥哥啊，能不厉害……"原本骄傲满满的七皇子，在和凤舞的目光对上时，忽然一阵心紧。

现在太子哥哥和自己可是竞争对手，他怎么能长他人志气，灭自己威风呢？

七皇子正想说点什么，凤舞摆手："走吧。"

七皇子跑到凤舞身边："小舞小舞，你看看我好不好？"

凤舞无语地看着七皇子："看你什么？"

七皇子："太子哥哥是很厉害的，可这世上也有其他惊才绝艳的少年啊，比如我，对不对？"

七皇子一边说话，一边把脸凑上去。

凤舞抬手将七皇子推远一些，无奈地看着他："你们两兄弟谁更出色，对我来说没有任何意义。"说话间，凤舞已经率先走到第七层。

七皇子愣在当场，回过头，不解地看着风浔："她、她这话……是什么意思？"

风浔摸摸鼻子，拍拍七皇子的肩膀，一副你多珍重的表情，越过他走上第七层。

七皇子："……"

"不好！"凤琉看到这边的情形，激动地尖叫起来。

"绝地求生小队通过第六层了，啊啊啊啊啊！"她这一喊，顿时将所有人的目光都集中了过来。

"我的天！"赛非落公主惊呼一声，"不会吧？！这不可能！一定是我眼花了？！隔壁的绝地求生小队，他们、他们……第六层的灯笼真的点亮了！他们真的往第七层去了！我的天啊！这个世界是疯了吗？！"

明明他们这支才是正选小队，明明他们才是天命之选，明明他们才是……

如果说，一开始他们对绝地求生小队怀着忌惮之心，那么现在，他们是真的慌了，慌乱得不知道该怎么办才好。

凤琉最直接，当即催促明兰尔公主："明兰尔公主，快啊，快啊！再不抓紧时间，我们要输了！"

赛非落公主也焦急地握紧拳头，声音中带了一丝埋怨："妹妹，我们这支队伍是你带领的，你不是很厉害吗？现在怎么被对方超前了呢？"

明兰尔公主正在很辛苦地用白光净化这些亡灵队员，可是她的白光等级毕竟有限，而这支亡灵小队的队员个个儿身手矫健，快若闪电，根本捕捉不到。

刚刚，她好不容易捕捉到一只，听了赛非落公主的话，心里一气，手松了一下，就让他跑掉了。

"闭嘴！"明兰尔公主露出前所未有的凶狠表情。

赛非落公主平常怕她，现在真急了："妹妹！现在不是你使性子的时候！你一直让我们闭嘴，可你自己倒是别站着不动啊！"

你哪只眼睛看到我站着不动了？！明兰尔公主心里觉得憋屈，想一巴掌将莽撞的赛非落公主拍飞，可是，此刻盯着她的人又何止赛非落公主呢？这支正选小队里，只有明兰尔公主一个人是光明属性，其他人根本帮不上忙。

"明兰尔公主，请尽快。"一向置身事外的二皇子都有些着急了。

"有需要帮忙的地方，请说。"一向沉默是金的绝大人也不由得开口了。

明兰尔公主自诩冷静，但被这么多双眼睛焦灼地盯着，她的心也不由得急躁起来。

"你们不要催我！我知道时间很紧急，我已经尽力了！"明兰尔公主语气中带了一丝不耐烦。

凤琉暗中嘀咕一声："明兰尔公主……脾气怎么这么差啊？"

一旁的独孤孟溪拉了凤琉一下，压低声音说："所以古人说得好，危难时刻见真性情。现在是关乎生死的时刻，她哪里还有精力去装模作样？自然而然就暴露本性了。"

凤琉在内心嘀咕："好虚伪哦。"

"给我破！"明兰尔公主集中精力，耗损了大半灵气，终于将死亡小队歼灭，不过她自己看上去并不好过，脸色苍白得可怕。

"去第七层。"明兰尔公主没有多余的话，率先往第七层冲去。

当明兰尔公主带着一群人来到第七层的时候，凤舞等人也正在第七层。

第七层，两边是通的，也就是说，任务难度一样。

最终的胜负，就在这第七层见出分晓。

第七层，天空中悬挂着偌大的三个太阳，阳光纯净，圣光灼灼。除此之外，整个第七层什么都没有。

两支队伍你看看我，我看看你。

不过，当两支队伍站在一起的时候，高下立见。以明兰尔公主为首的正选小队个个儿衣衫褴褛，身上带血，一看就知道经历过一番血战。反观绝地求生小队，个个儿光鲜亮丽，精神抖擞，干净整洁，完全不像经历过生死战斗。

"你们——"凤琉指着独孤雅莫，"你们……身上为什么没有带伤？"

独孤雅莫看到他们身上的伤，有心嘲讽，却做出茫然的表情："啊？为什么我们身上要带伤啊？"

凤琉："难道你们不是闯关上来的吗？"

独孤雅莫一脸无辜："当然啊，不然我们怎么上来的？"

凤琉："那你们怎么没有受伤？你们不是地狱模式吗？"

独孤雅莫一副恍然大悟的样子："哦，你是说这个啊？那你就有所不知了，我们的闯关，几乎都是靠凤小舞才完成的呢。"

什么？！靠凤琉？！不只凤琉震惊，周围其他人也用无比震惊的目光看着凤舞。

"她？怎么可能？"凤琉呵呵冷笑，"她有什么实力闯关？"

"凤琉啊，看来你是真的小瞧凤小舞了，至于你家五姐姐有多厉害嘛，你根本想象不到！"这是独孤雅莫的真心话。

"呵呵——"凤琉根本不信，"独孤雅莫啊独孤雅莫，带领你们一路闯关上来的分明是风小王爷，你这样故意抬高凤舞，贬低风小王爷，就不怕风小王爷生气吗？"

"哈？"独孤雅莫用看白痴一样的目光看着凤琉。

风浔似笑非笑地看着凤琉："凤六姑娘这是在讽刺本小王吗？"

正选小队的队员都皱眉看着风浔。风浔双手交负在身后，很是骄傲得意地道："我们绝地求生小队的队长一直都是凤小舞，这一路上我们就是抱了凤小舞的大腿，没有进行任何战斗，一路就这么上来了呀。"

什么？！正选小队的所有人都震惊了！若这话是独孤雅莫说的，他们自然不会信，可话出自风浔之口，由不得他们不信。

特别是明兰尔公主，此刻盯着凤舞，眸中射出两道幽冷的寒芒。

偏偏这时候，凤琉还不知死活地说："这不可能，我们这边是明兰尔公主带队，可还是伤成了这个样子，你们的意思是说，凤舞的实力比明兰尔公主要强？凤舞的智慧也超过明兰尔公主？"

明兰尔公主恨不得将凤琉拍死，这个凤琉，确定不是故意的？！

独孤雅莫笑道："我们在第一关的时候，凤小舞用了一块很奇怪的石头，那些飞刀都被吸到墙上去了，我们根本不用参加战斗就赢了。

"第二关就更取巧，我们的凤小舞竟然用诊病的方式，一下子划定了病变的区域。

"第三关的时候……"独孤雅莫得意扬扬地从第一层开始说，直说到第七层。

她看着凤琉，摊手道："所以你们看，我们哪里需要战斗，只要一路抱凤小舞的大腿就行了。"

赛非落公主："……"

凤琉抱着最后一丝希望，看向凤亦然。凤亦然点点头。凤琉真的绝望了。

在场心情最不好的人不是凤琉，而是明兰尔公主。既然已经暴露了本性，她也不装了，抬起冰冷的眸子盯着凤舞，表情阴诡："看来，你很得意嘛！"

凤舞淡淡地瞥了明兰尔公主一眼："并没有。"

明兰尔公主冷笑连连："你别装蒜，能赢我，你得意得尾巴都要翘到天上去了吧！你还真以为能赢我？"

凤舞摊手。事实上，她从来没有将明兰尔公主放在眼里过。

风浔皱着眉站出来："明兰尔公主，你原来不是这样的性格，现在冷嘲热讽的模样很难看。"

明兰尔公主顿时被噎住，想反驳，可发现无论自己说什么都是错的。

"看来大家都很开心嘛，哈哈哈——"狂放邪肆的声音从不远处传来，众人抬头一看，发现是那位让大家无比头疼的鬼王大人。

鬼王大人乐呵呵地说："你们两支队伍居然同时到达了，有意思，有意思。"

独孤雅莫冲鬼王陛下大声嚷嚷："是我们先到达第七层的，鬼王陛下，是我们先到达第七层的！"

凤琉惊惧地瞪着独孤雅莫。她怎么敢用这样的语气跟鬼王陛下嚷嚷？那可是能决定大家生死的鬼王陛下！

不仅如此，其他人也都惊讶地看着独孤雅莫。

独孤雅莫不这么想。如她所料，鬼王陛下竟没有生气，反而开心极了。

"看来，你们绝地求生小队这次很有希望啊，不错不错，好玩好玩。"

正选小队的队员脸色瞬间变了。听鬼王陛下这语气，他似乎更期待绝地求生小队赢？

怎么会如此……明兰尔公主握紧拳头，长长的指甲深深陷进肉里。

"请问鬼王陛下，第七层要如何才算过关？"凤舞皱着眉头道。时间对她来说很宝贵，浪费在口舌之争上是最不明智的。

这小丫头……鬼王陛下瞪了凤舞一眼："你就这么想闯关？难道你不知道，这第七层对你来说很不利吗？"

凤舞傲然而立，自信从容地道："整个闯关过程，对我们绝地求生小队来说，又何曾有利过？"

鬼王陛下一想，确实如此，历来绝地求生小队就是被放弃的，无非是在绝境中苦苦挣扎，试图生存罢了。但是，如今在凤舞丫头的带领下，这支队伍居然先一步到达第七层，让鬼王陛下无比震惊。

"你这丫头真会说话，本王都被你说服了。好了，第七层的比赛，由本王亲自来出考题。"鬼王陛下一挥手，手中便出现一个光球。

"圣光球！"明兰尔公主惊呼一声，露出惊喜之色。

圣光球里蕴含着无尽的圣光，而圣光对明兰尔公主这种光明属性的修炼者来说，就如鱼儿对海水的渴求。

鬼王陛下瞥了凤舞一眼。

"第七层的比赛规则很简单，圣光球打开之后，你们比谁收集的圣光多，时间一到，多的那个就算赢了。"鬼王陛下出的题目如此简单粗暴。

正选小队这边惊喜连连，因为第七场对他们来说最有利，明兰尔公主赢定了啊！

"这不公平。"凤舞这边，大家都发出抗议的声音。

"明兰尔公主是光明属性的，鬼王陛下，您也太偏心了吧？！"独孤雅莫不服气了。

凤琉："这第七层本就是光明元素好不好？你们家凤舞没有光明属性，关我们什么事啊？我们明兰尔公主是光明属性怎么啦？天生的，不服啊？"

眼看独孤雅莫和凤琉就要吵起来，鬼王陛下咳嗽一声，顿时全场寂静，没人敢再多说一句话。

"如果你能闯过这一关，本王就承认你真的赢了。"鬼王陛下目光森然地盯着凤舞。

独孤雅莫："可是……"

鬼王陛下幽冷地道："本王对你这样的绝世天才，要求本就会高一些，你觉得呢？"

对像凤舞这样的绝世天才？明兰尔公主脸色瞬间变得非常难看，如果凤舞是绝世天才，那么她是什么？蠢材吗？！

明兰尔公主握紧拳头，这一次她一定要赢，堂堂正正、光明正大地赢过凤舞！

鬼王陛下没再废话，衣袖轻拂，圣光球便飞至半空，轰然炸裂。

咻——圣光球炸裂后，无数圣光从球中飞出，宛若漫天白雪，洋洋洒洒。

明兰尔公主眸中浮现一抹得意之色，静静盘坐在地，双手呈托球状。她的手心仿佛有吸光的东西，无数光点快速朝她涌去。很快，她手中已经凝聚了半个球大小的圣光。正选小队激动起来，个个儿面色潮红，握紧拳头。如果不是担心打扰明兰尔公主，他们都要呐喊出声了。

反观凤舞，她正坐在明兰尔公主对面。两人宛若置身八卦阵图中，一个坐在黑色那边，一个坐在白色那边。凤舞手中只有零星几点圣光，数量少得能数出来。

绝地求生小队都急了，特别是独孤雅莫，急得简直快跳起来。

"怎么会、怎么会这样？！凤小舞的圣光怎么只有九点？"独孤雅莫是真的认真数过，确实只有九点。

"难道，凤舞真的不如明兰尔公主？"

"难道，我们前期的努力都白费了？"

"难道，我们真的要输？"

风浔握紧拳头道："没事的，凤小舞最擅长的就是翻盘，她一定还有底牌！"

"对，她一定还有！"独孤雅莫也是如此说服自己。

可越往后看，她的内心就越乱，因为又有一部分圣光汇聚到明兰尔公主那边，而凤舞手心只有孤零零的……屈指可数的九点。

光球只有那么大，光点总数是有限的，独孤雅莫数过，圣光最多百万。

现在，明兰尔公主已经收集了至少六十万点圣光。独孤雅莫顿感绝望，脸色苍白，整个人瘫坐在地："输了……我们已经输了……"

绝望的何止独孤雅莫一人？风浔也是一脸蒙，其余人也都半天回不过神。怎么会这样……怎么就输了呢……怎么就……

正选小队的队员们脸上洋溢着激动幸福的神采。结局已经定了啊！

"哈哈哈——明兰尔公主赢了！"

"我就知道，我们才是最后的赢家！"

"凤舞能上来，靠的还不是投机取巧？现在比的是硬实力，她不就不行了？"

"还敢和明兰尔公主比？她拿什么跟明兰尔公主比啊？！"

一句句刺耳的风凉话传到了对面。

风浔气得握紧拳头，想反驳，可反驳什么好呢？

风琉得意扬扬地看着独孤雅莫："你不是很骄傲吗？不是很崇拜凤舞吗？现在，

你们都要被凤舞坑死了，请问，你现在是什么感觉？"

独孤雅莫握紧拳头，肩膀剧烈颤抖。

鬼王陛下之所以被称为鬼王陛下，就因为玩心太重，不论是正选小队还是绝地求生小队，都被他视为手中的棋子。既然是棋子，自然是他想怎么摆弄就怎么摆弄。

于是，鬼王陛下似笑非笑地道："其实，你们未必会死啊。"

啊？所有人都睁大眼睛，看着鬼王陛下。恶趣味的鬼王陛下得意扬扬地道："现在，本王再给你们一个选择的机会。"

什么选择的机会？所有人都看着鬼王陛下。鬼王陛下很是得意："很简单，现在你们拥有重新选择队伍的机会。"

重新选择队伍，这意味着什么？！不论是正选小队还是绝地求生小队，几乎所有队员都看着鬼王陛下，生怕他说的是假话。

凤桑是最激动的，惊呼一声："是真的吗？鬼王陛下，您的意思是说，如果我现在想去正选小队也可以吗？"

鬼王陛下一个眼神射向凤桑，顿时，凤桑就像被冻住一般，全身动弹不得。好可怕的目光……她僵立当场，全身发麻，连呼吸都忘记了。

性情阴晴不定的鬼王陛下忽然哈哈大笑道："你说得没错，现在任何人都可以自由选择队伍，没有人员上限！"这就是说，如果所有人都选择正选小队，也可以？

"只有队长不可以选。"鬼王陛下笑眯眯地看着脸色骤变的风浔等人。

刚才风浔是真的动摇了！

"为什么队长不可以选？"风浔瞪着鬼王陛下，气急败坏地道。

鬼王陛下似乎很享受风浔的气急败坏，非但没有生气，反而得意扬扬道："我的地盘我说了算，队长就是不可以。"

"你这是不讲道理！"风浔生气地道。

鬼王陛下得意地道："我就是不讲道理，就是任性，你不服气啊？"

风浔："不服气！"

鬼王陛下："哦，那你就憋着吧。"

风浔："……"

鬼王陛下很喜欢捉弄人，看风浔气得跳脚，反而更高兴，笑声不绝。

风浔气得差点指着鬼王陛下的鼻子骂出声。

"你们只有一分钟的时间选择，倒计时开始——"鬼王陛下很享受这种掌控别人命运的感觉。

凤桑和凤亦然对视一眼，嗖的一声，直接蹿到对面去了。

此刻，凤舞的队伍里只剩下凤舞、风浔、玄奕、七皇子和独孤雅莫五人。独孤雅莫还在纠结，脸色变幻不定。

风浔走到凤舞身边，压低声音对她说："这个队长我来当吧。"凤舞没有反应。

风浔再次说道："我来当队长，你到对面去。"

凤舞摇头道："不。"

"小舞——"风浔急了，"你还想不想活了？"

"我不会输的。"凤舞就像捡拾麦穗的小姑娘，慢慢捡拾着圣光，"我不会输。"

人家都快收集完了，你还说你不会输？开什么玩笑呢？！

此刻，明兰尔公主嘴角扬起微微的弧度。她手中的圣光已经有很多，最后，她将这些圣光凝聚成一个光球，双手托住。那双手晶莹如玉，润泽如玉。圣光球熠熠发光，光彩耀眼。

结局已经注定，还有什么可说的？

凤琉嘲笑独孤雅莫："再不过来，你可是要死了哦！"

独孤雅莫看着风浔。风浔坚定地摇头："凤小舞在哪里，我就在哪里！"

玄奕抱剑在胸："附议。"

七皇子义正词严地道："我家女神大人在哪里，我就在哪里！"

明兰尔公主抬头看了这三位少年一眼，眸中闪过一抹阴鸷。

凭什么？！她已经是稳赢状态，这些人凭什么还不选择她？！看来，他们是不到黄河心不死了！

想到这儿，明兰尔公主狰狞诡笑，站起身来，手捧光球，迈开步子，快速往中央大理石桌台走去。

"明兰尔公主要将圣光球放进去了！"风浔惊呼一声。

所有人都知道，当明兰尔公主将圣光球放进去的那一瞬，这场比赛就彻底结束了。

倒数三秒，两秒，一秒！

独孤雅莫握紧拳头，最终还是没有选择去明兰尔公主那边。不是她不怕死，而是她觉得凤舞一定不会让她失望，即便现在的景况已经足够让人绝望。

就在明兰尔公主将光芒闪耀的圣光球放进大理石桌面的那一瞬，轰隆隆——一道剧烈的轰炸声响起，凤舞头顶出现一道金色光芒。

"这不是第一层我们遇到的金元素吗？后来被凤小舞击败，又让彩凤鸟吸收了的火之精粹吗？！"风浔惊呼一声。

而现在，这火之精粹像一抹小小的彩虹，横亘在凤舞头顶。

这时，又一阵爆炸声传来。

"木，是太乙木之精灵！"风浔惊呼一声，"没想到太乙木之精灵都出来了！可是，这时候它出来做什么？"

没人知道这精纯的木之元素会突然出现，更不知道它会有什么用。

水之元素，火之元素，土之元素，黑暗元素……宛若叠彩虹一般，在凤舞头顶一层层往上叠。

所有人都用怪异的目光看着凤舞，她这是怎么了？

"如果光明元素也出现，那所有元素就到齐了！"风浔惊呼连连。

至于冰元素之类的，不过是水元素的延伸和变化罢了。

"七大元素只缺光明元素了！"

"这、这是什么意思啊？为什么这么多元素都朝凤舞头顶飞去？"

"我怎么突然间有一种很不好的预感呢！"

大家对凤舞头顶的五彩斑斓的彩虹元素好奇得不得了，心中都有各自的猜测。

明兰尔公主原本要将圣光球放于桌面，就在这时，她手里的圣光球突然脱离，咻的一声，以最快的速度朝凤舞而去。

"天啊！"不知道谁惊呼一声，所有人都倒抽了一口凉气。

因为那个圣光球就像调皮的小孩凑热闹一样，以迅雷不及掩耳之势，融入彩虹元素之中。

第一层，金元素呈金色。

第二层，水元素呈蓝色。

第三层……

如此七层，色彩分明，明艳动人！

所有人呆呆地看着凤舞，看着她头顶的彩虹，看着那与其他六大元素融合成一体的颜色……

最震惊的人莫过于明兰尔公主。她看着双手，自己原本握着胜利的筹码，现如今空空如也。

其余人的目光，原本都集中在凤舞的头顶，但因为彩虹一直在静静融合，所以他们将目光转移到了明兰尔公主身上。

"明兰尔公主——"凤琉第一个反应过来，惊呼一声，"你的圣光球……呢？"谁都知道明兰尔公主的圣光球飞到了凤舞头顶，凤琉想问的是，现在明兰尔公主要怎么办？

明兰尔公主终于从震惊中回过神来。怎么办？！当然是将圣光球抢回来，不然输的就是她这支小队了。想到这儿，明兰尔公主屈指成爪，嗖的一声，宛若利箭，往凤舞飞奔而去。

"把圣光球给我还回来！"明兰尔公主朝凤舞头顶猛地拍去。

"找死！"风浔、玄奕、七皇子岂容她放肆，纷纷站出来。

还没等他们出手，砰，可怜的明兰尔公主如一道疾驰的白光，猛地撞上光幕，啪的一声反弹回去！明兰尔公主面色阴狠，全身宛若有烈火燃烧，整个人都快炸了。

反观凤舞，从始至终就坐在那儿，一动不动，到最后，所有的圣光直接跑她那边去了。

明兰尔公主看着鬼王大人，压抑住怒火，声音略显颤抖："鬼王陛下……现在是什么情况？我——"

明兰尔公主还想哭诉，可鬼王陛下盯着凤舞，看都没看明兰尔公主一眼，直接对她摆手，示意她闭嘴。

明兰尔公主："……"

此刻，鬼王陛下内心也觉得奇怪。眼前这一幕，超出了他的预期，以前他可没见过这种事。他隐隐约约觉得，事情……有些超出他的控制了。

明兰尔公主身边的队友都很着急，特别是凤琉，急得像热锅上的蚂蚁，整个人都快跳起来了。当然，最焦急的莫过于刚加入正选小队的凤桑和凤亦然。如果输了，他们简直不知道该怎么办。

轰隆隆——凤舞头顶，一道白光炸裂。所有人都惊奇地看到，彩虹元素宛若泥沙洪流，慢慢没入凤舞的脑袋。

这这这……周围的人都惊呆了！

这东西……还能被吸收不成？！

第一层金元素，很快就被凤舞吸收，紧跟着是第二层木元素……凤舞原本就是木元素法师，所以吸收木元素时速度很快。

"时间到了，鬼王陛下，时间到了！"

明兰尔公主有一种很不好的预感，紧张催促着："心脏要爆炸了！时间到了！您宣布停止吧！"

"闭嘴！"一向对明兰尔公主青眼有加的鬼王陛下，此刻直接一挥衣袖，看向明兰尔公主。

明兰尔公主的嘴巴顿时被扇肿，看上去滑稽极了。当众被掌嘴……她以后还有何颜面活在世上？！

鬼王陛下双眼一眨不眨地盯着凤舞，目光熠熠生辉，像在看稀世珍宝。

第三层，水元素……又被慢慢吸收了。

第四层，火元素……被快速吸收。

第五层……第六层……第七层……

土元素，黑暗元素，光明元素。

原本像桥梁一样搭建在凤舞头顶的彩虹元素，一层层被凤舞吸收入体。

"吸收了……居然全部吸收了……"

"这、这是什么意思……"

"这意味着什么……"

所有人都喃喃自语，他们想到了某种可能性，这世界上怎会有这样的人？！

"全元素法师？"鬼王陛下第一个惊呼出声，猛地一拍大腿，"不是吧？真的是全元素法师？！本王居然亲眼看到一位全元素法师诞生？而且还是后天元素法师？！我的天啊！"

就连阴晴不定、气场强大的鬼王陛下都激动得拍大腿了，可见此事有多让人震惊！

风浔张了张嘴，想说话，却一个字都没有说出来。

玄奕也惊了。

七皇子更是瞠目结舌……

独孤雅莫："啊……啊……啊……"

"这不可能！怎么可能？！"凤琉爆发出怒吼，"凤舞怎么可能会赢？她怎么可能吸收全部元素？怎么可能变成全元素法师？全元素法师啊！"

可以说，成为全元素法师是所有修炼者心中最美的梦想。这块大陆上，绝大多数人是没办法觉醒灵气的，只能过着平凡艰苦的生活。只有少部分人，能觉醒一种元素。只有极少部分人，天赋异禀，能觉醒两种元素。即便是这样的天才，也已经是凤毛麟角。而能觉醒三种元素、四种元素的人更少。

凤舞现在居然觉醒了七种元素，这可是君武帝国唯一的一位全元素法师！这样的凤舞，将来必然是各方势力争夺的焦点，因为她的未来太光明了，前途太远大了！正因为这样，明兰尔公主才会嫉妒得发狂。

"凤舞，我愿给予你二皇子正妃的位子，你可愿嫁我？"二皇子反应多迅速，当即就跟凤舞提亲。这样的稀世珍宝，谁不想拥有？！

凤舞用看白痴一样的目光看了二皇子一眼。这个人该不会是疯了吧？

不过，还没等她说话，鬼王陛下就幽冷开口："凤舞，你可愿意做我唯一的徒弟？"

鬼王陛下唯一的徒弟？！这意味着能继承鬼王陛下所有的宝藏啊！

"这整个墓葬群，只要是你想要的，本王都能找来给你，就算你要神源之种，本王也可以给你——"鬼王陛下盯着凤舞，目光灼灼。

天啊！周围的人，特别是正选小队的队员都热血沸腾，羡慕得眼珠都快掉出来了。鬼王陛下居然做出如此许诺，整个墓葬群，她想要什么就给她弄来什么！

明兰尔公主死死瞪着凤舞。

"且慢——"一道冰冷的声音在众人耳边响起。

这人不是别人，正是塞纳尔草原的国师，八思巴大人。

"八思巴国师——"

"小丫头——"八思巴国师双手交负在身后，目光淡淡地看着凤舞，"老衲之前给出的承诺，随时有效。"

凤舞皱眉道："您老人家指的是……"

"拜师一事。"八思巴国师从来不苟言笑，但当他看着凤舞时，嘴角竟微微扬起一抹弧度。

全场再次哗然，这位塞纳尔草原实力第一的国师大人，说了什么？

"之前让你拜老衲为师一事，老衲一直在等你答复。"八思巴国师淡淡地说完，转而看着鬼王陛下，"还请墨袍鬼王先等一步。"

八思巴国师有权管理整座墓葬群，严格说起来，鬼王在身份上是差他半截的。

因此八思巴国师一开口，墨袍鬼王便无话可说了。他盯着八思巴国师，诡异地冷笑道："八思巴国师这是要跟本王抢徒弟？"

八思巴国师傲然而立，开口道："这世上凡事都讲一个先来后到。"

墨袍鬼王不服气了，指着凤舞道："她可是在我的训练下，才变成全元素法师的！"

八思巴国师："在她没有变成全元素法师时，老衲已经发出邀约了。"

墨袍鬼王被八思巴国师气得跳脚。

"凤舞，你要拜哪一位大神为师啊？"独孤雅莫拉着凤舞的衣袖，心中万分好奇，又羡慕又嫉妒。

这两位大神……她不敢奢求做他们的徒弟，便是记名弟子，她都高兴得要疯了。

"这两位大神，跟碧云宫的那位老祖差不多吧？"风浔压低声音提醒凤舞。

当初，凤舞是要拜入碧云宫门下的，最后被左青鸾抢了先，那位碧云宫老宫主的声望，跟八思巴国师可是不相上下。

凤舞点点头。

"鬼王陛下，多谢厚爱，但我已有选定之人，所以抱歉。"

鬼王大人瞳孔紧缩，气急败坏地瞪着凤舞："你这丫头太势利眼了！我不喜欢你！"继而转头瞪着八思巴国师，"你这个半路截和的老匹夫，终于选到继承人了，现在高兴了吧？你可是欠我一个人情！给我记住了！"

鬼王大人气呼呼地跳脚乱骂一通，心里才舒服了些。

八思巴国师内心可高兴坏了，看着凤舞正想说话，凤舞却对他九十度鞠躬："国师大人，同样多谢厚爱，我已有选定之人，所以很抱歉。"

八思巴国师的笑容僵硬在嘴角，整个人像是被雷劈了一样，几乎反应不过来。

堂堂国师大人，草原上第一强者，何曾受过这样的打击？

鬼王大人先是一愣，旋即捂着嘴，哈哈狂笑，几近抽搐。

"被拒绝了，哈哈哈，八思巴你这个老浑蛋，有生之年居然会被拒绝哈哈哈哈——"鬼王大人一手扶着墙，一边捂着腹部，笑得都快喘不上气了。

八思巴国师现在哪里还顾得上墨袍鬼王，他所有的注意力都在凤舞身上。

"小丫头，可否告知，那个你选定的人是谁？"八思巴国师盯着凤舞。他就想不明白了，这世上还有比他更厉害之人？

凤舞抿唇不说。

鬼王大人也注意到了，盯着凤舞，目光森冷："小丫头，如果你说不出来，可知道欺瞒我们的后果是什么？！"

八思巴国师紧紧盯着凤舞："所以，这仅仅是你的借口？"

一旁的绝大人和明兰尔公主对视一眼，都在彼此眼中看到了疯狂的嫉妒和眼红。

面对八思巴国师殷切希冀的目光，凤舞摇头："不是借口，我——"

八思巴国师知道凤舞有难言之隐，于是一挥手，将凤舞、鬼王陛下，还有他自己封进结界中。

"现在你可以说了。"八思巴国师盯着凤舞。

凤舞还没说话，空间里的彩凤鸟已经气呼呼地跑出来了。

"好你个小八！看来这些年你过得很好嘛，连凤小舞这丫头都敢抢了啊？"

小八？八思巴国师听到有人这样喊他，眼珠子都快瞪出来了，他实在没想到，有生之年还能听到这个称呼。他抬头看着眼前这只翘着尾巴的小鸟："你……是？"

彩凤鸟将两只小爪子环在胸前，斜睨了八思巴国师一眼："哟，厉害了嘛，现在可是连我都不认识了呢。"

墨袍鬼王陛下用无比怪异的目光看着这只叽叽喳喳的小鸟。这小破鸟看上去很弱，一巴掌就能拍成肉糜，可它居然敢这么对八思巴国师说话，要知道，便是他自己还矮了八思巴国师半截呢！

八思巴国师为人谨慎，思虑片刻，心神一动："您……您是？！"

都用上您啦？墨袍鬼王好奇地瞪大双眼，快说它是谁？！

八思巴国师却一直说不出后面的字……因为他太过激动，怎么可能？！这怎么可能呢？！

"您是……您该不会是……彩凤仙尊吧？！"八思巴国师用难以置信的目光看着彩凤仙尊，"这是真的吗？！不会吧？真的吗？！"

堂堂八思巴国师，在天下人面前是何等的王者风范？此刻却说话都有些结巴，可见是何等激动。

"哼！"彩凤仙尊抬着下巴，"看来你还没有完全忘记当年的一饭之恩。"

曾经的曾经，彩凤仙尊可是牧九州大人的座驾，跟着牧九州大人行走天下，纵横四海，见过无数奇人异事，而八思巴不过是其中微不足道的一个罢了。那时候，他只是一个快饿死的小和尚，被自家主人赏赐了一顿饭，随意出口指点了两招。

"怎会忘？又怎敢忘？"八思巴国师做惯了上位者，可面对这只还未修炼起来的彩凤鸟，却不由自主弯着腰，态度恭敬极了。

见彩凤鸟，如见牧九州！

八思巴国师抬头看了墨袍鬼王一眼，当即脸色一黑，拂了拂衣袖："你且先出去！"

在众人面前强横无比的墨袍鬼王陛下，直接被推得倒飞出来。墨袍鬼王陛下噔噔噔后退几步，终于回过神来。

"彩凤鸟……彩凤鸟……怎么好像在哪里听说过这个名字……"墨袍鬼王一拍脑袋，猛地睁开双眸，"原来是它啊！"

大家都用怪异而好奇的目光看着墨袍鬼王。

独孤雅莫好奇心最重，仗着鬼王陛下好说话，试探性地问："鬼王陛下，八思巴国师……这是怎么了？"

鬼王陛下看了她一眼，再环顾四周，最后盯着明兰尔公主："你，将凤舞当作竞争对手？"

明兰尔握紧拳头，鬼王陛下这话是什么意思？那又是什么眼神？是说她没有资格做凤舞的竞争对手吗？！想到这儿，明兰尔公主更气了。她压抑着怒意，咬牙道："对，凤舞确实天赋不错，运气也好，现在就连八思巴国师也抢着要她当徒弟，可是——"她挺直身板，傲然挺胸，"我明兰尔难道就很差吗？我的老师是红三月，也是大陆有名的高手，论实力，也未必比别人差吧！"

"原来你师父是红三月？"鬼王陛下看了明兰尔公主一眼。

明兰尔公主骄傲道："嗯！"

鬼王陛下："就是那个被我一掌击中要害，功力损伤三成，狼狈逃出墓葬群的红三月？"

明兰尔公主："……"

鬼王陛下原本没那么同情明兰尔公主，此刻看着她，目光可以用怜悯来形容。

"唉，看来你是真的不知道啊……"

你不知道自己看不起的凤舞，有着何等恐怖的靠山！

"我知道，八思巴国师想收她为徒！"明兰尔公主眸中喷出嫉妒的红光。

墨袍鬼王陛下越发同情明兰尔公主。明兰尔公主被墨袍鬼王看得心里发毛，总觉得自己错过了非常有用的信息。

墨袍鬼王并没有告诉明兰尔公主真相，只是很好心地拍拍明兰尔公主的肩膀："这位小公主啊，奉劝你一句，这竞争对手你还是赶紧放弃吧。"

放弃？明兰尔公主在内心冷笑，面上自然也笑了。

赛非落公主从旁插话："鬼王大人，您有所不知，我妹妹和凤舞是情敌。"

"哇？还是情敌？"鬼王大人的性情真的让人琢磨不透，有时候邪魅，有时候冰冷，有时候又像顽童。

赛非落公主点点头，很认真地说："可以说是一生的宿敌！"

明兰尔公主并没有否认。

墨袍鬼王转头看着明兰尔公主，忽然神来一笔，道："你怎么这么可怜？"

喀喀——

独孤雅莫差点被口水呛到，这位鬼王大人说的是什么话？

明兰尔公主用很生气的目光瞪着鬼王大人。什么叫她与凤舞为敌就是她可怜？明明可怜的人是凤舞！

"唉——"鬼王陛下长长感叹一声，"你说你，长得不如人家凤丫头好看，天赋也不如人家，背景更是远远不如……"

鬼王陛下的每一句话，都像针一样狠狠刺入明兰尔公主的心，扎得她疼极了。

"您就是偏心她！"明兰尔公主跺脚。

墨袍鬼王陛下用看白痴一样的目光看着明兰尔公主，很是理直气壮："我当然是偏心她的，难道还偏心你？"

人家身边跟着的那只鸟，你知道那是谁吗？那可是彩凤仙尊！你知道彩凤仙尊是谁吗？！那可是曾经牧九州的座驾！

鬼王陛下用眼神传达这些信息，可惜明兰尔公主不懂。

此刻，八思巴国师正激动地和彩凤鸟说着话。他老人家……完全把她给忽略了。

"彩凤仙尊，真的是您吗？！当年神战，您不是……"

"我是死了，可我主子是谁？他可是算尽苍生的牧九州大神，自然也算好了让我重生转世的时机，嘿嘿。"彩凤鸟得意扬扬。

"好，好，好！"八思巴国师激动坏了，"那、那位呢？那位也……"

彩凤鸟横了八思巴国师一眼，态度很是强势："那位的消息，是你能随便打听的？"

凤舞再一次感觉到她家美人师父曾经的地位是何等尊崇。

八思巴国师想说话，但欲言又止。彩凤鸟瞥了他一眼，没好气地道："有什么话就赶紧说，吞吞吐吐像小媳妇儿似的，你现在不是草原上的最强者吗？又不是当年那被人揍得躺在地上气息微弱的小和尚。"

八思巴国师似乎下定了决心，盯着彩凤鸟，忽然说了一句："时来天地皆同力……"

彩凤鸟似笑非笑地道："哟，你到过我们仙凰山吗？居然还知道我们山门上的对联？"

八思巴国师眼睛一亮："所以下一句是……"

彩凤鸟无语地道："这副对联还是当年我家主人亲手所书呢，我怎会不知道下联？下联就是：运去英雄不自由！"

八思巴国师心中大喜，至此，他终于确认了彩凤仙尊的身份。

"据我所知，到过仙凰山的人极少，你怎会知道这句话？"彩凤鸟瞪着八思巴国师。

八思巴国师看了凤舞一眼，沉默片刻。彩凤鸟无语了，这位凤小舞可是自家主子用性命相护的人，有什么是需要瞒着她的？

彩凤鸟道："自己人。"

八思巴国师点点头道："也只有彩凤仙尊您这样的存在，才能收这丫头为徒，您放心，这徒弟我不会再跟您抢了。"

彩凤鸟："……"什么话，这是它家小主人的徒弟好吗？它哪有资格当她的师父？

彩凤鸟不置可否，催促道："你到底想说什么？"

"您知道'牧民'组织吗？"八思巴国师小心翼翼地问。

"哈？"彩凤鸟一脸茫然，"'牧民'是什么鬼东西？"

八思巴国师脸都黑了。

"您不知道'牧民'，那可知道血滴子组织？"八思巴国师问。

凤舞很想点头，因为她知道，毕竟当初她就是通过血滴子杀手组织杀了左青留的。

凤舞知道的，彩凤鸟自然也知道。于是，它点头道："嗯，这是一个近些年新成立的杀手组织，类似于曾经的滴血酒馆，专门发布杀手任务。"

八思巴国师："血滴子组织的前身，便是滴血酒馆啊，我的彩凤仙尊大人！"

彩凤鸟："滴血酒馆不是覆灭了吗？"

八思巴国师点头道："当年神战之后，那位失踪，您也失踪……滴血酒馆覆灭，从那之后世间再没有了滴血酒馆。但我们这些活下来的人不甘心，所以聚集了几个人，组了一个'牧民'组织，所谓的牧民……就是牧九州大神的信徒，而且都是能力很高的信徒。"

"高能力信徒？"彩凤鸟不解。

"比如我这样的。"八思巴国师看着彩凤鸟，极认真地说，"我们审核得非常仔细，非那位的信徒，绝对没机会加入，所以'牧民'人虽少，可每个人都很能打。"

彩凤鸟："……"这就是说，要不是自己恢复了部分记忆，还没机会跟组织搭上关系？

不过彩凤鸟是真没想到，他们居然还搞出一个组织，真是让人惊喜。

八思巴国师认真地道："滴血酒馆没了，我们就重新打造了一个血滴子组织。"

凤舞瞪大眼睛。血滴子组织的前身是美人师父的滴血酒馆杀手组织？而……所谓的牧民，则是师父的信徒？

"那现在牧民的首脑是谁？"彩凤鸟问。

"那位的三弟子。"

"楚风笑？"彩凤鸟怪异地看着八思巴国师。

"是。"八思巴国师，"楚风笑血统正，身份重，又获得那位真传，由他领导着，近些年牧民发展极快。"

彩凤鸟："你们的目的是什么？"

八思巴国师看着彩凤鸟："当年神战看似因为异人入侵才爆发，后来我们回过头细细追查，发现事情并非那么简单！当年那扇天门是谁打开的？当年牧九州大神为何会在关键时刻咳血？当年他的实力明明无可匹敌，明明不会输，为何会战死？"八思巴国师紧紧盯着彩凤鸟，"当年你就跟在他身边，你说，是为什么？！"

为了说服彩凤鸟，八思巴国师很努力地解释："我们牧民要查明真相！要帮牧九州大神捉出当年的内鬼！要将这七国重新统一！要将这天下亲手送到牧九州大神

565

手里！"

凤舞看呆了，从来都不知道，原来自家美人师父如此受人爱戴。

他已离开多年，但当年受过他"一饭之恩"的八思巴国师竟然会崇拜他到这种地步，会为他做到如此地步！他们甚至自发组织了一个"牧民"组织，要查明真相，要将整块大陆送到师父面前……

彩凤鸟很努力地回忆。

"头好痛。"彩凤鸟捂住脑袋，"主人封印了我的大部分记忆，当年的很多事我都想不起来了，但你说得没错，当年的事确实有问题。"

八思巴国师遗憾地看着彩凤鸟，如果它能想起来多好。

不过，彩凤鸟刚才也透露了一条信息。

"牧九州大神，没有真正逝去对不对？"八思巴国师语气哽咽。

那位大神是他的偶像，是指引他前行的明灯啊！

彩凤鸟看看凤舞，凤舞看看彩凤鸟，她是真的没想到，美人师父的信徒如此忠诚，如此热血。

"是，他没有死，但……也还没有活过来。"彩凤鸟道出真相。它看了凤舞一眼，警告她不许乱说，若是说出主人当年为救她而昏迷不醒，怕是八思巴国师会直接一掌将她劈了。

凤舞："唔……"

八思巴国师得知牧九州大神没死，激动得当场大哭。结界外的围观群众看得目瞪口呆。风浔难以置信，小声嘟囔："不是说，八思巴国师大人内敛沉默、冰冷漠然吗？"

七皇子点头道："对呀，之前我在墓葬群外又不是没见过这位国师大人，当时，我父皇和草原大汗对他都恭敬有加，反倒是他，冰冷傲慢得很。"

大家既激动又尴尬地看着，不知道该怎么办。

凤舞见八思巴国师激动成这样，也尴尬地说："您……冷静点啊。"

八思巴国师认真点头："我要冷静，呜哇，牧九州大神没有死，呜呜呜！真好！"

凤舞："……"

八思巴国师好不容易才冷静下来，瞪着彩凤鸟："我要将这个消息告诉'牧民'！他们一定会高兴到发疯的！"

见八思巴国师激动得像个毛头少年，凤舞赶紧叫道："且慢！"

八思巴国师皱眉看着凤舞。凤舞道："首先，那位的信徒多，可敌人也不少，这消息若是走漏，被敌人知道，影响到他的清修，谁来负责？其次，你们这样大张旗鼓地搞，他未必喜欢。再次，你就这么确定组织里没有内鬼？最后，我建议这件事先保密，等他复苏后，关于是否要见你们、是否有什么指示，到时候我们再作决定。"

凤舞说得条理清晰，八思巴国师连连点头："确实应该如此，确实应该如此。彩凤仙尊，您这位徒弟——"

八思巴国师话还没说完，彩凤鸟就用怪异的目光看着他："你到现在还以为她是我徒弟吗？"

八思巴国师："啊？"

彩凤鸟："你不觉得她比我还有主意吗？"

八思巴国师："呃？"

彩凤鸟："你见过比师父还会做主的徒弟吗？"

八思巴国师："喀喀——"

彩凤鸟："你没发现，我都在听她的话吗？"

八思巴国师震惊地睁大眼睛，用难以置信的目光瞪着凤舞，目光骇然。

彩凤鸟无语地翻白眼道："你别乱猜了，我家主子便是转世重生，也绝对不会重生成姑娘。"

八思巴国师刚才想的是，全元素法师……放眼古今，也就是牧九州大神了吧？！

"你可以认为，凤小舞这丫头是主人的代言人，她的话即是主人的意思。"彩凤鸟郑重地道。

八思巴国师震惊了，这小丫头凭什么？

"她、她、她师父是……"

彩凤鸟嗯了一声："你没猜错。"

八思巴国师瞠目结舌，一拍自己的脑袋，天，他都做了什么？！居然胆大包天到跟牧九州大人抢徒弟？他是疯了吗？！

"我的错，我的错，我的错——"八思巴国师连连道歉，生怕冒犯了自己的偶像。

凤舞掩唇而笑："国师大人言重了。"

八思巴国师苦笑，是真觉得没脸见人了。

就在这时，八思巴国师眉头一皱："有人破阵。"

"您先去处理吧，那位的事，请千万保密。"凤舞郑重嘱咐。

八思巴国师点点头，离开之前动了动唇，在凤舞耳边留下一句话。

彩凤鸟好奇地问："小八说了什么？"

"小八？"凤舞没好气地揉揉彩凤鸟的脑袋，"人家是草原第一高手，被你这么一喊，就像小朋友一样。"

"哼！当年我随着主人游历四海遇见他的时候，他就是个小不点儿。我喊他小八，他还高兴坏了。"彩凤鸟得意扬扬地道，"能得我彩凤仙尊的青睐，是多幸运的一件事啊。"

凤舞严肃告诫彩凤鸟："人后你们怎么喊对方都没关系，但是人前，你给我好好喊他国师大人！"

彩凤鸟不耐烦地道："知道啦知道啦。对了，他在你耳边说了什么？"

凤舞："喀喀……他老人家没说什么，只是让我没事去天宇殿地下走走。"

"哇！"彩凤鸟惊喜地瞪大眼睛，手舞足蹈，"我就知道，我就知道我家小八偏心着呢，嘿嘿嘿，他不能明说好东西在地下，因为那会违背他的原则，但他是一定要让你得到那东西的！当年那顿饭咱们没白给他吃，哈哈哈——"

凤舞："……"

结界消失，凤舞出来，外面所有人都用无比怪异的目光看着她。特别是明兰尔公主，目光就像要吃了她似的。绝大人原本就仇恨凤舞，此刻更嫉妒得怒火中烧。

"小舞，你出来啦？"风浔拉着凤舞到一旁，"你答应啦？"

凤舞："啊？答应什么？"

风浔："答应拜八思巴国师为师啊！我跟你说，八思巴国师虽好，但毕竟不是君武帝国的人，我担心以后陛下会为难你。"

凤舞点点头："我知道，所以拒绝了。"

"啊？！"风浔被惊到，"你拒绝了？你真拒绝八思巴国师了？小舞你……"

这需要很大勇气的好吗？

"其实如果你拜他为师，也不是不行，你拜了，说不定就能和左青鸾对抗了……"风浔嘀咕了一句。

站在凤舞肩膀上的彩凤鸟很无语地看着风浔。风小子当真见识短！八思巴国师怎么可能有资格当舞丫头的师父？

凤舞摆摆手："此事已作罢，不提也罢。"说着，凤舞走到鬼王大人面前。

鬼王大人上上下下打量着凤舞，一边看一边在心里暗暗庆幸。之前他真是傻啊，居然将这样的好苗子给漏过去了，若不是这丫头成了全元素法师……现在他真是后悔死了。想到这儿，鬼王大人抹了一把额头上的汗。

凤舞并不知道鬼王大人在想什么，直截了当地问："请问鬼王大人，这次是绝地求生小队赢，还是正选小队赢？"

重头戏来了！

大家辛辛苦苦闯过七关，为的不就是最后的输赢吗？！

明兰尔公主握紧拳头。虽然圣光球跑到凤舞那儿去了，可毕竟一开始是在她手里的，她未必就是输家！

一切只等鬼王陛下裁决。

正选小队抱着唯一的希望，看着鬼王大人。

绝地求生小队的队员又何尝不是如此？

鬼王大人看着明兰尔公主："怎么，你还以为自己会赢？没必要这么自欺欺人吧？又改变不了结果。"

明兰尔公主："……"什么叫尴尬？明兰尔公主现在恨不得找个地缝钻进去。

鬼王大人转身对凤舞赔笑道："小舞姑娘，结果不是很明显吗？你都成为全元素法师了，自然是绝地求生小队赢了啊。"

这态度……有点怪啊。在场的几乎个个儿是人精，瞬间意识到鬼王大人的态度有所不同了。明明鬼王大人在面对八思巴国师的时候，都是想掐架就掐架的脾气，为什么现在对凤舞，态度竟有些小心翼翼？

凤舞："所以，真的是我们绝地求生小队赢了？"

鬼王陛下："是呀！"

凤舞身后的队员欢呼起来。

"啊啊啊！"

"我的天，我的天！"

"居然赢了……我们居然赢了！"

独孤雅莫激动得不知南北，摊手喃喃自语："从第一关到第七关，我什么都没有做啊……我们就这样赢了？"

正选小队的人用绝望的目光看着独孤雅莫。独孤雅莫指着他们，道："你们每个队员都辛辛苦苦，从第一层打到第七层，结果居然输给了地狱模式的我们？"

正选小队的队员们："……"

独孤雅莫："唉，可惜哟，有些人明明有这样的机会，却硬是要心机，以至于……"

凤琉只觉得膝盖中了一箭。

凤桑和凤亦然的膝盖也连连中箭。

凤舞淡淡看着鬼王陛下，道："何时可以执行？"

鬼王陛下现在特别好说话，回道："任何时候。"

凤舞："那我要求，现在立即执行。"

鬼王陛下点点头，一挥手，虚空中突然出现四个蒙面黑袍鬼将，壮硕威武，一看就充满了力量。

四人径直朝明兰尔公主等人走去。

"你、你们要干什么？"赛非落公主终于惊慌起来。

四位蒙面墨袍鬼将出手，直接将他们赶作一堆，往边缘推去。

"喂喂，你们想干什么？放开！"

无论赛非落公主、凤琉她们如何哭喊，四位蒙面墨袍鬼将始终面无表情。

眼前是万丈深渊——

"啊——"赛非落公主爆发出恐怖的惊呼。

"不要把我推出去！我不想死！救命啊！"

"饶命啊，不要啊，啊啊啊啊——"

赛非落公主和凤琉已经快被吓死了，便是明兰尔公主，此刻身子也在发抖……